W9-ARR-902

霧行者
WU XING ZHE

09/27/2020 (1051)

**Gift of
The Friends of the
Bernards Township Library**

i m a g i n i s t

Bernards Township Library.
32 South Maple Avenue
Basking Ridge, NJ 07920

DISCARDED

想象另一种可能

理
想
国
imaginist

路内 —著

雾行者

上海三联书店

摩诃迦卢尼迦耶

目　录

第一章　暴雪

（2004）

周劭在 K 市的海边接到公司调令，时值南方的初冬，海风沁凉，一艘货船正在离港。送传真的女孩刚刚入职分销处，问说：这么急就要走吗？周劭说：H 市的仓管员车祸死了，我去接任。女孩问：为什么必须你去？周劭说：因为我比较资深，能处理这种特殊情况，我已经做了五年的仓管员。话至此，他回到仓库收拾行李。女孩跟进来，追问道：你去过那里吗？周劭说：五年前去过，现在不知道是否还是那个鬼样子。他从口袋里摸出两张电影票，说：本想明天约你去看电影，票子不要浪费了。两人往市区走时，女孩一直沉默，周劭开玩笑说：外仓管理员的生活像星际旅行，一座城市就是一个星球，路途是不存在的，路途是我在光速行驶中沉睡。女孩有点生气，问：说这个有意思吗，为什么不换份工作，多么无聊的仓管员生活。他说：你不懂，这是疯狂职业。他把带不动的书都留给了女孩，坐汽车到上海，换火车向北走了一千公里，到达 H 市，他确信重返荒凉星球的时候到了，然而这也是一个老掉牙的比喻。

　　在火车上他想起了那个死去的仓管员，实际上还是个半大小伙子，名叫黄泳。四个月前在美仙瓷砖公司总部的培训课上，储运课长童德胜让周劭给新进员工讲授工作经验。那是一群三流院校的应届生，既无专业知识也无工作经验，只想到台企来碰碰运气，混口饭吃，大部分人将会在三个月内离职。他注意到黄泳，长得相当秀气，令他联想起正在南京看仓库的好友端木云。课上，周劭讲到驻外仓库的基本流程，如何应对销售部门的无理要求，例如，未收款先发货、多发货、以二等品充当一等品、合谋盗窃。黄泳当时举手提问：周哥我可以要你一个手机号吗，遇到类似的问题我可以打电话请教你吗？周劭笑笑，说：你还是找童课长汇报吧，他有两个手机。下面的人也跟着笑，黄泳有点尴尬，因为众所周知，童德胜喜欢男孩。下课后，黄泳又来找周劭，说自己大专毕业，来自浙江一所工学院，希望能跟着周哥学点东西。周劭说：好好干。黄泳提到了周劭升任副课长的传闻。周邵说，没这回事。此后，再也没有见过黄泳。美仙公司总部常年配置三十名外仓管理员，事实上，他们都是被单独放在某一城市的分销处，单独面对一群陌生的、饥肠辘辘的销售员，没有师傅带徒弟这一说。

火车快到 H 市时，童德胜打他手机，说事情出了一点变化，幸亏没让端木云来接手，他的性格处理不了这些难题。周劭问：怎么个变化？童德胜说：黄泳的身份证是真的，但地址失效，押在人事部的毕业证书是假的，该院校查无此人。周劭问：紧急联系人呢？童德胜说：他父亲的手机打通了，但也是假的。周劭说：明白了。童德胜说：此人不死，我们可能会吃不了兜着走。周劭不耐烦说：老童，你又把我扔进火坑了，一个假人，居然还出事死了，他的库存有多乱你能想象吗，更何况 H 市是邓文迪当道，这白痴还活着吧？童德胜说：没错，还活着，如果很怵他，我春节找人来交接你，总部正在讨论你的升职问题。

周劭挂了电话。火车减速，穿过 H 市东区，城市变化不大，一些片区正在拆迁，变成瓦砾。火车站同样在施工，地上铺着竹排，积水横流，人群前呼后拥通过狭窄的走道。周劭并不急于出站，靠在柱子上抽了一根烟，同时想到，再过一个月，他就要在这里加入中国大地上令人胆寒的春运大军了。

H并非简称，而是总部对分销城市的编号（如同K）。美仙瓷砖公司的仓库位于西郊，库区建造于八十年代初，四排红砖砌成的库房，大部分基建设施已接近报废。一公里之外的山丘后面是火葬场，看不见，但知道它存在。另一个方向上，两公里之外是火电厂，冬季煤灰弥漫，夹杂着可能的骨灰覆盖整片西郊。一九九九年，周劢来到这里，当时他是新人，第一次放外差，这里留给他的印象只有两个字：恐怖。相对于H市冬天的酷寒，他还是宁愿忍受南方的湿冷。

时至二〇〇四年，周劢再次来到这里。H市雾霾严重，城市扩容但基本放弃了西区。有两栋小高层建造在库区对面，紧邻着公路，没有人入住。西郊似乎是在时代的搏动下睁开了双眼，随即又闭上了。

周劢发邮件给端木云，说到这里的情况：钢铁，煤，房产，街上的豪车；下岗结束之后的互联网时代，非典的恐慌已经消散；库区还是那四排旧房子，有三排半都空着，租仓库的公司跑了一大半；至今没有叉车，仍靠挑夫们用扁担和推车运，也没有网络，唯一的监控警示系统是一条杂种昆明犬；公司仓库里堆满滞销货，有些是已经停产的品种。在周劢看来，总部应该撤仓，并遣散分销处，让这帮不知所云的人尽早获得解脱。

在他的电子邮箱里，端木云最后一封回件是在二月份，谈到重庆的天气，仓库搬迁，即将调任去福州。此后，他似乎是不想再打字，两人只靠库区办公室的电话作简单交谈。周劢继续写道：张范生还在做库区办公室主任，这贱人老了很多，我以为他不认识我了，可是他眼睛都没抬就说，周劢，你又来了。这时他坐在网吧里，对面是火电厂的职校，一群穿工作服的学生正掀门帘进来，带着一股焦炭味。尽管显得疲惫，他们仍保持着青少年特有的"摆"。周劢想，我当年也跟他们一样，累得半死的时候还能生龙活虎，现在不行了。他把这个想法也写进了邮件，并祝端木三十岁生日愉快。之后他想，我也三十岁了，我们好像走进了另一个时代，在这另一个时代里我们已经变成了陌生人。

他徒步走回库区，外面起着大风，在野地里盘旋。三三两两的学生从对面过来，其中有女生。这一带的人都是灰扑扑的颜色。走了一会儿，在薄暮中看到了远处的高楼。

他走进库区时还在想着邮件的事情，没发现那个戴红围巾的女孩就蹲在墙角，鞋子带到了她一下，这才低头看，与此同时，她也抬起了头。这让他稍稍犹豫了一下。黄泳正是站在女孩所在的位置上，一辆开进库区的卡车在此转弯，车尾甩过来，他想躲，可能是绊了一下，车轮把他带了进去，碾过头。没费什么周折，黄泳即被送到了一公里之外的火葬场。

仓库年久失修，光线黯淡，梁上挂着仅有的一盏灯泡。仓管员卧室就在正门旁边，像传达室那样用三合板搭起一个小间，顶上盖了几块油毡。小间里有钢丝床和旧书桌，既是卧室，也可以用来办公。仓库里没有暖气，照理也不能有明火，总算美仙公司堆的是瓷砖和大理石，不易燃，冬天可以开小太阳式的廉价取暖器。五年过去了，条件没有任何改善。黄泳的骨灰盒正放在瓷砖堆上，其大小和形状与30cm内墙砖的包装盒非常匹配。周劼凛然，心想，忘记告诉端木了，我得和这孩子的骨灰一起住着。储运课长，那个王八蛋童德胜，他付了火化费但不肯付骨灰盒寄存费，他说仓库里放这个绰绰有余。周劼打开台灯和取暖器，再打开收音机，新闻播报次日有大雪。过了一会儿，他走出仓库张望，戴红围巾的女孩消失了，转头又看见了骨灰盒，天色已经暗了下来。周劼腾出了一个装30cm内墙砖的纸箱，把骨灰盒放进去，大小无误，严丝合缝。灯光照着它。这时，张范生走进来说：

邓总在找你，去办公室吧。

H市分销处的经理叫邓文迪，本地人，最初做河北和山东两省的瓷砖生意。美仙建材在保定、石家庄和济南建立分销处之后，窜货变得困难起来。邓文迪的姐姐在济南一个建材市场开店，邓直供建材给该店，除了零售之外还有工程项目，抢了当地销售员的生意不说，并导致同一公司品牌在同一项目中竞标的大笑话。新千年过后不久，邓在济南被人偷袭，打断腿骨。周劭在南方，看到过期报纸上邓文迪的消息，当然不是这个邓，而是默多克的老婆，游艇婚礼之类的新闻，随后接到了同事的电话：邓文迪被人打断腿啦。

现在，邓文迪坐在库区办公室的破旧沙发里，穿一件狐皮领子大衣，左手拄着手杖。周劭注意到手杖是欧式的，金属尖端，球形杖柄上镶一颗亚克力钻石。H市正在经历一场欧化运动，意大利或者法国式的瓷砖热销（鬼知道它们究竟是哪个国家的花纹），周劭想，这里的有钱人渐渐能够欣赏文艺复兴或者维多利亚时代的审美了。他搬了把椅子，坐在邓文迪面前，邓还记得周劭，问说，周劭你又来了，这几年跑了哪些地方？周劭说，不是很多，轮换了十二次，九座城市，有些地方去了两次。邓文迪问，黄泳的情况怎么处理？周劭说，突然死亡比较特殊，没法交接。邓文迪问，是个假人？周劭说，这得让公安局来下定论，我不认识这孩子。周劭用了孩子这个词。邓文迪说，你们一个部门的竟然不认识，倒很奇怪。周劭说，仓管员都外派在各地，除了交接，几乎没有见面的机会，也犯不着去认识这个那个。邓文迪笑笑说，你现在是资深员工了，什么时候回总部升课长？周劭说，那得等童德胜也被车撞死了才有可能。邓文迪说，对了，押毕业证这事儿是违法的，总部还这么干？周劭说，前几年是所有员工都要押，哪怕是个流水线上初中文化程度的小妹，这会让人产生敬畏感，后来国家不允许了，这项规定限制在储运部，知道为什么吗？因为仓库是最后的防线，仓管员反水，一切都没得救。

气氛变得有点紧张，邓文迪转动着手杖。周劭心想，这孙子总不会给我一杖吧？然而邓文迪像是在思索着什么，过了一会儿，问道，总部到底有多少假人？周劭说，我不知道，可能我也是假人呢。邓文迪问，五年前你交接的那个仓管员叫啥名字，你知道吗。周劭说，那个人叫林杰。邓文迪问，真名叫啥。周劭说我怎么可能知道一个假人的底细。邓文迪追问道，林杰后来还在总部出现过吗。周劭说，你到底是来打听林杰呢还是打听黄泳？邓文迪笑笑说，幸亏身份证是真的，否则火化都成问题，你说说看，人得凭证烧啊，不然就得进冰柜了，冰柜里躺着也很贵的。周劭不想冲撞他，心想，这个畜生腿断了还是老样子，我以为他学好了呢。邓站了起来，提着手杖往外走。周劭想，原来没瘸，手杖只是装饰品。

　　周劭走出办公室时，张范生正目送邓文迪钻进一辆路虎。张范生夸张地说：换新车了。周劭顺嘴说：如果有钱不如给仓管员换个地方住，这个库区已经废弃了。邓文迪说：小子，想不通你为什么要过这种生活，为什么情愿来这种地方。车开走后，张范生骑着助动车也下班了。天色暗下来，周劭走到拐弯处，那个女孩踪影全无。

　　黄泳的死因没有什么疑点，纯粹事故，但周劭总不免还想再证实一下，他找到了文志刚。此人在库区做了十年搬运工。说起来，有点意外，你很难遇到一个人，五年十年不挪窝的，尤其是搬运工这种职业。文志刚见到周劭居然也说了同样的话，你怎么还不跳槽，外仓管理员那么好玩吗？周劭笑笑说这个事情讲起来复杂，曾经离职过三个月，不太理想，又被课长召回去了。文志刚问，你结婚了吗？周劭摇头。文志刚说，你们公司这个规矩，一年换两个地方，你除非带了老婆一起看仓库啊。

　　傍晚时，周劭带着文志刚去公路对面的饭馆吃饭，进去时，他打量了一下环境。文志刚说：不用看了，以前的丽莎饭店早就没了，人都抓走了，现已换了两轮老板。周劭问：怎么抓的？文志刚说：扫黄呗，还能有啥。周劭用混江湖的语气说：扫个屁，又不是夜总会，扫一个停车吃饭的小炮楼，能有多少油水？文志刚低声说：是张范生想拿下这家饭馆，新老板是张的亲戚，当时条件谈不拢，张范生把警察叫来了，判了老板一个组织卖淫嫖娼，全撸走了。周劭奇怪，这饭馆有什么可争的，生意并不好。文志刚指指后面两栋黑漆漆的烂尾楼，说：当时以为这里会成为社区，后来黄了，又转手盘了出去。周劭问：那么，丽莎去哪里了？文志刚说不知道，大概是劳教了吧，这一带从此再也没有女人了，找小姐得去火电厂那边的洗头房。

文志刚喝着劣质白酒，周劭喝汽水。说起年龄，文志刚也四十五岁了，腰椎间盘突出，说自己做不了太久了，张范生想让他滚蛋，因为做得太久的总是不太好管理。周劭说：你这病难治，动手术吧。文志刚说：我在吃中药。周劭说：没用，这种药毒性很大，有些配方是马钱子、附子、雷公藤，说白了就是吃下去麻痹了你的神经，然后你不觉得疼了，以为自己好了。文志刚说：中药便宜，不疼就行了。周劭就说，反正你记住，吃药吃到身体发麻的时候，你就离死不远了。

之后周劭问起黄泳。

文志刚说，一个很秀气的小伙子，长得像端木云。周劭奇怪，问说你怎么还记得端木云？文志刚说，大家都记得他，邓文迪曾经逼着他放一批货，你知道，还是老办法，没有付款凭证，连哄带吓唬。周劭说，我们部门有两个仓管员毁在邓文迪手里。文志刚说，后来端木云差点捅了一个销售员，他随身带匕首谁也没想到，长得挺斯文居然敢捅人，事情闹大以后，他就调走了。周劭说：这事我知道，咱们还是继续说黄泳，有没有可能是被邓文迪弄死的？文志刚说：不可能，闯祸的那辆车是包装材料公司的，司机已经被扣了，邓文迪如果要弄死你们，不会留尸体的；再说，现在不比以前了，弄出人命很麻烦，以邓文迪的身家犯不着为了一点小事杀人，打你们一顿倒是可能的。

根据文志刚的说法，黄泳在库区的表现还不错，来了三个月，没有给张范生惹过麻烦。早晨八点他一定会打开仓库大门，然后一整天窝在小间里看书。原则上，仓管员二十四小时工作制，因为提货的人随时都会跟着销售员过来，但如果关系处得好的话，销售部会打电话预先通知，这样仓管员就可以溜出去玩一玩。

周劭问，他出去过吗？

文志刚说，无非就是去火电厂职校那边上网呗，一般都是晚上。

周劭有点郁闷，找饭馆的小妹要了一个杯子，又叫了一碟花生，从文志刚的酒瓶里倒了一点，也喝了两盅。文志刚说：张范生很紧张，找了和尚来念经，我们库区从来没轧死过人，你见过轧死人吗？

周劭说，见过，多次。

文志刚说，黄泳死得特别难看，卡车从他头上碾过去的，噗的一声，像拍开一个熟西瓜，我们在场的人都吐了，一开始以为是死了个装卸工，后来，你听了会吐的。

周劭说，你继续说呗，我不会吐的。

文志刚，后来我们看到那双白鞋，黄泳一直穿的白球鞋，两只脚伸在车轮外面。于是有人喊，黄泳，黄泳，对着仓库喊。黄泳没有出来，我们就知道黄泳出事了。把人拽出来的时候，就剩肩膀了。虽然是个假人，到底死得可怜。

周劭说，怎么他妈的全世界都知道他是假人了？你这酒太差了，如果配着你的药一起吃下去，今晚上可能就会送命。

两个人喝完了那瓶劣酒，到七点半的时候，文志刚撑不住了，说要回办公室睡觉。除了做装卸工之外，他还负责值夜班。周劭结了账，陪文志刚走到库区前面，这时有点飘雪了，北方的雪像干粉，风停了，不像刚才那么冷。周劭决定再去火电厂那边的网吧看看。

新进员工培训，童德胜会讲到储运部的三条定理：

1．销售员永远是仓管员的敌人，绝对不可能是朋友。

2．如果你企图和销售员合作，庄家是他。

3．达摩克利斯之剑首先悬在仓管员头上，简单来说，倒霉的第一个就是你。

这种夸张的论调每次都能让周劭发笑，总之，不像公司，像黑帮。童德胜无奈地解释道，我这个部门里都是农村来的孩子，念了一个狗屁不通的大专或者中专，有些是高中文凭，稍微能说会道的都去了销售部，我这些笨头笨脑的乡下孩子该怎么办。周劭说，达摩克利斯之剑这个说法太棒了，让那些乡下孩子干点别的吧。

周劭给童德胜发了一封私人邮件（在储运部，公务远程沟通仍然是传真），谈到黄泳的情况。从盘点库存来看，黄泳管理得相当不错，周劭认为黄泳并不是假人，至少没打算把公司库房搬空。至于那张伪造的毕业证书，周劭说，很可能这孩子根本没念过大学，他拿着假文凭到处找工作。发完邮件，他在网吧看了一本 DV 拍的国产片，画质粗糙，内容沉闷。快到十点钟时，火电厂职校的学生们几乎同时站起来，到账台结账。有个女生掀开棉布门帘，喊了一声，哗，下大雪哎。一群学生推开门尖叫着冲出去，周劭觉得冷空气猛地搂住了脖子，无心再玩，起身出门。这一带既不是小镇也不是村庄，而是一条孤零零存在的街道，前后不过两百米长，有网吧和餐饮，也有洗头店和美发店，卖各种劣质商品的小型超市。它们主要做职校学生和火电厂职工的生意。

在路上，他听到一堆杂乱的脚步声在身后，继续有火电厂职校的学生出来。他们都是住校的，必须赶在十点钟之前回到寝室，用不了一个月，他们就会消失，放寒假回到各自的家里，位于 H 市和其郊县的各个地方，然后，这个地方就会变得像一条鬼街。走了一段路后，再回头看看，有一条人影蹒跚走在他身后五十米远处，踩着雪，发出咔咔的声音。周劭有意放慢脚步，快进库区时，这个人差不多走到他身边了，借着饭馆的灯光，他转头看看，原来还是那个戴红围巾的女孩。

周劭想，见鬼了。

进入库区后，那女孩又没了踪影。周劭回到仓库小间，热水瓶里没水了。他拿了副手套戴上，拎了两个热水瓶到办公室去打水，暗摸着文志刚是不是睡死了，后来又想，不要紧，那条昆明犬会叫醒他的。走到拐弯的地方，他又看见了她。这时他的反应是，她从哪儿来的？

这一带没什么年轻女性，对面饭馆有两个小妹，稍远一点则是火电厂职校，但那些学生并不到库区来。她一直蹲在那个位置上，雪已经下大了。周劭想了想，有一点很明显，她神智不太正常。他走到女孩面前问说，你需要帮助吗？女孩抬头说，很冷。

你可以——周劭说到这里也抬头望了望，你可以去哪儿呢？库区有很多房子，但没有暖气，唯一可以待的地方是文志刚搭铺睡觉的办公室隔间。这时她站了起来，基本上没打算搭理周劭，径直往他的仓库方向走去。周劭愣了一会儿，一直等到她确实走进仓库才喊了一声，不行，你不能进去。

周劭缓慢地追了过去，担心自己滑倒在雪地上，摔碎了热水瓶。然而她并没有走进小间。他推上一个开关，库房里唯一的灯泡亮起来，只有二十瓦，她的人影在暗处闪了一下就消失在瓷砖堆后面了。

瓷砖的堆放法是这样的：包装好的瓷砖码成一个立方体，放在 $2m \times 2m$ 的栈板上，这是一个单位，通常两层，高度达到四米。成行码放，每行横二纵四，中间空出过道，纵道较宽，得允许叉车调头，横道较窄，仅容一个人通过，俯瞰就是麻将牌里的九条格局，当然，不止九条。这个空间非常适合捉迷藏，仓库有三百多平米，满仓率百分之八十五。

周劭说，你有没有看见门上刷的红漆大字，仓库重地，闲人免入。

他是对着阴暗的瓷砖在喊，其中有黄泳的骨灰盒。过了半分钟，女孩的声音才从后面传出来，她说我太冷了，为什么这个库区一个人都没有？周劝说，办公室有人，而且比较暖和。女孩说，我不去，那儿有一条狼狗。周劝说，我觉得你还是待在网吧更好，你是职校的学生吗？女孩说，不是。过了一会儿又说，不行我不能待在那儿，网吧里不安全，对我来说不安全。

周劝说，你最好别待在我的仓库里，夜里会冻死你。他回到小间，脱了手套，倒了一杯热水，朝杯子里扔了一个红茶包。库房里没有动静，过了一会儿他走出小间，对着暗处喊，你还在吗。女孩说，我还在。周劝说，不行不行，你无论如何不能待在这里，我要睡觉了。女孩说，有本事来抓我。周劝走进那个九条式的瓷砖迷宫，只听见一阵脚步，伴随着轻笑声，他根本逮不住她。他找了一个单层的瓷砖堆，顺着爬上去，再爬到第二层上，脑袋离房梁只有一掌距离，向下张望，然而光线太差了，看不清什么东西。这时他想，我应该找一把手电筒。女孩说，你不要追我了，再追我就急了。周劝说，你急了能怎么样呢，跑出这个仓库吗，求之不得啊。他听到刺啦刺啦的声音，她在拆瓷砖包装，然后，10cm的外墙砖从不同的角度一片一片地抛了上来，把他打得蹲了下去。周劝说，求你别再扔了，这些瓷砖碎了，老子得赔给公司，每一片都是两块钱。女孩疯笑起来。

他下了瓷砖堆，回到仓库门口把大门拉上，再走进自己的小间里，把取暖器开到最高挡位。他躺到钢丝床上。女孩说，你在干什么，你怎么还有一个小房间，我刚才跑进来的时候没注意，以为你平时就睡在瓷砖堆里。周劝说，你要是不走，睡在瓷砖堆里的就该是你了。那女孩问他，你叫什么名字？周劝说，姓周，召和力拼成一个劝字，你叫什么名字。女孩说，叫我疯姑娘吧，你要再来抓我，我把你这库房都拆了。周劝说，我看你不是疯，是傻，晚上冻死了别怪我。

晚上十一点的时候，周劝斜躺在床上，觉得口渴难耐。他对女孩说，你别过来啊，我去打水，一会儿就回来，你想趁这机会溜走也可以。里面没有声音，他拎着热水瓶再次出去，走到办公室门口，昆明犬低吠起来。周劭隔着窗把文志刚喊了起来，进办公室对着自来水龙头装了两瓶水，插上热得快。这时昆明犬猛扑了一下，尽管它拴着，还是把周劭吓了一跳。

周劭说，这狗怎么了。文志刚说，这狗不行了，黄泳死的那天，它跑过去舔了一下，你知道舔了什么吗。周劭说，不知道。文志刚说，舔了黄泳的脑子，这狗应该就地吊死，但张范生觉得这样更好，库区应该有一条凶猛的狼狗。周劭脑子里一片混乱，问说，这附近有疯人院吗。文志刚不知道该怎么回答。周劭说，就是精神病医院。文志刚说，没有，只有火葬场。周劭说，文志刚，今晚上你要听见有什么动静就赶紧过来。等他提着热水瓶出去时，文志刚早已睡死过去。

周劭在道路上看到一串凌乱的脚印，雪下得很大。他想，这女孩是走了吗？但是当他踏进仓库时，又听到她的动静。周劭说，好吧，你在仓库里蹲着吧。事实上，他也不知道接下来该怎么办，她要是在里面蹲一夜的话，会出现什么情况。后来他想，我糊涂了，忘记拿手电筒了。这时，女孩在库房深处说，哎，你还真叫周劭。周劭说，我拿这个来骗你干什么？他正在往杯子里倒水，忽然反应过来，办公桌上的库存报表没有了。这是每日必须传真给总部储运部的文件，夹在一块破旧的写字板上，每一页上面有他当天的签名。周劭说，反了你了，你怎么把我的报表给拿走了，不行，你得还给我。

他再次往库房深处走去，心想我真该把那条昆明犬牵进来。然而她又跑掉了，等他绕了一圈回去时，发现女孩躺在他的床上，喝着他杯子里的热茶，翻着他的钱包和身份证。

女孩说，原来你已经三十岁了。

周劭问，你到底想干嘛，多大了，从哪儿来，疯吗。

女孩说，有一个二十一岁的疯姑娘想在这里睡一觉，大叔，如果你觉得冷，可以一起睡。

周劭曾经对黄泳说，外仓管理员是会有奇遇的。

想想吧，你在一个完全陌生的城市郊区，通常是经济水平不错的地方，看管着库房里的瓷砖和人造大理石，平均半年换一座城市，既不太长也不太短的时间，你可能来不及发生一场恋爱，在你所处的场所（封闭、偏远的库区）能陪你的只有装卸工和库区办事员；你看书，但你带不了那么多书；你每天晚上听着夜间电台入睡，一些谈话节目或者是音乐节目。有时候，你去城里转转，因为什么人都不认识而显得失魂落魄，你赚的工资通常高于当地平均水平，论收入而言没人会想到你是个仓库管理员（美仙建材是台资企业），可是你不知道花钱有什么意义，吃一顿好的，或者买一条没人在乎的牛仔裤；有很多寂寞的晚上你只想把钱花在一个温柔贴心的小姐身上，可她对所有人也都一样。你忍受着这一切，确实，它是非人的、悲惨的，但与此同时，你不用每天早上六点半起床，不用像大多数打工仔一样，被死死地钉在流水线上，你不用在开发区拥挤的宿舍里闻着同伴的脚臭入睡，你能闻到的最多是自己的脚臭。你每天对着库区发呆，看看书，听着电台情歌，爱上某个小姐甚至昏了头想娶她，但最多六个月，这一切都会结束。另一个仓管员来接替你，继续你的生活，你去另一座城市接替另一个仓管员，有些城市更温暖，有些城市更寒冷，差别也只此而已。关键是，这种维度的生活，你从流水线的诅咒中逃脱了，你从形而下的生活中透析出来，忠诚地守卫着你的仓库是最基本的原则。这就是外仓管理员的生活，如果你有奇遇，请你视为是一种补偿。

天还没亮，周劭醒来，看到女孩蜷缩在钢丝床的内侧，身上一半盖着被子，一半盖着他的棉衣，红围巾搭在椅背上。他想，天哪，我睡了一个疯姑娘吗？然后他发现自己是被冻醒的，那台取暖器坏了。

雪停了。天亮前，库区十分荒凉，周劭走到公路边，点起一根烟，看着黑暗的远方，吐出烟气并且叹息。三天前，他在海边，港口即使是深夜仍有灯光在远处闪烁，像不屈不挠的目光，而此刻面对着公路，只有他手中的烟头亮着。他问，为什么会来到这里。这种间歇性的自我怀疑，当然也从未指望自己能回答清楚。

从前，他有写日记的习惯。二十二岁以前他热爱文学，日记里写一些诗，或是记录当时发生的事情。二十二岁以后，他把日记减缩为句子，像过度狂热的青年时代冷却在水里，句子的密度等同于时间的密度，句子与句子之间的空白是一道道细密的裂纹，只有他自己能觉察到，并且裂纹之深、之长、之密，构成了一个沉埋在语言之下的文本。然后，在一个极不重要的年份里，他把写满了句子的笔记本丢失在了火车上，为此失魂落魄很久，本子没有找回来。他确信文学离开了自己。

周劭抽完了一根烟，往回走，见办公室里的日光灯亮了，便走过去敲门。狗又叫了起来。文志刚开门，怔怔地望着周劭。周劭说，取暖器坏了，冻醒了。文志刚说，昨天晚上你说过有动静就过来，什么意思。周劭问，你听见动静了吗？文志刚说，没有。周劭环顾四周，问道，这库区也太安静了，其他仓管员去哪儿了？文志刚说，谁会在这种鬼地方过夜，只有你们美仙建材，只有邓文迪，会让仓管员住在这儿。周劭说，也对。文志刚说，你可以和我搭住，把你的钢丝床搬过来。周劭说，不用，我看见你的狗有点心烦。他回到库房，女孩仍然在沉睡。里面和外面一样冷，他想，明天可能更冷，公路会结冰，卡车会消失。他见识过这种场景，一条看不见尽头的公路，不管什么原因变得空荡荡的，都会令人产生奇怪的幻觉，好像它充满敌意又充满希望。床上的女孩已经整个蜷缩在被子里。他想起做爱时的情景，女孩相对安静，可能并不疯，可能只是一个过路的人。奇怪的是，他脑子里跳出一句话：这世上，与人交往和独处时都会有幽灵的存在。

语出卡夫卡《致菲莉斯情书》，当年端木云介绍他读，随手翻过的篇章中只有这句话被他记住了。

那女孩问他，你怎么解决性生活问题。周劭说，不解决。女孩说，我和你做爱我知道你性饥渴。周劭说，可能有这方面的问题，每个仓管员都是性饥渴。女孩说，可是你看起来一点也不像个仓管员。周劭说，没有人规定仓管员必须是啥样。女孩说，通常都是老头、文盲、残疾人。周劭说，仓管员是物流专业的一部分，在我的公司总部，仓管员必须熟练掌握电脑和统计，会开叉车，会写报表，还要有低预算条件下的长途旅行能力。女孩说，可是你待在这里更像一个废人，你太沉默。周劭说，你说得倒也有几分道理，确实沉默内向的人更适合做仓管员，或者做久了，变得沉默内向。女孩问，以前有过这种奇遇吗，和不知道名字的姑娘做爱。周劭说，没有这种奇遇，但做爱的姑娘大部分都不知道她们叫什么。

那女孩问完这些就睡着了。天亮后，她沿着积雪的道路往外走，穿过公路，往火电厂职校方向去。周劭仍然在小间里抽烟，不知道她还会不会再回来。

这场雪之后，H市进入了持续寒冷的冬天，张范生一直没来上班。由于拖欠工资，搬运工全都走了，库区只剩下周劭和文志刚两人。两人蹲在公路边，周劭开玩笑对文志刚说，你不能走，你走了这儿就剩我一个人。然后他又打电话给邓文迪，让他来提货的时候多带几个男人，库区只剩一个搬运工了，而且有腰椎间盘突出。邓文迪当时的心情似乎很差，就说，周劭你不是男人？周劭说，仓管员从来不负责搬运出库，就这样。

雪后的库区变亮了，平时，深灰色的是水泥墙，暗红色的是红砖墙。中午出太阳，气温却在往下降。文志刚架了一张梯子，爬到库区办公室顶上，说屋顶漏了。周劭说，你一个人修不好，别瞎折腾了，下午咱们去饭馆喝一杯。文志刚指着远处说，有车进来了。

来的是美仙公司销售部的面包车，邓文迪在车上，另一个是司机兼销售员。邓的脸色很不好看，他没下车，司机递给周劭一张提货单，用回形针别着总部的付款凭证传真件。货很少，二十箱 30cm 内墙砖。司机将它们两箱一摞搬出去，放进面包车的后座。在仓库里，周劭说，邓文迪好像不爽嘛。司机低声说，爽不了了，我们有一个四星级宾馆的大工程黄了，老邓正在骂总公司蠢呢。周劭说，是的，总部很苛刻，必须款到发货，搞砸了很多买卖，但是这帮搞建筑的人，你能信他们哪一个呢？这个司机还很年轻，他最后抱怨说，你也帮我搬两箱瓷砖嘛，耍大牌啊。周劭说，这是一个世界观的问题，我要是心情好了可以帮你系鞋带，但仓管员不负责搬货出库，仓库是你们销售部找的，没有搬运工不是我的责任。那小伙子说，你真够啰唆的。

汽车开走以后，文志刚从屋顶上爬下来，拉着周劭去喝酒，当然又是周劭付账。这家小饭馆对周劭意义非凡，它要是关门，他必须得去更远处火电厂职校那边吃饭。两人又喝劣酒，周劭问饭店小妹，什么时候歇业，小妹说不会晚于腊月十五，她们都想回家了。雪下过以后，公路上很少有车经过，她们无事可干，以后几天估计只能靠看电视剧解闷了。

文志刚指着那个小妹说，她很喜欢黄泳的。小妹说，滚你的。文志刚说，黄泳死得太可惜啦。这姑娘脸上掠过一丝哀伤，被周劭捕捉到了，她没再搭理文志刚，走进了后厨。另一个小妹说，黄泳死的那天，她哭了三个小时。

周劭问，她叫什么名字？回答说，她叫胡小宁。

文志刚迅速地喝多了，他又讲了一些过去几任仓管员的事，说美仙公司的仓管员都长得很不错，至少大专毕业，也不知道怎么挑的，这是挑仓管员呢还是挑仪仗队。在黄泳之前，端木云曾经迷倒过这里的姑娘，你们来得晚，没见过端木云，比黄泳帅气。那小妹看着后厨，说，不要再提黄泳了，胡小宁不高兴的。文志刚说，黄泳是个假人哪，到底有没有黄泳谁知道呢。

周劭问：端木云是什么样？我好几年没见到他了。

文志刚说：他来的时候带了好多书，走的时候，书都不要了，我一看，全是文学小说，还有历史哲学，我也看不懂。他很沉默，经常坐在公路边看往来车辆，有时也陪我喝一杯。你们公司的仓管员都是大学生，以前有一个会弹吉他，所以来一个文学青年我也不觉得奇怪；但他后来跟人动刀子真是出乎意料，要不是我们拉住，他眼睛都不眨就能捅了那个销售员。

周劭问：他去过丽莎那里吗？

文志刚说：不知道，肯定去过吧，我猜。又说，就是端木云任职期间，饭馆被警察抄了，姑娘都被带走了。周劭问到底几个姑娘。文志刚说：你在的时候只有一个，端木云在的时候，有两个。

这时，饭馆的老板娘走出来，对文志刚说，文哥你怎么回事，胡小宁在里面哭呢，你不要乱说什么事。文志刚说，知道知道。周劭的脑中还在想着端木的事情。老板娘说，文哥你不要老是说黄泳了，人死了就过去了，老说老说，当心鬼上身。文志刚指着周劭说，他都不怕呢，骨灰盒。周劭猛地从椅子上跳了起来，说我去他妈的，坏了。慌忙扔了二十块钱在桌上，拔腿往库区跑，进仓库一查，果然，30cm内墙砖的那个货位上，装着骨灰盒的外包装盒被销售员扛走了。他掏出手机找邓文迪，但邓已经关机了。

周劭决定进城。他徒步走到火电厂职校附近，那里有一个公交站头，运气好的话等个十来分钟就能有一辆车过来。还没到街上，听到有人叫骂的声音，原来是职校学生打架，四个较瘦小的学生围攻一个中年人，后者粗壮笨重，显然是体力劳动者。起初中年人占上风，不久体能不支，企图抄起一把铁锹，被一个学生飞腿踢中了下颚，倒在地上。四个人并不打算收手，继续踢打，壮汉开始惨叫。斗殴过于惨烈，众人躲在远处围观。周劭在公交车站头上看了一会儿，本打算到网吧里去找找，女孩在不在，后来公交车来了，他跳上车子，往市区去。在车上，他想起了很多事，仿佛那本丢失的笔记本中的句子一个一个又纷纷跳入脑海。

分销处早已不是五年前的地址，因此找了很久。它在一个居民区里，进去时已经快下班了，两个销售员套上羽绒服正打算出门，邓文迪不在。周劭问他们，中午那批 30cm 的内墙砖往哪个工地去了，这时司机开着面包车回来了，周劭直冲出去问他，那批内墙砖呢？司机说，已经送到客户那儿了。周劭说，你得带我去。司机有点摸不着头脑，周劭只能解释说，黄泳的骨灰盒在其中一个纸箱里。司机骂了一声我操，然后说，是一家别墅翻修，问题是里面还住着人呢，你怎么能把骨灰盒送人家里去。周劭说我就怕他家没人，立刻带我去。

这个司机故意刁难周劭说，喂，我可以把你送过去，但骨灰盒这件事和我没什么关系啊，这也是一个世界观的问题，骨灰盒是你自己放进去的。周劭说，你别啰唆了，我请你吃饭，骨灰盒弄丢了我赔不起。司机说，你看，你的世界观完全不成立。

路上，司机又说，你不知道，住别墅的是邓文迪的姐姐，生意做得挺大的，她家里卫生间风水不好，拆了重新装修，她要是知道你给送一个骨灰盒过去，他妈的，你就死定了。周劭问他叫什么名字。司机说，我叫周育平，咱俩本家。

汽车往南郊开去，这一带是 H 市的开发区，几家规模不大的重型机械厂和药厂散落其中，随后是汽车城，道路上的积雪已经被铲到两侧，几乎没有往来车辆。周劭让周育平提速，周育平说，这条公路上没有限速标志，但是五公里之内随时就会出现戴红臂章的老头，拦住任何一辆汽车，告司机超速，然后吃罚单，除非你只开四十码。周劭坐在副驾，看着道路两侧白色的积雪，像来自世界以外的无尽天地，以一种昏昏欲睡的节奏进入视野，不断滑过。这种道路上怎么可能有戴红臂章的老头？但周育平坚持说，一定会有的，只要你超速。太阳逐渐向西，冬季的黄昏已经静候在地平线之下了。

汽车拐进一条小路，两旁是密集的白杨树林。周育平说，不远了，前面就是别墅区。周劲说，这一带荒无人烟啊。周育平说，因为荒凉所以便宜啊，单价和城里的公寓差不多，买辆车就解决出行问题了。五分钟后，第一排别墅出现在树林后面，英式独栋，长方形的假烟囱，看阳台就知道入住率很低。周育平说，我要是有钱了，才不愿意住在这里，我宁可在市区买套小高层，有人气。周劲笑笑说，有钱人和你不一样，他们并不仅仅拥有郊区的别墅。周育平夸张地叹气说，唉，有钱人。

后来他们到了别墅门口，这是一栋联排最靠西的房子，从外观看是两层带一个阁楼，院子很小，只有十个平方，别墅的样式有点老。周育平按了门铃，邓文迪的姐姐出来开门，是个肥胖的女人，面相很凶恶，她说装修工已经回去了。周育平说，有一箱瓷砖发错了货，来换一下。女人有点诧异，说这点小事还再跑一趟，发错就发错了呗。周育平圆不了谎，回头看了看周劲。周劲忙说，我是仓管员，发错货事小，但库存报告对不上的话，我全得自己赔出来，一箱内墙砖也得一百多块钱，我工资才八百。两个人搭着档胡说了一通，女人开门让他们进去了。别墅装修得很豪华，到处都是金色的线条，视觉上让人不适。两人进了底楼卫生间，二十箱瓷砖没拆封，都摞在一边。两人对视了一眼，轻手轻脚翻弄，最后是周育平摸到了，纸箱上的透明胶封条已经撕掉，分量也不一样，为了确认无误，周劲揭开纸箱看了一下，骨灰盒黑色的盖子一角露出来，周劲松了口气，搬箱子就走。女人说，哎，你们发错货，那还得补我一箱瓷砖。周劲心想，妈的，难道我还得再扛一箱瓷砖过来吗。周育平对女人说，我明天开车给您送过来。

这天回去的时候，周劭想，必须请周育平吃饭了。他对这小伙子印象不错，很卖力，也很机灵，讲话实在。面包车没有空调，天色暗下来时，车里的温度下降得厉害。周育平很得意，往车里塞了一盒磁带，放着音质很差的重金属音乐，他解释说因为车后座有个骨灰盒，实在太晦气，热闹一下吧。

周劭问，你为什么会在美仙做销售员？这个问题并不难回答，他见过上百个美仙建材的销售员，大多业绩平平，没有稳定客户，奔波在各种老总、主管和代理商之间，拿微薄的底薪，三五个月之后被辞退。如果老实一点回答，就说自己是想试试运气。

周育平把音量开低了一点，想了一会儿说，实话讲，因为邓文迪救过我，去年我欠了一笔钱，是他帮我还了，否则你现在看到的我一定是断手断脚，躺在床上。周劭说，啊，那得是多大一笔钱啊。周育平说，操，很大一笔钱啊。

车开到公路上，周育平说不进城了，从绕城公路到西郊比较近。周劭谢了他。周育平问，仓管员的工资真的只有八百？周劭说，五年前是一千二，现在涨了点，加上我服务公司满五年了，现在月薪是两千。周育平说，那也不高。周劭说，还有出差补贴，我们这些仓管员常年都在外面，每天三十块钱，这样一个月约莫有三千元，在看仓库的人中间，这算高的了。周育平说，哎，现在叫物流。对，物流，周劭附和点头。这时汽车里的温度更低了，两个人都不由自主发抖。周育平抹了一把脸问，哥们，你是哪里人，为什么要来做仓管员？周劭说，上海人。周育平说不可能啊，你怎么可能是上海人，口音也不对。周劭乐了，裹着衣服发抖说，我怎么就不能是上海人呢？周育平说，也对，让你搬箱子，你跟我谈世界观，这一点挺像上海人的。周劭大乐。周育平说，但我真没见过上海人做仓管员的。

进城时，周劭到商店里买了一个取暖器。这天晚上汽车开到库区时已经七点多，天全都黑了。周劭请周育平到饭馆吃了顿饭，到八点钟时，周劭无论如何要回家了，周劭从车里抱出纸箱独自往库区走，地上很滑，他把纸箱扛到肩上，另一只手拎着取暖器，对着虚空中的黄泳说：小伙子我算是对得起你。库区里仍只有文志刚的办公室亮着灯，一直走到库房前面，看到女孩蹲在门口，周劭放下手里的东西，拉她起来，发现她的手冻得像一条冰鱼。

周劭说，你真是疯了，我今天差点也疯了。

库区冬季的夜晚有一种奇怪的声音，隔得很远，像小孩啼哭，但是非常短促。文志刚说这是狐狸，又说这一带不可能有狐狸，只有獾。周劭起初觉得这叫声有点瘆人，几次之后也就习惯了。

住在仓库里，起夜是个问题。你必须得把这个堆满瓷砖的地方当成是客厅，人不能在客厅里小便。有时候，库房深处有一股浓烈的尿骚味，说明前任仓管员非常邋遢，令人发疯，那是动物的气味。幸运的是黄泳比较爱干净，小间里更整齐，袜子的臭味、毛巾的馊味、常年不洗的被子散发出的抑郁味道，这些几乎是必然伴随仓管员的陈年气息一概没有。

女孩吃了一碗泡面，拍拍肚子说，饱饱的。周劭问，怎么又回来了。女孩说，简单，没钱了。周劭讲起白天火电厂职校打架事件，女孩说，哎呀，我就在网吧里嘛，前前后后都看到了，那条街很混乱，我在那里上网也被网管欺负，但职校女生他们不敢动，太坏了。周劭原以为她就是职校女生，说到这里，方才猜想，她到底是哪里来的。虽然她也讲普通话，但 n 和 l 音不太分得清，可能是川湘一带的人。可是女孩不肯说自己来自何处。周劭说，我得翻翻你的身份证。女孩说，说起来可恶，我的身份证押在网吧，结账的时候我钱不够，去借钱再回来拿，网吧把我的身份证弄丢了，我连住旅馆都成问题。周劭说，你果然不是本地人。女孩说，你也不像上海人。周劭说，这是我今天第二次听到这样的话，另外，告诉你，你的身份证不是被弄丢了，而是有人拿走卖钱了。

　　两人聊了很长时间，陌生感渐渐褪去，变得像熟人，像多年不见的朋友，真是奇怪。他把这感觉说了出来，女孩也这么认为。夜深后，女孩说，今天中午来例假了，不能做爱。周劭说那也挺好的，我不想让你觉得搭住在这里就必须用做爱来作为回报。两人靠在钢丝床上听收音机，夜间节目有时会放放歌，两人听着一个烟嗓老男人唱了一首乡村民谣，其中有一句反复吟诵的 When the man comes around。周劭说，那个男人什么时候回来。女孩说，应该是当那个男人来造访。两人英语水平有限，讨论了一会儿，都困了。女孩问，如果在仓库里养女朋友会怎么样。周劭说，会被公司开除。入睡前，他讲了一个故事。

　　本公司有这么一个仓管员，他驻守在一个很破的外地仓库，待了整整两年，总部要他交接，他不干。那鬼地方条件太差了，没人愿意去，只有他，可以说是艰苦奋斗的楷模。时间久了，大家差不多快要忘记这个人，也快忘记那个外仓。有一天，督导途径那座城市，没跟人打招呼就跑到仓库去视察，发现仓管员把这个破烂的外仓变成了他的家。他父母就住在离他一百公里的农村，跑到仓库住下，给他娶了媳妇，媳妇生了小孩才半岁大，丈人丈母娘也搬了过来。这位仓管员的仓库里住着七口人，平时让他媳妇看仓库，他的薪水养不活这么多人，白天去一家建材市场打工，挣两份工资。督导开除他的时候，被拖家带口、呼天抢地的场面感动哭了。

　　女孩大笑起来，后来呢。周劭说，后来就变成了这样，在仓库里养女朋友，立即开除。女孩说，我如果是台湾督导可能会感到内疚。周劭说，督导就像钦差大臣，他们只对朝廷负责，没啥可以内疚的。他想，我可没说督导是台湾人啊。这问题暂不追究了。女孩问，这么悲惨的仓管员生活，你们是怎么坚持下来的。周劭打呵欠说，也有走了好运的，比如说，有人娶了做建材生意的女老板。女孩说，天哪，那得是多帅气的仓管员。

事实上，大多数外仓管理员都会在两三年内打报告要求回到公司总部，或者干脆辞职，性生活的匮乏是重要原因，这些男孩进公司的时候只有二十出头，血气方刚，只想赚点生活费，他们恰恰可以忍受这种匮乏，但最多五年，在他们三十岁时，这碗饭会吃不下去。周劭说，仓管员最重要的品质不是帅气，而是忠诚，但你知道吗，忠诚和帅气一样，都经不起时间的考验哪。女孩听到这里抱住了他，周劭感觉自己跌入梦中，睡意袭来，后面再说了些什么自己也意识不清了。

后半夜，他醒了，打着手电筒到仓库外面去小便，看到雪地上有动物的脚印，但分不清是狐狸还是獾。外面很冷，他披着棉衣抽了根烟，又陷入昨晚的迷惘之中。天亮之前，人总是恍惚，他仿佛记得谁说过，不要跟着动物的脚印走，容易踩到机关。这话可能是端木云说的，后来又想想，应该是他父亲说的。他父亲已经去世十四年了。他想，真奇怪，我爸也不是山里的猎户，怎么会知道这个。后来想，可能是别人告诉他的吧。这时，周劭完全醒了，夹着香烟，顺着脚印往库区外面走。电筒闪过，看到一双发亮的眼睛在低处，是动物在注视着他。当他走近时，它迅速跑走了。他想起女孩临睡前说的，来到这里是因为真没地方可去了。世界上有多少人都宣称无处可去呢？

他走回小间，脚上踢到一样沉重的东西，立刻意识到这是黄泳的骨灰盒，心想我操。他把纸箱搬起来，仍然摞在货堆上。这是一个犯了很多错误的日子，能听见命运在门外掏钥匙开锁的声音。

周劭的父亲是火车司机，家住在上海真如附近，也就是现在的上海西站，再往西一站是南翔，铁路货运站，原属于嘉定县，后来改县为区。八十年代，这一带很破败，大体上和闸北的棚户区近似，但人口没有那么密集。郊区有很多菜田，田里有解放战争时期的水泥碉堡，后来都拆除了，再后来田地也都变成了工厂和楼房。他对西郊的印象，像是一辆缓行的列车，总是看到二十年前，灰扑扑的马路，有一点荒凉，住在铁路沿线时不时能听到汽笛的声音，这与他二十五岁之后经历的各种库区非常相似。

他的父亲开货运列车，没有什么文化，是个好人，身上有一种卑微的自豪感。一方面觉得自己是上海人（尽管住在郊区），另一方面又是铁道系统的职工，后者在中国社会中是一个奇特的局部，它网状地平铺在广袤的国土上，有独立的生态，学校、医院、治安机构俱全。说它是个小王国，也不为过。在过去年代，铁道、军队、兵团，都有类似的优越意识。

小时候，他父亲经常不在家，开着货运列车，有时半个月见不到，火车司机是没有节假日的。他的母亲是个脾气很糟糕的女人，咒骂丈夫最多的一句话就是：但愿他撞车死掉。十五岁那年，周劭与她失去了任何交流的可能。

小学的时候，他盼着放暑假，假如父亲心情好，就会带着他，开着货运列车到外地去。他坐在火车头里，劲风吹散了燠热，看到平原和山峦，每一座经过的城市都有货运车站，站头上乏味的工人们，客运列车上疲惫的旅客，还有运兵列车上总是会向他招手致意的士兵们。上了火车他才知道，脱轨、撞车、轧死人畜这些乱七八糟的事情经常发生，火车司机打瞌睡也是家常便饭。他的父亲的徒弟经常抱怨说，太无聊了，找不到人说话啊。他父亲说，火车配两名司机，很不错了，重型卡车就不一定了，常常只有一名司机，比之更为寂寞的是吊车司机，在操作舱里真的只有一个座位。

有一次为了错车，火车停在了一个荒凉的山沟里，杳无人迹，只看到大群的野鸟飞过头顶。他的父亲跳下车，走到一株大树下撒尿，周劭也跟着过去撒尿。他父亲尿完了，周劭还在尿，他父亲说哎哟，你的尿竟然比我长，看来我是老了。周劭说，你要多喝水啊，爸爸。他父亲很温和地摸了摸他的头顶说，暑假太短了，我想开火车带了你，阿拉两个人一道开到天边去。

他十六岁那年，父亲得癌症死了，死前很痛苦，而且说不出什么有意义的话。他没有说过自己很寂寞这类事情，好像自己的一生本来就该如此。父亲很爱摸他头顶，此后回忆起他，周劭的头顶总有一种受到抚摸的轻微触感。

父亲死后，周劭没有考铁道系统的大学（离家不远处就是一所铁道学院），他考到了无锡，主要是想避开性格乖戾的母亲。后来，他在大学文学社里遇到端木云，两个人都想写小说，长篇，几十万字的那种。周劭说，我最想写的故事，是一个孩子跟着父亲，开着火车到天边去，一站一站，都是货运站，你冷不丁一看，全中国所有的货运站都是差不多的，但事实上，它们不尽相同。后来，他读到卡尔维诺的《看不见的城市》，觉得这就是自己想写的故事，又读到《树上的男爵》，他对端木云说，我父亲是火车上的男爵。

有一个关于父亲的印象，他一直会想起来，那是他念小学时，一天清晨，父子两人穿过货运站宽阔的铁道线。那里总是停着很多列车，他父亲懒得绕过车子，总是从车厢底下钻过去。钻火车违章。其实火车停在那里是不会动的，但仍然有万分之一的可能，在你钻过去的短暂的几十秒钟里发动起来，这类事故大家都知道一些，既像故事也像谣言。周劭那时很小，不敢钻，他父亲钻过去以后就趴在地上对他低声喊道，周劭，钻过来啊。周劭仍然不动，他父亲就钻回来，拉着周劭的手说，不要紧的，有我在。他父亲嗓音尖利，像个女人，有时候听着觉得非常可笑。

周劭把头伸进车厢下面，试图爬进去，这时他听到轻微的咔嗒声，像是命运生锈的齿轮动了一格。父亲猛拽了他一把，两人一起摔倒在铁轨旁，那列静止的火车恰于此时缓缓启动。

这一天上午文志刚在办公室摆弄一把弩，周劭进去，吓了一跳。文志刚说这是用来打野兽的，当然，也可以用来打人，钢制的三棱箭头。周劭说，这他妈的是管制品。文志刚说，库区有一把弩是很正常的，难道让我拿着菜刀去跟盗匪拼命吗，现在老子要去打那只狐狸。周劭打开传真机，一边往总部发报表，一边说，昨晚上我看见那家伙了，个头不大，到底是獾还是狐狸？文志刚说，打着就知道了。说着把昆明犬从笼子里牵了出来，狗很兴奋，到处乱嗅，往周劭腿上扑。周劭说，文志刚你他妈的能不能别这样，这狗迟早会咬我一口，你把它喂喂饱是真的。文志刚戴了一顶棉帽，牵着狗出去，回头又问周劭，一起去吗？周劭正在捣鼓传真机，说，你要是打熊，我就去了，狐狸就算了吧，你小心那狗跑没了。文志刚跑出去的姿势像是不远处就有一头熊。

中午，文志刚来到了五百米以外的山丘上，查看着雪地上的足印，又在附近撒了几块火腿肠。干完这些活，昆明犬迎风吠叫，因为拴在树上，它没法追击出去。文志刚看到一条银灰色的影子踏着枯枝跑过，停在不远处，大概有三十米，确实是一只狐狸。他没放狗，从地上捡起弩，没有瞄准就很轻率地发了一箭，射在雪地里。狐狸跑了。

文志刚走过去取回那支箭，发现狐狸在他的左前方，还是隔着三十米。雪很深，这次他走过去不是为了射它，而是想看清它的眼睛。狐狸又跑开一点，文志刚看到一棵树下有顶帽子，被雪盖住了，他走过去把帽子捡起来，拍掉了雪，发现是张范生的雷锋帽。狐狸已经消失了，山上风很大，吹得他头晕，腰也跟着痛了起来。

等到下午，周劭在小饭馆吃饭，打包了一盒炒饭打算带回库房，文志刚来了，把狗拴在外面，跌跌撞撞坐在凳子上，把手里的雷锋帽扔在桌上。周劭问说怎么回事，文志刚指指帽子，说，我在树林里捡到了这个，张范生的。周劭左右翻看了一下，低声问道，张范生家里有没有打电话过来找人？文志刚说，张范生和他的姘头鬼混在一起，经常不回家，他老婆有头晕病，手抖，管不了他，所以不会有电话来。周劭摇摇头，一边付账一边说，这个天气里经常有醉鬼冻死在外面的，也可能是被车撞死在公路上，尸体扔沟里了，明天张范生要是还不来上班你可以报警。

文志刚不语，跟着周劭走出饭馆。这时，有一个女人从公路边过来，走进饭馆。女人穿着一件黑色的羽绒大衣，戴墨镜，低头与他们错肩而过。快走到库区时，文志刚忽然问：你说刚才那个女人，她是走着来的，还是坐车来的？周劭说，也许是火电厂那边过来的吧。文志刚说，不像学生。周劭不耐烦地说，那就是老师嘛，你要是实在想知道，就去饭馆亲自问问她，看她会不会给你一个大耳光。

周劭想，这像个糟糕的梦，消失的人出现，出现的人消失。

丽莎饭店并没有名字，它是一种俗称，意思是"丽莎的饭店"，然而也不对，最准确的说法是"楼上有一个叫丽莎的姑娘的饭店"。在一九九九年，它装修简陋，正对着公路的那一面墙上贴着瓷砖，两侧露出毛坯红砖，孤零零地戳在路边。前后五公里，仅此一家饭馆，停车吃饭，招徕寂寞的卡车司机们。正门前的那根电线杆，被刷成醒目的橙蓝相间条纹，有点像理发店。饭馆老板大家都喊他老冯，店里一个厨子，一个相貌丑陋的端菜小妹，一个帮工老太，还有老冯的老婆。这四个人在楼下，楼上就是这个叫丽莎的姑娘，做皮肉生意。她是老冯的生意的一部分，最鼎盛的时候据说楼上有三个姑娘，后来只剩她一个。

试想你在冬天灰沉沉的雾气中开着卡车，公路两侧全是落光了叶子的树木，可以看到罩着塑料大棚的农田，看到一些低矮的房子。你在这样的路上开了数百公里，车里没有音乐，没有天气预报和交通台那些磁性噪音的路况报告，你的手边只有一个玻璃茶缸，有时候副驾上坐着一个搭车的人，同样沉闷无聊。在这样的气候里，丽莎饭店橙蓝条纹的标志出现在远方，渐渐接近，看到她挂在二楼天台上的粉红色睡裙。终点到了。

当年，周劭正是搭着这样一辆卡车，从九百公里外的美仙公司总部来到 H 市库区，司机把车停在丽莎饭店门口，周劭跳下车，站在饭馆门口仰望那件睡裙，它像旗帜。文志刚正在饭馆门口在吃饭，指着他问，美仙公司的？周劭说你怎么知道。文志刚说，废话，你车后面装的全是美仙的货，我就是库区的人。周劭又看了一眼睡裙，说我是仓管员，来交接。文志刚说：别看了，那上面住着一个做那种生意的姑娘，名叫丽莎，你的前任仓管员就是她的顾客，他已经走了。

当时的仓管员叫林杰，在总部颇有名气，他驻守在 H 市，没办任何辞职手续就撂摊走了，不做交接的代价是他没法回到总部去拿毕业证书。周劭是新手，不知道该怎么处理这件事。接着，邓文迪告诉他，林杰是假人，身份证是伪造的，已经上报总部。至于押在人事部的毕业证书，来自一所工程学院的大专文凭，事实上没有这个学校。周劭打电话到总部确认，童德胜说，确实，林杰是假人，赶紧盘点库房，看看还剩几片瓷砖。周劭盘点后发现库存没问题，报表清晰，堆放合理，只有一批价值二十万的大理石不见了。这件事轰动公司，林杰是储运部第一个出现的假人。他再次打电话回复童德胜，童听了不语，只说了一句：他终究是栽了，让人事部来顶缸吧，这假人是怎么招进来的。

除了林杰本人之外，案件没有什么疑点，警察并没能抓到他。事实上就连他的姓名、籍贯、年龄，大家都不能确定，只说这小子身高一米七五，帅气，好相处，爱喝酒，可能是贵州人，可能是四川人。

九九年的年尾，周劭是在库区度过的，什么人都不认识，什么地方都去不了。丽莎饭店的天台上仍然挂着粉红色的睡裙，然而叫丽莎的姑娘并不出来。有一天傍晚周劭到饭馆，见张范生摇头晃脑下楼，丽莎送他到楼梯口，大半个身体被楼板挡住，只看见两条小腿和脚上的粉红色皮鞋。周劭坐在角落里抽烟，心想这个女人有多喜欢粉红色。另一天，库区的工作人员纷纷离开，说是回家过元旦。周劭想到明天就是二十一世纪，千年纪的终结与开始，然而对库区的职工来说这似乎只是一个普通的节日。夜晚，他走进丽莎饭店，喝了一瓶啤酒，然后找到老冯。老冯说，这姑娘一个钟点是两百块，过夜四百。周劭付四百，老冯对楼上喊：丽莎，美仙公司的仓管员又来了。

周劭走上楼，房间里有一股清凉的气味，她抱膝坐在一张沙发上看电视，门开着，灯光是粉红色的，与荧屏上微蓝的光同时打在她脸上。周劭在门口犹豫了一下，觉得那屋子里的一切都与他无关，更像是个可以被观赏的平面世界，走不进去。她平举着一个遥控器对周劭说，进来吧，关门。她是瓜子脸，下巴尖削，牙齿长得有点歪，都不好看，但在眼睛和鼻梁的纬度上有一种惊人的美，一直扩展到鬓角。周劭想，难怪，在冬天雾霾深重的公路上走了上百公里的司机，是会愿意来看一看她的。

这个女人身上也有清凉的气味，说实话，清凉得可疑。上床后，动作娴熟，没多久周劭便到达了高潮，此后她收拾了一下自己，把避孕套扔在痰盂里，套上粉红色的睡衣。她望着周劭，笑了笑，意思是结束了。周劭说，我刚才付了四百。她显得有点惊讶，后来她说，很少有人愿意在我这儿过夜。周劭问，为什么。她有点不好意思地说，卡车司机总是穷，省一点是一点，不过我知道你们美仙公司的仓管员，挺有钱的。这样，她变得殷勤了些，重新收拾了床铺，倒了一杯饮料给他喝，说这是免费的。两人在屋子里抽烟。周劭问，以前的仓管员叫林杰你认识吗？她变得有些犹豫，说，来过，不太熟。又改口说，他经常来，但不在这儿过夜。她反问道，你认识林杰吗，是他朋友吗？周劭说，不认识，是同事。后来，没什么可聊了，两人看电视，中央台的联欢会，那里气氛热烈，等到零点钟声敲响时，两人不约而同说，新世纪来了。周劭走到天台上，披衣看星。她跟了出来，问道，此刻你最想念谁。周劭无法回答，反问道，你呢。她说，想那些开夜路的卡车司机。周劭笑笑，丽莎抱着他，吻了他。风很大，吹散了雾霾，他视野中的夜空闪闪发亮。

那以后，元旦之后春节之前的短暂时间里，周劭去了好几次。有一次，他试图拉开靠近天台那一侧的门帘，但丽莎阻止了他，变得不好意思。周劭就明白了，这粉红色的灯光在夜晚是招徕顾客的霓虹灯，全世界可能都是这个规矩。她不好意思的样子十分可爱。相对熟悉之后，关于林杰的话题越谈越深，周劭发现她对林杰了解得远不止普通妓女那么多，但究竟有多少，不好判断。终于有一天，两人喝了点酒，她说林杰其实是个好人，无意中坑害林杰的人恰恰是她。周劭追问下去，她叹息说：林杰说过，下一任的仓管员一定会来找我的，主要是调查他，其次是睡我，如果仓管员来了，就告诉他真相，但是记得要做几单生意，不要亏了自己——林杰这个人讲话，总是风趣又实在。

她说：我很喜欢林杰的，他也说喜欢我，我有点想跟他走，但我知道他没什么钱。有一天，他把钱包落在了我这里，被张范生捡到了，张范生看了他的身份证发现有三张，一张是林杰，两张是别的人，但照片上都是他，实际上三张都是假的。这时林杰恰好回来找钱包，把它要了回去，我以为没事了，没想到，张范生告诉了邓文迪，他俩是亲戚，一伙的。邓文迪想要林杰出一批货给他，没有付款凭证，但林杰一直不肯。知道这个消息后，邓文迪扣了林杰，威胁要把他交给警察。想想看，一个用假身份证入职、外派的人，没人猜得出他犯过什么事，或者打算犯什么事。那些人没找到林杰的钱包，给他动了私刑，要他交代自己，又从他口袋里拿走了仓库钥匙，把一批货提走了。然后，他们可能想杀了林杰，但林杰找到一个机会跑了出来，回到我这里，样子很惨，说自己有一根肋骨可能断了。我想他一定是来杀我的，可是他却说，他喜欢我，本来要带我走，现在不得不单独行动。我问他去哪里，很怕他伤了人命，但他说混江湖的人，小不忍则乱大谋什么的。

周劭说：他还挺会安慰自己的。丽莎说：不是的，他被打得很惨，但他真不在乎，说他们十兄弟最能忍辱负重，这笔账以后再要回来，然后他就走了。周劭说：哦，十兄弟。丽莎说：结拜的。周劭问，没有下文了？丽莎说：他临走时说，江湖儿女，萍水相逢，将来再见。

周劭问道：如果这样，为什么不打电话报告主管？

丽莎说：他打过电话，但你们部门的主管让他投案自首，说自己管不了，也惹不起；后来主管甚至说，你就跑吧，别再出现了，没有人会为你撑腰，跑得越远越好。

这个女人当晚醉得很厉害，说了些没头绪的话，说到自己的父母，说到自己以前是个成绩不错的女孩，后来流落异乡，生活困难。周劭很多余地问了一句，为什么不去夜总会上班呢，那里更好些。她说，这里自由啊，我在夜总会做过几天，喝酒喝炸了，眼睛差点让人打瞎。周劭说，桑拿房呢？她笑了，说，你想法真多，桑拿房，按摩院，酒店应召，站街坐台，选择太多了。周劭说，我明天的火车回公司总部，你说的事情，我也只能烂在肚子里了，春节以后可能是另一个仓管员来这里，记得不要把这些事告诉她。她有点伤感，独自喝了一杯，敞开睡衣平躺在床上。周劭看着她，问说，你真的叫丽莎吗？她说，我叫丽莎是真的，关于我其他的一切，都是假的。

周劭回忆起五年前的事情，看着两栋小高楼所在的位置，问文志刚：丽莎后来去哪里了？文志刚说，我不是已经告诉过你了吗，扫黄抓进去了。周劭说，抓进去也有很多种，有些是拘留，有些是劳教。文志刚说，我不清楚，她再也没出现过，你是不是也很想念她？周劭说，哎，江湖儿女，萍水相逢而已。

他最后问文志刚的问题是：林杰回来过没有？邓文迪的腿是不是林杰打断的？文志刚说：老邓是在济南着了道，跟林杰没关系，他有没有回来过，我想想看，应该没有吧，你为什么还在想五年前的事？啊，我知道了，你是处男，你和丽莎是第一次，所以你这么想她。周劲说去你的，你这搬运工住进了库区办公室还他妈真的感觉自己是干部了。

周劲的初恋女友叫辛未来，是大学同学，两人在无锡念书时，辛未来是学校文学社的副社长，爱写诗。那时候，还是一九九七年，周劲修企业管理，辛未来修财会。教育改革之后，两人确定都不可能分配到什么企事业单位了，必须去人才市场找工作。辛未来是个天真而糊涂的女孩，除了一张简历之外，还会拿出自己诗作给招聘主管过目。她并不想做会计，然而也没有一份写诗的职业等着她去做。

到了九八年，毕业前两个月，两人来到上海。周劲租了一间屋子，煤卫合用，光线黯淡，靠东的窗户外面是一条小夹弄，对面就是一家饭馆的后厨，除了油烟之外，还有轰轰的马达声，还有老鼠。常年不开窗，屋子始终有一股霉味。那时候他们才恋爱了半年多，在学校时没什么机会做爱，终于有了自己的租屋，周劲觉得两人像一台性爱马达，足足转动了一个月，在弥漫着霉味的屋子里，两人坐在床上，背靠墙壁抽烟。

两人外语全都挂科，必须在次年补考才能拿到学位证书，找工作相当艰苦。当时外资企业并不很多，职位有限，人山人海的应聘者，像他们这样从外地大学过来的应届生没有什么优势。辛未来胡乱找了一份上门推销的工作，跟着几个来路不明的外地人做了几天，公司被查抄。周劲曾在郊县一家私营化工厂当工人，没过一星期也干不下去了。很快，钱不够用了，周劲没有家底，辛未来更穷，她是福建农村出来的，有一个姐姐和两个妹妹。两人把身上的钱凑在一起，确定了吃饭、抽烟、买避孕套、市内交通这四项开支，后来仍然不够，打电话给同学，只有端木云寄了两百元给他们，是他的稿费。两人回到屋子里继续做爱，闲着没事，辛未来写诗。周劲独自坐在床上，不知道她写些什么，他背靠墙壁抽烟，心里想，我们像两只掉进猪笼草里的昆虫，夏天时如果还没找到工作（他知道南方黄梅天的滋味），这间屋子有可能会将他们埋葬。

有一天，辛未来说，对门有个盲老头在偷听我们做爱。周劭打开房门，看到盲老头坐在走廊里发呆。周劭对他摆摆手，盲老头没有反应，周劭问他话，也不回答。周劭说，这老头看上去不但盲，而且痴呆。辛未来说，有点吓人，有点好玩。做爱时，周劭打开电视机，遮掩动静。到半夜，关了电视，两人缩在床上侧耳倾听，楼上传来做爱的声音，两人就一起笑起来，说这个鬼地方隔音也太差了。笑完之后，他想，辛未来为什么不哭一场呢，大部分女孩在这种境遇下都会哭闹吧，他想起自己母亲，她简直一分钟都忍受不了与她意志相反的生活，永远在你眼皮底下抛出恶毒的词句，可辛未来不是这样。这让他更加不安。

周劭回忆起来，那样的夜晚有一种神秘而肮脏的气息，盲老头事实上加深了这个印象。楼上人家走动，隔壁人家关灯，脱排油烟机的低频轰鸣，鼠类爬上窗台时发出窸窸窣窣的动静，啃噬与磨牙的声音，辛未来的呼吸。他记得非常清楚，大约有三十年历史的筒子楼，过道狭窄，但楼梯的宽度可以容纳五个人并排通过，因此自行车全都堆在楼梯上。他和辛未来住在一楼最靠里的一间，从那儿走到大门口需要经过七户人家。电闸刀在楼梯拐弯处，墙上涂写着污言秽语。他曾经数次在那里换保险丝。这些记忆没有任何意义，但始终占据着一个位置，无法忘记。有时他也想，忘不掉更好，因为此后经历的仓管员生活，睡在旅馆、仓库、集体宿舍的日子，实在是更没有价值。

后来，辛未来怀孕了，周劭去亲戚家借钱，到医院里做了药流。两人都很沮丧，辛未来安慰他说，不要紧。周劭说，对不起。辛未来说，我是农村女孩，这点苦吃得起。周劭说，你是一个女诗人。辛未来笑笑说，你这么一讲，我倒想不明白自己为什么要跟你来上海了。从表面上看，流产这件事对辛未来没什么大影响，但也可能相反，关于这个，周劭一直没有搞明白。

有一天她拿着一叠诗稿出门。周劭以为她去投稿，她说不是，有人介绍了一家唱片公司，需要人写歌词，流行歌曲或校园民谣之类。周劭问说，歌词和诗是一回事吗？辛未来说，我最近写的都是歌词啊。周劭说，你早说的话，我就拜读一下了。辛未来说不用看，希望能卖点钱。

可是她消失了。周劭坐在屋子里等她，一天两天，她没回来，也不知道去了哪个片区，哪家公司。一星期后仍然没有踪影，他去派出所报警，警官问，你们最近有没有闹过不愉快，她有没有可能是离家出走了。周劭说，没有什么不愉快啊。警官问，她最重要的东西还在家里吗。周劭想，她最重要的东西是什么呢，是我，不对，是那些稿子，全带走了。

他确信这场爱情结束是在半个月后。他回到学校，端木云困惑地告诉他：辛未来带话，忘记她吧，她已经拿了毕业证书走掉了。那正是毕业情侣们分手的季节，周劭在学校里逛，期望还能再找到辛未来，然而她床铺已经全部撤空，只留下一张海报贴过的痕迹，海报上是苏联女诗人茨维塔耶娃的素描头像，这是辛未来最爱的诗人。周劭想，连一张海报都不留给我，连一句话都不留给我，这么决绝是为了让我永远记得她吗？他看着校园里热吻着的、痛哭着的情侣们，不知道错在了哪里，然而也只能这样了。

这天晚上，女孩让周劭讲讲初恋女友。周劭没有拒绝，讲了一些给她听，关于写诗，关于贫困落魄的生活，但没讲堕胎。最后说：从此以后，我再也没见到我的初恋女友，就是这样。女孩问，她去了哪里。周劭撒谎说，没人知道。女孩说，好样的，你想知道我的初恋故事，那要简单得多，我十八岁时爱上了一个网友，约在酒店见面，发现他是个狂妄的胖子，总算还年轻，不是什么有妇之夫，我就勉强和他上了床，然后，我再也不想看见他，连夜逃走了。周劭说，你那是初夜，不是初恋。女孩说，听说老男人怀念初恋总是心碎，不用太伤感，也许你现在听的某一首民谣，就是你前女友写的歌词呢。周劭说，这不太可能。女孩问，是不是想念前女友了。周劭被她搞得有点尴尬，心想，我干嘛要说这个呢，可是，像我这个年纪的男人如果没有初恋，岂不是一样可笑？最好还是不要说出来。然后他想，这女孩并不疯，眼下看来比他正常多了。

第二天一早，周育平开车到库区门口。周劭问还有什么事。周育平大笑说，你大爷的，那箱瓷砖难道我一个人送过去吗。周劭想起还有这件事，忙说，我陪你一起去。周育平说，我一个人送过去也可以，只不过，天寒地冻的，非常无聊，你这个人挺有意思，陪我跑一趟吧，回来我请你喝一盅。

在车上，周育平大谈自己的过去。他十八岁那年从火电厂职校辍学出来，为了一个女孩，他把同寝室男生的鼻梁骨打断了，留校察看之后，他又和班主任打架，被劝退。起初他觉得挺好，职校本来就学不到东西，也不包分配工作，后来问题来了，他还得去人才市场找工作，文凭就像一张担保书，没有人认为它代表了专业知识，但至少可以使他显得正派些，从事轻体力劳动。他找不到合意的工作，去北京打工，在一家饭馆后厨干了半年，受不了那种乏味的生活，又回到 H 市，考了一张驾照，但买不起车。这时他想明白了，自己最好找个有点背景的私人老板，从马仔做起，而不是指望在正规企业里混出名堂。他买了一张假毕业证，二年制大专经管专业，与他年龄相符。有一阵子他去赌钱，输了五千，还不出来。他到美仙公司分销处应聘，邓文迪很欣赏他，让他开面包车，负责送些散货，带上销售员和样品去谈生意。那车很破，城里开开问题不大。有一次债主追到分销处，邓文迪替周育平还了钱。五千元这个数字不大不小，虽不至于砍手砍脚，但足够让他欠一份人情。周育平顺理成章做了邓文迪的小弟,众所周知,邓文迪不是善人。周育平天性乐观,但不傻,在外面混了几年也深知其中的利害:有人肯为你买单,将来都是要还的。

周育平说,北京真他妈是个好地方啊,女孩都飒,不像我们这里,土。周劭问,那为什么还回来?周育平说,没钱,混不下去了,过两年我还得回北京,我妈生重病,快死了,等她真的死了我就自由了。周劭说,你这算孝顺还是不孝?周育平说,我杠杠的孝子,出来混,忠孝礼义都得随身带着。周劭乐了,问说,你这种欠了五千还不出来的,何以谈忠孝礼义?周育平说,那没办法,出来混,吃喝嫖赌都得花钱啊,人生就是忠孝礼义吃喝嫖赌。

两人在面包车里说话,郊区别墅很远,面包车似乎是有故障,一直发出奇怪的噪音。周育平抱怨说,邓文迪的姐姐,真是太烦人了,一箱瓷砖催了我好几次,像你们上海人。周劭说,你吧,遇到这种屎,就觉得上海人是草纸,可以用来擦屁股,请问你们这座城里有几个好人。周育平就嘿嘿地笑了起来,接着闲聊道,老邓最近情况很糟糕,好几单生意都做砸了,总部的什么督导要来。周劭说,你知道这些督导是谁吗?周育平摇摇头。周劭说,总部现在有七个督导,我们总裁姓潘,总裁太太姓陆,七个督导中有四个姓潘,三个姓陆,明白了吗?周育平说,啊,他妈的家族企业啊,我们跑销售这么辛苦,还得看他们的臭脸吗?周劭说,总部的任何销售员看见督导都得毕恭毕敬,别以为你卖了几片瓷砖就可以嘚瑟,督导就像武打片里的锦衣卫,他们不在乎你是谁。周育平说,我听老邓说过的,总部是个大集中营,他们用的保安都是练过的,能把工人打死。

车开进别墅区,四处空荡荡的,周育平看到了邓文迪的路虎停在道边,他让周劭留在车里,自己搬了瓷砖走进院子,站在门口按门铃。按了几次,里面没有动静。周育平把瓷砖撂在门口,掏出手机找邓文迪,告知不在服务区,他回到车旁对周劭说,老邓不知道在里面干什么，我们走吧。

周劭说，你确定他在里面？

周育平说，车在呢。

周劭下了车，这时候是中午，稀薄的阳光透过雾霾照下来，空气本身有一层淡淡的光芒。周劭推开院子的门，走到门口看了看，窗帘都落下来了，看不到屋里的状况。周劭问周育平，不是在装修卫生间吗，工人呢？周育平说，昨天打电话来催，说瓷砖不够，装修工走了，所以才跟我发火。

两个人走到联排别墅的后面，朝北的背阴处还有一扇防盗门，用手拉了一下发现是虚掩着，锁已经撬开了。周育平看了周劭一眼说，我操。

周劭说，你要是不打算进去看的话，就打电话报警吧。但周育平已经跨了进去，看见邓文迪的尸体蜷缩在客厅一角，乌木手杖插在他嘴里，有一堵墙被血喷得像抽象画一样，地砖上有一条人体拖行后的血迹，从窗口位置一直到邓文迪脚下，场面极为狂暴。客厅里所有的抽屉和厨门都打开了。

第二天周劭在库区再看见周育平，后者已经完全呆了。邓文迪和他姐姐两人在别墅遇害，一个死在客厅，一个死在三楼卧室。周育平说，毫无悬念的入室抢劫，快过年了，都出来了。

周劭没说话，周育平继续自言自语：我操，老大死了，我怎么能遇到这种事儿呢。周劭说，你不是解脱了吗，应该高兴。周育平说，我解脱什么了？周劭说，邓文迪替你还了钱，你得还他人情，他不是什么好人，你搞不好有一天就做了他的替死鬼，现在没事了，他死了。周育平嚷道，怎么能这么说呢，我好歹也是他的保镖啊。周劭大笑说，哪有你这种开面包车的保镖，空调都没有。周育平摇头说，做人不能这样没义气，会天打雷劈。

这时来了一辆警车，H市刑侦大队的两名警官来找他们，较年长的那位姓李，头一天就见过，年轻的那个自称姓赵。两人都有点憔悴，态度很客气，坐下来问了问分销处和库房的情况，李警官说，不久前你们公司有一个叫黄泳的仓管员出交通事故死了。周劭说，是的，判定交通事故。李警官很谨慎地问，你认为两起事件之间，可能有什么关联吗？周劭说，难道您认为入室抢劫杀人和交通事故不是随机发生的吗？李警官笑了笑说，你还挺懂的，我听听你的想法，如果不是入室抢劫呢。周劭说，我和黄泳不太熟，至于邓文迪嘛，我只能说，他的敌人太多了，即使是有人故意要杀死他，也很正常。李警官点头问，你们能提供什么线索吗，比如他有什么仇家。周劭说我刚来这儿不久，情况不了解，让周育平来回答吧。

令人惊讶的是周育平报出了二十多个名字，同行业竞争对手，翻了脸的代理商，各路黑道人物，最后周育平说，这还没算上邓文迪的姐姐，这个女人到底得罪了多少人，天知道，她脾气很坏，喜欢欺负底下人，搞不好是装修工把她给杀了，顺便洗劫了屋子。李警官说，装修工今天已经找到了，一老一小两个，不是他们。赵警官在一边把这些名字都记在了本子上，最后说，过年你们都还在这儿吧？周育平点头，周劭说，我得回总部去述职，然后回家，年后可能会调到别的城市去。他把外仓管理员的调度办法又说了一遍，李警官说这个倒是挺有意思的，过年别关手机，可能还有事儿找你。

他们走后，周劭说，我们俩也在警方的嫌疑名单上。

周育平说，不可能，我们是报案的人。

周劭说，你确定不是你干的吗，很像是你干的。

周育平说，我操，这种事儿别栽赃我，万一真搞到我头上，进去了我必然招供，挺不住那个刑，然后我就被毙了。说完猛拍周劭肩膀，周劭心不在焉，望着逐渐远去的警车，胡乱点点头。

周劭回到库房，女孩正在看报纸，抬头说，今天报上没有杀人的新闻嘛。周劭说，每天都有杀人的新闻。女孩说，我说的是你们经理被杀啊。周劭说，啊，那件事啊，通常而言，凶手没抓到是不会上新闻的。女孩翻着报纸说，这里还真有一则杀人新闻，有一个男人在街上走路，打手机，他带东北口音，后面的两个男人学了他一句，他们以为是学二人转呢，前面那个人就回头找他们算账。

周劭问，然后呢？

然后就打起来了，东北男人抽刀杀了其中一个，重伤另一个，自己没跑，投案了。女孩说，这说明，没事儿别学人说话。

周劭说，这件事的教育意义应该是，没事儿别带刀上街。

夜里，女孩睡了，周劭拿过报纸翻了翻，看到头版新闻上刊登了三天内有暴雪的消息，心想，天气这么差，大概督导不会来了。后来又想，不对，仓管员出车祸也许不会引起他们注意，但分销处经理被人弄死了，无论如何是件大事。这时收到童德胜的短信，说，邓文迪的事情震动总部，督导陆静瑜亲自过来。周劭看到陆静瑜的名字寒了一下，问道，她亲自过来抓凶手吗。童德胜答：撤仓，撤办。

陆督导不好糊弄，干事儿太认真。周劭回复道，我们全都会死在这个鬼地方的。

到深夜时，周劭失眠了，走到库区办公室门口，恰好文志刚也站在那里。周劭问他做什么，文志刚说，我知道你仓库里藏了个妞。周劭发了一根香烟给他，愣了一会儿，问道：还有呢？文志刚说，她戴了一条红围巾。周劭说，红围巾怎么了？文志刚镇定地点起香烟，那样子忽然像个干部，说：黄泳也戴过红围巾。周劭说，放屁，黄泳一个男人。文志刚打断说，正因为他是男人戴了红围巾我才会记得他戴过红围巾。周劭半晌无语。文志刚说，这不是啥坏事，你以前也和林杰合用过女人，我老婆以前也有前夫，不是啥坏事。周劭不耐烦地说，丽莎是个妓女，你老婆是你老婆，这他妈的是一回事吗？文志刚问，这五年你谈过女朋友吗？周劭说，没有！

　　这天晚上周劭搭睡在库区办公室，然而也睡不着，听着文志刚鼾声起伏，狗在笼子里警觉地竖起耳朵，但是没有叫。周劭找了一个搪瓷杯，倒了点热水喝，水里有一股油腥味。阴郁的风声就在窗外，周劭想着黄泳和女孩的事，到后半夜时，想到的是端木云、辛未来，想到自己的父母，很多记忆的沉渣泛起。有时候，记忆只是一个音符，一段旋律，有时候记忆是一组交响乐，有时候像一架走音的钢琴在疯子手里奏响。

　　后来，周劭想起在火车上丢失笔记本的事情。那是夏天，他离开A市回总部。字母A代表着伟大首都北京。在火车上，一个姑娘疯了。要知道夏天拥挤的绿皮火车一旦停在铁轨上不动是什么滋味。姑娘在人群里脱衣服，尖叫。有人按住她，姑娘摇晃着头颅，像磕了药似的，更多的人围上去试图看到发疯的姑娘。周劭离得不远，目睹她凄凉的肉体，上衣已经撕开，剧烈扭动着。你知道，那些疯了的人，确实可以赤身裸体奔跑在街上，但在拥挤的车厢里，是所有人的灾难。等到那姑娘被乘警抱走，周劭回头发现自己的包被谁打开了，里面的本子和钱包不见了。当时他怔了一下，心想这下该轮到我发疯了。但是没有，他没有疯。他认为自己在任何情况下都不会发疯，关于这一点，辛未来也曾经说过，并开玩笑：周劭你不会成为作家，你应该是个外科医生。

　　不，我成不了外科医生，因为我既害怕死亡也害怕拯救死亡。就在此时此刻，他这么回答了多年前的一句话。

　　周劭告诉周育平：总部的七位督导按片区巡视全国的分销处和代理商，分为东北、华中、华南、华东和西南五个片区，河套以西和西藏是空白，听上去像是革命党在搞地下活动（实际上，很多公司都采用这套办法）。两人负责总部的工作，其余五人分管各自的区域，陆静瑜目前是华中片区督导。这些督导的级别高于部门主管，使横向铺开的各个机构多了一条垂直的管理线，向上直接对总裁负责，向下可以直接开除像你这样最菜鸟的员工。他们是钦差大臣，你所在的公司像一个帝国，又像个黑帮。

周育平说：我喜欢女黑帮，我喜欢大圈仔和竹联帮。周劲不耐烦，说你他妈的真是幼稚，小心扫黑被扫进去。

两天后，一大清早，周劲在分销处见到了陆静瑜，周育平开着面包车把她从火车站拉过来的。陆穿着羊绒大衣，一手挎着LV包，脸色铁青走进来，周育平在后面提着登机箱，鬼鬼祟祟冲着周劲眨眼睛。陆静瑜毫不客气地坐在邓文迪的位置上，点了一根七星，让周育平把烟灰缸倒干净，再端上来，然后问了一下销售员的情况，每一个人都站起来回答了她的问题。陆静瑜说，行了，你们的主管也出事了，我简直无话可问，总部已经决定撤销H市分销处，你们的人事资料都在财务那儿，各自拿回去。

周育平问，我们的工资和提成呢？

陆静瑜说，只要有财务记录，也会结清给你们，接下来我会在这里善后，周育平你再多做一个月吧，还有，我请你站起来，不要坐在我的登机箱上。

销售员收拾东西离开，陆静瑜把周劲叫了回来，说我们又见面了。周劲说，陆督导，你好。陆静瑜瞟了他一眼，问说，什么时候回去做副课长？周劲说，出了这么大的事情，不开除我都算运气了。陆静瑜又点了根烟说，人又不是你杀的，你急什么，准备撤仓吧。

周育平开车，把陆静瑜送到酒店，周劲坐在副驾。起初陆静瑜不说话，后来问道：周劲你最近怎么样。周劲答道：还行。陆静瑜说：这么敷衍地回答我。周劲说：常年做仓管员，已经不善言辞了。陆静瑜又沉默下来。到酒店后，她独自提着箱子进去，那是H市相对繁华的地段，酒店是五星级的。周育平看着她的背影说：这酒店很贵，得卖多少片瓷砖才能挣回房钱？

· 43 ·

这天下午，周育平开车送周劭回库区，一路打听陆静瑜的事情。周劭说：她大概三十岁，我进公司时候她就在了，那时还很年轻，管人事，听说她和一个台湾高管谈过恋爱，后来分手了，男的回台湾了，她还留在大陆，这两年做片区督导，比以前严厉得多，话也少。周育平问说，是不是很难打交道。周劭说：我在北京时，她来查库，当时我留了一脸大胡子，她要开除我。周育平问：为什么，台湾女人不喜欢留胡子的男人吗。周劭说：你在想什么呢，这是公司的纪律，当然，公司也没有明文规定不能留胡子，但你如果留胡子、留长发就会被处罚。周育平不明就里，说：我以前的学校也这样的规矩，火电厂职校。周劭说：当然，你们那种学校就是给血汗工厂提供劳动力的，记住，无论到哪儿，规矩都是差不多的，比如你不能坐在主管的登机箱上。周育平问：后来呢，你被开除了吗。周劭说：如果我被开除，谁来管仓库呢，我只是当着她的面把胡子刮了。然后又补充道：她是个表面上看起来很严厉但相对宽容的人，换了其他督导来，你已经被开除了，你他妈竟然坐在她箱子上。

车快到库区时，周育平忽然支吾起来。周劭奇怪地看了他一眼。周育平说：我在车上跟她讲了一批货的事情，这件事本来不该让你知道，但老邓死了，总得有人知道。

那是一批大理石板，总价三万多，发到一个叫王宏卫的装修老板那儿。王的公司资金有点紧，十月份先提的货，答应年前付款。邓文迪给了黄泳五百块钱，让他出库，黄泳照办了。

周劭说，不可能，我清点过库存，数据无误，那些大理石板在库房里。周育平又支吾了一会儿说，呃，你没打开纸箱看，那里面全是三合板，黄泳死后，邓文迪知道你来接手，连夜让我们做的假。

周劭问，你把这件事告诉了陆静瑜？

周育平说，对啊，老邓死了，账得收回来啊，我不该告诉她吗？

周劭拍脑袋说：应该啊，你要是不说，这批货就得算到我头上了，但是，我操，你们这帮诈骗犯啊，你们在干些什么勾当。又骂道：黄泳，白痴，五百块就把自己卖了。

　　库区已经没有人了，文志刚打电话到物流公司，问张范生的下落，那边接线的女人十分不耐烦，骂了他一句，把电话掐了。文志刚说，他们把我当成讨薪的搬运工了。周劭说，没关系，等雪化了，就水落石出了。这时就连文志刚都意识到，张范生并不是留在了妍头家，他压根就是失踪了。

　　然而另一场更大的雪正在北方的云层中酝酿，周劭渐渐不安起来，更大的雪意味着交通封锁，库存的四百吨建材没法运出去。周劭十分焦虑，对自己说，你什么问题都可以解决，至少这五年没遇到过不去的坎，所有的坎所有的问题都他妈的像幻觉，像万花筒里看到的图案其实只是几片碎玻璃。回到库房，女孩正坐在钢丝床上吃方便面，小间里飘着一股辛辣气味，这是旅途的气味，也是潦倒的气味。周劭拉了凳子过来，坐在她对面，凝视着她。女孩说，又出什么事了。周劭说，过几天就是元旦，然后是春节，到那时库区就关了，我得回总部述职。女孩沉默好久，说道，你们的总部在上海吧。周劭说，在江苏，离上海很近，是一个工业开发区。女孩说，如果我跟着你一起去总部，是不是能找到一份工作。周劭断然说，你不会喜欢那里的。说着，他走到库房里，从口袋里掏出小刀把大理石的包装盒割开看了看，里面果然是三合板。

　　周劭感到十分困倦，无力再解释下去。女孩去职校那边上网，他躺倒在钢丝床上，顺口问了一句：你还回来吗。她说，回来，回来拿行李。说完，走出了小间。周劭想，H市对我而言真是个怪诞的地方。睡着后，他梦见了总部。

　　他在梦里对女孩说：你看，这就是每天早晨上班时的情景，几万名打工仔从宿舍或者租屋里走出来，这是一座小镇，厂区在一两公里以外，他们有些步行，有些坐厂车，到达自己工作的岗位；一路上他们都不怎么说话，包括他们的主管也是一脸愁苦。早晨是一天中最痛苦的时候，带有毁灭性，所有人像是被某种力量从梦里直接抛到了大街上。你不会喜欢那里，实际上，就连你为什么要到 H 市这种鬼地方来，我也想不明白啊。

他被傍晚时侵袭进来的寒气冻醒，外面大雪飞扬。他发了一会儿呆，让自己清醒一下，随后拎了女孩的旅行袋走出去，横穿公路时，看见胡小宁戴着一条红围巾，站在饭馆门口，一个东北来的帮工小伙子蹲在旁边，两人看雪，小伙子努力吸着烟蒂，过滤嘴烧了起来。周劭看着胡小宁的围巾，款式和女孩那条很像，但胡小宁这条有着长长的流苏。小伙子扔了烟蒂，半带挑衅地问，看啥看。胡小宁踢了小伙子一脚，板着脸进了饭馆。

周劭继续往前走，通往火电厂职校的小路湿滑难行，到网吧门口时，听到里面一阵啰唪，女孩被两个男人叉了出来。周劭听到女孩尖叫道：把身份证还给我。男人故作凶悍，说，少在这儿闹事，身份证弄丢了自己回家去补办一张，以后不许再来。转身把她的围巾扔了出来。周劭走上前，看她是不是挨打了。女孩捡起围巾，拢在自己头上，回头望见他，那眼神仿佛预言变真。

周劭打周育平的手机，问说，有没有地方安排一个姑娘住一晚。周育平不明白他的意思，啰唆了一通。周劭说，因为她没有身份证，而且今晚必须找到地方住，你开车来接一趟，我们在火电厂职校。周育平说，我他妈的正在去库区的路上呢。

十五分钟后，周育平的破车开到，天已经黑了。两人上了车，周育平才说，我有一间破房子，一室户，离这儿不远，里面暖气和水都有，但只有一张单人床。周劭说，放心，我晚上还得回仓库，你少说几句。周育平回头看看女孩，向周劭竖了竖大拇指，又打开音乐，一路轰响，车子开进老城区一个新村，全是灰黑色的旧楼，各处刷满了

"拆"字。周劭说，"拆"字真是我们这个时代的经典写照。又问周育平，能补偿多少钱。周育平说，有屁个钱，给了我一套火葬场附近的两室户，四十平方，火葬场附近啊大哥，黄泳的骨灰就是我开车从火葬场拉回来的。那女孩一路沉默，这时才问，黄泳的骨灰盒在哪里。周劭没来得及制止，周育平答道：就在周劭的仓库里啊。

这天晚上，因为周育平的多嘴，周劭不得不待在城里陪那女孩。赶走了周育平，两人到街上吃饭，女孩坐在角落里哭了一会儿，然后吃饭。周劭问，悲伤吗。女孩说，我没事了。周劭说，别留在这里了，也别跟着我回总部，去你想去的地方吧。女孩说，哪里都可以。周劭说，那就回家去看看父母吧。女孩说，给我买张火车票。周劭点头说，我还得帮你去派出所搞一张证明，或者简单点，干脆办张假身份证，把你的名字告诉我。女孩不语。周劭说，春运以后你没有身份证进不了火车站。说完，摸出三百块钱给女孩。这时雪下小了点，两人往老新村走去，都不记得那栋楼的位置，兜兜转转找了一会儿，近处的松树枝上哗啦啦地倾倒着积雪。女孩说，我叫凌明心，重庆人，我是一个到处混吃混喝的文艺女青年，说起黄泳，日他妈的，这还真是我第一个意外死去的男朋友。

第二天一早，周育平开车来接周劭，快车道已经除雪，路况尚可。周劭没睡好，周育平自然嘲笑他昨晚纵欲过度，又说，宁给人停丧，不给人成双，我这房子借给你也算是兄弟一场了。车到酒店，陆静瑜早就在大堂等着，问说为何迟到。周育平说，路况不好。陆静瑜又问周劭，你怎么戴着红围巾？

周劭说我喜欢红围巾。

陆静瑜说，唉，是这样的，红色有很多种，酒红色的，酱紫红的，暗红色的，都适合男士，但你这条是女孩子的红色。周劭说，女孩子送的。陆静瑜笑笑说，这就对了。周育平很识相，没再放他的金属摇滚，摸出一盒莫文蔚的磁带，先是《电台情歌》，再是《寂寞的恋人啊》。三个人听着歌，周育平再次多嘴说，台湾流行歌曲。陆静瑜说，莫文蔚是香港人。周育平说，对，香港人。周劭问，去过香港吗。周育平摇头说，没钱，你去过啊？周劭说，我去过深圳看仓库，隔海望见过香港。周育平说，你可以游过去做大圈仔。周劭说，不用，香港已经回归了。周育平说，台湾也会回归。陆静瑜不说话，听他们唠叨。一路上没看见任何车辆，面包车到库区，周育平下车就滑了一跤，忙喊道：陆督导小心。陆静瑜坐在车里没动。周劭发笑，说这小子是有点二。陆静瑜面无表情，问道，什么是二。周劭说，秀逗，傻，痴线。

库区空荡荡的，到办公室一看，文志刚和昆明犬都不在，留下一片杂乱的脚印通向远处的山丘。陆静瑜进了库房，周劭将她带到大理石的货位前，指着说，三合板。这时周育平跌跌撞撞跟进来。周劭介绍说，这就是他们干的。周育平忙说，不止我一个啊，好多人一起干的。陆静瑜问，还有谁？周育平愣了片刻，摊手说，他们全都已经被你辞退啦。

雪又下了起来，陆静瑜出了库房，在外面转了一圈，问说，这个库区太冷清了，是因为到年尾了吗？周劭说，是的，另外库区的主任也失踪了。陆静瑜问，经常有这种事发生吗？周育平说，经常，人们犯了什么事，或者不想在这个地方混下去了，就一走了之，不需要跟谁打招呼。陆静瑜翻了个白眼说，屁话。之后，陆静瑜说，撤销分销处以后，这个库房里的货都得运到石家庄或者济南去，春节之前搞定。周育平不无忧郁地说，这儿撤掉了，我又该去找工作了。陆静瑜又瞪了他一眼，说你的事情还没了结呢，你必须带我去王宏卫公司，把三万块的欠款要回来。周育平，我们会把命丢在那儿的。

趁着陆静瑜去洗手间的工夫，周育平问周劭，督导什么来头。周劭奇怪，反问道，你想知道什么。周育平说，我感觉她很疯，只有疯了才会想着去王宏卫那儿讨还三万块。周劭说，是的，下雪天，人会疯。周育平补充说，如果是三十万，如果不是王宏卫而是其他人，都不算疯。

周劭独自留在了库区，目送面包车离开，心想这对傻子最可能的不是被王宏卫干掉，而是翻车死在公路上。他坐在办公室等文志刚，里面凌乱一片，折叠床没有收起来，文志刚经年未晒的被子摊开在床上，臭袜子挂在椅背上，到处都是烟头。他走到张范生的办公桌前面，看到玻璃台面上压着一套九七年停用的旧版人民币，从一角到一百的面额，百元大钞上是开国领袖的浮雕侧像，旁边还有一张他近期拍的派司照。周劭想，不错，警察可以对着这张照片找张范生了，或许是在停尸房里。这时，四周只有大雪落下的簌簌声。想到文志刚白日里幽灵似的样子，周劭担心他真的扛着一条死狐狸回来。后来，他看到一条人影沿着车辙印走过来，雪下得太大，以为是文志刚，走近了才认出是李警官。他没穿制服，拎着人造革公文夹，进办公室以后，拍打着身上的雪，兴致不错。周劭不知道他的来意，也不敢随便问，刑警身上总是有一点杀气。李警官说，找你调查一下林杰这个人。

周劭很惊讶，问说你怎么会怀疑到林杰。李警官说，我在排查。周劭说，警官，难道不是随机入室抢劫杀人吗？李警官说，附近有很多别墅，住户都不在家，凶手偏偏选择了有人的一家进行劫杀，难道他是喜欢杀人吗。周劭说，你这么一说我也觉得，那手杖插在邓文迪嘴里，非常残忍，不像是普通的杀人。

李警官说，有件事你不知道，邓文迪的姐姐在楼上，是被枪打的，从后面爆头。

周劭说，啊，我操，重案，有枪。

李警官说，具体情况不便告诉你，只问你，邓文迪最近五年都没有去总部述职，这是什么情况？

周劭说，地区销售主管定期要回总部，但也有不肯去的，嫌麻烦，我们公司总部在一个小镇上，到上海还得搭中巴车，两小时的车程。

李警官说，分销处已经遣散了，老会计还在，说是邓文迪一旦回总部就会有人砍他一只手，又说那个人叫林杰，曾经被邓文迪和王宏卫手下的人暴打过，张范生也参与了。

周劭说，邓文迪和张范生确实打过林杰，王宏卫我不清楚，他是建材商，也许就是他想要林杰开仓出货吧，这帮人都挺黑的，我在各地见识过。但林杰早就走了啊，都五年了。

李警官说，具体情况你再回忆一下。周劭粗略讲了一下当年的事，但是没讲到丽莎。很显然，李警官早已知道一个大概，抽着烟听周劭讲完，追问道：我们打电话到你们总部，没有林杰的资料，即使作为假人的毕业证书和身份证复印件也没有，为什么？周劭说，可能总部会定期清理员工资料吧，你知道，扣押员工的毕业证书是违反劳动法的。李警官说，不对，有离职的员工又回到总部上班，都记录在案的，工龄可以延续。周劭说，也许假人的资料会清理掉。想了想又说：这个也说不通，一个人的记录被消除得干干净净，总之是不正常的。他起身给李警官倒水，发现热水瓶里已经没水了，骂道，我操。

李警官说，你是上海人，一口北方口音。

周劭笑了笑说，警官，上海人并非没有语言天分，粤语台腔都学得像，他们只是不想好好讲普通话，有时不得不讲，又担心在本地被人误认为外地人。

李警官继续问，你记得林杰吗，他是哪里人？

周劭说，我不认识他，也不知道他从哪儿来，会计或许记得。

李警官说，会计已经没印象了，只记得他是贵州人，但既然身份证是假的，那就很难核定他的年龄籍贯了。

周劭说，你们可以问问王宏卫。

李警官，问过了，他说当年他没有参与殴打林杰，不知道林的长相。

周劭说，那就只有张范生和文志刚见过林杰了，文志刚是搬运工，但张范生好几天没见着了，文志刚大概打狐狸去了。

李警官把手里的烟掐在烟缸里，说这都哪儿跟哪儿的事，打狐狸？周劭就把文志刚和狐狸的事情讲了一点，又指指桌板下面张范生的派司照，拽过文志刚扔在凳子上的雷锋帽，说，这是张范生那天下班时戴的帽子，撂在雪地里了，我估摸您要是仔细搜的话，不定在哪儿还能搜到他的助动车。李警官眯着眼睛不说话，像是走神了。周劭说，你确定是林杰来寻仇吗？李警官又点了根烟，过了很久才说，也不一定，邓文迪得罪的人实在太多了，我目前只是在排查，对了，你有没有听说过总部那个小镇上，有"十兄弟"这么一个帮会，类似黑社会的组织。

周劭愣了片刻，说，也是好几年前的事儿了，后来扫黑，就销声匿迹了，也没人知道十兄弟到底是哪十个人，当年那些工人出去玩，遇到打架挑事儿的，会谎称自己是十兄弟，有时两伙人都说自己是十兄弟，照打不误，如此一来，搞得仿佛满世界都是黑帮。

李警官问，他们有枪吗？

周劭说，不清楚，那一带对枪支管得严，只知道用砍刀和棍子的，有湖南仔打架用上了火药枪，能把人眼睛打瞎，但不至于爆头。二〇〇〇年有过一次枪案，凶手已经伏法了。

李警官说，你们总部有人反映，说林杰是十兄弟。周劭也给自己点了根烟，回忆了很久，说：也许吧，上个世纪末时，他妈的，身边多少年轻人都自称是十兄弟。十兄弟就像是个玩笑，人们恐惧的根本不是黑帮。李警官问，恐惧什么。周劭说，恐惧那种只有成为黑帮才能获得一点刺激的乏味生活。李警官拿过张范生的雷锋帽，把玩着，继续抽烟。周劭抬头问，警官，凶手这会儿应该已经在一千公里以外了吧？

李警官说，也不一定。

周劭送李警官到公路上，这时，赵警官从饭馆出来，两人进了轿车，李警官叮嘱周劭：有事打我电话。周劭说，你能找到张范生吗。李警官没回答，看着漫天大雪，和赵警官低声讲了几句，汽车就开走了。

周劭走进饭馆，两个姑娘无聊地坐在账台后面看电视新闻，汽车排起长龙，停在风雪交加的高速公路上，交通线已经瘫痪了。胡小宁说，天哪，我们还怎么回家？另一个姑娘说，哎，不是我们这儿啦，你看看外面，一辆车都没有。新闻里一名货车司机愁苦地面对镜头，拿着一块方便面饼咀嚼，然后说，附近的村民出来卖热水，三十块钱一暖壶。胡小宁说，我明年不想在这里做了，一点意思都没有。

周劭要了一碗面条。胡小宁说，周哥，听说美仙公司的总部月薪两千起，还包吃住。

周劭说，是的，你也想去总部上班？

胡小宁说，大家都想去上海嘛。

周劭说，美仙总部不在上海，在江苏，紧贴着上海，工资还可以，包住，包一顿午饭。又说，镇上除了瓷砖厂以外，还有好几十家工厂，都差不多的待遇，只是不要去服装厂做女工。

胡小宁问，为什么？

周劭说，甲醛很重，尤其熨衣服的女孩，没有劳动保护，很容易得癌症。

另一个姑娘问，那边好玩吗？

周劭说，那得看你怎么玩了，有三五万个工人，五湖四海，你肯定能找到老乡的，认识些男孩不成问题，但你如果向往北上广这种大城市，就不太适合了，小镇毕竟是小镇，工厂管得严，也不会让你随便乱跑。

胡小宁说，我讨厌管得严的工厂。

周劭说，某种角度来说，也是为你好。

胡小宁严肃地说，老板考虑的都是自己，首先是为了他们自己好，然后，没有其次了，不存在为了工人好。

周劢说，当然。

胡小宁走了出去，另一个姑娘一直面对着电视机，这时才回过头说，周哥你知道吗，黄泳在的时候，曾经答应过，把胡小宁介绍到美仙总部去上班，他吹得可好了，说可以让胡小宁去储运部做一个录入员，坐办公室的。周劢说，对的，会电脑就可以了，EXCEL，每天输入报表。那姑娘说，那黄泳没吹牛？周劢说，呃，我不知道他是怎么吹的，确实坐办公室，但没那么好。那姑娘说，真可惜，黄泳死了。周劢心想，你不知道那份工作有多枯燥，仅仅比做流水线强一点。

那姑娘又说，刚才警察来过，我以为是问黄泳的事情呢，没想到，你们公司的老板死了。周劢说，是的，杀人案，但不是老板，是分销处头头。那姑娘问，你们公司是不是经常死人？周劢被逗乐了，不知道该怎么回答她，想了想才说，我没统计过，如果你总惦记着这件事，那一定会觉得满世界都是死人。

这一天吃完饭，周劢无事可做，心想这些在饭馆里端盘子的姑娘，真是既明白又糊涂。走出饭馆，雪还在下，胡小宁已经在空地上堆雪人了，头发全湿，显得特别高兴。这种高兴劲头从哪儿来的，令人费解。周劢想起凌明心，想起那栋旧楼（酷似他曾经住过的筒子楼），雪下得无休无止，打她手机听到的是欠费停机。他想起多年前和端木聊天，说到人们因为天气而忧郁。这种忧郁和晦暗的光线有关，端木说，下雪的时候，那种异常的亮光，带着一点蓝色，发疯似的包围着整个世界。雪会让人盲，也会让人疯。周劢感到时间停顿了。他再次来到火电厂职校附近，钻进网吧。有时他会产生错觉，此生经历过的地方十分相似，时间仿佛不起作用了，仅仅是一个通道。他想到端木云说过：如果你能预见到此生，那么，时间确实是不存在的，你只是在一个停顿的时间坐标内做完此生的事情。

邮箱仍然是空的。端木云至今没有手机，在长达五年的仓管员生涯中，两人交流越来越少。周劢犹豫片刻，又给端木云发了一封信，说到邓文迪，很详细地写了案发现场的情况，包括李警官透露的那点事情。另外他说，张范生失踪，很蹊跷，如果把两条线索并起来，也许真的可以定位到林杰身上，但林杰又是谁呢？那个曾经号称帅气得让总部的女孩们偷偷发疯的外仓管理员，那个十兄弟，那个假人。

陆静瑜刚到 H 市时，对这座城市的印象非常糟糕，尤其是火车站的脏乱无序。不过，哪儿哪儿都是这样的城市，她在大陆待了好几年，也习惯了。周育平在站口接她，两个人错过了，她从东站口出来，而他在西站口等着。他们打了好一通手机，见面时，她说真想不到这么小的一个城市，火车站还有两个出口。周育平说，这城市不小，五百万人口，是台北的一倍。陆静瑜问，你去过台北？周育平忙说，没有没有，我只是网上查的。

她坐在周育平那辆破旧的面包车里浏览城市风景，一无所获，两场大雪之间的 H 市几无生机，房子都旧得失色，零星的行人裹在厚重的衣服里匆匆迈动脚步，空气灰蒙蒙。陆静瑜忍不住问，这座城市里的人，靠什么生活呢？周育平说，这个问题问得好，这儿什么都没有，年轻人都往外跑，想去北上广见见世面。陆静瑜问，人口流失吗？周育平说，总数没少太多，有本事的都走了。陆静瑜沉默了一会儿，说，也难怪你们分销处的业绩这么差。周育平说，房地产市场正在起来，再等两三年就好了，可惜。后半句话他没说，当然是可惜邓文迪死了。

后来陆静瑜宣布撤销分销处，周育平又说，可惜，市场正在培育起来，我们花了好几年的功夫。陆静瑜问他，你才入职半年吧，学什么专业的？周育平挺不好意思地说，学营销的。其实他那张文凭是买来的，H 市一所野鸡函授大专，国家不承认的学历，他也没上过一天课。陆静瑜说，你们这些学营销的，动不动就谈什么市场培育，可笑。

陆静瑜住五星级酒店，这让周育平心里很不平衡，一个标间的价格相当于他每个月的底薪。周育平想，这个女人在这儿巡查一星期，我们分销处所有人白干一个月，不知道这笔钱算到谁头上。俗话说，羊毛出在羊身上，即使总部埋单，实际也是我们销售员一片一片瓷砖挣出来的。酒店大堂十分豪华，大理石贴面，用的是最昂贵的孔雀绿，但不是美仙公司的产品。有一次，周育平坐在大堂里等她，抽烟，保洁工过来清理烟缸，周育平说不用收，我还继续抽呢。保洁工说，不成，我们这里有条例，烟缸里满两个烟头就必须清理。

陆静瑜下来，周育平说，这里真干净啊，烟缸里有两个烟头就得收拾掉，还放那么大的烟缸。陆静瑜说，倒也不纯粹是为了干净，欧洲有一种迷信，烟缸里有三个烟蒂是不吉利的，这栋楼里没有十三层，也是这道理。周育平说，十三的事情我懂，烟蒂的事情没听说过。陆静瑜没再解释下去。周育平这时反应过来，哦，她在国外待过。

另一次，陆静瑜忘记了东西，回楼上去拿。周育平在车里等她，旧车停在大堂前面。门童过来说，你能把车开走吗？周育平说马上。门童说这不行，你这破车挡了后面的路，赶紧开走吧。这时陆静瑜又出来了，周育平下车帮她拉开车门，他看到门童脸上掠过一丝不怀好意的笑。是啊，周育平自己也觉得，这么一个浑身名牌的女人，挎着LV包，但她上了一辆快报废的面包车。

暴雪起来时，路变得非常不好走，车子有时堵在路上。两人瞪视着前方汽车的尾牌，仿佛那里有一段不能言说的历史，沉默变成了尴尬。周育平就搭讪问道，陆督导你是哪里人？陆静瑜说，桃园。周育平说，我知道台湾有一个桃园机场。陆静瑜说，对啊，我就是那里的人。周育平说，你的普通话说得很好，没有一点台湾口音，最多像个南方人。陆静瑜说，我普通话是很好的。周育平说，真奇怪，那个周劭，明明是上海人，他的普通话也很好哪，他还会讲东北话。

周育平对陆静瑜感到好奇，他打电话给周劭，问起这个人。周劭说，去你的，你为什么对陆静瑜这么关心，简直奇怪。周育平说，我就觉得她跟我堂姐长得有点像，我堂姐对我不错，后来嫁到珠海去了。周劭说，不知道你在胡扯什么。

这天中午，陆静瑜和周育平顶着大雪，开车回到市区。城市像是陷入了白色沼泽，并逐渐下沉。陆静瑜问，哪里有咖啡馆，想喝一杯咖啡。周育平说咱们这个小破地方哪来咖啡馆，不过他有一个朋友开书吧，离酒店不远，那里面兼卖咖啡。说到这里，周育平以为当天的任务结束了，喝个下午茶就能散局。陆静瑜却说，咱们喝完咖啡就去王宏卫公司。周育平倒吸一口冷气。

他介绍的那家书吧很有意思，位于H市衰落的商业中心，周围有一些六七十年代建造的商场，经过几次翻修，最后仍逃不过被拆毁的命运。书吧在一栋砖红色的小洋房里，看上去是殖民时代的旧建筑，但H市不是上海，不是哈尔滨，不是青岛。很奇怪，这里会有老式洋房。书吧的老板是个中年男人，穿着灰色的高领毛衣，戴一副黑框眼镜，看上去很文艺，养了两只细长的短毛猫。陆静瑜走进去之后，摸了摸猫，问什么品种。周育平说，一只是杂交的美短，一只是土猫。

书吧老板给了一份餐单，陆静瑜没看，直接说美式，又问周育平喝什么。周育平说，我喝绿茶，我早上没睡够。书吧老板说，真无聊，女士喝咖啡的时候，男人点了绿茶或者啤酒，无趣。陆静瑜看了看他，对周育平说，我请你喝咖啡吧，来一杯拿铁。

咖啡端上来后，陆静瑜啜了一口，点点头，显得心情很好的样子，站起来端详架子上的书。大部分是新书，可以出售，其中有一些港台文学，也有一些画报，另放着好几款皮封面的笔记本。她几乎是在原地转了一圈，空间很小，不过十几个平方。陆静瑜问，平时有人来买书吗？书吧老板说，极少数的文艺青年，不过这种天气他们也不会出现。陆静瑜说，你的咖啡不错。书吧老板说，谢谢，你看周育平这种人跑到店里来点一杯绿茶，你就能明白我的忧伤了。

陆静瑜从架子上拿下一本英文书，问了个价钱，买了下来。周育平问，这是什么书？陆静瑜说，这是珍·奥斯汀的小说，叫《傲慢与偏见》。她又从架子上抽出一本中文书，书名叫《逆戟鲸那时还年轻》，作者是端木云。她翻了翻，发现是本短篇小说集，纸张与排版很一般，收录了九部短篇，一共77页，捏在手里薄得像个信封，没有出版年份和标价。陆静瑜问老板，这是什么书？书吧老板说，这是一个文学网站自己印的，他们有个版主是税务局的保安，有时会送点自制印刷品过来。陆静瑜说，这本书多少钱？书吧老板说，文艺青年的小玩意，喜欢就送给你吧。

两人在书吧坐了一个小时，雪没有停，周育平越发不耐烦，忍不住催促道：陆督导，再不走的话，可能会封路。陆静瑜问，公司在哪里，远吗？周育平摸摸自己的额头说，天哪，是我没说清吗，王宏卫在别墅里开公司，别墅在邓文迪家附近，南郊。陆静瑜面无表情，起身结账说，走吧。

陆静瑜回酒店换了一件比较厚的羽绒服，下楼时发现周育平坐在大堂外的栏杆上，样子很矬。问他怎么回事，他说，我好像发烧了，我早上还好好的，我能不去吗？陆静瑜犹豫了一下说，王宏卫我约了好几次，今天才约到，我必须去。周育平捧着头说，王宏卫是混道上的，你搞不定的，他就没打算把钱给你，你是台湾人你来大陆跟流氓要债。陆静瑜说，你终于说实话了，你们和道上的人做生意。周育平抬起头说，不关我什么事，是邓文迪的客户。陆静瑜这时伸手摸摸他的额头，又在自己额头上摸了一下，说你没发烧，还好，有可能是太累了。她说，我自己去叫的士吧。周育平说，那你怎么回来，你去的地方很荒凉。陆静瑜不理。酒店门口没有出租车进来，她走到街上，雪下着，街道空旷。过了一会儿，周育平的面包车开了过来，大声说，大小姐，走吧。那口气带有冒犯。陆静瑜坐上副驾，说：我可不是在和你赌气，不用叫我大小姐。

这天下午，面包车开上南郊的公路，路况比想象中好些，但周育平的状态令人担忧，感觉他就要睡倒在方向盘上。这一回，陆静瑜搭讪，让他讲讲这单业务的情况。关于王宏卫，周育平打起精神说，本地做建材批发的老板，多半都有不太光彩的历史，因为建材批发做的都是大宗生意，背后非常黑。王宏卫过去是一个泥瓦匠，他起家据说是在九十年代中了一张彩票，你相信吗，他中了彩票然后进入了 H 市最黑暗的行业之一，如鱼得水，这怎么可能。陆静瑜问，真实的原因呢？周育平说，不知道，有可能是贩毒，也有可能是走私。陆静瑜说，既然他这么有钱，三万块的货款为什么不给？周育平说，因为他没有理由诚实啊，没理由在你面前扮演好人，他从小到大就是一个坏人。

周育平在公路上给车加满了油，汽车照例经过开发区，他把车速降到四十码。公路并不是笔直的，对面间或有兜着油布的卡车过来，它们顶风行驶的样子像是一个破衣烂衫的巫女在低空飞行。每次错车前，周育平都会狂按喇叭。陆静瑜看出他很焦躁，但她还是忍不住继续追问：王宏卫的公司怎么会在郊外，再往前走似乎是另一座城镇了。周育平说，他买了别墅，他把公司开在家里，这些别墅都是房地产商做的，他们要造一座新城，房地产正在好起来，你真的不应该撤掉分销处。汽车拐进一条小路。周育平指着北边说，邓文迪他姐姐的房子就在那儿，他们死在里面的。

汽车开进别墅区，停在一栋二层小楼旁边，周育平向院子里指指。两个人还没下车，从后面走过来一个女人，车挡了路，她叫嚷了几句，伸手在车顶上拍了一下。这是一个白种女人，身材高大，嚷的也不是英语。车顶轰然作响，周育平跳下车一看，那儿竟然凹下去了一块。

周育平说，我操，小婊子，你疯了是吗。这个女人也怔了一下，不知道是惊讶于自己的力气太大，还是中国面包车的铁皮太薄，然后，她轻蔑地说了一句什么，做了个下流手势，穿过车与墙的缝隙进了王宏卫家的别墅。陆静瑜也下了车。周育平说，这婊子在骂我。陆静瑜说听不懂，不像俄语，像东欧的，你讲话太粗野。周育平说，她就是那边来的，邓文迪说王宏卫喜欢欧洲女人，他们叫她若娜，本名根本念不上来。他看了看车顶，那个凹坑再也没恢复原状。周育平非常沮丧地说，这东欧婊子没把任何人放在眼里，她弄坏了我的车。陆静瑜等他停好了车才说，不用生气，这辆车很快也会折价卖掉。周育平说，这个坑就能折掉好几百。陆静瑜大为头疼，连声说：不要嚷，你嚷了我也心烦。

别墅前面是一个小院子，两人踩着雪走过去，若娜似笑非笑站在门口等他们，向周育平招手。陆静瑜压低声音说，确实是像个阻街女郎啊。周育平说，你不用低声说话，她根本听不懂中文，是的，她就是王宏卫从妓院里捞出来的。

王宏卫坐在客厅沙发上看片子，屋子里比外面暖和得多，他穿着衬衫，两人进去，他没有站起来，继续看片子，荧屏上是香港古惑仔乱作一团的互砍，动作很大。周育平每次看这种片子都会发笑，认为导演根本没有经历过类似的场面，他对陆静瑜说：真正的群殴中你听到的不是呼喝，而是一片惨叫，像屠宰场。陆静瑜没理他，注意到王宏卫五十多岁，双手关节变形，嘴角有一条伤疤一直延伸到脖子。

王宏卫点了一根烟，示意他们坐下。电视机里仍然是打斗，无休无止，像是一种暗示，他甚至连音量都懒得开低些。陆静瑜知道这是个没有教养的人，在进门之前，她还盘算着怎么开场，现在断然放弃了这个念头，很直接地说：王老板，请你把三万元的欠款打到公司账户上。王宏卫仿佛很累，仿佛他刚从荧屏上的打斗场面走下来，他闷头闷脑地说你是谁啊，我打到哪个账户上？陆静瑜很客气地说：王老板，你以前打到哪个账户上，现在就到哪个账户上。王宏卫说：我以前都是给邓文迪的呀，有时走账，有时现金。陆静瑜说：不对啊，分销处没有自己的账户，也不允许现金交易，你搞错了吧？王宏卫说：

我只认识邓文迪嘛。陆静瑜说：王老板，要不要这样啊？两个人来来往往说着，声音渐渐大了起来。周育平知道今天没戏了，以后也没戏了，这笔钱不可能要到手。他坐在沙发上觉得头晕得想死，看什么东西都在晃。

这时屋子里忽然安静下来，碟片卡住了，荧屏上出现了一堆马赛克，以及一个女人扭曲的脸，定格在那里。王宏卫和陆静瑜也跟着停了下来，莫名其妙地互相看着，若娜裹着衣服在外面门廊下看雪。王宏卫举起遥控器，胡乱按了几下，碟机毫无反应。王宏卫喊道，若娜，若娜。她走了进来，他指指电视机，若娜蹲下身体，按着碟机上的按钮，没有反应，碟机发出一阵磨牙似的声音，她摇摇头，关掉了电源，这下连电视机也一起黑了，重启之后碟机又发出那种声音。陆静瑜怔怔地看着若娜干这些事。王宏卫说，算了，不看了。但若娜还在捣腾，王宏卫说，No，Stop。陆静瑜忍不住笑了出来。若娜站起来耸耸肩，走了出去。

王宏卫叹了口气说：冰天雪地的，你们跑这么远来要三万块，还嘲笑我，值得吗？陆静瑜说：这不是我的钱，是公司的钱，我们在做的是建材生意，不是洗钱，也不是赌博。王宏卫说：这笔钱没有任何凭证，我口头承认，并不代表在法律上就有依据。陆静瑜说：我明白的，全世界都是你这样的人。王宏卫说：人死债烂，邓文迪已经死了，有件事你们可能不知道，邓文迪本人还欠我钱，也不多，十几万，留了张欠条，你觉得我有可能拿回这笔钱吗？陆静瑜指出，你这是私账。王宏卫用一种不可思议的眼神看着她，仿佛她不是正常人类，然后才拍桌子说：操，什么逻辑，对我来说，每一张人民币就是一份合同，而合同只是草纸，明白了吗。陆静瑜不说话，王宏卫又说：我知道你在美仙公司的职务比邓文迪高两阶，而且是台湾同胞，但是没用，一个公司我只认一张脸，你的脸也好，周育平这傻小子的脸也好，都不管用，所以下次如果你还来的话，我就只能让若娜接待你了，她配得上你们的脸。

陆静瑜说：王老板，你要想清楚，我们公司在这里先死了一个仓管员，后死了一个分销处经理，这是大事，这笔钱挂在账上，清盘的难度非常大，我不想过完春节再来这里一趟。王宏卫说：那你就别来了。陆静瑜在这一瞬间变得有点抓狂了，也点了根烟，吸了两口把整根烟扔进烟缸里。周育平端起烟缸，昏头昏脑站起来找了个垃圾桶倒掉。王宏卫很惊讶，问说你怎么回事。周育平说：三个烟蒂，烟缸里有三个烟蒂，是很不吉利的，会死人的。王宏卫跳了起来，抢过烟缸，照着周育平的脑袋打了过去。那烟缸很沉，像个玻璃做的小号磨盘。周育平勉强躲了一下，头颅上发出嘭的一声，犹如刚才车顶上被拍了一掌。陆静瑜想这下完了，周育平的颅骨碎了。若娜发出尖叫。周育平跟跟跄跄退到窗边，被这下打醒了，捂着脑袋说：我操王宏卫，你知道邓文迪是为什么死的吗，随随便便打人，是活不长的。陆静瑜冲到周育平身边，从包里翻出手绢，扒开周育平的手，发现他没受伤，也没流血，过了一会儿额头上起了个包。

陆静瑜不得不拽着周育平离开，随后是周育平开车，带着陆静瑜回城。车开得很险，幸好道路空旷，周育平也不敢提速。有一阵子，周育平的牙齿发出咯咯的撞击声。陆静瑜听了一会儿，确认是他在打战，但不确定他是冷呢，还是害怕。

周育平抖抖索索地说，我们运气真好，平常王宏卫身边都有三五个打手，今天也许是下雪降温，他们都回家了，不然我会被打死，但即便如此，我还是有点怵，你给我一根烟吧。他在车里抽着陆静瑜的薄荷烟，没有开车窗，直到把烟抽完才说：你早知道这笔钱是死账了，当事人邓文迪和黄泳都死了，王宏卫怎么可能给你钱嘛。陆静瑜说，我在征询你的意见吗？周育平说，好吧。

两人回到市区，又经过了书吧，这时正是下班时间，车堵在街上，有一刻钟的时间完全不动。周育平睡着了，他靠在驾驶座上，头歪向一边。陆静瑜有点担心，怕他头上的伤发作——后来她告诉周育平，自己的哥哥在台北骑机车摔伤了头部，当时没有任何问题，过了四个小时猝死。她拍了周育平一下，后者从一场短暂的梦里被释放出来，揉着眼睛说，我要回家。

但是那条路仍然堵着，夜晚几乎是迎头而来，伴随着深寒。陆静瑜说，这样吧，你把车停在路边，我们走回酒店，这里过去好像不远。周育平勉强把车子泊在书吧附近，两人下车，都觉得外面太冷，路并不好走。周育平把陆静瑜拉进了书吧，从柜台后面拿了瓶水，喝掉一半，把猫从长条沙发上撸走，枕了一摞杂志，倒头就睡。

这时书吧老板才从外面进来，问陆静瑜发生了什么，她摇摇头说，去讨债，但是很失败，这小子被人打了。书吧老板说，算了，让他眯一会儿吧，我给你做杯咖啡，美式吗。陆静瑜说，谢谢，美式。她坐在窗边，开了一盏小台灯，长方形的绿色玻璃灯罩，黄铜灯座。陆静瑜说，这种灯让我心安。书吧老板说，在美国电影里经常见到，我特地从灯具市场淘来的。陆静瑜说，我大学图书馆的桌子上一排一排，都是这款台灯。书吧老板问，您是哪里人。陆静瑜说，桃园人，祖籍重庆。

她把头扭向窗子，外面车灯闪耀，从玻璃上仍能看到自己模糊的影子，以及台灯光，屋里屋外的视像重叠起来。书吧老板端上了咖啡，说：我们这里，秋天的景色还好，冬天实在没什么可看的，没有人来这里。陆静瑜怔怔地问，那么有人离开吗？书吧老板不知道该怎么回答，在她边上站了一会儿。后来，他说起了周育平。

他说这小子曾经离开过，去了北京，为什么呢，找他的女朋友。那女孩是他职校时候的同学，他为了这女孩一拳打断了别人的鼻梁骨，差点坐牢，后来是被开除了。这小子跑到我店里来偷地图，北京市的地图，顺了一张就走，被我逮住了，训了一通，罚他在店里打扫卫生。

我们就是这么认识的。

陆静瑜说，一张地图才多少钱。书吧老板说，两块。陆静瑜不可思议地看看周育平蜷缩在沙发上的身体。书吧老板说，他认为两块钱的东西不值得买，顺走就可以了。陆静瑜说，他不是念过大学的吗，怎么又成了职校生了。书吧老板说，大学文凭买来的，给我看过，我说这比草纸还假。陆静瑜喝了一口咖啡说，你不知道我是他上司吗？书吧老板说，我还知道他已经被裁员了。

这小子是个霉星，就这么去了北京，在一家苍蝇馆子里打工。起初洗碗打杂，后来混上了厨师，用回收的食品油炒菜给人吃。厨师是个很枯燥的职业，油烟味熏久了和大麻一样，会让人脑子变木。每天深夜干完活，他就回到地下室的租屋里，一觉睡到第二天中午，醒了继续去炒菜。跟老板说要涨工资，老板不答应，过了几天，在他炒好的菜里发现了一条老鼠尾巴，客人不干了，把工商局啊、食品监察大队啊、警察啊都给叫了过来，老板也要找他算账，说是这小子恶意报复。他不知道自己得罪了谁，只知道闯了大祸，扔下所有的铺盖连夜坐火车逃了回来，一身油烟气，还穿着厨师脏兮兮的衣服，跑到我这儿来借钱。

陆静瑜问：那么女朋友呢？

书吧老板说：找到了，在一家酒吧推销啤酒，往下他就不肯再说了。

这小子回来以后找不到像样的工作，原打算晃着，不料他老娘查出来子宫癌，家里积蓄不多，必须得让他去上班才能撑下来，要不就干脆打家劫舍，但如果被警察抓了，老娘就别活了。他去学开车，做司机倒是很有天分，可是买不起车，被驾校的狐朋狗友骗到赌台上，又输了好几千。没办法，是那种在任何环境里都能让自己走投无路的人，你要问他这辈子干过什么好事，肯定回答不上来。直到邓文迪收留了他，给了他一辆破车，平时送货，下班以后能去拉黑车，他干得还不错。书吧老板说，可是邓文迪也不是什么好人，我担心周育平做久了以后会出事。

陆静瑜说：现在不用担心了，邓文迪挂了。

书吧老板说：可这小子又失业了啊，对有些人来说，工作很重要，哪怕是开一辆破车跑东跑西，也能提供一种心理保障，觉得每一天都还能活得下去。

陆静瑜不语，等到书吧老板离开后，又看看沙发位置。周育平在梦里动了一下，说梦话，听不明白嘟哝什么但那口气似乎是在骂人。陆静瑜猜想他是梦到了王宏卫，然后又想，王宏卫可能也是我今晚的噩梦。她坐在窗口，觉得自己莫名其妙，不知所云。

后来她觉得饿了，周育平还在睡，她忽然失去了耐心，想独自走回酒店。这时，周育平口袋里的手机响了，他立刻醒过来，像在梦里被人搡了一拳，轰然竖起上身。陆静瑜和猫都吓了一跳。周育平掏出手机按掉铃声，说：七点，咱们得回酒店。原来那铃声只是他设定的闹钟。

两个人和书吧老板打了声招呼，又开车回去，这时街道空了一些，路灯有序地照在雪地上，一截锃亮，一截黑暗。周育平快速地开到了酒店门口，陆静瑜下车，什么都没说就走了进去。她回到房间里，觉得心神不定，拉开了窗帘，从九层楼高的地方往下张望，恰好可以看到酒店门口的道路。过了很长时间，周育平的面包车才闪着灯开了出去，消失在暗处。她不知道这十几分钟里，他停在楼下干了什么。

元旦那个晚上，周劭梦见了辛未来，更可靠地形容，是在梦里想起了她。他走进那栋楼，像是他青年时代经历过的无意义的细节在重复呈现。盲老头，辛未来，全都没有出现，只有空洞的环境。在梦里他很慌张，想到辛未来怎么不在家呢，然后又质疑自己，我怎么会使用"家"这么个概念，我是个没有家的人（这并非比喻，而是事实），我住仓库的。他站在走廊里低声叫着辛未来的名字，声音犹豫，仿佛她已经不在人世，他更像是在自言自语。然后，他醒了过来，想到已经过去了好多年，目前是二〇〇五年，辛未来早已是一个凌空而去的人。他感到沮丧，后来渐渐平静下来，按照世俗的推算法，她现在恐怕已经结婚生子。不过他又想，也未必，各种可能都有。

他到职校门口搭车往市里去，车在无人的公路上开了很久，几个职校女生坐在前面，用脏话咒骂着天气。其中一个短发的女生时不时回头瞟他一眼，那目光像辛未来，但也可能是他的梦做得太深，久久不能醒来。下车后，他又走了很长一段路，两只脚冻木了，才找到新村。他走上楼，敲门，里面没有动静。他猜凌明心可能出去了，又晃下楼，四处转了一圈，有一家花店开着，他进去看了看，架子上只有两把开放到极限的百合，黑色的花粉沾在花瓣上，看上去撑不了几天。店主说如果想要可以便宜点卖给他。周劭问，还有其他鲜花吗。店主说，暴雪，南方的花卉运不进来，就只有这个了。周劭付了钱，将两把百合扎成一束，用深蓝色的卡纸卷了，回到楼里。凌明心正站在走廊里和一个小男孩说话。

凌明心说：你玩过寻宝大王游戏吗？

男孩十来岁，很机敏，摇头说：听都没听说过。

凌明心说：我在一张纸上写上一件东西，比如说蓝色花边的碗，你就去找出一个蓝色花边的碗。

男孩说：听起来很复杂。

凌明心说：不复杂，你找到了，你赢；如果这个地方没有蓝色花边的碗，你也赢；但如果你没找到而我找到了，我赢。

男孩继续摇头：这游戏无聊。

周劭拎着花，走上前说：别信她的，这姐姐会让你把家里的存折找出来给她的。男孩说：确实像个骗局。周劭摸了摸男孩的头，后者撒腿跑了。凌明心说：多好玩的游戏。周劭说：没错，在公司总仓，我们就是玩这个游戏的，那里有一万多平方，但我们找的不是别的，

· 65 ·

是某一型号的瓷砖。凌明心不说话。周劭说，不谈这个了，买了束花。他走进屋子，闻到膨化食品配料的气味，或是黑椒，或是番茄，混合在一起。窗开着，窗外是一个巨大的变压器，敦敦实实装在电线杆上。周劭没找到适合的容器，只得将花放在桌子上。

两人在屋子里吃方便面，周劭说冷啊。凌明心起身关窗。周劭又说，不用。凌明心说，那个游戏是黄泳讲给我听的。周劭说，其实那不是游戏，而是总仓对员工的惩罚，咱不谈这个事，不谈，我刚才看见一个火车票代售点，咱们吃完就去买车票。

两人在街上排队，雪还在下。凌明心问：你会和我一起走吗？周劭说，我已经讲过，我要回总部，而那个鬼地方再过几天也会进入春运，几万人像逃亡一样往外走，到了春节以后，他们再回来。凌明心说，我可以春节之后再来找你。周劭说，那又不对了，春节之后我可能会被派往另一座城市，连我也不知道是哪里，连我的主管都说不清，可能是随机的，也可能像是在这里发生的，有人出事了，我去扫尾，谁能说得清。凌明心说，那也和我一样，有一个机会就去陌生的地方，我最想去的地方是云南。周劭说，云南好，可惜公司在云南没有仓库。凌明心说，也就是说你不愿意再见到我了。周劭被她问住了，随后在售票口买了一张三天后去重庆的硬卧。

凌明心提出，还想再回一趟库区，去看看黄泳的骨灰盒。周劭不语。凌明心说，我在那个鬼地方待了半个月，只认识黄泳一个人。周劭方始问道：你是怎么认识黄泳的？她说：那时我在网吧里住着，跑到库区瞎转，勾搭上了他，后来我们一起去上网，就好上了。周劭问：为什么要来这里？凌明心说：瞎玩，玩到了这里。周劭说：那我想不明白了，你为什么不去派出所办一张临时身份证？凌明心不说话。周劭说，算了，我不问了。

这天夜里，周劭留在屋子里，看着桌上的百合花，昏黄的灯光照着花也照着他自己，听到窗外古怪的低频噪音，可能是变压器，也可能是空调。凌明心坐在床上，一直望着他，后来，她说，如果想做爱的话，应该是最后一次。周劭仍然说，算了。她坐在暗处，问道：因为黄泳让你有心理障碍吗？周劭说，不会。后来又改口说，也许会，感觉自己活在了另一个人的身上。凌明心问，有这么严重吗？周劭说，不算严重，但毕竟我认识黄泳。

后来，他还是坐到了床上，两人背靠着墙抽了根烟。凌明心说，你说得对，不要再提黄泳了，帮我想想，我如果想找一份不错的工作，应该怎么规划？周劭说，你首先得有一张身份证，现已经在换第二代身份证，但一代那种塑封的还能用，然后得有一张文凭，至少大专吧，有一个相对万金油一点的专业，像我这样的，经济管理，或者文秘，或者营销，总之过于专业的领域很容易给人看出破绽。凌明心说，女的去做仓管员恐怕不行吧。周劭说，还真不一定，总部有一个女仓管员，是我徒弟，湖北姑娘，特别厉害，而且忠诚，这是仓管员最重要的品质，更不能是个假人，不能像黄泳这样拿一张真的身份证和一张假文凭出去，换句话说，仓管员的一切都必须是真实的。凌明心问，为什么？因为，几百万的货就在你的看管之下，周劭说，你哪怕偷一块砖头也会圆不了谎，你就会想着，一不做二不休，干脆搬空仓库算了，这是人性的弱点。凌明心说，那我只能去做妓女了。周劭说，妓女也得有身份证，如果你不想说出你是谁，我一点也不会勉强你。凌明心沉默了很久，后来，她说：好吧，我可以告诉你一部分——我在广州打工时偷了公司一笔钱，我也不知道自己是不是被通缉了，总之，不敢去公安局。周劭问，多少钱。凌明心说，五万多。周劭望着手里的香烟，过了一会儿，问道：如果黄泳没出车祸，你们会不会合谋把仓库搬空了？凌明心说，真没有，我们只是在网吧里遇上，他给了我一点钱，我陪他睡觉，事实上，在遇到他之前，我想的是去北京找我的男朋友，他才是那个把五万块钱拿走的人。周劭问，然后呢。凌明心说，我不想再讲了。两人终结了这场谈话，最后一次做爱，似乎这真的是最后一次，自此不能相见。在进入她身体的一瞬间，周劭想，当我们说"最后"的时候，其实只是在宣布一个无法印证的预言。

奇怪的是，他梦见了骨灰盒。

多年前，他的父亲火化，他捧着骨灰盒和遗像从殡仪馆出来，感觉是电影散场了，完全不知道该去哪儿。当时他十六岁。骨灰盒是花一百二十块钱买的，在所有的木盒子中它是最廉价的，殡仪馆的标配。当然还有更廉价的，一种瓷坛子，但似乎人们并不习惯瓷坛，易碎，而且看上去像装了黄酒。他抱着骨灰盒和遗像，在十二月的天气里坐上了公共汽车，穿过城市回家，感到路上所见的风景皆为虚空，或者是镜像。因为他怀抱着自己的父亲，而死者什么都感知不到，从唯物的角度来看是这样，但是从另一个角度，他替代死者看到了风景，他的目光中掺杂了死者的意志。回到家后，有一个亲戚说，迷信来说，家里是可以放骨灰盒的，但不能断人，每时每刻必须有活人留在房间里。如果人不在呢？在这个封闭的空间里会发生什么，亲戚没有说。后来给了他一个地址，是一家吃白事饭的馆子，他带着骨灰盒和遗像去了那儿。店老板很客气，一身江湖气（不具备这种气质的人恐怕也做不了这门生意），告诉他说，存放骨灰盒的价格是每年一百元，比殡仪馆便宜。他付了五百，存五年。老板带他走进一间储藏室，里面一排排的骨灰盒，放在架子上。可悲的是，几乎所有的盒子与他父亲的都是同一款，最便宜的那种。老板说，就放这里吧，让他们做个伴，我会替你烧点纸，烧给大家，你的爸爸就在这里占一个位了。周劭把骨灰盒放上架子，感觉所有亡魂的意志都在注视着他和他的父亲。这不恐怖，在那种场合下，甚至还令人感到一点安慰，因为意识到了在这个世界上，隐秘的房间里，还有这么多人，凝固的亡魂，一直停留在那个地方。后来老板说，其中有一半的盒子都没有人来认领了，如果你有钱的话，五年后不要忘记来续费。周劼说，万一我也死了呢，你会把盒子扔掉吗？店老板说，如果是公墓和殡仪馆，他们也许会这么做的，但我这里不会，你看，都在。周劼说五年后我二十一岁，应该还活着，万一我没来续费请你保存好骨灰盒，里面是我爸爸。店老板说，你太小了，你家里人是怎么回事，让十六岁的孩子来做这个事，我只能告诉你，小孩，世界上没有永恒的事，即使骨灰也不是永恒的，它会变成尘土。

　　这个梦再次出现：他抱着骨灰盒走在街上，他看见了很多骨灰盒，他和某个人谈论着葬礼，土葬，火葬，天葬，海葬，太空葬……最后他被自己在梦里的伤感弄醒了，觉得万念俱灰，手机上显示是凌晨三点多，凌明心紧贴着墙熟睡。屋子里很热，他起身喝了一杯水，润润嗓子。随后，他坐在椅子上，心想，我他妈的该怎么把黄泳的骨灰盒带回总部，某种程度上，也是结伴而行，但势必不能带上凌明心。一边想着，一边等天亮，冬夜的凌晨三点距离黎明最为遥远，窗外低频噪音仍然清晰可闻，像夜神的呢喃。

　　为了让凌明心能够顺利上火车，周劼决定帮她弄一张假身份证。第二代身份证已经在陆续更换，卡片状的，带有磁芯。他想，这不太好弄。库区的墙上少不了有办证的电话号码，周劼打了一个过去，对方问，办哪种。周劼说，身份证。对方说，一代身份证四百元，需要大头照片，准备好地址和姓名，有人来取。周劼问，几天交货。对方说，五天。周劼说，明后天能交吗。对方说，不能，办假证没有加急的。周劼说，我在南方办假证两天就能交。对方说，你办一个很假很假的，五十元我可以当场做好给你，但这样的证风险很大。周劼说，最好不要有风险。对方问，现成的身份证你要吗，我可以带过来给你挑，找个和你长得像的。周劼说，可以。对方问，性别，年龄。周劼说，男，三十岁，女，二十岁，多少钱。对方说，一样，也是八百。

周劭坐在库区办公室里等，听到传真机的提示音，走过去看，是总部发给他的调令。他给周育平打了个电话，让他过来接自己。又过了一会儿，一个瘦小的少年开助动过来，停在库区前面拨打手机，跟着，周劭的手机响了。他没接，走出去招呼那少年。少年问：是你要身份证？周劭点头，听声音，他不是接电话的人。少年说：先付八百。周劭问：万一我没挑中怎么办？少年说：那也得先付钱，没有合适的我再给你去找。周劭叼着烟，从皮夹子里抽出八百元交到他手里，少年很明显不像刚才那么焦躁了，从口袋里掏出一沓身份证，看着周劭的脸，快速翻动，说：你这个长相，有。周劭说：我长得平庸？少年说：不是，身份证从来都是把人往难看了拍，所有人在那上面都平庸，重要的是，你属于哪一型。少年翻了一轮，共抽出三张，给周劭看。周劭端详照片，感觉都不太像自己。少年指着其中一张说：这张下巴短了点，但已经很像了，看起来比你现在年轻，建议你下巴上留点胡子，用来住旅馆、进网吧，问题不大，骗刑警的话就看你运气了。周劭说，还有一张姑娘的。少年从另一个口袋里掏出一沓身份证，问说：人不在吗？周劭说：我来挑。同样翻了一轮，在二十多张身份证里，找出一个名叫朱晓琳的本地女孩，十九岁，脸型、眉眼和凌明心近似。少年说：行了，齐活。

　　等那少年跨上助动车，周劭才想起来问：如果被发现用假身份证，一般怎么处理？少年说：你这个证是真的，如果有麻烦，就说路上捡的，用假身份证不是什么重罪，拘留都够不上。周劭说：用假身份证骗钱是重罪。少年嗤笑道：那我还用假身份证杀人呢，对了，护照要吗。周劭表示没兴趣，少年启动助动车，说：如果想逃出境，还打这个电话，多准备点钱肯定能帮你搞定。

　　这天下午，周劭坐在库区办公室里看买来的身份证，一个叫何飞的山东淄博人，实际年龄比他大两岁，而这张证是十年前颁发的。年轻的何飞表情滞重，双眼无光，像是看着眼前的一碗夹生饭发呆。

周劢对着玻璃台面做出相似的模样，觉得自己和何飞颇有相似之处。这个表情这个脸，在兵荒马乱的春运途中，真是随处可见啊。问题是，自己买这张证做什么呢？显然，什么都用不上，但也随时都可能用上。

没过多久，周育平开车来了，周劢正站在库区前面发呆。周育平下车就问，找我什么事。周劢吸着烟说，没什么事，拉我去城里。周育平说，我明明给了你一间房，你又何必来来回回跑呢，住那儿不好吗。周劢把传真件拿出来给周育平看，储运部要求他在一月十日之前离开 H 市，并且，带着黄泳的骨灰盒，返回总部。

周育平说，我操，你完了。

周劢说，这里所有的事情都被你们还有天气搞砸了。因为暴雪，他没法找到搬迁仓库的运输车，因为陆静瑜迅速地撤销了分销处，他没法把仓库移交出去，因为张范生一直没回来，他得继续守在这里。周劢说，我本来想找个地方把这盒子存起来，或者做绝一点，就地埋掉。周育平说，应该的，这些天你是怎么过来的，晚上睡得着吗，你还带了个妞在里面鬼混。周劢说，说实话，我他妈的都不知道黄泳是怎么变成骨灰的，通常这种情况下，他应该在冰箱里躺着。周育平说，火化是邓文迪出的主意啊，家属不至于抬尸大战，现在都是这么干的，邓文迪死了，黄泳假人一个，你把骨灰洒了也没什么，尽管有点不仗义。周劢心烦，摇头说，别他妈再叨逼了。

两个人上了面包车，打算去市区。周劢问起王宏卫的事。周育平说：我本来可以找几个朋友，一起过去，把钱要回来，但是三万块也太少了，这年头找人帮忙要债是五五分账，公司不会给我一万五，我的朋友也嫌一万五太少，另外我觉得王宏卫疯了，他居然用烟缸打我。至于那三万块，肯定要不回来了，除非我找人把王宏卫绑了，但是他妈的，只为三万块值得吗，话说回来，谁敢去绑王宏卫？

车子开出库区，看到对面来了一辆轿车，原来是李警官和赵警官。

周育平停下车，与周劼面面相觑。两名警官从车里出来，脸色非常差，显然一夜没睡了。周育平摇下车窗问，警官，你们抓住人了？

李警官对两人说，现在你们都从车上下来，跟我去市局。又问，那个叫文志刚的搬运工呢。周劼说，不知道去哪里了。

周劼到公安局后发现并没有自己什么事，主要是周育平，进去做了笔录。周劼待在一间空荡荡的会议室里，墙上挂着几面锦旗，烟缸里全都是烟头，李警官在屋子里连续抽烟，脸色愈发不好。周劼问，出什么事了。李警官说，昨天傍晚，建材商人王宏卫在寓所前被枪杀。

周劼说，好吧，如果邓文迪、王宏卫和张范生都没了，就可以锁定是林杰了，对吗。李警官说，也不能百分百肯定，林杰是个假名字，见过林杰的人正在一个一个消失，我打电话到你们总部储运部，课长说他记不清林杰的长相。周劼说，他记得，但他不会告诉你，怕被人报复。李警官说，报复什么？周劼说，五年前我们储运部的副课长曾经在街上被人砍下一只手，打工仔干的。李警官不语。周劼说，连续发生两起枪击案，警队压力很大吧。李警官又点了一根烟，说，有枪是很麻烦。

两个小时后，周劼才等到周育平出来，周育平很不情愿地说车子还在库区，这样他必须得打车回去。李警官摆摆手说，我就不送你了，走吧走吧。出来后，周育平问，到底发生了什么。周劼说，具体的事情不知道，只能讲个大概的推测：从前有一个仓管员，被那几个人给坑了一把，消失了五年，现在又回来了；看这样子，他杀了邓文迪，可能干掉了张范生，现在又杀了王宏卫，该杀的人都杀了，而且抢了钱，谁知道他为什么选在这个时候回来干这一票呢。周育平说，各种可能，也许坐了几年牢，放出来了，也许做了五年生意，破产了。周劼说，王宏卫要是聪明点，应该及早跑路。周育平说，王宏卫比邓文迪更自信，这个地头上没人敢动他，我见到王宏卫时，他印堂发黑，一脸死相，可他还是为那三万块钱的账可以赖掉而得意，他真的感觉不到自己死期将近啊。

第二天，周育平当着陆静瑜的面，找了一个倒二手车的朋友，作价三千把那辆旧车给卖了。对方一边交易一边抱怨，认为这车是报废货色。周育平连哄带骗，陆静瑜抱着胳膊在一边不说话。接下来是分销处办公室退租的事情，那房子在一栋居民楼的一楼，门面对着街道，背靠一个新村，环境很差，大量退休和无业的居民聚集在这里。周育平介绍道，这就是底层社会。陆静瑜倒不介意，说，台湾也是这样。这是她的口头禅。

退租遇到了麻烦，租金付到三月份，房主不肯返还租金，而分销处已经遣散，会计休假，只剩周育平一人上班。陆静瑜找房主谈了一次，对方的态度和王宏卫也差不多，一点商量的余地都没有。周育平有个朋友是开饭馆的，想接盘，又被房主给轰走了，说是小饭馆太脏，房子会坏掉。两个人只得在办公室门口贴上白纸，写着"店面转让"，然而没有人来谈。

周育平说，一过春节就是淡季，没人在这个时间开店，尤其餐馆，这座城市的人只会开餐馆的。陆静瑜也说，哎，台湾人到大陆来，或者开厂，或者就是开餐馆。周育平说，中国人有开餐馆的基因，他们实在是太爱吃了。他用了"他们"这个词。

王宏卫死了，三万块的欠账彻底烂掉，这时，两人都想不出该做什么事，忽然闲了下来。周育平说，等这地方转租出去咱们就只能去周劭的库房里蹲着了，那地方好。陆静瑜说，我才不想去那个鬼地方呢，像狗窝似的，而且出过人命。

周育平和陆静瑜像小商小贩一样，蹲在分销处的玻璃门后面。门口有一个卖烤串的小贩，用一个窄长的炉子，成日烧烤，附近一带烟气呛人。两人隔着门，瞪视着小贩，他用一顶棉帽裹住了整个脸，像电影里西伯利亚的溃兵。陆静瑜说，他在居民区这么干，没有人投诉吗？周育平说，有监察队来管，定期出现、查抄，但如果你投诉的话，他们是不会来的。陆静瑜问，为什么？周育平笑了起来，他说这个问题我没法解释清楚，你是台湾同胞，不懂最好。当天中午，监察队真的来了，用几辆汽车堵住街道前后，一群人冲了进来。陆静瑜看到街面上轰的一声，炸开了，小贩们四散溃逃，各个门店的营业员涌出来，把堆放在道路上的货物往回拉。烧烤小贩举起了他的炉子，疯了似的，先向东跑了一段，又向西跑了一段，那炉子还在冒烟，肉串撒在脏兮兮的雪地上。陆静瑜说，天哪，他还要带着炉子跑。周育平说，因为监察队要带走的是炉子，而不是他。陆静瑜看着那烧烤炉子，觉得分文不值。这时，烧烤小贩走投无路，用屁股拱开了分销处的门，退了进来，一脸惊惧。周育平和陆静瑜吓得跳上了办公桌，蜷缩在高处，以免炉子里的炭落在自己身上。然后眼睁睁地，两人看着烧烤小贩举着炭炉从后门逃走了。

两人狂笑了一阵子，陆静瑜从办公桌上下来，仍觉得不可思议，有一个人举着烧烤炉子从屋子里穿了过去。地板上散落着肉串，周育平捡了起来。陆静瑜开玩笑说，你拿回去烤一下就可以吃了。周育平说，我从来不吃这个，我做过厨子，知道这些都不是好肉，既不是牛，也不是羊，也不是猪或鸡。

陆静瑜并没有追问下去。周育平继续捡起肉串，说你难道不想知道是什么肉吗？陆静瑜说，我在总部待过，那小镇上的烧烤据说是老鼠肉。周育平说，也可能是猫肉，狐狸肉。陆静瑜说，猫肉可怕，狐狸肉是怎么回事？周育平说，本地有养殖狐狸的人，狐皮值钱，肉是废品，很便宜，经常批发出来做烤串，都是没有检疫的肉类。陆静瑜说，那比老鼠肉好些。周育平说，很多女的听到老鼠肉就昏过去了。

陆静瑜想起书吧老板说的那根老鼠尾巴，又联想起周育平的前女友，问道：女朋友后来找到了吗？周育平说，哎，老齐连这个都告诉你了吗。陆静瑜点头，说，老板人不错，在你们这座城里很稀罕，来，说说你那位啤酒女郎的故事。周育平说，别提了，啤酒女郎是这个世界上最绝望的职业。陆静瑜说，不对啊，啤酒女郎是份不错的职业。周育平说，她们穿着紧身的衣服，如果是生啤，就穿金黄色的，如果是黑啤，就穿黑色的，闪闪的衣服像玻璃娃娃，一碰就会碎掉。陆静瑜说，那并不绝望。周育平说，至少我看了难过。两人愣了一会儿，陆静瑜问，现在还有联系吗？周育平说，我还挺想念她的，不过已经不联系了。陆静瑜问，你想念她的时候是什么感觉？周育平说，就是觉得自己老了呗，想起了小时候喂养过的小猫小狗，它们已经死了，心里很遗憾，但也不会特别难过，咱别说这个了吧，伤感。

下午天气又转阴，周育平说咱们别在这儿待着了，非常无聊。他一下子变得很沮丧，陆静瑜看着，也没安慰他，只说请你去喝一杯咖啡。周育平说，车都没了，咱只能走过去。两人出了分销处，周育平用铁锁锁门，又拉下卷帘门，一边说：在这鬼地方住着，加两层锁都不够，上个月我妈一个人在屋里躺着，有个贼就进来了，屋子里遛了一圈，问我妈有没有钱，我妈指指枕头下面，那贼伸手一摸，摸出一百多块钱毛票，然后就走了。陆静瑜问，听咖啡店的老板说，令堂大人病了。周育平仰头看天，然后反应过来令堂大人的意思，点头说，生癌，已经扩散。

陆静瑜这一天实在问了周育平太多的问题，此时却沉默，不再问下去。两人穿过住宅区，这里的楼房像是经历了严重的风蚀，不太高，陈旧而倔强地存在着，多数人家都用红砖封了阳台，加上一道铝合金窗子。有人正在道路上铲雪。周育平指着高处某个阳台说，我家就住在那儿。陆静瑜问：这么近？周育平说：正是因为住得近，才认识了邓文迪。走过一片花坛，周育平说：我爸妈过得穷，都退休了，一个六十岁，另一个也是六十岁，我是独生子，生得晚，要不是为了他们，也许我就留在北京了。陆静瑜说，我见过很多人，都因为这个理由毁了自己的一生。周育平问，什么意思。陆静瑜说，没什么，好好照顾自己妈妈。

两人穿过住宅区，走到一家卖 DVD 的小店门口，电视机里正在放着一部台湾片。陆静瑜驻足看了一会儿说，这是侯孝贤的《千禧曼波》。周育平说，北海道啊，也下大雪。陆静瑜说，这个电影的开头，舒淇在一条很长的走廊里，一直走一直走。她忽然高兴起来，对着柜台里说，老板，有没有办法倒回去看开头？老板按下遥控器，片子从头开始，先是无声的一组演职员表，接着舒淇出现了，像陆静瑜说的那样，背对着镜头走着，手里夹着烟，不断回过脸瞟着镜头。周育平问，这片子讲什么的？陆静瑜说，讲一个男生，死死地爱着舒淇，而这个舒淇呢，却和另一个大哥有了交情，想要离开她所在的位置。两人索性蹲在店里看片子，过了一会儿，周育平打了个呵欠，下结论：这个男生很烦人，一副要死不死的样子。陆静瑜问：你喜欢看什么片子？周育平说：枪战片，古惑仔，恐怖片，你是不是觉得很低级？

陆静瑜撇嘴：是的！

那天下午时，雪下大了，道路能见度极差，周育平带着陆静瑜来到书吧门口，发现大门紧闭，挂着一块 CLOSED 的牌子。周育平嘲笑道，老齐这店吧，说起来也是格调，打烊就打烊呗。陆静瑜问，老板以前是做什么的？周育平说，中学的语文老师，是我们城里小有名气的诗人，一直单身，听说年轻时候女朋友很多，至今也不少；这个店在十年前可有格调了，现在不行了，没人来了。陆静瑜说，原来这么破烂的城市里也有文艺的角落。周育平点头说，这种角落，北京多，男男女女都有，我们这种小地方就相对乏味，人活得很没劲，大家只想挣点钱，没有什么精神生活。陆静瑜问，什么是精神生活？周育平知道她在揶揄自己，说，你肯定觉得我像个文盲，对吧，我花钱买文凭的这事儿老齐也告诉你了，但其实我还是挺爱看书的，我在北京炒菜那馆子边上就是卖盗版碟的，我知道侯孝贤，我还知道蔡明亮，比他们更牛逼的是杨德昌。陆静瑜说，好好，我只是觉得你应该去念点书，不要成天晃着。周育平学着北京腔大声说，俗了，俗了。

两人往酒店走去，陆静瑜忍不住问：车也没了，工作也没了，我看你心情还不错嘛，为什么。

周育平说：我也不知道，可能是因为王宏卫死了，我一下子轻松了。

陆静瑜问，轻松什么，复仇感吗？

周育平说，不是不是，我怕你是一个固执的人，咬住那三万块不放，那你迟早会被王宏卫打断腿，现在三万块反正是要不回来了，咱俩都安全了，你一定要记住，在这座城里，遇到警察，你是台湾人，遇到流氓，你只是一个女人。

暴雪落下的那个下午，周劲在火车票代售点排队，买到了一月八日往上海的车票，令人绝望，那是一张站票。

周劲回忆五年来经历的春运，往返总计十次，其中七次是超过一千公里的长途跋涉，节前返回总部的那一趟最为恐怖，也就是几亿人勠力同心要回家的狂暴之旅，从电视上看，几乎是壮美。所有的外仓管理员都会在这个时候揣着一年赚来的辛苦钱返回家乡，周劲却是例外，家在上海（而且无家可归），从上海火车站换乘长途汽车到达总部只需要三个小时。这也正是童德胜派他到 H 市的原因——只有他周劲愿意回上海，只有他周劲面临着提拔副课长的前景，只有他周劲不会在狂暴之旅中失去理智，把骨灰洒向沿途的铁轨或者是干脆忘记在行李架上。

周劲回到凌明心住处，她已经把旅行袋放在桌子上，手里拿着那束百合。周劲拿过她的车票确认，当晚六点半到站，去往重庆，硬卧，车程大约五十个小时。周劲说，到站发条短信给我，路上万一有什么麻烦就找乘警，卧铺乘务员可能会把你的车票和身份证一起收走，记得你叫朱晓琳，你是本地人。凌明心说，这个朱晓琳长得和我很像，也许我就是朱晓琳，我身份证丢了最后落在假证贩子手里，你又给我买了回来。周劲说，低概率事件，也不是没可能。凌明心说，从现在开始我叫朱晓琳，世界上没有凌明心这个人。周劲这时有点不耐烦，说，别再讲这些了。

周劲计算着这个冬天的路程，像计算着一笔巨大的债务，脑子里一片混乱，必须花时间捋清。两人出门时，童德胜打他的手机，告诉他：南京仓端木云不告而别。周劲脑子里一片空白，问到押在总部的文凭。童德胜说：我认为端木已经不需要什么鸡巴文凭了。确实，对周劲来说也是同样，那张大学毕业证书在二○○五年已经没有任何用处了，满世界都是废纸和假证。童德胜最后说：我可能要停职，你尽快回总部，你的升职报告已经送到督导组去了，并且，陆静瑜很挺你。周劲却说了一句大实话：童老板，你的管理体系崩溃了，让我怎么来接盘？童德胜大声说：没那么严重！

周劲反锁了门，把钥匙揣进口袋，带着凌明心上路。大雪从四面八方扑过来，周劲想打车去火车站，但这个当口道路变得难行起来，街边站着很多人拦车，却不见有一辆车停下。他果断地回到新村后面的一条夹弄里，叫了一辆三蹦子，车主要了五十元，按路程算，大概是出租车的两倍价格。周劲答应了，让他不能再加价。回到新村门口接凌明心，她的红围巾和百合花上都沾满了雪。

三蹦子在大雪中开着，隔着玻璃窗，街景模糊，车速显然超过了快车道上的汽车，这让周劲稍稍放心。他对凌明心说：现在，你是凌明心还是朱晓琳都已经不重要了，把你送上火车，我走了以后，你就是你自己了。凌明心说，有可能整个世界只剩我。周劲说，别说傻话，坐火车没那么诗意。

一刻钟后，车子到达火车站，周劲没想到会这么近。下车后发现停在一座天桥下，距离车站广场还有好几百米。车主说，不能再进去了，他的三蹦子有可能会被警察没收了。凌明心已经拎着行李袋往广场跑去，周劢只得追上去，在上天桥时，两人发现广场被白雪覆盖，更远处的候车楼顶层的大钟完全看不清指针，一些穿大衣的武警士兵正在广场一角列队。

周劢说，他妈的，春运已经开始了。

他们在走近候车大楼时遇到了一点小麻烦，两名协管员在雪中拦住他们，要求看身份证。周劢紧张起来，希望凌明心不要出问题，然而她的动作比他更快，从口袋里掏出朱晓琳的身份证递给协管员看，并且说，我叫朱晓琳。协管员瞄了一眼，把身份证还给她，注意力落到周劢身上。周劢松了口气，一边找证件一边想，这姑娘不知道跑了多少码头，应付这种场面根本不慌，我竟然曾经以为她是疯子。等到两人踏进候车楼时，一名便衣和几名配枪巡警再次拦住他们，放过了凌明心，直接让周劢出示身份证，并登记在册。周劢明白过来，这是在拉网盘查，可能是因为枪案，可能还有其他事情，谁知道呢。H市的候车大厅也在装修，光线不太好，但此时尚未进入春运高峰期，旅客不是很多，两人找了空位子坐下，周劢看墙上的电子牌，去往重庆的火车准点。凌明心说：终于可以见到爸妈了，高兴。

周劢顺口问她：你在外面晃荡了多久？凌明心说，上次不是说过了吗，两年。周劢实在不记得，又问：男朋友为啥在北京？凌明心说，其实已经分了，钱嘛，他也花掉了，我到处走走，有你这样好心的大叔收留，或者是去见网友，各种网友，既有男的也有女的。周劢问，女的会收留你吗。凌明心说，当然，如果投缘，女的比男的更好，男的终究啰唆一些，但我不是拉拉。周劢问拉拉是什么。凌明心说，女同志。过了一会儿，就在周劢掏钱给她的时候，她说：其实我还真的和一个拉拉生活过两个星期，而且发生了关系，但还是做不来女同志。周劢数了五张一百元，塞到她手里，说：天哪，这种事情你前几天竟然不告诉我。凌明心说：我可不愿意随便讲自己的经历，连黄泳的事情我都不应该告诉你。周劢说：对，不要对陌生人谈论自己，尤其在旅途中。

检票口开闸后，凌明心站了起来，把手里的百合花塞给了周劭，说这花要是上了火车恐怕会蔫掉，不如放回库房吧。周劭开玩笑说，难道把这束花献给黄泳吗。凌明心笑笑，拥抱了周劭，说：大叔，这一抱，既拥抱你也拥抱黄泳，再见。周劭说：再见，如果挣了钱，就把五万块还给公司，这样活得安心点。凌明心做了一个打电话的手势，随着人群走进检票口。

周劭想，终于送走了这孩子，此时此刻，感觉像是自己来到了另一个地方。他坐回到椅子上，用力搓自己的脸，困得像是要休克过去。又想，假如端木没有辞职，我应该打个电话到南京仓库，叙叙旧，很可惜他在这个时候跑掉了。

周劭倒在长椅上睡了过去，他梦见了公司总仓，在一万平米的大库房里，某年某月，他和端木云在其中寻找一种停产的外墙砖，报表显示还有两箱，而货位上却找不到它们的踪影，一定是被哪个冒失的装卸工挪到了其他地方。这是真正的寻宝大王游戏啊。端木云说，这样的困境可能只存在于卡夫卡的小说里，又或者被博尔赫斯以另一种寓言的方式书写出来。但是，在美仙公司储运部，这是现实的惩罚。如果你恰恰是个假人，在此寻找两箱不存在的瓷砖，简直妙不可言。

他醒来后，发现天黑了，手里的百合花不见了。他立刻明白发生了什么，满处找钱包，在屁兜里找到了，钱和证件都在，再一摸，衣兜里的手机没有了。

陆静瑜订了三天后的机票到上海，她必须坐车从 H 市出发，到石家庄机场，然而暴雪降临，路面结着冰，交管局把公路封了。周育平帮她找出租车，没有司机肯走，他建议她继续走铁路。陆静瑜说，我不想再坐火车了。周育平说，这样吧，我借一辆车，把你送到石家庄去，咱们走省道。

车到以后，陆静瑜彻底笑倒了，还是那辆报废面包车。周育平懊恼地说，哪儿都借不到，只能把这辆破车借回来，还花了两百块钱，油钱自己出。陆静瑜拍了拍他的肩膀说，算了，我坐火车，目前这种天气，即使到了机场恐怕也飞不了，你把这辆烂车还回去吧。

　　两人去酒店前台预订火车票，一张到上海的软卧。陆静瑜说，周育平，接下来几天你就不用来了。周育平说，我已经被裁员了，是吗？陆静瑜一时语塞，过了好久才说，我亲手经办过至少十个分销处的裁撤，是的，你失业了，春节之后也不是由我来处理 H 市的事情，另一位督导会过来监督仓库搬迁，我会调回总部去。周育平说，总部什么样子？陆静瑜说，一个很无聊的小镇，全是打工仔，比你待的这个地方更不如，你不会喜欢那儿的，它不值得你去。周育平说，周劢讲过一模一样的话。

　　后来，周育平搭讪似的问道：你春节回台湾吗？陆静瑜说：看情况吧，我很习惯待在大陆了。周育平说：为什么不回家，春节啊。陆静瑜不回答，奇怪地看了他一眼。周育平忙说：我只是随口瞎问，每个人不回家都有自己的理由。

　　过了一会儿，陆静瑜说：确实，台湾是个岛，住在岛上的人，总是封闭一些，可是也习惯了漂泊。小时候我见过渔民，他们就是这样，一出海就要很长时间，海上什么都没有，生活非常枯燥，他们在船上工作，走了很远的路，却像是没有经历过任何路程，只有一天一天时间的计算，最后他们还要回到岸上。他们漂泊，但他们什么都没有见到，仍然闭塞无知，因为海洋太宽广，也太可怕。在大海的表面，什么都不能给予他们。那种漂泊感，非常孤独，非常消耗生命，却又带着宿命的意味。

　　周育平说：像大陆的货车司机，在公路线上走，走一辈子，也是这样。

　　下大雪时，周育平坐在酒店大堂等陆静瑜，她从电梯里出来，看见两个染金发的姑娘晃到周育平身边，聊了几句。陆静瑜站在远处等着，直到她们走了，才踱到周育平身边。周育平说，这是他的学妹，火电厂职校的女生。陆静瑜问，她们在这里做什么。周育平实话实说：不清楚，看样子是在接客做生意。陆静瑜又问，火电厂职校毕业以后应该做什么。周育平想了想说，本来是可以去火电厂上班的，叫作对口培训，但不知道哪个环节出了问题，二〇〇二年之后就只安排很少的岗位，大部分学生要自谋生路，当时很多学生闹，要退学，主要是学费还挺贵的，但学校后台很硬，拿它没办法，你知道在我们这儿蓝领最想去的就是电厂啊、石化啊、燃气啊，所有提供能源的单位，因为能源掌握在国家手里，他们想成为国家的人；开发区都是私企，工资低，福利差，随时都会被辞退。陆静瑜问，这里有外企吗。周育平说，很少，你看看这座城市，哪个外国人愿意来，即便是台湾同胞，也情愿选择山清水秀的地方啊，空气好，有漂亮美眉。陆静瑜说，台湾同胞开厂主要看政策，政策给得好才是首选啊。周育平说，我觉得不是这样，政策再好，空气不好没有美眉，你们还是不会来。陆静瑜说，胡扯。又说，年轻人要找出路是很困难，也许做厨师不错呢。周育平说，厨子也分三六九等，我是最低等的，厨子的好处是越做越值钱，比妓女正好相反，妓女越做越不值钱。陆静瑜听了，没有接话。

周育平忽然变得愤愤然，往外走时，远远望见那两个染金发的女孩在雪中跑着，也不知道她们为什么要跑，反正不是被人追捕，而是高兴地跑，仿佛南方人第一次看见雪。周育平又加了一句：做妓女就不是国家的人了，而是国家的敌人。那语气完全是在赌气。

在街上，周育平说起他去酒吧找前女友的事情。他说我走进酒吧看到她，她也染了金发，我差点没认出她来，她完完全全变了一个样子，金色的啤酒女郎，闪闪发亮的妓女。陆静瑜说，胡说，啤酒女郎是一份正当职业。周育平说，妓女也是正当职业，归根结底是我太穷了，我他妈的一看见闪闪发亮的东西就知道买不起，拥有不起。陆静瑜嘲笑道，然后你就把它们想象成是妓女吗？周育平不答话，在街边抽烟，一会儿之后又像释然，说：我为什么要提起她呢，没道理。陆静瑜觉得他伤感起来，看上去像一艘风雪中停靠在岸边的木船，仓皇又安静，再没有什么值得述说的。一切都太平常了，即使是风雪，也司空见惯。

到黄昏时，陆静瑜独自走到书吧，看到玻璃窗里透出的台灯光，便推门走进去，点了一杯美式。书吧老板有点惊讶，问她为什么这种天气独自走过来。陆静瑜笑笑说，随便散步，也就走到了这里。书吧老板问说，台湾不下雪吧，这种极端气候。陆静瑜笑笑说，台湾台风和地震比较多些，冬季通常平静，下雨而已。

两人继续谈论天气，似乎可谈论的也只有天气，而天气确实有无数谈论的可能性。书吧老板说，这座城市冬天永远是灰蒙蒙的，雾重，火电厂造在城市西侧导致顺风飘来的灰尘弥漫全市，人们紧闭门窗，除此也没有更好的办法。问到雪灾，书吧老板说，这样的大雪也不常见，但每年因大雪而封路是必然的，总有那么几天，城市陷入半瘫痪状态。陆静瑜说，南方是一下大雨就瘫痪。书吧老板说，城市瘫痪也有好处，人们可以坐下来看一看、想一想，不过对这里的人来说，意义不大，这里的人们把天气看成是天气，把生活看成是生活，以及，昨天就是昨天，未来就是未来，每一件事情之间的关联对他们来说都很稀薄。陆静瑜说，当你被大雨淋湿，能想到的恐怕也只有躲雨。书吧老板说，在南方，人们把下雨看成是死亡的象征。陆静瑜问说，你在南方住过吗。书吧老板说，没有，我只是从那本小说集里看到的故事，那本《逆戟鲸》。陆静瑜说，这本书被我放在酒店了，这本书的作者名字我见过，他可能是我们公司的一名员工，你认识他吗。书吧老板说，没有见过，他们是一群混地下文学论坛的小孩，各行各业都有，从未获得主流文学界的认可，也不知道他们在哪里生存，你说他是建材公司的职员，我一点也不奇怪。

后来，书吧老板问起美仙公司总部，问到气候，问到人口。陆静瑜说，靠近上海，在一座小镇边上，小镇大概有一万人，工业开发区的人口可能在五万左右，这两年人数有所下降。书吧老板问，为什么。陆静瑜说，竞争不过周边的开发区，有些厂搬走了，工人自然也就走了。

书吧老板说，周育平和我说，他想去总部谋职。陆静瑜问，他想做什么呢，总部销售员吗。书吧老板说，他不知道自己要做什么，但这个地方显然已经不适合他待着了，他母亲病情不好，有一天过世了，他就可以离开这里，他在等这一天。陆静瑜半晌不语，后来，周育平推门进来，拍打着风衣上的雪，对陆静瑜说：我四处找不到你，一猜你就是来了这里。

周劭在公路上走着。H市彻底被雪覆盖，伴随着严寒，户外各处结了一层冰壳，把车辆、电线杆、树木全都封了起来。在无人的郊区，一切显得忧郁，公路偶尔有车开过，雪块从远处松枝上落下，像微型的雪崩，另外还有一种轻微的叮咚声，不那么清晰，找不到声源，像幻听。他在公路上顶风走了一个小时，几乎怀疑自己走错了路，无论如何库区都没有那么遥远啊。他想，天黑前如果到不了库区，我可能就冻死在这里了。他回头看看自己的脚印，从远处逶迤延伸到自己脚下，尽管能见度很差，但H市的电视塔还是能看出轮廓，说明他根本没有走出多远，也许只有五百米。最后，他看到了矗立在公路边的两栋高楼的影子，坚持着走到了饭馆，胡小宁戴着红围巾正在雪中发呆。

周劭说，给我一杯热水。

这天下午，他缩在饭馆里看电视，新闻播报着一起大雪中的车祸，五辆汽车在高速公路上追尾，新闻下方的滚动字幕要求H市的党员干部原地候命，排除雪障。胡小宁坐在周劭身后，说：我见过的最厉害的一次追尾，大概有十辆汽车，有一辆奥拓被前后的卡车挤成了废铁。

周劲说，我见过三十辆汽车追尾的，在沪宁高速上。胡小宁说，壮观吧。周劲说，没什么壮观的，我用我的脸把依维柯前座的椅背撞断了。胡小宁不语。周劲想，她可能想起黄泳了吧。

冷场了一会儿，胡小宁说，去年我看过一本美国电影叫《后天》，真是可怕。周劲说，那是一部很傻的电影，故作惊悚。胡小宁说，可是很好看啊，我喜欢看世界末日的电影。周劲随口说，其实呢，不会有世界末日的，都是胡想，既没有世界末日也没有拯救世界，只有某个人活不下去或者活下去了。胡小宁嘟哝了一句，他没听清，饭馆里干活的人聚拢过来，一个瘦小的中年厨子，还有那近似智障的打杂小伙子。周劲问另一个姑娘的去向，胡小宁说，她聪明，前几天天气不错就回去啦，剩下我们几个人，看来跑不掉了。这时饭馆老板娘从外面进来了，大声说，我看这天气咱们也甭干了，趁早歇工等明年吧，你们都收拾收拾回家过年。众人一起哀叹，这种天气！

智障一样的小伙子说，目前最重要的是安全，想死的人就冒雪回家吧。周劲转过脸去看他。小伙子长着一张凹进去的脸，嘴唇上蓄着浓密的汗毛，满手油腻。周劲问，哪儿人呀。小伙子说，东北。周劲说，全中国只有东北人是以三个省份的面积来定义自己的故乡的。小伙子郁闷地说，我铁岭，看不起东北咋地。众人笑了起来，说你们铁岭在东北是块招牌，为什么呀。小伙子说我他妈的也不知道，铁岭怎么了，连东北人都嘲笑铁岭。几个人依次说了自己的家乡，厨子是本地人，又说自己祖籍河南，众人嘲笑说防火防盗防河南人啊。厨子笑笑说，我不吃这套，你们随便笑吧。胡小宁是安徽人，报了个县城的名字大家都没记住，反正是全国贫困县。轮到周劲，大伙就说哎哟他妈的上海人简直没法说，上海人啊，你们最恨外地人，对吗。周劲也笑了，说我操，没你们想得那么可怕，欢迎去上海谋生。老板娘就说，周劲兄弟一直忧心忡忡的，今天好像心情不错嘛。周劲说，我他妈的是太丧了。厨子又要他说说公司发生的杀人案，谁杀的，为什么杀。

周劲说，等明年开春雪化掉，说不定你们屋子后面还能掘出一具尸体。老板娘大为不快，连呸了几声。

几个人在屋子里抽烟说话，雪下得更大了。老板娘抱怨说店里吃的东西也不多了，不但不能开门做生意，再熬下去连他们自己都会挨饿。这时听到库区传来沉闷的一声轰响，饭馆离库区并不近，正常的声音是传不到这儿的，周劲立刻站了起来说，我操。胡小宁问怎么了，周劲跑了出去，对身后的人喊道，应该是房子塌了。

出乎意料，倒塌的不是库房，而是库区办公室，整片屋顶塌了下去，像一块被砸碎了的奶油蛋糕。周劲站在雪中想了一会儿，认为自己无法扒开雪和瓦片的混合物，他心里的念头是文志刚这个白痴千万不要在里面。

到了这天傍晚，几个人合力扒开了一部分坍塌的屋顶，厨子挖出了一台传真机，没砸坏，接着发现昆明犬死在了笼子里。但是厨子说，这狗有可能是饿死的，它的肚子完全是瘪的。胡小宁说，最近几天，文志刚都没到饭馆来吃饭，他似乎是失踪了。老板娘说，还有张范生啊，这些人都去哪儿了？

顺着文志刚经常走的那条路，周劲来到库区边缘，小路已经被雪覆盖，远处的树林十分模糊，树木像是被冻住了，一动不动。这时他想，世界末日是什么颜色的？核爆炸之后的灰色，火山喷发的红色，海啸也许是蓝色，冰川纪突然降临是白色。这就是电影里的世界末日，每一种颜色都是精心安排的结果，每一份死亡都继续承担着叙事功能，浑然不顾时间已经停止。

周劲回到库房，听到屋顶上吱吱的声音，像是超重之下房梁在尖叫。他拎了自己的箱子走出去，忽然想起黄泳的骨灰盒，又走回去，连着纸箱一起挟在胳膊下面出了库房，把门锁了。这时厨子他们抱着传真机，已经走出很远了。

几个人回到饭馆，喘了口气，大眼瞪小眼。周劲说，我必须睡在你们这儿，不久库房也会塌的。老板娘说，楼上有张旧沙发。周劭问，有虱子吗？老板娘说，什么什么？周劭重复了一遍，虱子。老板娘说，你还有得选择吗？周劭摇摇头说，我们会被困死在这里的。铁岭的小伙子说，你们南方人矫情，这种雪根本不算什么，在东北，雪下到胸口那么高，大家都不当一回事，钻被窝里睡呗。周劭说，来，我问你，在东北如果有人死在雪地里，被雪埋了，会怎么样？小伙子说，不知道，我只听说用酷刑，把人脱光了往屋外一送，身上泼一瓢凉水就什么都招了。然后，周劭听到老板娘尖叫起来，我操你妈，你把什么东西请进来了。周劭说，哦，黄泳的骨灰盒。又听到一声尖叫，胡小宁昏了过去。

晚饭前，周劭给童德胜打了个长途电话，童对他说，陆静瑜快要回总部了，她事情办得很不顺，会有新的督导在春节后过来。周劭说，你听清楚了，我手机被人偷了，现在连库区办公室都塌了。童德胜假装镇定，实际上是无言以对。周劭说，你反悔了。童德胜说，爷，本来以为可以封仓、交接，现在看来又不符合流程了，你的仓库里还有价值五十万的货，你走了，就全完了，我希望你守到春节以后，我找人来替你。周劭说这是绝不可能的，春节我要去安徽找端木云。说完挂了电话。

这天夜里，周劭和铁岭的小伙子喝酒，喝得糊涂了，睡在楼上的客房，那里有一台旧电脑，用的还是球面显示器，不能上网。小伙子说，胡小宁平时就在这里学电脑。周劭躺到沙发上，被子里没有虱子，也没有跳蚤。这地方他曾经来过，但已经完全变了模样，也不再有清凉的气息。他想起丽莎，几天前出现在饭馆门口的女人到底是不是她，尽管无法确认，他还是猜测，是她，而且和张范生的失踪有关。但这件事他一点也不想介入，既不想告诉警方，也不想告诉自己。他想起有时候，仅仅是有时候，当他躺在某一间库房里的床榻上，抬头看到屋顶，那里可能横着粗糙的木制房梁，可能是坡形的石棉瓦，可能漏光，但通常看不到夜晚的星光，睡意从那些地方涌下来，当他的身体向上浮起时，会想到这一切有可能塌下，连同整个天空。

到第二天早晨，他被来来回回的细碎脚步声弄醒，穿上衣服走到天台上，用自己的脸测算了一下，大概有零下十五度，下了一夜的雪已经停了，刮起大风。天色微亮，胡小宁正从公路那边蹒跚地走过来，手里提着一把铁锹。周劭冲下楼，在饭店门口拦住她，问道，你是不是把纸箱给埋了？

胡小宁说，滚开，无聊。她指指饭馆一角，原先供着财神的位置上，现在是黄泳的骨灰盒。周劭哑然失笑，又觉得笑得很不得体，找了一张离骨灰盒最近的凳子坐了下来。胡小宁说，我今天下午就走，不想待在这个鬼地方了。周劭说，是啊，雪停了。胡小宁说，下雪我也走。周劭就一直坐着，盯着胡小宁，铁岭的小伙子起床后，也蹲在一边看她，像动物园里发愁的猴子注视着往来游客。胡小宁不理他们，从自己的屋子里收拾出了所有的衣服，装进箱子，又抱出了一个粉红色的心形靠枕，夹在胳膊下面，连午饭都没吃，沿着积雪的公路匆匆离去。如果没有那个靠枕，她确实很像《后天》或是任何一部世界末日电影中的角色。

铁岭的小伙子说，我估计，天黑前刚够她走到市区的，晚上还会下雪。周劭说，没那么久，顺风走，一个小时走到市区搭公交车很快就能到火车站。说到这里，又摇摇头说，我还是不应该把黄泳的骨灰盒带进来，听说胡小宁曾经喜欢过他。小伙子说，你别以为她离开这里是因为骨灰盒，不是的，她离开这里是因为我。周劭看了他一眼，问道，你怎么了。小伙子说，我想和她谈恋爱，但是她嫌我穷，难看。周劭说，他妈的，既然你很喜欢她，为什么不送送她。小伙子郁闷地说，她不要我送，她说她有很多梦想，一看见我，她的梦想就打碎了。周劭听了大笑起来，对小伙子说：你可能永远失去她了，她这样子不会再回来了，即使过了春节，也不会。

铁岭的小伙子问，你怎么知道，她跟你说过？

周劭叹了口气，不再说下去，觉得这小伙子已经笨到无可救药。

H市的火车站正如陆静瑜所说，脏乱无序，散发着动物园一样的气味，即使下大雪的日子，它也还是那样。隔着车窗，陆静瑜看到很多人在雪中艰难地走向远处的候车大楼，这时出租车司机说，开不进去了，你们下车。周育平急了，说这儿离候车室还很远哪。司机说，闹雪灾又是春运，不给进了。周育平无奈，只得下车，从后备厢拽出了陆静瑜的滚轮箱子，两个人跌跌撞撞往车站去。顶头而来的风吹得他眼球都在发颤。

陆静瑜戴着墨镜，反光率极高，周育平看不到她的眼睛，只能从镜片上看到一个被风吹傻了的自己。两人上了一座天桥，周育平在结冰的桥面上趔趄了一下，陆静瑜却没有等他，继续往前走。周育平说慢点啊督导，你知道该怎么走吗？

陆静瑜站在天桥上向下望，这时她意识到H市并不是一座小城，从火车站的规模可以看出来，人非常多，即便是下大雪的天气里。从天桥到候车大厅之间隔着大约有五百米，道路两侧用半人多高的铁栏杆护着，中间是车道，人在两边走着，车道堵得像一条漂满垃圾并且倒映着灯光的肮脏河流。更远处的广场上，护栏搭成迷宫状，人群排成队，沿着一条十二指肠般的道路往前蜿蜒挺近。陆静瑜倒吸了一口冷气，从这里走到候车大厅，保守估计得花一个小时。周育平走上来说，你买的是卧铺票，软卧有一个单独的候车室，你得跟我走。

陆静瑜说，每当我看到这种场面，总是觉得，人太多了，太多了，显得很卑贱。

两个人果真是如履薄冰地走过了天桥，下去之后就在人行道上慢慢挪动，一直走到广场前面，看到鸦群般的人，全都在往里挤。周育平带着陆静瑜绕过了广场，到了一个似乎是托运行李的地方，一下子空了，马路上也没有汽车，路中间有一块黑色的正方形，特别醒目，走近一看是窨井盖被揭走了。

周育平说，很多人买了软卧车票还在候车大厅排队，他们不知道软卧是有专门的候车室的。陆静瑜问，为什么不提示呢。周育平说，因为有时候，软卧候车室会停用，你走到这儿发现停用了，就得再走回候车大厅，所以还是不提示为妙，我希望今天它没有停用。陆静瑜说，啊，真是一座古怪的城市。周育平说，没有什么是肯定的，在这儿你必须问自己的运气。

两人走过了窨井，这一带的房子很高大，像是仓库，墙面都呈灰黑色，常年被煤烟炙烤过的样子。周育平又说，这条街到了晚上是犯罪高发区，主要是抢劫。陆静瑜说，我在火车站遇到过小偷。周育平说，人多的地方有小偷，这儿人少就抢，因为是去软卧候车室的必经之路，坐软卧的人都比较有钱。陆静瑜说，我也见到过抢劫的，不过是在台湾啦。周育平说，别往前走了，到了。陆静瑜看到一圈围墙，一扇铁门，院里种着高大的松树，层层叠叠覆着雪，门口什么标示都没有，像是个秘密单位。一个穿蓝棉袄的老人看过了陆静瑜手里的车票，让她进去，但拦住了周育平。周育平说我送她的，老人说不行。周育平说我知道规矩，补一张月台票，我得去售票大厅，但那儿人多，得排队，这样吧，我给你两块钱，不要发票了，你让我进去。老人冷冷地说，春运期间，软卧候车室一律凭车票进，月台票不行，想十八相送的就去候车大厅排队。周育平说，我给你十块钱。老人说，春运，你知道什么叫春运吗？

周育平一下子蒙了，低头找什么东西，这个动作再往下发展就是抢砖头拍人。陆静瑜心里慌乱起来，感觉他又要抓狂，忙说不要紧，我自己进去就可以了。周育平喘了口气说，里面环境不错的，买一杯咖啡就可以坐沙发了，但那咖啡非常难喝，火车五点二十分才到，你可以睡一会儿，但别错过了车。讲完这些，他似乎是意识到，一切都讲完了，再也没有什么可说的了。他嘴巴还在动，却没有发出任何声音。陆静瑜不知道说什么才好，摘了墨镜，凝视他很久才说：好吧，再见了，朋友。

周育平沿着来时的路往回走，快到天桥的时候，陆静瑜打他的手机。她在电话里说，这里环境不错，很暖和，咖啡确实很糟糕，她喝矿泉水。周育平看到漫天大雪急速落下，走到天桥上，整个世界仿佛都被雪压低了。陆静瑜在电话里喂了几声，周育平才说，我心情特别差，我不知道怎么回事。

陆静瑜说，我听书吧老板说，你想到总部去找工作。周育平说，是的。陆静瑜说，上次我说的话也不全对，小镇虽然很无聊，但也许你可以来试试看。周育平说，我打算像周劭一样，做个仓管员，这样就可以满世界跑了。陆静瑜说，我可以推荐你进销售部。周育平说，我只想做仓管员。陆静瑜沉默了一会儿说，来了再说吧。

周育平举着手机，沿着天桥小心翼翼地走，对面过来一个人，背着黑色的双肩包，行走的速度很快，两人肩膀蹭了一下。周育平本能地认为这是个小偷，忙回身看了看，这人已经走过去挺远。周育平再往前走，看到三个穿皮夹克的人背着手从对面过来，步伐紧张，其中有一个是赵警官。周育平喊了一声，警官。赵警官愣了一下，猛拽了周育平一把，其余两人亮枪。周育平倒在地上，手机滑落到了天桥下面，随后听见一连串的枪响声。

周劭到火车站时天已经黑了，四周全是警车和救护车，鸣笛四起，灯光闪烁醒目，绝非普通的治安事件。交警封了天桥，指挥旅客从快车道进入站区，他看到天桥上很多警察的影子在晃动。雪一直在下，巨大的白光灯照着广场，人群皆为惨白色，仿佛已经失去了自己的意志力，全都呆立在惨白之中。周劲想，胡小宁没说错，这是世界末日。

他走进售票厅，那里同样人满为患，几名武警战士努力维持着秩序，但更多的人，他们不是排队插队，而是疲惫地躺坐在地上。周劲点了根烟，一名武警战士迅速走过来制止。周劲争辩说，售票厅的大门敞开着，这里的气温和外面差不多，根本就是露天。武警战士说，出去。他只得掐了烟，绝望地看着墙上的列车时刻表，听到有人在脚下低声喊道，周哥。周劲低头看，原来是胡小宁，她蹲坐在地上，手中还抱着那个心形的靠枕。胡小宁说，我在这儿已经待了一天一夜了，什么都没吃。周劲说，你还没走掉？胡小宁说，我箱子不见了，被人拎走了。

周劲带着胡小宁离开售票厅时一直在想，这一幕好像发生过，对的，凌明心。但凌明心像是一个不曾存在过的人。又想，在凌明心的身上，某一瞬间我像是感觉到了辛未来。辛未来简直像是一座灰飞烟灭的城市，一列开进隧道却再也没有出来的火车。

两人走出售票厅，又走过广场，在一个很曲折的地方找了一家小饭馆，坐了进去，胡小宁忽然大哭起来，说箱子被人拎走了。周劲问箱子里有什么值钱东西吗？胡小宁擦擦眼泪说，倒没什么，全是衣服。这时周劲看到有一条人影幽灵似的从角落里站了起来，竟然是文志刚。周劲大喊起来，我操，我以为你死了。文志刚两眼血红，非常兴奋，往他们身边一坐。周劲说，来吧，今天我请客吃饭，人都到齐了，你也坐火车回家？文志刚声音发抖，说，刚才枪战。周劲说，什么枪战？文志刚说，警察和林杰枪战，在天桥上，林杰开枪，打中了一个刑警，自己也受伤了，他从天桥上逃下去，想往广场人多的地方走，刚下去，街对面的警察就过来了，把他打死了。

周劲问，确定是林杰？文志刚说，周劲你不知道啊，在我身上发生了可怕的事啊。周劲说，你别用这么奇怪的句子说话，好好说，用你平时讲话的口气说。

文志刚说：下小雪那天，我去追那条狐狸，我看见了它，一只灰色的东西，我举起弩朝它射了一箭，狐狸逃走了，我在雪地里没找到箭，地上有血，我猜是射中了，就追了下去，后来血迹没了，只有脚印，我顺着脚印走上了公路，不见狐狸，只看见一个人在前面走。这种天气，在公路上走着的通常是郊县农民，可是这个人的背影肯定不是农民，他还背着一个黑包，我有点奇怪，扛着弩跟着他走了一会儿，反正我就是不想走到他前面去。走了一段路，这人忽然转身拔枪对着我，他戴着墨镜和口罩，我吓坏了，站那儿不动，这人用枪指着我好久。我想，在这条公路上，他开一枪我就死了，不会有人来救我。我不是笨蛋，我见过枪，我侄子就是拿火药枪打劫被判了无期徒刑，如果换了其他人说不定会认为是一把假枪然后扑上去找死。反正，我就站在公路上呆若木鸡。后来，这个人没开枪，用手枪指指我手里的弩。我立刻把弩扔在地上。这人又指指山上，让我往山上跑。我就撒腿狂奔，我想只要我跑得够快够远，手枪打中我的可能性就越小。等我跑出去很远，再回头，发现这个人已经消失了。

周劭说：好，这个没舍得开枪打死你的人是谁，你总应该知道了吧？

文志刚说：我当然知道他是林杰，不但猜出来，而且认出来了，我和他喝过好几次酒，借过他的钱，他走路的样子很好认，步子抬得比一般人高。

周劭问：后来呢？报警了吗？

文志刚说：当然，他妈的就是我报的警啊。我看见林杰了，我想打电话给公安局说这小子有枪，可是他妈的我跑到山上以后发现了那条狐狸的尸体，我拎着尸体想回到库区，没走多远，遇到两个农民把我按住了，绑到了村里，说我他妈的偷狐狸。那个村是养殖狐狸的，狐狸就是从那里逃出来的。这帮人很蠢，也很血腥，你要是去一个天天宰狐狸宰貉子的村儿，你就知道有多血腥。这帮人打了我一顿，要我掏钱，我哪有钱？我就说，找警察，找警察。他们不找。关了两天，不给我吃饭。第三天我实在扛不住了，我说我就是杀人犯，杀了两个人，他们也害怕了，后来我告诉他们抓住凶手能立功，他们又高兴起来，立即把警察叫来了，我就说我不是杀人犯，警察很生气，我立刻大喊，我遇到有人用枪指着我啦。后来便衣刑警把我接走了，他们问我，拿枪的人啥模样，我不知道啊，戴着口罩墨镜一句话都没说。可是我说，这人肯定是林杰没错。警察就让我回忆林杰以前长啥样，找人画画，一定要把他的长相画出来。画了一整天，我始终觉得既像又不像，其中有一张居然画得很像你。

周劭说：别他妈胡扯，后来呢？

文志刚说：到昨天晚上，有一个带队的李警官进来问话，旁边有警察在看一叠身份证复印件，全是住旅店的。李警官告诉我说，自从发生枪案之后，全市住旅店的人都必须用身份证登记住宿，并且交上复印件，目前收集到这些。我就凑过去看，那些复印件太模糊了，全是年轻小伙子，根本看不清长相。

周劭说：这也是警方没办法了，林杰很可能根本没住店。

文志刚说：这么冷的天他能住哪儿？警察连澡堂都查了。

周劭说：他也许住在某个女人家里，也许找了份工作住宿舍，也许租房子。

文志刚说：不！他住店了。因为我记性好，我不但知道他是贵州人，还知道他的假身份证，一张是重庆的，一张是海南岛的，这是五年前张范生告诉我的。我一说，李警官眼睛就亮了，让查复印件，可是没有重庆的，也没有海南岛的，李警官就说，继续排查。熬到今天中午，有片警查到了火车站附近的一家小旅馆，根本没有身份证复印件，只是草草登记了一下姓名住址，查到一个重庆的，叫张华，四十岁，已经住了一个月，上午就退房走了。我想想，林杰应该也就三十出头吧。那个李警官直觉很好，他说，这家伙要跑。刑警拉上我，追到旅馆，进屋一看，我也没搞明白，反正李警官就认定，这是个流窜犯住过的房间。李警官估算林杰去了火车站，按时间来说应该已经进站了，可能上车了，但也不一定，因为全堵上啦，晚点班次太多。于是一辆车载着旅馆的老板娘，一辆车载着我，往火车站开。李警官对我说，文志刚，就算人山人海，你也得把这家伙给我辨认出来，让他上了火车就麻烦啦，必须拦住。我坐在李警官的桑塔纳里，他猛抽烟，眼睛血红，对身边的小刑警说，冷静，车站群众多，必要时，不怕牺牲。天知道林杰身上带着什么，枪还是手雷？我还问他，你们有没有防弹衣啊。李警官看了我一眼，让我少问。然后我隔着车窗就看到林杰了，在人行道上，穿黑衣服，背一个黑色双肩包，往火车站广场顶风疾走，在雪地里他那样子太好认了。警察想下手但那片车全堵上了，既不能打草惊蛇，也不能审都不审就当场打死他啊。一群便衣下了车，雪地难走，刚到人行道上，林杰就上天桥了，李警官决定两头堵他，走得没他快，堵他的人还没到位，桥上就打起来了，然后他好像胳膊受伤了，下天桥要往广场去，那儿全都是人，李警官急了，非常猛，跳过栏杆，一边冲一边朝他打了五枪。

周劭说：我见过李警官，一看就知道是条真汉子，不怕死的。

文志刚说：我就在车里看着林杰或者是张华被打死了。

胡小宁问：你们说的到底是谁？

周劭说：一个假人，如果没案底的话，就不会有人知道他是谁了。对了，祝贺你拿到赏金，文志刚，应该有赏金吧？

文志刚说：不是赏金，是奖励，一万块呢，我可以退休了。

周劭沉吟着，最后才说：假如我是林杰，那天就一枪打死你在山沟里了。你拿到钱就赶紧走吧，不要留在库区了，好好去动个手术，治好你的腰病。文志刚问为什么。周劭说，你是个运气很好的人，不要问为什么，运气就会一直好下去。文志刚问，对了，我的狗怎么样了，好几天没喂了。周劭怒气冲冲，大声说：房顶塌了，它已经死了！

这天晚上周劭带着胡小宁在附近一家网吧里过夜，这一带的网吧通常不安全，但因为发生了枪战，判断火车站的治安会非常好。网吧里没什么人，显得清净，胡小宁对周劭说，加个 QQ 吧。她的头像是一个蓝色头发的少女。两人面对面坐着，隔着两台电脑，胡小宁在 QQ 那边说：我想学 EXCEL。

周劭说：你还惦记着这件事，并不是学会了 EXCEL 就能去总部做报表的。

胡小宁说：那我该怎么办。

周劭说：我不知道。

过了一会儿，胡小宁说：你的箱子里是黄泳的骨灰盒吗。

周劭说：是的，我得把他带回总部。

胡小宁说：会把他落葬吗。

周劭说：我不知道。

胡小宁说：我和黄泳之间没什么的，他后来和一个女孩好上了，他只是答应过会给我谋一份工作。

周劭说：有些答应不一定是承诺吧。

胡小宁说：文志刚说黄泳也是个假人。

周劭自言自语：我不知道。

后来，周劭对胡小宁说：很多人，就像火车开进隧道，但并没有出来，你去隧道里追问，发现那里空空荡荡，火车曾经冒着烟，发出巨响，像是在漫长的时间中疾驰了很久，它不可能消失，但确确实实，它竟然消失了。

深夜时，胡小宁撇下了周劭，独自走到网吧外面，觉得非常伤感。她没念过什么书，空余时间爱看一些爱情电视剧，有时也会看得嚎啕大哭，像是在梦境中遇到了伤心事。走到大雪中，她在便利店买了一包烟，一个打火机，点烟抽了一口，咳嗽不止，但是她觉得自己在雪中抽烟的样子很不一样。后来她想了想，决定放弃留在网吧里的心形靠枕，也不与那个令人讨厌的周劢说再见，甚至忘记他箱子里的骨灰盒。她把香烟夹在指缝中，走向售票大厅，打算再碰碰运气。

雪继续下着，广场上没有什么人，远处还有一些警灯在闪，走到一半她就觉得冻得受不了。进了售票大厅，连武警都不在了，很多人蜷缩在棉衣里，无不像逃难者，这情景仿佛是她想象中的世界末日。有一个窗口还在售票，但指示牌上显示所有的车次都满座。没有人注意到她，她在售票大厅里绝望地转了一圈，有一个女的提着行李袋走过来问她，要票吗，原价给你，去上海的。

这女的三十多岁的样子，穿着黑色羽绒服，用一条烟灰色的围巾裹着脸，足蹬皮靴，身上有一股香水的气味，不像是黄牛。她的眼眉非常美丽。胡小宁说，我去蚌埠，到上海是坐过站了。女的说，这车在蚌埠停，有座位的，你可以中途就下车。胡小宁说，那我浪费好多钱。女的哦了一声，打算走，但胡小宁想了想觉得自己不可能在天亮前买到票，就追问说，你真的原价给我吗。女的说，是的。她拿出票，是下午的车次，但晚点了。胡小宁对了对墙上的电子屏，还有三十分钟就能开闸检票，她很高兴，付了钱拿过票。女的说，不错，咱俩同路，你没有行李吗？胡小宁说，我行李被偷啦，你也上车吗？女的说，我早说自己不是黄牛了，我两张票，同伴来不了了，天黑前我想退票，但窗口全是人，到了晚上他们又不办退票了。

两人往候车大厅走去，女的解开了围巾，露出一头浓密的波浪长发。进站时，安检让她打开旅行袋，很仔细地看了一下，问说刚才照出她包里有一把刀。女的从旅行袋的夹层里掏出一把细长的弹簧刀，说是削水果的。安检说，这是管制刀具，必须没收，看你是女的就放你一马，如果是男的，你恐怕要跟我去车站派出所。女的淡淡地说，其实我也想防身来着，你看我妹的行李就被偷走了，你们铁路上管吗？安检说，有事儿找民警。女的撂下弹簧刀，带着胡小宁走进了候车大厅。

胡小宁说，我其实很讨厌安检，尤其是女安检员，她们根本检不出什么东西。

女的说，也能吓唬农民的，我讨厌她们正气凛然的样子，你看她们衣服料子那么差，全都挂在身上。

两人没有耽搁，在小卖部买了几瓶水，一些装在塑料袋里、生产日期不明的面包，随即进了检票口。胡小宁问女的，你是做什么的。女的说，我在歌厅里上班。胡小宁说我是餐厅服务员，不过我打算去工厂里上班。女的说，我一辈子也受不了工厂。胡小宁当然知道"歌厅里上班"意味着什么，但是也没再问下去，月台上暗促促的，只有几盏节能灯照着，旅客三三两两，她觉得自己跟着一个魅影在走，车站那么多人滞留，而月台上如此冷清，一切显得不太真实。胡小宁走过很多夜路，有一次在山区，跟着一个小姐妹，走到荒凉的河滩上，迷了路，周围什么人都没有，她非常害怕，然而等她们上了一座大桥后，发现桥两侧的人行道上睡着一两百个农民工，都是在附近做道路工程的，空荡荡的世界忽然被填满，一下子踏实了。那种感觉和现在相反。她把这件事跟女的说了，然后她又说，我觉得自己像钻进了一条隧道，会消失掉。

女的笑了笑说，等会儿火车来了，你就又会被填满了。果然，深夜的火车卷着空中的雪片呼啸而来，经过她们眼前时，先是卧铺，再是餐车，到硬座车厢时胡小宁几乎是惨叫了一声，太多的人，在车窗暗淡的灯光中密集地拥在一起，胡小宁无法形容那种感觉，必须将自己塞进一个人肉罐头中的恐惧。两个人上了车，从车门艰难地移到座位那儿，发现座位上已经坐着一对母子，小男孩四五岁的样子，非常脏，睡着了。女的出示了火车票，让他们离开。那个母亲，也是脏兮兮的，用一种口音浑浊的方言求她，大意是让我的孩子搭坐一会儿吧。女的说，不行，你的小孩，太脏了，你应该把他收拾得干净点。

列车启动，胡小宁松了口气。一车人站着坐着，继续坠入梦里。

空气浑浊腥臭，所有的人连同他们的梦一起腐烂发酵，但胡小宁确信自己可以到达目的地。

　　后半夜，列车不知道开出去多远，胡小宁从梦中醒来。她梦见自己坐在一间办公室里，眼前是一台电脑，屏幕上出现了 EXCEL 表格以及密密麻麻的数据，填满了每一个格子。这是她在过去几个月里唯一学会的"技能"，她知道技能很重要，但是梦到技能，却让她感到茫然。她想幸好我没有梦见黄泳，他已经死了。他在饭馆里说起 EXCEL 的语气就像她家乡小镇上的布道者在讲述圣经。她面对着梦里的 EXCEL 就像布道者死去后独自面对圣经，可那只是 EXCEL。她觉得一片眼泪涌上来，然后发现身边那个女的并没有入睡，一直在好奇地望着她，问她做了什么噩梦。胡小宁说，我喜欢过的一个男孩他死了。女的问，怎么死的。胡小宁说车祸呀，有一辆卡车从他头上碾了过去，非常惨。这种事情可能会发生在每个人身上，女的说，会过去的。胡小宁说，我决定离开我的伤心地，再也不回去了，那是个饭馆，在公路边，对面是一片仓库区，除此以外，什么都没有。

　　这个女的沉默了很久，火车在暗夜里开着，寂静而拥挤，那些站立着的人也在昏暗的灯下浅睡。过了一会儿报站了，一些人窸窸窣窣地动起来，准备下车，火车停在一个站头上，透过车窗看到月台上成百上千的人。胡小宁低声感叹，天哪，他们肯定上不来了。女的问胡小宁你知道自己为什么能得到这张火车票吗，因为我的那个朋友，也来不了了。胡小宁说，这你说过的。女的说，我的那个朋友，在江湖上走，运气不好，一直没挣到大钱，不久前他到这里，辗转找到我，要我跟他走。胡小宁问，是你的男人吗？女的说，算是吧，江湖儿女，他找到我，当时很落魄，我心里清楚，他要是挣到大钱就不会来找我了，也许会找其他女人，不过他太帅气了，我忽然厌倦了歌厅，就决定跟他跑。胡小宁说，可是。女的说，可是他没能来得成，就只能我自己走了，多出来的那张票，就到了你手里。

胡小宁说，那你岂不是很失望。

女的说，是的，直到现在我还是不能相信，他没有来。这个女的说着，把靴子脱了，双足搁在座位上，抱住自己的膝盖。她说，我想他应该也死了吧。

第二天早晨，胡小宁再次醒来后发现那女的不见了，旅行袋也消失了，身边取而代之的是一个胖大男人。不知道为什么，胡小宁忽然觉得失落，但也心安。她吃了一点面包，用纯净水漱了漱口，咽了下去。火车在平原上行驶着，天色迅速亮了起来，可以看到远处被雪覆盖的大地，缓缓旋转向后退去。这是一场下了上千公里的雪啊，胡小宁想起夜晚和那女的说过的话，很不真切，仿佛梦中所见。火车一直开着，把过去的一切都抛在身后，即便是昨天，也都像百年之前。胡小宁在座位上一直坐等，那女的却没有回来，直至蚌埠。似乎她是在中途下车了，但胡小宁并没有问身边的人。她记得有谁告诫过，走在路上第一是记得少喝水，免得上厕所，第二是，如果你丢失了同伴，你一定不要告诉陌生人。

第二章　逆戟鲸

（1998）

《逆戟鲸那时还年轻》收录了九个短篇，格式像塞林格的《九故事》，题材却并不整齐，是文学小青年的习作集。时隔多年，端木云拿到这本书，想起很多人，这一切都已经过去。写小说的年代，真是不知说什么好，像舌尖舔到铁锈，奇异的味道。那些写小说的年轻人舌尖上都留有铁的滋味。

　　端木云大学毕业那年正逢一九九八，洪水泛滥的夏季将会永远留在他的记忆中。三月份时，他没有找到像样的工作，倒是收到了一笔五百元的稿费，四川一家文学刊物发表了他一个短篇小说。责任编辑是个很年轻的姑娘，叫沈玲玲，她以"沉铃"的笔名写一些散文，温婉而流利，小有名气，然而端木云并不知道她是谁。两人互通几次电话，谈作品修改。沉铃问他，端木云这个名字是笔名吗。端木说这是真名，我是复姓。沉铃说那我就照这个名字开稿费了，并且要了他的身份证号码。她说你这个年纪照理应该工作了，怎么还在读大学。端木说，我晚读了一年书，又因为高考失利，复读了一年。

　　那时端木云的小说模仿的是塞林格，有时也会学一下贝克特，刻意写得很短，冷峻干涩。他认为这是两种完全不同的风格。沉铃与他投缘，有一次她打电话过来谈论小说，通话长达一小时。此后他将一篇两万字的小说寄给她，为了省钱用的是平信，阴差阳错，邮件丢了，并且没有留底稿。这次是他打电话过去，沉铃问他为什么这么大意，他说，写得不够好，没指望发表，寄出去纯粹是瞎碰运气。沉铃说，既然写得不够好就再写一遍吧，但是他没有力量再下笔，声称自己记不起来了。沉铃说，你在电话里给我复述一遍小说故事，这样或许会让你找到一些新想法，重写就不那么难了。那个电话长达两小时，平信只是徒劳地省下几元钱而已。之后，端木云总是在等待着她的电话，因为除她以外，没有人会再用这种方式和他说话了。到了五月份，沉铃邀他去重庆参加刊物的笔会，端木云当时年轻，他捏着听筒，说自己没有参加过类似的活动，是不是有很多知名作家在场。沉铃说，我其实很想知道你长什么样子啊。

他撂下一份即将到岗的实习工作，坐火车去了重庆，比预定的时间早到两天。

这是他第一次去西南，火车进入江西省后便一直下雨，越往西，沿途的房子越是破旧，经过湘江是在深夜，什么都看不清，到贵州则是白天，他记得一个来自遵义的同学说过，该省天无三日晴、地无三里平，天空始终阴沉，从火车上俯瞰低处的小镇快速掠过，很像他安徽老家的那个穷乡僻壤。

火车走了六十个小时，到重庆是下午，他感觉自己需要调整一下时差，仿佛是跨越了半个地球。他在沙坪坝附近找了一家便宜旅馆住下，是用办公楼改造的，单间里面是双人床，有一张书桌，上厕所和洗澡必须去走廊尽头的公用洗漱间。整个旅馆里就只有他这么一个客人，悬在那儿。黄昏时他洗完了衣服，走出旅馆找吃的，重庆的天光比之东部而言要推迟一个小时，他看到满街的摩托车，露天火锅店，公共汽车招手即停，随处聚集的棒棒们，城市喧闹而麻木，充满了烟火气。他走到一条小街上，看到无数洗头店和米线店密集铺陈，以钢琴黑白键的节奏推向远处。晚餐时间，女孩们坐在条凳上，一排一排，安静地看着街景。天色暗下来后，路灯照着她们。端木云想，她们像一幅画，散焦的国画，像街道那么长的卷轴展开，一个一个并列着，但却是油画的质地。这犹如他在火车上见到的风景。

这种景象是他头一次见到，那时他二十四岁，从家乡的贫瘠村庄跑到无锡念大学，曾经去过一次上海，去过一次南京，除此以外对世界一无所知。

夜里，他回到旅馆，发现一楼正对大街的门面就是一个洗头房，洗头房里有一个漂亮的女孩，但她并没有跑到街边展览，而是独自坐在店里，侧脸，斜上方有一根日光灯管，照着她的脸她的肩膀和她的简陋桌椅，从镜子里反射出的另一束光映在她的眼睛里。端木云站在旅馆门口望着她，好长时间，店里只有她一个人。他看得太久了，以至于那女孩扭过头说，嗨你要进来吗，我叫小苹果。她看着他时，眼睛里的光消失了，也不笑。端木云转身走进了旅馆。

第二天早晨他醒来发现窗外雾气浓重，他来到了全中国最潮湿的城市，一看手表已经是上午十点，太阳不知道在哪里。他从床上起来，沿着走廊到洗漱间里，进了男厕所，听到隔壁洗澡间里哗哗的水声。等他出来时，一个女孩也从洗澡间里出来，端着脸盆，趿着一双红色的塑料拖鞋，浑身湿漉漉，脸上没有妆。女孩用毛巾擦着头发说，我就是昨天那个小苹果，你是不是叫端木云。

端木问说你怎么知道的。女孩说，我去账台上问过了，我昨天晚上想敲你的门，但后来我又改主意了。端木云不知道该说什么才好，女孩已经走了，转头说，你真的好帅，来耍哟。

他当然没有去。那时候，太年轻，从未有过买欢的经验，也认为这件事是污秽可耻的，但女孩瞬间打动他的事实不变。

这天他随便搭了一辆公共汽车，绕了一圈，到了江边，时间是中午。他知道有两条江流经这座城市并且在这里汇合，一条是长江，另一条是嘉陵江，但搞不清眼前这一条是什么，也没有问人。所在之处非常荒凉，道路一侧是山，是茂密的树林，另一侧的江水在很低的地方流过，像峡谷一样。江对面是密集的房子，吊脚楼层层叠叠蔓延到山上，仿佛世界一下子倾倒了或站立起来。空气潮湿，沿路的树木上仍积着灰尘。他往前走了一段，发现自己并未身处荒郊，山后面立即出现了市集，人都在街边打麻将，吃米线，棒棒随处可见，洗头小姐安坐一隅。这让他意识到自己是一个生活在平原上的年轻人。

他从这个不知所谓的地方再搭车，到了解放碑，又顺着十八梯往下走。他对这座山城有了新的印象，在岩石地基上建造的起起伏伏的高楼和平房，奇形怪状的隧道和涵洞，穿越建筑物而固定在山上的石板路。这座城市里没有自行车，车绕着山跑，一辆在眼皮底下的车可能需要走很多个来回才能开到身前，摩托车很多，但最值得信任的仍然是挑夫，靠他们一步一步走出来的世界。这就是布罗代尔所说的地区人口过剩导致的人力廉价、技术落后，一个古老国家的遗影，也是前现代社会的奇迹景观。不明白为什么，他喜欢这种景观，尽管他是一个生活在平原上的年轻人。

他坐着中巴车往回走，晚饭时间，女孩们上工，有一个打扮妖娆的胖女孩与他同座，抽烟，一言不发。两人同时到站，女孩扔下半截香烟，用一种极度憎恶的神色踩扁了它，下车走向红灯区。他回到旅馆门口，小苹果的店也开张了，她站在门口同样是抽着烟，穿着短裙和高跟鞋，旁若无人，欢快地唱着《孤独的人是可耻的》。端木云想，太奇怪了，它怎么可能是由一个妓女唱出口来。

端木打电话给沉铃，说自己已经到重庆了。沉铃很意外，说本来应该去火车站接你的，什么时候到的。端木说自己来了已经两天了，住在小旅馆里，独自玩了一阵子。沉铃说你不用自己住旅馆啊，我们安排酒店了。端木说，我提前到了。沉铃说这有什么，多住两三天我们还是负担得起的。

上午，两人在解放碑下面见面，端木云背着包，穿着几乎晾干的白衬衫，脚上是一双廉价的球鞋。沉铃到得迟了，看他站着在读书，便问他读什么。端木说是托马斯·伍尔夫的《天使，望故乡》。沉铃没有读过，问他好看吗，端木说好，是一本伟大作家写的小说。

然后，沉铃说，哎呀，你真是和我想象中一模一样，比想象中更瘦。

端木云没有办法回答她。沉铃带着他，在解放碑附近绕了一小圈，走进一家宾馆，里面的装潢像是解放前的，西式，陈旧，以深棕色为基调铺陈开来。沉铃办了手续，把房卡给他，送他到电梯门口，叮嘱道，洗澡，半个小时后下来，我在大堂等你。端木忽然问沉铃，我们几个人一间。沉铃说，一人一间房。

他听大学文学社的朋友说起，这种研讨活动，有时会慢待没名气的青年作家，住在相对较差的旅馆，或者两个人合住一间房。沉铃说，我们很有诚意的，现在文学杂志不太景气，但我们有钱，两家赞助商。

他洗好澡下楼，大堂里很多人，沉铃介绍了一下，到场的有副主编和编辑部主任，剩下的就是参加笔会的作家。以资历而言，端木云谈不上是作家，但是大家很客气地称他是青年作家。沉铃是初审编辑，大学毕业三年。她拢了几个人过来介绍给他认识：一个叫李东白的青年作家，较为著名，刚刚发表了一部十万字的小说，留着披肩长发，穿西装，像个诗人。一个叫单小川的更年轻的作家，和端木云同龄，在万县做老师，似乎很受副主编的青睐，大伙都喊他小川。他很健谈，非常谦虚，在所有人的名字后面都缀以老师的称谓。最后一个是笔名叫玄雨的女青年，她在刊物上发表了处女作，身高有一米七五，感觉她总是佝偻着身体，也不太讲话。沉铃说，你们四个都是我的作者。李东白就说，阵容庞大啊，沉铃老师。

第二天的笔会给了一个主题，探讨本世纪末的小说写作，编辑部方面先发言，接着是作者。发言非常无趣，老作家们对世纪末缺乏想象力，青年作家们心不在焉。中间端木云打了一次瞌睡，沉铃坐在他身边，用手肘撞了他一下。端木惊醒，沉铃说我们主任在讲话哪，你等会儿再睡。自此端木也就不睡了。会议中，有几个人抽烟非常凶，屋子里极呛，仿佛大伙真的是在讨论一件严肃而有意义的事情，这场面有趣。下午到歌乐山转了一圈，又驱车去看沿江的吊脚楼，晚饭在一家馆子里开了四桌，大家一下子放开了，称兄道弟，酒喝得很快，一部分人喝山城啤酒，另一部分人喝剑南春。端木云坐的这一桌全是年轻人，身边的玄雨一言不发。有一位中年作家异常活跃，端着酒杯到处找人喝酒，与李东白、单小川喝得投缘。端木云没有敬酒碰杯的习惯，晚上回到房间后，认真看了几期杂志，在浴缸里泡一会儿才睡觉。

　　第三天一早仍然是开会，有好几个人没起得来，大部分人的脸都肿着，另有一个因为吃拉肚子去医院了。气氛仍然很友好，编辑拿出一本红色封面的贵宾签名本，说是昨天忘记带了，今天大家落笔签名。几个人拿着马克笔在纸上签名，小川用的是钢笔，李东白是花式签名，像明星那样的，玄雨却不肯签，显得很孤傲，或是拧巴。到了晚上，沉铃说，我请你们吃饭吧，我们五个人单吃一顿火锅。李东白说，我刚拿了一大笔稿费，我请。到店里，端木云吃了一口就辣倒了，大声咳嗽。李东白说，这小兄弟既不抽烟，也不喝酒，也不能吃辣，我想知道你的大学生活是怎么度过的。小川说，端木老师或许和我一样，偷偷地度过了青春期，简称偷渡。几个人笑了笑，端木也拿起酒杯，倒了一点啤酒敬大家，说自己并非不喝酒，只是在昨晚那个场合下不知道该怎么喝。沉铃说，我们主编讲过，写小说写诗的人，在年轻时候遇到，要好好珍惜对方。小川问为什么呀。沉铃说，据说是到老以后就会相互憎恶的。众人大笑，说为了我们将来的相互憎恶，干一杯。

　　端木云想，李东白意气风发，老了以后可能会是作家协会的头头；小川呢，更像是一个对文学有着长久追求的人，他的小说端木云看过一篇，觉得没什么天分，但恰恰是这样的人对文学更执着些。玄雨一直在抽烟，看不出她是个什么类型的作家，有时候瞄人一眼，那眼神里总是有说不清的意思，又像嘲讽，又像揣测。

席间谈起一个作家新出版的长篇小说，就是昨晚绕圈喝酒的那位，作品在圈内反响很大，大量的性描写，对两性关系和金钱的直接凝视，以及小知识分子穷途末路的表面生活。小川说，我还挺喜欢某老师的这部小说，锋利，深邃。李东白说，这个写法现在很受注意的，非常肮脏但有力量，是现实主义，但谈不上深邃。沉铃转头问端木。端木说，原先觉得不错，现在改变看法了。李东白问，怎么讲。端木说，他像是被迫在讲述。李东白说，这是风格，也是叙事策略。端木云说，作家如果显得蠢，他的叙事策略会崩溃。李东白点头说，这点没错，他有点蠢，我昨天也看到了。端木云说，如果他不那么蠢的话，小说也许看上去会好一点。沉铃说，他昨天是真喝多了，有点失态而已啦。玄雨喷了一口烟说，某某一直在模仿南京的另一位作家，他的问题是格调差了点，小流氓思维。众人问，何谓小流氓思维。玄雨不回答，只反问道，难道你们感觉不出来吗。

这时有一群人散了，鱼贯而出，火锅店的位置排得很紧，其中一人喝多了，经过端木他们身边时忽然吐了，呕吐物洒到了玄雨的后背。李东白跳了起来，抄凳子要打架，被沉铃劝住。气氛顿时紧张，旁边桌子上的人纷纷退让开来，像是圈了一个供他们打斗的场子。喝醉的人显然不太明白发生了什么，同伴们上来架住他，道了个歉。李东白说，信不信老子把你按到锅子里，哈儿！对面有两个年轻人过来顶住了李东白，说你骂谁是哈儿。沉铃说，不许动手，吐在别人身上还有理了，骂几句又怎么了。两个年轻人被沉铃的气势镇住，嘟哝了几句，跟着同伴一起走了。

这个过程中，玄雨一言不发，仿佛那个被弄脏了衣服和长发的人不是她。等人走了，她去了一趟洗手间，出来后对沉铃说，我先回宾馆。沉铃说，这里不要待了，我们也走。

五个人顶着月亮往回走。沉铃说，李东白你以后记得不要骂人哈儿，你不是重庆人，也不是四川人，骂人哈儿会闯祸。李东白说，本地最普遍的就是骂人哈儿。沉铃说，你不在这个语境之内，你骂哈儿在修辞上更恶毒。小川说，哈哈，好像是的。沉铃说，这几个人身上都带刀的，你没看出来，火锅店打架容易出人命。小川说，是的，都喝得想杀人了。李东白说，作家很少有被捅死在街头的嘛。众人纷纷说，这倒也是，你要挨一刀就出名了，杂志也出名了，开笔会弄死一个。走了一段路，李东白忽然问，每个人都有致命弱点，不能骂，一骂就跳脚，小川你有吗。小川说，我好像没有。李东白说，你性格不错的，但肯定有。小川说我深恨土鳖的称谓，但并不是为了它的指向性，而是它抽象，原则上，你可以骂每个人都很土。李东白说，我和你相反，最恨别人骂操你妈，太具象了，我掉进沉铃所说的语境内了。这时走到宾馆了，玄雨去洗澡换衣服，李东白又说没吃饱，想再喝点儿，但沉铃累了，她说你们自己玩吧，别到处乱跑。李东白觉得无趣，又拉着端木和小川，两人也都说要去睡觉。李东白说，没劲，这哪里像是文学青年的聚会嘛。

这天晚上，端木躺在床上，快要睡着的时候，感到有人在床边注视着他，一下子醒了过来，然而房间里并没有人。他被这个幻觉吓死了，一直不能入睡，看看手表才十一点半，就走出房间，到楼下去吹风，看到沉铃独自坐在大堂的沙发上。端木云坐在她身边，她有点说不出的意兴阑珊，似乎是有心事，又似乎只是夜晚和酒气让她感到空虚。两个人一直聊到天亮。

文学是什么？这个问题实际上很冷僻，因为从事文学的人通常不会这么盘问自己，他们被人问，然后回答。某种程度上，无法回答。有时候，答案绕过了问题本身，有时候绕不过去，有时天真有时世故，但基督徒无论真假都不能告诉你上帝是谁，答案只能是旁观的：上帝是那些基督徒的神。

端木云对沉铃说：我一直到读了大学才开始看小说，我家在安徽农村，但我父亲从来不让我干农活，干活的都是我姐姐。反之，家里也不允许我看闲书，因为我父亲受了一个乡村教师的影响，认为看闲书没有出息，他们只想让我考上大学。因此在我念大学之前，读过的小说真是少得可怜，甚至不想偷偷地读，没有这个念头。安徽是个很重视教育的省份，当然，是那种传统的、刻板的教育，但这是没有办法，我认为他们有办法的话一定会争相把小孩送到世界名牌大学去念书的，哪怕是个菜农。我进了大学以后，看的第一本小说是卡夫卡的《审判》，这本书是我买二手教材时别人送的，第二本书是《复活》，第三本书是莫泊桑的选集，再往后我就记不清了，看了很多。你一定会以为，是一个新世界向我敞开了大门，但是我的感觉是潮水涌来，自己无法表达的话语已经被一大群人说过了。我到学校文学社去，他们说，你这个感觉嘛还是看得太少了，多看点。我这么看了三年，有一天忽然自己也想写小说了，然后拿到文学社去给他们看，其中有个人说，你这个小说嘛，像是被潮水浸湿以后从自己衣服上拧下来的水。这是嘲笑。这个人也写小说，于是我说，你的小说就像是个怀抱土特产欢快地奔向读者的老乡，怀中的玩意儿一路洒落。

端木云说到这里笑了起来。沉铃说，好嘛，这种相互奚落在作家中间可是不共戴天之仇。端木云说，是的，特别低级，我们不再搭理对方，尤其是，他认为我是个菜农的儿子，没资格形容他是老乡，后来他私下里说我最多是个三流作家的料子。沉铃说，你还很年轻，是几流作家并不能立刻看出来。端木云说，不，你可以不写，就永远看不出来，但只要你写了，就要承受这个预判。沉铃说，真奇怪，你认识的都是些什么人，才二十出头就在揣摩彼此是第几流的作家。

非一流的作家就是文学的废品，有一种说法，从叙事的角度，所有二流三流的作家只是一流作家的模仿者，影子，扈从。沉铃冷笑说，不见得，专灭二三流作家并不光彩，我最喜欢的纳博科夫，他灭一流作家，说到底，文学充满偏见，也充满未知。

两个人谈论文学，或者说是谈论作家，谈论写作或者说是如何成为作家。沉铃忽然伤感地说，我觉得你可能不会写下去。端木云问为什么。沉铃说，我才当了两年编辑，但我能看出来，李东白和小川都会继续写，而你和玄雨也许会在很年轻的时候就停在某个地方。为什么呢？因为你们的小说里有一种阻碍你们写作的东西，这可能是各人的体质不同，有些内心干涸的作家仍然在写，是由于欲望在驱使，而你们，没有这种推动力，你们并未想过成为作家。

端木云说，不，我渴望成为作家。

沉铃说，用小说来表达，是一回事，熟练地表达小说，是另一回事。你不相信天才的神秘性，你就得像结构主义者那样，相信熟练工是可以成为大师的，熟练工也能成为文学的圣徒，如果你两个都不相信，你将一事无成。

端木云在宾馆里睡了大半个白天，错过了当天去朝天门的参观会。到下午时，他坐在大堂里发呆，看到作家们下了大巴，进电梯。毫无疑问，他们都太像作家了，从他们的眼神里可以看出来，和文学青年有巨大的差别。他想，这种差别也许只有文学青年能感受到，文学青年，焦虑，固执，期待，自知无法永生因此闪烁着疑惑和嘲讽。作家是文学青年的尸体，文学青年是作家们的影子。

他想起自己写过的一个小说：国王临死前相信自己可以复活，是因为占卜师的谎言，占卜师之所以制造这样的谎言是因为，国王如果不能预知自己复活便会杀死他国境内的占卜师。一切奇迹景观都是为了迎接国王的复活，掌控人们朝拜奇迹的仍是撒谎的占卜师，而国王确实不会复活。

他出神地看着作家们。一组人走进电梯，剩下的人继续等候，他们的面容反映在锃亮的电梯门上。再一次电梯门打开时，玄雨拖拖拉拉地走出来，到大堂，和他打了个招呼。端木云问，沉铃还有其他人呢？玄雨说，单小川有事先走了，李东白会朋友去了，沉铃不舒服，一直在房间里休息呢。端木云继续走神，点点头。玄雨坐在他身边，点起烟抽着，问他：你大学毕业以后去哪里。端木云不知道她为什么问这个，愣了一会儿才想起，似乎昨天吃火锅的时候一起在痛骂教育改革、大学收费，又各自哀叹找不到工作。端木云说：我可能会去上海吧，找份工作糊口。玄雨说：人都是这样，得先糊口，然后再搞创作。端木云不语，要了一根烟，也抽起来。玄雨问，笔会有意思吗？端木云反问，你觉得呢。玄雨说，李东白这个人比较有意思，单小川差点儿，你很无趣。端木云说，确实。两人坐着继续抽烟。玄雨说，单小川写得最好，李东白是拼命努着，也不错，你是温情的小文艺青年。端木云反问，拼命努着有什么好的？玄雨说，文学有一部分就是努着，拧着，格格不入。端木云说，你这是行为艺术，不是文学。两人不欢而散。

　　到傍晚时，端木云下楼去散心，看到玄雨和沉铃两人在街上走着，玄雨双手揣在裤兜里，走路有点摆动肩膀，很中性，沉铃的个子略矮，穿一条靛蓝色牛仔长裙，胳膊里夹着一本文学刊物，那模样是纯正的文学女青年。见到端木云，沉铃招手喊他，他走过，玄雨说：站那么远看着我们干什么？端木云不知道该怎么回答，又看看沉铃。沉铃说：我和玄雨像不像一对？端木云点头说：就是在琢摸这个。两个姑娘笑了起来，又说要去逛夜市，买衣服。沉铃对他身上的衬衫很不满意，说：领子都皱了，像个乡下诗人，穿球鞋的作家是拿不到文学奖的。端木云问，何出此言。玄雨说，她在逗你呢。

　　三个人来到夜市，人很多，道路呈下坡趋势。在一个服装摊位前，沉铃挑了一件黑色的 T 恤，对着端木云的身体比了比，指着 T 恤上的标志问：认得这是什么吗。端木云说，伍德斯托克音乐节。沉铃又换了一件白的，觉得比较清秀。玄雨将手抄在裤兜里，在一边看，不说话。端木云收下了汗衫，也不道一声谢。沉铃说：到后面去换了吧，你的衬衫已经不像样子了，难道是穿着衬衫睡觉的吗？端木云从命，到摊位后面换了衣服再走出来，沉铃让他站到路灯下，看了看说：还不错，至少像个文学青年了，陪我们再逛一会儿。

他们又走了一段路，夜市全是地摊货，两个姑娘全都没有挑中合意的衣服，或嫌贵，或嫌土。端木云看出来，她们也没什么钱。这时，李东白和单小川从对面过来。小川说：好消息，李东白的长篇敲定出版社了。沉铃问了哪个社哪个编辑，又说：你可别忘了我是你的首发编辑，要请我吃饭。李东白说：唉，丛书而已，不过首印给了五千册，已经很不错了。小川说：我到现在还没出过书呢。沉铃说：小川加油，再过一两年你就能成事的。小川说：还是李东白厉害啊，二十五岁就出版长篇小说。五个人往回走，李东白拍拍端木云的肩膀说，衣服不错，新买的。端木云说，沉铃送给我的。夜市人多，他们很快就走散了，过后，端木云忽然发现沉铃和李东白就在前面，两个正在讨论着他即将出版的小说，对于从没出过书的年轻人来说（包括沉铃），有一点点兴奋实在无可厚非。他听到沉铃说：起点很高，以后还是要经常写点中短篇，投杂志，入选刊，你有点自负，这个性格在作家圈也很正常，但记得出来讲话要在路子上，不要瞎讲一气，随意臧否同辈，这是在占人家的小便宜。语气很温和，李东白点头称是。端木云觉得这样偷听别人讲话有些猥琐，就独自往前走，衬衫搭在肩膀上继续逛街。

他在一个小摊上看见玄雨，她面向街道坐得笔直，手里捏着一瓶水，也没吃东西，似乎是在休息。他坐到她身边，这一次，两人没再谈文学，他知道她是南方一座小城市的区级图书馆员，那种最无聊的图书馆，没有文学青年，只有一些不知道该干什么的闲散老人，而她也知道他是一个没啥前途的大学生，旅游专业，毕业第一年肯定会去宾馆里拉门，或在哪个景区举着小旗做导游，那也就是几个月之后的事情了。后来她终于发问，在上海找到工作了吗。端木云说，还没有，事实上，根本没开始找工作。玄雨说，那你毕业岂不就面临着失业。端木云点头。玄雨说你不如来重庆成都。他说，太远。立即意识到自己像是在拒绝谈论这个问题，补充说，在这里没什么朋友。玄雨问，上海有朋友吗。他说，也没有。玄雨说我应该把水泼在你脸上，你讲话像在梦游。那语气又亲切起来。她说，到上海别忘了留个联系方式给沉铃，我可能会来找你玩。他问，你去上海做什么。她说，瞎逛而已。

第二天，笔会结束了，下午他们站在台阶上合影，一张全体照，沉铃拉着四个作者合影，又单独和每个人合影。有一些人返程，余者次日早晨离开，每人手里拎一份纪念品，是刊物出版的精选本，其中并没有收录端木云的小说。书很厚，往包里塞的时候，他不得不把其他书先拿出来整理一下，沉铃在一边顺手翻开，一本《天使，望故乡》的下册，一本鲍里斯·维昂的《岁月的泡沫》，一本韦恩·布斯的《小说修辞学》。沉铃说，出门带这么多书。端木说，主要是没什么可带的，就带几本书吧。沉铃说，你啊真像个八十年代的文学青年，何不多带几件衬衫呢，衣服都不换。端木云说，说得你好像经历过八十年代似的。

两人走到宾馆门口。沉铃说，真要是八十年代就好了，我们就坐船沿江而下，我带你去看三峡，可惜现在预算不够，只能辛苦你坐火车。端木云说，留步吧，你下午也要返程，好好休息。沉铃挥手说，那就没有人陪你同行了，再见，好好写下去。

端木云想，在你之前，我从未与人谈过一整夜的文学，再见啦。

他离开宾馆后并没有去火车站，而是回到了沙坪坝的小旅馆，交了房费，又住了下来。这时旅馆里仍只有他一个住客。

他又遇到了小苹果，当他用钥匙打开房门的时候，她恰好从洗漱间里出来，整个走廊里都是塑料拖鞋的踢踏声。她依然说，小帅哥，来耍嘛。端木云两次没能把钥匙从锁孔里拔出来，心想，她真是让我发疯。

　　黄昏，他在街上走，附近有一条小路，街面并不宽，是个夜市，两边摆满了摊位。人很多，他混在其中走了一会儿，迎头又遇到李东白，两个人的眼神碰了一下，李东白率先喊端木，问说怎么还不回去，端木只好撒谎说，我在重庆还有两个朋友要见，打算明天走。李东白说，我也是，刚在沙坪坝见了个老师，打算明天走。

　　端木云想，我到底是应该返回身陪他一起走呢，还是挥手说再见。李东白说，我们去吃饭吧，重庆这地方，没有朋友陪，够无聊的。两人找了一家火锅店，要了几份菜，几瓶啤酒，就在街边吃了起来。李东白还在大谈文学，但端木云对他说的话已经失去了兴趣，没多久，李东白喝高了，讲话的声音变得很大，语速也快了起来，问道，你加入作家协会了吗。端木云摇头。李东白说，加入作家协会很好的，自己去递申请，找人推荐。端木云说，我想做个自由作家，也许，称得上是作家的话。李东白大笑，说你加入作家协会，你仍然是自由的，但是你，free，free 这个单词还有另一个意思是免费。

　　天黑时，两人平摊结了账，端木云回旅馆，李东白打算到路口去搭公共汽车。走出小街，到旅馆底下，端木云随便指了一下，说自己就住在附近。李东白微醺，在街边伸手拦公共汽车，但是没有一辆停下，嘀咕说应该打车。端木云没有站在街边陪他，两人握了握手，就此告别。

　　他回到房间后，觉得心神不宁，不明白自己想做什么。从他那个房间的窗口看不到街上，只有一片黑漆漆的屋顶。这顿饭吃得就像拧过了一个自己并不喜欢的频道，虽然他相信一定会忘记，但对于留在脑子里的瞬间记忆还是觉得不快。他再次想到那个叫小苹果的女孩，变得犹豫不决，因为他是一个沉默的处男，他在大学里没有谈过女朋友，而此时此刻他渴望的是去她那里坐一会儿，听她唱歌。他从包里拿出钱包，数了一下，除了买车票的钱之外还有五百元。这个动作让他有点羞愧，但他还是数了三百出来，不知道是否够用。又想，时间太早，街上全是人，还是等深夜再去吧。

到晚上十点时，他揣着钱下楼，几乎是磨磨蹭蹭地走到小苹果的店门口。门关着，街道略为空了些，窗子里面透出的仍然是惨白的灯光，在街道的另一侧仍然有人坐着吃火锅，门里面传来女孩的笑声。端木云决定返回，但是门开了，李东白从里面走了出来，两个人再次打照面，变得非常滑稽。女孩跟在李东白后面，很机灵，立刻明白两人认识，什么都没说，对端木云扮了个鬼脸。

李东白说，哈哈，你在偷窥吗，再见了哥们。走到街边，上了一辆出租车。端木云留在原地。后来小苹果说，帅哥，来耍嘛。端木云心想，我怎么会站在这里。

他问这个女孩，你为什么要做这行。女孩说，当然是因为穷。他又问，你叫什么名字。女孩说，你记住我叫小苹果就可以了，问这么多。他说，你一个人开店，不怕出事儿吗。女孩说，你看，对面街上吃火锅的人就是我的朋友，他们会照顾我。他问，这几个男人都靠你一个人赚钱活命吗。女孩说，你别问了，我知道我刚被人耍过，你不想耍了，也许你明天来耍，心情会好一点。

第二天端木云坐在床沿上收拾行李，听到外面拖鞋踢踏声，像碎花布上的图案，细密而有序地铺开在某个已经远去的空间里。他及时地打开了房门，女孩走进来和他做爱，也许用性交这个词更准确，或者通俗一些，上床。他很快到达了高潮。女孩兴奋地问，你是不是处男。端木云说，不是。女孩说如果你是处男，我可以给你一个小红包。端木云说，不必。女孩说，但是你肯定很久没有做了，可怜的。

时间还早，女孩说，可惜这里没有单独的浴室，不然，我可以帮你洗澡。端木云说，下次我找个贵一点的酒店。女孩说，你还有一个小时，我可以给你按摩一下肩膀。端木云说，算了，我也不是很累。女孩问，那你还想做什么。端木云说，唱个歌给我听吧。女孩说，想听什么。端木云说，你会什么就唱什么，你最爱唱哪首就哪首。女孩说，我唱一首"对你爱不完"吧。

端木云坐在床上听她哼歌，那声音遥远。后来，他遗憾地说：我要赶火车去了。女孩问：去哪里。他说：江苏。女孩说：好远的路，你走南边还是北边。端木云说：南边。女孩说：走南边，出了重庆就是綦江，你会看见綦江的工厂就在江边，火车沿着江，从工厂中间经过。端木云说：我来的时候看到了，是这样的。女孩说：我就是那片工厂里出来的。

女孩离开时，细密的踢踏声隔着门板再次传入他耳中，直到声音全部消失，他才拎起双肩包离开。火车经过綦江、遵义、娄底、株洲、鹰潭（那些他能记住的站名）。火车就这样开过半个中国，漫长、弛缓，从阴霾直至阳光下。火车的伤感体现在返程时。他想我也许再也不会到重庆去了。

回到学校后，端木云写了一篇不太成功的短篇小说，取名叫作《我们共同的朋友》，讲述两个文学青年在一起谈论文学，相当热忱，他们对文学有共同的见解和共同的愤懑，两人谈完了往回走，甲说要回旅馆，乙回家。接下来的事情，无疑是照搬了那天晚上发生的。小说没有设置悬念，作为叙述者的甲，其口吻非常像一位厌世的作家，一切都已洞悉，一切不为所动，总之全无细腻柔软，也不狂想。他把稿子寄给了沉铃，她收到后立即打电话到他寝室，问说你怎么会想到写这个故事的。端木云说，我写的是李东白。沉铃本想和他讨论写作技巧，听到这话非常惊讶，说，端木云，你不能写另一位作家。

为什么？因为这是个伦理问题，沉铃说，至少在我这儿是，我不能接受你写李东白嫖娼，即使你讨厌他，即使这是真事。

端木云说，史上很多作家这么写，比如海明威写过《流动的盛宴》。沉铃说，我不和你讨论文学史，李东白也是我的作者，写点别的吧。说完挂了电话。

端木云觉得郁闷，这篇稿子也就压在了抽屉里，没有再投给其他杂志社。秋天时，他在另一份文学刊物上看到了李东白的小说，写了相同的事件，采用了第三人称单一视角，设定了另一位青年穷困、敏感、多疑的特征，与端木云的小说像是白刃相见。那时，一九九八年的大洪水已经退去，端木云在上海，他看完这篇作品大笑起来。一个星期后，他打电话给沉铃，沉铃说你好像失踪了，我正找你呢。端木云说，我在找工作嘛，到现在还没着落。沉铃说她读到了李东白的小说，那篇关于嫖娼的，叫作《街角》。

端木说，我听了你的话，没再投稿。沉铃说，我也没有把你的小说稿子给其他人看过，包括李东白。端木云说，显然我和李东白碰巧各自沉不住气写了对方。沉铃气愤地说，李东白这么写是不对的。端木云说，没关系，我并不觉得受到冒犯，如果这两篇小说发表在同一份刊物上，那可能会更精彩。沉铃生气地说，你们俩都够胡来的。端木云无法回答，他挂了电话，心想：确实，胡来这个词是对的，小说家理应收割那些发育不良的灵魂，然而，往往如此——他们最想做的事情是首先把自己的头颅斩下，但是现实又像神话，每斩一个，就会长出一个，最后他们丧失了耐心，挥刀狂舞，仿佛仇人在虚空之中。

端木云对周劭说：莫泊桑在自杀之时是个真正的精神错乱，由于神经梅毒，这个在墓地里吃树莓的乡下孩子一步一步疯了进去（但他天性并不疯），你看过他的《剥皮刑犯的手》就知道，疯对他而言是一种具象的惩罚。十九世纪的小说压制了现实，梅毒比战争更容易使作家疯掉，二十世纪的作家则像是从疯里面诞生出来的，终于，熬到了世纪末，科学克服了结核病和炎症，政治克服了世界大战和古拉格集中营，作家们活得太长，对寿命的预期太乐观，写出来的东西相当无聊，而那些快乐的疯子作家更无聊。周劭问，怎么个无聊法。端木云说，他们习得了一种无聊的价值观，相比于世界大战、古拉格集中营、无药可救的梅毒和结核病，当代作家简直搞不出什么名堂，只能搞搞黄赌毒。周劭说，这就是我们所说的后现代啊。

不，端木云否认，在我生活过的农村、小城镇，人们一直就是这样的，除非闹饥荒，你不能认为这种农村生活就是后现代。

我不这么认为，但后现代是这么认为的。周劭嗤笑道。

端木云的老家在安徽的一个村庄里，一公里外是小镇，他的父亲是菜农。正如他对沉铃所说，在这个家里，干农活的人是他姐姐。到十六岁时，他看着自己的手，十指尖尖，完全不像是个农民的儿子，而他姐姐由于常年劳动，高中毕业后，变成了一个粗糙的农村姑娘，两只手比他的有力量。

那个镇叫李河镇，也叫傻子镇，那个镇上不知道为什么，出产各种智障。有人以为是周边有小化工厂的原因，但实际上，远在小化工厂还没有出现之前，智障就是这里的特产，县里其他小镇没有这种情况，村里也没有。一九九四年时，连镇长家里都生出了一个无脑儿，总之谁也逃不掉。有人统计，说镇上的傻子占百分之五不到，比例并不高，但是别的地方比例更低啊。二十个人之中就有一个是傻子，傻子坐在太阳下，太阳照着他们扁扁的脸，大大小小的头。

在狭窄的平原上，不远处就是连绵丘陵，傻子镇像是个童话镇，所有的小镇都带有童话特质，傻子镇可以说是童话中的童话。九十年代初，第一批赚到钱的镇民们把房子造成了尖顶、彩砖的格式，嵌着普鲁士蓝的玻璃窗，都像是做梦。有一个开化工厂的小老板造了一栋雪白的房子，五层楼高，并在屋顶上加盖穹顶钟塔，然而没有钟。小老板的儿子，一个十岁后就不再发育的傻子，每天站在钟塔里，像天使一样瞭望四野。

镇上有壮年的傻子，有青年的傻子，当然也有儿童，但是老傻子不多。先天的傻子活不到老，他们的寿命比正常人短。从这个角度来说，如果傻子能活到老，他们在总人口数中的占比应该不止百分之五。总之，人们习惯了这种情况，傻子们坐在家门口，傻子们温驯地在街边走，傻子们嗷嗷叫唤，比较悲伤的时候是某个傻子掉进河里淹死了，这是难免的，然而也并不是特别悲伤，像一个耄耋之年的老人安然离去。

这个镇上，不知道从什么时候起，有了一条公约：禁止伤害傻子。极偶然的情况下，出现过青春期的少年把小傻子骗到河里淹死的事件，匪夷所思，令人警醒。镇上的人说，因为我们这里的傻子太多了，如果有人想以杀害傻子为乐趣，傻子镇就会变成屠宰场。需要说明的是，傻子镇上大多数的人都理智温和，他们不认为小镇是受了诅咒，如果有诅咒的话，请问是谁来施咒的呢？

少年时代，天气好的日子，端木云会去傻子镇转一圈，感到一种缓慢的、明净的气氛，像是一个人在梦里清楚地知道自己是做梦，那么不妨就把梦继续做下去吧，梦不会伤害到你，你不会在现实中变成傻子。别的镇上，开拖拉机的人都横冲直撞，这里不是，小心地开着，警惕地开着，左顾右盼地开着，生恐撞到傻子。端木云觉得非常有意思。他试着和傻子说话，但事实上，傻子是什么都说不出来的，有些智商还过得去的，会讲些无逻辑的话。有一个叫小五子的傻子，他也许是傻子中间最聪明的那种，甚至学会了撒谎，他问端木云：你觉得我是傻子吗，他们说我是，我觉得我不是。端木云看着小五子那双分得太开的眼睛，试图向他解释，没有一个正常人会问这个问题，但是傻子不信啊，傻子说如果你不问，你怎么知道？后来连端木云都怀疑，小五子只是从表征上看来像个傻子，或许他不傻。但是表征，表征就

· 121 ·

够了，是不是？

　　傻子镇最大的困惑是婚嫁，本镇青年之间的婚配太容易诞生傻子，他们更倾向于和外乡人结婚，外乡人可以中和掉痴呆的基因。反过来，外乡人担心的恰恰是概率的反面，不知道会不会生一个傻子出来。九十年代后期，有一些年轻人去了遥远的大城市，隐瞒了家乡的秘密，结婚生子。对外部世界来说，他们身上的痴呆基因是一粒盐，落入淡水湖中，迅速消失了。镇长鼓励大家说，走出去，是个好办法。然而，几年后，小镇不定期接收到来自大城市的婴儿，都是傻子，他们在那里生活的代价过于昂贵，放回到镇上也许更好些。痴呆就像蒸馏出来的盐粒，又回到了傻子镇。

　　端木云考上大学那年，他姐姐嫁到了傻子镇上。乡里的人，都看笑话。她丈夫叫强子，是个做毛鸡蛋生意的小镇青年，在县城里有一家铺子，还做些油炸面食，总之小有积蓄。但是强子的弟弟不太好，就是那个啰里啰唆的小五子，这说明他们家是有痴呆基因的。来提亲时，端木云的姐姐也并不情愿，但是媒人说男方家里条件好，强子也很勤劳，不赌钱。他父亲什么都不说，闷头在菜地里干活。他姐姐考虑了半个小时，答应了下来。结婚的礼金就正好给端木云用作大学里的生活费了。安徽农村有一种习俗叫作"送日子"，由男家拿着双方的生辰八字去找算命的，定下婚期，然后，媒人将这一日期送至女家。镇上有个神婆，擅长此道。端木云考大学的事情也找她算过，还真的挺准，神婆什么法事都没做，仅凭通灵能力就说出他要复读一年，然后考到外省不错的城市，甚至说出他不会再回到家乡，指的也许是城市户口吧。

　　结婚时，酒席摆了三天，按照中国农村的习俗狂吃一气，像是要把天地间能吃的东西都扫荡干净了。端木云看了看，强子确实是个老实本分的人，年龄有点大，二十九岁了，少白头，龅牙，但不傻。真是万幸，因为有人直到婚后才发现对方的智力有一点点小问题，像一只裂缝的碗，用是能用的，但你说不清它什么时候会砰地碎成两瓣。他姐姐当时二十三岁。婚宴上，端木云看到小五子捏着一个鸡腿，总是捏着一个鸡腿，别出心裁地坐在门口啃食，没有人管。他走过去踢了小五子一脚，小五子也二十多岁了，他仍然在问那个问题：我是傻子吗。端木云觉得，自己快被他烦死了，他姐姐下半辈子住在镇上就得面对着一个成天问着同一个问题的低能儿，及时给出答案，这傻子还是会一遍遍问下去，以及隐藏在神的意志背后的痴呆基因，等候判决。

然而他姐姐并没有生育，一直到他大学毕业都没有。这一年夏天他的档案转回县里，又变成了农村户口。他来到傻子镇，发现镇边的小河变得黏稠腥绿，气味十分难闻，可能是附近的小化工厂作的恶。街上的傻子们焦虑得像地震前的狗，傻子镇曾经的那种做梦的气息消失了。大雨和狂风来后，河水涌上街道，很多傻子站在齐膝深的污水中，不知道自己在哪里。万物发出吱吱的惨叫。

一九九八年的夏末，端木云到上海去找周劭。后者英语没过级，想拿学位证书必须再考，回上海之后没找到工作，又不肯和他母亲住在一起，便在普陀区租了一间房子。端木云到的那天，只见周劭穿着一条三角裤，提着个塑料桶，在街边洗澡，洗着洗着，短裤被水冲了下去，露出腚沟，周劭用手去拽裤子。端木云乐坏了，提着旅行包在一边欣赏。周劭发现后大骂他变态。端木云说，屁股蛮好的，写进小说里你不介意吧。

大学时期，两人在文学社里认识，周劭性格开朗，端木云有点内向，但并不拧巴，也不怂，两人经常在一起玩。大三下学期时，文学社的副社长是辛未来，周劭认识她比较晚，这时才追求她。端木云与辛未来投缘，有一天看到她抱着一束花在街上走，那神情像梦游，端木云问说是谁送的花，辛未来说，当然是周劭那个傻瓜。端木云说，周劭会写点小说，还不错。辛未来说，你只关心小说，我问你，周劭这个人怎么样，他想和我谈恋爱。端木云说，不错啊，可以交往。辛未来说，我很犹豫，刚才拿着花走路，我想，随便挑一个人问问，如果这个人说 OK，那我就 OK 了，如果这个人说不 OK，那我就拒绝他。端木云说，那我岂不是做了个大人情，周劢要请我吃饭。

后来，周劢与辛未来恋爱，那时已经是大四，临近毕业，大家都在找工作，周劢带着辛未来回到了上海，没过多久，辛未来消失在上海，不知道去了哪里。周劢再回到学校时，端木云告诉他，辛未来拿了毕业证书已经走了。周劢问，辛未来去了哪里。端木云说，辛未来让我告诉你，忘记她吧。周劢深感困惑，同样，端木云也不理解，感觉是辛未来从来没有存在过，无论是作为周劢的女友还是端木云的朋友，她都有一种"不在此处"的气质。他对周劢说：辛未来可能去了另一个时空。周劢嫌他乱开玩笑，但端木云说，我是真的这么认为。两人喝得大醉，把沿街的垃圾桶一个一个踢翻。端木云说我也有个另一时空的爱人，她活在一个倒立起来的世界，操蛋。

夏季最后一波洪峰经过上海，等到两人再次见面时，心情都平静了下来，接受了各自不可言说的现实。周劢把端木云带回住处，那是一片错综复杂的贫民区，电线密布，极多违章建筑，垃圾场与房子之间形成了相互蔓延的状态。不远处的工地上正在起大楼，黑夜之中，射灯照得明晃晃的，打夯的巨响一刻不停。周劢的屋子在两楼，从一个近似消防楼梯的地方爬上去，屋子有十五平方，带一个小阳台，除了一张床、一口简易衣柜之外，还有一台破旧的电视机放在地上，是房东借给他的。周劢买了一台 VCD，屋子里散落着各种碟片，以及香烟壳。端木云跟着周劢迅速学会了抽烟，两人在屋里吞云吐雾，把烟灰弹进一个可乐罐子里，把烟蒂也塞进去，里面还有残存的一点饮料，每塞进一个烟蒂，周劢就会晃一晃罐子，让烟蒂灭掉。

周劢问端木云，来上海打算怎么办。端木云说，找份工作。周劢说，你可以跟我一起住，直到你找到工作或是女人。端木云说，也就是说你既没有工作也没有女人。周劭说，是的。

周劭学的是企业管理，端木云是旅游专业，都不是很容易找到工作的那种，因为竞争实在太激烈，满世界都是学旅游和经济管理的。端木云打开旅行袋，拿出一叠书，还有两件换洗衣服。他说，我拿到一家公司的面试通知了，做营销，后天过去看看。周劭看了一会儿说，你就带了这个衣服过来，西装呢？端木云说，我没有西装。周劭说那你他妈怎么去面试？端木云不知道该怎么回答。周劭叼着烟，走到简易衣柜前面，拉开拉链，从里面拿出一件西装，比试了一下，端木云也可以穿，只是显得宽松。周劭说，配上你那件伍德斯托克音乐节的汗衫还不错，别他妈的穿衬衫，你的衬衫都像是捡来的。

两个人就轮番穿着西装去面试，甚至在同一家公司面试，当场换西装。毕业季已经过去了，提供给应届生的职位不多。周劭曾经在郊区的企业做过，觉得十分乏味，再也不想去工厂车间。端木云最对口的工作是去酒店，拉门、提箱子或者刷浴缸。周劭揶揄道：从你的性格来看，拉门提箱子都不合适，最合适的是刷浴缸。端木云说：我绝对不去刷浴缸。周劭说：实在不行，我去刷浴缸。那段时间的生活变得十分可笑，两人在屋子里，一个躺床上，一个睡地铺，看着租来的碟片，同时发呆。半个月后，他们发现，彼此的钱都花光了。

两人身上凑出了五十多元钱，再没有更多了。周劭说，咱们还够吃一个星期的，一星期后就去门口捡垃圾吧，另外，香烟已经断供了。端木云从墙角捡起一根烟蒂，点上，抽了几口，说：虽然我家里一直很穷，但直到现在我才明白什么是穷，简直妈的穷哭了。

那天晚上，端木云问周劭：辛未来到底出了什么事。周劭想了想说：我们到上海以后一直没找到合意的工作，事情不巧，她为我打了一次胎，后来，她拿出了她的诗稿，其中夹杂着一些类似民谣歌词的小作品，她最热爱的是罗大佑和张楚这样的歌手，她说也许靠写歌词可以挣点钱，她间接认识一家唱片公司的职员，在静安区，自己带着一叠手写的稿子就去了。

端木云听到这里摇头说，这样很不好，应该把稿子寄过去。周劭问为什么。端木云说，寄过去，你可以保持一点尊严。周劭说你比较有经验，但是辛未来不太懂这个。端木云说，也是女编辑告诉我的，我不太懂这里的出入。

然后呢？然后她就消失了。周劭说，我报警了，但事实证明她没有失踪，她回学校了，警察管不了这件事，她只是消失。

端木云说，这也不奇怪，好多人都这么消失了，极有可能在唱片公司发生了什么事，更可能她这会儿就在上海。

过了几天，两个人去静安区面试，中午天气晴朗，树的阴影在路面上晃动，觉得凉爽而迷离，秋天就这么来了。走过一幢别墅时，周劭忽然站住了，凝视着墙上的铜牌，上面刻着"天野唱片有限公司"的字样。端木云问，辛未来是来这家唱片公司的吗？周劭说不知道啊，她也没说。然后周劭走了进去，到一间办公室，有一个黑胖的中年男人坐着，穿着涅槃乐队的 T 恤，沙滩裤和拖鞋。里间很热闹，好多人在说话，但是用布幔挡着门，看不到是谁。周劭问黑胖子，几个月前有否一个叫辛未来的女孩，拿着一叠歌词的稿子来过，也可能是诗稿。这个男人说，不记得了，我们这里天天都有人拿稿子来，有时是乐谱，有时是歌词，有时他妈的完全不知道是什么鬼东西。

周劭形容了一下辛未来，身材修长，普通话很糟糕，有两颗虎牙，她是我的女朋友。用词谨慎，像是在描述一个虚构的人。男人问，怎么了，失踪了吗？周劭说，倒也没有失踪，但我想知道她到底发生了什么。男人早就没有了耐心，打呵欠说，什么他妈的乱七八糟的，请你出去。

周劭转身离开办公室，端木云一直蹲在门框上等他。两人沉默着往外走，听到里面有人问，刚才是谁啊。接着是黑胖子的回答：两个傻逼文学青年，也可能是小偷。

　　两个人一直走到街上，端木云说，也许你应该回去多找些人问问，那个胖子我觉得他是个白痴。周劭想了想说，算了，不问了，可能她去的唱片公司根本不是这家。端木云说，静安区有多少家唱片公司，你可以用黄页查查。周劭说，算了，确实如你所说，辛未来是消失了，如此而已，没有人带走她。

　　当天晚上，睡在周劭那间破屋子里，端木云打地铺，觉得身体下面的水泥地变得凉了，也许应该再买一张折叠床。他睡着后梦见了辛未来，她握着鲜花，仍然在街上走，但不知道想去哪里。鲜花在梦里是黑白的，她脸上的表情虔诚而安静。醒来后他想这真像是梦见了一个死人啊，一定是发生了什么。

　　十月份时，周劭的姑妈介绍了一份工作，给一家保健品公司做推销员，月薪五百，站在药店里推销一种治疗关节炎的外用擦剂，名叫康孚龙。他姑妈在医院工作，认识很多药贩子。周劭和端木云没有任何医药专业的背景，但公司并不是很在乎，只做了一天的产品知识培训，介绍了一些关节炎的症状和推销说辞，就让他们上岗。除底薪以外，每瓶药有五元钱提成，每疗程四瓶。按照经理的说法，这种擦剂不但可以用来擦关节，还能治疗肌肉酸痛、蚊叮虫咬，甚至颈椎炎，总之，是神药，缺点是价格略贵，只有被关节炎折磨到死去活来的人才可能掏这份钱。

　　做了这行，端木云发现，这是保健品发疯的年份，活血，壮阳，通便，调经，助眠，似乎人们在短期内爆发出了巨大的健康需求，而另一种说法是你必须制造需求。周劭买了一本专供销售员阅读的杂志，上面写着一个故事：怎么把冷柜卖给爱斯基摩人——这个案例将会在未来十年内被营销界一次次提及，而当时两人却是第一次看到。周劭说，现在我们要面临的问题是怎么把药推销给没有病的人，考验虚构能力的时候到了。端木云说，不对，应该是成名作家写出烂大街的小说时，仍保有的愚蠢的自信心。

两人坐在药店柜台里，穿着颜色发灰的白大褂，假装是关节炎方面的专家，然而生意并不好。那时还是秋天，上海是个潮湿的城市，关节炎患者很多，他们大规模发病的季节是冬天。分公司的经理叫赵明明，是个愁眉苦脸的青年人，有一双倒挂下来的眉毛，显得滑稽而诚实，讲话的语气经常是推心置腹的，与所有人。赵明明告诉两位促销员：董事长委派他来打开上海市场，准备了很多预案，但他到了上海才发现，秋天，是一年中最舒爽的季节，没有关节炎！端木云没反应过来，周劭已经快笑昏过去了，说这是马克·吐温的小说里才会出现的桥段。

药店在普陀区，隔壁是医院，医院形成了一个自然的商业圈，周围一片混乱，完全掩盖了死亡和病痛可能带来的肃穆感。端木云想，这里更像菜市场，没有人在乎死。街道不宽，路肩之下积着臭水。两个人下班后，就在街上走，看着缓慢流动的车辆。整个夏天，上海这座城市留给端木云的印象就是：繁忙，拥挤，失序，热得睡不着觉。它的好处是随便混混也能活得下去。

有一天寒流来了，端木云仍睡地铺，起床觉得腰酸背痛，不得不花三十块钱买了一张二手折叠床。周劭从简易衣柜里拿出两件毛衣，蛀得不像样子，一人一件套上。也就是这一天，赵明明兴奋地宣布：康孚龙的旺销季节到来了。两人到了药店，中午有一个老人走进来问诊，两人搭档胡说了一通，周劭讲上海话时，端木云搭不上了。老人对周劭说，你是上海人，我信你。买下一瓶走了。第二天老人又来了，说自己家的老太婆用了这个擦剂非常好，关节不疼了。两人很高兴，既然这药管用，他们就不是骗子了。生意日渐兴旺，这以后他们平均每天出货二十件，有一百元提成。这笔钱够两人每天下馆子吃饭喝酒。

端木云认识到，关节炎患者非常痛苦，有位老人向他形容：这是一种来自骨髓中的痛，这种痛会让你在梦中都看到自己在经受着酷刑。有时，隔着药店的玻璃窗，他凝视着患者拖着病腿走过街道，想象那是酷刑之后的残躯。培训告诉他，关节炎是无法根治的，康孚龙擦剂事实上只是一种外用的麻醉剂，治标不治本，它麻痹了患处的神经，让人不疼。不疼比什么都重要。在柜台里站久了，他想象所有经过的路人都在忍受酷刑，都只剩下一副残躯，寒冬凛冽，天上落下冷雨。这地方和傻子镇有相似之处，站在傻子镇的路口，凝视着那些小傻子，他也感到头皮发麻，心想该怎么拯救这种局面呢。

深秋时，端木云站在窗台前，用四百字的方格稿纸写了一篇小说，讲述洪水泛滥时期一个停留在县城的外乡人。故事不长，外乡人遇到了一群小白痴，从乡下小镇转移到县城电影院，白痴们坐在电影院里，为了让他们不那么害怕，电影院里放映了一部老旧的黑白电影。外乡人也在其中，看完了这部电影。故事到此为止。写完之后，他又试着写傻子镇，想写得更长些，但没有太大的把握。写到二十页时他发现这个故事失焦了，白痴们虽然很有趣，虽然伤感、神秘，但不构成一种持久的动力，最难办的是每个白痴看上去都差不多。

照周劭的说法是：在任何一部头脑正常的作品中，白痴都是独一无二的，余下的人都在他的阴影笼罩下。周劭举了《喧哗与骚动》为例，又对比了电影《阿甘正传》和《阳光灿烂的日子》，指出像端木云那样一口气写二十个白痴，不成立。

天凉后，写作变得容易，生活简单，不需要多想什么。端木云到上海之后，既没有交到新友，亦无旧交可以联系，有时想起沉铃，但又不好意思频繁打搅她，过去长久在电话里谈论小说的事情再也没有发生过。他恢复了深夜散步的习惯，常常走出去很远。那是一九九〇年代末，像他这样深夜在街上乱走的人很可能会被一群穿制服的巡逻队员拦住，如果掏不出证件就会遇到麻烦。然而，他运气不错，一次也没遇到过。

在重庆的时候，他觉得街道是立体的迷宫，一条街道可以翻转着穿过自身，像一个莫比乌斯环，一条街道也可以消失在隧道深处，像到达了世界尽头，而上海的街道全都在平面上展开，窄窄的，靠得很近，发出一些无人能懂的低语，行走在这里的人们像是踏过一张巨大的地图。寒流来时他惊悚地发现所有的悬铃木都落下了叶子，松脆地铺满街道，被路灯照着，整夜。

有一天他感冒了，没去药店上班。下午，他在窗台前站着，眺望住宅区边巨大的垃圾场，被风吹着，翻滚着无数白色的泡沫塑料，有几个拾荒人在其中走动，带着他们的孩子。过了一会儿，一个穿着红色大衣的女人，也走到垃圾场，站在那里经受着风吹，似乎在寻找什么。端木云认出她佝偻着的体态，下去一看，果然是玄雨。

玄雨说，我问了沉铃才知道你住这片，但找不到门牌，然后就看见你出现在我眼前。端木云便问她，从哪里来，住在哪里，来办什么事。端木云说，你真的是来上海闲逛吗？玄雨说没错，她已经辞职了，到处逛，目前在上海等一个朋友，已经一个星期。端木云不语。玄雨问：难道你不想知道我在等谁吗，我在等沉铃。端木云很不适应她讲话的方式，同时也很惊讶，问说沉铃为什么会来上海。玄雨说：显然你又不知道了，她的杂志社忽然换了一位领导，现任这位和她很合不来，也不怎么懂文学，她决定到上海来发展，可是上面不放人，迟迟批不下来。端木云说，她如果真不想做了，应该撂下手头的一切立刻走。玄雨说：她和咱们还是不太一样，她有人事档案跟着，如果撂下一切，工龄和职称就全没了。

端木云低头想事，后来发现，玄雨意味深长地看着他。他注意到她左脚皮鞋的鞋尖已经磨损，像是走了很远的路。然后他意识到自己也好不到哪里去，他竟然穿着白大褂，以及蛀坏了的毛衣。她说：你视力不错，那么远就看见了我。他说：不，是你的样子比较好认，那一刻我正在注意你，然后发现是你，这就像闪电恰恰劈中了你凝视着的某个物体。

　　玄雨住在一家小旅馆里，离得不远，端木云请她简单地吃了顿晚饭，随后送她过去。玄雨说，我真的跑了很远的路，简直可以说是穿过了一个夏天，来到上海。进房间后，端木云看到桌上放着一本茨维塔耶娃诗集，觉得不像是好兆头，拿起来翻了几页。旅馆紧靠着贫民区，隔条小街对面就是工地，传来夯土和搅拌水泥的巨响，即便关紧门窗，正常的讲话声仍然听不太清。假如谈文学，十分钟后就觉得嗓子冒烟。玄雨说，正因如此，房费很便宜，并且零点之后会歇工，直至次日上午。他问：你能在这里待多久。玄雨说：我把前几年所有的积蓄都带了出来，可以在这家旅馆里住半年，但也许过几天就走。端木云问：找工作吗？玄雨说：不。

　　端木云陪她在旅馆里坐了一会儿，终究不方便坐到零点，便起身告辞。她送到门口，他转身叮嘱：如果住久了，不如干脆租个房子，去办张暂住证，三证齐全之前不要深夜乱窜，小心被遣送出去。玄雨问：哪三证？他说，应该是身份证、暂住证、务工证。玄雨笑着说：难道我这副样子已经惨得够去遣送站了吗？他想了想，也觉得可能性不大，之所以关心这个，是因为正在写一篇关于深夜查证的小说，至于查证以后会如何，一概不知。

　　实际上，就连端木云自己都没有务工证。赵明明的"分公司"是他们自我设定的机构名称，其实只是康孚龙公司的办事处。按照规定，办事处没有经营权，因为不在本地交税。赵明明那张破旧的办公桌没法为任何员工开出务工证明，他也绝不愿意去工商局和社保局走一趟，那等于自投罗网。

　　康孚龙销量暴增，赵明明在各处药店安排了促销员，总共五十来人，都穿白大褂，假装是医生。周劲被调到普陀区的另一家药房，地处闹市，生意兴隆。周劭在十一月份狂赚了五千元，十分得意。在办事处的黑板上，他的名字高居销售排行榜首，端木云则排在三十多位，这个座次实在不能令人满意。有一天开会，端木云说：我这里的顾客都还挺信任我的，如果再多给几个月时间，我能把业务做上去。赵明明说：再过两个月就是春节了，你以为保健品市场能挺过春节吗？端木云反问道：春节难道就不痛了吗？赵明明很不喜欢别人反问他，捧着头说：春节之后很可能就是另一个人来做上海市场，我要的是当季销量！

赵的助手叫阎丽，是个沉默的女人，有两条粗硬的抬头纹，年纪轻轻就显得苍老。照周劭的说法，阎可能是赵的女朋友，或性伴侣，两人一起从广西总部来到上海。打拼世界，没有这种关系是很难靠得住的，当然，有这种关系也未必。阎丽的工作，起初是巡查各个店面，后来办事处招聘了一批外地来沪的低学历女孩，阎丽成了她们的主管。

这批女孩什么都干不了，相貌丑陋，笨手笨脚，听不懂上海话，讲不来普通话，她们唯一能做的就是拎着康孚龙礼品袋，穿着一种莫名其妙的民族服装（可能属于白族，更像是戏曲服装店里的二手货），排成一条长队在街上走。她们成为廉价的活人广告，在国外，叫作"汉堡包人"，在这里，周劭叫她们"糖葫芦女孩"。根据总部的策划方案，康孚龙擦剂又多了一个卖点：经过现代医学改良的少数民族秘方，并暗示它和白药有着同出一宗的关系。

糖葫芦女孩们每天在街上走十二个小时，上下班高峰是她们必须出现的时间，至于白天，尽管街上的人没那么多，但闲着也是闲着，可以走走停停，可以站在闹市口看看风景，由带队的女孩掌握节奏。唯一禁止的是说话，绝对不许说话，绝对不能交谈，因为她们只要一开口就会露馅，与那身民族服装没有半毛钱关系。由于工作时间太长，赵明明不得不为这些女孩找了一个住处，上海最常见的狭小的两室户，每间屋子里塞七八个女孩。有了宿舍，就可以统一管理。事实上赵明明的办公室也就在她们对面楼里，两室一厅的民宅，里面堆满货，他的床和办公桌就在货堆中间。

赵明明常找周劭出主意。周劭有姑妈撑腰，本地多多少少认识些人，并且他那一阵子对营销很感兴趣，不满足于赚钱，还阅读各类营销教材，和赵谈得来。端木云对这些东西全无兴趣，只想把糖葫芦女孩们写进小说里。周劭告诉他：赵明明很坏，他骗那些女孩说三个月试用期，然后就可以转正，在分公司坐班，这样，赵明明在八百元月薪上还打了个七折，试用期工资标准。端木云说，三个月之后，这王八蛋就回去过春节了，春节之后，天一暖和，康孚龙也就不需要促销了。周劭说：正是这样。

有一天，一个叫吕莎莎的糖葫芦女孩失踪了。尽管她的名字好听，但很可惜，她是最丑的。这些处境糟糕的女孩们常常会失去耐心，来来走走并不奇怪，但吕莎莎的行李箱还在宿舍里，一直没人来拿。阎丽追问下去，女孩们都不知道吕莎莎的去向，也不关心，反而有人抱怨吕莎莎有盗窃的嫌疑。隔天上午，吕莎莎的电话打到赵明明办公室，恰好周劭和端木云在结算工资，赵明明开了个免提，只听电话机里传来一片哭喊，吕莎莎说她半夜买方便面遇到了查证的，她没带证，现已被送到了另一座城市的收容站，离上海有一百多公里。赵明明问，你挨打了吗。吕莎莎说，没有。赵明明又问，钱被人抢了吗。吕莎莎说，也没有，但身上的钱到这儿就不够用了，打长途很贵。赵明明问，可是你打电话找我有什么用，我能跑一百多公里把你领出来吗。吕莎莎说，你是我的老板啊，你把我保出去，或者开张证明，证明我是有身份有住所有工作的人。赵明明捧着头，一言不发，过了一会儿，电话机里传来更凄厉的哭声，吕莎莎说赵总救救我吧，我不想待在这里。赵明明又问，你在挨打吗。吕莎莎说我没挨打但是我害怕啊。几个人发呆，仿佛用收音机在听电影里的某段情节，那声音又未免过于真实，完全没有戏剧表演的逻辑。后来，赵明明叹息说：我建议你还是找爸爸妈妈吧，哪怕一千公里，他们也应该把你领出来。接着，电话断了。赵明明一把撸了桌上的报表，说：定宿舍纪律，女孩们夜里不准出门。阎丽摇头，拍他肩膀说：五百块月薪不可能把任何人关在屋子里，五百块啊，经理。

周劭和端木云走出办事处，下楼，糖葫芦女孩们正列队从对面走来。领队的女孩与周劭相熟，两人打招呼，周劭把她们拉到一边，讲了吕莎莎的事情。糖葫芦女孩们害怕起来，只有领队的女孩显得桀骜，嗤笑道：赵明明是个阳痿。周劭和端木云对望一眼，不知道该怎么回答，在一群丑陋、贫穷、无知的女孩面前怎么继续讨论阳痿的问题。领队的女孩拿过周劭手里的香烟抽了一口，那模样肆无忌惮。她说：这可不是编故事，是总部押货的人告诉我的，赵明明把康孚龙涂在了鸡鸡上，阳痿！

难得在上海遇到朋友，端木云经常去小旅馆找玄雨，谈文学，或是谈他们共同的文学朋友。需要补充一点是，他已经不再和周劭讨论这些事情，后者一谈到大学文学社就会无可救药地想起辛未来，再者，在端木云看来，周劭的文学观浅薄而天真。然而文学需要讨论，需要在沉默中获得一点声音，这让他想起《等待戈多》。

有一天谈起李东白和小川，玄雨说，李东白一直没正经工作，去了广州，那是个有意思的城市，他最近发表的小说讲几个在南方城市瞎混一气的年轻人，写到摇滚乐队、嗑药、性，一副活不过世纪末的样子。端木云说，有趣，他还在写长篇吗？玄雨说，新锐作家当然要写，这个人很执着，有一种闪闪发亮的蛮横，你要学学他。问到单小川，玄雨说，现在发现小川挺可爱的，听说要去做乡村教师，山区支教，可是我和沉铃都认为，他应该去大城市开开眼界，他写得太土了。端木云记得，她在重庆的时候，对小川的评价恰恰是反过来的，人傻，小说写得好。这说明文学青年没什么确定的看法，连他们自己也不记得曾经说过的话。当然，土是一种贬称，可是怎么把小说写得洋气，端木云也想不出来，他所能想到的就是像自己喜欢的外国作家一样写，但这和土洋并没有必然关系。他问玄雨写什么，她回答说，幻想小说，弗兰肯斯坦那种的。

吃饭时，玄雨跑到便利店门口，给沉铃打电话，两人聊了十几分钟，端木云站在一边不语。玄雨把听筒交给他，沉铃在电话那边快乐地说：祝你们玩得愉快。挂了电话之后，玄雨说，她来不了了。端木云问，为什么。玄雨说，她男朋友是个小干部，不同意她来上海谋生。两人散步时，玄雨感觉到了端木云的困惑，便问：你莫非不知道她有男朋友？端木云说，确实从来没谈起过，但我感觉她应该有吧。玄雨说，实际上，那是她的未婚夫啊。

次日中午，玄雨出现在药店里，外面正下着淅淅沥沥的小雨，店里顾客不多，端木云穿着白大褂在柜台里面接待了她。玄雨说，文艺青年穿这身衣服特别有感觉。端木云问，像医生？玄雨说，不，像怪异的病人。这时，糖葫芦女孩们恰恰列队从马路上走过，打着黑伞，拎着礼品袋。端木云告诉她，这些是我们公司的女孩，我们打扮成这样仅仅是为了骗点钱。玄雨开心地说，骗钱也是好的，这个世界容纳你存在的证据，就是它允许你心安理得地骗一点小钱。

这天下午，细雨不停，玄雨要去华师大见一个朋友，让他晚上不要去旅馆找她，随后，她跑进雨中，跳上一辆靠站的公共汽车。关于怪异的问题——端木云看着她离去的背影，想到那些曾经认识的文艺青年，从世俗意义上说，大部分都怪异。其中也有不那么怪异的，从文学意义上说，反而最为怪异。总之，他为自己不那么怪异而惭愧，他为自己来到上海仅仅是出于谋生而从未有心情体会这座城市而感到困惑，他想到沉铃如果来到这里会是怎样一个局面，在他印象中她始终与重庆那起伏倾斜的道路联系在一起，就像他自己始终被绑在傻子镇的某一根电线杆下面。这些顽固的印象，像无意中听到的咒语，既不知道它指向什么，也不能忘记它的存在。就这样，他昏昏沉沉度过了下午，一单生意都没做成，天黑后他不打算再加班，脱了白大褂想离开，玄雨又出现在药店，问说，能不能看看你写的小说？端木云说，稿子在我的住处，得回去拿。玄雨说，我听沉铃说过，你俩打长途电话讨论小说。端木云随口说，是啊，她这么和作者聊天得花掉多少电话费。玄雨说，她是个很自负的编辑，她并不和所有人讨论小说。

端木云梦见他姐姐站在傻子镇的桥上，傻子镇朦朦胧胧看不清轮廓，似乎是黄昏，似乎隔了一层雾。

后来他醒过来，想起夏天时返乡的情景。他坐长途汽车到达安徽，在县城的店铺里见到了他姐姐，她绑着一条肮脏的碎花围裙在小饭馆门口煮蛋，抽着烟。这时候，到处都在下雨，店里冷冷清清。他姐姐漠然地看了他一眼，告诉他强子不在，回傻子镇去了。那个镇只有外乡人才会称它傻子镇，他姐姐嫁过去四年，仍然像个外乡人。

端木云踱进店里，找到一块早晨的烧饼，啃了一口，坐在他姐姐身边。慢慢地，曾经熟悉的姐弟情谊又返流回来了。姐姐问他，是不是就这么回家乡了呢。端木云说，不，打算出去开开眼界，找一份稳定的工作。他姐姐说，是应该出去，县里很多人都去大城市打工了。

两人搭了一辆农用三轮到傻子镇上，雨下大了，他姐姐停在镇口的小桥上，又抽了根烟才走进去。

傻子镇的人口也在减少，很多正常人都出去打工了，留下傻子和老弱妇孺。傻子的比例大大增加，但这只是统计学上的意义，用肉眼观察不出来。傻子们还在街边坐着，或者像上了发条的玩具一样缓慢行走，左晃右晃的。以往下雨的时候会有老人像收衣服一样收回各家的傻子，但这一天怪了，很多傻子在雨中走着，那样子不寻常，雨会使很多傻子焦虑，发出咿咿呀呀的声音。

这里河汊密布，两条小河紧贴着小镇流过，一公里之外是大河，可以开过货运轮船，十公里外的丘陵深处有一座水库，拦起铁丝网，不给人靠近。端木云注意到河水已经溢出河床，由于镇边开了几家小化工厂，水质很差，漂着各种秽物，像工业城市中的河流。傻子们像是在一个寂静的大工厂里徘徊，在铅灰色的天空下仰头听着远方的雷声，这情形看起来不妙。

当晚端木云住在他姐姐家里，一大家子人围着吃饭，强子默然不语，帮小五子收拾着掉在饭桌上的米粒。他姐姐冷眼看着。小五子说，要发大水了，要发大水了，党员去河堤了。小五子衰老得厉害，额头横着皱纹，嘴角挂着皱纹，神情是稚气的，嘟嘟哝哝的语气又像个巫师。端木云想，我以为小五子会随着年龄增长而慢慢变成一个正常人呢，但他终究是停留在了某个阶段，再也不能往前跨出一步。

这天晚上，他带有炫耀性质地拿出了文学刊物，上面有他发表的小说，写到了姐姐。小说不长，她姐姐抽着烟，仔细地读着，甚至注意到了责任编辑的名字叫沉铃。最后，她沉默地合上了杂志，又抽了一口烟，对他说，你写到的我好奇怪，我是这样的吗？端木云心慌起来，忙说，这是文学处理，不代表这个人物就是你。姐姐说，你给我看的意思，难道不就是告诉我，这是我吗？端木云无法回答，他说也许是我没写好吧，你不要生气。姐姐问，写小说有前途吗。端木云回答说，以前是挺不错的，可以出名，做个宣传干部之类的，现在没什么人关心了，很多作家都做生意去了。姐姐又点了根烟，久久看着他，翻开杂志再次阅读，最后说，不要紧，你就这么写下去吧，我相信你。天太晚了，她打了个呵欠站起来，让他去睡觉，不要深更半夜发呆。

第二天早上，河水漫进了小镇，到处都是腐臭的气味。端木云睡在楼上，打开窗只看见满街乱窜的傻子和正常人。有些傻子害怕，有些开心，有些在水里蹲着做出游泳的姿势，有些呆呆地站着。总之，像个奇怪的儿童乐园。镇上开始组织撤离。过去很安静的傻子们现在成了最大的累赘，但人们还是很有责任心，他们并没有放弃傻子（也许有人放弃，从概率角度，可以忽略），他们搭着各种可用的交通工具涉水而行，载着傻子们到县城去。

强子家的人坐在一辆农用三轮上，端木云和他姐姐不放心父母，找了一辆人力三轮，他骑着，载着他姐姐往村里去。这时，小五子站在农用三轮后面，大喊起来：端木芳，端木芳。强子不耐烦，扇了他一巴掌。

端木云踩着三轮，感到诧异，回头问他姐姐：这傻子在喊你？

他姐姐说：是的。

端木云说：他竟然知道你的名字。

他姐姐说：他还不算很傻。

端木云说：被傻子喊名字是件不吉利的事情啊。

他姐姐说：乱讲，被疯子喊名字才不吉利，傻子不算的。

两人冒雨回到村里。村庄地势较高，目前还没进水，但是菜地损失惨重。两人把父母拉到三轮车上，抄近路来到了县城，见强子一家都在店铺里蜷缩着看电视，他们走进去，强子家的人支支吾吾打了个招呼。

这天夜里，端木家的人睡在楼下，强子家的人睡在楼上，雨下个不停。端木云陪他姐姐到屋檐下抽烟，烟头明灭，沉默了很久，他才问：你和强子，最近是不是闹矛盾了。他姐姐说：是的，他想生小孩，但我不想，家里有小五子这么一个傻子已经够了。端木云说：他们家的傻子算是少的。她姐姐说：这种事情靠猜是猜不来的。端木云问：你可以离婚吗？他姐姐说：我会被强子的爸爸打死的。端木云抬头看看楼上，想不起那老头的模样，强子家的人都很没有存在感。他姐姐说：我公公年轻时候是人武部的，手很狠，你看不出来。

后来他姐姐讲起了那个尽人皆知的案子：多年前，傻子镇的两个半大孩子把几个小傻子骗到了河边，也是夏天发大水的季节，但水势没这么大。出于恶作剧，半大孩子让小傻子们下河，他们下去了，淹

· 138 ·

死了一个十岁的。那群小傻子中间就有小五子，你知道的，小五子当时已经快二十岁，他不小，是个成年傻子。等到警察来查案时，两个半大孩子坚称是小五子诱骗那些小傻子下河。警察当然不信，智障是不会骗人的，于是他们去问小五子，小五子当然是智障，他什么都不记得了。那两个半大孩子未成年，无法判罪，赔了死者家里一笔钱也就结案了。可是那两人说，出主意的时候，小五子是同谋，站在河滩招呼小傻子们下水的人就是小五子。小五子为什么要这么干，是因为他们答应带他出去玩。由于没有目击证人，警察只能去问那些没淹死的小傻子，可惜那些人年龄太小，而且都傻得太厉害，什么都说不清楚。

端木云说：小五子是诱鸟。

他姐姐说：不，那不是诱鸟，而是同谋。小五子会骗人，会迎合别人的想法，会刻意讨好某个人。你以为他很天真，可他其实是个成年傻子。

端木云问：成年傻子不应该天真吗？

他姐姐扔了烟蒂，说：如果你和傻子生活过就知道了。端木云还想再问下去，他姐姐却不肯再说，摇摇头走回了饭馆。他们的父母躺在桌子上，都没有睡着，坐起来看着姐弟俩，那目光惶惑不已。

水退以后，他们又回到了镇上。人们开始打扫街道，有一个傻子触电死了，邻镇一辆农用三轮开到了河里，淹死了两个不傻的。端木云在县城和小镇之间兜兜转转，又去山上的水库边探亲访友，到八月份他决定告别家乡，提着旅行袋去上海。他姐姐送他到县城的车站上，离邮局不远。端木云忽然想起他姐姐曾经有一个初恋男友，是高中同班同学，后来就分配在邮局。他开玩笑问：那个好像叫黄定源的人，现在还在邮局工作吗？他姐姐愣了好一会儿，问说：你怎么会问起这个人。端木云指指邮局。他姐姐追问道：你对黄定源记忆那么深刻吗？端木云说：除了强子以外，他是你唯一谈过的男朋友嘛。他姐姐说：那个黄定源，和你很像。端木云说：怎么会像我，简直奇怪。他姐姐说：就是那种气质很像。

端木云坚持说：不，不可能像，这世界上没有人和我像，我不要在某个人身上照见我自己。他姐姐就说：好吧好吧，啰唆。

他姐姐一直在抽烟。在他上车之前，她说，本来想和强子去南方做生意的，但因为小五子——这个傻子已经变得像他们的儿子一样，无法甩下他。端木云说，带个傻子没法弄啊。他姐姐说，当然，我们都知道没法弄。过后，她姐姐又说，我不是讨厌小五子，我是害怕，他天天在我身边我总是怀疑自己的小孩也会像他一样，这个担忧，即使我们去了南方，也还是存在。端木云说，怎么办呢。他姐姐喷了一口烟说，我烦死了。他无法安慰她，登上了汽车。他姐姐随意地挥了挥手，向回走。

他明白这是一次重要的告别，可是那形式却是如此轻飘。他还不太知道，重要的告别往往如此，一头奔向死亡，一头奔向了无生趣的荒原，往往找不到更好的形式。他贴着车窗看到姐姐的背影：高中毕业，曾经很爱读言情小说，如今被枯燥的劳动折磨得壮硕变形，紧裹着廉价的水洗牛仔裤一边抽烟一边走路。他知道自己在某个地方做错了什么，或者是命运安排错了，这使得他无话可说。后来，他仍然会梦见这一场面，在现实中未曾告别的告别将一次次地透过梦境向他反复提出质疑，一次次揭示，一次次掩埋。

后来，他把这篇关于傻子与少年们共谋杀人的小说拿出来给玄雨看。玄雨说，你爱写白痴，你写了一个白痴电影院，又写了一个白痴杀人，白痴既像天使又像魔鬼。端木云说，我仅仅是写白痴，不是写寓言。玄雨说，挥之不去的白痴意象，白痴隐喻，白痴现实，你被这个念头攫住了吗？

两人在小旅馆里吃零食，抽烟，听外面工地上传来的巨响，聊着小说。有一天下午，她说想去他的住处看看。他带她过去，经过垃圾场，来到那间小屋子里。她靠在窗口，看到窗台上插满烟蒂的可乐罐子。她说你就是在这里望见我的吗。端木云说，是的。然后她问，你不是双性恋吧。端木云说，我不是。她说你这屋子里住着另一个男的。端木云说，我不是，他也不是。玄雨说，有人讲过我像男人。

她身材相对一般女孩更高大些，骨架也宽，主要是她的单眼皮，看上去凌厉凶狠。端木云问，能否和她做爱。玄雨瞟了他一眼，反问道，检验我像不像男人吗？端木云说，不存在，倒是想通过躯壳触摸到人的灵魂，假如你也有同样的想法的话。两人回到小旅馆，玄雨脱了衣服，她有点瘦，皮肤是小麦色的，露出腹部一条十公分长的刀疤。她解释说，这是手术留下的，车祸，把我的脾脏摘除了。她问端木云，你身上应该没有任何伤疤吧？端木云问，这是一种修辞吗？玄雨说，也是所指，也是能指。此后，他们在工地的巨响中做爱，她又问，触摸到灵魂了吗？端木云不知道该怎么回答。她说，我已经两年没有性生活了，你呢？端木云撒谎说，几乎差不多。结束以后，她像个疲倦的男人一样睡着了一会儿，鼻子里偶尔发出一声哼哼，一点不可爱，像在梦里冷笑。端木云找到了半袋花生仁，披着棉衣坐在椅子上看她阴郁地睡去，同时吃着花生仁。他想到这一年里两次性生活都是在小旅馆里发生的，就连房间的布局都近似，想到刚才工地上打夯的节奏和他们做爱的节奏一致，就像在大学宿舍里他们把性交直接比喻成打夯，这种修辞法令他心碎。

一个小时后，玄雨醒了，问是几点钟。端木云坐着没动，说，快天黑了。玄雨说，和你做爱感觉太糟了，你的灵魂一塌糊涂。端木云说，我他妈的自己也感觉到了，是的，一塌糊涂，就像关节炎患者在梦里还能感受到的疼。玄雨说，但不妨碍我们出去吃顿饭，走吧。吃饭时，玄雨忽然提起了沉铃，说沉铃长得温婉美丽，而自己的样子太坚硬，没有什么男人喜欢。那语气既不遗憾也不妒忌，只是说出一个事实。端木云说，我看不出你内心是否坚硬。玄雨说，我认为人的内心是形式，而外表是内核，你是否同意这个看法。端木云说，成立是成立，但应该没那么简单。玄雨走到电话亭边，又给远在四川的沉铃打了个电话，但这回没打通。夜幕落下，两人告别，端木云独自走回去睡觉。

另一篇小说是关于水库的，夏天，大水退去之后，端木云到丘陵深处去，途中遭遇一场豪雨，衣裤皆被淋湿，伞也歪了，但他还是坚持着走到了山上。他喜欢这一带的风景，水库是一片处于丘陵中的湖泊，冷不丁看过去，像图片上的西藏风景，高原上的羊卓雍措。当然，还不至于美成那样。

根据他父亲的口述，他的祖父是在一九六三年死于此处，当时县里挖水库，征调了大约两千个农民。饥荒的恐怖阴影尚未褪去，人们原以为在水库建设中可以混得一顿饱饭，但事实上工程出乎意料的繁重，牛和骡马早已在前几年被屠戮殆尽，全靠人力支撑。工期延误，县长带了武装民兵过来压阵，用鞭子抽打农民。这使得从饥荒中幸存下来的人们倍感惊恐，乃至有人告到省里，不久工作组下来，撤了县长（此人在一九六六年的运动中被造反派殴打致死）。至于农民死亡的数字，没有统计清楚，但"鞭打群众"这四个字确实是留在了县志中。

他父亲事先叮嘱说，你不要接近水库，远远看一眼吧，你爷爷是死在水库里的，不过山道上还有一个小破庙，曾在那里停丧，可以去烧一炷香。

端木云走到山中，雨停后，携带的一卷棒头香全都不能用了，扔在了草丛里。经过一个自然村，他到村里找到一位表叔公，让其指了个方向，又往前走了一刻钟，山路湿滑，他看到了在阴沉的云下静止如镜的水库，那里什么都没有。

他从水库下来以后，又回到村上，问他表叔公，那座曾经停丧的庙在哪里。表叔公说，就在后面那座山脚下。雨又下了起来，但不大，表叔公给了端木云一顶斗笠，两人穿过一片竹林，雨声簌簌，竹叶像是被无数人的衣角擦响。穿过竹林，他看到了庙，实际上是一间坍塌了三分之二的房子，依稀能看到一个院子的痕迹。荒草长得很高，开着星星点点的白色小花。端木云打了个寒噤，问表叔公这里供奉的是什么神仙，表叔公说这里供奉的是一个花神，但从来没有塑像，是座清庙。

端木云问，花神是谁。

表叔公说，不知道，花神很多啊，每一种花都有一个神，还有一个总花神，加起来数量不得了，总之不是佛寺也不是道观，那些地方是不能停丧的。很多年以前，这里供的是个凶神，可是过去得太久了，大概有几百年了，大家也忘记是什么凶神了。

端木云说，有意思，要是有机会我去查查县志。

两人随口聊着，走到一处花岗石铺成的小平台上，中间有一个圆形的空缺，长满了草，像个小花坛。表叔公说，这是一口井，淤了，井栏也没了，当年你爷爷抬到这里时，就是躺在这儿的。端木云避开了青苔，蹲在平台边看了一会儿，一切都很安静，没有异常。表叔公说，你爷爷是被人武部的人打死的，一枪穿透后背。端木云说不对啊，我爸说爷爷是累死的。表叔公说，不是的，当年挖水库鞭打农民，有人吐血死在工地上了，你爷爷曾经是大队干部，他带着几个人要去市里告状，如果市里不管他就去省里，他们连夜逃亡，可是五原村的赵贵升出卖了他，镇长带着人武部追上去，那天晚上月亮太好了，什么都看得清楚，他们在路上走，民兵没警告就放枪，一颗子弹打中你爷爷，另一颗打中了梁大河，其他人逃散了，你爷爷在地上爬了一会儿，民兵赶上去一看，他和梁大河都死了。端木云觉得不可思议，问说，这么大的事情为什么我从来不知道。表叔公说，怎么好说，县长和镇长是去世了，人武部的人至今都还在啊，其中有一个就是强子的爸，你姐嫁过去的时候，你爸还在嘀咕说那一枪不知道是谁开的，你回到镇上切记什么都不要说。

端木云回忆着强子的父亲,那是个寡言而严肃的老头,一半农民,一半干部,带着明显的落魄感,不醒目,但确实阴鸷。他恰恰就像一杆撂在墙角生锈的步枪。他问表叔公,那么打死我爷爷的那一枪,难道是强子的爸爸开的?表叔公说,没人能说清了,三十多年过去了,谁会承认自己杀过人呢。端木云心想,我算是明白了,为什么我家人看见强子家人,总是有点不太自在。

巧合的是他离开县城时,长途汽车停在渡口等候轮渡。他下车买了一把枣子,吃了几口,坐在水泥墩子上看风景,发现在不远处有一座庙,破旧低矮。多年来他往返于渡口,不记得有这么一座建筑,便站起来看。那卖枣子的女人说,是个花神庙。端木云问,什么时候造的。卖枣子的女人说,原先就有啊,原先这里是一排围墙,还有几棵大树,上个月围墙拆了,树拔了。端木云说,水库附近也有花神庙,但说不清供的是什么花神,你晓得吗。卖枣子的女人说,我也不晓得。端木云想起表叔公说过的凶神,便走了过去,殿前没有匾额楹联之类的东西,门锁着,他上了台阶,透过门缝向殿内张望,里面黑魆魆一片,勉强能看清放了一张旧八仙桌,似乎没有供奉任何偶像。卖枣子的女人说,这个庙很邪,你不要去张望。端木云回过头想追问,这时渡轮来了,长途汽车按喇叭让他返回,他不得不离开了那里。

在这篇小说里,他写到了大量的风景,从丘陵到河道,并延伸到江边的渡口,情节模糊,从一些人的嘴里讲出来,随即被白描式的文字掩盖。玄雨看了之后说,写得冷静,但节奏不好,过于单一。端木云说,事实上我只想写一种死亡,被命运压制,透过三十年后的风景呈现,像一张明信片,正面是照片,背面是一些模糊的文字。玄雨认为,那些作家们解释说小说主要应该展现命运,可是,大师们都不会仅仅讨论命运,那至少是怯懦的,未战先败,命运既无逻辑也无人性。端木云说,请举个例子。玄雨说,不胜枚举,哈姆雷特和李尔王,变形记和等待戈多，都不仅仅是命运，炫耀命运的都是一些当代的畅销书作家，或者说，越是展现命运的人越是对命运理解有限。

可是花神和凶神指的是什么？端木云说，看起来是象征，其实是隐喻，类似梅尔维尔的白鲸，但就连我也没搞清凶神和花神之间有什么关联。玄雨说，肯定有玄机，你这篇小说唯一有趣的是这个，而不是死亡和命运，说实话，你对题材的把握能力远远比不上李东白。

此后一个星期，端木云仍然去找玄雨，不再做爱，只谈谈文学。有一次她又谈起李东白，继续赞誉，对端木云来说这简直是一场车祸，心想，我是完蛋了，做爱和文学都搞得像刑罚一样。玄雨望着他，似乎是看穿了他，说：你这个郁郁寡欢的样子太让人不爽了。端木云说，你又说拧着的作家是伟大的，到底该怎样？玄雨说我只是提醒你本人开心点，你是不是脑子不正常了？

同一时间上，周劭和糖葫芦女孩中的领队谈了一次短暂的恋爱，有一天端木云回到住处，看见那姑娘一个人坐在周劭的床上，翻看着VCD碟片。端木云问她，叫什么名字。那姑娘翻着白眼说，叫刘嘉玲。端木云嫌她不好好说话，不再搭讪，走到阳台上抽烟。过了一会儿，那姑娘说：叫刘玲玲。他想起了沉铃，仍不说话，隔着窗户阴郁地看着姑娘，等了很久，周劭并不回来。刘玲玲也不走，终于将碟片翻看完毕，问端木：我听周劭说，你会写小说，是个作家。端木云说：谈不上作家，还是个新手。刘玲玲说：我见过作家，有一次，我在书店里看见一个很年轻的女作家在签名卖书，和我差不多大，我走上前问她，愿不愿意写我的故事，可是她并没有理我，让我去买书、排队，她非常傲慢，是个漂亮的女作家，写得好不好就不知道了。端木云不语。刘玲玲继续说：我想讲的是我流浪四方的故事，我遇到过很坏的男人，简直把我气死，我还差点为一个男人自杀过，这些故事说起来很精彩，我交到一个男朋友，就会把前男友的故事讲给他听，等到分手了，他变成前男友，也就变成了故事，这样我的故事就越攒越多，讲不完，从短篇小说变成中篇小说又变成长篇小说。端木云点头说，这确为人生悟道的方式之一，可他一点也不想知道刘玲玲到底遭遇了什么样的男人，只敷衍说：你们那边的女孩子名字都是这个格式，上次有一个叫吕莎莎。刘玲玲说：对啊，还有许萌萌，邹晶晶，还有他妈的赵明明。端木云说：我管这个叫 ABB 格式。刘玲玲问：你会给小说里的人物起什么名字，如果叫刘玲玲，会不会很平庸？端木云说：名字啥也代表不了，有时候，我情愿用绰号，或者化名，或者称谓，哥哥姐姐之类的，那都会产生意义，唯独名字是虚无的，有时候为了呈现这种虚无，我可能会给很重要的角色取一个平庸的名字，为的是让他加速溶解在语言的意义中。刘玲玲抱着膝盖，思索着他的话，显然不是很懂，同时努力点了几下头。

这天晚上，端木云遇到周劭，说起刘玲玲的事情，周劭面带嘲弄式的微笑，但看不出他是嘲笑刘玲玲抑或自嘲，总之那表情不善。聊了一会儿，端木云问他有没有睡过刘玲玲。周劭摇头说：她长得不好看啊，而且太爱讲话。端木云就问：和一个肉体感觉相排斥的姑娘在一起，却有一种做爱的冲动，是怎么回事？周劭说：我不知道，别指望我说出刘玲玲的事儿，我和她啥事儿都没有，已经分手了。端木云形容道，像用手指抚摸刀锋，尽可能不被划伤，体会到铁的锋利。

有时候，静下来，他猜想玄雨什么时候会离开上海，离开破旧的小旅馆，从那个怪异的形象中脱身出来。他也曾梦见她，居然和糖葫芦女孩们一起走在街道上，沉默而无意义的循环。另一次他梦见自己和玄雨在街上走，被一群执法队员拦住，先是结结巴巴讲不出话，接着他们俩带着整队的糖葫芦女孩狂奔起来，环绕着某一幢建筑，执法队员们像梦游似的在身后追击，他在梦里极度恐惧他们会醒悟，返身，堵住去路。这个梦醒来之后他想可能是末日电影看得太多了，又猜想自己和玄雨做爱的时候犹如末日告别，他担心有一天梦见自己凌空于高处看到那做爱的场面，看到那间封闭的小房间之外游走着僵尸或执法队员。然而，梦里什么都可能发生。

有一天闲逛，玄雨临时起意说要去锦江乐园坐摩天轮。两人坐了无轨电车，又换地铁，到达市区以南的混乱地带，周围很多工地，大部分住宅小区都是仿欧式建筑。两人望见远处的摩天轮，却在施工的道路上迷了路，怎么也走不到那里。这种时候，玄雨变得焦虑起来，端木云去问路人，一名大学生模样的女孩把他们领到了锦江乐园门口。玄雨又高兴起来，决定不去坐摩天轮，而是玩一玩恐怖屋，然而那条黑暗通道里尽是些声光电的人偶，并不恐怖，两人最后还是坐到了摩天轮上，端木云觉得很不好玩，玄雨问他：坐过摩天轮吗？他回答说：没有，看见缓慢转动的东西有一种奇怪的障碍症，例如时钟，例如摩天轮，会忍不住一直看它，浪费了好多时间。玄雨问：除此还有什么是缓慢转动的？答曰：手表。再问下去，他答不上来了。玄雨笑了起来：还有一种是地球啊笨蛋，缓慢转动的、浪费你时间的，恰恰是时间本身。

摩天轮升到高处时，他们靠在窗口，看着远处。玄雨又问他：对你来说，上海是个什么地方？端木云不知道该怎么回答，上海这座城市对他有什么意义，他为什么要来这里，于是只能说：是一个落脚的地方。玄雨说：你想在这里找份体面的工作，到浦东的甲 A 级写字楼里去做白领吗？端木云说：可能不行，不是客观条件不行，而是，看这个样子，命运并没有安排我去干这个，否则我不应该待在药店里假装是专家推销一种效果不明的玩意儿。玄雨说：你真烦，命运强迫症，不要再谈了。端木云说：那应该谈什么？玄雨说：顺着你的思路讲，命运安排你在这里等我，但命运没有安排你爱上我，遗憾。

她讲的话令端木云感到困惑，他仍然看着远处，施工的道路，一些小区，一些楼房，更远处定时开过的轻轨列车，于是冷场，两人在摩天轮里缓慢地升起再落下，仿佛无话可说。最后，玄雨说，我要离开上海去别的地方。端木云发出深深的叹息。

这天下午两人坐地铁回去，在人民广场坐了一会儿，下午的阳光晒着，并不太冷。玄雨说起了一个小镇，那地方大致在上海、江苏和浙江的交界处，省道边上，有一条河紧贴着公路向东流。镇很小，不远处似乎是个工厂区，人口多得出奇，各地过来的打工仔麇集于此，她坐长途汽车到上海，途中停靠在镇边，现在想起来觉得古怪。端木云问，古怪什么。玄雨说，仿佛是你写的傻子镇，我想再回去看看，可惜我忘记问这个小镇叫什么名字了。端木云说，你如果对傻子镇感兴趣，我倒可以把地址给你。玄雨说，我不想去看你的家乡。

这时有一个乞讨的妇女走过来，手里抱着个婴儿，非常缓慢地蹭到两人脚边跪了下来，像是有人强迫她跪下，然后她微微地弓下腰，幅度很小，又像是在前后打晃，嘴里说着端木云听不太懂的话。端木云刚才买面包，恰好把零钱都花掉了，身上只有整一百的大票，只得看看玄雨。玄雨不想掏钱，两个人屏息凝神看着女乞丐前后打晃，她停了下来，似乎打算站起来，但一秒钟后又改了主意，似乎两人那个僵硬的状态很快就会转换成掏钱的动作，于是她又前后打晃。玄雨被她搞得非常紧张，忽然说，这小孩不是你的。女乞丐停了下来，抬头说，不，小孩是我的。这次端木云完全能听懂她的话了，但不理解她为什么用方言乞讨。玄雨说，你的小孩都是拐卖来的，或者是租来的。女乞丐说，你怎么能这么说，小孩是我的。玄雨说，不可能，我不相信你会带着自己的小孩在街上乞讨，你打算让他从小学习做乞丐吗，这是犯罪。女乞丐站了起来，说，我怎么带小孩是我的自由啊。玄雨被激怒了，嗤之以鼻，说你居然也配谈自由。女乞丐说，我怎么不配了，请问。这个女人站着，居高临下看着两人。端木云连忙拉玄雨走，女乞丐不依不饶追问端木云：请问你的女朋友是什么意思。端木云不耐烦地说：她不是我女朋友。

两人离开了那个座位，把女乞丐撂在原地。玄雨低声说，不可思议，不可思议。他们听到身后婴儿的哭声，再回头看时，那女乞丐坐在了长椅上，解开衣服，给婴儿哺乳。端木云说，她真是小孩的亲妈。玄雨呆立了一会儿，说，简直没天理。两人逃出去一段路，端木云反应过来，解释说，刚才并不是故意要否认她是自己女朋友。玄雨摇摇头，那意思是不用再说下去了。端木云拿着一百元买了一包烟，又买了两瓶水，把钱破开了，寻思着要不要回去把零钱给女乞丐，后来还是打消了这个愚蠢的念头。两人在街边背着风点烟，唏嘘着抽了一口，继续走路。玄雨说，我有没有告诉过你，我不喜欢你的小说。端木云问，为什么。玄雨说，你的小说表面上虚无，但事实上，你并不虚无，你的小说像密闭空间里的毒气，没有风，没有距离，你始终拿着那根小小的煤气管却不理解这只是一种修辞手段，一种伎俩，它不构成你作为一个作家的自我。端木云问，你怎么一下子说这么多？玄雨说：我讨厌你身上和那女乞丐一样的、缺乏信念的悲伤，你的灵魂一塌糊涂。

　　进入冬季后，雨水过渡为小雪，在同一个季节之内产生了一道明显的分界线，有一天夜里端木云发现远处的工地也沉寂下来，像是忽然停战了，自此之后悄无声息，留下高楼的静默骨架，视觉上像一首二十行现代诗的构成。

　　端木云不再去找玄雨，白天站在药店里继续推销康孚龙擦剂，夜里写一篇关于垃圾场边的出租屋的短篇小说，有时停下笔，静听远处工地，没有任何动静，只听到街道上汽车开过的沙沙声。他猜想玄雨是否已经离开，又想到两人上一次见面，到底是争吵了呢，还是应该算背道而驰？他也说不明白，只觉得两人不再见面也许更好些。

　　那个叫刘玲玲的姑娘可能算是升职了，她斜挎着一条绶带，上面印着广告语，站在药店门口发传单。这时已经到了十二月，一年中消费最旺的季节，所有的商家都疯了。每一家店门口几乎都放着录音机，反复呐喊着促销广告。沿着人行道，每隔一段就会有一条横幅拉起，红底黄字，极为醒目。到处都是促销单子，它们从促销员手里分发到行人手里，十秒钟后被弃置在街道上。刘玲玲嫌外面太乱，她走进药店，懒散地踱步，打着哈欠，随意向顾客派送康孚龙宣传单。她问端木云，我是不是像个风尘女子，又搭讪说，你的顾客很多啊，你是怎么做到的。端木云说，因为康孚龙擦剂有疗程，用完了就得再来买。刘玲玲说，这还用你告诉我吗，我是上海办的第一批员工，我跟着赵明明和阎丽从江苏那边过来的，康孚龙是什么药，我比你清楚，我问的是你怎么招徕的顾客。端木云觉得她嚣张得毫无道理，不想理她。刘玲玲叹了口气说，他妈的，要不是我讲话太冲，现在也应该是销售员了。

实际上，端木云在推销时讲的都是真话。比如说，风湿性关节炎几乎无法治愈，康孚龙擦剂治标不治本，它只能缓解疼痛，然而对病人来说，能够不痛已经是福音。又比如说，康孚龙擦剂的使用方法很笨拙，必须用一块特制的小毡布在患处反复揉擦，比不上某些喷剂方便，但病人对笨拙的方法似乎更信任，产生了一种秘方的幻觉。他把这些讲给刘玲玲听，又解释道：营销书上管这个叫终端拦截。刘玲玲嗤之以鼻说，都是骗术。

有一天阎丽来巡查，看到刘玲玲的样子很生气，让她站到店门口去。外面很冷，阎丽从包里拿出一件少数民族服装，脏兮兮的，袖口和裤脚管镶着花边，让刘玲玲穿上。刘玲玲抗议说，自己如今是促销小姐，没必要穿这身衣服。阎丽说，促销小姐更应该穿，这是企业文化。刘玲玲抱怨说，太薄了，外头很冷。这时阎丽已经走掉了，扔下一句话：不按我说的做，明天就别来了。

刘玲玲穿着这身古怪的衣服，站在店外面，仍然懒散地发着传单，但冷风很快吹得她的头发四散飘起，衣服也呼啦啦的，像旗子。下午下起了雨，她走进来对端木云抱怨说，为什么上海的冬天会下这么冷的雨？端木云说，南方就是这样，湿度高，容易得关节炎。街道上没有行人了，传单洒落一地，浸泡在冰雨中。刘玲玲伸手摸摸端木云的脖子，喊道：我手快冻成冰棍了！好冷啊！

　　这天下午，周劭提前下班，顺便到药店来找端木云，看见刘玲玲在，拔腿想溜，刘玲玲揪住周劭的衣领，将其拽回店里，又嚷道：我的手冷不冷？那语气欢快，仿佛节日一般。同步有一位老人瘸着腿走进店里，找端木云拿药。端木云从柜台后面取出一个标识不明的包装盒，交到老人手里。等这老人走了，周劭问：这是什么？端木云说：口服的。周劭问：康孚龙什么时候出过口服药？端木云解释说，这老头认识赵明明，他的关节炎非常严重，外用擦剂对他没什么效果，他还是疼，赵向他推荐了康孚龙口服液，定期来拿一瓶。周劭问，贵吗。端木云摇头，说自己也不知道。周劭更是不解。刘玲玲告诉他们：口服的康孚龙没有药品批文，是江湖郎中的货色，只能偷偷卖。端木云说，管用就行。周劭追问道：为什么要定期拿一瓶？刘玲玲说：因为口服药的毒性大，容易吃出问题，是药三分毒。端木云说：赵明明告诉老人，这口服药有五分毒，但老人似乎也愿意服用。周劭说，我认为这老头不是相信中医，而是相信辩证法。

　　三个人都没有意识到这种无标识的口服药存在风险，注意力转移到街上的糖葫芦女孩身上。那些女孩打着伞，拎着礼品袋，顶着冰雨像戴了脚镣的囚徒缓慢行走。刘玲玲说，天哪，太难看了，我竟然刚刚才发现。周劭说，像白痴。端木云说，像赴死。到傍晚时，周劭先回去了，寒流更甚，雪珠落在外面的雨篷上，发出沙沙的声音。这伙女孩又出现了，走过药店门口时，冻得瑟瑟发抖。刘玲玲坐在柜台里面，看着外面的情景，讲话声音也不那么大声了，变得十分萎靡。她一直在嘀咕：天哪。

刘玲玲讲了自己的来历，一九九五年春天，她在江浙沪交界处的小镇上打工。端木云立刻想到了玄雨说过的地方，很是惊奇，觉得是一个巧合。刘玲玲说，那里叫铁井镇，是个很偏僻的地方，仅有一条省道经过，另有一条挺宽的河流，用以船运。镇边上有一个工业开发区，当时她就在一家马来西亚华侨开的服装厂里做女工。

　　刘玲玲是湖北人，高中辍学，家里农村户口，除了外出打工之外别无其他出路。在服装厂里，她说，一切都很平静，女工们住在宿舍里，条件不错，大家轮流打扫卫生，禁止带男人进来，稍微有点像监狱（她没读过大学，不知道学校宿舍也是这样）。比较苦恼的是经常加班，一天工作十二个小时，没什么娱乐活动。有一天一个女工倒下了，变成植物人，这是唯一发生的意外，说到底也不是工伤，而是那女工身体状况太差。总之，一切都还好，平静，简单，像密林深处溪流边的树木或石头，感觉不到时间流逝。

　　可是那开发区的工厂忽然多了起来，仿佛是同一时间相约崛起在田野上，有些工厂是可怕的劳动密集型企业，需要几千个工人。过了一个夏天，各地的打工仔都来到了这个开发区，足以覆盖小镇。汽车每一天输入的都是人，人，人。外面变得异常嘈杂，有一天她决定出去逛逛街，到镇上买衣服（和其他打工妹不同，她从不往家里寄钱），几个电子元件厂的打工仔过来和她搭讪，她就做了其中一个人的女朋友。在很多人的世界里，她觉得开心。后来她发现这个打工仔在家乡已经结过婚，就换了一个男朋友，此后接二连三交往男孩，流水线上的日子，她渐渐过不下去了。

　　她认识赵明明和阎丽是一九九七年的冬天，赵在镇上卖康孚龙，那模样像是卖狗皮膏药的。刘玲玲说，他租了药店的一个位置，假扮医生，阎丽站在店门口的招贴画前面吆喝，还往镇上家家户户塞广告纸。她去买感冒药的时候认识了这两人，她向他们指出，这开发区全是年轻人，不太需要治关节炎。赵说，镇上有老人。再聊下去，赵明明告诉她，这是在为打入上海市场做准备，这小镇规模不大，可以作为一个街道片区来做营销试验，过了这个冬天他们就会正式进入上海市场。

小镇确实有很多老人，在刘玲玲看来是一群木乃伊。即便是当地的年轻人，也不愿意和打工仔打交道，小镇上的居民讲的都是一种外乡人无法听懂的方言。至于开发区那五湖四海的年轻人，全都贫穷、落魄、身世可疑。刘玲玲不想再待在这个鬼地方，熟了以后，她提出想跟赵明明一起来上海，恰好赵也需要人手，康孚龙移师上海时，刘玲玲是市场助理。

端木云问：怎么你会去做糖葫芦女孩？

刘玲玲说：放屁，我是促销组的组长，是总管她们的人，总部发工资给我的；我混得不好主要是我脾气很冲，得罪了阎丽；我还说过赵明明是阳痿。

听完这个故事，端木云若有所思，天黑后，他打着伞去找玄雨，先是在街上滑了一跤，站起来揉着膝盖，发现自己还穿着药店里的白大褂。北风凛冽，夹带着冰雨，他猜想这种天气里玄雨不会去别处。到旅馆门口，抖落雨伞上的水珠，正想上楼，账台的女人制止了他，说你一直找的那姑娘已经退房走了。端木云问，什么时候走的。女人说，前天下午。端木云追问道，她去哪里了，有没有留下什么东西。女人说，她赶火车去了，想必是去外地，没任何东西留下，房间打扫干净了，你不必再上去。说完，这女人指指他脚下，端木云低头看到地砖上踩满了自己的脏鞋印，雨水正从伞尖往下滴落。这时，账台的女人哧哧地笑了起来，把一封信拍在桌板上，那动作像是魔术师亮出一件令人惊奇的道具，极为恶作剧同时也不乏善意地说：她留了一封信给你。端木云讨厌她的样子，但不得不想，我是在她眼皮底下一次次往玄雨房间里钻啊，无论对文学还是性生活来说，她都是一种批判力量。

他猜想着玄雨会给他留什么话，拆开信封，发现里面只有一张便条。她写道：我原谅了你——下次再有其他姑娘愿意和你上床，记得，开心点，不要像死了人似的。这是一句大实话，他想，我他妈的被批判得就像手里这把伞。他立即撕了纸条。

尽管没有玄雨陪着，他还是在雨中散步，打着伞漫无目的地走了几条街，站在某家餐馆的笼屉前面看了一会儿蒸汽。有一瞬间，他想往火车站走，不过立刻打消了这个念头。街上人不少，助动车和自行车经过，远处救护车鸣笛，有人站在街边大声说话。上海是一座天气越恶劣越显热闹的城市，除非人们真正地进入了梦乡（上千万人的梦呓同样飘荡在夜晚，距离地面很近的地方，像夜雾散开又消失）。在这些嘈杂的声音中，他产生了幻听，似乎是有人在耳边低语，他感到极度沮丧，想甩开那些声音。后来他走到了一座桥边，看见那里围着很多打伞的人，一个湿漉漉的姑娘坐在地上，一言不发，看装束打扮是个外地人。起初他以为她是被雨淋湿，后来听到议论，姑娘是跳河被捞上来了。他听到殉情这个词，它出现在生活中的概率真是太低了，他挤上前看那姑娘，既然是殉情那么男的在哪里？随即听到人们用上海话议论道，男的已经死了，还在河里。人越围越多，把他往前拱，各种伞上的雨水既灌进他的脖子也滴落在姑娘的头顶，然而姑娘没有反应，应该说，她失去了反应的能力。他想：如果你殉情自杀却又独自活了下来，这真是一件尴尬的事，你得坐在死者身边活生生地听着别人批判你，假使你想把死亡进行到底，命运也不会再安排一个人与你同死，你失去了同伴，失去了鼓励，你的自杀变成了一种道义上的责任，然而自杀绝不可能成为道义上的责任。他看着那姑娘的脸，后来，看不下去了，觉得凄凉，原来死了人似的表情是这样的。再后来，警察来了，带走了她。

到年尾时，周劭算了一下，自己攒下了五千元人民币，端木云也有两千，往家里寄了一点钱，周劭却是了无牵挂，一边存钱，一边去网吧看热闹。没多久，端木云也学会了上网。其时网吧是新鲜事物，刚刚出现在街头，还没有泛滥蔓延，因此也没有人抗议这一事物的存在。上网的全都是青少年，他们主要是打游戏，浏览网页，在网路聊天室里与人起哄。BBS已经出现在网路上，大部分都有主题，比如游戏论坛、军事论坛、文学论坛。端木云在几个文学论坛上注册了账号，经常登录，看一看别人写诗和小说，周劭却爱在网路聊天室与性别可疑的姑娘们胡侃，两人均头一次知道了"网友"这个称呼。不久之后，他们发现可以在互联网上找工作，不必再跑人才市场，周劭发了几封简历出去，并无回复。两人研究了各自的职业去向，三流大学应届毕业，周劭没拿到学位证书，端木云是农村人，目前积累下的工作经验与其说是营销不如说是骗子。网上招聘营销的很多，也像骗子公司，底薪低微，提成可能还不如康孚龙。两人互相嘲笑并自嘲：周劭适合扫楼推销，端木云适合去酒店刷浴缸。后来端木云说：你应该利用互联网发一封寻人启事啊。这个话让周劭很崩溃。

十二月三十一日，促销组的女孩们相约去外滩看烟花，刘玲玲问端木云，愿不愿意一起去，但他一脸不高兴，完全丧失了出游的兴趣。下班后，他和周劭去办事处拿工资，只见一片狼藉，赵明明哭丧着脸蹲在门口，屋子里空空如也，成箱的康孚龙不知去向。阎丽告诉他们，工商局的人刚来过，库存都被罚没了。这次赵明明是真的哭了，一点欢快都没有了。周劭问，我们的工资和提成呢。赵明明说，我要交十万块罚款哪。促销组的女孩们也都不想去看烟花了，蹲在门口不肯离去。赵明明说，没钱。有个女孩一屁股坐在纸箱上大哭起来。

端木云仍不明白是怎么回事。周劭解释说：因为他们在民宅搞经营。根据法律，如果你把民宅当成仓库或者公司，就是非法运营。另外擅自搞办事处也是不允许的，最起码得是分公司，分公司的税交到本市，而办事处压根就不用交税。最后周劭说，如果托个熟人，塞点钱给大灰狼（税务和工商穿灰色制服），就不用交罚款了，货也能要回来，这是基本现实，也是基层现实，你不会不懂吧。端木云说，这个我懂。

周劭对赵明明说，如果我们去告你拖欠工资，你还会被罚一轮。赵明明说，你们不会这么干的对不对，我们是兄弟。周劭说谁和你是兄弟，你不如认我作爸爸算了。刘玲玲走上前，推开赵明明，在他办公桌的抽屉里找钱。周劭大乐，赵指着他抱怨，大意是周劭终究是个上海人，上海人真是没义气。周劭愈发开心，告诉赵明明：一直帮你印促销单的那家文印社的老板认识工商局的人，他可以帮你通关系，不过你还欠他们两千块钱印刷费，你这么能称兄道弟，不用我再教你了吧。

这天晚上赵明明去请文印店老板吃火锅喝啤酒，提了要求，塞给老板一个装钱的信封。周劭在一边作陪，吃到一半，觉得没什么意思，就起身走了。深夜回到家，发现端木云和刘玲玲蹲在屋子里看VCD，一部吸血鬼恐怖片，里面的人正在大开杀戒。周劭也蹲着看了一会儿。端木云说，这本电影真奇怪，一开始他们杀了警察，像犯罪片，后来逃亡，像公路片，最后吸血鬼或者是僵尸跳了出来，荒诞不经，世界观陡然变换。刘玲玲满不在乎地说，后面有点吓人，不过也不算特别吓人。

刘玲玲一说话，两人都会接不上，变得无话可说。等到她走后，周劭有点担心，问端木云：你们之间没发生什么吧？

端木云反问：你说呢？

周劭摇头，不相信端木云会和刘玲玲发生什么，那女孩并不适合发生什么。然后，他对端木云说：我知道常陪你散步那姑娘消失了，你已经很久没和她散步了。端木云问：你是怎么知道的？周劭说：简直废话，你们前阵子几乎天天在这片区转悠，难道我是瞎子看不见吗？那姑娘长得也是奇形怪状，高个子，棱角分明，你们分手了吗？端木云觉得这事解释起来太难，只得摇头说：她走了。周劭叹息说：你不打算发一个寻人启事吗？

两人看片子到深夜，到零点时，周劭说：一年又过完了。端木云说：明年的现在就是世纪末了。周劭说：其实这会儿让刘玲玲陪陪我们也不错。躺下之前，两人互祝新年快乐，恭喜发财，讨回欠薪，加油努力，感觉就像是同胞兄弟。

此后回忆起一九九九年，周劭就会说，这一年像中了诅咒，从第一天起就弄拧了。端木云则说：某些年份像大海中的深谷，地壳板块之间难以弥合的边界，解释它们需要巨量的因果关系。

警察来的时候，周劭正拉着端木云去华师大附近。周劭认为保健品生意没几天可做了，春节之后，强大的促销活动将偃旗息鼓，市场陷入短暂的饱和阶段（像性高潮之后的不应期）。两人进了华师大后门的一家黑网吧，四台旧电脑，屋子里弥漫着烟味。周劭介绍了一个人过来认识，是他中学同学。这人说，开黑网吧很赚，一台电脑七千块钱，二手的更便宜，每天进账一百元，三个月就能回本。周劭说，这回本速度也太快了吧。中学同学说，网吧的电脑就像是会生育的奴隶，按照每三个月翻倍一次的话，两年我可以拥有一千三百多台电脑。周劭掰了掰手指说，你的计算是正确的！

两人往回走，周劭问端木云，有兴趣吗。端木云点头，认为做小老板更适合他们的发展。可是他们凑起来只够买两台旧电脑，开一家黑网吧无论如何也应该有四五台电脑。周劭说，这不难，我们追上他的步伐也只需要多花三个月的时间。端木云说，我总觉得哪儿出错了，反正不像是基本现实逻辑。走到药店附近时，两个穿民族服装的女孩从对面跑过来，一个慌张，一个欢乐，同时说，周劭，出人命啦。

死去的那个人，正是找端木云买口服药的老人。按照赵明明的嘱咐，每次只能给老人一小瓶药，防止他多吃。两个月来，老人安然无恙，然而这一次他喝下药以后，或者是忘了，或者是还想再喝一点，具体情况不明，反正是过量，喝死了。家属报警，警察只用了半个小时就查到了源头。现在两人面临着的现实是：他们卷入了一宗命案。

周劢问，赵明明呢？药是他卖出去的。糖葫芦女孩们说，他已经跑了，阎丽正在和警察说话呢。周劢说，赵明明这个蠢货。端木云慌了。周劢说：既然赵明明跑了，咱俩也得跑。端木云问：为什么，难道不是应该等警察来吗？周劢说：在他们找到赵明明之前，你会一直待在派出所，因为是你亲手把药交给老人的，因为康孚龙肯定会把你卖了，而不是替你扛着这件事。

假如由周劢来解释他和端木云之间的友谊，他会很简单地说，咱们是兄弟，啥坏事都一起干过。这口气像个北方人。事实上，上海人也经常用这种语气说话。到了端木云这里，他认为，友谊这件事不具备谈论的可能（爱情恰恰相反）。他对周劢说，玄雨误认为我们是同性恋。周劢说，这事儿挺神秘的，我不懂怎么搞同性恋啊。端木云说，我觉得友谊更神秘，历史上我只和童年时代的一条狗产生过友谊。周劢哭笑不得，只能问狗怎么样了。端木云说狗后来被人吃了，我也没替它去报仇。

周劢没有回租屋，直接拉着端木云去了长途汽车站。租屋里当然也没有值钱的东西，除了那台VCD，周劢觉得有点可惜。所有东西都不要了，事态显得严重。端木云问去哪里，周劢说，避风头，期望警察尽早抓到赵明明，就没咱俩什么事了。周劢买了最早发车的班次，完全不管目的地是哪里。五分钟后，两人上了车，同时松了一口气。周劢说，像不像一个梦醒了的感觉。端木云却觉得自己跌进另一个梦里了，竟然成了身负命案的在逃嫌疑犯，他们本来应该去开黑网吧，赚一千三百台电脑的。他说，我们到底犯罪了吗，我得搞清楚这个。

周劢说，很多年前，我父亲所在的货运站有个装卸工和调度员结了仇，他叫上两个工友去科室，你知道，装卸工都很野蛮，他们的生活无趣得像牲口，只能和劣质烟酒为伴，偶尔打上一架像过节似的。三个人去了，可是还没来得及动手，领头的装卸工抽出砍刀把调度员的一只手斩了下来，血喷得到处都是。这头牲口变成了野兽，谁能想到？接着，他砍下了调度员的另一只手，扔下刀，跳上一列火车走了。后来知道，他死在了新疆，拒捕击毙。这不重要，重要的是，那两个蒙头蒙脑跟着他一起去的倒霉蛋，一个自首，判三年，另一个也逃跑，被捕后判八年。明白了吗？有人砍了手，真凶跑了，从犯是你，现实逻辑就是这样的。还有一个超现实的逻辑：在真凶被捕认罪之前，你作为从犯的口供是部分失真的，是罗生门，你得和主犯平摊这份罪。

端木云问，那么我和你也是平摊吗？

周劭说，不不，那毒药是在你店里卖出去的，你和赵明明的名字刻在了死者的墓碑上，我还好，我只是目击。端木云说，我完全不知情。周劭说，你法盲嘛，只有抓到赵明明才是正经，再告诉你一个低于现实的逻辑——家属多半不会要你偿命，拿你的命去抵一个半残废的、疼得想跳楼的老头的命，看上去很美丽却没有实际价值，家属要做的是让你赔钱，让你丫的赎回你那条美丽的狗命，你赔得起吗？不是老人的命，是你自己的命。端木云无言以对。这时，汽车开过一座桥，天色渐暗。周劭说，咱们出上海了。端木云没看到任何地理标识。周劭说，我是一个火车司机的儿子，我对边界有着特殊的敏感。

端木云说：我实在想不到，我们会以公路片的方式离开上海，或许前面还有一间僵尸屋。

终于，深夜时他们到了另一座城市。他们没想到赵明明也在车上，他缩在角落里，用帽子盖住了脸。下车时，周劭认出了那个奇形怪状的背影，追过去故作亲热地搂住了赵明明的脖子说：老赵，你说你一个北方人，不往家里跑，往南走干什么，这里你有熟人吗？

赵明明尴尬地说：真巧。

周劢说：找到你就好办了。

赵明明说：我告诉你，保健品还能旺销一个月，我只有跑了才对得起死者家属，因为总公司会赔钱给他们，总公司绝不能让一桩偶发的案子导致全国查封。如果不立案，十万块可以摆平这件事，如果家属有足够的勇气，也许能讨到二十万。但如果我被逮捕，总公司就会让我抵命，抵命当然好，一枪打死我，死者家属毛钱别想。

周劢转身问端木云：现在你明白了吗？端木云说：有点明白了。黑夜之中，三个人不知道去哪里，随便找了个小浴室住下。赵明明提醒浴室过夜不需要看身份证，口气狡猾，像一个惯犯。

三个人在澡堂里泡着，无话可说。周劢说，你们心理压力都太大了，最好去睡一会儿。可是也都睡不着。赵再次安慰他们（也像是自我安慰）：不要紧，只是死掉一个老人，我已经让阎丽出面摆平了。到深夜，端木云感到身边的赵明明动了一下，立刻睁开眼，发现周劢也坐了起来。赵明明说：别担心，我不会跑，有你们在身边我还觉得安全一点。

在端木云的小说里，这座城市叫 T 市，主人公叫 D，另外两个人叫 Z 和 M。他写道：D 讨厌用字母来代称一座城市或一个人（除了卡夫卡的 K.），不过，它仍然必须叫作 T 市。

第一个晚上，听着浴室里特有的低频轰鸣，仿佛从辽远之处带着回声笼罩过来。D 想，这声音要是出自自然界，多少会显得壮阔而神秘，可惜是男澡堂，可惜等而下之，不值一提。Z 和 M 都睡着了，D 靠在浴室的躺椅上，灯都关了，被热水泡过的身体松弛得像一摊泥，恐惧感不那么强烈了，这种错觉使他确信这一晚可以平静地过去。

第二天浴室老板指给他们一家旅馆，说那里不大会查身份证。三个人住了进去，同一间屋子，有三张木床，躺上去均发出吱吱的声音。屋里冷如冰窖，三个人缩在被窝里，共同的念头是不要有警察上门。Z

的牙齿打战，用上海话断断续续地骂着 M。第三天早晨，D 独自走出了旅馆，他不想再看见 M 的脸了。

　　T 市是他到过的第五座城市。难以想象，一个人活到二十五岁只去过这么几个地方。例如 M，做了五年推销，在中国大地上狂飙三十多座城市。阅历是一种资本，也是欺骗手段。又想起那个叫雨的文学女青年，有时候他猜测，雨一定去过很多地方，她身上有一种被道路的尘埃所掩盖的光芒，但也许尘埃本身就是光芒吧。D 无力地坐在路边，看着 T 市来来往往的人，这是一座平庸得无法谈论的城市，世界上有很多作家都是从这种地方走出来，仿佛从每一个荒凉的星球平行移动到地球，讲述那里无人所知的话语（比如 T 市，它应该是 T 星球）。然而他却被牢牢地锁在了荒凉星球上，就像他父亲在菜地，他姐姐在傻子镇，一样的命运。

　　D 走了一圈，发现他们住在城市的边缘地带，离长途汽车站不过两公里。T 市与邻省的省会 Q 市相隔不远，这里人的讲话都听不太懂。D 想念起了重庆，那座城市太过遥远。他走进银行，把存折里的钱全部提了出来，又去旁边的电信局，往四川打了个电话。D 对他爱的姑娘说：我预感到一切都并不像你说的那样。那个姑娘在电话里问：什么，什么意思。他挂了电话。

　　旅馆离得不远，他绕回去。由于靠近郊外，很多地方长着荒草，在冬季萧瑟枯败，道路倒是平整笔直的。草丛里有陈年的工厂设备，全都生锈残缺，似乎这一带从前是生产区。后来，他确信他们住的旅馆是一间大厂的办公楼，而厂已经不存在了。他看见不远处的铁栅栏门里，由两个穿着过时武警服的男人押着一个哭泣的妇女，走进旅馆，妇女在账台上打电话，对着电话哭喊道，你们快来救我啊，我在 T 市的收容所。她交了电话费，两个男人笑了，推推搡搡，又把她押回了铁栅栏门里。那里的围墙有四五米高，装着铁丝网，气势像监狱。

　　D 问账台上的服务员，刚才发生了什么。服务员说，喏，里面是收容所，从 Q 市押出来的盲流都关在这里，要么遣送回老家，要么让家人来赎回去。D 问，赎回去是什么意思。服务员说，有些人出门忘记带暂住证了，遇到查的，也会被拖走，送到这里来，如果他们的家人还在 Q 市，就得坐长途汽车来把人领回去（记得带上一笔钱，收容所并不是免费旅馆），我见过有孕妇被抓，是不是很夸张。

D 回到房间，Z 和 M 都起来了，两人坐在床上打牌。D 把刚才所见的说了，M 说他已经知道了：旁边是收容所，这旅馆里住的都是来赎人的，有点乱，好处也有，这鬼地方警察不太会来查身份证——既然里面关着的都是没带证件的人，那么你就不能把那些来赎人的人也依据同样的理由关起来，那会形成一个逻辑悖反。M 说到这里大笑起来。

Z 说，这种似是而非的法规或者条令，通常就是这样，形成了一个死结，死结越拉越紧，直到最后一层，也就是我们现在住的地方——这里是解开死结唯一的机会，不再是法规和条令，不再是正义和秩序，而是交点钱解决麻烦。这就像一个讲着严肃笑话的人，到最后绷不住狂笑起来。

这天下午，一辆卡车运来了十几个人，有一些背着行李，有一些空手，还有一个男人穿着拖鞋手里拎着个超市的塑料袋，看样子是出去购物被临时拉走的，神情十分茫然。这些人下车后分成两队，一队被直接押进了收容所，另一队进了旅馆，挨个儿打电话。从他们安守秩序的状态来看，在卡车上已经被收拾过了。拎塑料袋的男人对着电话说：我不知道啊，我从超市出来被人拦住要暂住证然后我就去了派出所，上了卡车，我什么都不知道啊。最后他似乎是按照领队男人的授意，对着电话机又喊了一句：快来赎我出去，我不想和疯子在一起，我要回到 Q 市啊。这一队的每个人，打电话都喊这句话，通话时间不允许超过一分钟，话费五十元，付到管理人员的手里。

写到这里，小说无以为继。端木云只得添了一句：D深深地感到，自己陷入了一种虚构时间。一个小说作者与杀人逃亡者之间的身份重合，但似乎也不仅仅是这样。

M独自去电信局打了电话，回来时神色轻松，双手抄在袖子里。根据他的说法，总部已经派人前往上海协调，死者家属提出赔偿二十万——这个数字有点大，但可望在十二三万的水位上解决问题。Z吃着泡面问他，你就不担心我们把你供出去吗，居然还敢回来。M故作惊讶地说，你在想什么，我要是被抓，你们立不立功都是从犯，只有逼着总公司把钱付了，你我就都是清白人了。Z说，话虽如此，但我还是想把你送进牢里，你这副样子太他妈的讨厌了。M摆手说，不要吓唬我，等消息吧，想想死者家属的二十万你就会良心无亏。三人就这个问题又讨论了一通，一致同意，赔钱比抵命更人道。

D走出旅馆，又在收容所外面绕了半圈，距离围墙二十米，沿着一条水泥路。可以说，这是一个被摧毁的地方，旧工厂像是世界末日之后的城市，一片破败的遗迹，而围墙更像是仅存的人类堡垒。他摸出口袋里最后一根烟点上，抽了一口。有一个穿白大褂的女孩从什么地方走了过来，问他干什么。D撒谎说，有个朋友似乎关在了里面。女孩神色疲惫，问他，为什么不去把人领出来。D继续撒谎说，我们问了，但是没有这个人，会不会是跑了。女孩说，各种可能都存在。

这个女孩从口袋里摸出烟，借了个火，两人对着荒草抽烟。D问她，在这里当医生吗。女孩皱眉说，我是护士，精神病护士。D点点头，收容所里有很多精神病人，可想而知。小护士想起来什么，问说你带身份证了吗。D犹豫了一下，掏出身份证。她瞄了一眼，点头示意可以。D松了口气，问她，是不是所有没带身份证的人都会被关进去。小护士不屑地说，屁啦，纠正你，三证，身份证，暂住证，务工证，其次是这里只关Q市驱逐出来的无业人员，如果你在T市忘带证件，你可能会被送到更为偏远的郊县去，那里有另一个属于 T 市的收容所。

当天黄昏，小护士来到旅馆账台，对着电话机和男朋友讲了话，显得很不高兴，说了好多遍屁啦。D 在边上静望，有半个小时之久。直到最后，她砸了电话机，付了话费，才回过头来。D 说，我想知道收容所里难道没有电话吗？小护士说，有，但不是所有人都能用，怕病人胡乱打电话，至于我，我只是不想让人看到自己发脾气。

端木云这么写道：一开始，她像一只小型的猛兽，她要看 D 身份证的目的仅仅是想确定，D 是不是逃逸的精神病人，也许 D 绕着围墙打转的样子真的像个精神病。后来，她变得善良了，食肉动物的温驯，请务必理解这一差别，食肉动物的温驯和暴虐都可以呈现在脸部，而食草动物不具备这种能力，它们没有表情。

天气不好，T 市的夜晚冷清而无聊，七点钟时下班的人群散尽，马路迅速变得空旷。市郊的街道两侧都是公寓楼，黑暗中，只能看到模糊的轮廓，窗子里透出的灯光无一不显得黯淡失色，似乎是整体进入了半休眠的状态。小护士穿着一件宽大的风衣，看了看手表，对 D 说，我要穿过铁道才能回家，今天没人来接我了，能送我回去吗。D 回房间穿了外套，两人就在夜色中走着。小护士问他，你是做什么的。D 答，写小说的文学青年。小护士说，怪不得一副苦闷的样子。D 说，为什么你会认为写小说的人苦闷。小护士说，我们收容过一个，他背着一袋子书，脑子不太清楚了，非常苦闷，说自己是业余作家。后来呢？后来他脑子又清醒了，借机逃走了。D 想我这是在食人族的营地里发现了探险家的足迹嘛，小心翼翼地问她，我能进去看看吗，我也想知道收容所什么样。小护士说，当然不给进去，除非是关进去，但即使关进去，你也只能看到一个房间。

两人继续走着，D 沉默了片刻，不太清楚自己会把她送到哪里去。

小护士显得无聊极了，打了个呵欠。D点烟，抽了一口说：我的家乡去年有一个人也被抓进了收容所，人们去领他，收容所相当混乱，精神病、傻子和正常人在同一个活动区域内，护士索要非常低的贿赂，据说是五十块钱，然后把人放了出来。护士让人安静下来的唯一办法就是——打昏他。在那个区域里，精神病蹑着圈子，傻子蹑着圈子，正常人也蹑着圈子。说到这里小护士笑了，纠正道：那些都是护工，不是护士，护工是男的，身强力壮负责折磨犯人，就像狱卒，而我是正经的护士，我用镇静剂把人打昏。D说，总之你们都是在一座集中营。

小护士又问，你的同乡是哪种人。D答：傻子。小护士说，不可能为精神病、智障和正常人分别盖一座收容所，但是在我们这里，分类工作做得很到位，我的一部分职责就是甄别。D问，这算是人道主义吗。小护士说，无所谓，早在人道主义出现之前，世界上就有精神病院了。D打断说，但不能因此否定人道主义，你们也关了很多正常人，甚至孕妇，这人道吗。小护士说，这是特例，偶尔也会抓错人，但只要有人来领，收容所并不会刁难他们，出钱就行。D说，我可听说有收容所把人贩卖到矿上去做苦工。小护士断然说这是绝对不可能的，会被枪毙，再说这一带也没有矿。

两人谈得很愉快，像是对着一部可疑的小说各自在下判断，各自在重要的位置上偷偷修正了什么。D又追问，对了，你说的那个业余作家，他是怎么逃走的呢？小护士说，他要求出去打电话——办公室的电话是专用的，而那些护工乐得拽着他们出去，每打一个电话勒一点小钱（幸运的是本单位的护工还不敢明目张胆抢钱，有些野蛮的地方则无法无天）——于是，这位业余作家狂奔而去，没有人追得上他。D惊讶地问，没人追得上？小护士说，是的，没人追得上，天知道他跑得有多快，像是练过的，当然，护工也有责任，他们以为两天没吃饭的人跑不动。D说，有些作家是练长跑的，因为似乎跑步和某种写作的意志力有关，或许也有特别能挨饿的，饥饿的艺术家。

经过一家卖游戏机的小店，小护士让 D 陪着去买碟片，小护士平时在家看片子。她说，男朋友爱打电子游戏，他有一台 PlayStation，成天窝着打游戏，他是个没有什么思想的人，只想打游戏。

D 看到了一款游戏，立刻想起来，在大学宿舍里曾经有同学玩过。游戏中的女孩在一所空荡荡的别墅里走来走去，进入每一间屋子，打开所有的抽屉，目的是让一个更为年幼的持剪刀的变态儿童出现，追杀女孩。女孩躲藏，有那么几个角落是变态儿童找不到的地方，他会狂笑着消失，另一些角落则陷入进退无路的绝境，被杀死（始终是一声惨叫）。游戏设定得很死板，命运一次次机械地重复，展现了一种并不存在的必然性。D 认为这种 3D 恐怖游戏并不那么简单，至少呈现了"永劫回归"的概念。

天黑后，两人穿过了铁路桥洞，小护士拿出一个手电筒照着，听到道路另一侧传来呻吟，她说这是流浪汉，不用管。十分钟后，两人走进一条小巷，小护士指着一间房子说，到了。

D 停在原地看了看，路灯黯淡，照着街道两边的小平房，屋檐低矮，几乎撞着头顶。小护士说，你这个人还蛮有意思的，只不过，再见了。D 问，只不过是什么意思。小护士说，心里觉得可惜。D 问，可惜什么。小护士说，我和那个业余作家可聊得来呢，他跑了，我很无趣，非常想再抓一个业余作家进去，可惜你没有被收容，如果你跟着我进收容所，我可能会永远不让你出来。D 眨巴着眼睛。小护士大笑起来，这玩笑开得没完没了。

D 回到旅馆里躺下，M 和 Z 仍然在打牌，他很快入睡，梦见很多奇怪的东西。分别有三个人在一间屋子里蹚圈，精神病，傻子，正常人，但谁是谁却分不清楚。后来，护士加入进来，站在圈子中间不动，她拥有三张面孔，分别对应着三个蹚圈的人。这个梦奇怪极了。醒来时，他发现 M 和 Z 像塞尚的油画，凝固在灯光下。原来他只睡了两个小时，这时是深夜。

那些邂逅的人都值得写进小说。D想，邂逅这个词或许很庸俗，不妨换一个，那些偶然相遇的人。那些在偶然中藏身的人，那些被偶然遮蔽的人，那些可能拥有无限注释但文本残缺的人。他从床上坐起来找鞋子，发现M正在把一张牌塞到屁股下面，而对面的Z毫无察觉。D问Z，你输了多少了。Z说，五六百。D说，他出老千。

两个人合力将M制服了，并且按住了他的嘴。Z体会到了事情的荒谬，一直在发笑。D忍不住叉住了M的脖子，低声凶狠地警告：我不应该和你平摊这份罪，我应该去报案，不能让你丫跑了，先绑起来。M说，兄弟们，总公司马上就要搞定了，不要慌，出老千的事情我向你们道歉。D完全不相信，把M的包拿过来搜了一下，发现里面有三张身份证，全都是M的照片，但姓名和户籍地址完全不一样。这下Z也蒙了，问M：你到底是谁。M说：我就是赵某某，一直叫赵某某，还有两张身份证是假的。

后半夜，M坐在床上，显得非常沮丧，不时抬头看看D，说你小子看上去很文质彬彬的，怎么这么狠，差点掐死我。Z说，是的，D身上有狂怒的因子，他早就看你不顺眼了。

D说，每一个邂逅的人都是残缺的文本，但你他妈的是个啰里吧唆的过剩的文本，三张身份证，你想干什么。

M说，听不懂你在说什么，所有的在逃案犯都有三张身份证。

两人把M绑在床架子上，M笑了，说他妈这是妓院的绑法，给我盖条被子吧。M的轻佻让D再次狂怒起来，找了块布头试图堵住M的嘴，M骂道，不用吧，我会喊吗，你再仔细想想我会喊吗，难兄难弟不要自相残杀啊。D毫不手软，顺手给了M一个耳光。Z收走了M的三张身份证。

天快亮时，Z和D走到旅馆外面去抽烟，天气更坏了。Z说，不要再虐待M了，绑在旅馆里终究也不是办法。D说，刚才我疯了。Z

说，太冷了，回去吧。D问，如果我去投案会不会更好。Z反问，你觉得呢？D扔了烟蒂，望着起大风的暗蓝色天空说，不知道。

此后的几天，很安静，什么都没发生。D有时会走到围墙边，静静地向里面张望。距离春节越来越近，他想，一月是个奇异的月份，在两个不同坐标的年节之间，时间被压制了，时间无法流动，一切显得毫无希望，一切都在煎熬，爱情会失效，梦会比清醒更清醒，而杀人一定会成为悬案。

这天下午小护士又出来了。D问她，里面到底关了多少人，这么安静。小护士说，有时人多，有时人少。D问，到底多少人呢。小护士说不告诉你，想象我是一个典狱长，而你是K。D惊讶于她怎么说出这样的话，她说那个倒霉的业余作家留下了几本书，而她唯一读完的是《城堡》。又说：我在中学时就读过一次《城堡》，你为什么要惊讶呢，和那种苦闷脸色一样都没道理啊。

《城堡》是一部失去时间的小说。D说，但真正神秘的是《致菲莉斯》。在菲莉斯面前卡夫卡变得像一座城堡。

小护士没有看过《致菲莉斯》，她觉得情书可看可不看，所有的情书都傻气。D说卡夫卡例外，当然，即使卡夫卡也没有打算将这些信件公之于众。小护士读《城堡》最深刻的印象是弗丽达，说弗丽达像一个精神病护士。D说，肺结核好像是带有一点精神病的症状，也许卡夫卡的精神需要一个护士型的女人，一半抗拒一半顺从，《致菲莉斯》之中所有的肯定语气都带有犹豫、怀疑和否定的色彩。小护士插嘴说，梅毒才会变成精神病。D说，那是莫泊桑，其实《致密伦娜》更神秘，像一座燃烧的城堡。小护士困惑地眨眼，听不懂他在说什么。D说，咱们别谈卡夫卡了（每个文学青年都会谈论的话题，而她偏偏不是）。可是小护士却继续追问，在卡夫卡的小说里，到底是K还是K.？D想了想，确定是K.，而K是不太熟悉卡夫卡小说的读者的一个误写。小护士说，你和业余作家一样，都有强迫症，他坚持认为是 K.。D 摇摇头，表示自己没有强迫症，而是细读小说的基本能力。小护士说，你又露出那种苦闷的表情了，你在想什么。D 说，刚才一下子觉得无聊了，谈点别的吧，随便什么，比如那个业余作家，他写过什么。

小护士说：不知道啊，他好像还是个歌手，他对我说，有时候是歌手，有时候是作家，另一些时候他是流浪汉。护工会欺负他，叫他过来，歌星给我唱首歌听听。他很傲慢，不唱。护工揍他，揍得不是很重，主要是因为他不守纪律，揍他的时候他就唱歌了。他后来不再信任我了，因为我把他会唱歌的事情说了出去。这个怪人，说我出卖了他。

D 说，在收容所里没有人不怪。小护士说，是啊，我也觉得自己怪的。D 说，但你不会挨揍。

小护士继续说着业余作家：他不肯说自己的名字，一个细瘦的男人，手指很尖，脑袋圆而大，留着长发，但是很久没洗，这很容易被人当成流浪汉（护工直接给他推了个光头）。他爱穿拖鞋，寒流来了，给他球鞋他也不要，甚至逃跑的时候，仍然拖鞋。有一次，他脚趾流血，因为他愤怒地踢了水门汀，另一次，他用拖鞋打了一个护工的脑袋，招致暴打。有时候，他比傻子更安静，好像觉得收容所这鬼地方还不错。他趴在窗台上向外望，走过去喊他，他眼里亮闪闪的，谁也不知道他为什么哭了。有时候，他咒骂，用世界上最恶毒的语言。

你肯定爱上业余作家了。D 说。

小护士说，他太邋遢，我还是喜欢干净的人。过了一会儿她又说：真想把你关进收容所啊，一次一次反复地关进去。D 不明白她什么意思，但立刻想到了永劫回归。

两人绕着收容所散步。小护士说，这一带郊区啥也没有，人都住得七零八落的，往北走一段就是铁道。铁道是最脏的地方，充满敌意，只适合流浪汉和精神病生活在这一线。从前的一家肥皂厂，已经停产倒闭，把围墙拆了，改造成收容所。在走廊里，有时会闻到残存的肥皂气味。小护士会戏称那些人是肥皂，来了一块洗衣皂，指男人，来了一块香皂，指女人，来了一个肥皂头，指残疾人。小护士说我们收容所不算太坏，比起其他地方，不算太坏。

可是这个收容站，它并不收容铁道沿线的人渣，咱们那天在铁路桥下面遇到过流浪汉，告诉你吧 T 市不在乎这些，也没钱收容他们，除非是开展什么城市清扫运动了才象征性地抓一下。这个收容站接纳 Q 市的客人们，Q 市是个好地方，它甚至不愿意在本市造一座收容站而要把垃圾扫到我们这里来。

D 说，收容站是一种象征。埃及法老对某种罪人会判决永远流放出他的王国，并非因为惩罚他们的罪，而是因为不洁。他们的存在玷污了王国的神圣。小护士问如果他们回到王国会怎么样。D 说，会杀死他们。小护士说咱们这里不能杀人，只能一次次地送出来，一次次地返回去，像游戏。D 说，没错，我见过那种电子游戏，几乎是一样的思维方式。小护士微笑着说，在很偶然的情况下，收容所也会弄死人，但这不是游戏的逻辑，你就当是游戏机坏掉了吧。

再一次走过铁路桥下面，天还没有黑，一个人都没有。小护士停住脚步，露出了伤感的神色，说她上班的时候会经常停在这里，不想往前走，等着头顶上有火车开过，她获得了一点心理暗示，然后才能迈出步伐。

小说写到这里，又停下了，下一步应该是走进收容所，但端木云对此毫无办法（即使有办法恐怕也不敢一试），于是，小说里的 D 也停在了这个位置。晚上他又出去散步，回到旅馆，发现周劢和赵明明偷看了他的笔记本，两人都发笑。周劢说，K. 是因为没有证件无法进入城堡，你恰恰相反。赵明明开玩笑说你可以回到小说中的 Q 市，找一个城管之类的，说自己三证全无，你就可以进 T 市的收容所了，我们会在这里赎你出来。端木云愣了一下。赵明明说，把你从收容所和小说里一起赎出来。

当晚，他写完了这篇小说。周劢起床，看到他的空虚脸色，说我无论如何想不到你能在这种情况下写小说。端木云呆呆地说，我他妈的感觉赵明明比我更有文学天分，简直不想活了。

在他写过的二十来个短篇小说中（包括有头无尾写不下去的），这一篇最为无趣，仿佛幽闭恐惧症患者被一脚踢进了地下室。短篇小说需要一两个强有力的句子作为结尾，当然，也未必，有时候强有力的句子显得拙劣。D 在小说中寻找着结尾的句子，他问小护士，有什么句子可以用。小护士说，业余作家有一次跟我说，写小说嘛，就是在腐烂的尸体中找到活着的蛆虫。D 说，这句话不错，但太刻意。小护士说，业余作家说他在兜着精神病人的圈子，护士在兜着正常人的圈子，而护工介于这两者之间。D 说，这句话不高明，借助意象完成了一个寓言。小护士说，他变成了一个正常人，逃离了他的幻觉，这是护工说的。D 说，这句话好，就用他了。小说的结尾，Z 和 M 消失了，小护士也消失了，D 一片茫然，不记得自己是怎么到达的。D 兜兜转转，遇到了好几拨人，但始终无法进入收容所。D 站在铁路桥底下，火车开过，开过，开过。D 买了一张火车票离开了 T 市，像个正常人那样逃跑了，他决定回到 Q 市扮演一次精神病人，然后被送回到这里。这是端木云预先想好的结局，但不幸被赵明明说了出来。他想起沉铃说过，小说的结尾是一次施咒。这个咒语怎么可能出自赵明明之口。

周劢和赵明明两人吃腻了泡面，到街上去找食，附近餐饮业凋零，想吃点像样的必须去市区，但二人又不想走远，在铁路桥附近一家小饭馆坐下，点了几个炒菜，又要了十瓶啤酒，喝得腹中冰凉。周劢继续追问总公司的事，赵明明变得严肃起来，周劢从未见过此人出现这种状态，像什么东西附体了。赵说，你得把身份证还给我，其他可以开玩笑，这个不行。周劢说，在我口袋里。说完掏出赵明明的身份证。赵拿过身份证说，不只是这张，还有那两张假的。周劢说我扔了。赵明明喝了一杯啤酒，看着周劢，说要是在三年前，我会用啤酒瓶打死你，但现在不会了，我们好坏也算是兄弟，身份证你没扔，藏了，给你一天时间想清楚了还给我。周劢说，就在账台上，我用一个信封装了，自己去拿吧。两人喝到第十瓶啤酒时，赵明明去外面撒尿，冻得抖抖索索地回来了。周劢忿忿地说，操，你竟然威胁我，你弄死了人，把我和端木云拖下水。赵明明快速地打了周劢一个耳光，周劢蒙了，也醉了，脑子里反应不过来。赵明明又拍了拍他肩膀，说：不要在饭馆里说谁曾经弄死过人。

也就是那天下午，端木云从四楼的洗澡间下来，同样冻得发抖，看到一个熟悉的身影在走廊里徘徊。他认出是阎丽。她像是一个使者，端木云提着塑料脸盆在走廊尽头望着她，阎丽来回踱步，端木云对自己说，阎丽不可能带来好消息。接着，赵明明和周劢从外面进来，都喝晕了，甚至没能认出阎丽。她冷冷地拽住赵明明，又指着二十米外的端木云说：你也过来吧，站那儿想冻死吗。

好几个月来，端木云一直不清楚阎丽扮演着什么角色，他对康孚龙公司没兴趣，对阎丽也没兴趣。现在赵明明告诉他，阎丽是"政委"。听到这个，周劢神经质地笑起来：阎丽，政委，你们他妈的怎么能用这种词来客串到一个破烂公司，你们一定还在报纸上大谈伟大领袖的营销思路吧。赵明明说，我们只想挣点钱。周劢不管，喷着酒气继续说：领袖营销思路，领袖企管哲学，还是很有用的，很有用。赵明明说，有什么用。周劢说，使你们这群烂货以为自己在干一件大事儿。

阎丽厉声说，都闭嘴吧。

她身上有一种魔力，可以令所有人闭嘴。端木云搬了一把椅子抵住门，坐在椅子上防着赵夺路而逃。两个喝醉的人各自倒在了自己的床上。阎丽坐在赵明明的床沿边，低声说：查清楚了，那个死掉的老头，他喝了三瓶康孚龙，写了遗书。周劭跳起来说，他是自杀。阎丽说，虽然如此，我还是付了二十万，我们自己的钱，因为床头那几瓶康孚龙是无证假药。端木云说这怎么可能，你哪来这么多钱。阎丽说，我们攒了三年。我们是谁？周劭和端木云一起问。赵明明坐起来说，阎丽不仅是"政委"，她还是我老婆。这时，端木云和周劭一起哦了一声，仿佛叹息，也仿佛释然。

　　赵明明说：告诉你们真相吧，总公司不会替我赔钱，是阎丽在上海处理这件事，你们不了解康孚龙的性质，总部会让我去死，我必须自己解决问题，但如果由我出面去谈，死者家属会把价码抬到上百万——谋杀和卖错了药是完全两种性质的罪行。阎丽插嘴说，我希望你不要再贪小利了，卖假药一样会枪毙。赵明明说，那药是好的，吃多了才会死，死也没有什么痛苦，像麻醉药似的，我继续说，现在一切都结束了，老头是自杀，吃了假药，阎丽同志花了七天时间把一单本来可以用十万块解决的生意谈到了二十万，如果在农村两万就搞定了，你们都算得出来，一个身患重度关节炎、并且不打算活下去的老人值多少钱。周劭说我算不出来，一万块就够请个杀手买人命了。赵明明说，不要打岔胡诌，阎丽是好样的，二十万我也认了，接下来，明天一早，我会和阎丽一起回上海，康孚龙公司总部来人了，我听候发落。周劭说，为什么还要回去。赵明明发笑说，整个上海分销处被抄了，没收了价值五十万的货，这五十万我再也赔不出来了。周劭也跟着笑，拍拍赵的脸说，那你还不赶紧跑路？赵明明说，我躲得过警察躲不过公司，我哥也在康孚龙做经理，他们可以找到我全家。

　　这天晚上，赵明明和阎丽睡在一张单人床上。关了灯，端木云在黑暗中瞪视天花板，神经像被点燃了，一切经历过的事情混杂着虚构的小说情节奔袭而来。他想我也许应该推翻所有的短篇，写一个长篇，但那些人物又该如何安置，它该结束在哪里？现实永无休止啊。

　　到了晚上十点，周劭醒过来上了趟厕所，回到房间，开了灯找水喝，发现屋里的三个人都瞪着眼睛。周劭笑了起来，拎起热水瓶喝光了残存的凉水，彻底醒了，三个人都不说话，仍然瞪视，像三具尸体。周劭说，喂喂，不要这样，太可怕了。他放下热水瓶回到床上，把被子披在身上说：赵明明，我搞不懂你，你一个人住在办事处，怎么不把阎丽接进去一起住，非要让她和分销处的女孩们合租房子，睡那种猪窝里。

赵明明说：阎丽是我的卧底，她知道分销处的女孩们在想什么说什么，管理很重要。周劭嗤之以鼻，说：那你肯定知道，女孩们在背后说你阳痿。赵明明愣了一会儿，说：我确实是啊。周劭一时语塞。赵明明坐了起来，找周劭要了一根烟。一开始，阎丽的头搁在他的腋下，两人保持着这种相拥而眠（而死）的姿势似乎可以熬到天亮，但现在，阎丽也不得不披上衣服，拢起头发。赵明明说：端木云，你不是在写小说吗，我给你讲一个故事，这是最后的故事，讲完我们就不会再见面了，你把我写到小说里去，这算是我给你的补偿吧。阎丽转过头，悲伤地说，不要讲这个。赵明明摆了摆手，示意阎丽不要打岔。

赵明明说：我是阳痿——刘玲玲她们并没有造谣，这件事在康孚龙总部尽人皆知，后来传到上海。我是怎么变成阳痿的呢？你有点耐心听着。

一九九四年我和我的哥哥，他叫赵良栋，我们坐上火车去南方捞金。良栋中专毕业，我大专辍学，我们都是有点文化的人，城镇户口，去南方并不想在工地上搬砖头或者做流水线工人。简而言之，不像你那样是个赤裸裸的农民。

那是一列绿皮火车，乘客不多，半夜三点我们遇到了车匪，四五个人，有几个堵住车厢两头，剩下的人顺着车厢走过来抢钱，一手拿刀，一手伸进乘客的口袋。不要问乘警为什么没出现，在那种情况下不会有乘警。

车厢里的人一个一个醒了过来，我和良栋对面坐着一个大胡子，大胡子的身边是一个女的，也就是阎丽。（阎丽插嘴说，我和大胡子不是一起的，当时我们互相都不认识。）我们等着车匪过来。我哥口袋里有八百块钱，是我们所有的路费。八百块抄走，就只剩下我裤腰里缝着的五百块救命钱了。我们等着车匪来抢走八百块，肯定保不住了，敢于动手反抗的人都没有好下场。即便如此，我还是从裤兜里摸了一把水果刀，反手藏在身后。

车匪走到我们身边，那是一个脸上有刀疤的男人，他打量了一下。我认为他一定会先从我开始下手，因为我看上去很怂嘛。但是没想到，他的手伸进了大胡子的衣服里。大胡子端坐不动，我们看着。车匪的手摸到他腰里，停住了。过了很久，他把手抽了出来，手里是空的，没有钱包或是其他东西。大胡子平静地说，我就是李勇军。车匪点点头，又看看我们。大胡子还是很平静，说，这三个都是我的人，算了吧。车匪向后退了一步，好像是犹豫了一下，嘀咕几句，带着人走了。非常神奇是吗。（周劭插嘴说，这种故事听过，腰里有什么，枪还是手雷？）

听我说完。火车停在一个小站上，车匪们跳下车，顺着铁轨走了。车厢里的乘客忙着找警察。一分钟后，火车如常启动。我哥赵良栋，站起来奔向厕所，他憋不住了。在乘警出现之前，大胡子打开了车窗，从兜里飞快地掏出一把枪，扔出了窗外，然后关上车窗，对我们做了个噤声的手势。

大胡子说，睡不着了，我们打牌压压惊。我哥回来了，我们四个人打牌，这就算是认识了。大胡子指着阎丽说，你很镇定。又指着我和我哥说，你们不行。这时我哥才问，为什么车匪听到李勇军的名字就走了。大胡子瞟了我哥一眼，说，李勇军只是一个普通的名字。

打完牌，大胡子问了我们的情况。我们三个都是去南方打工的，阎丽是流水线女工。大胡子说，他有一份祖传秘方，治关节炎的，南方有一个朋友想出钱合伙开药厂，是正经生意，问我们愿不愿意跟他干。你们没有见过他，不知道他是一个多有控制力的人，他只说了一个开头，我们兄弟俩就答应了。一个带枪的人啊，正常情况下谁敢相信他？（周劭说，明白了，大胡子李勇军就是康孚龙的老板，可是不对啊，老总姓康。）

李勇军是副总，他很少出来，不过康孚龙的元老们都认为他才是真正的精神领袖，自信，冷酷，聪明。只有他才能在这个鱼龙混杂的世界上指挥着上千号人挣到钱。我愿意为他卖命，如果没有遇到他，我们三个人都还是农民工。不卖命不行啊，我现在年薪八万，去哪儿再找这么一份活？

我们干了两年，生意做了起来，在二十多个城市铺货，当然都是中小城市，成本低。我和良栋都成了总部的骨干，而且是元老。这中间有多少艰难，不说也罢。（周劭说，你的阳痿呢，总不能是在火车上吓出来的吧？）我和阎丽结了婚，那时候还没这事。到了九六年秋天，本地有个经销商欠了我们一笔货款，公司派我和阎丽去追讨。我觉得人太少了，去了可能会吃亏，李总说没问题，大家都是有背景的。到了楼下，那楼非常破旧，南方的城中村，像个立体的乱坟岗，里面有黑帮、妓女、吸毒仔。我对阎丽说，经销商那老板是黑社会，你一个女人，先回去吧。我一个人顺着楼梯走上去，迎面走下来的都是穿汗背心带纹身的人。我不怕他们，我们公司也有这样的人。

事情谈得很不顺。当时我们公司资金链有问题，那笔钱很大，必须要回来。我急了，讲话不客气，经销商那老板趁势掀了桌子，几个人把我按住。知道怎么弄我吗？用枪顶着头，跪着，几个人把我的裤子扒了，开了一个电风扇对着我的裤裆吹。

然后，他们把康孚龙一瓶一瓶地浇在我的老二上。酊剂一挥发，什么滋味你们可以在自己老二上抹点风油精试试。我跪在那儿磕头，爷爷，你们都是我爷爷，不要搞我啊。这伙人给了我一张白纸说，写收条，写了就让你走。我说不行，公司的钱，资金链断了几百号人都得散伙。我不能辜负李总。这伙人说，那就继续弄你。就这么弄我，六个小时。后来，阎丽带着人来踹门，李总也到场了，把我救了下来。李总看了看我的样子，就说，钱不要了，先回去。经销商那老板玩着手里的枪说，你的马仔很硬气，回去好好补补，没事的，以后说话要有规矩。

我回去以后，废了，补什么，彻底废了。阎丽去找李总，李总啥都没说，只有一句话，赵明明并没有立功，他只是没犯错，忘了这事吧。他私人给了我两万块钱。那年我哥生了个儿子，李总又给他一万。我从来没想过退出康孚龙，尽管我认为李总那次是把我卖了。

你们以为这事结束了是吧，对我来说是结束了。一年后，经销商那老板消失了，彻底消失了。别问他在哪里，我不知道。

我告诉你们这件事，不是要说我阳痿的原因，明白吗？我没必要告诉你们这个。我要说的是：第一，康孚龙和李总就是我的上帝，我不会背叛他们，阎丽也不会允许我背叛他们，第二，如果我背叛，我知道下场是什么。

你可以写一个马仔怎么被弄残的小说，最好写得像契诃夫那样。我没读过什么文学作品，上学的时候看过契诃夫，他写各种马仔写得好像还不错。将来你们做马仔，别做成我这样。

端木云在梦里对赵明明说，你的故事像个地摊小说。赵明明悲伤地摇摇头。端木云说，我没把握，也许可以写一写。赵明明说，我认为任何一个人都值得写成小说。端木云说，不是这样的，你给自己画了一张速写而已，事实上，你不是那种很值得写的人。赵明明又悲伤地摇摇头。端木云说，确实，文学不如生活残酷，文学的残酷在于你不值得一写，尽管你觉得自己经历了残酷的人生。

话说到这里，他醒了过来，觉得十分不快。梦到一个近在咫尺的人，像疯子的幻觉而不是梦，然后他才想起来，赵明明和阎丽回上海了。已经是中午，周劭也不在。他在床上多躺了半个小时，再起床，发现屋子里只剩下自己的包。他觉得不可思议，到前台去问，服务员递上一个信封，说三个人是一起走的，年轻的那个留了信给他。他想，简直混账，每个人都在搞这一套，把信留在账台上。

在信里，周劭说他打算陪赵明明和阎丽去上海解决一些问题，看看抄走的货能否赎回来，赵答应给他一份酬劳，不过并不打算再带上端木云。信的末尾，周劭自嘲说我竟然决定跟着两个杀红了眼的赌徒去博最后一把，祝彼此春节过得愉快。端木云叹息着收起了信纸，确实，每到这种时刻，周劭总是能保持着奇异的乐观精神，这种气质在端木云身上根本不存在。

时间一分一秒地过去了，端木云感到轻松，坐在床上看窗外，也看着床架子上用红漆写的编号，也看着旧写字台上的一个保温杯。那天下午他什么都没吃，走到收容所边上。现在他知道，高墙围起的空间大约相当于半个足球场，里面有一栋四层楼房，应该还有一些树木，可能已经落光了叶子。他顺着围墙走了一圈，姿态像是在沉思，又像在等待着什么。他看到地上有一些跳房子的粉笔线条，与此同时，仿佛听到有男人唱歌，从高墙里传出来，他停下脚步，歌声又消失了。这个下午，没有人出现，小护士是存在于小说中的一个幻影。旅馆里最后一拨人离开，带着他们赎出来的某个倒霉鬼。斜阳落入高墙之下，跳房子的地方有一道橘黄色的阳光正在快速消失，两侧灰色的水泥地面合拢，最后一缕光在铁丝网上闪耀了片刻。一切平静似小说完结时留在稿纸末尾的空白。他确信自己无法进入收容所了，也确信这篇小说是失败之作。

春节时，端木云没有回安徽，也没有往家里打一个电话，他回到了无锡。三月里，他在一家酒店里做服务生，周劭没有消息。有一天，他在大学附近遇到了辛未来，十分惊讶。辛未来脸色浮肿，走路看着地面，那眼神像是发生了什么可怕的事情。端木云轻轻拍她的肩膀，她立刻站住，回过头看他。有两秒钟的时间，她像是没有认出端木云，然后才说，你怎么还在无锡？

端木云说，一言难尽。两人在街上找了一家茶馆，坐进去，要了一壶红茶喝着。辛未来说，特地回无锡，来拿学位证书，去年毕业时英语没通过。端木云点烟。辛未来说，就这么一会儿时间已经是第三根烟了，你以前并不抽烟。端木云说，跟周劭在一起学的。他把自己半年来的经历简单说了一遍，主要是讲周劭，又说目前联系不上周劭，最后才问辛未来：发生了什么？你去了哪里？

辛未来说，第一个问题，别问了，第二个问题，可以告诉你，我在广东做实习记者。端木云问，哪方面的记者，娱记吗？辛未来说，当然不是，目前跑社会新闻口子，将来想做深度报道。端木云问是哪家媒体。辛未来摇头说，没必要讲，免得周劭出现在她的办公室门口。又说，你发誓不告诉周劭。端木云说，行。辛未来说，有一天他找到新的爱人了，也许你可以告诉他。

端木云再次问她，你当时去了一家唱片公司，然后发生了什么。辛未来看了看窗外，实际上是移开了视线，说这一切都已经过去了，不想谈。又说，真奇怪，我们只是十个月没见，但好像隔了十年，假如可以十年不见，那就不必再见了。

两人喝着茶，忽然无法再交谈，各自发了呆。隔了很长时间，辛未来说，你似乎是谈过恋爱了，或是爱上过什么人了？端木云更发呆，问说你是怎么知道的。辛未来说，我从你眼神里看出来的——其实是猜的啦。他心想，可是我爱上了谁呢？辛未来说，恋爱很好，你整个人都太紧张，恋爱可以让你放松一些。端木云说，我不觉得自己紧张。辛未来笑笑说，你自己当然不会觉得，可人人都这么觉得。

辛未来走后，端木云长久地靠在藤椅上，让时间停顿下来。寒栗不知从何而来，起了一层在手臂上。有那么一会儿，他觉得自己又回到了闲散无聊的大学时代，可以感受到昼夜或是季节交替，但对数字呈现的时间显得迟钝，假如有人给他做倒计时，这一短暂的流逝简直像命运一样憎怖。辛未来所说的十个月是多久，十年是多久？他对自己说，辛未来的十个月和我的十个月并不是同一件事，应该是各自的蒙太奇才对。日落之后他从藤椅里站起来并且收拢桌上散落的几根香烟，像捡拾着某种不属于自己的东西。他意识到自己和周劭一样，彻底失去了辛未来。

　　夜里，他数着路灯杆子走回酒店，刚换了工作服，有一个电话找他。他拎起话筒听到父亲很嘶哑的声音说，你姐姐死了。然后，传来一连串的啸叫和哭喊声，电话断了线。

　　傻子镇正如停止时光中的童话。童年时候，端木云站在自己家菜地附近的小土岗上，遥望小镇，觉得那里妖气缭绕，一定会发生什么。然而它很平静，像是走不出自身的时光局限。有一年，他和姐姐一起在镇上的录像厅里看一部关于世界末日僵尸横行的外国片子，坐在他们身边的是几个傻子，有一股尿臊气味。他姐姐一边看着，一边对他说：我觉得世界末日以后这个傻子镇还是会留在原地，傻子还在看录像，录像里还是僵尸在追人，而外面的世界已经不存在啦。

　　在回乡的路上他一直想，当年我姐姐身材还是很苗条的，比之城里姑娘健壮，但并不肥蠢，婚后的急速变形真是奇怪，她也并没有生育啊。

　　火车进安徽省后，在铁道上停了很久，他靠窗坐着看外面静止的景色，地平线上乌云堆积变幻，农庄在凛冽的空气中颤抖。他发现自己并不是很悲伤，或者说，有一种比悲伤更沉重的东西横在远方的道路上。他想到了诗人海子。海子是安徽人，十年前的这个时候，他也在铁轨上。这个被虚幻折磨到死的诗人似乎总是能看到道路上的光，有些是喜悦的光，有些是悲伤的光，有些是呼喊着奔走的光。

下火车后，他在市里搭了末班长途汽车，到镇口已经是深夜。汽车抛下他，沿着新修的省道开走。他走进小镇，有那么一段路，四周没有路灯，家家户户都闭门关灯，地上有一抹微光。傻子镇似乎是翻修过，主干道两侧曾经有过的大树悉数消失了。他抬头看去，高高的塔楼上，那个长不大的傻子举着手电筒替他照着。傻子什么都不懂，像个狰狞的天使，像卡西莫多。他向傻子挥挥手。微光很快消失了，他走到有路灯的地方喘了口气，辨认了一下方向，十分钟后，他来到强子家门口，看到二楼的窗帘透着灯光，如同一块深红色的幕布。他敲门后，强子的母亲出来开门，脸色浮肿，穿着棉毛裤，像是刚从床上起来。端木云问，强子呢。老太婆说，我们都睡了呀。端木云无法相信，这家人竟然在睡觉。老太婆说，你姐姐在县城殡仪馆。这时，强子出来了，端木云瞪视着他。强子说，家里没设灵堂，你这么晚也别走回村里了，就在这儿住一晚上吧。

端木云说，我打电话找不到你，我爸也说不清个所以然，她是怎么死的。

强子说，怀孕八个月流产大出血，送到县医院已经晚了，医生没办法，死了。

端木云问，小孩呢。

强子说，也死了，不，是个死胎。

那个晚上，端木云躺在强子家的沙发上久久不能入睡。这地方从来不像他姐姐的家，像陌生人群居的地方。那间客厅里散发着死亡的气味，妇女身上的血腥肮脏，血的洪流在黑暗中蔓延。他焦躁难耐，后半夜不得不坐起来，开灯看了一会儿笔记本上的小说，他认为《傻子镇》在某种程度上预言了他姐姐的死，在"她"挥手离去的结尾他写下的似乎是一种长久的告别，起初他以为是自己在悲恸的漩涡中心，现在看来，恰恰相反，他姐姐在中心下沉，而他被漩涡的离心力抛出。

在小说中，抛出的那个人，总带有幸存者的色彩。他靠在沙发上疯狂抽烟。天快亮时，强子的父亲，那个沉默阴郁的老头领着小五子走出房间。小五子嘀嘀咕咕的，尿尿啦，我要去尿尿啦。看到端木云，小五子说，端木芳死啦。

端木云说，不，她没死，她在你后面。老头脸色变了。小五子天真地解释说，她真的死了。端木云说，好吧，她没在你后面，她安息了。小五子听不懂，这时端木云意识到，在他的家乡，从来没有"去世"或是"安息"这样的用词，人们只使用"死"这个词，与其说是词汇贫乏，不如说是对于"死"的确定无误的判断。

接下来的事情简单了，死亡折算成一套固定的仪式。镇上的风俗，产妇死去必须由女方家中的男丁喊魂。端木云没经历过，站在镇口凄凉地喊了几声，感到阴霾的天空确有回应，但这回应很快被嘈杂声掩盖了。葬礼乐队坐着拖拉机吹吹打打经过镇口。他想，我无法相信姐姐已经不在人世。

另一风俗是在家门口贴符，在鞋尖上贴白纸，都是说不清理由的事情。符是一种红色的螺旋纹，画在黄纸上，四角饰以无法读懂的文字，有点像西夏文。这都是那个神婆的手笔，又剪了一些小小的纸人，焚烧成灰。一切都指向死者是产妇，似乎这一身份隐藏着深远的怨气。

他忘记了火化时的场面，仅能想起的是自己在一棵细小的柏树旁抽烟，四周全是柏树。没有追悼会，没有遗体告别仪式，与其说朴素，不如说是难以赋予生和死意义的残忍简陋。对傻子镇的无知镇民而言，死亡不是经由言辞的宣读来认定，而是符箓，仅具有单薄的意义，仿佛死亡不能也不应该拥有其他意义。次日他摘掉了鞋尖上的白纸，因为强子全家也都摘掉了，并没有人提醒他应该何时摘掉。他姐姐的遗像挂在厅堂一侧。这时他想起，还有一个死胎，但死胎本身就是符箓的一部分，它并非死者。后来他又知道，灵位将在一年之内撤除。强子家没有说理由，也许可以这么认为：新的女主人总会到来，在此之前，死亡的痕迹（以及怨气）必须被抹除干净。

又过了几天，他在镇上闲逛，见到了神婆。这个女人主业开香烛店，兼职给人看面相算命，画点趋吉避凶的符箓，这些符箓与其说是萨满仪式不如说是随手涂鸦，像她这样的半文盲也不可能懂得易经八卦紫微斗数，她的超能力从何而来，没有人能说得清楚。神婆镶着一颗金色门牙，戴着一对硕大的金耳环，似乎她的说与听都必须经过黄金的过滤。她在店里向他招手，他走过去，神婆说，我认识你，你是端木芳的弟弟，我给你算过命，你现在在哪里。端木云说，我在无锡瞎混。神婆说，我算出来你不会再回到这里了，你姐姐死了以后，你五年回一次乡，比较合适，三十岁以后，十年一次，到老了就不要回来了。端木云问，为什么。神婆说，为你自己好，为你姐姐好。他愣了一会儿，问说，那个螺旋形的图纹是什么意思。神婆没有回答他，继续说着自己的话，哎呀，端木芳太可怜了。似乎是在感叹。这时恰好强子的爸爸走过，目不斜视，也没有和端木云打招呼，但神婆却扭过脸去，停止了嘀咕。等到老头走掉，神婆又叹气，摇摇头。端木云问，我姐姐到底出了什么事。神婆说，她身上有怨气，很重的怨气，你应该给她做一场法事，并且避开她的婆家人。

他回到村上问父亲，然而他父亲什么都不知道，又哭了一回。他在菜地里找到了母亲，这个比父亲更为温驯而没有存在感的人，终年沉默，像是丧失了表达力（有时候他会怀疑，自己究竟是不是她的儿子）。他蹲在她身边，看她工作，这是她女儿火化后的次日。她并没有显露出太多的悲伤，对此他感到绝望，一直到她劳作的双手表现出了虚无的性质，似乎可以按照同一节奏永无休止地做下去，似乎除非有人发出命令否则她不会意识到应该停下，这时他才相信母亲抱有某种麻木的悲痛。他问，你难过吗。母亲说，我还有你。端木云说，我问的是姐姐死了你难过吗。母亲不予回答。他直起腰，决定放弃这种残忍的纠缠。他母亲说，唉，那个邮递员，邮递员。端木云想起那个叫黄定源的人，他姐姐的初恋男友。他试图追问，他父亲走过来把他母亲踹到了田埂上，那一脚踹得不重，但也不轻。

这以后，一直下雨。他搭住在强子家里，除了在镇上徘徊，没什么地方可去。有一天，强子的父亲，那个阴郁的老头出现在他面前。他递了一支香烟给端木云，问道，在哪儿上班。端木云说，在无锡的一家酒店里上班。老头问，做什么工种。端木云故意使用了一种老头听得明白的术语：接待员。老头吸着烟，似乎是沉思了片刻，说，端木芳曾经夸耀过你会有一个辽阔的未来。端木云想，我姐姐会是在什么情况下使用辽阔这样的词。老头说，菜农有一个读大学的儿子是很骄傲的。那语气究竟是妒忌还是嘲讽，端木云判断不出来。他再问时，老头并不回答，自此之后两人再也没有说过话。

他在心里描摹道：从前有一个姑娘嫁到了镇上，那里飘荡着若有若无的仇恨，愚人们穿梭行走。她在镇上变成妇人，变得无处可去，也许应该变老，但仅仅五年后她就死了。

海明威的冰山理论展示了小说或深或浅地藏匿于语言之下的另一种物质。（对此玄雨曾表示不屑，小说的一切都是水面上的泡沫。这种说法当然也有道理。）端木云认为，海面之下并不是故事，也不是真相，而是语言，仍然是语言。这语言并非沉默，并非隐匿，并非留白，它似乎是"未被言说"所具有的恒久的不及物状态。如果顺着冰山理论讲下去，海明威谈的似乎不只是体积比例，还有密度的差异。无论如何，未被言说的不及物总是更庞大、更神秘或者更痛苦。

他去了县城，在他姐姐的小饭馆里坐着。店门口的炉子上煮着整锅毛蛋，锅盖上的蒸汽被大风吹得飘渺无形。这个县里，人们把毛蛋叫作活珠子。根据他姐姐的说法，毛蛋和活珠子有区别：前者是指无法孵化成型的鸡蛋，后者是将孵化到十四天的鸡蛋下锅。相比之下，活珠子更新鲜，口感更好，大补。十四天是最佳时间，蛋黄上的血管像地图上的河流，小鸡的头部和身体发育出来，剥开以后，像某种甜品。也有人爱吃孵化到二十天的毛蛋，在小鸡出壳的前一天将它们投入汤镬，据说有时可以听到鸡在蛋壳里发出叫声。这当然像个寓言。可怕的并不是事物像寓言，而是寓言直接进入了事物本身。后来，他看到一个年轻的邮递员骑自行车过来，面色阴沉，头发凌乱。他在店门口停了片刻，似乎是注视了端木云一下，随即消失在街角。尽管多年未见，端木云仍然把他认了出来。

端木云坐在风里，午后的大风像是要把店门口的折凳都掀走，发出乒乒乓乓的声音。他闭着眼睛想了一会儿，多年前，还是高中生的黄定源曾经护送他姐姐到家，印象中他是一个腼腆的青年，身高一米七七，县城户口，和傻子镇没有一点关系，家里似乎还是小干部。端木云想到母亲嘀咕的：那个邮递员，邮递员。后来他又想起，若干年前，黄定源曾经来找过他姐姐，说自己高中毕业进了县城邮局工作，语调艰难而又遗憾的样子，他没能考上大学（他姐姐则是放弃了参加高考）。另一次，他似乎是站在街角哭泣。仔细回味起来，黄身上带有一种落魄的迷失感。他回忆起来，姐姐说过，黄定源的气质和你很像。这句话是谜咒，姐姐的声音微弱，语调平静，现在像是从风里又传了过来。被唤醒或是揭开的记忆都像通往深渊的阶梯，死者无限地拉长了昨日的距离，死者的阴影在斜阳下变得细长，日晷似的指向大地另一侧的暗夜。他站起身，感到双腿发麻，浑身都在颤抖。

这天夜里，端木云揣着钱找到了神婆，问她，做法事多少钱。神婆要价两百元。端木云又问，螺旋图案是什么意思。神婆同情地看了他一眼，说，死是迷途，不是归途。

神婆将他带进了后院，水泥地上有一口井，五个木盆围成一圈。神婆从井里打水，装满五个木盆，它们倒映着天上的弯月。神婆站在五个木盆中间。端木云问，你会什么。神婆说，你指什么。端木云说，有的神婆会跳大神，有的会算命，有的是阴阳眼，请问你会什么。神婆说，哦，我都会，现在是在看阴间路。

神婆从口袋里拿出一张符箓，用火柴点着烧了。端木云点起一根香烟，神婆立即制止了他，告诉说，不要在这里点烟。端木云试图掐灭烟头，神婆又指着木盆说，把香烟扔进去。烟头掉进水里发出嗞的一声，然后变黑，漂浮在水面上。神婆将手里点燃的符箓顺着五个木盆逆时针洒了一圈，纸灰落在了木盆里。过了一会儿，烟头沉了下去。

神婆背着双手仔细地看着木盆里的水，有片刻时间，月亮被云挡住了，周遭很安静。端木云不说话，看着神婆的样子，很安静，没有萨满仪式的迷狂。等到月亮出来，神婆抬头，很确定地说：你姐姐还在路上走着，好像很艰难，很多人一起走着，她在其中。

端木云问：她是什么样子？

神婆答：很凄惨，身上有血污。

端木云问：她要去哪里？

神婆答：没有去处，那条路上有十万亡魂，一直在走。

端木云问：这说明什么？

神婆答：她不该在那里，她记错了自己的名字。她叫端木芳，现在她却记成了另一个名字。只有记起自己的名字，她才能离开——这是我见过的最庞大的亡魂大军，他们全是自杀而死的人，她靠自己的能力休想离开。

端木云问：怎么会出现这种情况？

神婆摇头说：有人在她去世的时候做了手脚，让她走上了歧路。

端木云说：你讲的是什么意思？

神婆说：有些人在死亡之前会陷入迷障，你可以请僧人超度她，也可以在我这里做法事。

端木云说：那你说。

神婆说：等一个没有月亮的夜晚，我会把其中一盆水搬到屋子里，焚化五十张金箔赎她出来，再焚化五十张锡箔，每一张都写着她的名字，让她想起自己。这件事你就不用再过问了，由我来做，你早早离开这里为妙。

端木云问：她的小孩呢？小孩的亡魂在哪里？

神婆沉默片刻，说：她是流产，生下来一个不足月的无脑儿，他不会有亡魂，只有一股怨气，也已经消散了。

端木云说：没人告诉过我她生了一个无脑儿，那看来就应该是强子的后代了。

神婆不语，两人回到屋里，端木云付了钱给她，再次点起香烟，这一次神婆没有制止他，巫术已经结束了。端木云抽着烟沉思了一会儿，近似自言自语道：只有被谋杀的人才会出现这种情况——制造自杀或是病死的假象。神婆说：不要多问，走得越远越好。端木云问：你听说过一个县城的邮递员吗，他叫黄定源。神婆说：我只看阴间的路，不传人世的谣言。

直到抽完这根烟，端木云才说：我大致都猜出来了。他走出神婆家，夜风阵阵，仿佛水盆的亡魂正无声地走过。神婆送他到门口，忽然说：刚才我看水盆时，那支自杀的亡魂队伍里，有一个老人回过头看了你一眼。端木云愣了一下。神婆说：不过别担心，他不会对你做什么的，是你的什么人？端木云说：可能是一个邂逅的顾客吧，应该是一个可怜的人。

第二天，端木云走到县城邮政局，两个没穿制服的中年女人在柜台后面，不时教训着前来寄收包裹的顾客。端木云指名要找黄定源，那两个中年女人告诉他，黄刚刚辞职，已经走了。

回到傻子镇后，端木云在自己的笔记本上写下毛蛋、邮局、世界上和我相似的人。后来，他又用无意义的速写手法描述那座邮局：刚刚更换了铝合金门窗的古老邮局，刮大风的天气里邮递员像痛苦的杀手（或是布道者？），出去又返回；邮递员身上有死神的气味，死神在相隔遥远的蛮荒之地间传递消息；我寄出的手稿对邮递员来说肯定是一份愚蠢的信件，我寄出的信件则是一份愚蠢的手稿。诸如此类的片段。

端木云认为傻子镇也好，县城也好，都需要一座教堂。有一次他去邻县，看到某个小镇的主干道两侧，一些人家门上挂着十字架，或是在厅堂贴着耶稣的画像。乡间小道上有教堂，式样像基督教，但也可能是天主教。那座小镇的安静程度令人惊讶，街道干净，没有农村通常的赌博现象，人都怔怔的。总之，很奇怪，傻子镇反而没有教堂。按照他对宗教的理解，主不可能遗弃傻子镇，主甚至应该可以解释傻子镇。唯一的疑惑是这么多人同时获得拯救，看上去太不真实了，像海明威的冰山被倒置，沉入海底的那绝大部分猛然出现在眼前。

端木云决定回到无锡，尽管已经厌倦了在酒店上班，但总比留在傻子镇好一点。有一次他形容酒店的体力劳动令他身心俱疲，相比之下，傻子镇完全击溃了他的精神。丧事做完之后，他一直住在姐姐家里，但这户人家没有人和他说话，似乎他是空气，是影子，他的质地随着姐姐的火化也稀释为零。

在离开前的一晚，端木云坐在沙发上收拾他的行李，一支牙刷，一个保温杯，几双换洗的袜子。他从桌板下面抽出一张姐姐的照片，夹在笔记本里。强子家的人仍没有出现，端木云在屋子里走了一圈，也没有找到他们。他们去了哪里？后半夜，他睡倒在沙发上，迷迷糊糊中觉得有人在屋子里走动，很不真实，但他确信是真实的。有人在走动。他让自己醒来，发现是小五子，小五子穿着一件宽大的衣服，长过膝盖，两袖遮住了手指。衣服质地硬脆，随着运动发出籁籁的声音，拂动近处的物体。端木云不再感到害怕，坐起来问，你还好吧。

小五子说，我一点也不好，我有点难过。端木云说，你难过什么。小五子说，我想端木芳了。

端木云给自己点了根烟，看着小五子继续走动。过了很久才问，小五子，你以前喊她嫂子，为什么后来喊端木芳了。小五子说，有一天，他们都这么喊她，他们让我不许再喊她嫂子。端木云问，为什么。小五子说我不知道。端木云没再问下去，他想这个问题我已经猜出答案了，确实小五子不可能知道，他是傻子。

小五子不会谈心，当端木云问他为什么会想念端木芳时，他无法表达。端木云只能问，她对你好吗。小五子说，她对我好。端木云问，难道她不是讨厌你吗。小五子沉默，仿佛这个问题值得思考，他扯了扯自己的衣服。端木云试图看清他究竟是在思考还是大脑陷入空白，后来确信，是空白，小五子只能理解到事物的表面，例如你笑，他仅仅认为你在笑，并不能辨识笑的意义。这时小五子说，端木芳从来没打过我。端木云问，你们家其他人打你吗。小五子说，打的。端木云问，那他们打过端木芳吗。小五子说，你别问我，他们不让说。端木云就问，好吧，那我问你，他们打过端木芳几次，你看到过几次。小五子说，看到过两次。端木云继续抽烟。小五子说，端木芳还给我讲故事，世界末日，很好玩。端木云说，她是很爱看什么世界末日的片子，世界末日怎么了呢。小五子说，很多僵尸，咬人，这故事是骗人的。端木云皱眉头问，小五子你智商到底多少分，七十还是八十。小五子又陷入了沉默，不明白端木云在说什么。

后来，端木云自言自语起来。他说小五子你知道什么叫辽阔的未来吗。小五子更不明白，完全不在听。端木云说，这个词非常书面，像端木芳这样的人在日常生活中使用书面语言，大概是哪儿出了差错。小五子坐在沙发上打起盹，彻底沉入宽大的衣服里。端木云走过去，就着月光看那张痴呆的脸，其中有一部分是天真的，另一部分怎么说呢，是一种趋向衰老的疯，疯得累了，疯得什么都不记得了。端木云想，我这举动像在照镜子，可怕。

他想起一本武侠小说里讲的，尸体也会讲故事（从法医学的角度来做的比喻）。当然故事也可以比喻为尸体，或局部的腐烂，或整个世界的行尸走肉。有些故事在抗拒着生动，抗拒着讲述。天快亮时，他觉得这鬼地方一分钟也待不下去了，刷了牙，收拾起行李，走出大门。他在门口遇到了老头，后者似乎是在什么地方煎熬了一夜，眼圈发青，嘴唇灰白。两人对峙在门口，端木云忽然问，打死我爷爷的那一枪是你开的吗。老头立刻说，不是！随后像是被端木云的表情给吓住了，久久地盯着他的脸。

端木云走到小镇中心的汽车站，在那儿等着，第一班中巴车八点钟出发去往县城。到县城时，太阳照得一片耀眼，昨夜亡魂与疯子的低语之声散去。他没停留，又搭了汽车渡江，再转火车。第二天早晨，他回到无锡的酒店，收到周劭的信。周劭在上海，赵明明和阎丽不知去向。这真是一个好结尾啊。周劭在信里说，他帮着赵明明赎回了押在工商局的货，价值五十万，那两个人把货低价发往江苏和浙江市场，然后卷走了所有的货款、员工工资和提成，还包括周劭应得的三万块奖励。现在，他们所崇拜的李勇军先生，恐怕会端着 AK47 把赵明明的哥哥打成筛子吧。

既然如此，周劭说，我们又可以相见了，我已经破产了。

《逆戟鲸那时还年轻》收录的九个短篇中并没有同名小说，书名稍显突兀。那么，这题目是怎么来的？

四月是雨季，端木云来到上海，和周劭住在西站附近一间农民的房子里，成天看雨。这里很安静，隔着马路，能听到铁道上火车开过的声音，在夜里尤其真切。屋子有四十平方，层高三米多，装修得十分简单，是典型的农村大宅，隔壁是房东家的客厅，更大，讲话带回声。两人待在屋里，用一个煤油炉子煮面条吃，找楼上房东的女儿借一些十九世纪名著看，译文版本很差。端木云经常躺在床上欢快地读那些拗口的句子，问周劭，是不是像一碗掺了砂子的米饭。周劭指出，你丫的平时讲话也是这个腔调，能不能改掉一些书面用语和冷僻词？

房东女儿经常跑过来玩，她十七岁，爱看文学小说，爱听港台流行歌曲，父母也不太管她，任由她和两个破衣烂衫的年轻人交往。女孩有点点文学天分，具体表现在阅读能力上，读小说极快，一天能读三五百页，端木云望尘莫及。讨论十九世纪文学，她也头头是道，情节和人物都准确无误，有时，讲到某一本他们没读过的小说，她会复述故事，可以讲得绘声绘色。周劭对端木云说，你的文学天分比之这位姑娘还是差点，你会捅词儿，不大会讲故事。那女孩再来时，端木云就恶作剧式的与她谈论诗歌，美国自白派，中国非非派，俄罗斯阿克梅派，那女孩没怎么读过诗，十分不服气，买了几本外国诗集回来读，然而，诗歌是无法讲述梗概的，诗歌也无法绘声绘色。这段时间里，端木云的心情略为好转，至少在用词方面像个正常的失业青年了。

四月下旬，周劭买了一块坟地，要落葬父亲的骨灰盒。端木云说，已经过清明了啊。周劭说，当时忘记了，但这事儿还得办了才放心。坟在南翔乡下，两人借了一辆自行车，到一家白事饭店捧出骨灰盒。周劭面色不好看，端木云骑车带着他，又走了一个小时才到墓园，赶在正午之前落葬。雨再次落下，两人没带雨具，在墓碑林立的空旷地带走了片刻，随即跑了起来。雨越下越大，夹带着冷风，在墓园里劈砍冲撞，场面浩大而凄凉。两人跑到墓园管理处，躲雨抽烟。端木云开玩笑说，咱俩就耗在上海乡下了吗，也许你应该去追求房东的女儿，这看起来像件正经事。周劭说，应该是你去和她结婚，你这乡下仔有了上海郊区户口就不必担心被人遣送出去了。两人胡说了一气，半个小时后，雨小了，周劭骑车带着端木云离开了墓园。快到铁路货场时，周劭停了车子，单腿驻在街沿上观望。这一带对他来说十分熟悉。端木云问，怎么了。周劭说没事，我饿了，找个地方吃饭。然而附近没有什么民宅，更没有饭馆，全是格式一致的水泥房子，被高墙围住。端木云迷惘地看着周围。周劲说，这是库区，乍一看有点像集中营，再往前就是货运站，我小时候经常玩的地方。

两人在拐角处看到远远有一家烟杂店，打算去买点饼干吃，到店门口，见一个姑娘笔直身躯站在柜台前面打电话，脑后扎着一块手绢。起初，两人对着营业员问价，后来端木云听到那姑娘打电话的声音，语调十分正式，像是在对上级汇报什么。他忍不住转脸看了看，那姑娘在讲话的同时也正侧过脸看他们。端木云注意到她腋下夹着一本《苏联三女诗人选集》，猜想应该是茨维塔耶娃和阿赫玛托娃，然而还有一位是谁？接着，他发现姑娘长得很像辛未来，立刻想到，我遇见辛未来的事情至今还没告诉周劲呢。姑娘低下头，挂了电话，付话费。那模样像极了辛未来。端木云转头，发现周劲也正看着她，眼神发怔。她没再看他们，转身走进了库区。

这天晚上，两人谈起容貌相似度的问题。端木云说，我姐姐总是认为我长得像一个邮递员，事实上，一点也不像。周劲说，这种抗拒是必然的，除非对方是电影明星、政治家、大腕，否则你不会认同这种相似度。端木云说，我讲的不是这个意思，而是说，那像个谜咒。周劲说，你不要再用这种文学化的用词了，我听了害怕，今天这姑娘长得和辛未来真像，那恐怕也是谜咒。端木云摇头说，没有你说得那么像，只能算是同一类型。周劲说，你刚才说的问题会让我想起，此生我为什么会是我自己。

之后的三天，周劲冒雨去货场一带，骑着自行车，总是到天黑才回来。端木云问他，那长得像辛未来的姑娘怎么样了。周劲不答，表情严肃。端木云确信周劲已经认识了那姑娘。第四天，周劲说，这姑娘叫梅贞，是一家建材公司仓储部门的职员，到上海来盘点库房，听说他们的仓管员跑了。端木云躺在床上问，然后呢。周劲沉默了很久说，这姑娘今天回总部。端木云明白他的意思，看那表情他是又开始了一段爱情，就说，那你赶紧告诉我，苏联三女诗人，除了阿赫玛托娃和茨维塔耶娃之外还有谁。周劭说，英蓓尔。

端木云最后一次遇到沉铃是一九九九年四月下旬，那几天格外冷，他套着周劭的旧毛衣，在上海铁道学院附近上网，用两根食指笨拙地戳打着键盘，沉铃居然从外面走了进来，对着账台讲普通话。端木云抬头认出了她，当时脑子里一闪念：一切都回到原点了。

沉铃是来铁道学院见一个老同学，她在上海已经待了半个月，打算找一份工作。端木云问，你还做老本行吗。沉铃说，应该还是做编辑，但不是文学编辑，想到上海来改行做周刊。端木云知道文学杂志越来越不景气，问说你们情况怎么样。沉铃说，赞助商忽然撤了，快办不下去了，半年前换了一个外行领导上来，我也就不想做了。她问，你在这里做什么呢。端木云说，什么也不做，瞎耗着。沉铃坐在端木云的位子上发了一封邮件，两人站起来往外走。沉铃语气散漫地问，包里什么东西，书吗。端木云说我已经没有书了，全弄丢了，包里是一份稿子。沉铃说，哎呀，我能看看吗，尽管我已经不是你的文学编辑了。端木云默然，觉得伤感，又难以启齿。到了学院门口，沉铃往里走，端木云停下脚步。沉铃返身留给了他一个电话号码，说是她的宅电，房子租在建国路。

当天黄昏，他打电话到沉铃的住处。她气喘吁吁，说是刚刚赶回家。端木云说我想再见到你，今晚可以吗。电话里她的声音明显犹豫了一下，后来说，可以。

他揣着稿子汇入了下班的人潮，换了两班公交车才赶到建国路，脑子里一片混乱，不知道自己为什么要跑这一趟。沉铃比一年前瘦了些，面色憔悴，头发梳得严谨，其中夹杂着一些白发。他想这怎么可能，她变得像中年人，又怎么可能在暮气中仍然保有着那种美。到后来，他在拥挤的公交车上占了一个座位，脑袋靠在窗户上，看外面的街景。汽车在薄暮下缓慢开动，似乎没有终点。有片刻时间，他打了个盹，感到无数近似于梦的意象将他包围，如果他沉入睡眠，一部分意象就会变成电影那样真正的梦，在其中可以触摸到沉铃，然而他迅速醒了过来。

她住在石库门弄堂里，他打电话，她走出来接他。两人顺着吱呀作响的楼梯爬上去，她的屋子只有十平米左右，天花板上吊着一个灯泡，一张显然是房东留下的双人床占据了屋子一半的面积，床单很旧，写字桌上放着手提电脑和一叠稿纸。他闻到一股烟味。沉铃解释说，这地方刚租下来，还没好好打扫过。

沉铃坐在床沿上，两人忽然变得没什么话说。端木云找话题问，住得习惯吗，上海的房子都很小。沉铃淡淡地说，一个人住，并不会嫌小，这附近听说还有江青曾经住过的亭子间，可惜没找到，张爱玲是住哪里。端木云说，常德路，在静安寺附近。沉铃问，鲁迅呢。端木云说大概在虹口区，那就更远了。沉铃说，我们像两个民国时候的人。她从抽屉里摸出一盒七星抽了起来。端木云说，一年前你并不抽烟。沉铃说，大学时抽烟后来戒了，才一年不见吗，感觉像是十年。端木云说，感觉像是昨天，只经历了一个日夜。沉铃笑了笑，意味深长，后来她说：我已经和男朋友分手了。

端木云想知道在她身上发生了什么，但问不出口，坐在折叠椅上看她抽烟的样子：手指很细，一缕烟从嘴角喷出来，脸上没有多余的表情。这姿态确切就是他经常揣想她的样子，如今真实可信，又不免像幻觉。他想，为了这次见面，我绕了多大的圈子，而沉铃也同样走了很远来到这里。

等她抽完烟时，他把这个想法说了出来，并且说，我认为我爱你。两个人同时又伸手摸烟，同时拿桌上的打火机。她让了他一下，然后凑到他手边，点燃了香烟。她说：我放弃了一些东西，不仅仅是文学，我们都是一些小文学青年，在这个世界无人所知的角落谈论文学，像谈论我们的爱情，放弃文学像放弃一段爱情，这个说法也许有点庸俗（但愿你能理解），我也可以不用"放弃"这个词，但是又能找到什么词呢，只有"放弃"是恰当的。

端木云说，我知道，我知道。说了好几遍。我知道只有"放弃"这个词不那么具有嘲弄的意味。

夜深后，两人把屋子里弄得烟气熏人，沉铃又开手指揉着自己眼睛，却没有开窗。端木云起身，说我回去了。沉铃仍然揉着眼睛（仿佛这个动作让她充满愤怒和疲惫）问，知道怎么回去吗。端木云说，我去找找公交车站。沉铃说，末班车也许已经开走了。端木云不知道该怎么回答。她像是赌气似的说，在这儿过夜吧。

这天晚上他和沉铃做爱，她坚持把灯都关掉，他只能看到门缝间透出的一线微光。有一瞬间，她的发夹掉落，头发披散下来，在黑暗中热烈地吻他。他猜想，她可能不想让他在做爱时看到自己的白头发，实际上他觉得那白头发性感。另一个瞬间，他想，我还有很多话想说，但竟然和她做爱了，仿佛我也"放弃"了那些话语。女上位时，她到达了高潮，窗外下起大雨。此后很多年，他回忆起沉铃，会把高潮带来的轻微颤抖和雨水初落在屋顶上的声音联系起来，像是来自小说中曾经写下的片段，而事实上他并没有写过她。

后来，她离开床，打开台灯看了看手表，说现在过十一点了，她去洗澡。又说，这屋子合用卫生间，十一点钟以后我才能洗澡。两人在台灯光下穿衣服，似乎是为了消弭尴尬，她对端木云笑了笑，趿着拖鞋走出去打开走廊一侧的房门。她说，很气派的浴室。端木云也走到浴室门口，发现那里有十五平方，铺着米黄色大理石，墙上是电热水器，浴室中间有一个镶金边的贵妃浴缸。难以想象她住在这么简陋的租屋里却有着豪华而怪异的浴室，似乎是必然发生在她身上的不对称性。他关上门，走到走廊里抽烟，听到里面放水的声音，过了一会儿她在身后拧开门锁，低声说，你可以进来。那语调顽皮。

浴室里只开了一盏壁灯，端木云披着衬衫，坐在凳子上，看沉铃泡在浴缸里的样子，仿佛是受邀欣赏。她问，有烟吗。他摇头，回到隔壁房间去拿烟，再返回浴室，反锁了门。两人各自抽着烟，挺长时间，落雨的声音不断。沉铃说，我看到这个浴缸好喜欢，为此，特地花钱买了件浴袍，有一回，我泡在浴缸里深夜读你的旧稿子。端木云问，你还读稿子吗。沉铃说，我像是在回忆什么，我听玄雨说起过你俩的事。端木云本想说，那件事太怪了，但终究没好意思说出口，只说：已经过去了。沉铃点头。端木云问，玄雨在哪里。沉铃说，在广东，我们通过几次电话，聊了很久。端木云说，没想到你们关系这么好，有一次她说，你最欣赏的作者是李东白。沉铃说，没错，他会成为最有前途的作家，他的文学野心和世俗功利心，而且看上去是个有意志力的人，一直在写长篇小说，像你这样只写短篇，将来会望尘莫及。端木云说，我并不认为写长篇小说必然需要意志力，那只是一个封闭的空间，作者甘愿死在那里就够了，但这与世俗功利心无关。沉铃问，你会去写长篇吗。端木云说，我也不知道，我现在和你一样，只想找个安身之所，挣一份工资，有机会出去走走看看。

沉铃从浴缸里跨出来，用浴袍裹住身体，她脚踝上有一根细小的金链，在壁灯的微光下闪烁一动。那一瞬间，小文学青年端木云想，我像是看到了爱情，阿赫玛托娃的诗里所写，塔玛拉不朽的情人，闪亮着一双不曾满足的眼睛，然后又像茨维塔耶娃的诗里所写，爱情和锋利的马刀，都愉快地成为乌有。

深夜，两人回到卧室，烟气已经散去，雨一直在落。他问，为什么你总是提起长篇小说，因为能获得一种成功吗。她狡黠地说，恰恰相反，想看到你拥抱失败。她补充说，所有的失败。尽管语意不明，他还是点头。她裹着浴袍坐在椅子上，像是看穿了他的一切心思。后来，他受不了这种目光，坐到床上，背靠墙壁，并邀请她坐在身边，一同望着窗户，仍然谈论文学，那确实是他们之间唯一的话题。该怎么解释呢？谁会承认它的唯一性，承认它混杂着渴望、羞耻或是愤怒，乃至所有？直至后半夜，他睡着了，恍惚听到有人低声说话，感觉她拥抱了自己，好像说了一些到底爱还是不爱的话，但他醒不过来，伸手摸到她的头发，落在肩上或枕上的一缕，他说请你给我十年时间。但这句话到底是说出了口，还是仅在梦里嘀咕，他自己也不能确定了。第二天上午，他醒了，发现沉铃已经离开，留了一张便条给他，说是去一家单位面试，提醒他临走前关上门，记得推一下，确认锁上。又说，最近就不必打电话给她了。

他在便条上写下了房东家的电话号码，放在她的枕巾上，然后迅速离开了那里。

无疑，你会遇到悲伤时刻。悲伤时刻就是故事的冰山在海平面的那条线，不具备体积和密度，但它是最具有辨识性的刻度。端木云这么对房东的女儿说道。她问道，哪本小说最悲伤。端木云说，就我看过的而言，《复活》最悲伤，也可能是《天使，望故乡》，也可能是《八月之光》。

有一天房东的女儿说，逆戟鲸是一种悲伤的动物，逆戟鲸就是虎鲸，就是杀人鲸。那语气天真。

为什么这么说呢？因为自然环境中的逆戟鲸从不伤害人类。房东的女儿说，我在一本书上看到，逆戟鲸是最凶猛而聪明的海洋动物，它们甚至杀死海豚和海豹，但对落水的人类啊，或者是站在海边的人类啊，并不施以攻击。别以为所有的齿鲸都这样，伪虎鲸就会杀人。

端木云问，可是这和悲伤有什么关系，或许是因为仁慈？

房东的女儿说，不像是仁慈。逆戟鲸的远古记忆中保留了对人类的善意，也许是史前人类沿着海岸线迁徙的时候曾经和逆戟鲸共同合作捕猎，那个时代长达一百万年，而我们的时代只有三千年，一百万年的记忆刻在了逆戟鲸的基因中。

端木云说，但人类却不记得了。

房东的女儿说，人类被欲望侵占了记忆，人类会杀死逆戟鲸，这么一想，真是悲伤。

到那天下午，房东的女儿又跑过来，叫端木云接电话。他知道是沉铃。她在电话里说，你的包忘记拿了。实际上那只是一个破旧的尼龙袋。沉铃说，抱歉，我看了看，里面是你的稿子。端木云说，对的，这一年来写的稿子都在里面。他语气平静，电话那边，沉铃沉吟了片刻，似乎是在揣测他到底是遗忘呢还是故意留在她的住所。

端木云说，写得很差，不想要了。

沉铃说，胡说了，没有一个作家会这么对待自己的稿子。

端木云说，你这么一说我倒也觉得自己言不由衷。说完，对着电话机笑了笑。

沉铃说，我读了你的稿子。端木云等着她继续说，像一年前那样，她评判作品，修正段落，有时还会讲点范例。那语气，扼要的时候是编辑，展开了则像情人，有时会让他进入一种催眠状态。他等着她继续说，但她却停了下来，过了好一会儿才说，挺难发表的。端木云不语，仍在等她说话。沉铃说，我有个朋友在做自制书刊，你是否愿意给他看看，如果能印出来，数量不会太多，也没有稿费。

那时那刻，端木云觉得自己并不是在和沉铃说话，只是电话机中的一道幻影，那声音是幻觉。他昏头昏脑答应道，行吧。

沉铃说，那稿子就放在我这里了，还有你以前的旧稿，出书的话起什么名字好呢。端木云说，就叫《逆戟鲸》如何。沉铃说，这名字太普通，也不够朗朗上口。端木云说，叫《逆戟鲸那时还年轻》。沉铃说，怪，不过很好听。

一切似乎都过去了。

到五月一日，周劭提着个旅行袋回来。端木云坐在床上默默地看他收拾东西。周劭说他已经考虑清楚，打算去一个叫铁井镇的地方。端木云问，是去找那个叫梅贞的姑娘吗。周劭说，猜对了。端木云无力地瞪视着他。周劭说，怎么着你打算把我也写到小说里去吗，写吧。

小说解决不了任何问题，这种企图心从一开始就是错的。端木云说。

小说澄清一个问题，那问题叫作幻灭。周劭满不在乎地说着，继续收拾东西。

端木云下床，趿着拖鞋走出去，雨还在下。有一瞬间，他回忆起刘玲玲说过的小镇，他本来应该忘记这个地名的，但被他写进了小说里，自然也就刻在了记忆中。他在雨里站着，看着不远处的菜地，爬满绿叶的丝瓜棚，以及被雨淋成深灰色的房屋。屋子里电话铃响，房东的女儿喊道，端木云又有你的电话。他跑回去接电话，并不是沉铃，而是一个男人，对方问，你在上海混得怎么样。端木云听出他的安徽口音，心里发慌。那人说：我是强子，从你爸爸那里拿到了这个电话号码，知道你从无锡混到上海了，混得怎么样，有没有进外资企业。

好吧，强子。端木云说，找我什么事。

强子说：没有什么很要紧的事，你的姐姐，用私房钱买了一套县城的门面房，在你爸爸名下，我知道了这件事，无论如何要告诉你，这私房钱里多多少少有我一份，现在归你了。端木云被他讲话的语气激怒，问说，你有什么资格来跟我说这件事？然而电话里强子并没有生气，他提到了黄定源这个名字，他说黄定源已经跑了，明白吗，跑了。端木云什么都不明白，他说你不用和我绕着弯讲话，我姐姐不可能和那个县城的邮递员有什么瓜葛。强子问，你怎么知道。端木云说因为在她去世前的两年里，她心里根本就没有爱情了。讲完这句话，他想，我对着强子讲这些他根本无法理解，这是一个智障啊，我为什么要这么羞辱端木芳。他狂怒起来，改口说：去你妈的，那个死胎是个无脑儿，是你的种，只要让我知道你在端木芳的死这件事上动了什么手脚，我就会回来宰了你，和你全家。这时，强子冷笑起来，他说，你才是那个应该去死的人，端木芳嫁到我家里是不太开心，可是为什么要嫁过来，因为你没钱读大学，因为你想要那份前途所以把你姐姐卖了，卖给我家或卖给别人家没太大区别，你何必装傻，你居然还搞文学创作，你就是那个大家所说的瘸三啊。

端木云抢了一下听筒，砸在墙上，整个电话机从茶几上飞了出去。他在众人惊讶的目光注视下走出客厅，仍旧走回到雨里，仍旧看着不远处的菜地，发了一会儿抖，然后开始抽烟。他想这一切景色与五分钟前并无不同，又想，如果那叠稿子不是交给沉铃的话，现在恐怕应该焚烧成灰，但他确实再也没有能力返回到沉铃身边了。

直到他的头发完全淋湿，才走回租屋，对周劭说，我想好了，和你一起去铁井镇。

周劭不知道刚才发生了什么，他望着端木云，觉得他神经不大正常了，但能有一个人陪他去铁井镇，也不是什么坏事。他说我以为咱俩将会分道扬镳。端木云抽着烟说，我希望那个镇与我小说里写的，有所不同。

有时候，梦是先于睡眠降临的。端木云看到傻子镇建起了巨大的化工厂——从前，那里只有鬼鬼祟祟的私人老板开的小厂。现在它扩大到全镇，向所有的河流排放污水。长达十几节的货船将原料和成品运进运出，一些无望的渔民仍然在河边打捞着鱼虾，像等待奇迹，然而不需要太久，他们就只能在污水河中打捞某个傻子的尸体了。

在那巨大的、错综的场所里，他看到有一个人在寂静地行走。不用说，那是他自己，有一张痴呆的脸，双腿罗圈，蹒跚。那场面是他看过的所有恐怖片的集成，但并不会让他感到害怕。也许有点怪异，也许这才是真相。

他想起最后一次见面时姐姐说起的一件事：在他五岁时，曾经有一次从屋顶上摔下来。姐姐以为他死了，然而他安然无恙，仅仅是哭了一会儿。他姐姐说，那天是我带着你，你要是死了，爸妈会打死我——然而，然而，每当我想到这件事，总是会感到害怕，你是不是真的已经死了，而我们此后所经历的时间只是一个幻觉呢？

问题是，到底是从哪一件事开始，我们拥有了彻彻底底虚幻的梦境呢？

这天黄昏，长途汽车到达铁井镇，他和周劲提着行李下车。远处白色的厂房在暮光中闪耀，烟囱里的白烟向着晚霞的方向漂移。很多年轻的打工仔涌进汽车，这是星期五，他们享受休假的时光。有一个年轻人喊道：别他妈的再挤了，我是十兄弟。登上汽车的男男女女，看上去都不谙世事，跟着笑了起来。端木云慢慢走向小镇，走向厂房。随着那巨大的、错综的场景展开，夜色降临，霓虹灯和高能照明灯亮起。他想，是的，虽然不知道从何时何地开始，但我此刻确乎已经走进了梦境。

第三章　迦楼罗

（1999）

一九九九年，铁井镇开发区仅发生了两起命案，大大低于警方的预估。其一是安达旅馆的老板傅民生在他的地下室酒吧被人敲了一杠子，正中脑门，当场昏迷，凶手纵火焚烧了地下室，当晚台风、大雨，火势没有蔓延。傅民生进医院后始终神志不清，未能陈述案情，他撑了一个多月，然后死了，时年二十八岁。其二是美仙瓷砖公司的保安杨雄失踪，他曾在傅的酒吧做过兼职，负责看场子。人们以为他犯了什么事，或是和酒吧纵火案有关联，为此跑路，但是几天后有人意外地发现了一具尸体，在小镇南侧的渣土场边，一个巨大的水潭里。经警方鉴定认为，这就是杨雄，安徽人，二十五岁，身高一米八五，生前体重九十公斤。他是遭锐器刺中胸部和咽喉死亡。

　　案子很难破，开发区流动人口太多。警方调查杨雄的人际关系，发现他得罪的人极多，可能五十，可能一百，作为美仙瓷砖公司的保安，他殴打工人和司机的频次超出了大家的理解范围，每一个人都有理由杀死他。杨没有女朋友，经过调查，有一个叫梅贞的姑娘进入警方视野，是美仙瓷砖公司储运部的录入员，重庆人。杨生前曾经追求过她，但没有得手。在询问梅贞的过程中警方发现她很不配合，什么都不肯说，声称不知道，更不承认与杨雄有过任何交往。梅贞的同事（也是一些做数据录入的女孩）说，换了谁都不肯说，杨雄这个人太可怕了，大家都巴不得他死掉。

此后，案子没了动静。人们猜想，警方一定是在排查，但这鬼地方要排查起来真是太难了，所有与杨雄相关的人似乎都消失了，到第二年，连梅贞都消失了。这很可能会成为悬案。又过了一阵子，警方在上海抓获了凶手，一个叫朱威的少年，绰号猪仔，十九岁，四川或重庆人，曾经在美仙瓷砖做过装卸工，也就是棒棒。杀人的理由是杨雄曾经殴打过他。出于报复，他在夜路上刺了杨雄一刀，刺得并不深，并立即逃跑，大个子保安追他，到达渣土场的尽头，杨雄喝多了，滑了一跤，猪仔回身，刺了第二、第三刀。想想这个身高一米八五体重九十公斤的壮汉殴打一个个头不足一米七、刚刚成年的棒棒，再想想后者在另一个下雨的夜晚将这头巨兽置于死地，不难理解，也难以理解。

杀死傅民生的凶手是三个分别来自湖南、广西和江西的打工仔，在造纸厂上班。他们是自首的，交代说在酒吧玩，看色情舞表演时受了老板的气。三人供称并未打算杀死傅，那几棍子敲在头上，本想报复一下，还以颜色，傅民生弱不禁风，竟然死了。这一辩词遭到了驳斥——他们还以烈酒作为燃料点火焚烧了酒吧。

小镇过去不是这样。它坐落在上海、江苏、浙江交界处，一条省道从小镇以北五百米穿越过去，一头通往上海，一头通往 E 市。每天仅有两班长途汽车往返经过，周末加开一班，对于镇上的一万居民来说，不算太多，但也足够了。

镇上没什么知名的古迹，全是些古镇民居，作为整体来看是有历史文化价值的，到此旅游则不免乏味。有一条散漫的河流贴着公路向东缓缓流去，春夏季节成片的白鹭生活在河上。南部是丘陵，距离小镇五公里，其中最高的山峰海拔两百米，叫作黑神山。为什么会叫这个名字，不太有人知道。山上有一座荒弃的寺庙，早已毁于火灾，一九九二年重建了山门，由于缺乏资金，只能在大殿原址上盖了一个铁皮棚子，里面供着一座两米高的佛像。仅剩的古建筑是一座砖塔，也裂了，不知道还能撑多久。本地人踏青会去那里，没有外地游客。

　　小镇的土特产是一种卤制过的猪蹄，适合下酒。有时候从上海或是 E 市过来的旅客会特地在此停留片刻，买几斤卤猪蹄，或者干脆就着饭桌啃几只，喝点黄酒和啤酒。一九九三年，第一家大浴场出现在镇上，来此游玩的客人渐多。到一九九五年，东部城市加速开发，引进外资。本地一位具有能力的镇长在省里拿到批文，获准成立开发区，距小镇仅五百米，占地二十平方公里。很不幸，对经济腾飞充满灵感的镇长很快因受贿而被判罪。此后资本进入，均来自中国港台、日本韩国，劳动密集型企业。小镇的一万多居民，过惯了安逸舒适的生活，并不愿意去流水线做工，即使愿意，人数也远远不够。一九九六年，开发区聚集了数万名外地打工仔，大多来自江苏、安徽、湖南、江西、四川，都是年轻人，具体数字不明，男女比例不明。人们习惯于把他们称为流动人口，似乎他们来了又很快会离开，像某种大批迁徙的食草动物。事实上，有一万人走掉，便会有一万人来填补空白，事实上他们也并不是安静的食草动物。

　　这些人迅速改变了小镇的面貌。

　　九七年后，沪宁高速建成通车，省道变得萧条了，货车司机为了省点过路费还走这里。每天仍有两班长途汽车往返经过小镇，周末加开一班，似乎没有人意识到当地人口已经增加了五倍。所有的人被淤塞在这个地方。镇上的派出所仍只有十来名警察，找当地青年成立联防队协助治安，迅速被外地仔打垮，他们仅对穿制服的警察还保持着表面上的尊重。相比之下，各个工厂自属的保安队更具威慑力，他们领取厂主的工资，在工厂和宿舍范围内竭尽全力保持一种更为严格而古怪的秩序，例如着装、言谈、举止、卫生，维持这种秩序主要靠打人，其次是罚款直至开除的一系列内部管理措施。

开发区最大的企业是美仙瓷砖，董事长是台湾人。公司主营瓷砖和人造大理石，常规情况下约有一千二百名蓝领工人，一百名白领职员，十到十五位台湾籍督导，四十多个保安，以及数量难以统计的外地分销处销售员。从长途汽车下来，站在公路边眺望小镇，第一眼看到的白色厂房就是美仙瓷砖，它自东向西形成一条狭长的生产线，整洁，优美。在春季起风的日子，烟囱里冒出的白烟时而与厂房平行，渐渐汇入天空悬浮的云朵之中。

一九九八年春天，梅贞从重庆一所无人知晓的学院出发，带着八百元现金和一个背包来到铁井开发区。她学的是文秘专业，尚未拿到文凭，本想去上海，或者临近上海的E市。她有亲戚住在E市，听说那里新建了经济开发区，需要工人和低级管理层。文秘是烂大街的专业，无甚可观，找一份实习工作，通常来说工资低微也不会有社保，必须靠很少的一点收入撑过最初的几个月，与人合租房子，吃便宜的盒饭，不买新衣服，诸如此类。她做好了心理准备。她父母都是兵工厂的工人，军转民之后工厂濒临倒闭，两人待岗在家。她还有一个常年不靠谱的哥哥，不念书，不上班，不结婚，什么都不做。她原以为大学毕业也会回到家乡那座小县城里，在工厂谋职，像上一代人那样活着，但眼下来说是不可能了。临走时她对母亲说，这样也好，让我去大城市见见世面，也许会有好运气呢。

信奉运气是一件让人忧伤的事，运气可能在上海，也可能像博尔赫斯的小说里所写，在开罗。谁知道呢？信奉运气的穷人会四处流浪。流浪可能是个滥俗的词，若称之为流亡又显得过于沉重。

E市的人才市场挤满了来自全国各地的年轻人，梅贞拱向一个摊位，看到美仙瓷砖的人事主管陆静瑜。她递上简历。陆静瑜问，你是重庆人啊。梅贞不好意思地说，是重庆下面一个县。她反问陆静瑜的籍贯，陆回答说，我是台湾人，现在担任这家公司的人事部督导。又说，你可以到储运部来试试，会用 EXCEL 吗。梅贞说，会的。陆静瑜微笑，说我等你来面试。梅贞想，她的口音可疑，没有台腔，可能是大陆人，可能只是想骗我去做流水线工人。

到铁井镇她发现这地方小得可怜，她家乡县城远比这里热闹，有五十万人口。当她走到开发区，情况完全变了，这一天早上，数万名打工仔从宿舍区涌出来，像浪潮转换为支流，按照不同款式的制服分别进入某一家工厂。七点五十五分，街道变得极为安静，人都不见了。她站在街边，茫然地转了一圈，徘徊在美仙公司的大门口。她想，无论如何我不能去做流水线，我会被流水线非人的劳动折磨成另一个人，但假如我真的没有办法了，也许会去尝试一下流水线。在一名保安的催促下，她走进工厂，走进铝合金隔板搭成的办公室（她以为会有一栋办公楼），看到不远处白色厂房的尽头，宽阔的货场上，储运部员工身穿紫色衬衫正列队接受主管每日例行的训话。那里堆满了立方体的包装建材，两只白鹭正飞过一片荒草的上空。

这地方不好也不坏，可以挣一份工资，如此而已。梅贞落脚下来，像一粒细沙被浪潮冲到了岸边，和无数细沙一起组成了平缓的沙滩。这就是她该在的地方，除了身体之外，也是想象力的落脚之处。她确实没有被安排去做流水线，而是在储运部做了一名库存数据录入员，每天敲打上千个阿拉伯数字，核对外地分销处的库存量。像她这样的录入员有十个人（全是女孩，大专毕业，二十多岁），同样需要每天早晨八点站在货场上聆训。

夏天时，梅贞回了一趟学校，拿到了毕业证书，再返回公司时将其交给了陆静瑜，封存在档案库里。陆静瑜开玩笑说，我以为你不会回来，你这一去用了一个月，是走回来的吗？梅贞说，交通线断了，我从来没见过这么大的洪水，整个南方都被淹了。

回到开发区，她在镇上走了一圈，发现这里情况还稳定，水位虽然很高，甚至有一些民宅陷入内涝，但并不存在决堤溃坝的风险。她想这里毕竟靠近上海啊，国家力保的地区，确实没有来错地方。

　　她留在这里的另一个原因是工厂免费食宿，省下的一笔开支，寄回家里。美仙公司在镇边的小区里包下了三栋公寓，九四年盖的毛坯房，每个房间里住四到八名员工，和她的大学宿舍有点像。这里安静、整洁，保安队每天巡查。台湾人似乎很爱干净，对员工有着苛刻的要求。她想，即使你是被迫保持整洁，但这种整洁仍然是好的，又或者，世界上所有的整洁都带有被迫的性质。有挺长一段时间，梅贞睡在自己的床铺上，觉得安心，一天又过去了，新的一天会在睡眠之后如期到达，即使是夏天难熬的夜晚，也这样。

　　小镇是乏味的，开发区总体来说是一座现代化工厂，虽然现代，但同样乏味。她写信给家里，说自己过得还算开心，这里年轻人很多，大部分都来自南方省份，有好几家火锅店开了出来。在信里她没有提到小镇东侧的桑拿房和大浴场，她说的乏味是指没有电影院，没有图书馆，没有迪厅。后来迪厅倒是有了，乱糟糟的，鱼龙混杂，她也不肯去。有时她会提到睡在自己下铺的同乡女孩，她吃女孩的干辣椒，她和女孩一起去上海玩了一圈。后来同乡女孩辞职了，她失去在这几个月里交到的唯一的朋友。梅贞的家信越写越短，就改打长途电话，三言两语报个平安，每个月照旧往家里寄钱。有一天，同乡女孩打电话给她，约她在镇上见面。她去了之后，发现同乡女孩变了，时髦，警惕，讲话难以捉摸。聊了一会儿，女孩承认自己在桑拿房工作，那里挣得比较多，又对梅贞说：你要是没钱，也可以去桑拿房做，我看你连一件像样的衣服也没有。梅贞说，我不去。女孩说，你要是觉得心理上接受不了，我也可以给你在镇上的星级宾馆介绍客人，不用常做，都不是本地客人，没有人知道你是谁。

那时，梅贞的哥哥出事了。他在火锅店遇上县城黑帮的一场火拼，与他无关，然而运气糟糕，火药枪射中了他的脸，左眼等着上手术台。父母借了一点钱，并不够，打电话给梅贞。梅贞手头只有两千元存款，仍然不够。她打电话给同乡女孩，让介绍自己去星级宾馆。女孩把她交到一个戴金表的男青年手里，略为聊了几句，很友好，此人将她带进宾馆，事后给了她五百元。她连续六个晚上都找这人，赚到了三千元，并手头的两千元一起寄回家。半个月后，她哥哥的眼睛还是没保住，所有的钱都打了水漂。

梅贞不再往家里打电话了。有一天她遇到同乡女孩，后者正打算离开小镇，去上海工作。同乡女孩问她，你后来还做过吗。梅贞说，没有做过，我不记得了。同乡女孩说，上次带你进宾馆的人，名叫俞凡，我们喊他凡哥，你有事可以找他，他是十兄弟。梅贞问，什么是十兄弟。同乡女孩说，就是江湖儿女嘛，不过他们都是好人。梅贞说，说实话我只想忘记这件事。同乡女孩说，凡哥说，只发生过一次的事情等于没发生，你应该可以忘记的，我去了上海，你就可以忘记得更彻底，我们不会再见面了。

她走了以后，梅贞坐在原地发呆，心想：我去过六次宾馆，怎么能说是只发生过一次，并且我用了两次决绝之心，一次是决定去做，一次是决定忘记，事实上它不可能被忘记，但愿再也不要见到她了。

有一天黄昏，梅贞目睹了一名女工精神崩溃，在隔壁宿舍里用美工刀削掉了一头长发，像集中营的女囚。当晚，这个仍然在发怔的女孩被保安队开除出厂，立即卷铺盖走人，行李箱扔到了大街上。梅贞认为应该由人事部来判定，但一个穿制服的大个子说，宿舍里发生的一切由保安队做主。

大个子保安叫杨雄，健壮威猛，剃着一个规整的板寸头，讲话带安徽口音，把 xi 和 ji 念成 si 和 zi。相比那些瘦小的南方打工仔，保安队的人都像是从拳击队挑选出来的，杨雄是重量级，可以说整个开发区没有人能打赢他。次日梅贞下班，杨在公司门口指挥一辆卡车过磅出门，不知何故和卡车司机吵了起来，杨跳上卡车踏板，将司机揪下来，只一拳就把他打到了车门上。司机露出了惊奇的表情，随后变得痛苦，然而也没有叫喊，大概是被打闷了。梅贞看到大个子扑上去，像巨熊一样打算把司机撕碎了。她猜测司机会从什么地方抽出刀来捅了杨雄，她想在我的家乡很多剽悍的小崽子就是这么被人弄死的，他们死得一文不值，但这一幕并没有发生，司机直接被杨雄打瘫，最后是几个保安过来劝走了杨雄。梅贞听到保安主管训斥杨雄：下次打人拖到房间里打，不要在大庭广众之下打。

又过了几天，杨雄到宿舍里来找梅贞。作为保安队他每个周末有权到女宿舍来检查治安和卫生。杨雄拿出两张电影票，约梅贞看电影，电影院在 E 市。梅贞拒绝了，不想和这个凶暴的人一同出行。同一房间有个叫谭美清的女孩主动跟着杨雄去了。谭是流水线女工，负责检验。在开发区，女孩轻佻一点并不是什么坏事，也无伤大雅，但说实话所有的女孩看见杨雄都害怕。当晚谭美清回来，对梅贞说，杨雄恨上你喽。梅贞问，杨雄怎么样。谭美清说，和你想得不一样，他很懂礼貌。梅贞淡淡地说，他没打你就好。谭美清嗤笑道，你怕他，不是吗，你想被人睡但不想被人打的心情我理解。

公司有一辆半新不旧的面包车，接送那些家住在 E 市的白领，经常车上载二十多人。周末如果运气好，蓝领也能挤上车。有一次，并非周末，梅贞跳上面包车，坐在车尾的位子上。她听到一个白领说，保安队打人太狠了。另一个白领制止道，不要说这个，不要说这个。那语气带有恐惧。

这时，车上有一个人说，你们讲的是杨雄吧。声音清晰可辨，但不知是谁在发言，满车的白领面面相觑，随后开始找人。这人说，我在这儿。他坐在车头副驾的位置，由于人太多，梅贞看不到他的样子。

有人问，你是谁，怎么坐到我们公司的车上来了。这人说，我也是美仙公司的。有人说，没见过你。这人说我叫林杰，我是外地仓管员，不常回公司。这时，满车人都沉默了。林杰发出一声讥笑似的叹息，说杨雄这个人，总有一天会被人挑了脚筋，我劝过他很多次，没啥用。车上仍然无人应答。

梅贞和林杰同时下车，在E市南环的一个公交车站头上，两人一同站着。秋风把道路上的尘土吹向他们。梅贞侧过脸偷偷观察，发现林杰是个帅气的小伙子。恰好林杰扭过头避风，两人眼神对了对。梅贞就说，我是储运部录入员，我见过你签名的传真件，林杰。她注意到林杰左脚的皮鞋破了个洞，注意到他脸上始终带着一种微微嘲弄的善意笑容，像是在拍电影。林杰说我也知道你，你是重庆的，叫梅贞，杨雄追求你而且被你拒绝了。这话让梅贞脸上尴尬。林杰说，杨雄这个人挺好的，缺点是气量不大，不能掌权。梅贞问，你们认识啊。林杰说，他是我师弟，一起混到开发区的。梅贞说，你们的名字也很像。林杰又笑了，说，杨雄喜欢你的一个原因就是，他觉得你的名字和他很配，也许和我也很配呢。

公交车来后，林杰跳上了汽车，对梅贞挥挥手，那派头像个穿破皮鞋的牛仔。他说，你一点也不像个重庆妹子。梅贞扭过头，继续避开大风。

不难打听到林杰的情况：贵州人，二十七岁，大专毕业，储运部的明星员工，刚刚被调任到M市（远在辽宁省）担任外仓管理员，据说会被提拔到总部做储备干部。梅贞在电脑房翻看资料，觉得林杰的字写得漂亮。他的传真每天上午十点二十分钟准时从M市发到总部，M是一个代号。有时候，她会发回一封传真，告诉林杰说你那边的库存和我电脑里不符，顺便签上自己的名字。

梅贞在大学时代有过一次无疾而终的恋爱，那是一个长相平庸的男生，她已经忘记了他。见到林杰以后，她倒是又会回忆起这段恋爱，不无迷惘地想，那个男生在哪里呢？后来是怎么结束的呢？似乎是我不去找他，他不来找我，就这么结束了，挺遗憾的。

有一天林杰打电话到总部，指名要梅贞接电话，说报表有错。梅贞拿起听筒，林杰说，其实我想听听你的声音。那语气轻佻而又亲切。梅贞想，要是一年前，我可能会爱上他，现在怀疑他真真假假的不知道什么意图。林杰在电话里说，寂寞啊。梅贞说，现在是中午十一点多，办公室最忙的时候。林杰说，总部是这样，但我所在的仓库区，正在下雪，雪一旦降临，公路就全封了，时间就停止了，时间是一天天计算，然后是一星期一星期，最后是一个月一个月，雪下大的时候连看野景都不大清楚，视野里的每一样东西都是静止的，只有作为背景的雪在向下降落。他总结说，真是寂寞啊。

梅贞梦见了大雪，在梦里听见有人说雪下得真大啊，是个女人的声音。醒来后，发现冷空气也来到了窗外，烧窑的工厂终于变得不那么可怕。她去人事部，问一个叫鲁晓麦的女孩，能否调出林杰的资料看看。鲁晓麦笑了，说，林杰我很熟，很多姑娘喜欢他，但这次我知道是他喜欢你，很遗憾我不能给你看任何人的资料，都封存了。梅贞问他是什么大学毕业的，鲁晓麦说，祁家坝经管学院（闻所未闻的地方），专业是会计。接着，鲁晓麦凑过来问，你有没有喜欢林杰。梅贞当然不承认。鲁晓麦说这些仓管员都很可怜，好几个是大专毕业的，找不到工作，只能看仓库，十分失败，不过林杰和他们不一样。梅贞问，哪里不一样。鲁晓麦说，帅气啊，我觉得你很有眼光，没有选杨雄，这个人太愣，不如林杰风趣。说完又笑。

等到铁井镇也下起小雪的时候，林杰回来了，见到梅贞，说是在总部待一个星期，然后调去山东的一座城市。林杰的衣服穿得太厚，破皮鞋换成了翻毛皮鞋，虽然是质地很差的那种，穿在他脚上显得英气。梅贞想，但他穿得实在是太厚了，他这是刚从东北回来啊。

外仓管理员回到总部时，往往只能在宿舍临时搭铺，但冬季所需的被褥是个麻烦，滚轮箱子里装着他们所有的物品，像一种奇怪的、说不上名字的动物（后来林杰说，是候鸟般的老鼠）。林杰不爱住进宿舍，他陪着梅贞在小雪中逛街，那姿态可以说是浪漫。讲话仍然风趣，各种笑料，装卸工是怎么偷懒的，谭美清是怎么折腾杨雄的。这种时候，他讲贵州话，带一点拖腔的缓慢的西南口音。梅贞听着。有一天他用同样的节奏说，我想和你睡觉，可以吗。

梅贞跟着他来到安达旅社。林杰没有掏身份证，和账台打了个招呼，径直将梅贞带上了楼。她明白了，这几天他住在安达。她说，住旅馆好贵。林杰说，我住这里不要钱，我才不想和那些傻里傻气的打工仔住一间呢，旅馆清净。梅贞注意到房间里有很多空啤酒瓶，整齐地码在地上，还有几本书，一种显然是空气清新剂但辨不出何种花香的气味弥漫其中，总的来说，还算干净，但世界上哪来真正干净的旅馆？林杰吻她的时候，她生出了一点后悔的念头，小旅馆的空间让她回忆起了大学时代的男朋友，也想起星级宾馆的事情，她本该忘记这些事的。她想，一个每年在总部待上不超过二十天的仓管员又该怎样和录入员谈恋爱呢？这时，林杰解开她的衣扣，动作不快不慢。他问她：喜欢什么样的男孩。梅贞不假思索答道：个子高一点的。他笑笑，又吻了她。做爱时，梅贞想起他没有用避孕套，不过没说什么。后来倒是林杰自己担心起来，问说，会不会怀孕，我有点急了，应该戴个套子。梅贞说不用，你喜欢怎么样都好。仿佛这件事与她无关。

梅贞穿衣服的同时，听到砰砰的敲门声，以为是查房。门外的人喊林杰的名字，她立刻听出是杨雄的声音，吓得一哆嗦。这时林杰刚刚套上长裤，光着膀子开了一道门缝，梅贞用被子盖住自己的身体，看到门缝外面黑色的人影，不止一个。寒气吹进来，林杰闪了出去，与人低声交谈，过了一会儿，他回到房间里，胡乱套上衣服，从箱子里抽出一把带鞘的匕首斜插在腰带后面，转脸对梅贞说，我先出去一趟，等会儿你自己走吧。那语气显然不打算解释更多的事情，然后他离开了。

对打工仔来说，打架太常见了，几乎只能算是一种体育锻炼，而谈判呢，是语文课，有时赔钱，做做数学题。林杰就是这么解释的，偶尔会有人死去，真的是偶尔，再大的仇恨也不应该杀人，赶出这片码头是最合适的惩罚。江湖儿女，做事要留点余地。

所以，临别时，林杰对梅贞说的就是：没有人死掉，只有个把人离开了。

梅贞问：什么时候回总部？

林杰说：也许不会再回来了。

梅贞说：就算辞职也得回来拿文凭吧。

林杰说：那东西不值几个钱。

这个人挥了挥手，跳上了去上海的长途汽车，忽然又俏皮地添了一句：我可以把你交给杨雄照顾吗，他已经和谭美清分手了。梅贞很生气，说，滚吧。

事实上梅贞喜欢林杰，他身上那种疯狂牛仔的气息。当然，那带有表演成分，可这个世界上谁不在表演呢？每个人都在演，演乖巧的录入员或者是凶残的保安或者是轻佻的美丽女工，每个人喝醉了以后叹息的都是自己没啥钱，也不知道该去哪儿。关键是，不知道应该在何时何地发疯。关键是，你宽容了他的疯但你忽然意识到自己并不曾疯，也不会疯。疯是某一类人的特权吗？她向着林杰挥挥手，他将脸贴近车窗，一直望着她。后来，汽车开走了。她想了起来，离开家乡时她也是这样和妈妈告别的。当时她的念头是这种告别的姿势代表着那个离开的人将不会再回来，无论遭遇什么，无论有没有未来。

次年四月间，储运部出了一点问题，上海外仓管理员汪忠铭要辞职，主管把梅贞叫了过去。课长童德胜，副课长祝森，两个人要求她去上海仓盘库。梅贞觉得奇怪，她是办公室的录入员，并不和外地仓库直接打交道。童德胜说，这没关系，你只需要盘清数量，上海不太远，这些混蛋仓管员任是谁去也都一副吊儿郎当的样子，也许去个女的会好一点。祝森说，陆静瑜督导一直很想提拔你，你去了这一趟，可能会做外仓调查员。梅贞说，我们部门哪有这个职位。童德胜说，也许下个月就有了，现在人越来越杂，我们需要调查员。童德胜说这话的时候，手里一直在玩弄铅笔，脸上没有任何表情。梅贞始终搞不清，为什么会选中由她去上海。最后，祝森说：上海仓很难搞，我们需要一个忠诚的员工去盘库。

梅贞回到办公室想了想，凭经验认为这不合理。储运部的常规办法，仓管员就地离职，应该是另一位仓管员去交接，同时盘库，数据无误后才能签字放行，这件事与录入员没有任何关系。梅贞打电话给林杰，他解释道：因为上海的仓库是汪忠铭在管，没有一个仓管员愿意去接任，更没有人愿意去盘库，所以只能派你。梅贞问，汪忠铭怎么了。林杰笑了起来，说童德胜和祝森终于发现汪不像表面上那么忠诚，有一度汪和他们相处得十分融洽，还包括童德胜的侄子，大班长童飞等人。

林杰没有再讲下去，给出了两条建议：一，汪的工作常常出错，库存如果有亏损，你不能签字，签字就是你的责任了，这也是其他仓管员不愿去交接的原因；二，我和汪也曾有点交情，如果他对你不客气，你就报我的名字，报杨雄的名字，他会留点面子给我们。

梅贞说，明白了。不再多问。

林杰松了口气，在电话里似乎是笑了笑，问说，杨雄最近找过你吗，他几次和我提起你。梅贞愣了一会儿，说，这里正在下雨，好久好久的雨啊。随即挂了电话。

梅贞第一次见识到外地仓，这一带没有石库门建筑，更没有百货商场，不像上海。库区年代悠久，墙上还残存着二三十年前的标语，与她家乡的兵工厂很相似。老三线有一些职工是讲上海话的，听着并不陌生。她离家已久，有点怀念国营工厂和周围家属区的气息，很多厚重敦实的建筑，老苏联风格的，重工业范的。她并不喜欢开发区那种轻质构件搭建起来的厂房，那意味着随时都可以拆除，随时都要跑路。吊诡的是，在这年代濒临落幕的恰恰是前者。

她先打电话给上海分销处。分销处说，汪忠铭跑啦，库房钥匙扔在了库区办公室。她又去库区办公室，有个副主任告诉她，汪忠铭确实跑了，但钥匙不能给她，必须销售部的人一起来拿。

梅贞没有见到汪忠铭，松了口气，也稍稍有点失望。这样，她不得不长久地坐在库区办公室里等候，无聊之余，她从文件柜里顺手拿出本书，《苏联三女诗人选集》，扉页敲着上海一家棉纺厂图书馆的章。书是八十年代出版的，她猜想棉纺厂已经倒闭了，这些国营企业关停并转以后流出了大量的图书和失业工人，和她家乡一个鬼样子。她翻了翻书，主任说你要是爱看书就带走吧，这是你们公司一个很文艺的仓管员留下的。梅贞问是汪忠铭吗，主任说当然不是，汪是个文盲，那仓管员叫林杰。梅贞继续翻书，心想这是他从旧书摊上淘来的吧，为什么不带走呢，因为外仓管理员带不动这么多行李吗？

库区办公室有电话机，但是锁了，没法打长途，雨停后，她走到街上找公用电话，手里仍然拿着书，感觉双脚踩在松动的石板上，积水正从下面急速漫上鞋面。这时周劭和端木云骑着自行车，吊儿郎当地从远处过来，一个唱着歌，另一个沉默不语。

梅贞没有告诉林杰，有时，她会梦见他。

她顺着工厂走，与流水线反向，从储运部到质检台，传输带送出一片片瓷砖，再往前走是烧窑车间，但进不去了。夏天时，这个巨大厂房的室内温度可以达到四十度以上，靠近砖窑的中心地带是岩浆涌动的火山口，然而在梦里一切都没有温度，烧窑车间像冰凉的洞穴。这个梦间歇出现一次，有时传输带送出的并不是瓷砖，而是面具，是一张张的人脸，是固定的表情。

她会梦见林杰在仓储区站着，帅气得很，像电影明星。有时，头顶斑秃的台湾主管从他身后走过，有时是身高不足一米六的大班长童飞，两人都长着丑陋的脸。林杰一副满不在乎的表情，喋喋不休，讲着一些不可理解的话。在梦里她认定他很有哲理，醒来回想，又觉得无甚可观。有一次她梦见杨雄出现，梦见戴金表的俞凡出现，和林杰一起，三个人讨论着她的归属问题。这个梦可怕。

梅贞打电话给林杰，说：我曾经喜欢过你，但现在不喜欢了，我走进上海仓库发现里面有一股陈腐的霉味，现在我知道你身上就是这种气味。杨雄、童德胜、祝森、谭美清、汪忠铭，所有人身上都飘荡着霉味，还有我自己。霉味终年不散，霉味写进了我们的骨髓里，死后的白骨，烧成骨灰，变成尘土，仍然发霉。林杰在电话那头听着她散漫而阴郁的语调，很担心地问，我老跟你提杨雄，你是不是生气了。

梅贞说，再见。

周劭和端木云是周末到达铁井镇的，街上人满为患。沿街有很多小饭馆、大排档，年轻人坐在塑料凳子上吃饭喝酒划拳，或盯着饭馆角落的陈旧彩电看一会儿电视剧，或揽着打工妹的肩膀调笑吹牛逼。周劭说这地方的人口超出我的预期啊，看上去比上海还热闹。端木云却一言不发，后来才说，这里像南方，全是打工仔，而且很嚣张。周劭说，这些都是穷崽子，不必担心，我可以断言，他们没有一个混出人样。

穿过开发区，来到小镇，周劭找了安达旅社住下。刚进房间，正遇到警察查证件。小镇派出所的韩警官看到周劭的身份证，皱眉头问，上海人？周劲用上海话说，对的。韩警官也用上海话说，你们是来度假的还是来上班的？周劲说，想在美仙公司找份工作，还没被录用。韩警官说，本地很乱，晚上别出去喝酒，有人来敲门问清楚了再开。周劲开玩笑说，警官，嫖娼要罚三千吧？韩警官说，正经点，好好的小伙子，嫖什么嫖。说完留了一个电话给周劲，让有事直接打派出所电话。这时，安达旅社的小老板走过来，上下打量他们，等到韩警官走了，这小老板自我介绍说，他叫傅民生，递上了一张薄薄的名片。周劲不明白他什么意思，傅民生说，你俩气度和一般打工仔不一样，什么程度？周劲说，本科。端木云拿过名片，看到上面印着安达旅馆和魅力酒吧的字样，问说，酒吧在哪里。傅民生说，就在地下室，晚上可以去玩。两人都不喜欢这个讲话怪里怪气的人，关上房门之后，直接把名片扔进了垃圾桶里。

晚上，两人躺在床上看一台色彩发紫的电视机，听着角落里老鼠叫。周劲说，我以为会有姑娘来敲门呢。端木云说，这种全是打工仔的地方不会有小姐的，我一路走来连个像样的洗头房都没看见。周劲说，你找过小姐吗。端木云不予回答。周劲说，这鬼地方像边疆，内地打工仔的边疆，台湾人的边疆，上海人的边疆。到九点钟时忽然有低频的音乐从床底下传来，酒吧开张了。端木云说，动静这么大。周劲说，以这个价位的旅馆而言，我猜想酒吧里都是一些打工仔吧。端木云问，你打算下去喝一杯吗。周劲说我可不想在这种地方喝假酒，如果有陪酒小姐的话，搞不好是个男人假扮的。

第二天周劲打电话到美仙公司的人事部，接电话的是个姑娘。周劲说想来应聘，姑娘愣了一下，问说你们怎么不去 E 市的人才市场，周劲说我们从上海过来，没必要再跑一趟 E 市。姑娘问，你们应聘什么岗位呢。周劲说，储运部。姑娘很高兴，说你们现在就来吧，填一下履历表，储运部正缺人手，换了其他部门我还真帮不了你，到厂门口就说找人事部的鲁晓麦。

中午，两人走到美仙公司门口，太阳高照，端木云仍然是一脸没睡醒的样子，从离开上海时候就是这样。两人押了身份证，从大门进去，被杨雄拦住，让必须从角门走。周劭很不理解。杨雄说，虽然你还不是公司的人，但你要是敢从大门进去，我可以在警戒线后面打断你的腿。周劭更不理解。只听后面另一个保安说，算了算了，他身份证上是上海的。杨雄说，就因为他是上海人，我让他学点规矩。两人不得不退回来，从角门走入厂区，杨雄在后面瞪视他们。周劭说，这小崽子是安徽人吧，口音和你像。端木云脸上的表情完全是醒了，他说，没错，这小崽子，很凶暴。周劭摇头说，我们这一路走来，看到的都是些混不出人样偏偏又很嚣张的小崽子啊。

面试倒是很愉快，鲁晓麦是个矮个子的漂亮姑娘，穿着浅蓝色衬衫深蓝色长裤，打着领带，让两人填履历表，又让他们交出毕业证书，装入文件袋，封存在人事部。周劭问说，毕业证书你收走干嘛？鲁晓麦说，这是公司规定，放心，会保存好，你在离职之前递个申请就能拿回去。周劭问，那我要是被开除了呢？鲁晓麦说，只要不是犯罪，都会还给你，犯罪了如果你去坐牢也会还给你。周劭问，哪种情况下不会还给我？鲁晓麦说，你畏罪潜逃了。姑娘讲话风趣而实在，走出人事部，周劭对端木云说：她喜欢你，她看了你好几眼。端木云说：我知道。

两人又去储运部，见了课长童德胜，聊得也都不错。接着，又回到人事部去拿宿舍入住单，觉得这公司还挺像回事，很人性化，至少开工第一天就包吃包住。周劭说，我怀疑那个部长是同性恋，他是不是摸了你一下。端木云心不在焉地说，我倒没注意。周劭说，以前咱们学校那个天空派诗人被辛未来证实是同性恋。提到辛未来，端木云问，那个叫梅贞的姑娘在哪个部门？周劭说，储运部录入员，咱们恐怕得正式上班以后才能见到她。端木云说你真是疯了，为了辛未来，而追寻到了梅贞。周劭说你也疯了，你跟着我来干什么，你应该去酒店刷浴缸。

两人到厂门口，取回身份证。周劭看了看，对杨雄说，给错了。杨雄双手叉腰，瞪着周劭，久久不动。周劭重申，身份证给错了。他又看看手里的证件，说他妈这是什么玩意儿，这是一张假身份证吧。杨雄走过来打了周劭一个耳光，仍旧什么都不说。周劭蒙了，把身份证朝杨雄脸上扔过去，鼻子上又挨了一拳，整个人摔进了传达室，被两个保安同时按住。端木云平静地看着这一串动作，它发生得如此突然，毫无预警，好像平缓行驶的汽车在一个颠簸后向着道路以外急速翻滚出去。

这天下午，周劭捂着脸上的伤，收拾好行李，默然离开旅馆，到美仙公司的宿舍去办入住登记。路上，端木云说，如果你需要报复，我可以陪你。周劭说，不，没这回事儿，我从来不想与人死磕到底。

两人跟着宿管员爬到六楼，进了一个两室户，朝北的小房间。有两张床，分了上下铺，一张床上堆着被褥，其余都是床板。靠门的地方有一个文件柜，一处上了挂锁，其余都空着。

宿管员说，重要物品可以放到铁柜里，挂锁自己去买一把。周劭说，这儿还挺干净的。宿管员说，如果你不打扫干净，会有人来打扫你。周劭开玩笑说，就是揍我喽。宿管员冷冷地说，是的。周劭不依不饶地说，我已经被揍过了。宿管员说，像你这样爱说话的，以后会经常挨揍，记住，少说话，多睡觉，打扫卫生，不要偷东西。

此人走后，房间里只剩他们两人。端木云问，咱俩谁睡上铺。周劭说，轮着睡呗。端木同意，拍了拍床板，还算结实。周劭说，我们也得去镇上买被褥，不然今晚只能睡棺材板了。端木云说，感觉是监狱，这地方有意思。周劭说，但愿我们不会被人杀死在床上。

端木云对小镇的评价是：这是一个更大的监狱，但这里的人们不像刑徒，而是一支凝固的亡军。

　　与他们同住宿舍的是一名湖北来的叉车司机，叫郑炜，瘦高个子，很爱讲话。郑说，你们如果早来两个月的话，只能打地铺了，最近辞职的人多，河对面新开了一家造纸厂，是日资企业，规模大，薪水高，很多人都去那里上班了。在开发区，人人都知道第一流的外资企业是欧美的，第二流是日本，其余都是三流，最次的是东南亚的企业，另外还有新加坡企业，刚刚接触到，不大好评价。白人比黄种人更好些，但这里没有白人，全是亚洲企业，相比之下日资算是最好的选择，但日本人也有坏的。郑海阔天空地说道，并不像电视剧里拍得那么友善，有时候他们的气量还不如香港人，不过最坏的是这个镇上的本地人，讲的话没人听得懂，他们组织了治安联防队监督打工仔有没有犯罪，有没有在半夜里野合，至于打工仔之中，谁更坏也说不太清，不要惹湖南人喽，最好也不要惹江西人和重庆人，安徽人看上去很老实但也不能惹急了他们，至于谁会主动干掉你们，天知道。

　　两人听着叉车司机的絮叨（似乎是陷入了一种找到新伙伴的亢奋），去到卫生间冲澡，那里只有一根皮管接在自来水龙头上，回来后问郑炜，冬天怎么办。郑炜说，用热水瓶到楼下宿管的房间去打热水上来，用塑料桶洗。周劭说我操。端木云说，这是住宅楼，可以自己烧水吗。郑炜说你要是在这里点火你就趁早滚蛋，热得快也不允许。周劭说，你告诉我，允许什么。郑炜说，允许你睡觉，养足精神，明天好去上班哪。

　　周劭第一次听到栈板这个词，觉得有意思。每一个堆积成立方体的瓷砖货堆下面都会有这么一块木板，四个平方大小，上下两层用木条钉起来，叉车臂可以从中空部位穿进去，抬起整堆瓷砖。栈是囤放货物的意思。

　　码堆指的是在栈板上堆放瓷砖。瓷砖分为地砖和墙砖两种，规格各异，50cm×50cm，30cm×30cm，30cm×20cm，以及更小的、规格更不统一的外墙砖片。码堆必须将整包瓷砖直立放置，以免被重力压碎。每块栈板上的瓷砖通常为同一规格，有时也混搭；每个货位最多垒放三层栈板，尽可能只保持两层，遵循的原则是大型瓷砖在下，小型瓷砖在上；地砖在下，墙砖在上。直立放置法在储运部就像交通守则一样形成了习惯，一九九九年夏天正是一包孤零零放在地上的30cm瓷砖倒了下来，毛重15kg，磕在端木云的胫骨上，造成骨裂。

督导这个词代表着美仙公司的特殊权威，督导之上还有其他高管，但底层工人是见不到他们的。督导都来自台湾（他们属于另一个名词：台干），总共十五人，有时多一个，有时少一个。督导并不直接负责任何一个部门的工作，也就是说，有厂长，有部门课长，有小组长，同时还有督导。这个体系大约类似于国营企业的书记，但国营企业并不会安排十五个书记啊。工人怕督导（当然也怕任何一个课长），比较和善的是陆静瑜，她负责人事部的工作，有教养，在欧洲念过书。比较可怕的是一个头顶斑秃的台湾督导，不大像城里人。他的长相，照周劭的说法是在一张愤怒的脸上架上了厚底近视眼镜，将愤怒框定在两个黑圈内。当然，斑秃是性病的后遗症，人人都这么说。一个患有性病后遗症的人，他不可能不愤怒，不可能好打交道。

聆训这个词也是罕有的（有时候它会与"聆讯"混淆），意思是听取教训。每天早上八点零五分，储运部的工人站在货场接受童德胜的训话，祝森站在童身后，往往低着头，像在沉思，而列队的工人必须正视童的眼睛。有时候，童德胜会在队伍中挑出一名员工，勒令他立即去财务科结工资。周劭目睹过两次，第一次，那神情嚣张的年轻人轻蔑地扔下一句话，童德胜我会找人挑了你的脚筋，径直走向办公楼；第二次，被开除的是一名还没来得及派往外地的实习管理员，年纪不过十八九岁，这孩子蒙了，站在童面前不知所措地捏着自己的下巴。这个动作激怒了童，令其立即滚蛋。这孩子拖着脚步走出去一段路，忽然跑了回来，跪在了童德胜面前。周劭看到童的裆部明显凸起，一瞬间他几乎认为童德胜会掏出阴茎让这孩子品尝一番。

周劭和端木云应聘的职位是外仓管理员。照字面的意思，指的是外地仓库。外仓的上级是总部储运部，也叫作本仓或者总仓。

周劭说，这地方像码头。码头的引申意义是指"江湖"，江湖总有很多黑话，对此，端木不是很感兴趣，而周劭喜欢让自己像一个混码头的人。在储运部，吃白饭指的是拿打折工资的实习员工，吃快餐指的是临时工，门客指外仓管理员，做相公指的是外仓管理员的库存数据出了大问题（通常是监守自盗），卸挑子指的是他们未做交接而辞职离去。鸽子指巡回检查的督导或调查员，板子指销售员，瞎子指保安。和上海人的喊法一样，台巴子指台湾人，这个词倒是全国通用，但周劭却纠正道，指台商。周劭用这组黑话造句：那吃白饭的门客伙同吃快餐的板子一起做相公，骗过了瞎子，在台巴子派来的鸽子出现之前卸了挑子。

奇怪的是，像周劭这样自认见多识广的人，当时却不知道棒棒是什么意思，反而是端木云告诉他，棒棒是挑夫，四川话。美仙公司负责装卸货的搬运工全部来自四川，都是大班长童飞从家乡找来的。当然，在这里，竹棒也好，木棒也好，都不存在，装卸瓷砖必须靠肩扛，但储运部的职员们宁愿学童飞的口音，一律喊他们"棒棒儿"。棒棒们按装卸吨位计算工钱，由工头负责发放工钱，他们没有工号，没有宿舍，大部分是文盲，相当木讷，保安都懒得打他们。每到午饭时间，员工去食堂，棒棒们蹲在草丛边吃随身带来的馒头。周劭问一个花白头发的中年人，每月能挣多少。那人说，五六百元。周劭说，不多啊。那人说，我在家乡种地半年都挣不到五百，狗日的。周劭又问，在四川，一个棒棒能挣多少。那人说，可能两百元一个月，我侄子也想来这里上班，但是工头不要人了。

童飞告诉周劢，怎样区别一个棒棒是老手还是新手，看他的小腿。那个小腿上有严重静脉曲张的，是专业的，是干了好多年的。周劢说，我看到了，腿上的血管像蚯蚓一样，公司给治吗。童飞开玩笑说，不要紧，不是致命的，不用治疗，这些棒棒干到最后都是因为心脏爆掉而死去，小腿有没有病，根本不重要。

让梅贞来说，她觉得在上海仓遇见周劢简直莫名其妙。她在电话旁边最初注意到的是一个瘦削的年轻人，瞳孔发灰，像是快要死了（周劢告知此人叫端木云），在夏季的厂房里你经常可以看到这种人。然而，此后三天，出现在库区的是周劢，他在纵横交错的水泥路上随意地走着，左顾右盼，一看就不是库区的人。梅贞认出了他，前一天，他盯着自己看。梅贞从库区办公室走出来，问他，你是不是迷路了。

没有，我不会迷路，我从小就在这儿混。周劢说，那语气像个二流子。接着，他介绍了自己，一个大学毕业一年的上海人。他说我以为你在这片库区上班呢。梅贞说，不不，我的公司在铁井开发区。周劢问，铁井开发区在哪里。梅贞说，远在天边。那语气既像开玩笑，也像是说出了真相。

那几天，总部还是调不出人手，让梅贞独自盘库，发现汪忠铭的库存中有价值几千元的瓷砖不知去向，这数字不大不小，超出了正常的损耗，但又不值得去报警。总部给梅贞发了一份嘉奖，有三百元奖金。周劢又来，两人瞎聊，翻着《苏联三女诗人选集》，梅贞吃不准他有什么企图，看上去，他像是喜欢上了她，更准确地说是像个猎艳的穷崽子，这在梅贞的家乡十分常见，年轻、没钱、志大才疏，靠一张嘴在街上钓马子的那种。可他偏偏是个上海人。

梅贞住在库区对面的小旅社里，有一天上午下起大雨，她没去仓库，隔着旅社的玻璃窗，看到周劢打着伞骑车进库区，过了一会儿又晃晃悠悠地骑出来。梅贞喊了他一声，周劢停了车，远远地看着她，却不说话。梅贞想，他这表情像林杰啊。

她回到了总部，过了几天，陆静瑜叫她去办公室，问了问上海仓的情况，得知汪忠铭已经消失，库存混乱，但损失不大。陆静瑜说，上海的销售处简直像死人一样，他们知道汪有问题，但不上报。梅贞说，有人说汪忠铭是黑社会，他们怕他。陆静瑜冷笑说，什么黑社会，黑社会会来看仓库吗，他只是自命为古惑仔罢了。中午，梅贞走到拥挤的食堂里，这一天气温有点高，食堂在长龙式厂房的二楼，正下方就是砖窑。食堂像一个蒸笼，每个人都在挥汗如雨吃着饭。她在排队的地方见到周劭，感到非常惊讶。周劭表情得意，问道，为什么这么热。梅贞跺了跺脚说，下面是砖窑。周劭说，夏天怎么办。梅贞说，更热。周劭让她排到自己前面。梅贞问，你来了几天了？周劭说我今天刚来，这里伙食还不错，午餐好像有肉哎。梅贞不语，站在周劭前面，远远地看着食堂橱窗里，说，天天都有肉。周劭说，我把端木云也带过来了，我们就在储运部落脚。

这一天下班，梅贞徒步走回宿舍，看到周劭和端木云在街对面，两人穿过街道晃到她身边。周劭介绍说，这就是端木云，你见过的。梅贞发现端木的瞳孔仍然是灰色的，像快要死了。三个人异常安静地走着，夕阳落在身后，影子在街道上晃动。片刻之后端木云又走到了街对面。梅贞问周劭，你这个朋友怎么了。周劭想了想说，他正在忍受煎熬。梅贞说，看得出来，但你这么直白地说出来像是在嘲笑他。周劭忙说，没有这个意思，其实我们都一样，我也在忍受煎熬。他说完摇摇头，像是自嘲，也像是要把这句话甩在脑后。

周劭穿着紫色的衬衫觉得怪异，他这辈子没穿过紫色。不过他很快就嘲笑起了端木云，后者胸口的扣子掉两个了，看起来像是个牛郎或者是迈阿密的什么黑帮，还挺时髦的。

在美仙公司，干部和销售员穿蓝色制服（而且有领带）。周劭很快就识别清楚，干部的蓝略浅，销售员的蓝略深。童德胜和祝森是储运部唯一穿浅蓝色制服的人，但质检包装处的课长穿得和他的工人（全是姑娘）一样，粉色制服。至于台干，也穿浅蓝色制服，从外观无以辨别，但只要他们一出现，你就会知道，他们是台干。周劭寻思，这体系有点让人看不懂。

由于色系分类，窜岗变得很容易识别。穿灰色制服的工人从长龙式厂房的东边进入，除了午饭，其余任何时候你都休想见到他们。这些人是操作工，当周劭问他们在做什么时，童飞的回答是：他们在发疯似的干活。到七月时，这些人衣裤湿透，走出车间，汗水被风吹干，在后背结出一层盐霜。周劭说，我很难想象有工人能忍受这种艰苦环境。端木云说，他们过去都是农民，不是工人。讲完这话，他们在食堂里看到一名操作工疯了：他来到不锈钢大桶边上，想舀一碗绿豆汤（唯一自助式的食品或饮品），可是那里空空如也，他质问厨师，厨师不予理会，他踢翻了空桶，被闻讯而来的保安迅速制服，当场开除，当他企图继续撒野时，杨雄一拳就将其打趴在地上，最后是抬出去的。

周劭说，这个工人热疯了。端木云冷冷地说，此人是渴疯了，难道你没发现生产区没有饮用水吗，他只想喝一口绿豆汤，尽管那绿豆汤并不是冰镇的，而是滚烫的，他也要喝。周劭说，质检流水线上有一个纯净水龙头。端木云说，不，那个仪器不合格，很多人喝了拉肚子。周劭说，我喝过，但我没有拉肚子。端木云说，你体质特异，但你小心染上肝炎，工人没有水杯，都是用嘴直接对着龙头喝的。第二天，周劭试图带一瓶纯净水进厂，又被杨雄截留下来。杨顺便打了端木云一个耳光，让他去把扣子缝上。

他们认为这可能是燃油，或者白酒。端木云说，有些工人或者棒棒曾经带着白酒进过厂区，也曾经偷了汽油柴油用瓶子装了混出去，现在一切饮料都被禁止了。周劭说，在上海的任何一家国营工厂都有热水供应，可以泡茶，而这鬼地方，办公室里的人才有权喝茶。周劭问端木云，你觉得能在这里熬多久，比我们站街贩药如何？端木云说，我无所谓，别忘了是你把我带到这里来的。

你觉得什么是仇恨呢，端木云感叹道，仇恨不仅仅是有人揍了你，仇恨是有人不允许你喝洁净的水，仇恨是有人将你劳作的田地变得干旱酷热，或是落下冰雹。在《圣经·旧约》里，在藏传佛教故事里，这都是神和恶魔才能操控的灾难。

周劭见到的第一个外仓管理员叫袁大为，他回总部来辞职，穿着紫色短袖衬衫，头发蓬乱，坐在电脑房里闷声不语。梅贞问袁，辞职以后去哪里。袁说，还是看仓库，去一家电子公司。梅贞说，你为何不改行。袁大为不语。

袁身材瘦小，看上去就是个孩子。周劭到电脑房拿资料，看到他走进童德胜的办公室，便问梅贞是怎么回事。梅贞说，这小子就是前年重庆仓库卷货案的当事人，两辆卡车出货，他和销售员各押一辆，销售员在他眼皮底下将后车开到了天边去，经查，是假人。周劭问，后来呢。梅贞说，后来当然是报警，有一个叫林杰的仓管员去处理了案子。周劭说，听说过林杰。

过了十分钟，袁大为满脸是汗回到电脑房，手里拿着一张单子。梅贞问，没同意？袁大为甩甩单子说，不，同意了，那笔损失不再追究我的责任了，董事长特批放我一马。梅贞问，那你回来做什么，赶紧去人事部拿你的证吧，免得他们后悔。袁说，梅姐一直对我挺好的，我回来和你告个别。梅贞说，江湖再见吧。

袁大为走后，梅贞和周劭去食堂吃午饭，在排队时，几个保安站在他们身前，其中有大个子杨雄。保安在这种地方从来都很严肃，不客气地说，比警察更严肃。这些人离开后，周劭松了口气。梅贞说，你怕了。周劭说，不存在。梅贞说，好嘛，就算你害怕也是应该的，人人都怕他们。周劭说，如果递两根香烟，拍拍马屁，会不会好一点。

梅贞冷笑说，你可以去试试。周劭说我不会去试，我讨厌这伙人。

周劭从进公司的第一天就知道，在这里，不但外地仔和本地仔会挨打，就连上海人也会挨打，只有台湾人不会挨打。打工人当然是非法的，但从保安们的表情来看，周劭也能确认：在他们的共识里，这是正义。因此，不存在滥用暴力，只存在过度使用的正义，毕竟这个鬼地方一部分人身份可疑，一部分人随时都会发疯，还有一部分人似乎挺喜欢看到他人挨揍的场面。照端木云的说法，这是用存在主义浇灌出来的现实主义，或者反之。总的来说，无须高超的虚构能力，照实了写，就会是一篇佳作。

说到梅贞，周劭渐渐觉得她与辛未来并不像，只能说轮廓相近。但是梅贞身上有一种坚毅的气质，与辛未来近似（直到她消失后他才理解到）。真正令他感到惊讶的正是她们之间的近似气质。他想，她们都坚毅，但我并不爱坚毅，为什么这种相似的坚毅会吸引我。这个问题解释不清。

有一天，他和梅贞到镇上去玩。这时，两人已经很熟，交换了很多故事，货运列车与兵工厂，棚户区与吊脚楼，有一次也谈到了曾经的恋人。周劭在储运部继续他的外仓管理员培训，梅贞买了一条裙子。这是她落脚至开发区以后买的第二条裙子，第一条是碎花的深红色，这次是白色，料子很薄。周劭看出梅贞很是钟爱这条裙子，走路时她小心地避开了路边沾满灰尘的长草。两人在镇上兜兜转转，周劭嘟哝着想找到铁井，他认为铁井镇必然有铁井。梅贞想象不出铁井是什么样子，也许井栏是铁的，但那也不现实，会生锈。周劭说，也许铁井只是一个比喻呢，这附近还有一个镇叫河童镇，河童在日文里是水鬼的意思。梅贞说，我还知道一个镇叫牛郎镇呢。周劭说，我去过一个周墓镇，感觉是休想走出来了。梅贞说，我去过一个梅冢镇，镇上有一座清庙，说是供着梅花仙子，好有趣，如果我死在那里也不错。

镇上并没有太多的人，正午阳光耀眼，房屋和树木的阴影浓重，河水散发着一股腐烂的气息。快到东侧宾馆区时，周劭注意到街边新开了一家桑拿房。一个戴假睫毛的女人正走出来，上了桥，消失在小巷里。

梅贞说，这个人以前睡在我的下铺，是我的好朋友，我以为她去上海工作了。周劭从她的语调中听出了一丝凄凉，他嘀咕说，这地方有洗头房就够了，何必弄什么浴场，夏天又有谁洗桑拿。梅贞说，有人需要，铁井镇比你想象得繁华，上海人来得比以前多，也做港台同胞、日韩友人的生意，开发区提供货源。

两人沿着女孩离去的道路走到桥上，周劭伸头看了看河水，表情就像有一具尸体浮在水面上。梅贞说，我在家乡，这些都见过。周劭问，河流吗。梅贞说，不，妓女，小姐。周劭一时踌躇，心想关于妓女的话题该怎么和她聊下去。梅贞说，女孩们没有文化，找不到工作，就去了城市，在工厂里做流水线或去饭馆端盘子，很低贱的职业，后来，就像开启了魔法，比低贱更低贱的土里埋着黄金，只要你下沉到那么深的地方，把低于地平面的低贱当成是命运的必然。周劭说，能挣到钱就好。梅贞说，你这么理解，也很好。周劭想，我这还是第一次和女孩认真地谈起做小姐的事情。

梅贞站在桥上讲了一个故事：在她家乡有两个要好的女同学，一个漂亮，一个不算特别漂亮。梅贞大学毕业回到家乡，不算漂亮的那个被老板包养了，觉得自己运气很好，请梅贞吃饭。很巧，她们又遇到了那个漂亮的女生，刚从广州回到县城。三个人一起去做头发（被包养的女生请客），聊了几句，被包养的女生判断出漂亮女生在做小姐，话里话外，点了几句。后来，漂亮女生承认了，她在做小姐，让她们不要说出去。

做小姐的女生对被包养的女生说，你运气真好。后者同意这个结论，并说，像你这么漂亮原本是可以被包养的。梅贞发问，什么是运气好。这两个女生都沉默了。再后来，做小姐的女生说：我有一个小妹嫁了一个留学归国的白领,她才十六岁,做了一年小姐,遇到了一个真爱她的人,那人送她去学英语,念大学,她运气真好。讲完这个,做小姐的女生叹息。没想到,被包养的女生哭了,一直哭,做小姐的女生抽着烟安慰她。

就是这样,梅贞说,你得猜,发生了什么,但没有人会告诉你答案。

周劭暗暗猜想,被包养的女生可能也曾经做过小姐吧。他说,一个人只要运气好,就什么都不用担心。梅贞说,不不,所谓运气并不是现实,而是幻觉,现实中我们尝试运气是因为我们把幻觉当作真实的一部分,就像白日做梦,梦到的都是好的,可你并不敢睡下去,也不敢醒过来,因为无论是向左还是向右,你都会遇到噩梦或者噩梦一样的现实。

下午,当他们走到小镇卫生所附近时,听到剧烈的尖叫声,像是在屠宰牲口。梅贞说,这个开发区没有一家像样的医院,要是出了工伤,就只能到这里来,如果伤势更重就得去 E 市。等他们走近,发现卫生所门口围着很多人,有警察和穿着深蓝色马甲的小镇治安队员。两人立刻明白,不是工伤,是治安事件。伤者似乎是刚刚被抬进卫生所,街面上洒着一串血迹。这时,周劭遇到了韩警官。韩警官推了一辆自行车,正打算回派出所。周劭用上海话问,警官,出什么事了。韩警官认出了周劭(毋宁说是听出了他的口音),便说,有几个打工仔把治安队员打了,一个打开头,一个手臂骨折。周劭问,打工仔呢。韩警官说,已经逃走了,你怎么还在镇上,在哪家企业。周劭说是美仙瓷砖,做仓管员。又说,治安队居然被打工仔给打了。韩警官解释说,这里的打工仔都很野,江西的,湖南的,四川的,即使在他们的家乡,警察也不大愿意单枪匹马对付一群亡命之徒。说完,韩警官又加了一句:小姑娘你不要介意,你们都很好的,好好工作,挣钱养家。

韩警官走后,两人并不打算再围观下去,离开了社区医院。周劭看见远处有一队穿深蓝色马甲的人走过来,每人提着一根大棒子,像是要冲过来械斗，便护着梅贞加速走开。

　　这天傍晚，周劭请梅贞吃饭，两人在小镇边缘寻找川菜馆子，最后只找到一家人满为患的火锅店，铁皮搭起的小棚子，挂着几个灯泡，桌椅皆在路边。梅贞不介意吃这种脏馆子。周劭说，这个小镇就像火锅，煮沸一锅水，荤的素的全都倒进去。梅贞并不喜欢这个比喻，对周劭说，以后有机会我带你去重庆吃火锅。话说到这里，梅贞忽然站了起来，面色变得很难看。周劭不明所以，觉得脑后被人重重地打了一下，回头一看是杨雄。杨雄穿着汗衫，一动不动——此前，他总是穿制服。周劭抄起凳子想打，听到街边转角处有一个女的喊道：十兄弟。穿深蓝色马甲的小镇治安队员涌来，火锅汤汁飞溅，无数人在暮色中呼喊着散开、逃离，杨雄也跑得没了踪影。周劭觉得头脑发晕，看到的人影仿佛灯下的飞蛾打转，梅贞是静止的白色蝴蝶，这只白蝶严肃、陌生，神秘地摆动着触角。

　　有一天，端木云在铁井镇上无聊地闲逛，七月的下午常有雷雨，乌云在天边，片刻以后伴随着大风涌向头顶。他站到一座凉亭下躲雨，一个女孩跑了进来，两人一开始并没有说话，后来，这个女孩气鼓鼓地对他发话：身份证拿出来看看。端木云觉得不可思议，问说你凭什么看我的身份证。这女孩说，我是铁井镇治安队的，我们一向查外地仔的身份证，不好意思，你是外地仔对不对？

　　他一边掏出钱包，抽出身份证，一边被她的语气激怒。女孩笑了起来，说你这钱包已经见底了，如果遇到劫匪，你会付出代价——钞票以外的代价。那口气分明是在调戏他。端木云没好气地说，我打工仔，穷得像条狗，任人宰割。女孩继续笑，看完身份证，递还给他，然后才很哀怨地问道：你真的不记得我了吗，我是人事部的鲁晓麦。端木云不记得任何人，也不愿记得任何人，用一种茫然的眼神看着她，然后才渐渐明白过来，问道：你是镇上的？鲁晓麦说：当然，我是高贵的铁井镇原住民。端木云再一次被激怒，后来她承认，他那模样很可爱（端木云认为，完全不是这样，她在胡思乱想）。

两人站在凉亭下，看着雨，等着雨停或是雨继续不停地落下。鲁晓麦问：在公司觉得怎么样，还行吗。端木云说，美仙公司是个贼窝。鲁晓麦说，哟，混出一点道行了，来，具体说给我听听，有哪些贼。端木云说，保安太残暴，台湾人太苛刻，打工仔太麻木。鲁晓麦说，就这么一点见识吗，见过吸毒的吗，以及抢刀的，持枪的，卖身的，负案在逃的。端木云说，这个都没见过。鲁晓麦说那你还有什么可嚣张的，一副很自负的样子，小心点吧，外地仔，有事找我。端木云乐了，说我认识小镇的警官。鲁晓麦问，谁。端木云说，好像是姓韩。鲁晓麦说，老韩啊，你不用指望他，他连个小偷都没抓到过，他从小看着我长大，就担心我们做些见不得人的事，最后落在他手里，你说他是抓我呢还是不抓我呢。

这时，来了两个穿雨披的小镇治安队员，走进凉亭，先和鲁晓麦打了个招呼，然后问端木云要身份证。端木云说，你们这样查身份证是不对的，我有，但某些打工仔的证件是被扣押在公司的。治安队员说，让你们办暂住证，你们不来办，没有暂住证的结果就是查身份证。由于端木云多说了这么一句，两名治安队员打算把他押到队里去，被鲁晓麦劝住了。他们走后，鲁晓麦说：你知不知道，刚才你逃过了一顿暴打。端木云说：知道，这个小镇的一切都和暴力有关。鲁晓麦生气地说：别这么满不在乎，好吗，他们真的可以打死你。

雨越下越大，两人呆看着。鲁晓麦从口袋里掏出一根香烟，给自己点上。端木云注意到她的手背上有一个烟疤。女孩手上的烟疤都是自己烫的，或者是因为不顺心，或者是因为要纪念什么。这句话是谁告诉他的？后来他想起来，是辛未来。这时，鲁晓麦变得不那么凶恶了，她看着雨似乎是有点失神，被远远近近烟雾一样的景色迷惑了。她说：打工仔，你从哪里来的，你住在安徽，跑这里来干什么，你打算待多久，以后去哪里，有没有女朋友陪你去，这个鬼地方你一定很讨厌吧，为什么还要留在这里，周末无聊得在镇上闲逛，这么丑陋的小镇，旧的东西像是棺材，新的东西全是假的，你跑到这里来挣一千块钱月薪觉得生活有希望吗。

端木云无法回答，只能说：我大学毕业没什么地方可去，贩过药，在酒店刷过浴缸，如此而已，尽管你用了"生活的希望"这个说法，我还是想说，希望并不仅仅在生活中，就像绝望也不仅仅来自生活。

雨停后，鲁晓麦回家，端木云陪她走了一段路，发现她家就在安达旅馆的那条巷口。铁井镇的民房普遍低矮，积水已经把天井灌满，鲁晓麦说她住在二楼沿街，然后脱掉鞋子，蹚水走了进去。端木云站在街上，看到同样低矮的二楼窗户里挂着天蓝色的泰迪熊窗帘，有一块窗玻璃是深红色的，他猜想那就是女孩的家。

有一天，端木云想，我一直认为自己不是为了谋生而来（至于是什么理由，他也说不清），但事实上，在所有人眼里，我就是这支谋生大军中的一员。反推而言，在这支大军中必然也有很多人认为自己不是为谋生而来。

小镇的居民歧视打工仔。这是当然的，任何一个开发区的"原住民"都有可能产生这种优越感，如果没有数以万计的打工仔，这座乡下小镇固然平静，但恐怕也只能靠卖猪蹄子为生了，和他家乡的傻子镇并没有什么区别。优越感伴随着恐惧感一起生成，确实，五到十万名打工仔近在咫尺，治安队徒劳地阻止着打工仔从西侧和北侧进入小镇，与此同时，在小镇东侧，朝着上海的方向，桑拿房和洗浴中心相继落成好几家。这一格局具有哲学意味，具有历史意味，具有文学意味，可能也具有现实意味，但你并没有钱去领受所有的现实。

他仍喜欢在小镇散步（鲁晓麦称之为闲逛）。工厂生活十分乏味，他等着周劭哪一天受不了了，就可以卷铺盖去别的地方。奇怪的是七月中旬他和周劢同时通过了试用期，加了工资，月薪一千二，相当于低级干部。周劢说，童德胜信任我们，说我们是真人。端木云问，何谓真人。周劢说，我们的身份是真的，毕业证书是真的。端木云问，那么谁是假的，为何验不出来。周劢说，国家明令禁止公司扣押员工身份证和毕业证，人事部哪敢去公安局验证，他们也怕警察。

他把同样的问题抛给鲁晓麦，她却告诉他：这是一种默契，一种平衡，当然，如果你是真人，那再好不过。

总会有人打破这种平衡。鲁晓麦说：这座小镇的镇长是个有能力的人，他很清楚，小镇的人口将会逐渐减少，因为计划生育，因为小镇的年轻人同样想去上海或者E市混出头，小镇将会变成一个老龄化严重的地区，孤零零地戳在三省交界处，除了可笑的猪蹄子，没有任何东西引起注意。于是，镇长开启了一个魔盒，把几万打工仔放进了开发区，他以为这样我们就能过上好日子，靠工厂缴的税，靠你们在镇上的消费。这个想法没错，人口急速增长拉动地区经济。但是，几万打工仔，仍然是太多了。

端木云说，我听同寝室的人说，去年，有一个治安队员被杀了。鲁晓麦指了指自己的胸口说：这儿进去，后面出来。接着，她的手指划过自己的发际线，脸上浮现出杀气：第二刀用的是匕首，像印第安人一样割下了头皮，将其塞进了受害者临死前张开的嘴巴里。

端木云看着这个吓人的动作，说：我听说这是十兄弟干的，我进小镇的第一天就听别人嚷嚷，十兄弟。鲁晓麦笑了笑说，这鬼地方每个人都可以声称自己是十兄弟，但没人知道十兄弟是谁，每个人动手杀人时都可以拿这个旗号出来，所以，就连警察，也不大相信有十兄弟存在了。

七月二十号那天，祝森出事了。

这天黄昏，祝森加班两小时，七点钟天还没有完全黑下来，在薄暮下他从美仙公司走向宿舍楼。道路中央的雨水已经蒸发干净，露出灰白色的路面，两侧的积水则反射着微弱的路灯光。祝森独自走到距离宿舍二百米远处，一个背着挎包的蒙面人从路灯杆后面闪出来，从背后亮出砍刀，并且拽住了祝的右手。祝森挣扎想跑，右臂拉直，蒙面人一刀砍下了他的手，随即消失在夜幕中。

周劭和端木云正在楼下买烟，听到号叫声，叼着烟走过去看热闹，以为是打群架。后来，周劭忍不住发抖，牙齿发出咯吱咯吱的声音，他以为一个人被砍掉了手应该疼晕过去，但祝森却坐在地上，寻找那只分离的右手，间歇发出离奇的叫声。周劭说他妈的那只手去了哪里？端木云冷静地说，当然是被凶手拿走了，他得凭着那只手去拿两千块钱。

在开发区，传说中的价格是一条命两万块，一只手两千块，一只耳朵两百块。周劭相信没有人会花两万块买自己的命，但两百块割下一只耳朵，哪怕得罪了某个棒棒，对方完全出得起这个价钱啊。不，棒棒会亲自动手。周劭意识到割掉耳朵比丢了命更令人难堪，至于砍掉手似乎介于光荣与难堪之间，完全取决于你怎么想了。

端木云看到小镇治安队员开着踏板车赶来，后面坐着的是鲁晓麦，她戴着头盔，那样子像动画片里杀气腾腾的圣斗士。祝森已经昏了过去，被人七手八脚抬上三轮车，往社区医院去。治安队员看着地上的血迹，在路灯下喷了不知多少，问说凶手往哪个方向跑了。端木云说，没看见凶手，应该是从旁边小巷跑掉了。治安队员问，没人追他吗。端木云乐了，说：请问谁敢去追。

后来，警察来了，众人退到警戒线以外。鲁晓麦开着那辆踏板车，对端木云说：我带你去兜风。端木云露出发昏的表情，不知道她要带他去哪里。

砍手是黑社会的仪式，砍手意味着你拿了不该拿的东西，鲁晓麦这么分析。端木云反问，祝森能拿什么。鲁晓麦说，有没有觉得活在一个炼狱式的小镇。端木云不语，过了一会儿才说，我见过炼狱式的小镇，我就是从那种地方来的。

鲁晓麦说，通常他们只会挑了某个打工仔的脚筋，但是最近失控了，去年一年因为斗殴出了四起命案，十几个重伤的，还有买凶杀人，有一次治安队从一个打工仔身上搜出了二十克海洛因，上个月有人在卡拉 OK 厅里用土枪把仇家轰成了瞎子，更要命的是，根据招供，他们中间有人带仿制手枪。端木云问，假枪吗。鲁晓麦说，不，仿制手枪，可以射出子弹的。那语气既得意又夸夸其谈。

踏板车在公路上跑出了极高的车速，端木云猜想大概有一百码，夜晚公路上并没有一辆车，远远地看到河对岸造纸厂的灯光，河水中也有倒影。有一瞬间他觉得自己正在被死神拽入黑洞，肉体留在了后面，灵魂独自往前飞奔。他揽着一个天真的女斗士，那架势又像是要去和死神决战。

两人开到一条岔道上，一栋四层厂房在不远处，每个窗户都亮着日光灯。端木云问，这是哪儿。鲁晓麦说这是嘉龙玩具厂，咱们兜了一圈绕到开发区南边来了。端木云说，听说他们做毛绒玩具，单子来了就彻夜加班，里面全是女工，上厕所得预先请假。鲁晓麦冷笑说，港资企业，老板其实是本地人，叫叶嘉龙。端木云问，叶嘉龙怎么了。鲁晓麦极为简单地回答，一个有背景的大佬。后来又补充说：他递出来的名片只有普通的三分之一大，像张邮票，上面只有一个字：龙。端木云听得笑了起来。鲁晓麦指着南边，往那个方向走就是黑神山，到春天，镇上的人会去山上踏青。端木云说，带我去看看。她说，下次。

按照希波克拉底的体液学说，端木云属于抑郁质，而周劭偏向多血质。不过，也有可能是混合型。

对此，端木云的解释是：我是一个非常无趣的人，并不多愁善感，我遇到伤感的事情多半首先会惊讶于自己的麻木，像一个长期写日记的人，在写下任何事情之前，先会记录下天气情况，这是一种比喻式的说法，看你能不能理解了。周劲说你不要再掉书袋了，我们一起看到砍手那天，我都吓软了，你丫还在那里看着祝森，饶有趣味，你有点变态你知道吗。端木云说，我想到你曾给我讲过一个砍手的故事，我只想看看砍手以后人是什么样子的。

祝森的案子第二天告破，警察在河对岸的梅河镇抓住了凶手汪忠铭。

离开上海仓库后，汪忠铭并没有走远，他在造纸厂有一个相好的女孩。兜兜转转，汪又回到这里，住在梅河镇。他想去造纸厂上班，把自己在美仙公司的履历填进了表格。这多少有点愚蠢。该厂人事部按照惯例打电话给美仙公司，询问汪忠铭的情况，电话转到储运部，祝森告知此人底子不干净，造成公司损失，到现在毕业证书还押在公司，然而造纸厂却收到了汪的毕业证书，无疑，是伪造的。这件事并没有人知道，是祝森自己，在一次聆训中说了出来。这也无可厚非，底下的仓管员都不好管理，总要有具体案例杀杀他们的威风。祝森说，像汪忠铭这样的人，我可以让他在这一带混不下去，因为各家公司的人事部实际上都有关联，你们对企业做过的任何一件坏事都会出现在另一家企业的档案里。这话有一定编派成分，并不是每一家企业都这么严谨，但也不能不信，总之，它不应该被说出来。有人将话转告给了汪忠铭，后者怒不可遏，提了一把砍刀回到了铁井开发区。犯事之后，他穿着血衣逃进女朋友的宿舍，砍人的兴奋劲头褪去，汪忠铭想想太没意思，从挎包里拿出祝森的手，扔进了河里，他想搞点钱逃离梅河镇，并且问女朋友，愿不愿意跟他一起走。女朋友趁着上厕所的机会溜出宿舍，往派出所打了电话。

鲁晓麦说：汪忠铭是个巨大的蠢货，幸好我与他没有什么交情，也幸好他押在人事部的毕业证是真的，不然我也得倒霉。端木云说，奇怪，既然不是买凶砍手，他为什么要拽着那只手逃掉。这个问题解释不清，过了一阵，鲁晓麦告诉他，审讯汪的时候，他承认原先只想在祝森的脑袋上砍一刀（如果这样，或许判五年徒刑），但突发奇想，认为砍下一只手也不错，甚至想到了制造买凶的效果。毕竟在开发区，两千块砍一只手只是存在于传说中，现在汪忠铭把它落实了。

端木云问：汪忠铭是不是十兄弟？鲁晓麦奇怪地看着他，问说：你对十兄弟很感兴趣？端木云说：随便问问。鲁晓麦问：你是警察的卧底呢，还是卧底的记者呢？端木云乐了，说我还用卧底来查几个自命为古惑仔的打工青年吗，也太看得起他们了。鲁晓麦说，啊，我知道了，你是要找小说素材，周劭说过你喜欢写小说，我竟然遇到了一位大作家。端木云很不高兴，问说，你还打听到我什么。鲁晓麦得意地说，还打听到你是菜农的儿子，没谈过什么恋爱，曾经刷过浴缸，贩过保健品。端木云说，妈的，你有什么权力调查我？鲁晓麦继续调戏他，说我是人事部啊，我有权调查你的每一桩往事，也可以视而不见，放过你人生中的某一段瑕疵。

十兄弟是否就是十个人呢？这问题费解。

有一天，端木云在仓库里走着，货堆呈现出棋盘格局。他听到有人说话，走过去看，是大班长童飞，骑在一个穿灰色衬衫的工人身上，后者脑袋冲外躺着，抽搐，说着一些莫名其妙的话，额头青肿并且擦破。童飞抬头望见端木云，那样子像在杀人。端木云只看了一眼，想往后退，童飞说，别走，这人犯癫痫了。端木云说，我家乡的小镇上有很多智障，间或有人犯癫痫，但不是这样的。童飞说，好吧，这是我兄弟，他犯烟瘾了。端木云问，我能帮你什么。童飞想了想说，把王平、邹国立喊过来。这都是储运部的职工。两人到场后，面面相觑。童飞说，不要愣着，过来帮忙。王平指指端木云。童飞说，这小兄弟不会告发我们的。端木云明白了，说我什么都没看见，你们自便，说完退出这条窄弄，在外面抽烟。

过了一会儿，货堆后面的动静小了点，童飞大汗淋漓走出来，向端木云要了一根烟，猛烈地抓挠头皮，汗水飞溅到端木云脸上。端木云说，你兄弟已经这样了，还敢让他来上班吗，落在杨雄手里，屎都打出来。童飞说，一言难尽，我们先走，让他们在里面慢慢处理。

　　两人往工作台走去，童飞搭着端木云的后背，似乎有很多话要说。后来，他叹了口气说，你是兄弟，对吗。端木云说，不算。童飞说，现在开始算兄弟了。端木云说，不必因为我知道了什么就兄弟相称，我不会出卖你。童飞说，我也讨厌用兄弟相称来敲诈别人，我是四川人，袍哥人家，四海之内，皆兄弟。端木云问，他"用"的是什么玩意儿。童飞说，白粉，这里白粉比四川贵，我们在他身上花了不少钱。端木云说，送戒毒所。童飞回答：这个人在重庆码头上曾经救过我的命，戒毒所，进去过一次，出来以后复吸，我不想再亲手把他送进 E 市戒毒所，毕竟，什么人都不认识，搞不好就死在里面了。

　　这天下班前，端木云继续在仓库里逛，寻思着童飞接下来会找他说什么。他感觉自己的左脚踢到一样东西，低头去看，一包 30cm 的瓷砖直立着放在地上，缓缓倒向左腿，正磕在胫骨上。他愣了两秒钟，抱着小腿坐在地上。瓷砖并没有造成明显的伤口，只有一道不起眼的凹槽留在迎面骨上，然而从那个位置传来的剧痛感让他想起家乡的一个说法：用铁棒敲打胫骨，可以让任何人承认任何事情。

　　当天下班，端木云不能走了，由周劢扶着去镇上社区诊所，伤处已经青肿起来。大夫摸了一下，让他们去 E 市或者上海的医院，认为是骨裂。周劢运气不错，在小镇上拦到了一辆正打算返回 E 市的出租车，司机没打表，要了他们五十元。两人在 E 市东郊一所破旧的医院门口被司机赶下车，挂了个急诊，拍片，确认骨裂，让医生上了夹板。深夜，两人无法回到铁井镇，就睡在了急诊处的长椅上。端木云睡不着，瘸着腿走到外面看月亮，不远处公路上的卡车接连呼啸而过，发出隆隆巨响，周遭十分荒凉。周劢也跟了出来。

端木云说，真是个无聊的夜晚，开发区比我们贩药的日子更无聊。周劭问端木云，是不是想离开开发区，养好伤再走吧。端木云说，我倒是想知道，在铁井镇待久了，会不会什么地方都不想再去。周劭说，咱俩要继续待下去的话，到九月，最迟十月，就各自去某个外地仓库了，我还挺期待这种生活，就把它当免费旅游吧。端木云揶揄道，难道你不是为了梅贞而来吗，你让我想起《飞越疯人院》。周劭不知道该怎么解释，就说，我已经和童德胜约好了，他会派我去北京仓，伟大首都，故都的秋，我还从来没去过。

第二天端木云回到公司，在货堆后面拦住童飞，说我只有一个要求。童飞说，你讲。端木云说，让童课长派我去重庆仓。童飞说，要得，重庆，是我的码头，不过去那鬼地方你最好把腿养养好，否则你只能雇一个棒棒每天背着你上山下山喽。

七月炎热，事实上对铁井镇来说，这个月的气候还算不错，刚刚熬过了黄梅季，三伏天还没到来。开发区喜欢用南方打工仔，他们所有人在少年时代都经历过类似的高温，没有空调，潮湿，讲不清道不明的疾病，都能扛得过去。

就是在这样的季节里，铁井镇南边的渣土场上出现了足球队。

先说渣土场，它的面积大约有一个足球场那么大，南侧是一片巨大的水潭，最初这里只是一片荒地，随着渣土越来越多，逐渐侵占一部分水域，向水潭中延伸形成半岛。池塘本身也不是什么天然景观，过去几十年挖土形成的，农民曾用来养殖鱼虾，早在渣土出现之前它就因为小化工厂的污染而告废弃，夏季长满了水葫芦。渣土场紧邻一片垃圾场，开发区数万人口的生活垃圾，周边工厂的工业垃圾，全都汇聚在这里，其面积相当于另一个足球场。整个区域以低矮的围墙环绕，白天，一些拾荒人在其中寻寻觅觅，到了晚上则没有人迹。

渣土柔软细腻，散发着难以形容的气味，有时像花椒，有时像臭鸡蛋，对健康无益。但这一年七月，镇上的中学把两个生锈的铁制球门架子扔在了垃圾场，本来它应该被拾荒人迅速切割搬运走，但没过多久，它们被分别放置在渣土场的南北两头，中间隔着八九十米的距离，并且有人告诫那些拾荒人，谁敢动这球门，一定宰了他。不久，一群二十岁上下的小伙子出现在渣土场，他们买了一个全新的足球，在太阳底下狂奔起来。

那个叫猪仔的少年棒棒在闲聊中将这件事告诉了端木云。他来自重庆农村，十九岁，小学文化程度，即使他干活如此卖力也只能在美仙公司做临时工，因为他实在是个文盲，除了扛包什么都不会。猪仔这个绰号很贴切，一百年前去美国筑路扛包的华工就是猪仔，然而也只是棒棒们这么喊他。在正式工面前，所有的棒棒都没名字，喊到谁来扛包就是谁来扛包，不需要名字。有一天端木云也喊他猪仔，他走过来说，师兄，你喊一声喂就可以了，莫喊我猪仔。端木云问他叫什么名字，回答说，朱威，你喂喂喂地喊我，对头。端木云笑话他，宝气。另一天，看到猪仔穿了一双全新的胶底足球鞋，夸了一句，猪仔你终于不穿解放鞋了。猪仔不再介意这个绰号，得意地说，左边锋。端木云问什么意思，猪仔说，我在踢球啊。

下班时端木云跟着猪仔来到了渣土场，这是他第一次来，有十几个打工仔分成两队在这里踢球，问是什么人，猪仔说，彼此之间并不都熟，也没必要搞什么社交，踢球才是要紧事。人一旦跑起来，渣土场就变得灰尘飘扬，分不清谁是谁，端木云问你们怎么分清队友，你们都没有队服啊。猪仔说，你上去以后就能分清了。又问，裁判呢。回答是，这里只有一条规则就是不许用手，其他随便。

遗憾的是，端木云腿上有伤，挂着拐杖不能上场。渣土场上狼奔豕突，有时不得不暂停，让灰尘平息一些，然后继续踢。有一天，一个打工仔从厂里偷了些口罩出来，分发给大家，于是就看到一群戴着口罩狂奔的人。经常有人退到场边，摘下口罩大喘。后来，他们找到了分清两队的办法，就是在口罩上做记号，打了红色十字的是一队，蓝色斜杠的是另一队，随后就出现了绿色三角队、黑色圆圈队。比赛渐渐有了章法，各队人数未必凑得齐，也都能摆出像模像样的阵型，但仍然没有规则，随便踢。比赛总是从黄昏开始，玩到太阳落山，场地全黑为止。

红色十字队大部分是美仙瓷砖的工人，猪仔跑得最快，又是左撇子，左边锋这个位置很适合他。猪仔喜欢从中场带球，沿着一条不存在的左路边线跑，速度起来之后没人能追得上他，后卫去抢，往往被他内切进去。端木云问猪仔，哪儿学的球。猪仔说，没学过，天生就会。端木云说猪仔你他妈的真是投错了胎啊，你应该去体校的。猪仔问道，体校收我吗，我也不想再扛包了。端木云说拉倒吧，我说的是你小时候，你现在已经十九岁，尽管很能跑，但我也想不出你该去做啥。有一次猪仔被人铲了一腿，痛苦地倒在渣土上，抱着膝盖大哭。红色十字队的人说，莫铲他，他是靠腿吃饭的棒棒，除了扛包啥子都不会，铲坏了就苦咯。蓝色斜杠队说，狗日的跑得实在太快，抱歉抱歉，索性把你两条腿都铲废，你就可以去讨饭咯，要不要，猪仔。猪仔说我日你妈啊。大伙继续看猪仔的腿，告诉他：龟儿子，小腿也出现静脉曲张了，太早咯，自己注意点。

一九九九年的夏天既没有世界杯也没有欧洲杯，实在无聊，打工仔们开玩笑说应该组织一场打工杯，或按所在工厂组队，或按籍贯组队，前者是冠军杯，后者是世界杯。小镇治安队员们过来看热闹，站得很远。打工仔说，和你们治安队踢一场，要不要。治安队员们发笑说，不踢，在这个场地上会搞出矽肺的，死得硬邦邦，只有你们不怕死。猪仔说，借给你们口罩。治安队员们说，真的不踢，天气太热，以后借了中学的操场和你们踢。猪仔戴上口罩，穿着短裤跑上场。治安队员说，册那，这小子跑得太快了，比得上郝海东啊。有人指出，更像姚夏，都是重庆人。

另一天，端木云看到梅贞也站在场边看热闹，走过去打招呼。梅贞笑笑，问他腿伤恢复得怎样，后来指着那个跑得最快的人说，那是猪仔。端木云想她怎么会认识棒棒，她是录入员。梅贞说，我和猪仔是同乡，话说回来，公司所有的棒棒都是我的同乡，他们都来自大重庆。猪仔沿着边线带球，减速，喊道：梅贞。梅贞鼓掌回应道，猪仔，雄起。猪仔带了球狂奔，喊道，我就是喜欢梅贞。旁边人起哄，那个阴郁的杨雄从人群里出来，走到场上。端木云和梅贞几乎是同时喊道：猪仔，快逃。猪仔说，哈？回过头来，被杨雄一巴掌打到了土里。梅贞脸色铁青，转身就走。

　　杨雄和梅贞是什么关系？猪仔说，啥子关系都没得，杨雄是个不知羞耻的恶霸，觉得梅贞是她的女人，是林杰的女人，是他和林杰的女人。如果他在重庆，这样对待一个重庆妹，他早就死咯。那时，端木云完全没意识到事态严重，他开玩笑说猪仔你应该搞一把火药枪轰烂杨雄那张脸。

　　渣土场的足球比赛终结于八月初。有一天下午，两人最先来到球场，发现球门架子不见了，一辆破烂面包车停在场地中央，车边上站着几个穿着短袖花衬衫的年轻人，抽着烟，看着场地并指指点点。端木云注意到其中一个是安达旅馆的老板傅民生。猪仔走上前问，师兄，球门去哪里了。这些人不理他，继续说话。踢球的人还没来，猪仔追问道：师兄，我的球门呢？傅民生很不耐烦，他身边一个戴金表和墨镜的人，倒是还算客气，说：小兄弟，这里很快就要被我们包下来做停车场了，你们去别处踢吧，换个好地方。他拍拍猪仔的肩膀，发了一根香烟。可是猪仔并不抽烟，他继续追问，球门也是你们的吗。傅民生说：当然是我们的，已经处理掉了，滚吧。猪仔舔了舔嘴唇，逆光看着这些人。端木云感觉不妙，想过去拉他走，杨雄从面包车里跳了出来，用一只手夹住猪仔的脖子，拖到土路上，扔了出去。猪仔说，日你妈。杨雄向他脸上端了一脚。踢足球的打工仔们正从道路那边过来，他们一致停下脚步，与端木云一起，远距离肃穆地看着杨雄殴打猪仔。五分钟之后，这些人上了面包车扬长而去。

八月里，周劭觉得自己快热疯了。办公楼里有空调，他向梅贞抱怨说，当时为什么不应聘一份敲键盘的职业，至少不用待在车间里。梅贞说，那些空调与其说是员工福利，毋宁认为是保护电脑的。又说，八月是美仙公司离职率最高的时候，即使苦力，也受不了那种程度的热。

几天后，周劭刚一到公司，童德胜便把他叫了过去，让他下午跟车去E市西郊的铁路货运站。周劭问，跟哪辆车。童德胜说当然是卡车，另外，梅贞一起去。周劭问为什么录入员也要出差。童德胜不耐烦地说，录入员是用来监督你的，怕你押着货开到天边去。

下午，卡车来了，是一辆二十吨挂车，司机瘦小干枯，皱纹全都堆在额头。周劭从小就会打牛筋结，跳上车斗想帮司机一起绑绳子，这司机说，也就三十公里，货不重，这一带治安很好，不用绑了，等会儿卸货麻烦。周劭爬进副驾，发了一根香烟给司机。司机十分感激，自我介绍说，他叫吴阿满，浙江人，车是他自己的。卡车开到厂门口，梅贞已经在那里等候，周劭下了车，让梅贞坐到中间，可是梅贞更想坐副驾靠窗的位置。周劭只得又爬回驾驶室，然后让梅贞上车。卡车开出厂，有一个清瘦的女人在路边候着，阿满停了车，这女人也爬进了驾驶室。周劭说，喂喂，这是谁。阿满说，这是我老婆啊。周劭说，这太挤了吧，你的车里他妈的还有一口锅子，什么意思。阿满说，这是我的车也是我的家啊，带老婆带锅子天经地义。周劭说，太挤了。阿满说，你可以让姑娘坐你腿上，反正我老婆不能坐我腿上，当然也不能坐你腿上，难道这姑娘愿意让我老婆坐她腿上吗，我看没希望。梅贞说，我认识你，你以前被杨雄揍过，就是因为嘴里话太多。阿满顿时无语。他老婆很硬气地说，我本来要找人砍了杨雄的手，阿满忍了，这年头，随随便便打人不好，应该砍掉手。周劭大乐，说你要是雇人砍他，我出五百。

卡车开上公路，行驶在内侧道，车速不快。周劭觉得这场景熟悉，何年何月，何时何地，他坐在火车头里，跟着父亲走过一个又一个不知名的城镇，停在一个又一个货站。有一次，他讲给梅贞听，梅贞觉得像童话。还有一次，端木云说你是那个喜欢坐在副驾位置的人，而端木更喜欢蜷缩在车尾。四个人看到夕阳落在公路微微带着弧度指向的远方，白鹭在晚霞掩映下飞起又落下，风吹散了车里蒸腾的热气，梅贞的长发扫到了周劭的脸上。周劭说，假以时日，我也要做个卡车司机。阿满笑了。梅贞说，你应该回到上海，找份像样的工作。周劭指着前方说，我要去天边给你摘一片彩云。卡车开到 E 市的环城公路上，晚霞被一些陈旧的楼房挡住了。在急转弯处，周劭听到后面车斗哐当一声，忙让阿满停车，汽刹发出砰砰的响声。四个人下车一看，十几包瓷砖在转弯的离心力之下甩出去，碎了一地。阿满摊手说，这一趟车白跑了。梅贞安慰道，没砸死人算你运气。列车不等人，他们没有停留，将瓷砖弃置在原地继续赶路。

这一天他们绕过了 E 市，到西郊货运站时已经是晚上七点，天快黑了。阿满闷闷不乐，忍受着他老婆无休止的数落。梅贞听得都不耐烦了，周劭说，货车司机通常都有一个坏脾气的老婆。梅贞问，什么道理。周劭说，没有道理，像是上帝给人间做出的必然组合，渔夫的妻子总是贪婪，海员的妻子总是贤惠，没道理。说完，掏出小本子，在装卸工身后清点数量，核对发现掉了十七包瓷砖。两人在站台上默默地看着瓷砖装了半个车皮，梅贞打了个呵欠。周劭说，我小时候就是这样，装货很枯燥，搬运工来来回回，重复劳动就像钟摆一样，你在一边看着都累，但是，火车总会开走，事情总会结束。梅贞不语。到九点多时，搬运工把活干完了，两人觉得又累又渴，走出货运站发现阿满的卡车已经消失了。

梅贞和周劭滞留在 E 市西郊，那是一个荒凉的地方，所有的货运站都荒凉。周劭在街边找了一个磁卡电话，打给童德胜，童说，你们自己想办法回来，打车票没法报销，你们级别不够。周劭挂了电话，在路边拦了一辆出租车，但司机拒载。他意识到这个时间上没有人愿意跑那条黑黢黢的公路，很危险。梅贞说，我们可以明天清晨在公路口搭厂车回去，不过，那是在东郊，而我们在西郊，今晚我们必须穿过 E 市，在东郊落脚。

两人沿着破碎的柏油路向东走了一段，四周皆是平房，玻璃窗透出的灯光正在陆续熄灭。梅贞在一个小杂货店买了水和饼干，然后想起，第一次见到周劭也是在这种地方。继续向东走了一段，看见有公交车，便搭乘上去。来到市区已经是深夜了，有一座大桥上躺满了民工，全是打地铺睡在席子上，上身赤裸，下身兜一条短裤。个别人睡在桥栏杆上，那里更凉快，也没有蚊子。周劭开玩笑说，咱俩不能睡街上啊，你有亲戚住在 E 市，不如你就去亲戚家住一晚上吧。梅贞先是同意了，随后又摇头说，不愿意。周劭说，那就住旅馆吧。梅贞说，身上只剩二十块了。周劭说，我还有二百。

两人继续向东走，E 市不大，走了有半个小时，看见东郊的电视塔。梅贞说厂车明早就是停在这附近。周劭已经累得不行，又买了点水，在一个小饭馆吃了面条。二百块够在市区的小旅馆里要两间房，但那样的房间是不会有空调的，也不会有单独的洗澡间。后来，周劭看着街对面一家似乎是二星级的宾馆，装潢也很陈旧了，窗口都挂着冷气机。周劭走过去问了一下，一晚上一百八，不需要身份证。他回到小饭馆，对梅贞说，我可以去桥上蹲一晚上，你就住旅馆吧，但是能让我进去洗个澡吗，我快热昏过去了。梅贞愣了一会儿，说，这又是何苦呢。这时，夏夜路灯下喝醉了的汉子们正歪歪扭扭地走来，沿街笑骂，抛掷着空啤酒瓶，发出惊人的巨响。

这天晚上，周劭在宾馆开了房间。梅贞想，这个价钱无论如何都够打车回到铁井镇了。在前台，服务员用怪异的目光瞟了他们一眼。梅贞意识到她和周劭穿着同样款式的衣服，那种紫色的、古怪的、不分男女的短袖衬衫，已经被汗水浸透。不管怎么说，穿着同款制服证明了我不是一个在夏夜勾引醉鬼的阻街女郎，她想。进房间后，看到有两张单人床，雪白干净的床单。周劭打开空调，窗机喘息了一声，开始工作。冷气吹在身上很舒服，梅贞坐在椅子上，心情稍微好了一点，说：我们好穷啊。周劭边喝水边问：你每个月往家里寄多少钱？梅贞说：有多少寄多少，给自己留二百元零花钱。周劭愣了一下，说：多留点吧，买件新衣服。梅贞说：明年涨工资了可以多留点。

周劭来到卫生间，看见那块正对着房间的大玻璃呆住了，那里甚至没有帘子可以拉上。那时，他还不知道这种格局的房间是用来幽会或是嫖娼的。他说这他妈算怎么回事，太滑稽了，给人观赏吗。梅贞淡淡地说，是的。周劭觉得茫然，坐回到椅子上，敲着手里的空塑料瓶，窗机发出单调的轰鸣，像某个怪物磨牙的声音。梅贞关了空调，这时，外面所有的窗机都传来轰鸣，间歇发出咳嗽式的停顿，仿佛是辽远之处、黑夜凌空的地方有一群老迈的野兽正在不安地踢腾。梅贞认真地问周劭，你想吻我吗。

梅贞再次打开空调，把两人的衣服挂在椅子上，对着窗机吹。两件紫色的衬衫在灯光下看起来是深蓝的。她走进浴室时，周劭想，确实，玻璃是给人观赏的，假如打开浴室的灯，会显得淫秽。梅贞在黑暗中洗澡，没有开灯，周劭同样把顶灯和台灯都关了，尽管他知道这样能更清楚地看到浴室里的情景，显得不太礼貌，但此时此刻，他同样不想暴露在灯光下。他望着浴室里的梅贞。有时，她转过脸，看一眼坐在床沿上发呆的周劭，那眼神是严厉或是伤感，谁又能说得明白？后来，她敲了敲玻璃，周劭走过去。梅贞哆嗦着说，没有热水，好凉，抱一抱我。

安达旅社是一栋两层楼的仿苏联式建筑，铁井镇人武部旧址，与周围歪歪扭扭的平房不同，这里每一块红砖都是经过精心测量砌上去的，腰线以下涂着一层水泥，经年历久，水泥剥落，但房子仍保持着敦实厚重。六十年代末挖的防空洞就在旅馆下面，面积不大，不过两百平方，已经完全废弃，旅社老板傅民生模仿北京或是广东的酒吧间将其装潢成娱乐场所，可以蹦迪，卡拉 OK，也可以坐在吧台上喝着劣质洋酒发呆，然而本地并没有人愿意去地下室娱乐，夏季的霉味太重。傅民生从 E 市挖来一支表演队，这样，陆陆续续有一些打工仔来看表演。最初，表演队有两名歌手和数量不明的乐手，他们是从南方漂过来的，男歌手会打鼓，用英文结结巴巴地唱老鹰乐队的"加州旅馆"，女歌手是民族唱法，她唱过"草原之夜"等歌曲之后就会应观众要求唱一两首黄色小调，可是她长得不好看。后来，观众腻了，起哄赶他们走，表演队来了一位走音走得离谱的女歌手、脱衣艳星、黄色脱口秀表演者，每周五和周六晚上各做一场，一段时间内备受欢迎，艺名叫作飘飘。现在，当你走到安达旅社前面，首先它的门脸已经换成了安达宾馆，其次，有一盏霓虹灯，闪烁着"魅力酒吧"四个字，可是"魅"字的半边不亮了，变成鬼力酒吧，也不错。住店的客人在周末的夜晚不仅能听到低频轰鸣，还能听到尖叫声，听到一个女人在麦克风里发出的表演性质的呻吟，令人坐卧难安，不得不来到地下室，花十元钱买一张票，这样就能看到飘飘，还有一群散发着廉价荷尔蒙气息的打工仔，其中有一部分居然还是女孩。你可能无法理解，女孩为什么要来看这种污言秽语的色情表演，简直穷极无聊。确实，穷极没错，色情舞表演对所有的女性免费，以女性观众招徕更多的男性打工仔，然而无聊并不适用于她们，她们在这种色情表演中同样获得了刺激感，满足了好奇心。事实上，色情舞表演并不挑战人的性欲（或者控制性欲的能力），端木云认为，挑战了你对现实的认知。

　　那时，端木云和郑炜讨论了一个问题：究竟是夏天的夜晚无聊，还是冬天的夜晚无聊。端木认为是冬天，郑炜说是夏天，两人争执不下。郑炜说，你在夏天的夜晚和我讨论这个问题，充分说明了夏天的无聊。这个逻辑很有力量，周劭问郑炜的学历，回答是技校毕业。周劭说，这湖北佬看上去很聪明，应该具有读本科的能力。

　　周末，端木云拄着拐杖，跟郑炜去了魅力酒吧。在门口遇到傅民生，傅认出了他，说我曾经见过你，前两天在渣土场上。端木云说，你记性不错。傅民生说，我还记得你住过安达宾馆，和一个上海人。端木云没再接茬，买了两张票，和郑炜一起进去。郑炜说：这个老板眼睛很尖。端木云说：眼睛尖的人应该低调，不要动不动就说自己见过谁。

　　魅力酒吧里坐着打工仔，人数不少，小部分在黑暗的角落里站着，大部分围坐一圈，中间像是个舞池，第一排的人被头顶上的灯光照得像荒诞戏剧中的角色，第二排往后则面容模糊，逐渐隐没在黑暗中，有几个女孩靠在空调附近吹冷风。郑炜说，咱们坐到第一排去。端木云说，来都来了，我先请你喝瓶啤酒。两人到吧台上要了小瓶装的百威，再回到舞池边坐下。音乐一直没停，是一首漫长的迷幻舞曲，但并没有人跳舞。端木云喝了一口啤酒，看看周围的人，心想：真古怪，如果让我形容的话只能说他们像关进毒气室里的犯人，但其实我也没见过那场面，总之不像是真实世界的场景。到晚上九点钟时，观众更多了。既没有主持也没有报幕，一个穿武警服的小伙子搬上了一张椅子，放在舞池正中，音乐停了，小伙子下台，姑娘走了出来，很丰满，但不胖，穿着一件黑纱大氅，里面是黑色的泳衣，妆化得很浓，难以看清她的本来面目。端木云感到身边的人像煎锅里的油一样躁动起来，能听到轻微的噼啪声，闻到油烟味逐渐弥漫开。姑娘对着无线麦克风说：我是飘飘，很荣幸，一再地来到这里，见到你们，我是你们心中的什么？有几个观众喊道：宝贝！姑娘说：是的，我是你们的宝贝，我是你们的夏天，我是你们的 Masturbation Fantasy Object。这时，音乐又响起来，姑娘举着麦克风猛烈地跳艳舞。端木云问郑炜，她说的什么鬼东西？郑炜大声说，英语，就是自慰幻想的对象，就是手淫，我也记不住这个词儿，她说简称 MFO。这时，姑娘说了几个英文单词，有 OK，有 fuck，有 kiss，总之，像个大城市来的人。端木云发笑，说，简直难以置信。说了好几遍。

音乐声震得他头晕，一开始，跳艳舞姑娘像一种关在无形的玻璃缸里的有毒爬虫，在封闭中寻找不存在的猎物。没有一个打工仔敢上去撩拨她，所有人仰头看着她围着一张椅子跳舞的模样，她脱下黑纱大氅，有时候，她的腿踢过头顶，露出被泳衣包裹住的饱满的阴部。打工仔们用一种近乎是敬畏的猥亵表情看着她，随着台下嘡哨声起，整体气氛变得滑稽，带有自嘲意味——我花了十块钱来看这个。端木云问郑炜：就这两下，值十块钱吗？郑炜说：值，很便宜。端木云说：我感觉这不是色情舞，而是某种动物表演。郑炜说：她让我想起什么你知道吗，她让我想起我的叉车，是的，我的横冲直撞无所不能的叉车。端木云大笑，说我明白，你的叉车要是个女人，你准会操它。

音乐停了，端木云松了口气。姑娘开始兜着圈子讲黄色笑话，逗得打工仔们连连淫笑。然后，那姑娘走到一个穿水手服的小伙子面前，他正抱着胳膊欣赏，她要求扮演美人鱼，让小伙子抱她上甲板，为所欲为。小伙子做出夸张的恐惧表情，拒绝了。姑娘提出了一个问题：你怎么操美人鱼，请问，她没有小穴啊。小伙子答不上来，做出夸张的痴呆表情，作为一个观众他配合得相当默契，像个托。姑娘说：这位先生显然还不知道世界上有更爽的做法，其实，拥有一个女孩子的上半身就足够了。接着，她开始假装舔舐手上的麦克风，并对着它吹气，喇叭里传来她气若游丝般的呻吟，当然，那也是表演。她把麦克风举在眼前看了看说，硬了。接着，她大声宣布，谁的枪比我手里的这根更大，谁今晚就可以免费操我。小伙子大声说，操你的上半身吗。姑娘说，亲爱的，也许是你被我操哟。她走到了舞池的另一边，继续她的风言浪语。

　　端木云看着她在舞池中奔走翻滚，起初他认为这只是一场低级的色情表演，为了满足文盲打工仔的生理需求，让十元票价看起来物有所值，但是当她从肢体表演转换为语言表演时，那种诱惑感消失了，变成狂野，变成藐视，色情不再是裤裆里的事，色情悬在咱们头顶了。端木云想：如果我写她，该怎么写，我怎么驾驭这种假狂野，它看起来比真的更真。这时，姑娘忽然走到他面前，像荒野上的龙卷风，没等他反应过来就骑在了他的腿上。端木云吃惊，郑炜在一边奸笑说：不要动，这不是即兴表演，是每场的高潮。姑娘说：这位先生的腿，不太好，上了夹板，现在我想他的第三条腿也被夹住了。满场狂笑声中，端木云感到自己迅速勃起，隔着沙滩裤，碰触到了龙卷风的中心地带。姑娘热吻了他一下，双腿用力夹住他的腰。端木云从未被人这么猛烈地挟持过，那一瞬间他想，假如我爱上她，即使她是假的，也有足够的理由了。

　　较难置信的是，端木云被这场色情表演迷住了，并不是出于任何生理原因，要他自己说的话，是那种奇怪的修辞术。他坐在那里估算，假如是我写的小说，能不能达到这样的境界，他认为，很难，没有一个作家敢在大庭广众之下用双腿夹住读者（当然，这是一种比喻性质的说法），更困难的是作家到底怎样才能用双腿夹住读者呢？听起来十分好笑。

　　端木云穷极无聊，下一个周末之夜，他再次拄着拐，到地下室去看演出。这次姑娘仍然跳舞，所讲的黄色笑话却和上次完全不一样，并且把双腿夹人的固定戏码提前了半个小时，吻了一个瘦弱惶恐的少年打工仔，引来哄笑，她骑在他腿上凶巴巴地质问道，是初吻吗。可怜的孩子被她吻得发抖，低声说，是的。最后的时间里，她奉上一曲荒腔走板的"对你爱不完"，与色情完全无关，听得端木云想哭。人群散去后，他没有走，在酒吧里又喝了一会儿，看见大个子杨雄站在门口，那模样并不是顾客，而是看场子的保镖。过了一会儿，他看见鲁晓麦走进来，和傅民生说话，感到不可思议，趁其不注意赶紧溜了出去。

街上已经没人，路灯还亮着，穿黑纱大氅的姑娘换了一件白T恤，独自走出旅馆，脸上的妆还没有卸掉。有一个剃板寸的男人从后面跟过来，照着姑娘的脸上甩了一个耳光，姑娘捂着脸，一声不吭。这个男人走了以后，端木云上前，停住脚步。姑娘问他，好看吗。尽管不知道发生了什么，端木云还是说，别难过了。

去你的，我怎么可能为这种事难过。姑娘温和地斥责道，好啦，小孩，别看了，上个星期我骑过你，我记得你的腿，但是别他妈再看着我了。这事儿，不值得看。

端木云说，好，不看你，要抽烟吗。

姑娘说，来一根。

两个人叼着烟往前走，姑娘手里拎着一个旅行袋，不知道要去哪里，他决定陪她走一段路。姑娘说，我骑在所有人身上，他们都不曾勃起，只有你勃起了，我他妈的当时真的吓了一跳。端木云说，不可能，每个男人都会勃起。姑娘说，哼，你不懂，在那种场合他们恰恰会被我吓软了。这话带有夸张成分。端木云说，既然你这么说，我还蛮高兴的。姑娘说，我也蛮高兴的，我不是鸡，我是一个表演者，需要你有生理反应，不管是哭、是笑、还是勃起，鸡最好你没反应、早点结束。端木云问，为什么。姑娘说，可以省下人工啊。好吧，端木云说，下次记得不要夹那么重，我要不是坐在靠背椅上的话，腰可能会被你弄断。姑娘笑了起来，走在小镇的石板路上，皮鞋发出咯咯的声音。她忽然停下，让他拎住旅行袋，从里面取出低帮运动鞋，单腿站立，交互换鞋，全不需要他扶。这是一个会跳舞的姑娘，平衡能力不错。接着，她摘了假睫毛，眼睛变小很多。端木云想，她不会在夜晚的大街上卸妆吧。然而姑娘只是把假睫毛放进化妆包里，继续走路，步伐仍旧拖拖拉拉。夜晚很热，她脸上的妆已经花了，经过路灯下，看到斑驳浮粉。端木云问，你是不是很累。姑娘说，当然哪，一个多小时就我在台上连唱带跳，你试试看。端木云问，你艺名叫飘飘，真名叫什么。姑娘说，打工仔，你怪里怪气的，不够 gentleman，你应该先介绍自己的尊姓大名，但即便如此我也不会告诉你我叫什么名字的，我就是那个在江湖上飘啊飘的飘飘。端木云说，也对，那我也不介绍自己了，我他妈是那个在天上飘啊飘的。姑娘问，什么。他说，云啊。姑娘又笑了起来，说你讲话神经兮兮，会把良家妇女吓坏的。她伸手要烟，端木云又给了她一根，并为她点烟，随口说，你抽烟有点凶啊。姑娘吸了一口，抬起头将一缕漫长的烟气吐向他的头顶，随着她逐渐正视他的眼睛，烟气落在他的鼻子上。她说，那天我吻了你，吻得怎么样。端木云说，还不错。姑娘问，是舌吻吗。端木云说，是的，有区别吗。姑娘说，当然有区别，有时我也会吻一些长得奇形怪状的男孩，假如每次都吻帅气男孩的话，那些不太帅气的就不来看我了，不太帅气的男孩也挺可怜的，没人吻，世界上并没有那么多帅气男孩，但我终究还是喜欢帅气男孩，所以我会给他们舌吻，这是一份安慰性质的奖励，你们长得好看但混不出人样，运气不在你们这边。端木云说，你要是去夜总会表演，那里都是运气很好的人。姑娘说，废话，我要是能去那里，我还来挣你们十块钱的门票干嘛，夜总会有更漂亮的女孩，或者，男孩。然后，她听懂了他的意思，撇嘴说，你是暗示我的运气也不够好，操。她继续走路，哼起了歌，还是那首"对你爱不完"，奇怪的是，并没有走音，节奏像布鲁斯。至于在台上为什么要唱得那样鬼哭狼嚎，端木云没有让她作出解释，听了一会儿歌，跟着那节奏迈步。后来，两个人走到开发区和小镇的交界地带，前面的路灯更亮了，街道空阔，有一辆白色的面包车停在路边。

　　姑娘停下脚步，把手里的烟蒂扔向远处草丛，这已经是她抽的第四根烟。她说，打工仔，别再往前走了，想拄着拐杖送我回家吗，那恐怕要走一夜。这时，面包车里下来一个人，就是那个打她耳光的男人，站在车边望着他们。端木云问，那是谁。姑娘说，笨蛋，那当然是我男朋友，你再往前走，就会被他打死。端木云说，也未必啊，那么再见了。姑娘撂下他，走向面包车，大声骂道，操，让我打还你一个耳光，打还一个。男人说，幼稚，贱。两人打闹了几下，上了车子，男人开车，向着公路方向离去。

　　端木云不理解自己为何会想念一个跳色情舞的姑娘，这姑娘叫飘飘，当然是艺名。有时候他还会回忆起重庆遇到的小苹果，或是玄雨，或是沉铃，她们都有另一个名字。当然，把文学女青年和妓女混为一谈，总显得不太礼貌。有一天夜里，他在小镇偏僻的角落里找到了一家网吧，上网，进了一个文学论坛，那里面的人全都使用古里古怪的网名，既不像是作家使用的传统笔名，也不像是绰号。有趣的是，那些人很自然地以网名互相称呼，好像他们天生就应该叫那个名字。他注册时给自己起的名字叫作"逆戟鲸那时还年轻"，后来觉得过于抒情，就换成"多米诺"。

　　多米诺骨牌是一种惩罚性质的游戏，或者反过来说，游戏性质的惩罚。储运部对付犯错的职员，除了辞退和罚款之外，还有一项是去清点瓷砖。大班长童飞会挑一堆曝露在室外的滞销瓷砖，久经日晒风吹，包装盒上已经看不清货号，或是根本没有包装盒，然后让员工一片一片点清。假如是50cm的瓷砖，数起来并不难，但如果给出五个货位（十块栈板）的10cm外墙砖，那就得在烈日下把它们全部搬下来，排开，一片一片，辨明规格和花色，点清数量。这个游戏就是多米诺。

　　多米诺是无意义的劳动，多米诺让你想起家乡层层叠叠起伏的麦田、无尽的季节和你想摆脱的那种生活，多米诺是工厂支付给你相应的工资但它宁愿凝视着你陷于休克。因此，当论坛上有一个网名叫广陵仙子的女孩告诉端木云说她喜欢多米诺骨牌时，他只能对着电脑屏幕苦笑一声。

他说，还有更损的（但它是工作，不是惩罚）：一种货号的瓷砖出现在表格上，但失去了货位，现在你必须把这种瓷砖从偌大的仓库里找出来，标清它们的货位。比之多米诺游戏，它唯一的好处是不必非要在室外工作，但是，室内更热啊。这个游戏叫作寻宝大王。有时候，找一种瓷砖会花去你一个月的时间，如果更久，仓管员会发疯，就是这么奇怪，即使主管下令停止这种无意义的寻找也无济于事，仓管员会长久地想着那个货号的瓷砖到底在哪里，既然它出现在表格上，又没有被提货提走，那就说明肯定在这个空间里嘛，但结果往往令人伤心，找不到，就是找不到。

当然，多米诺也会令人发疯——如果主管让仓管员去数第二遍，那数字肯定和第一遍不一致，和表格上登记的也不一致——和第三遍不一致，和所有人点出来的任何一遍不一致。对患有强迫症的人来说，这是毁灭性的游戏。但我有一个朋友，他很适合发这种疯，他爱上了一个女孩却回忆着从前的女朋友仿佛是要追求一致性，结果，每一遍数出来都不一样，更多的时候，他又像在玩失去了货位的寻宝大王游戏，从前的女朋友不知道去了哪里，他总是在想，去了哪里，在哪个货位上。你说他疯不疯？

他讲完这些，网名广陵仙子的女孩发信说：你这么理解问题就是一个疯子啊，你说的那个朋友就是你，所有的傻帽都喜欢这么讲自己的故事。

周末，魅力酒吧出现了一个疯子。在飘飘问出谁的枪比我手里这根更大时，疯子跳进舞池，拉下了裤子，背对观众露出两瓣屁股。疯子说，我的鸡巴大，现在我可以免费操你了。飘飘一点没慌，向台下招手，穿武警服的小伙子冲上去向着疯子的脸上打了一拳，疯子仰面倒下，在地上打了个滚，开始喷尿。这时，剃板寸头的男人也走了过来，疯子已经把舞池弄得一塌糊涂，男人抄起椅子，想砸疯子，但是被傅民生和穿武警服的小伙子架住了。

这个过程引起了观众的骚乱，飘飘转过头，对着端木云一笑，退回到后台（只是屏风拦起的一小块地方）。那时，他腿上的夹板已经拆掉了，不过姑娘仍然记得他，那笑容让他回味了很久，认为是疲倦的笑。疲倦的时候，没有也不应该有太多的表情，只能笑笑。这时，剃板寸头的男人已经把疯子踢晕了过去，舞池里散发出恶臭，观众纷纷站起，要求退票。

这一天晚上的观众数量不多，三五十个人而已（确实，人们已经厌倦了色情表演女郎）。傅民生不答应退钱。有几个年轻人是从造纸厂那边过来的，路途有点远，到得晚了，只看到了疯子出丑，觉得亏了，让傅民生退一半钱，每人五块。傅说，十块钱你们就当是进来吹空调吧。从昏暗的地方又走出来一个大高个子，是杨雄，他站到傅民生身边。端木云没有去看热闹，径直走出了地下室，回去睡觉。

端木云梦见自己在地下室与色情表演的姑娘亲热，姑娘长着一对白色的翅膀，像个天使，与一道男性化的阴影互相抚摸着下体，表情淫逸。那神态和那翅膀诱惑着他，他走过去推开了阴影，取代了那个位置。后来，他感觉阳具被她握紧，在梦里有了明显的快感，他明白自己并没有驱开阴影，而是走进了它的位置。另一种可能，他就是疯子。这个梦像奇幻电影中的片段，醒来之后，发现自己遗精了。

这是星期六早晨，他从床上坐起来，拿过卷筒纸迅速弄干净自己。周劲不知道去了哪里。接着他看见叉车司机郑炜像恶鬼一样扑进房间，一屁股坐在椅子上，满脸血污，已经被风吹干。端木云问，你怎么了。郑炜从桌上拿过一杯水，先喝了一口，把剩下的浇在自己头上说，老子被人打了。

端木云问，谁打你?

郑炜答道，可能是十兄弟，我猜他们就是十兄弟。

前一天晚上，郑炜就在魅力酒吧目睹了疯子出丑，退票时场面混乱，他认得杨雄，上去说了几句客套话，想要回十块钱，但杨不予理会，直接将其赶了出去。散场太早，郑炜四处闲晃，在靠近公路的地方找了一个常去的大排档坐下，喝了不少冰啤酒，念叨着十块钱。后来，他看见飘飘走过来，大模大样地要了一瓶汽水喝起来。郑炜已经喝多，他挪到姑娘身边坐下，开始说一些不三不四的话，比如说他几乎每个周末都会抽出一个晚上到魅力酒吧看她的表演，可是她从来也没有选择他作为骑大腿的对象，对此他念念不忘，他的MFO。姑娘喝着汽水傻笑起来，同时挪开身子，坐到桌子对面。郑炜看着她没来得及卸妆的脸，说起他的叉车，他把姑娘坐上大腿的那一瞬间形容为叉车撞向墙柱（听到这里连端木云也笑了），姑娘上下打量他，问他是哪儿的人。郑炜说，湖北的。姑娘说我讨厌九头鸟。郑炜抬手隔着桌子撩了姑娘一巴掌，自我感觉打得很轻，只是手指头沾到了她的脸，然而，这犯了大忌。在铁井镇，你只能打自己的女人。郑炜打出那一巴掌就知道错了，她不是妓女，况且妓女也不能打。他想，时间要是能倒退三秒钟我都不会这么做。

姑娘挨了一掌，什么都没说，站起来走向街对面的面包车。车一直停在那里，郑炜意识到要出事，和大排档老板打了个招呼，说我要是被人打死了，你就记住那辆面包车和那个女人，接着朝反方向跑去，身后面包车开了过来，有人跳下车。他撒腿狂奔，背上先挨了一下，倒进草丛，接着又挨了几下，被人踢中了头部，昏了过去。醒来后，他发现自己躺在河滩边，双手被反绑，嘴也被封上了，车灯照着他，一个剃板寸头的男人靠在车边抽烟。郑炜想爬起来，板寸头见他醒了便走过来继续打。

后半夜，杨雄来了，看了看郑炜的惨状，和板寸头低语。板寸头说，身上没钱，有一张工资存折。杨雄说，对，这帮住宿舍的小崽子总是把存折带在身边。他给郑炜松了绑，撕掉嘴巴上的胶带，蹲着看他。郑炜跪在地上求饶。杨雄仍然看着他，那目光不再像个保安。

郑炜说，我看到那眼神就知道自己会死，或者已经死了。端木云问，什么样的眼神？郑炜说，你他妈的问这个有意思吗，我怎么向你形容，摆一个出来给你看？端木云说，抱歉，你继续讲。

后来，又有几个人走过来，郑炜认出其中一个是傅民生，他们回到面包车里讲话，似乎是在争吵，只有杨雄站在郑炜身边。郑炜继续求饶，杨说，你不该打她，她是我们的女人。郑炜说我再也不敢了。接着车门拉开，几个人下车，其中一个穿短袖花衬衫、戴金表的男人走过来，很客气地让郑炜走几步，确认他骨头没断，又问他有多少钱。郑炜知道今天想走就必须留下钱来，然而他身上并没什么钱。戴金表的男人问，存折里有多少。郑炜说，有一千块。板寸头过来又给了他一拳，被杨雄劝开了。戴金表的男人说，不是什么大事，留个欠条吧，工资存折和身份证我先留下了。郑炜问，欠条写多少钱。戴金表的男人笑了笑，说，你觉得今晚上值多少就写多少吧，我们也商量不出一个主意来，一笔写下去，就是你给自己留的路，写完以后，把工资存折给我，不会多拿你一分钱。郑炜问，我写欠谁的？戴金表的男人说，就写欠安达旅馆的房费吧。

即便如此，欠条还是写了三次，第一次，郑炜写了两千，戴金表的男人什么都没说，不等他写完就把纸条撕了。第二次，郑炜写了五千，又被撕了。第三次他写了一万，签名，按上手印，然后问，我大半年没收入该怎么活下去。戴金表的男人说，过两天，等你伤好一点了，杨雄会找你，到安达旅馆来一趟，我们商量些事，最近就别去上班，主管看见你脸上有伤会怀疑你有案底。

这伙人拿走了郑炜的身份证、工资存折和欠条，上了面包车向西而去，把郑炜撂在河滩上。他看到车后窗里面有一道女人的影子，那姑娘想必整夜待在后座，看他挨打。他觉得自己再挪一步都会四分五裂，就在河滩上躺了下来，再醒来的时候，天已经全亮了。

端木云说，你讲得颠三倒四，为什么要杀你，或者为什么不杀你，全没明白，你怎么知道他们是十兄弟。郑炜说，你是个书呆子，老子逃跑时已经关照过大排档老板，我跟他有点熟，假如老子失踪了警察一查就知道，所以他们不敢杀我，只敢打我。至于十兄弟，老子是被他们用尼龙扎扣绑的手，用强力胶布封嘴，板寸头腰里插的是军用直刀，可能是广东仿制的，哪个普通混混会配备这种东西，这是绑架犯的装备，另外，我最初以为杨雄是傅民生的马仔、保镖，现在才知道不是。端木云问，为什么。郑炜说，傅民生给杨雄点烟，傅民生给所有人拉车门，最后一个上车，哪个老板会这样对马仔？端木云说，那不见得就是十兄弟。郑炜说，总之，是个犯罪团伙。端木云说，那你应该去报警，你被人敲诈了。郑炜说，这事没这么简单，不过，想弄死老子也没那么容易。端木云说，他们还让你去安达旅馆，这意思是要你去望风吗，你也不大适合望风，话太多，你会开叉车，难道是要你把叉车偷出来？郑炜说，你是怎么猜出来的？端木云说，简直废话，随便看几本犯罪电影就能猜出他们的意图，等到你真的入伙了，搞不好会被他们弄死了再扔进河里，另外，有一件事我没搞明白，公司所有的叉车司机、棒棒、本仓管理员都被收走了身份证，你的身份证是怎么留在手边的，你他妈的身上一定也背了什么案子，对了，或者你根本不是郑炜，你也不是黄石人，你是个假人。郑炜吓了一跳，仍然发问，你是怎么知道的。端木云说，我猜的。郑炜说你不要瞎猜，瞎猜不要瞎说，瞎说不要瞎传，你会丢了命。

到了下午，杨雄出现在宿舍门口，带来两盒香烟，往桌上一放，推醒了郑炜。端木云看到了他的目光，心想，原来是这样的，假如要我形容，就是一头野兽在犹豫着要不要杀死眼前的猎物。杨雄说，带点东西给你，昨天的事。郑炜立刻打岔说，昨天什么都没发生。杨雄点头，站起来在宿舍里走了一圈，对端木云说，你把他沾血的衣服拿出去扔了，屋子里太臭。端木云坐在上铺，居高临下看着杨，并不打算回答。杨雄问，什么意思，你在研究我？郑炜忙从床上起来，把地上沾血的衣服收拾到塑料袋里，说，他什么都不知道，看见带血的衣服吓傻了。等到杨雄走后，郑炜有点懊悔，说我不该告诉你这些，你看着杨雄的眼神就像是坦白告诉他你已经知道了真相。端木云点起一根烟说，不要紧，如果你失踪了我会记得叫警察去拷问杨雄，不过，你究竟是谁呢。

在陈旧的二星级宾馆里，夏季空调吹出的冷气中总是带有一股霉味，梅贞深夜醒来，看到周劢在小本子上记录着什么。周劢说，大学毕业之后养成的习惯，碎片式的生活。梅贞问，你把我也写进去吗。周劢说，你愿意这样吗。梅贞想，我不能把过去的经历告诉这个男人。她的脸色不好看，周劢问她是不是做噩梦了。梅贞说：在梦里看见你带着我走了很远的路，走过很荒的街道，走进这个房间，房间里有一个不认识的男人，就是这样的梦。周劢合上本子说：你看错了，肯定不是我带你走上这条路。梅贞觉得那股霉味令人难以忍受，没有把谈话继续下去，心里奇怪周劢为什么会把日记本也带出来。第二天，回铁井镇的途中，她忽然明白了，周劢的包里不但揣着日记本，还揣着钱和证件，他每天带着这些东西上班，仿佛是一个随时要跑路的人（其实他仅仅是担心宿舍里有小偷）。这种随时跑路的姿态令梅贞想起了林杰，她回到储运部，每天上午，照例都能收到林杰发来的库存报表传真件。这些报表垒成一摞，她想，虽然生活看上去像是一块板结的土，比如在铁井镇你可以忽略时间流逝，每一天都近似，每个月的工资都一样，每个人的脸看上去不会有变化，但这种生活稍加用力也就变成碎片了。

也就是那几天，林杰的报表传真没有发过来，梅贞问调度的女孩怎么回事。女孩告诉她，林杰似乎是请假。梅贞有一种预感，林杰必定跑路无疑，候鸟般的老鼠这个比喻她还记得。然而当天中午他的电话打到办公室，告知她，自己在安达宾馆214房间。那语气像是什么都没发生。

她本想等到下班再过去，但忽然觉得内心受到某种事物的煎熬，迫不及待想见到林杰，只有这样才能让自己好过些。她找童德胜请了个假，下午两点出了公司大门，没见到杨雄。到安达宾馆时，她买了一瓶水，喝了半瓶，剩下的倒在手心里洗了洗脸，又买了一盒避孕套，走上二楼。这时候，宾馆很安静，鞋子踩在走廊新铺的地砖上发出清脆的声音。她走向214房间忽然发现身边的门开了，林杰从211房间钻出来将她拽了进去，什么都没说，吻了她一下。梅贞犹豫，随后热烈地拥抱了他。林杰说，你的脚步我一听就是，像一只手无聊地按下钢琴键，一声一声，和弦在外面的风里。梅贞说，唉，我以为你不会再出现了。

这天下午，两人在闷热的旅馆里做爱。安达旅社现在虽然叫作宾馆但仍没有安装空调，只有一个吊扇在头顶转动。梅贞拿出避孕套，撕开包装给林杰戴上，并且说，自己在排卵期。林杰说不如你给我生个小孩吧。梅贞不语。林杰忙说自己只是开个玩笑，他并不适合做父亲。两人做得浑身是汗，林杰打开窗子透气，抽了根烟，又合上深蓝色的窗帘，继续做爱。一个小时里，梅贞到了两次高潮，而林杰仍然在做。梅贞笑着说，你快一点，我真的不想做了。林杰说，这样不是很好吗。梅贞说，太久了，留点时间聊天吧。后来，趁着他去卫生间的工夫，她打开一点窗帘，看了看外面，这时才是三点半的光景，仍然很热，太阳倾斜到屋檐一侧，天空一无所有，不会下雨了。

两人坐在床上，林杰说，真可悲啊，我又回到了这里。梅贞问，现在想去哪里。林杰说，还得回外地，继续看仓库。梅贞有点惊讶，问说为什么。林杰说，我有两个兄弟为了个女人反目了，喝多以后动了刀子，被其他人劝了下来，我是回来劝架的。梅贞说，瓜娃儿打架嘛，为这种事都特地回来一趟，奇怪。林杰说，你不晓得，还有其他事情。过了一会儿，林杰问她，有没有男朋友。梅贞点点头。林杰说，照理不该问，但好奇，是谁。梅贞说，储运部一个新来的，上海人，姓周，和他好过一次。林杰问，那你以后跟这个上海人吗。梅贞说，他也和你一样，穷得一塌糊涂，很快就要去外地，说不定以后还会和你交接，你对人家要客气点，让你的好兄弟杨雄不要去打他。林杰笑了，说，我对谁都很客气，江湖儿女，这不是什么大事，但是我能感觉到你不是很喜欢他。梅贞说，有一天他说我长得和他的前女友特别像。林杰又笑，说很多男人都这样的，他们不一定是想着前女友，只是女孩子身上那种共同的、奇妙的气质让他们迷惑了，听得出来，这个男人有点浪漫，有点念旧，和我是同一种人。梅贞摇头说，你也不要开解老子了，问你，有没有女朋友。林杰说，没有。梅贞说，一个都没交到吗。林杰说，仓管员交啥子女朋友嘛，耍半年就走了，也许认得一两个好心的女孩，毕竟都是露水情缘。

两人走出房间时，林杰犹豫着说，自己没钱了，能不能借他二百。梅贞从钱包里抽出两张大票，给到他手里。林杰有点不好意思，调侃说要不要给你写个借条。梅贞说，借条有啥子用，林杰欠款吗，你是林杰吗？那语气又变得严厉而难以捉摸。

这天黄昏，天气出奇的好，晚霞久久停留在 E 市那一侧的天空中。两人和成群结队下班的打工仔同时出现在街上。林杰说，这些人活得好开心。梅贞很熟悉他这种半吊子哲学家的口气，既与众不同，也没能跳出电视剧的理解范围。这些人在一个半梦半醒的世界里，林杰说，大部分来自农村，也有小城镇，胆小怯懦又很容易开心。梅贞说，你这么看仓库难道不觉得自己和他们很相似吗。林杰说，但是我不容易开心啊。梅贞说，为啥子不开心，你看上去好开心的。林杰语气散漫地回答道，因为没得钱喽，没得钱的人，不开心，做不成事情，不开心，我这个叫作一文不名。梅贞挽着他胳膊说，我好像就是喜欢你现在的样子，可惜你不会觉得一文不名是好事，将来你赚到大钱，一定不好耍，我不喜欢你喽。林杰笑笑，知道她是半开玩笑，两人拉着手逛街，在一家很小的面馆吃了晚饭，这时，他用那种散漫的音调终于讲了讲自己的经历，没头没尾，猜不出他到底想讲什么。

　　他说我出生在一个小镇，具体是什么地方就不告诉你了，你肯定知道我是贵州人嘛，但是身份证上写的不一定是对的。小镇什么都没有，有一个理发店，一个邮局，一个供销社，一个小学。小镇离县城太远了，但是有一条铁路线从不远处经过，并没有站头，路基很高，火车是从我们的头顶上开过的，有时也会停下。我在这个镇上看火车，一看就是十年，后来有一天终于考上了中学，就去了县城。县城还是一无所有，尽管很热闹。我拼了命地念书，考上了大学，但是很不幸，因为一件蠢事被学校开除了。具体来说，就是打伤了人。现在想想，打人没有必要，我很讨厌暴力，但是骨子里是一个暴力的人，在某一个点上会失去控制。我十分沮丧，回到镇上，坐在街上天天看火车，火车从很高的地方开过去，从来不会停下，有时出于很偶然的原因停下。我看着看着，像一个要参透玄机的和尚，一花一草，世界要向我讲诉什么。我父亲让我去学做木匠，我不去。有一天我忽然想明白了，你知道我想明白了什么？梅贞说，你讲。林杰说，那些开过的火车就是这个世界的常态，是我不可企及的部分，但是偶尔它也会停下，不管出于什么原因，它总之是停下了，一整天或是一秒钟，就是那个前途渺茫的机会在等我，然而不管火车停下多久，前方世界的渺茫这一点不可改变，目睹火车开过和坐上火车去往别处是两种完全不同的空虚。梅贞说，你想告诉我什么。林杰说，我想和你讨论命运，我很喜欢你，但是我只感到火车停下，至于它会带我去哪里，全都不知道。梅贞沉默。林杰嘀咕道，这也是很好的，如果这次我走了真的不能回来，希望你能理解我的心情，这也是很好的，我们被命运带走，好过被命运抛弃。

所以，你并不是祁家坝那个什么学院毕业的。梅贞问。

林杰说，没有学院，也没有祁家坝。

听着林杰讲话，梅贞感到那声音渐渐飘远，其中混合着火车开在铁轨上的咔嗒声，混合着嘈杂而低微的人声，还有她经过走廊时的脚步声。总之，那不像讲话，而像一幅图景。他讲完后，一切消散了。梅贞觉得有点失望，晃了晃脑袋，用手里的筷子敲敲碗，让自己回到现实中来，然后招呼结账。

两人走出面馆，林杰要去见他的兄弟，那样子像是要就地告别。梅贞百无聊赖，问说，我可以去吗。林杰说，不可以。梅贞说，怕我认出你们吗，除了杨雄，应该还有安达旅馆的老板，一个剃板寸头的凶巴巴的家伙，那个跳艳舞的女孩也是你们拉来的，传闻说你们就是十兄弟。林杰十分惊讶，说，基本讲对，十兄弟这三个字，不要再提，否则警察就该来了。梅贞说，我好无聊，到底给不给去。林杰叹气说，去啊，但是你见到熟人时，不要多说话。

梅贞没有戴手表，揣测应该快到六点，天还没有黑，晚霞依旧灿烂。两人在或明或暗的街道上走，穿过了整个小镇，到达最东一侧的边缘地带，多是桑拿房和大浴场。这里她很少来。林杰找到一家酒楼，带着梅贞走上去。二楼只摆了一桌，他的兄弟们都在。梅贞数了一下，认识不认识的，一共七个人，其中有杨雄。两人落座后，这些人露出一丝惊讶的神色，随即保持镇定。林杰说，她叫梅贞，她是我的人。这时，梅贞看到坐在她对面的女孩，不是跳艳舞的，而是人事部的鲁晓麦。戴金表的俞凡正坐在她身边，随意地说着悄悄话，似乎完全不认识梅贞。

夏季最热的时候，宿舍里搬进来一位员工，此人是销售部的倪德国，长得矮小敦实，国字脸，大下巴，讲话十分客气。在厂区经常能见到他，手提四个热水瓶，健步如飞，给部门里的姑娘打水。倪德国一进宿舍就和端木云握手，问了问郑炜的伤势。郑炜问他，为何要搬到这里来。倪说，我宿舍里有人偷东西，很不安全，我住不下去了。郑炜大笑说，你安知这里没有小偷？倪说，要是有小偷，你早就嚷起来了，可见没有。

问起学历，倪德国说，酒店管理专业。周劭指着端木云说，他是旅游专业。倪德国沉默。端木云有时会被人问到这样的问题：为什么不去旅行社和酒店上班，要跑到这个小镇来做仓管。他把这个问题扔给倪德国，为什么要来卖瓷砖呢？倪笑了笑，只说自己找不到工作，卖瓷砖也很好，有提成。郑炜说，屁个提成，你做了一年了吧，卖出去几单？倪德国说，我在这里人生地不熟，做建材生意都是黑门，哪有我的份，只盼着把我调到外地老家，市里还有几个当官的朋友认识，可以做一做。端木云问他是哪里人，答曰山东，具体地方没说。

倪的饮食简单，浓茶，方便面或馒头，从不吃早餐，看上去只靠工厂里的一顿午饭维持着生命，几乎没有业余生活，唯一的爱好：打坐。这间宿舍里，端木云偏爱看书，周劭和郑炜经常遛出去玩，隔壁的打工仔视三人为怪物，很少过来串门，倪德国的打坐功课通常不受干扰。他盘腿坐在上铺，有时脸朝外，有时面壁，调均呼吸，陷入冥想。端木云不知道他练的是哪门子功夫，注意观察了几天，有一次实在太久了，便喊了一声，倪德国立刻睁眼答应。端木云说，抱歉，以为你打瞌睡了。倪德国说，上铺哎，打瞌睡就摔下去了。端木云说，正常人肯定打瞌睡。倪德国说，现在你知道和尚为什么要喝茶了吧，茶能提神，不至于睡过去。端木云问，冥想到了什么。倪德国笑笑，说自己还没有练到那一层。端木云问，那么应该冥想什么。倪德国说，按师傅介绍的应该是诸多美好的事物，或是广阔的宇宙，如果看到灾异或者诱惑，就是入了魔。端木云说，这么说来你练的还是佛家的功夫。倪德国说，随便练练而已，不能当真，只当我是在打发时间吧。端木云追问道，能否练到开天眼。倪说，那就是上师了，仅靠打坐怕是不行。又问，念经吗。答曰，不念。来来回回问了几次，倪德国并没有不耐烦，只是有时像陷入沉思，忘记了回答问题。

第二天倪德国不在，郑炜翻自己的行李箱，拎到倪德国的箱子，说，太轻了，里面似乎是空的。又说这小子没有什么衣服，只有公司配置的销售部职业装。端木云推测他家里很穷，钱都寄回去了。郑炜说，打工仔常年在外，冬衣总该有的。

这时，端木云开始注意观察倪。在公司里，倪的上司并不欣赏他，认为此人太土，成不了器。销售部的女同事爱嘲笑他，主要是笑他身高，比南方人更矮，倪德国一概笑笑。另外，他发现倪德国不会系领带，固然他土，但酒店管理专业毕业的人，这一点说不过去。闲聊中，端木云问他，有没有在酒店实习过，做没做过 bellboy。倪德国不回答，端木云意味深长地看了他一眼。

星期五那天，已经是下班时间，端木云看到倪德国在储运部出货装车，问他来做什么，倪回答说，E 市有一家公司进货一批大理石，主管让我明天一早押车过去。当天晚上，宿舍里只有端木云和倪德国两人，后者变得有点兴奋，也不打坐了，吃完方便面之后，居然抽起烟。

端木云说，我记得你不抽烟。倪德国说，心情特别不好的时候也抽烟。端木云说，看不出你心情有什么不好的。倪德国笑笑，继续抽烟，脸对着窗外。端木云问道，你是山东哪里人。倪德国说，鲁国人。端木云说，对，山东还有齐，两者有区别吗。倪德国似乎来了兴致，说道：山东人分两种，一种特别好，一种特别坏，鲁人看不起齐人，认为市侩，重利而轻义，齐人也看不起鲁人，认为懒惰，乌合之众啸聚山林。端木云说，请问到底是谁特别好，谁特别坏，我看山东人都是老实巴交的。倪德国说：鲁人齐人，都有好人坏人，好坏是另一种分类法；齐鲁之间的矛盾，可以看作是中国社会的缩影，本质上他们都是从农民转化而来的，农民可以成为土匪、商人、官僚、乡绅、知识分子，又好比在这个小镇上，转化为打工仔、管理层，包括小镇上的居民，也是农民；请问农民最擅长什么。端木云说，我父母也是农民，但你的问题我回答不上来。倪德国说，第一擅长忍耐，第二擅长暴乱，主要是械斗和造反，忍耐属阴，暴乱属阳，阴阳交界处是欺骗，农民第三擅长欺骗，他们一生的状态无外乎这三种。端木云不知道他乱七八糟在说些什么，打岔道，还擅长生孩子啦。倪德国愣了一下，不再说话。端木云说，山东多为儒家，你不大一样，亦佛亦道。倪德国说，见笑了，我只是个没读过书的粗人，儒道佛都谈不上，那得是高人才配谈的事情。

　　第二天是星期六，清晨，倪德国吃了早饭，久久坐在窗前发呆。这天端木云加班，起得也早，感觉倪德国一夜没怎么睡着。上午发车出厂，倪坐在十吨货车副驾，对端木云挥挥手说，再见了，朋友。虽然挥手，眼睛却始终看着前方。到下班时，销售部的消息传来，倪德国和货车都消失了。直到星期一，部门里找到了货车司机，据交代，倪德国押着车，指挥司机去了无锡，在一家公司卸货收款，换了一身衣服，给了货车司机一百块钱，直接开到长途汽车站，买了一张车票随即不知所踪。郑炜对端木云说，我说的吧，倪德国不简单，他是个假人。端木云冷笑说，他再不跑就露馅了。公司报警后，韩警官到宿舍来调查倪德国的情况，端木云问起，出乎意料的是，倪德国并非完全的假人，毕业证书是伪造的，身份证是真的，他只有高中文化程度，在德州的家乡有一个瘫痪的奶奶无人供养，除此，无亲无故。

　　十吨大理石的价值是多少？童飞说，倪德国卷走的是比较便宜的金黄米黄大理石，不足十吨，这一车大概五十万元，据说是三十万倒卖出去的，现在公司和买家要打官司，董事长已经疯了，传闻说他悬赏两万要倪德国的，呃，人头或者是活人。端木云说，那么倪德国拿着三十万能去哪里。童飞说：世界很大，只要没背上人命就不会有通缉令发出，这几十万很可能就石沉大海了。这应该是倪德国同志干的第一票，下一次，买张假身份证就能在其他公司做成老手了，最好不要像汪忠铭那样，为个啥子女人又回到这个鬼地方来。

事实上，端木云非常想再见到倪德国。在他想象中，倪德国并不是逃走了，而是带着半真半假的身份隐没在世界一端。在任何未来的场所，这段历史都将被他抹除，而端木云恰恰忘不了他离开时注视前方的眼神。周劭问，什么样的眼神。端木云说，空虚，空洞，一切都无意义的眼神。周劭觉得他看错了，一个人在决定干一票时，无论哪种眼神都是不可靠的。周劭说，我见过赵明明的样子，也是像你所形容的，空虚或空洞，但最后他卷了几十万货款逃走了。周劭认为，那不是空，而是定力，倪德国是个有定力的人，是个高人。

卷货事件曾经发生在外地分销处，公司本部出了一个倪德国，实在匪夷所思，管理制度存在着逻辑上的漏洞。美仙公司整顿内部，新的管理制度是：大宗货物发货至客户公司必须由储运部和销售部各派一人押车（储运部内部运转早已实行两人押货制度），与此同时，重新核对销售部和储运部员工身份（人事部全员扣掉当月薪水，陆静瑜被调往销售部），辞退了一批可疑的员工，然而郑炜还在。端木云数了数，发现猪仔不见了，问其他棒棒，回答说他早就走了。

奇怪的是，周劭也在卷铺盖，打算辞职离开小镇。端木云问他怎么了，不是刚刚和梅贞在E市住了一晚吗，尽管周劭没有说任何具体情况，但猜得出他俩是好上了。周劭回答说，好是好过一次，不过她告诉我，她喜欢另一个男人。端木云说，哦，那是林杰。周劭奇怪他怎么会知道，端木云说，很多人都知道，我是听猪仔说的。看着周劭在屋子里兜兜转转，端木云忍不住发笑，问道：所以，你现在又失恋了，是吗？周劭说，我可不想在这里和一个陌生的姑娘维持一种奇怪的友谊，我觉得她像我的前女友，我在她身上看到了她喜欢的男人，这种关系太操蛋了。

端木云问：你把辛未来的事情告诉了梅贞？

是的，周劭回答。

你真是个白痴，端木云说，在任何爱情小说里，这都意味着你根本不爱她，让我想想看，应该怎么形容你。

周劭说，我试图跨过一条深渊，但深渊的前面是另一条深渊，这他妈就是你最喜欢用的比喻，这种比喻没啥意思，也能用在倪德国身上，也能用在你自己身上。

八月末的一场台风经过了 E 市，风球从台湾方向过来，在浙江登陆，随后做了一个急速的逆时针转向，到 E 市时风力九级，暴雨撕开了燠热而平静的天空，一场已被预测的、不会死太多人的小型灾难降临。周劭坐在储运部的货堆上，看到一块油毡在天上像风筝一样飞着，过后又被雨水打落在围墙外。他想，此时此刻，某一幢建筑底下，那些贴得不太牢固的外墙砖正在纷纷掉落吧。

当夜，风雨声中，他和端木云躺在床上听到远处隐隐约约的警报声。端木云警觉说，哪里着火了。周劭半梦半醒，支起身子又倒下去，大声吟咏道：就让世界在风暴中燃烧成一片火海吧。

这一晚上所有人都没睡好。次日是星期六，清晨走到楼下，风雨仍未停歇，碗口粗的树枝折断掉落在街上，端木云从一辆自行车上摘了件破旧雨披兜上身，向小镇走去。经过安达宾馆时，发现楼房局部过火，魅力酒吧入口一片狼藉，雨水冲刷着地面上的炭状物。原来昨夜的火警是在这里响起的。街道上全无人影，他走进去，地下室的通道被堵塞了，里面像水牢一样，什么都看不清。他回身往楼上走，韩警官带着两名治安队员正在给旅馆贴封条，提醒他，别再往上走了，这里已经封门。

端木云问，发生了什么。

韩警官说，昨夜宾馆失火，从地下室烧了起来，酒吧烧光了。身后治安队员插嘴说，傅老板在医院里。端木云问，烧伤吗。治安队员说，不，被人打成重伤。端木云说，那就不是失火，是纵火吧。韩警官说你还挺懂的，拉住他问了些情况，提到跳艳舞的姑娘。端木云问，那姑娘没事吧。治安队员笑了，说昨天大风，姑娘根本没来，你可以放心。韩警官比较严肃，说她不是没来，而是取缔了这类表演，完全违法，涉黄了。端木云说，其实你已经掌握了大部分情况了嘛。韩警官说，还远远不够啊，有特殊情况要及时向警方汇报。

端木云向巷口走去，此时，风向变了，从正南方向劈来，空中的雨像是花洒调整角度似的打了个转。远处街角一棵向北倾斜的小树瞬间脱离了地面，一个跃步扑倒在地。巨大的声响合奏起来，一些小物件诸如瓦片和花盆，像失去地心引力的异次元空间，七零八落朝着天空升去。端木云退到一处屋檐底下，感觉并不安全，他抬起头，恰好看到鲁晓麦的脸在高处的窗口停留，风吹得窗扇急速抖动，她却眯着眼凝视他，仿佛这个失魂落魄的外地仔正要飞上天去。

铁井镇的女孩鲁晓麦是美仙公司的明星员工但端木云曾经喊不出她的名字，这让她觉得，第一他在装傻，第二他在发昏。她身高只有一米五四，穿着流行的松糕鞋，仍然显矮。姑娘长着一张圆脸，翘鼻子，有几分可爱，如此一来她偏矮的身材也可称之为娇小。在办公室或是宿舍里，很多人喊她小麦。她的普通话里带有地方口音，但没那么严重。有时她也讲台式国语，学得很像，只当她是西门町某个角落里跑出来的台北小青年。实际上，她出生在本镇，父母在Ｅ市一个建材市场做零售生意，哥哥嫂子也在那里。留在镇上的一间旧屋由她一个人住。

有一次，储运部派端木云去Ｅ市，从火车站押一批退货回总部，这是难得能离开铁井镇的时光，他乘坐早班长途汽车沿着公路向西，刚开出镇，车停了，原来是一群白鸭横穿马路。身后一个穿美仙公司蓝色衬衫的姑娘追过来，那个娇小的身材一望而知是鲁晓麦，她跳上车，坐在端木云身后。

去 E 市路上，长途汽车摇摇晃晃，起初两人不说话，后来她又拍端木云肩膀，问说有没有塑料袋。端木云回头，见她脸色煞白，知道是晕车。这时，鲁晓麦控制不住，脑袋伸出车窗吐了起来。一路折腾，车到 E 市东郊，端木云陪鲁晓麦下车，在路边一棵大树下坐下，姑娘沮丧地踢着一丛野草。端木云静静地看着她脚上的厚底松糕鞋，他想在我记忆中只有瘸子的残腿才会穿上这么怪异的鞋，其实它很流行，开发区很多姑娘都穿。鲁晓麦倚靠着他的左臂，问说，哪里能买到水给我喝一口。但那个位置是公路的尽头，或者倒过来说是起点，一条三岔路口，举目四望，什么都没有。端木云想起附近应该有一家医院，至于向南还是向北走，却不记得了。他站起来说，我去找找看。鲁晓麦拽住他的袖子，让他坐下，继续坐着，一直到上午十点，她说，我要去社保局了，你押货会迟到吗。端木云说，不要紧，晚上六点到货运站。鲁晓麦问，那你怎么回去呢。端木云说，当然是坐卡车回公司。鲁晓麦说，那就陪我去市里逛逛吧。端木云说，我想去书店。鲁晓麦说，哎呀，我还是第一次遇到爱看书的仓管员。端木云不得不反问道，那么请问仓管员应该怎么打发时间，怎么打发掉漫长又空洞的一生呢。

从 E 市回来，端木云带了一本《致菲莉斯情书》，地摊上买的，看上去是盗版，但盗版怎么会盗到卡夫卡头上呢？这本书在鲁晓麦看来，当然象征着爱情。端木云解释说，不是爱情。那么请问是什么？在他看来，是崩溃。爱情崩溃的时候是宇宙遥远之处的星球毁灭。姑娘说，夸张。端木云说，不夸张，宇宙有多少颗恒星呢。姑娘说，这个不知道，有没有几百万颗。他说，可靠的数据是宇宙有几千亿个星系，或者几万亿，实际上就是数不清的星系，每个星系包含一亿个星球，两者相乘的积，远超冰河纪以来人口的总数量，也许到人类毁灭那天也到达不了这个数字。因此，每个人占据一颗星球是没有问题的。每个星球代表一个灵魂，一次告别，一场毁灭，都绰绰有余。姑娘说，九大行星还有星座可以代表命运。端木云说，那只是地球的视角，是很狭窄的视野，命运可能在百万光年以外呢，想想看，百万光年之外的光照到所属者身上时，他已经变成化石和尘埃了。《致菲莉斯情书》就是一本命运来得太迟的爱情书，一句咒语说出口，一个时代都过去了。

鲁晓麦对端木云这种似是而非、发昏般的话很感兴趣，也喜欢他发昏般的眼神。尽管你看起来清秀，但你发昏。这是姑娘的结论。

现在，鲁晓麦打着伞走下楼，来到这个浑身湿透的外地仔身边，揉着眼睛说，昨天晚上没睡好。端木云说：所有人都没睡好，你住得这么近，一定是最早看见起火的人，那个傅民生死了吗？

鲁晓麦说，你好奇心太重了，写小说的外地仔，你是在找我要素材吗？

鲁晓麦说：从前，铁井镇上有一个待业青年，叫叶嘉龙，对，就是嘉龙玩具厂的老板，那个名片上只印"龙"字的人。他有一个哥们叫傅国华，也在镇上，是一家集体工厂的青工。镇上的人结婚早，傅国华有一个儿子，就是傅民生。叶嘉龙没有结婚，因为他是个混社会的流氓，经常有警察上门找他，没人愿意嫁给他。这两个人都没念过什么书，跑到 E 市，想做点买卖，却亏了本钱。后来，他们开始干一些不法的生意，也不是特别离谱，走私假烟，卖卖黄色录像带，反正八十年代很常见的那种，运气不好才会坐牢，大多数情况下不会有事。他们结交了一些跑码头的年轻人，无一例外，都不想好好上班，在社会上混着觉得很自由，很威风。有时也会打群架，为了地盘或者女人。叶嘉龙打架很厉害，没多久，在 E 市南门一带搞了个小小的帮派，取了个很响亮的名号，叫作十兄弟。

这伙人后来得罪了人，遇上严打，坐牢、枪毙、逃亡，属于运气很不好的那种。到了九十年代，就只剩下叶嘉龙成了大老板，开贸易公司，放高利贷。傅国华吃过两年官司，出来以后穷得叮当响，老婆也跑了，带着儿子去找叶嘉龙。当年的兄弟还算仗义，给他做了一个小经理，在娱乐城里面。

叶嘉龙认识几个香港人，不是正道上的。一九九三年，他在香港人的帮助下开了一家演艺培训公司。E市并没有电影厂，最多只有剧组来取景，找找临时演员。一开始大家以为是骗钱的公司，后来发现，他们只招女孩子。女孩子接受培训，然后送到香港去做北姑，也许从香港又会转去其他地方呢，不清楚，有些女孩就是冲着这个来的，有些是上当了。

可是没多久就出事了，有一个女孩跳楼了，摔死在街上，没穿衣服。这当然不是事故，得有人出来顶罪，傅国华愿意去，他缺钱，叶嘉龙给了他十万元，另一个原因是傅国华当时已经查出胃癌晚期，活不了多久，他想在死前给儿子搞点钱。半年后，傅国华保外就医，死在了医院里。十万元归了傅民生。

出事以后，叶嘉龙关了他的演艺培训公司，回到铁井镇，那时，开发区刚刚搞起来，税很轻，地皮也便宜。叶嘉龙拿到了香港身份，作为港商，开了一家玩具厂，此后几年，叶嘉龙的运势不错，赚了很多钱，他在E市和上海之间来回跑，有时也会回镇上看看，吃顿饭，洗个桑拿。他有一辆凌志车，司机练过散打，有时还不止这么一个保镖，最主要的是，行踪不定，很难逮住他。

死去的那个女孩是江西人，长得漂亮，出事以后也拿到了一点赔偿，不多。她有两个远房哥哥不服气，有一天这两个江西仔来到E市，去找叶嘉龙，希望得到更多的赔偿金。可是叶嘉龙对谈判毫无兴趣，也不认为江西人能把他怎么样，这两个人认识了傅民生。傅民生也觉得叶嘉龙亏待了他，十万元太少，他爸爸死在了监狱里，尽管是癌，他还是认为，他爸爸替叶嘉龙丢了性命。他们回到铁井镇，凑钱盘下了安达旅馆，傅民生是大股东。可以告诉你的是，旅馆只是在最初一阵子挣钱，后来就亏本了，傅民生不是个做正经生意的料子。他开的酒吧除了弄弄色情舞以外，没什么花样，他的梦想是开一个大浴场，就像铁井镇东边的那种，不过，那很贵，恐怕要死三五十个爸爸才够。

这些人聚在一起干什么呢，很可笑，一边想着赚大钱，一边想着把仇人叶嘉龙杀死，这两件事根本不兼容，后来他们想的是：从叶嘉龙那里榨出一笔大钱，黑吃黑，大伙分赃。那得是多狠的人才能做成的事，他们觉得自己很狠。

昨天晚上，傅民生栽了。起台风的日子，酒吧只有他一个人，旅馆里有一个服务员，整栋楼没客人。有三个蒙面男人进酒吧，用棍子打了他的头。傅民生惨叫，惊动了那个在账台睡觉的服务员，她跑下去听到其中一个蒙面人说，我们是十兄弟。服务员吓坏了，返身就逃，没敢回旅馆，直接往派出所狂奔。三个人点火烧了酒吧，扬长而去。等到治安队来的时候，发现傅民生躺在门口，地下室正在往外冒火。他还没死，颅骨被人打碎了。对此，治安队很有经验了，这里经常发生斗殴和交通事故，就把他送到了市里，现在正在医院抢救。

鲁晓麦说：前两天，你看到我进了酒吧就溜走了，你一定奇怪我和傅民生是怎么认识的，我是怎么知道这些事的。现在可以告诉你，我是傅民生的表妹，我妈是他的姑妈。

什么是十兄弟呢？在铁井镇，叶嘉龙和傅国华才是十兄弟，其他十兄弟都是假的。又或者你跑遍中国内地，你可能会在任意一个地方发现，有一伙小崽子自称十兄弟，所以，每一个十兄弟都是真的。随便哪伙外地仔觉得不爽，就可以顶着十兄弟的名头出来犯案。十兄弟可能只有两个人，也可能有一百个人。你能想象某个小镇上忽然冒出来一百个杀人犯吗？

我对你的忠告就是，别再多问。我看过你的资料，你是一个真人，但即使你的资料全都是真的，你也可能是洗过的、有双重身份的人。这个道理可以用在其他人身上。我对你的第二个忠告是，不要结交什么朋友，有些人会拖你下水，有些人仅仅是借钱不还。

过去两年，开发区抓捕的重案犯大概有五六十个，全都够判十年以上，可是至少维持着表面上的平静，百分之九十九的人安分守己。最近忽然乱了，你没发现吗，最近小镇飘荡着鬼魂一样的年轻人，有些孤零零，有些成群结队，有些喝多了，有些看上去立刻要去杀人——这是因为开发区有一家重型机械厂裁员了，几百名强壮的男劳力失业，大部分并没有选择离开，还希望在本地找到另一份工作。到春节前，又会是一轮洗牌，聚众闹事，打劫偷盗。每年春运之后的民工潮，来的可能是另一波人。人就像浪潮，永远汹涌而来。上个星期，人事部辞退了一个操作工，才十八九岁的小屁崽子对着我说：老子是十兄弟，我会砍死你。我抽了他两个耳光，把他送进了保安部，在杨雄手里他会知道十兄弟是什么待遇。

　　尽管鲁晓麦告诫不要多问，端木云还是忍不住追问，江西仔是谁，杨雄和林杰都不是江西人，是那个戴金表的人吗。鲁晓麦愣了一下。端木云说，他们一伙揍猪仔的时候，我就在远处看着，猪仔是一个会踢足球的棒棒，你可能没印象。鲁晓麦说有印象，猪仔走的时候到人事部来拿过身份证，叫朱威。端木云继续说，戴金表的人也在其中，金表应该是假货吧。鲁晓麦断然回答，不知道。那意思显然是说，知道，但不能讲出来。端木云问你们杀过人吗。没有，她摇摇头说，你果然是个写小说的，你为什么对十兄弟这么感兴趣。

　　端木云的回答是：因为杨雄揍过周劭，揍过猪仔，揍过郑炜，更重要的是他揍过我，我怎么可能忘记他的存在？

　　这时，出人意料的事情发生了，鲁晓麦拉住他的手说：外地仔，不要再想这些事了，要么赶紧滚蛋，离开是非之地，要么听我告诉你，我喜欢你。

　　想知道铁井镇那些鬼魂般的年轻人在做什么，最好的办法是跟着叉车司机郑炜。起台风那夜，郑炜彻夜未回，端木云开玩笑说，你就是蒙面人、十兄弟。郑炜说，放屁。端木云说，你解脱了，不用去安达旅馆报到了，可是你的工资存折也要不回来了。

郑炜说：和你猜的正相反，起台风那夜我遇到了杨雄。在南边白家村的黑网吧，老子不会玩电脑，就戴上耳机看了本欧美的三级片。三级片讲的是世界末日，一些人变成了吸血鬼，猎杀残余的人类，人类龟缩在堡垒里，白天，人类做爱，晚上，用弩和十字架抵抗吸血鬼，死了一个又一个。后来出现了一个老吸血鬼，既强奸又杀人。他妈的，情节荒谬，我想都已经世界末日了，就不能太太平平地死掉吗？看到一半，跳闸了，几个人起哄，老板就说今晚上免单，玩到天亮不收钱。他们在那边推电闸，我觉得闷，跑出去抽烟。风大雨大，真他妈像世界末日，这时，杨雄也从里面走出来，找我要了一根烟，我们就蹲在门口，看着雨，啥都没说，好像他从来不认识我，我也没有挨过打。我心想，这就是江湖。后来，杨雄的手机响了，这个家伙居然买得起手机。有个女的在电话里嚷了一通，杨雄就冒雨跑走了，我回去继续看片子。当时雨太大，我听到远处隐隐的警报声，懒得去凑热闹。后来我才知道，安达旅馆被烧了，傅民生重伤。我运气不错，要不是那天遇到杨雄，他准以为这票是我干的。

端木云却对世界末日感兴趣，问说：你看的到底是色情片还是恐怖片？郑炜就摇头说，既不色情也不恐怖。端木云问，你是喜欢看人类做爱还是吸血鬼强奸？郑炜说，我忽然想起那个叫飘飘的姑娘，酒吧烧了，她就不会再来了。端木云说，你他妈的早已经失去了她，不用再想了，说说三级片的事儿，刚才我问你的。郑炜说，我当然喜欢看人类，整天做爱整夜被杀的人类，可是你他妈的是不是脑子抽了，大事不问，居然问我这个。

跟着郑炜，端木云也来到南边。小镇是这样的格局：东侧是娱乐区，一条街上全是桑拿房和酒楼，西侧连接开发区，小超市和杂货店居多，北侧靠近公路，是汽车站、派出所和加油站所在，至于南边则凋敝破败，垃圾场气味熏人，水潭污染严重。郑炜说那是连鬼都不愿意待的地方，然而，你去了就知道了。

台风已近尾声，这天晚饭后，两人走过狼藉一片的街道，到渣土场边，沿着围墙继续向南走，路边沟渠里的水像是被血染红，端木云猜想是某种化工废液。拐过一个弯，见一老一少两名屠夫在空地上抽烟，赤膊穿塑料围裙，尖刀戳在树桩上，卸开的猪头猪腿猪下水，盆里攒着猪血，地面的土也是暗红色的。他这才反应过来，刚才在沟渠里看到的确实是血啊。这是一家地下屠宰场，在他老家农村，也有干这个营生的，有时他们宰杀病猪死猪，把寄生虫感染的豆猪肉运到不知什么地方去出售。

两个屠夫目光空洞地看着他们走过，老的那个忽然问，老板，现在几点钟。端木云看手表，郑炜连忙制止，大声说，不知道。走远了才说，我以前认识一个走江湖的告诉我，三种人问你时间是不能回答的，屠夫，疯子，掘墓人。端木云边走边说，因为他们和死亡打交道，但是和时间有什么关系，代表死期吗。郑炜说，代表死神在向你问时间，你假如回答，死期就近了。端木云说，有道理，我也觉得刚才那个屠夫，语气虚无，不像是他自己问出来的，或许真有死神吧。

两人沿着围墙又往前走了一段，三五个打工仔与他们擦肩而过。天色有点暗了，路边的树枝低垂到头顶，蝙蝠在空中振翅飞舞。直走到围墙尽头，看到渣土场像深入水潭的半岛，水面上全是水葫芦，远处有一片树林。郑炜领着端木云走向一条岔路，片刻之后，一条街道出现在眼前，像幻境一样，整片的农村小楼以及用铁皮和毛毡搭起来的违章建筑，电线在半空杂乱无序地拉过，各家各户灯火通明，许多打工仔在其中走动。

端木云问：这是哪里？

郑炜说：这里就是白家村，离铁井镇很近，但已经不在那帮治安队的管辖范围内了，有人把农民房子包了下来，转租出去，开场子玩。

端木云说：这些农民不怕家里被偷光吗。

郑炜说：和镇上相反，农民欢迎打工仔。要知道，村里的年轻人十分懒惰，宁愿赌钱，也不去工厂上班，等着地皮被征用，能赔一笔钱，从此不再种地，如果有人愿意租他们的房子，每月三五百块，就足够他们混到梦想中发迹的那一天了。

这时，端木云听到锅炉轰鸣声。郑炜继续介绍：你想不到吧，有一户农民造了个小锅炉，把他的厢房改造成了男浴室，里面有一个小浴池，一排冲水的龙头，三块钱洗一个澡。端木云觉得匪夷所思。郑炜说，到了冬天生意更好，不过我建议你不要进去。端木云问，为什么。郑炜不怀好意地笑着说，你长得有点像女人，而打工仔往往很饥渴。端木云说，滚你丫的蛋。郑炜说，我在那浴室里看见过两个男人互相给对方手淫。端木云说，那是同性恋。郑炜说，不不，同性恋我知道的，童德胜就是同性恋，他喜欢男人，但我在浴室里看见的场面，那两个人，闭着眼睛在搞，我猜他们是把对方的手当成洗脚房里的小妹的手，射了以后，幻觉消失。有时候在澡堂里搓背我也会幻想是女人给我搓背，有时候我开着叉车，也想象是骑在女人的身上，最可悲的是我在洗头房的时候。端木云问，怎么可悲。两人走过一间洗头房，里面亮着粉红色的灯光，一名中年洗头妹穿着紧身短裙站在门口观望，脸色浮肿，腿上很多蚊子包留下的疤痕。郑炜用大拇指扬了扬身后，说，她叫兰兰，给我洗头的时候，我会幻想她就是飘飘。端木云说，如果这样，你赚了。郑炜说，但睁开眼以后的空虚感有点强烈，有点强烈啊哥们。端木云乐了，说，我看你确实不像叉车司机。郑炜得意地说，在我们这行里，偶尔有睿智的人，看破红尘，仍被红尘所困。

两人走到街道尽头，前面是河，一条孤零零的木船靠在岸边，有几个打工仔坐在船上喝啤酒，噼里啪啦打蚊子，其中有姑娘，正大声说着关于梦想之类的话。小伙子们表情认真，连连点头，很像是大学文学社的情景。端木云想，这是个绝望的地方，但也是个希望横生的地方，对打工仔来说，生活的意义就是他们还很年轻，可以用粗浅无理的方式活下去，即使有屠夫询问时间，但双方并不知道那代表着厄运。厄运是一种盲测。

你又走神了，不要盯着谈恋爱的人傻看，会被人砍的，郑炜指着一间屋子说，这就是网吧。端木云不想进去。郑炜说，没让你来看三级片，教我用电脑，教我上网。端木云说，你一个叉车司机，学电脑有什么用。郑炜说，新时代快要来了，还有三个月，这个世纪就结束了，互联网将会改变生活，改变泡妞的方式。端木云问，你他妈哪儿学来的这么神叨叨的话，新时代关你屁事。郑炜说，难道老子讲错了。端木云说，我担心你学会了电脑，就不再爱叉车了，你的叉车会伤心的。

两人折返回去，街上的人渐渐多了起来。一家杂货店门口，店主正在上货，端木云看他手里拿着两张竹弓，走近端详了一番。郑炜说，这玩意儿是旅游品，小孩玩的。端木云说，旅游品放这儿来卖。店主说，原先在镇上卖的，后来治安队收缴，现在偷偷卖。郑炜说，杀不了人。店主说，但可以射瞎人的眼睛。郑炜说，那得是多瞎的人才能被射中。店主从柜台里拿出两把带鞘的直刀，一言不发，递到两人面前。郑炜拔出刀看看，也不说话，摇摇头。店主问，摇头是什么意思。郑炜说，广东货，商标是英文，其实仿制。店主说，用的是高碳钢。郑炜说，我若要杀人，找屠夫借把杀猪刀就行了。端木云掂着其中较锋利的那把，问多少钱。店主说，一百，这是仿制的剑鱼，下水也能用。郑炜说，你真把他当特种兵了。端木云砍价到五十元成交，把刀鞘别在皮带上，用衬衫下摆盖住。郑炜说，记住，如果用刀捅了人，就扔到河里，别舍不得这几十块。端木云说，有道理。郑炜说，直刀不好带，不如跳刀实用。端木云说，跳刀不如锤子实用。郑炜说，锤子不如枪实用。端木云问，枪多少钱一把。郑炜说，这里比较罕见，如果去南方或者东北最乱的地方，左轮八百，仿五四也就五六百，火药枪简直不算什么，刀子并不好用，除非你是用刀子的好手，否则，除了被人夺过去割断你自己的喉咙之外，就只能吓唬吓唬好人罢了。端木云点头，心想，博尔赫斯也说过类似的话。

端木云回到宿舍后，对周劢说起白家村。周劢打呵欠说，那地方我去过，老鼠太多，洗头妹太老，我原想在村里租间房子，免得在这儿闻郑炜的脚臭，但那地方闻起来更臭。端木云问说，你怎么还没辞职。周劢说，我正要跟你商量，咱俩啥时候走。端木云说我不走了，我可能会在近期谈个恋爱。周劢说，这鬼地方能爱上你的就只有人事部的那个矮个子姑娘了，她找我打听过你，我告诉她，你会写小说，是个神秘的男人。

第二天早上，郑炜没出现。前一晚他找端木云借了五十元钱，钻进了网吧，此后就没有回来。周劢和端木云去上班，走到公司门口，端木云忽然说，郑炜虽然贪玩，好像从来没迟到过，即使上次挨打，早晨他也爬回来了。周劢说，没错，傻叉很珍惜这份开叉车的工作。等到下午，两人回到宿舍，郑炜的床铺还是老样子，显然没回来。第三天早上，仍不见踪影。

郑炜就这么消失了。三天后，人事部将其除名，保安部来了四个人清理宿舍，杨雄撬开铁柜，翻出郑炜的家当，一股脑塞进蛇皮袋里。周劢和端木云站在一边看。端木云忽然说，这些衣服的口袋里，你至少掏一下吧。杨雄问，掏什么。端木云说，也许口袋里有东西呢。杨雄说，你的意思是我要私吞了他口袋里的钱吗。端木云说，我的意思是这个人失踪了，保安部最好找警察报警，当然我认为这事儿不宜由你来做。保安队长冷笑说，我们已经把郑炜的情况递交给派出所了，不过，在你看来是失踪，在我们看来，郑炜是犯了事儿逃走了——所有逃走的人，都会被登记在册。

这时，杨雄看到端木云床头的那把剑鱼，拿到手里，拔出鞘。端木云说，这是我的东西。杨雄说，管制刀具，没收了。端木云走上前，伸手。周劭没能拉住他。杨雄愣了一下，抡刀砍在端木云手掌上。端木云没动，低头看看刀背所砍的位置，又看看对方，那眼神像是嘲笑又像是喝醉了。杨雄暴怒起来，众人一拥而上，劝开两人。保安队长走过来拍了端木云一头皮，问周劭：这小子是傻还是真不怕死？周劭说：是傻，从小没打过架，躲都不知道躲。保安队长指着端木云说：如果不怕死，随时告诉我。周劭拦腰抱住端木云，倒拖着离开了宿舍。

这天晚上，两人继续讨论是留是走的问题，周劭说，我要是走了，你可能会死在杨雄手里。端木云冷笑说，还不定谁弄死谁呢，老子不走，好不容易捱到现在，下个月就能去重庆了。周劭说，上个星期杨雄找到我，对我说，如果我再和梅贞出现在一起，会有人让我失踪。端木云说，我要是你，就替梅贞做掉这个小崽子。讲话带着杀气。周劭说，算啦，我和梅贞之间是打水漂。端木云说，庸俗的比喻。周劭说，不，不是常规比喻，而是具体的形容，打水漂的时候石片接近水平方向旋转着飞出去，遇到水的张力后蹦起、落下，最后，旋转和投掷的两种力消失，水面的张力也支撑不住石片，这才沉入水中，总而言之，从力的角度来说非常复杂。端木云说，无法理解。周劭说，很容易理解，只是我不想再说了。

端木云发了一会儿愣，说，我们像《等待戈多》里的两个怂逼，形而上地看，他们是寓言，形而下地看，我们是怂逼，我们觉得自己不属于这里，觉得自己是另一种人，但事实比较可悲，没有人觉得我们不属于这里，没有人觉得我们应该属于哪里，就连我们注定要去的地方也没有和我们达成任何共识啊。周劭抬头看看他，说，咱俩全都语无伦次，说点听得懂的吧。

第二天，端木云跑到人事部，鲁晓麦独自在档案室打电话。档案室的格局像个中药房，鲁晓麦在柜台后面坐着，身后是一排排书架，装满资料袋。端木云的毕业证书就在其中某个袋子里。见他过来，鲁晓麦招招手，继续对着听筒讲话，谈论年会安排的事情。端木云等了一会儿，鲁晓麦搁了电话，把他拽出档案室，说这里是禁地，上班时间你还窜岗。端木云说，我是来辞职的。鲁晓麦怔住了，问说真的辞职吗。端木云说，不，我是窜岗。鲁晓麦踢了他一脚。端木云搭讪，问年会是怎么回事。鲁晓麦说，公司成立五周年，同时又是千禧年，我们会在十二月三十一日夜晚举办员工庆祝大会，放烟花，找演出公司来唱歌跳舞，迎接新世纪。端木云说，那会儿我一定已经被派到外地去守仓库了，幸好，我他妈也根本不想知道年会是啥样子，用烟花点缀起打工仔的世纪末吧。鲁晓麦说，哎哟，可怜的仓管员，命运来得太迟的仓管员。

端木云继续做出搭讪的样子，很快，他虚与委蛇地切入了正题：你这里有没有郑炜的资料？

鲁晓麦警觉起来，愣了一会儿才问，谁是郑炜。端木云心想，她在装傻。他说，一个叉车司机，和我住在一间宿舍里，最近跑路了。鲁晓麦说，哦，那个人，可惜我这里的资料不能调给你看。两人来来回回纠缠了一会儿，鲁晓麦坚持不能拿出档案袋，又反问他为什么要看档案。端木云说，他欠我钱，我得找到这个孙子。鲁晓麦严肃地摇摇头，再次拒绝了他，说你即使看到档案也要不回钱啊。

黄昏时，端木云在小超市里又遇到了鲁晓麦，她在买卫生巾，端木云跟在她身后买了包香烟。她拿过香烟看了看，说你怎么抽这么差的烟。端木云说我自己抽抽，无所谓好坏，钱不够花。两人走出超市，鲁晓麦说肚子疼，要了根烟，抽了一口立刻呛住了，说这烟太凶了。端木云说，是啊，肺里像燃烧了似的。鲁晓麦问，郑炜欠了你多少钱。端木云撒谎说，一千。鲁晓麦犹豫了一下，又抽了一口，告诉他：别再惦记郑炜了，他的资料袋经审核全是假证，他多半可能不叫郑炜。

鲁晓麦提着塑料袋向镇上走去，忽然站定回头，看着他，端木云也在看她，两人都目光狐疑，对视了一会儿，又渐渐释然，事实上没有值得释然的事情发生。她左手还夹着香烟，穿着拖鞋，头发有点乱了，然后，她像是要快速忘记眼前的某一件事物那样摇了摇头，把整根烟扔进了河里，走了。

一星期后，郑炜这个人已经被忘记了。宿舍新搬进来两个小伙子，一个来自云南，一个来自E市本地，都是刚毕业的中专生。云南小伙子叫潘朋，矮个子，讲话十分天真，分配在储运部门吃白饭；E市的那个叫刘霖，是美术设计师，经常露出不安的神色。四个人坐在铺位上聊天，刘霖问他们是哪里人，端木云说我安徽的，周劭说我上海的。刘霖很惊讶，问说上海人为什么要来这个鬼地方做仓管员。周劭早已被这类问题问烦，反问道，你一个学美术的来这儿干什么。刘霖说，我是美术中专毕业，现在找工作太难，我的亲戚在这里做白领，介绍来设计瓷砖纹样，实话讲，来之前我心里很害怕。端木云问，为什么。刘霖说，市里所有人都知道，这个开发区是个贼窝，是被外地仔统治的法外之地，而且有很多鸡。潘朋说，不多，我去过昆明，那儿才多，艾滋病也多。众人一起笑起来，说你丫的讲话太夸张。刘霖忙说，对不起，我的意思不是指你们外地仔，这个用词不好。

夜里睡觉，潘朋打鼾，在刘霖的上铺声震如雷。三个人都睡不着，刘霖起身找眼镜戴上，坐在窗口发呆。周劭从上铺递下两根烟，端木云和刘霖接过，抽了几口，刘霖忽然说，这里像世界大战前的战壕。端木云瞄了他一眼，觉得他是个无法交谈的智障，随口问，一战吗。刘霖说，是的，一战。周劭问，一战怎么了。刘霖说我对一战的历史特别感兴趣，看过很多书，也看过雷马克的《西线无战事》，士兵们整夜躲在战壕里发抖，天亮时，哨子一响，他们就攀上梯子，爬出战壕冲锋，然后被马克沁重机枪打成筛子，死掉。周劭说，你这个都是电影里看来的。刘霖不理，继续说，有一场战役，守方士兵是英国的矿工，攻方士兵是德国的大学生，大学生杀红了眼，端着刺刀冲向矿工把守的阵地，矿工们也疯了，首先他们不知道对方是大学生还是农民，其次，发疯的大学生士兵一样可以用刺刀把他们捅个对穿，矿工们疯狂开枪，把德国大学生屠杀殆尽。周劭说，我看过的书里似乎正相反，英国的贵族子弟都是军官，德国人把他们屠了不少。刘霖掐了烟说，这两种情况都有。端木云不由多看了他一眼，刘霖的念头比自己更古怪，他不是智障，可能有点神经衰弱。周劭宽慰道，出来打工就是打工，上一天班赚一份钱，不用想太多。刘霖说，你们认不认可，这是个乱世。端木云和周劭各自点头，语气敷衍，是的，乱世，这是个乱世。这时躺在床铺上的潘朋忽然笑了，说乱世出英雄啊。三人吓了一跳，等着他继续说下去，但潘朋仍然打鼾，刚才那一句显然是在梦里接上了他们的对话。

　　端木云跟随着鲁晓麦走进了她家，这还是他第一次有机会看到铁井镇的民居，与此同时，他想，我已经有好几个月没进过任何人的家门了。

　　鲁晓麦用嘲讽的口吻说：在这种地方，打工仔的爱情总是来得突然。当然，鲁晓麦不承认自己是打工妹，她月薪两千四，有大专文凭，并且住在自己的房子里。她指着墙上说，新装了一台空调，夏天不那么难熬了，所以才请你来坐坐。端木云说，夏天都快过去了。

　　鲁晓麦出去买饮料，他在这间朝北的小屋里转了一圈，木制楼梯陡而且窄，光线很差，踩上去发出空洞的声音，像鼓点。天花板从南向北斜下来，最低的地方差不多碰到他的头顶，新刷的墙上看不到一点霉斑。狭窄但是安宁，适合老处女度过复杂的一生，也适合打工仔偷欢，毕竟在开发区要找到一个稳定的做爱场所不是那么容易。端木云打开小窗，斜对面就是安达宾馆。傅民生出事以后，宾馆一直停业，过火的那部分建筑还保持着灾后的样子。他点了根烟，看着鲁晓麦从街上走回来。后来，他关上窗，开门让她进来，并谨慎地问：给抽烟吗。鲁晓麦说你随便，我买了一包烟，比你那种好。

两人做爱时，他忽然想起一个问题，就停下问她：发生火灾的时候你也在这里看吗。鲁晓麦的脸色也像是着了火，生气地说，不要问这个。他没再问，高潮来得很快，估算一下，大概只用了五分钟。鲁晓麦一次都没有，穿上衣服以后也坐在窗口抽烟。她问，你可曾有过不这样的时候。端木云说，有的。鲁晓麦问，在哪里，和谁。端木云说，跟这间屋子差不多的地方，和某个朋友。鲁晓麦继续抽烟，她说，我个头矮小，以前的男朋友在我这里也会早泄。端木云问，为什么。鲁晓麦说，个头矮小的姑娘，阴道也比较小，男人更容易快感，这个道理说得通吧。两人坐在床上吹空调，又喝了点饮料，鲁晓麦说，放松点。端木云笑了，说我看你才紧张，你并没有谈过太多男朋友。鲁晓麦说，你喜欢我吗。端木云说，挺喜欢的。鲁晓麦说，爱我吗。端木云说，还不是很清楚。鲁晓麦说，那你答应我，如果派到外地去看仓库，第一不要忘记我，第二尽你所能不要去嫖娼。端木云说，第一个没问题，我不会忘记任何人，第二个从何谈起。鲁晓麦说，因为你们这帮仓管员在外地一定会变得十分饥渴，却找不到合适的姑娘，你或者可以像那个飘飘所说的，把我当成你的自慰幻想对象吧。端木云随口问，一年到头自慰吗。鲁晓麦说，要是我想你想得很厉害了，会买一张火车票来看你的，和你做爱，但是请你不要早泄，那未免有点扫兴。

两人再次做爱，这一次时间还是不太久，鲁晓麦没到高潮。端木云说，咱俩还打算做第三次吗。鲁晓麦说，不做了，让我觉得自己像个欲壑难填的妖怪，就这样吧。端木云半开玩笑说，这么一来，我反而感到惭愧了。鲁晓麦说，我有点绝望，会不会遇到的每一个男人都早泄。端木云想，这话题实在不怎么样，再聊下去就会显得可笑。他说，好比西西弗神话，西西弗本人并不应该绝望，倒是那块巨石厌倦了，巨石说嗨兄弟咱们别一次次推上山了，坐下来休息一会儿吧。鲁晓麦望着他，说我读过大学，知道西西弗神话，但你说巨石厌倦了是啥意思，嘲笑我吗，还是嘲笑你自己？端木云说，不，不，都没有，只是解释一种现象。鲁晓麦喜欢他这种讲话的样子，尽管看上去像个不大正常的人。

此后的话题终究还是落在了郑炜身上，端木云问，郑炜究竟是失踪还是走了。鲁晓麦说天哪，你能不能别再纠缠这个问题了，你来我这儿的目的是找郑炜吗，是为了一千块吗，一千块我现在就可以给你。端木云想了想说，啊，我明白了，郑炜要辞职就得到你这里来办离职手续，只要一办，你就会告诉傅民生他们，郑炜就走不掉。鲁晓麦说，是这样。端木云问那么到底他是离职了还是被你们弄死了？鲁晓麦不耐烦了，说郑炜没有被弄死，魅力酒吧已经搞得一团糟，谁还会在这个节骨眼上想着去弄死一个开叉车的，他真的是趁乱溜走了。关于郑炜的问题，鲁晓麦严肃地告诉他，不要再追问下去，与她没有关系，这事已经结束了，收拾收拾准备去重庆做你的外仓管理员吧，那会是另一个世界。

再一次去鲁晓麦家，端木云说，我以为咱俩会是一夜情。鲁晓麦问说你什么意思，不想来就直说。端木云说，没这个意思，只是产生了一些奇怪的念头，别生气。姑娘说我倒没这么容易生气。这一次做爱，没有早泄。鲁晓麦很高兴，切了半个西瓜给他吃，并说，我终于遇到了一个不早泄的男人。端木云傻笑起来，也附和说，我终于遇到了一个不是一夜情的，咱俩可以抱头痛哭了。鲁晓麦抱着他的头，命令道，说你喜欢我。端木云说，我喜欢你。鲁晓麦又命令道，说你爱我。端木云说，这我说不清楚。鲁晓麦说，如果你说爱我，我就告诉你一个秘密。端木云继续傻笑，说，我爱你。

这个秘密是，她具有通灵能力！能开天眼，看到未来事物，看穿一个人的内心，看到这个各执一词的人世间的复杂关系。这话完全把端木云镇住了，先是怀疑，后来他决定相信。鲁晓麦说，但这种通灵能力是潜在的，时至今天，没有爆发出来。何谓潜在？鲁晓麦解释道：因为我家代代女人都有一个（最多不超过两个）具有通灵能力，这种能力是遗传的，有一种说法是小孩能开天眼，成年以后会失去这种能力，在鲁晓麦的母系家族里则相反，小时候是正常人，成年以后某一天会忽然通灵。端木云问，你的妈妈通灵吗？鲁晓麦说，她不是，上一代通灵的是我的姨妈，非常神奇，十八岁那年忽然就觉醒了，可那是一切牛鬼蛇神都被打倒的时代，她瞒着所有人。到了八十年代，她给人算命，算得很准（甚至预见到了傅国华的下场），却只收很少一点钱，过着相对简朴的生活。她告诉我，钱收多了会有灾难。九十年代，她忽然又觉醒了一层，就去庙里做了尼姑，断绝尘念，再也不做算命的营生了。她没有结婚，没有小孩，到我这一代，外婆那一系就只有我一个女孩。端木云问，外婆是通灵吗？鲁晓麦说，起初，通灵的是一个姨婆，解放时跟着一个国民党官员去香港了，再也没有消息，于是外婆拥有了通灵能力（在她结婚以后，这是极为特殊的情况），外婆是从市里嫁到铁井镇的，傅家曾经做香烛生意，"文革"时候外婆被人害死了。端木云问，太外婆呢？鲁晓麦说，太外婆最高级，会看面相，会参香占卜，会读心术，识得阴间路，她活得很长，九十多岁去世时，只瞎掉了左眼。她取出一张照片给他看，是照相馆里拍的黑白照，一个穿中式棉袄的老太太和一个穿列宁装的中年妇女，就是她的太外婆和外婆，照片下面标注着年份，一九六五。

鲁晓麦说，我这么说，你一定觉得我是吹牛，但这是真的。端木云说，我不怀疑，我见过近似的神婆，只是不知道她的通灵能力从何而来，现在明白了。鲁晓麦说，有些神婆并不是遗传的，有些则是假的。端木云说，神婆很难分出真假，只有道行深不深的区别吧。

因此，鲁晓麦的结论是，除了身体构造以外，潜在的通灵能力也导致他（和前男友）早泄。虽然纯属胡说八道，但端木云也并不排斥这种因果关系，不同的事件之间并无关系但不妨碍我们生搬硬套一些关系出来。鲁晓麦说，有时我读小说，看到你们这些作家瞎写人物心理，我就想，他们是有通灵能力吗，确定人物是这么想的吗？端木云说，这倒也是，小说固然虚构，但有些作家确实是排斥心理描写的，认为不道德，有些作家则声称自己是巫师，啥都能编。鲁晓麦说这个比喻不错，说明作家们尊重巫师。端木云摇头说，也是一个烂大街的比喻，相比于作家把自己比喻为厨子、修鞋匠、运动员，巫师还算高级些吧，如此而已。

接下来的时间，鲁晓麦给端木云讲故事，巫师知道的故事总是多，巫师本身也有故事。端木云听得入神，有时不免会想，她这么一个看上去很平常的姑娘，肚子里的故事真多啊，简直听不完。他说，我享受着国王的待遇，《一千零一夜》里的国王。鲁晓麦说，哼哼，我是命运女神，你未来的命运女神。端木云问，那你到底啥时候觉醒。鲁晓麦说，遇到不早泄的男人也许我就能觉醒。端木云又傻笑起来，说咱俩的谈话已经不是文学，而是三级片，希望你早日觉醒，带我一起解脱，或者如你所说，在各执一词的人世里找到自己。

鲁晓麦说的是：你嫌我胡言乱语，这不要紧，等到觉醒以后，像我的姨妈一样，我就会变成另一个人，什么都不会告诉你，远远地看你一眼，我就会知道你爱不爱我，身份证是真是假，活了二十五岁身上有没有背什么案子。

端木云回到宿舍，刘霖躲在蚊帐里抽泣，周劭和潘朋趴在窗口抽烟，问是怎么回事，周劭告诉他，被保安给揍了。端木云发笑。周劭问，你笑什么。端木云说，我不免想起咱俩头一天进公司就被揍，这是一种仪式，有点像邪教入伙前的——怎么说呢，洗礼？

打刘霖的原因是他裤兜里插着一把硕大的美工刀离开公司，被保安看到，先是问他有没有偷东西，刘霖说这把刀是自己的，保安对他狂吼，为什么带刀上班。刘霖解释说，自己是美术设计师，美工刀是吃饭家伙，办公室当然也有美工刀，但作为一个美术设计师，他喜欢用自己的工具。说完，他又从包里掏出各种笔，各种尺。这一理由有些人能理解，有些人不能，保安试图理解，但仍然狂吼，告诫他下次不许带文具进厂，因为搞不清他是不是盗窃公司财物。刘霖已经被吓住了，表示服从。接着，保安要扣下他的包，还有美工刀。刘霖说吃饭家伙不能给你，他争辩了一句，我是本地人，我不可能偷东西。保安一巴掌就把他打趴了，来自中国各地的拳脚落在了这个本地人的身上。

端木云问，这次是谁打的，杨雄吗。周劢叹气说，你撩开蚊帐看看。这时，刘霖拉开蚊帐。端木云吓了一跳，见他脸已经肿成猪头，上嘴唇像鸡冠花一样，左眼眼底渗血。刘霖含混不清地说，他们把我拖到保安室打的，很多人动手。又撩起衣服给他们看，身上也有淤青。端木云说，脸上的伤应该是杨雄的手笔，其他保安不太爱打脸。刘霖继续哭，说我是本地人，他们为什么要打我。这场面让大家都有点尴尬，他居然认为本地人不会挨打。端木云说，你认为自己是婆罗门，打工仔是首陀罗吗。刘霖说，我要找人弄死杨雄。端木云说，这不失为一个好办法。

然而第二天早上，刘霖收拾行李，打算去办辞职手续，要回他的身份证和毕业证书，回E市家里。四个人走到距离公司大门还有二十米的地方，刘霖就站住了，不敢往前跨一步。端木云摇头，说你这个样子就别再叫嚣弄死杨雄了，你不配说这种话。

周劢进了公司，找到设计部的主管，那是一个微胖的中年女性白领，也是E市本地人。设计部只有她和三名美术设计师，听到刘霖被打，女白领捂住了脸说，天哪，难道他们不知道刘霖是E市人吗。周劢说，反正打他的时候就像打一条外地流窜来的狗。至于E市的员工为什么不应该挨打，或者不应该打得这么重，这个问题不太好解释，按照惯例，保安部对本地户籍的员工应该客气一点，但是，也不一定。女白领跟着周劢走到公司门口，那会儿潘朋和端木云都进去上班了，刘霖独自蹲在街边。出于好心，女白领走上前，想劝刘霖留下，但一看到他的脸就吓得尖叫起来，连滚带爬逃回了办公室，此后再也没出来。周劢无奈，逼着她在辞职书上签了字，从人事部拿来刘霖的证件交还给他，另有见习薪资两百多元，必须刘亲自去财务科领取，他也不要了，两人又回到宿舍去拿行李。一路上，刘霖止住了哭泣，变得沉默无声。周劢建议他回家后去医院拍张片子，查查有无内伤。中午时分，刘霖登上一辆在公路上临时载客的中巴车，周劢目送他离开。

周劢本应该回到美仙公司上班，但迟至下午才出现在仓库区。端木云正在户外的货堆上清点瓷砖，微风从南边吹来，一些白云堆积在开发区上空。周劢一屁股坐在栈板上。端木云便问，那小子走了吗。周劢连连点头。端木云笑了，问那小子说什么了。周劢说，那小子一直沉默，像是被杨雄打傻了。端木云说，有可能是被打得理智了，沉默是正确的选择。周劢说，真奇怪，那小子上车前跟我讲的还是一战的事情，他说很多士兵在战壕里做的并不是匿摸杀人，也不是祈祷活下来，也不是睡觉，而是数数字。端木云问，为什么数数字。周劢说，那小子没说，我的看法是，数数字是一种消磨时间的办法，数数字同时又使时间变得漫长，于是他们必须反复消化自己数出来的多余时间。端木云用重庆话说：狗日的，老子正在数数字，你这个说法折磨我。

到了夜里，周劢仍然想不通，问端木云：难道你一点也不同情刘霖吗。端木云说我当然怜悯他，我也被杨雄打过。周劢想了想，确实有几次，杨雄几乎对端木云动手，但真正挨着的只有一个耳光。要知道刘霖是被一群保安给揍了。

保安的拳头是一种介于警察和流氓之间的惩罚手段，既像官方的，也像是黑社会的，然而两者都不是。它仅仅局限在工厂（包括宿舍）

范围内，但对于打工仔而言，足够了，他们有十分之九的时间都在这个区域里。想摆脱这种管束也很简单，辞职就行了，但那意味着失业，失业之后你可能在街上领受真正的流氓暴力，也可能因为干了点不法的事情落在警察手里。端木云说，在来到血汗工厂以前，我可从未想过会有这么一种暴力存在。

无论如何，保安式的暴力，看上去更适合，更高效（周劭认为不存在"更"，它是唯一的办法）。下手太狠是它的副作用——你也只能这么认为了。

某天端木云又坐在鲁晓麦的踏板车后面，去公路上兜风，像 MTV 里面的情侣。公路上没有什么车，她把速度提起来，往上海方向开了一段路以后又折返回去。端木云问，前方有什么。鲁晓麦问说，难道你没有沿着这条路去过上海吗？端木云说，我就是沿着这条路来的，一路上除了农田什么都没有。鲁晓麦说，这就对了，前方什么都没有。

在那段短暂的日子里，他觉得两人之间即便不是很深刻的爱情，也算得上是一道光照进了黑暗中。光的比喻常常用来解释小说中的某个瞬间，在虚无之中忽然给出的坐标：一个姑娘，一种做爱的方式，一间有冷气的干净的住宅。然而他不确定鲁晓麦是否这么认为，对她来说，坐标是相反的：一个陌生的外地仔进了她的房间，昏头昏脑，不承认有爱情，做爱也不太高明，如此而已。

他还在走神时，鲁晓麦刹住踏板车，那位置离美仙公司的大门不太远。她指着公路一侧的河流说，有人落水啦。端木云顺着她指的方向看过去，见一个小孩在水里扑腾，周围没有其他人。他脱了衬衫跑下路基，河滩边的泥土很硬，他跳下河，游了过去，中途见一条水蛇正快速游上岸。这种季节在农村常有小孩落水，也常有小孩在河滩上遭蛇咬。游近以后他看清是个小男孩，八九岁的样子，假如晚到一分钟小孩估计就沉下去了。他夹住小孩的脖子往回游。小孩被呛住了，没挣扎，也发不出任何声音。似乎游了很久，接近河岸时端木云忽然觉得体力消失了，像是飞机失速，这感觉十分可怕，下一秒钟他可能就会沉下去，那样的话他将不得不放弃这孩子。他向岸上望去，没有人，令他绝望了一拍。接着，鲁晓麦从美仙公司那边带着人狂奔过来，有人跳下水，接了他一把。端木云连滚带爬上了岸，发现那个人是保安队长，周末这天是他在美仙公司大门口值班。

　　孩子趴在地上发抖，鲁晓麦说已经报警，等会儿韩警官会带人过来。保安队长拍拍端木云的肩膀说，你小子可以的，我以为你是白痴呢，会救人就好。鲁晓麦说，还不错，一点没犹豫就下水了，对自己的游泳技术这么有信心，以前救过人吗。端木云说，家乡经常发大水，见过别人救人，但自己没试过，刚才快到岸边时觉得自己不行了。保安队长说，幸亏是个小孩，要是个成年人，你就被他带下去了。端木云摇摇头，从河滩上捡回衬衫，摸出口袋里的香烟，发给保安队长一根。两人对着宽阔的河流抽烟，水是灰色的，很浑浊。后来他想，鲁晓麦很机灵，如果她只是站在岸边看热闹的话，事情的结果就不一样了。三个人过去看了看小孩，没什么问题，他还穿着汗衫，那显然不是游泳，是掉水里了。问他怎么回事，小孩一言不发。在警察到来之前，保安队长又和端木云啰唆了几句，关于上次在宿舍里发生的争吵。端木云听不进去，觉得烦，蹲在地上继续抽烟。鲁晓麦安慰道，好啦，你都学会救人了，没白来一趟。

　　这天黄昏，他回宿舍洗完澡，换了一身干净衣服，拎着孩子家长送来的一袋水果去鲁晓麦家。他进门就说我想在你这里睡一晚，可以吗。鲁晓麦说，不可以。他倒也无所谓，放下水果，坐着陪她看了一会儿电视。他问，你是怎么预见到小孩落水的，开天眼了吗？鲁晓麦叹息说，纯粹是巧合，对我来说，前方世界依然什么都没有啊。

　　九月下旬，天气没有变化，依旧微风、白云、蓝天。

重型机械厂有十来个失业的小伙子在紧锁大门的公司前讨薪未果，有人强行撬锁开门，想进入厂区搬一些器材，公司保安并未报警，而是打电话叫了一卡车穿军裤的小伙子，显然有备而来。两伙人几乎没怎么对话，立即发生斗殴，穿军裤的小伙子全都配备木棍，下手狠毒，失业的小伙子们没有四散而逃，他们退进厂区，从废旧仓库里拽了角铁出来作为武器。斗殴持续了半小时，警察来后，众人逾墙而去，地上躺着六个重伤的。警察在走廊里发现了一把未能发射出子弹的仿制五四手枪。

E市大批警员到达开发区，小镇处于一种半戒严的状态。当晚，有几个失业的小伙子在去往上海的公路上被警员拦截，想要分散进入田野，被悉数抓获。他们正是参与斗殴的那批人。警方想知道枪是谁的，在何种情况下亮了出来，又为什么撂在了地上。最初，没有人交代，审了一夜，有人说是一个贵州仔的，他在重伤者之中，已经送医院了，枪没能射出子弹似乎是卡壳了，否则那一天必有人丧命。

翌日清晨打工仔们走出宿舍去上班，发现开发区靠近公路的地方停着好几辆大巴，车里坐满了脸色憔悴的小伙子，有些可能参加过斗殴，有些压根不知道发生了什么，吃着小镇治安队员发放的早餐和水，一脸懵懂。不久，大巴开上公路，驶向E市的中转收容所。不过大家都说，用不了多久，他们又会回到这里，毕竟这帮杂种身强力壮，都是值得雇佣的劳动力。

白家村的夜市停业了几天，周末又开张，像是什么都没发生。国庆节之前一晚，端木云去那里，见周劭进了洗头房，他跟过去，周劭吓了一跳。中年洗头妹招呼两人，端木云想起郑炜曾经介绍过她，但不记得她叫什么名字了。中年洗头妹说，我叫兰兰。端木云说，好吧，兰兰。周劭说，你可不可以去别的地方。端木云说，我太无聊了，看看你洗头吧。周劭说，咱俩关系已经好到你可以观赏我洗头了吗。端木云说，我他妈的还看见过你在街上洗澡，你的屁股。兰兰就笑了起来，她在周劭的脑袋上抹了一层洗发水，然后箕张十指，在半空中做了一个抓握的动作，说我的小乖乖，我来了。这一淫荡而滑稽的举动逗得端木云也大笑起来。

黄昏时，天气变坏了，起了大风。端木云也洗了一次头，接受指压，兰兰的手指细长有力，像一把筷子戳着他的头顶穴位。周劭坐在沙发上看一本破烂杂志，是报刊亭常见的纯文学选刊。端木云则和兰兰讨论打飞机的问题，问道，什么样的手比较适合打飞机。兰兰说，重点在于手势，有些手势可能比做爱更爽，有些可以延迟射精，但有些则分分钟让你到达高潮，肯定来说，你自己的手就像老婆，最了解你，最贴心，但有些手令你感到的是狂野，有些手像梦境，有些手安慰你寂寞的心。端木云说，真是复杂的体验啊，男人们能理解手指有这么多变化吗。兰兰说，如果不能理解，就给他做前列腺按摩，他会知道手指有多厉害。端木云问那是什么鬼东西。兰兰说，年轻人，尽管你假装粗野但你其实啥都不懂。

两人付了账，没有做更多的体验，走出洗头房。兰兰说这天气变坏了，要下雨，也走到外面收衣服。两条黑色内裤晾在树上。周劭说，你当心鸟在内裤里做窝啊。兰兰说，那我就连鸟带蛋都吃了。这时，急密的细雨落了下来，整条街上没什么人，到处都是空无的沙沙声，像白噪音。端木云叹息说，这位洗头大姐，像十字坡的孙二娘，不如你就入赘做个菜园子张青吧。周劭说，屁话，天凉了，咱俩去喝点酒。

路上，周劭复述了他所读到的一篇小说，讲的是两个青年小说家一起去嫖娼的故事，和他们刚才的情景有几分相似，所以他记住了作者的名字。端木云说，那人叫李东白。周劭明白了，其中一人是端木，而另一个显然是作者本人。端木云说，没想到这么一篇小说还被转载了，李东白出名了。周劭说，根据作者介绍，他是新锐作家，小说里还有一个细节，作家 A 临走时带走了妓女的胸罩，结尾时，寄给了作家 B。端木云说，有这么一段吗，我不记得了，挺不错的结尾啊，或许他干过类似的事儿，现实主义，虚无主义，无意义的生活，叨逼而且怪诞的行为。

很显然，端木云的心情变坏了。两人在大排档一条街上随便找了张桌子，点了几个菜，要了四瓶啤酒。这时，周围热闹起来，打工仔纷纷到来，细雨落在油毡搭起的连片雨篷上，南方的夏天真正过去了，然而外面的一切都很遥远，仿佛只有此时此地是存在的。周劼说，童德胜已经开了调令，十天之内可以去北京交接，只是端木云的去向还没有确认，重庆那边的仓管员干得不错。端木云说，倒也无所谓，我其实并没有什么地方想去，包括重庆。周劼说，我可能会在北京落脚，另外找份工作，用不了多久咱们就散了，祝你好运。端木云说，你应该去广州你知道吗。周劼问，为什么。端木云说，因为去年我在无锡遇到过辛未来，她在广州谋生，她仍然不想见到你。周劼愣了好久，问说当时为什么不讲。端木云说，我答应过辛未来，等你找到新女朋友了，才能告诉你。周劼说，恰恰相反，我结束了一段短暂的恋情，短得就像一杯啤酒。端木云说，我知道，我感觉现在若不告诉你的话，咱俩之中万一死掉一个人，就没机会说了。

周劼仍然摇头，不知道该说什么好，两人脚下的空瓶子从四个变成六个，变成八个。这时，附近大排档放起了音乐，杨雄独自走过去，拉开凳子坐下。周劼和端木云同时往黑暗中挪了一下位子。端木云说，这个逼崽子让我紧张，身上戾气太重，这逼崽子是开发区的象征或者隐喻，每天都在发生残酷的事情但我记住的最重要的事情是被这逼崽子给揍了，简直怪诞。

又过了一会儿，令人惊讶的事情发生了：梅贞和鲁晓麦同时出现，坐在杨雄那一桌。鲁晓麦手里拎着一袋橘子，梅贞带着伞。音乐声太吵，听不清他们说什么，只见白炽灯下朦胧的人影，雨水像雾气在空中弥漫。梅贞挺直腰杆坐着，没有起手动筷子，三个人讲了一会儿话，杨雄抬手把手里的啤酒泼到梅贞脸上，梅贞阴郁地愣了几秒钟，随即离座而去。

这时，两人都听到杨雄喊了一声：我会亲手办了你。鲁晓麦大声说：别闹了。

周劭站了起来，扔了两张钞票在桌上，拍拍端木云的肩膀说，咱们走吧。两人顶着细雨，在街上歪歪扭扭地走了大约有十分钟时间，都不说话。后来，端木云开口说，那伙人就是十兄弟。周劭说，别猜了，是亡命之徒就可以了。端木云说，我有没有告诉过你，我睡过鲁晓麦了。周劭说，没有，不过我有一次看见你在她家窗口抽烟。

这时，周劭酒劲上来了，抱着电线杆吐了几口，两人走进附近一座凉亭，有一个石桌和四个石凳，亭边种着几棵芭蕉树，挡住了路灯的微光，雨声变得更为清晰。端木云仍然清醒，他不想回宿舍。周劭说，你把辛未来的情况说给我听。端木云说，在南方做记者。周劭问是哪家媒体。端木云说，不知道，没问，她当时看起来心情不大好。周劭问说，你没有留她地址吗。端木云摇头。周劭问，电话呢。端木云再次摇头。有一对男女笑着跑向凉亭，看到两人躲在黑暗中踌躇的样子，急忙收声退回到街上。端木云说咱俩真是他妈的如丧考妣啊。

周劭坐在石凳上抽了好几根烟，只觉得脑袋眩晕，手脚发冷。他对端木云说，我趴一会儿，万一睡过去了你叫醒我。石桌冰凉，他像是落进了沼泽，时而看见辛未来，时而看见梅贞，但那并不是梦，而是他的所思所想。后来，他睡着了，等到醒来时，雨还在下，一片沙沙声，手臂关节像是被冻住了。他努力让自己回忆起来，此时为何时，此地为何地，他怀疑自己梦见了辛未来或是梅贞，怀疑自己在梦里重返了某一段时光，但这个梦迅速融化在黑夜里。他掏出最后一根烟点上，等了五分钟，确信端木云已经离开。

周劭离开凉亭，到烟杂店买了一包烟，问时间，店主说十二点，再晚来五分钟就该打烊了。周劭觉得时间不该那么早，马上又觉得不该那么晚，总之，十二点是个蹊跷的时间。他走回宿舍，潘朋拉了两个打工仔在聊天，屋子里烟气弥漫。问起端木云，潘朋说，一小时前回来了一趟，又出去了。

周劭喝了口水，换了一双凉鞋，又走下楼，在黑暗的楼梯上一次次点亮打火机。这时，他想起了刚才的梦：辛未来或是梅贞沿着一座旋梯往上走，那似乎是一栋老洋房，吊灯，七彩玻璃窗，解放前的花式地砖，以及翠绿的爬山虎，很像电影里的镜头。他还梦见了下雨，不过，那可能不是梦，而是在梦的边缘碰触到了现实。走到楼下时，发现雨还在下，他没带伞，快速走到安达宾馆，整片居民楼的灯都熄了，他不确定端木云是否进了鲁晓麦的家里。

周劭继续向小镇南边走去。这个时间点上，不太有人去白家村，或者留在白家村的人也不会愿意回到镇上，因为那条路不好走。有一瞬间，他觉得非常厌烦，我在这镇上兜兜转转真是够了，是谁想出来把人类组织成这样一种奇特的格式，它看上去很不现实，但却是赤裸裸的现实，站在这里你会发现城市是不现实的，乡村是不现实的，你会渴望过去未来而两者皆不可得。他决定去白家村的网吧上网，与随便哪个身份不明的人聊几句。

快到渣土场时，他看到端木云在唯一的一盏路灯下站着，样子失魂落魄。他松了口气，问说，你去洗头房了吧。端木云点点头。周劭说，通常吹箫三十块，不要被她宰。端木云摇头。周劭走近时，觉得他不正常，尽管他一直不太正常，但在此前都还在周劭的经验范围内。周劭问，出什么事了。

端木云说，是杨雄。

周劭问，杨雄在哪里。

端木云说，在土坡上，刚才还没死。

周劭走进渣土场，端木云在后面跟着。在那个半岛位置，杨雄躺在临水的土坡上，已经快不行了。周劲点亮打火机看了看，两人各自倒吸了一口冷气，大个子半睁双眼，咽喉被割开了，一把军用直刀插在他胸口，血沫从咽喉的伤口冒出来，发出哳哳的声音。这声音消失以后，杨雄的身体慢慢收缩起来，风和雨似乎停顿了几秒钟。周劲看了看四周，没有人，火光熄灭以后，他只能隐约看到端木云的人影。

周劲说：埋了吧。然后他问自己：难道咱俩用手刨坑？回答：那就只能扔到水潭里了。接着他又问自己：那把刀是否要拔出来。回答：谁他妈还敢再碰它？

端木云声音发抖，解释道：人不是我杀的。

周劲问：你参与了？

端木云说：也没有，我看见了。

周劲说：那就好，咱们走。

这时，雨下大了，尸体动了一下，两人吓了一跳，端木云点亮打火机，看到杨雄正顺着土坡缓缓往下滑，在一个较陡的位置上，尸体无声地落进了水潭，隐没在一片水葫芦中，脑袋却仍然倔强地浮出水面，有一瞬间，周劲感觉大个子并没有死，或者说变成了另一种形态的活体，正在看着自己。周劲魂飞魄散，倒退了几步，冷静了一下，点了根烟。从这个角度往下看，池塘是黑色的，只是在远处倒映着几缕灯光，完全看不清大个子的尸体。端木云抖抖索索从周劲口袋里掏烟。周劲说，烟头别扔地上，咱们走。

雨还在下，两人走出渣土场，见路灯之下只有一条狗急速跑过，并无其他目击者。两人快步走到镇上，周劲脱了鞋子，让端木云照此做，扔进河里。鞋上沾满了渣土场特有的泥土。接着，光脚走路，溜进宿舍，此时潘朋已经蒙头大睡。周劲低声说：冲个澡，睡一觉吧，睡不着就学倪德国打坐，真格的，杀人哪。他从枕边摸过手表看了一下，这时是十月一日凌晨一点半。

第二天一早，周劭醒过来，雨已经停了，他回忆不起昨天晚上发生了什么，使劲想了想，确定哪些是梦，哪些是真实发生的。随后，他看看上铺的端木云，睡得很死。潘朋进来打了个招呼，说要去E市逛逛。等他走了，周劭喊醒端木云，后者一副发蒙的样子，一样是在梦境与现实之间辨识了一下。周劭说，这事儿咱们得填饱了肚子再谈，出去吃点东西吧。

本雅明引用过一句谚语，大意是，不要在没吃早饭的情况下谈论昨夜的梦。吃早饭使人回归现实。两人填饱肚子以后，特意又去超市买了罐装咖啡，各自喝下去，然后向镇上走，梦境确实渐渐消散。

杀人的是猪仔，端木云说，真是荒唐，人们一定会怀疑是刘霖，是郑炜，或者是你我，但偏偏是猪仔。我不清楚他们是狭路相逢还是有备而来，先是在那条路上看见杨雄追着猪仔进了渣土场，猪仔速度很快，直线往水潭方向跑，杨雄追他，我不确定是否要跟上去，我以为杨雄会弄死猪仔。我靠在电线杆后面等了一会儿，后来，猪仔狂奔出来，衣服上全是血，就这么逃走了。奇怪的是在这过程中他们都没有说话，也没有叫喊。我走进去看，那场地很空阔，顺着他们跑进去的方向走了一会儿，发现杨雄倒在土坡上，猪仔是一直逃到那个位置才捅了他，下手很狠，胸口和咽喉两刀都是致命的。然后，我走了出来，不确定是不是要报警，你就过来了。现在想想，我到底还是没有胆气。

周劭问，何谓没有胆气。

端木云解释道，最初的场面看上去是杨雄要杀了猪仔，我应该进去帮猪仔，但如果进去，我担心自己会被杨雄杀死。我躲在电线杆后面实际上是想躲杨雄。

周劭说，我看见杨雄也害怕，这不奇怪，你当时要是进去，搞不好被猪仔捅一刀，他要杀你灭口也在情理之中。

端木云说，是的。

周劭说，我仔细想了想，还是不报警的好。

端木云同意，问，这次我们又卷进命案了吗？

周劭说，我也不太清楚，如果你在街上看见杀人，你当然可以选择不报警，可是你非要走进去看个究竟，看着那个人死掉，然后走了出来，回去睡觉。这种情况下你到底有没有参与杀人，法律是怎么认定的，说实话，我不清楚。

端木云说，除了法律，还有杨雄那帮兄弟，你看见过郑炜的下场。咱们现在应该赶紧离开这里吧？

周劭说，尸体一旦被发现就立案了，尸体有可能是明天被发现，也有可能是一年之后，杨雄昨晚没有回宿舍，很容易推算出杀人的时间。咱俩选择现在离开，并不安全，就算警方不找我们麻烦，你也会被杨雄的那帮兄弟盯上。至于现在，我猜他们会盯上刘霖吧，或某一群自称十兄弟的打工仔。说到这里，周劭点了根烟，隔着烟雾望着端木云，问道：你确定杨雄不是你杀的吗？

端木云说，确定。

也不是你和猪仔一起干的？周劭问。

端木云说，不是。

周劭说，不要和任何人谈论这件事，不要把这件事写成小说，如果真的是你杀的，警察抓住你，或是杨雄的兄弟按住你，尽可能不要供出我，就说是你一个人干的。

端木云说，如果被抓住的是你，就说你不在场，让他们来找我，我知道凶手是谁。

周劭说，那也在情理之中。

国庆期间，童德胜来到寝室，告诉他们，储运部安排端木云十月上旬到重庆去交接，然而周劭却没有任何要去北京的迹象。五天过去了，杨雄的尸体还是没有被发现。

临走之前，端木云又去找鲁晓麦，他走上楼梯，听着脚下嘎吱嘎吱的声音，敲门后，鲁晓麦在屋子里问，谁。端木云说，是我。感觉自己的声音还算平静。鲁晓麦说，你到楼下等我。端木云猜想她屋子里有别人，就回身走到街上。过了一会儿，她出来了，戴金表的男人从她身后闪过，衣着浮夸，往小镇东边走去。鲁晓麦朝端木云招招手。

　　他跟着鲁晓麦，顺着楼梯往上走时摸到扶手上剥落的油漆，那楼梯太陡，继续发出不堪重负的嘎吱声。进到房间后，两人又做爱。过后，她说，听说你要去重庆，太远了。端木云说，你不是声称会到外地来和我做爱吗？鲁晓麦点烟，同样隔着烟雾看着他，那眼神和周劭几乎是一样的，她提出的问题是：你爱我吗，应该并不爱吧。端木云说，这问题你问了好几次，我不知道答案，骗骗你当然很容易。鲁晓麦说，只是把我当成一个做爱的对象吗。端木云说，那倒也不至于，超乎友谊的友谊，这么解释你是否满意。鲁晓麦说，满意，江湖儿女，随便糊弄一下也挺好。

　　这一天剩下的时间，气氛变得融洽。他从床头拿过那本《致菲莉斯情书》，书页已经卷边，封面上的塑料薄膜脱落了一部分。端木云翻了几页说，你读得太狠，像是把这本书揍了一顿。鲁晓麦说，照片上，菲莉斯长得并不漂亮，像个中国的家庭妇女，卡夫卡像印度人，但没那么壮，瘦小脆弱。又问，到重庆之后会给我写信吗，比如说，像这样的情书。端木云想了想，回答道，也许会，但我从没写过情书，试试看吧。鲁晓麦说，我想你是不会写的。

　　随后，两人谈论起了他要去的地方，重庆。鲁晓麦以为他没有去过，端木云说，我去过的，就在去年春天，发大水之前。鲁晓麦问，重庆怎么样，好玩吗。端木云说，和平原上的城市不一样，城市是立体的，很多坡道都是台阶，必须得用腿走上去。鲁晓麦问，东西好吃吗。端木云说，火锅，米线，小面，街上的火锅摊是不换底料的，前一拨人吃完，后一拨人还是用原先那锅汤，和我们这里的四川火锅店不一样。鲁晓麦说，那岂不是很不卫生。端木云说，火锅是高温杀菌，应该没什么问题吧，如果嫌脏可以去正规店里吃，略为贵些。鲁晓麦问，气候呢。端木云说，太阳出得很晚，起雾之后令人心情忧郁，好像不知道为什么活着。鲁晓麦说，我听他们说起，重庆的姑娘很美。端木云用回忆的口吻说，美丽，热情，对生活无所畏惧的样子。鲁晓麦说，那我就放心了，去吧，我猜你在重庆有一个旧相好。

两人穿衣下楼，到街上去散步，这时才是黄昏，打工仔们仍在镇上闲晃。两人歪着头看夕阳，鲁晓麦拉着他的手说：外地仔，等你变成了大作家，就把我给你讲的故事写出来吧，这样我会很高兴。端木云说：应该是——在这个过程中，我已经把你讲的故事写成了伟大的小说。

去重庆的路线图和一年前几乎完全一样，从上海坐火车，经过浙江、江西、湖南、贵州这四个省份。端木云必须先搭车到上海，储运部让他立即出发，预支了三百元路费，由于长达三天两夜的路程，他可以坐硬卧。周劭问，你打算怎么度过这三天。端木云说，我会买一瓶高度白酒上火车，喝掉半瓶，醒来就差不多能到湖南了。火车并不艰难，只要爬上那个铺位，风景后退，城市出现在眼前，一切都像自动发生，事实上较为麻烦的是在上海转车，那几十公里的路程显得复杂而艰难，必须保持清醒，要不然走着走着，也许就不会想去重庆了。

端木云在清晨搭乘长途汽车，根据周劭的说法，车会停在上海徐汇区的长途汽车站，然后搭乘地铁可以到达新客站。行李不多，只有一个背包。发车前，两人迎着风点烟，走到车屁股后面抽了几口，朝霞出现在东方的天际，几只白鹭顺着远处的河道飞行。端木云说：像是一个壮丽的全新的开始，实际上却不是这么回事。周劭问：实际上是怎么样。端木云说：实际上是把走过的路又走了一遍。

临上车前，两人拥抱了一下。周劭说：我希望还能见到你。端木云说：其实见不到更好。那意思很明显，两人更可能是在公安局再见面。周劭说：再会吧，lucky boy。随后，端木云上了车，没有回头看他一眼。汽车开出小镇时，周劭感到如释重负，像是这一辈子已经过完了。

　　端木云坐在车上，风从窗缝里吹进来，初秋的早晨，公路上既没有行人也鲜有车辆，道路呈现出轻微弧度伸向远方，右侧的工厂区很快消失，取而代之的是凉爽的田野，左侧仍然是河流，开了一段路之后，河流汇入一片小小的湖泊，随即转换为一些分叉的小河道，向东南北三个方向蔓延。端木云在沉思中想到，这河道的轨迹就像故事或命运的推进方式，又想，自己就像一个对故事或命运缺乏经验的人，总是在寻找可靠的参照物。

　　十分钟后，他感觉屁股下面一震，汽车后轮爆胎了，司机减速，将车停在路边。车上的乘客不超过十个人，全都吓住了，等司机查看完毕并回到车上宣布必须去附近换胎时，这些人才开始说，幸亏爆的不是前胎啊，很容易翻车。汽车慢速开出公路，上了一条狭窄的岔道，这时，有个姑娘从车尾走过来，一直走到副驾位置，撅着被牛仔裤包裹得浑圆的屁股向前看路。车子开到小村口，那里有一个修理站，姑娘率先下了车，端木云也慢吞吞下车抽烟，姑娘注意到了他，她走过来像曾经相熟的女朋友那样伸出食指掐了掐他的下巴，这个动作使他吃了一惊。姑娘说：你忘记飘飘了吗，瘸腿仔？

　　费了一点工夫，端木云才把眼前这个姑娘与色情舞女郎对上号，他从来没见过她卸妆以后的样子，实际上她长得并不像舞台上那么夸张，假睫毛摘掉以后，眼睛并不大，左眼是单眼皮，头发也没那么浓密（他不确定她是否曾经戴假发套）。这一切表明，他从来没有认识过她，从根本上说，是个陌生人。后来他终于找到了一点似曾相识的痕迹：她肥厚的嘴唇，像东南亚女人。

就在他心怀鬼胎踅摸的时候，这个叫飘飘的姑娘在村口小店买了一份饮料，又走回他身边，指出这种饮料是假的。她说，农村都是这一类假货。端木云说，看来你很熟悉农村。姑娘说，不不，我出生在小镇，你是哪里人？端木云说，我正经农村户口。姑娘说，确实，只有农村出来的小伙子才会愿意去开发区上班。

　　他问那姑娘，要去哪里。事实上他想问的东西太多，比如那个开面包车的男青年，那个抽了她一嘴巴的郑炜，那些在魅力酒吧看场子的不知真假的十兄弟，包括死去的杨雄。他想，像她这样的女人，身上不知道藏了多少秘密。那姑娘点了根烟，怪声怪气地说，我去上海呀，难道这趟车不是去上海的吗？他便追问道，去做什么？姑娘说，去跑码头落脚呀。他问，你的男朋友呢。姑娘机敏地反问，你问哪一个男朋友，你要是一个一个都问清楚，我保证你活不太长久。

　　草丛里不时有蚊子袭来，姑娘拍打着胳膊和脚踝，端木云从包里拿出风油精递给她。姑娘变得知礼，道谢，给自己涂风油精。过后，她问他去哪里。他说，重庆，去管仓库。

　　这时候，已经是上午九点，汽车到底要修多久，谁也不知道。他问一个乡下人，这里是上海吗，乡下人说还在江苏境内。姑娘说，你还要跑两千公里，你的旅程才刚开始，而我已经快到目的地了。端木云微笑地看着她说，是这样。他望见风吹动远处田埂边的茭白叶子，同行的人像是宿命般站在路边仍然庆幸着汽车没有翻掉，即使不太顺利，这也应该是一趟安静的旅程。他想，我最好忘记她是个色情舞女郎这件事吧，什么都别问了。

　　后来，汽车修好了。他和姑娘一起登上车，座位还很空，姑娘坐在他身边。姑娘这时才问，到重庆去管什么仓库。他说，全是一些建材，瓷砖啊，人造大理石啊。姑娘说，我认识一个人叫林杰，他也是建材仓库的管理员。端木云说，真巧，林杰是我的同事，但没见过，你认识他啊。姑娘说，有过一面之缘，帅气而自信的家伙，搞不懂他为什么喜欢看仓库，独自一人，还有你也是。端木云说，可能是为了自由吧。姑娘说，你简直就和林杰一样怪里怪气。

　　自由并不是不上班，并不是逃脱流水线生活，并不是背负着命案而自我流放到边疆之地，自由这个词的理解差异太大，尤其不应该和一个跳色情舞的姑娘讨论，何况她此时已经卸妆。端木云说：我也不知道独自一人看仓库，是个他妈的什么滋味，也许可以试试看。姑娘说：别担心，不会比做流水线工人更痛苦。汽车在公路上平稳地开着，太阳从正前方照过来，姑娘掏出一副墨镜给自己戴上，在轻微的摇晃中，她说她困了，想睡一会儿。接着，她的脑袋搭在端木云的肩膀上，他忍不住摸摸她的头发，姑娘没抬头（可能也没有睁开眼），伸手拍拍他的脸。

　　如果翻车请你抱紧我。在睡去之前，她告诉他。

　　秋天到来后，梅贞觉得舒服了一些，有好几次出入厂门，感到不那么紧张，后来她注意到大个子保安杨雄不在。以往他都会盯着她看，那眼神说不清是嫉妒还是警告。又过了一阵，人们说杨雄死了，在渣土场那边，一个拾荒人发现了尸体。差不多同时，安达旅馆的老板傅民生死在了医院。

　　警方很快就确定了杨雄的死亡时间，九月三十日晚上或者次日凌晨，总之，十一国庆开始就没人再见到过杨雄。刑警问梅贞，九月三十日晚，在镇上，很多人看见杨雄用啤酒泼了你一脸。梅贞说，那是因为我和林杰分手了，杨雄和林杰是好朋友，他觉得我背叛了林杰。刑警问林杰在哪里，梅贞说在上千公里以外看仓库呢。刑警把她的话记录下来，再问其他的，她声称什么都不知道，与杨雄没有任何交往。之后，刑警让她暂时不要离开铁井镇。

　　在美仙公司，人们议论道，杨雄死得一点都不冤枉，他得罪的人太多，警察会为此查昏头。那阵子，保安们变得沉默，看着工人们欢快地进进出出，像是思索人生。梅贞相信，过了这个劲，他们还是会像以前一样，再找到一个身高一米八五、受权打人的保安也并不是很难。

梅贞记得某个小说或是电影里说过，杀人是不可饶恕的，凶手将背负永久的罪孽，难以逃脱那种自我谴责，直至陷入深渊（深渊指心理上的某种泥潭？）。她想，小说和电影总是寄希望于一种正义，现实却不是这样。现实中杀人（或打人）的凶手往往毫无良心，也不懂何为罪孽，他们都不是那种会懊悔的人。她估计杨雄是被仇家杀死的，某个他曾经殴打过的人，在他死前是否感到懊悔，是否觉得在短短的一生中下手未免太黑，终于因为不计后果的凶残而付出代价。关于这个问题，梅贞摇摇头，不再去想。

第二天一早，梅贞去两百公里以外的T市仓库做抽查，童德胜安排周劭与她同行。周劭很大方地说，自己一个人去就行了，女孩子跑远路不方便。童德胜说，周劭你是外仓管理员，抽查不是你的本职工作，派你去的目的是保证梅贞的安全，并且，二人押货制度要贯彻好。周劭说，又是坐卡车啊？童德胜不再理他，交代梅贞说：分销处有一次夜间提货发现仓管员周伟彬不在，因此告到储运部，你去看看，别有什么事。周劭问，周伟彬是真人吗。童德胜不耐烦说这事儿轮不到你来管，赶紧滚，臭小子。

巧得很，货车司机仍是阿满，这次没有带他老婆，卡车载着五吨瓷砖，六十码的车速决定了他们会在黄昏到达T市，也可能是夜里。周劭穿着便装，梅贞同样，车开了很久，两人不说话。阿满说，今天很安静，是因为我老婆不在吗。周劭笑了起来，讲了一个不太粗俗的笑话，梅贞接着讲了件可怕的事：阿满，那个打过你的杨雄，被人杀了，就我们上次说过的，你俩欠了杀手一笔钱。阿满说，我听说啦，杨雄打架很有一手，得是多厉害的人才能杀死他。梅贞见周劭不语，便缓缓说：我见过很厉害的人被一枪打成了麻子。

梅贞与周劭渐渐恢复了交谈，聊到端木云。梅贞说，我好久没回重庆了，端木云在重庆怎么样。周劭说，通过电话，丫睡在分销处的大理石桌板上，仓库离四川美院挺近，到处都是卖画具的商店，女孩子很漂亮很文艺，附近的米线店每到饭点上就坐满了这样的女孩，他就这样望着她们，发发呆。梅贞说，确实，在重庆，有看不完的美丽女孩。

　　阿满的货车在途中加了一次油，另一次是在休息站停了十五分钟，三个人上厕所。这一趟跑得很顺利，到 T 市时正是黄昏，货车没有开进市区，沿着城郊公路走，穿过铁路，拐进一片荒地。周劭见到远处一片建筑群，像古代城堡，这是他见过的最大的库区，夕阳拉伸出的几何形阴影铺满视野。阿满说，那是粮仓。货车开进库区，在棋盘形的道路上拐了几个弯，路边停着叉车，不见人影，穿过这一带，前面又出现巨大的长方体建筑，一群衣衫破旧的装卸工或蹲或站迎接他们。建材仓库到了。

　　周劭见到了周伟彬，江西人，身高一米七五，穿着储运部的紫色工作服，并不和他打招呼，独自坐在一边吃盒饭，吃完之后把一次性筷子插进泡沫塑料盒，扔到墙角。梅贞说，我们来盘库。周伟彬指指仓库，示意他们进去。周劭在库房进口位置看到一个小间，这是仓管员的办公室，也是卧室，里面有两张钢丝床，并排放着，都有被褥。周劭问，除了你以外谁还住在这里？周伟彬说，我的女人。周劭没说什么，点点头。

　　梅贞从包里拿出库存表，等到装卸工把所有的瓷砖就位，库房也盘点完毕。周伟彬问，有问题吗。梅贞说，挺好。周伟彬看了周劭一眼。周劭说，你可以去配一台拷机，万一分销处夜间提货，可以找到你。周伟彬并不搭理周劭，对梅贞说：你就是梅贞？我听杨雄说起过你。梅贞脸色铁青，问说：我们见过吗？周伟彬：没有，我一年多没回总部了。梅贞说：仓库里住女人是违规的，你怎么向童德胜解释？

周伟彬说，你不提起这件事，老童也就不会知道了。

两人离开仓库，回到货车上。周劭说，这逼崽子非常狂妄，好像随时都可以把我们做掉。这时，周伟彬跟了出来，敲敲车门，隔着车窗问梅贞：杨雄的死和你有关系吗？梅贞说，你在胡言乱语什么。周伟彬说，杨雄是我兄弟，听说他泼了你一杯酒，当晚就死了，警察有没有找过你？梅贞厌恶他的语调，冷笑说：如果是我杀的，你有胆给他报仇吗？就现在，弄死我。周伟彬发笑说：梅贞，名不虚传。梅贞目视前方，让阿满开车走。

货车开出库区，三个人在小饭馆吃了一顿。阿满累了，说要去开个房间睡会儿，到晚上九点再发车回铁井镇，次日还有一批货要拉到上海。他们就近找到一间便宜旅馆，开了三间钟点房，各自休息。梅贞进屋后，拉开窗帘，看了看风景。房间在二楼，库区方向天色暗蓝，夕阳落入建筑物的深处，巨大的几何形阴影已经消失。楼下是一所成色很旧的学校，几个男生在操场上打篮球，看样子是专科院校，小城市最普通的那种，教改之后专门向社会提供废物型应届生。她也是来自这类学校。她知道，钟点房是专门提供给男女学生幽会的，在这种鬼地方念书恐怕也只有爱情会让人觉得不那么乏味了。后来，天黑了，男生们散去，她躺到床上，听到远处火车拉响汽笛，睡了过去。

那天她做了一个很不好的梦，醒过来一看已经八点。她洗了一把脸，觉得气闷，昏头昏脑出了房间，见周劭在走廊里抽烟。梅贞往外走，然后又停下脚步。周劭问说，你怎么了。梅贞问，我的样子是不是很难看？周劭说，你的样子，就像是决意要去什么地方，然后又忽然懊悔了。梅贞说，可是我又能去哪里？她让自己冷静下来。两人出去散步，梅贞说，你陪我说点闲话吧。这时正走到学校门口，仔细看了看，是一所应用技术学院。梅贞说，我以前的大学就跟这个一样，破破烂烂，没啥前途，每天晚上十点钟熄灯，过了点就得翻墙回去，念书的时候特别厌烦，真的毕业出来了，还挺怀念的，好奇怪，为什么会怀念一些不值得回首的生活，乏味的日子，消失了也不会惦记的人，只是那残留的气味让我时不时地心碎一下。周劭不知道该怎么回答。两人沿着黑黢黢的道路走了一段，梅贞又说，像周伟彬过的那种生活，在偌大的库区里一个人住着，如果没有女人，你受得了？周劭说，北京会好一点。梅贞说，假如不是北京呢，假如让你来 T 市交接呢？你不可能总是待在大城市，如果把你留在一个荒凉的地方，冬季下雪，道路全封，既不能上网也不能溜出去，你怎么办？周劭说，我很乐观，如果遇到一个不错的城市，我就不走了，永远住在那里，如果那城市里有个姑娘爱我，就更好了。梅贞沉默不语，后来她像是赌气似的说，总之不可能是我。

两人又往前走了一段路，转过一个弯，看到铁道，一列货车正开过。货车比客车沉闷，但没有那么重的伤感气息。两人耐着性子等它开过，在黑夜里也看不太清。梅贞问，你觉得那片库区像什么。周劭说，像古堡。梅贞说，不，像电视里看到的集中营，也是黑白色的，一幢一幢的水泥房子，里面是焚尸炉。周劭叹气说，梅贞，所有的库区都是这个样子，但其中并没有你说的东西。梅贞固执地说，也不会有更美好的东西了。周劭说，假如你厌烦了铁井镇，或许可以考虑换一个地方，不要纠缠在这里。梅贞点头说，我想去南方，但是我的钱都寄给家里了，没有足够的钱很难走得远，我决定从这个月开始再也不给他们寄钱了，最好他们都忘记我。她仍然望着列车消失的方向，对周劭说：你也要忘记我。

有时候，梅贞会梦见自己在酒店里的情景，醒来惊出一身冷汗。

那几个男人是什么样子，她还记得一些（上海人，台湾人，身份不明的讲普通话的人），但不曾梦见过，似乎那记忆是可控的，已经被锁进某个柜子，唯独那个戴金表的男人，把她带进酒店的家伙，总是伴随着梦出现。那人高个子，表情严肃，每次都是在走廊里等着，前前后后没有讲过几句话。最后一次，梅贞记得自己说，以后不来了，那人也只是嗯了一声，表示没有问题。此后，她以为会忘记他，然而他出现在梦里，仍然站在走廊尽头，抽烟，看手表，甚至交谈。梅贞在梦里问，偷偷做这行的女孩多不多，那人说，能进酒店的不多。那语气是在安慰她，简直不像是梦，像真实的交谈。梅贞在梦里又说，我想忘记掉，这一切没有发生过。那人在梦里回答，你只要不说出去，就可以忘记掉。

后来当她再次见到俞凡以后，这个梦又出现过一次，站在走廊尽头的人却不再是俞凡，变成林杰和周劭的混合体，同样戴着金表，一言不发，冷冷地看着她。她努力想辨认到底是林杰呢还是周劭，或根本还是俞凡？她在梦里哭了出来，被同寝室的女孩推醒了，说她半夜鬼叫，喊救命。梅贞连连否认，说自己在梦里很伤心，但不曾喊过救命。

她把这件事告诉了周劭，她说我做过妓女，用词准确，像是自虐，然后又不免为自己开脱：时间很短，只有几天。周劭不知道该怎么回答，愣了很久才问，为什么要去做这个。梅贞说，当然是为钱。周劭就说，你不该把这件事说出来，当然，我也绝不会说出去。梅贞说，我现在后悔，我到这个地方来，本意只是想找一份活，挣一点薪水，如果能逃脱流水线女工的命运，我已然满足了。周劭说，此时此刻，我不知道该怎么安慰你，尽管我非常想安慰你。

梅贞知道很快就不会再见到周劭了，他会像林杰一样消失，然后从某座城市发来传真，每天如此。她想，这两个男人我都不爱，因为我不能在每个早晨看着两个爱着的男人发传真过来，每一年的某几天，在这个小镇上见到他们之中的某一个，然后告别，任由他们活在一个遥远的、封闭的地方，这太荒谬了，无法做到。

杨雄死后，林杰的电话打到储运部，要梅贞接听，但他没有提到杨雄的事，梅贞也不提。他说到 H 市的情况复杂，库区办公室的电话机锁了，除了发传真以外，平时不给打长途，他只能用公路对面饭馆里的电话。又说，这里的分销处真是他妈的难搞。梅贞从没听到他用这种焦躁的语气说话，猜测他是遇到了麻烦，然而究竟发生了什么，她没问，他也没说。再往后，电话不再打来，每天上午从 H 市传真过来的库存报表表明他还活在那个地方。

秋天到来之后，开发区所有的打工仔似乎都松了口气，至少没有酷热煎熬，日子变得好过一些。在一个下雨的日子，梅贞把床上的小吊扇卸了下来，收起凉席，去超市买了一条廉价的毛毯。她很少去镇上，尤其是东边的酒店和浴场，绝不靠近，她的活动区域局限在开发区和小镇的交界处。有那么几天，她感觉自己不那么焦虑了，钱攒够了她就可以走。她去 E 市的人才市场转了一圈，没找到工作。回来时，在 E 市郊区通往铁井镇的省道边，也就是那个三岔路口，她意外地遇到了鲁晓麦。后者把头发剪短了，坐在一个滚轮箱上抽烟，望着野景，眼神迷离。梅贞问鲁晓麦，你这是要去哪里。鲁晓麦吓了一跳，认出她，那样子欲言又止。

接着，俞凡从街对面走了过来，手里拿着两瓶矿泉水，这一天他没再戴金表，穿着很普通的衬衫，背着一个挺大的双肩包。走近后，他意味深长地看了梅贞一眼。梅贞奇怪，这伙人到底在干什么，也包括林杰在内。

鲁晓麦和梅贞聊了几句，说她要去外地。梅贞没有多问。倒是鲁晓麦忍不住带着自嘲的口吻说：我搞不好会去投靠林杰。梅贞说，林杰在 H 市似乎也是诸多不顺。鲁晓麦说，我知道，我知道，我都劝他别干了，他不听。梅贞说，可能在那边有女朋友了吧。鲁晓麦说，搞不清他，算了，不问了。过后，鲁晓麦站起身，和梅贞握手告别。两人并无什么交情，握手显得古怪。不过，当她们握手之后，鲁晓麦随即问：那天杨雄泼了你一脸酒，是不是你喊人去杀了他，是不是周劭？梅贞说，周劭干了什么我不清楚，但你想想，我能喊到什么人去杀人，我在你的家乡挣一份工资，能认识什么人愿意替我去杀人？她转过头看看俞凡，俞凡正在给自己戴上一副墨镜，用温和的口气告诉她：没事，杨雄和傅民生的事情，就交给警察吧。

这两个人叫了一辆出租车，把行李放进后备厢，没再多说一句话，离开了那个路口。

梅贞没想到她哥哥会来到铁井镇，她快半年没打电话回家了，不知道那个地方发生了什么，她哥哥就说，工厂垮了，设备搬走了，留下的人不知道该怎么活下去。梅贞回忆起家乡那座生产铸件的小兵工厂，地处四川和贵州交界处的山坳里（后来属于重庆），一幢灰色的办公楼，一幢天蓝色的家属宿舍楼，不远处就是车间，煤灰飞扬，机器的噪音终日不休。到处都是山，从那里到最近的县城得在弯弯曲曲的盘山公路上无望地坐小半天的汽车。兵工厂并不全是当地人，很多是五六十年代从外省移民过去搞建设的，这些人应该终老于此。梅贞问，他们怎么办。哥哥说，穷困潦倒，年轻人都走了，现在那里很安静，也不再有煤灰。梅贞问，爸妈呢。哥哥说，还留在那里，没地方去了。

梅贞的哥哥戴着墨镜，遮住眼睛，他说自己也想在开发区找份工作。梅贞说，你是残疾人，而且三十岁了，找工作很难。哥哥问，有没有可能在美仙公司谋职，什么工种都可以。梅贞说，台资企业很死板，托不到人。那语气多少有些不近人情，像是根本不愿意帮他。哥哥说，看来你混得也不怎么样。梅贞说，你这么理解问题，我感觉你还活在过去的年代。哥哥说，我只是随口一问，不要担心，我不是来投靠你。

梅贞带着她哥哥去吃饭，顺便往家里打了个电话，又听到了妈妈的声音，这时她才知道哥哥拿走了家里的一大半积蓄，包括她每个月寄回的几百元钱，然而他带着这笔钱究竟想干什么，连父母也不清楚。吃完饭，她领着哥哥到镇上随便逛了一圈，什么都没说，倒是哥哥心情不错。梅贞问，像你这么一个在家乡都没什么朋友的人，出门在外打算怎么办。哥哥说，我认得一个女人，她要去东莞上班，我们结伴一起走。梅贞追问，女人在哪里。哥哥说，在旅馆里待着呢。梅贞想了想，又问，是打工妹还是发廊妹。哥哥说，娼妓。

第二天早上，梅贞来到旅馆门口，她哥哥仍然戴着墨镜，身边站着一个化妆恶形恶状的女人，提着行李打算离开。女人抱怨为什么非要到这个小镇上来绕一圈，这里交通不便，也不好玩。哥哥说，我来看看妹妹，我可能一辈子都不会再见到她了。梅贞说，不要讲这种不吉利的话。哥哥说，至少，你不用再寄钱养活我了，这让我羞愧了好几年，再见。哥哥带着嘟嘟哝哝的娼妓到镇口去坐长途汽车，梅贞赶回去上班，到中午时，她一个人坐在电脑前面哭出了声音。

她回忆起童年时，哥哥带着她去几十公里外的红旗煤矿看电影，隔着山涧，对面的矿场拦起高墙和铁丝网，不给进去。电影院在矿场外，矿工和家属坐在黑暗中看电影，有一天，瓦斯爆炸了，看电影的人全都冲了出去，电影停映了，灯光亮起来，她才发现偌大的电影院里只剩她和哥哥两人，巨大的银幕空白一片，后来她哥哥也跑出去看热闹，电影院里只剩她一人。若干年后，梅贞又感受到了近似的恐惧，所有人都离开这个空间，到外面去观看灾难，她不想看，可是电影已经中断，狂暴的现实已经从身后隆隆碾来。

星期天下午，梅贞独自骑了一辆自行车，在镇上闲晃，看到周劭坐在凉亭里抽烟，感到很惊讶，问说你还没有被派到外地去吗。周劭说，明天就走，去H市，那里的仓库出了点问题。梅贞问，发生了什么。周劭回答得很简洁，说仓管员林杰和分销处的主管干起来了，主管证明林杰是个假人，于是林杰失踪了，知情者说 H 市的分销处主管是个黑社会，曾经暴力劫持仓管员，强迫他们发货。梅贞说，星期五我没收到林杰的传真。周劭说，那就是出事了。看来我是要去调停一场黑帮火拼，据说最刺激的是被人用枪指着头发货。梅贞说，我建议你不要去，尽快辞职。周劭说，不，我想去看看那里到底发生了什么，如果有消息，我会告诉你。梅贞说，你告诉我最终结果就可以了，是死是活，我不想听一个假人的故事。

　　周劭骑上了梅贞的自行车，带着她，两人不知道该去哪里。显然，一切都结束了，但这个下午还没有结束。梅贞提议去白家村，她从来没去过。周劭却不想去，后来他说，南边那座山，听说还有个庙，一直没去过，天气这么好，咱们去爬山吧。梅贞说，那座山叫黑神山，名字起得古怪，不过，只是丘陵而已。她想起来，关于这座山的名字，是鲁晓麦告诉她的。两人沿途又谈了谈鲁晓麦的事，公司已经报警要抓她，她借着招聘工人的机会非法收取中介费，其中颇有几个假人，警方甚至查出一个翻砂工是负案在逃的杀人犯，片警立了大功。梅贞问周劭，你是鲁晓麦招进来的吗。周劭明白她的意思，说，是的，但我和端木都是真人。

　　乡村的小路上没有什么人，偶尔开过一辆拖拉机，周劭问了问路，继续往前，大约骑了二十分钟后，车速慢了下来。这时他们已经可以看到丘陵的具体形状，起伏连绵，看不清哪一座山上有庙。周劭说，尽管是丘陵，但真的出现在眼前时，还是觉得高。梅贞说，你那是没见过什么叫大山。她再回头，小镇已经被一片树林遮挡住，只能看见几座烟囱冒烟的痕迹。

　　两人在山脚下遇到了四个年轻人，三男一女，开着两辆摩托车，一问，是开发区一家新加坡公司的白领，周末出来玩。那姑娘是本地人，三个男的分别来自江苏、天津和辽宁，其中，辽宁的小伙子正在和本地姑娘谈恋爱。周劭问，有庙的那座山在哪里。姑娘说，跟我走呗，不过那庙没啥好看的。周劭问，那你去看什么。姑娘说，枫树啊，这个季节山里的枫叶红了。

六个人向山上走去，根据本地姑娘的说法，庙在这座山丘后面，得翻过山才能看到。路上，本地姑娘和梅贞走在一起，她说，其实那三个小伙子都挺喜欢她的，她刚刚选择了辽宁小伙子。梅贞说，你很幸福，有这么多男孩追求。问起就职情况，梅贞说美仙公司，本地姑娘立刻说，我有一个初中同学也在美仙公司做人事。梅贞问，是鲁晓麦吗。本地姑娘说，她以前不叫鲁晓麦，念书时候叫鲁水莲，她可能觉得这名字太土吧。看那姑娘的神色，显然不知道鲁晓麦已经逃离本镇，梅贞也就没有说下去。

梅贞问那姑娘，铁井镇以前的生活是怎么样的。那姑娘说，以前很无聊，现在五湖四海的人都来这里，比较好玩。梅贞问，具体怎么个无聊呢。那姑娘反问，难道你没有见识过小镇生活吗，几条街道，几间录像厅和游戏房，这是一个为没出息的男人配备的世界，留给我们的只有劣质时装店糊弄乡下女孩，运气好的女孩可以考上大学离开，运气不好就只能留在这里，嫁给本镇或者邻镇的某个男人，反正不会嫁给农民，从此安静地活着，安静并不是因为你天性如此，而是想保留住仅有的一点尊严，不得不安静。梅贞说，所有的小镇都这样，我见识过，但铁井镇的日子没那么艰辛，比我家乡好多了。那姑娘说，还是一样的，富庶也解决不了问题啊，从前的富庶只是因为水稻和蚕茧的产量比较高。

六个人前后脚到达山腰，一片枫林出现在眼前，另有一股山泉从高处流下，在枫林边形成了一个池塘，不知哪个年代砌的石栏围着池塘，上面长满了暗绿色的青苔，树木挡住了山下的景色，只能看见南边的农田，阳光很好，但远处的空间里总像是泛了一层薄雾。那姑娘和三个小伙子停下了，从背包里掏出一张塑料布，铺在地上，又拿出一些罐头。枫叶无声地落下，姑娘拾起一枚叶子给三个小伙子看，然后招呼梅贞和周劭过来一起吃冷餐。梅贞却执意要去找那座庙。

那姑娘这时才严肃起来,说,我劝你还是别去了,我是本地人比较清楚,那不是什么好地方,破破烂烂的佛寺用来镇邪的,古代的时候,在那里杀人。辽宁小伙子好奇,问说是刑场吗。那姑娘摇头说,不是的,是所谓的邪教,人祭。江苏小伙子问,什么叫人祭。辽宁小伙子说,这都不懂吗,就是杀人祭神,像印第安人一样。那姑娘又煞有介事地说,解放前,这座庙被火烧了一大半,后来就荒着,这几年有人想重建,赚点香火钱,可总是造不成样子,我们本地人不去那个地方的,邪气很重。天津小伙子说,这么一说我真的哆嗦起来,人祭啊。那姑娘又安慰他,古代啦,很远很远的古代,五百年以前。

她这么一说,梅贞更想去了,问周劭敢不敢陪她,周劭表示无所谓,山里风景不错。两人告别了那几个姑娘小伙,沿着山道继续往前走,枫树消失了,两侧是次生林,长着高大的松树和栗树,这一路上没再遇到人。当他们走进山坳时,阳光停留在林木的高处,传来一些奇怪的鸟鸣声,有那么一段路甚至变得十分阴暗。周劭说,我感觉我们踏过结界了,庙应该就在前面。梅贞问,何以感觉到这个。周劭说,我是一个火车司机的儿子,我对边界有着特殊的敏感。

庙就在山坡上,从他们所处的位置到达山门有一个不算太陡的坡度,这一带的树木似乎是被刻意砍伐掉了,阳光落在空地上,但是起风了,一股烟从围墙里冒起,持久不断地在空中翻腾并且化解掉。两人走到山门口,一条黄狗从庙里钻出来,看着他们,并不叫。周劭说,我还是第一次看到庙里养狗的,真不讲究。

奇怪的是,庙里没有和尚,只有一个守门的老人,穿着一件褪色的深蓝色中山装,也不说话。更奇怪的是,庙里没有大殿,只有一个铁皮棚子,里面供着一座两米高的黄铜佛像,兜着怪异的红色披风,棚前的废旧柴油桶里烧着纸,烟就是从这里冒出来的。梅贞说,好寒酸,令人费解。周劭说,如果是禅宗倒也可以理解,不立文字不建寺庙。梅贞说，胡说八道，这根本就是没钱造庙。周劭指着一块小石碑说，还是有香火的，一九九七年有一个叫叶嘉龙的人捐了这座佛像。梅贞说，可能就是嘉龙玩具厂的老板吧。

梅贞从口袋里掏出五元钱，塞进功德箱里，却没有跪下磕头，两人像观赏植物一样看着佛像。守门人走过来，梅贞问，这庙里有和尚吗。守门人不回答。周劭用上海话问他，守门人听懂了，说了几句，周劭翻译道：以前没有和尚，今年来过一个，住了两个月走了。

两人走到铁皮棚子后面，发现一座微微倾斜的砖塔，有三层楼高，砖缝里长着草，从基座向上有一道两米多长的裂纹。塔像是马上就要分崩离析。梅贞绕行了一圈，上下打量，问说，这应该是古代的建筑吧。周劭说，显而易见。梅贞说，整个黑乎乎的。周劭说，这是清水砖塔，没有多余的装饰，也是一种风格。梅贞说，你还挺懂的。周劭说，我也只懂这么一点了。梅贞问，人祭是怎么搞的。周劭说，各种各样吧，有很多种，实际上人祭的形式和死刑很像，有活埋、斩首、焚烧等等，食人部落吃人肉是一种祭祀，这都是端木云告诉我的，他对这种奇怪的东西有兴趣，他还讲过一个人祭的故事，把童男杀死以后获取灵魂的手法，这样，童男的灵魂就永远归凶手驱使。梅贞说，可怕，是哪个部落？周劭说，中国，古代。梅贞问，要驱使童男的灵魂做什么？周劭说，去害人，或是往返于阴阳之间，传递某种消息，或是哪怕当宠物一样养着呢，那个灵魂可能是没有自我的，某种程度上，像是永恒地爱上了凶手。梅贞说，可怕，永恒的爱，也难怪要在这里造一座寺庙镇邪，这样的灵魂恐怕五百年都不会安宁吧。周劭说，我想它们已经灰飞烟灭了吧。

梅贞绕着砖塔继续转着，想找到更多的信息，然而，清水砖塔上没有任何多余的装饰。她凑近那道裂纹，周劭说你小心点，搞不好钻出一条蛇来。梅贞嘀咕说，真是一座奇怪的塔，居然有人在砖上乱刻乱画，破坏文物。然后她像凝固了似的，盯着某个位置。周劭看到梅贞表情古怪，也跟着凑上去看。两人在砖塔上同时默读了一串名字：俞凡，杨雄，林杰，鲁晓麦，张泽华，傅民生，俞恒，徐丽萍，周伟彬。这些名字上下排列，尽管字迹歪斜，但还是能辨认出出自不同人之手，对梅贞来说，最熟悉的莫过于林杰的签名，每个工作日的上午，它都会出现在传真纸上。梅贞用一种凄惨的语气开玩笑说，现在我可以确定这座塔的裂缝里藏着什么东西，你看，这些名字就刻在裂缝边上，像地图上的河流和河流边上城镇的名字。她转头看周劭，他脸色发白，像是被什么东西吓住了。梅贞问，你怎么了，这些人你认得哪几个？周劭说，不不，我一个都不熟。梅贞说，你害怕了。周劭直起腰，点了根烟说，看到有死者的名字总难免会不舒服。梅贞说，又不是你杀了杨雄。过了一会儿，她叹息说，你确定不是你杀了杨雄吗。周劭一言不发，直到走出寺庙，经过山坳，那四个野餐的年轻人早已不知去向。枫叶落下，梅贞也走过去，捡起一枚落叶，并且将一个空罐头踢到了远处。周劭仍在抽烟，说，我确定，我没有杀人。梅贞抚摸着一棵枫树说，你看，那四个人也把名字刻在了树干上，还刻了友谊长存，他们简直是天真啊。

千禧之夜，梅贞无处可去，觉得十分寂寞，活得不开心。她离开宿舍，开发区的很多年轻人都没有睡觉，都像她一样在街上散步。人们往东走着，步履缓慢，梅贞混在人群里，那感觉像是要发生什么大事，后来听一个姑娘说，东边的酒店要在零点时放烟花啦，去看烟花吧。到镇上时，发现所有的店都打烊了，包括一家开到零点的小杂货店，每家每户都紧闭着大门，没有几个窗口亮着灯。梅贞想，这些镇民真奇怪，他们不敢出门吗？路灯一下子暗了，一些年轻人点起了打火机，远远看去，像一群虔诚的信徒，队伍庞大而神秘，发出嗡嗡的低语。梅贞听到那个姑娘又说：一千年过去啦，明天不但是明年，还是下世纪，还是下一个千年。

人们来到了小镇的尽头，那里有一栋酒店大楼，另一栋正在建造中，塔吊耸立在夜空里，静止不动。小广场上亮着灯，打工仔们站在一座红色的充气拱门下，仿佛那是千禧年唯一的证明。千禧年应该是什么样子，没人能说清，这个开发区的工人也好，白领也好，都没有过元旦的习惯。唯一的节日大概是春节，人都跑空了。梅贞想，确如那女孩所说，一千年过去了，但看上去还不如一个春节。后来，她想起林杰说过，根据外国的预言，这一天是世界毁灭的日子，而周劢说的是，这一天弥赛亚降临。当然，实际上什么都不会发生，既不会有毁灭也不会有弥赛亚（弥赛亚到底意味着什么也不太好理解），只要度过今晚，今晚就变得无足轻重。梅贞想，无论如何，一百年以后，我已经不在这世界上了，拱门前的年轻人，小镇上的居民，此刻地球上所有遥远的人们，都消失了。

　　打工仔越聚越多，十一点半时，小广场上站满了人，酒店大堂的电视机里直播新年庆典。有人喊道：为什么还不放烟花，我们是来看烟花的。保安答道：在酒店天台啦，你们上不去，就在这里看看吧。这时，夜空中传来爆炸的声音，人们抬头仰望。酒店桑拿房的小妹们也走出来看热闹，她们穿着粉红色的紧身短裙，披着羽绒服或是大衣，有些抱着胳膊，有些长发飘散，引来口哨和掌声。有人高喊：小婊子出来过年啦。桑拿妹不高兴了，有一个什么外套都没穿的女孩指着人群骂道：我去你妈的。人群哄笑，继续抬头看烟花，夜空是五颜六色的。

　　等到零点的钟声在电视里敲响时，梅贞退出了人群，烟花的声音渐渐稀薄，一些打工仔往宿舍区走去，但更多的人似乎意犹未尽，仍停在小广场上，发出低语。梅贞想，一切都结束了，但是并没有人告诉他们，一切又该从哪里开始。她穿过小镇，没有直接回宿舍，而是在镇上绕了一小圈，向北拐到靠近公路的地方。这时整条公路都是黑的，没有车开过，很远的地方有灯亮着。梅贞站了一会儿，觉得冷了，她回过身看见有一个人在街道边抽烟，烟头明灭闪烁，她吓了一跳，连忙停住脚步。这人说，是梅贞吧，我是俞凡。梅贞看清楚，他是俞凡，问说你不是和鲁晓麦一起逃走了吗。俞凡说，分道扬镳了。梅贞问，你回来做什么。俞凡说，我没处可去，回来了结一桩恩怨。

梅贞感到凄凉，她想到了林杰，那个已经跑路消失的仓管员，想到了他家乡从高处开过的列车，又想到周劭和她哥哥。这些在世界上走投无路的男人都有一副无所谓的表情，都蠢，都在黑夜里闪烁着微弱的光芒。

第四章　变　容

（2008）

周劭一直记得二〇〇五年遭遇的翻车事故。那是隆冬，他从 L 市搭乘一辆十吨卡车去山西，司机超载，这司空见惯，公路上跑运输的人都这么干，昂贵的过路费迫使他们把利润像赌注一样押宝在超载部分，假如被查，这一趟就跑亏了。重卡上路后，周劭坐在副驾。有时候，会有两名司机轮流开车，但那次不是，司机四十岁出头，问题很大，一路上都在拍打自己的额头。周劭问，喝酒了吗。司机说，没有，只是感冒了，发困。

　　卡车没有在任何休息站停留，入夜后，进入山西界内。周劭提议休息一下，估算后半夜能进城。司机说，如果休息，就得是白天才能到。卡车在公路上行驶着，有那么一段路，似乎很偏僻，道路两侧全是荒地，对面开过的也都是卡车，像发怒的巨神呼啸而来，又擦肩而去。司机毫不吝啬地按着喇叭，继续拍打额头，周劭胆战心惊，感到自己像一个恐高症患者被送上了半空，然而他平时并不害怕坐卡车。他预感到这一趟会遭遇不测。

　　半个小时后，卡车在弯道上失控，一头栽向路边的河道。那一瞬间周劭可以确定，司机睡过去了，两人死定了。然而那是一条干涸的河床，司机踩下刹车，周劭向前猛冲，感觉卡车做了一个倒立运动，尾部甩出去，随即熄火。周劭破口大骂，推开车门，确认下方是土地而不是河水或沼泽，然后爬下去。卡车四十五度角栽在河沟里，到处都是散落的瓷砖。

司机一下车就崩溃了，他坐在地上问：这车货值多少钱？周劭说我不知道，不会低于十万，好在也没有全碎。司机默然不语，周劭安慰道：若是想不通，就想想这条河要是有水，咱俩就淹死了。司机说：还不如死了呢，我买了人寿保险，死了能赔一笔。周劭拍拍他肩膀说：兄弟，我是火车司机的儿子，我不得不说一句，干你们这行的，要坚强点。

周劭从河床底部向上望，一段时间，公路上寂静无声，没有一辆车开过。气温下降得厉害，司机打手机找救援，告诉他，得天亮才能有人来。周劭说，咱得找个地方躲躲，太冷了。司机说，咱不能走，一旦走了，天亮回来，瓷砖肯定被当地农民抢光，很可能连卡车都被他们卸了搬走。周劭同意，两人手脚哆嗦着拔了些枯草，又捡了几块破碎的包装箱，在河道上点火，风瞬间就把火吹灭了。后来，卡车司机说，咱们过来的时候有一个收费站，你往回走吧，也就三五公里，我留在这里。

周劭背上双肩包，沿着河道往前走，月光笼罩四野，脚下的土地坚硬、异质，披着奇异的光泽。他掏出手机，打算向童德胜汇报情况，然后想：真是操蛋，好几年，每当遇到这种事情我总是头一个给老童打电话，除此，再无他人。他收起手机，继续往前走，一段时间内听到自己沙沙的脚步声，看到自己嘴里呼出的白气，夜晚空寂而虚无，前方是唯一的方向。走了很久，从一条平缓的坡道爬到公路一侧，望见远处收费站的灯光。他想到童年时，很多次跟随父亲去外地，火车在黑夜中行驶，有时，并不那么黑，也有月光，他把这想象为星际旅行，父亲是宇宙飞船的船长，他是唯一的乘客（驾驶室里的副手被他自动忽略了）。孤独而破旧的宇宙飞船，飞行在另一个星系的蒸汽火车头，全世界（应该说是另一个全世界）只有这父子二人。此时此刻，这个童年的狂想又回来了，只不过换成了他独自在荒凉星球上行走，既没有绝望，也没有希望，终于看见了某一处人类建立的基站。他再次掏出手机，心想，我应该给父亲打个电话，然而他又在宇宙的哪个角落？

　　二〇〇八年四月，周劭接到他母亲病重的电话，从铁井镇坐车回到上海，在杨浦区一间破旧的一室户里看到母亲，她卧病在床，脸色浮肿，头发白了许多。屋子里光线暗淡，弥漫着中药气味，桌上的塑料袋里装着不少西药盒子，一些廉价的保健品像是珍藏似的放在玻璃橱柜中。她立即认出了周劭，让他进来，自己又躺回到床上。问到病情，她说肾衰严重，做透析的钱也没了，死神已经站在门外。周劭算了算，暌违已有十年，最后一次见面是在一九九八年，当时他刚刚大学毕业，手头拮据，去找她借钱，她从钱包里掏出两张五十元，给了他一张。那以后连电话都没打过一个。

　　母亲问，他们怎么找到你的？周劭说，琴琴（他舅舅的女儿）一直有我的手机号。母亲问，在哪里上班？周劭说，上海郊区再往西南一点，一家台资企业。母亲说，跟台湾人做事啊，什么工作？周劭说，储运部副课长，做物流的。母亲问，结婚了吗？周劭说，没有，有过一个女朋友但前阵子分手了。母亲说，你三十五岁了。周劭说，三十四。

　　她语速很慢，喘息了一会儿，谈话暂停。周劭在屋子里转了一圈，上下打量，天花板上有一摊漏水的痕迹，已经发霉，地上铺的是一种廉价的清水砖，进门处已经开裂，家具简陋，显然她是独居。屋子里没有挂任何照片，在他记忆中，她是个喜欢在玻璃台板和镜框里镶嵌各种肖像照的人。

他母亲问，你在看什么，看我的房子吗。周劭问，你买的？母亲说，这是我〇一年买的，二手房，当时花了七万块，朝向不好，朝东的，只有早上能晒到太阳，夏天的雨水厉害，有时渗水。周劭说，现在这房子也值几十万了，卖掉治病。母亲说，我不想治了，你舅妈说我快要死了，治不好。周劭点头，他对舅妈记忆深刻，一个精明恶毒的虹口区的女人。母亲沉默了一会儿，问，你平时住在哪里，买房子了吗？周劭说我没什么钱，住公司宿舍，副课长有一个单间，也是朝北。

他只带了两千元钱，没有立刻拿出来。中午，他出去吃饭，对她说下午再过来。小饭馆就在楼下，他点了两个菜，一瓶黄酒，慢慢喝着，看着小区里的人来来往往。天气阴沉，快下雨了，他想到十年来没有去给父亲扫墓，想到当年在货场看见梅贞，而梅贞也已经消失了八年，想到端木云不知所踪，用非常书面的话来说：一个时代已经过去了。

后来，他舅舅走了进来，已经变成一个胡子拉碴的胖子，走路的样子很滑稽，像被什么东西追咬。舅舅说我刚才走过，一眼就看见你在里面喝酒，你还是老样子。周劭说，我倒是没认出你来。舅舅说，你娘身体情况很糟糕，你刚才还气她。周劭不明所以，问说我怎么气她了。舅舅说，她说她快要死了，你不但没有安慰她，还冲她点了点头。周劭说，实际上是你老婆说她快要死了，实际上她看起来也不需要安慰，我点头是承认你老婆不能安慰她，恐怕任何人也不能安慰她了。

他舅舅的表情忽然紧张起来，像是牌局进行到了最后，但跳过了所有的过程。他说，那套房子，你娘决定给我。周劭愣了一下，笑了起来。舅舅开始细数，他是如何照顾病人，贴了多少钱进去，并且含蓄地指责了一下周劭十年没有出现的事实。周劭打断道，既然如此，你们为什么还打电话让我回来，请我回来抢家产吗？他舅舅支吾道，是你娘想见你一面，见到以后就可以把房子过户给我了。周劭故意问，我能有一份吗？舅舅摊牌，说，你想都别想。周劭说那你可以滚了。

他舅舅回到了楼上。周劭喝光了一瓶黄酒，走出饭馆，在上楼之前又抽了根烟，觉得脚步沉重。他再次回到母亲家里，他舅舅坐在一边，跷着腿，不说话，只是监听。周劭搬了一把凳子坐在他母亲床头，三个人沉默了很久，母亲忽然问，你爸爸去世的时候，你陪在边上，他是什么样子？周劭说，很虚弱，然后去世了。母亲问，痛吗？周劭说，老实讲，我不想谈这些，不过也许应该趁现在告诉你——很痛，神志不清，我请医生给他打了一针杜冷丁，后来，他停止了呼吸。母亲问，临走前交代什么话给你了吗？周劭心里狂怒起来，解释说，这不是电视剧，有一大半人都并不能在临终前清醒地交代什么话。

周劭无法再就此讨论下去，此时此刻，话题超出了他的情感边界。他想说，我父亲是个好人，他想说我不会觊觎你的房子，想说你死后的一切都与我无关，然而这些话都没有说出口。后来，他站了起来，从包里掏出一个白信封，里面装着两千元，放在桌上。

他母亲看都没看信封，问说，你要走吗。周劭说，是的。母亲说，这十年我没有来找过你，你也没来找过我，我们实际上算是断绝母子关系了，不过，在我临死前还想看你一眼，就是这个心愿，其他没什么。周劭说，简直匪夷所思。这时，他舅舅又紧张起来。周劭说，我指的不是房子，而是一个人离开世界的方式，你们是不是能理解这句话，值得怀疑。母亲说，我想见你，但不想讨论房子的事情，没想到这么快就讨论起了房子。周劭想，真奇怪，她像是被人绑架了，可是一个临终的人又怎么可能被绑架？他几乎失去了耐心，又想，我更介意的是你要讨论我爸爸的死啊。然而这些话都没说出口。

他无奈地摇摇头，告辞离开，母亲和舅舅都没有再说什么。他想，这样直接谈论死亡，毫无意义，死亡会是一记耳光打在咱们脸上。等他打开门出去时，母亲说，我死后，你不要来奔丧。周劭说好的，没有问为什么，他觉得自己又走在了干涸的河床上，凄厉、异质，森然。下午，他搭上长途汽车，还在想这个问题，为什么她必须见他一面，把死讯传达给他，但她看上去既不需要安慰也不会给予安慰，为什么她宁愿他像陌生人一样站在她即将到来的死亡前，为什么她宁愿自己充当那个不祥的信使。无论如何，他想，在接下来的时间里，我得等候着她的死讯了。

　　周劭回到铁井镇，在宿舍门口遇到童德胜，周劭急着去吃晚饭，童已经吃过了，还想再吃点，就跟着周劭一起下楼。周劭不明白他想干什么，根据多年经验，他肯定有话说。周劭把手机放在饭桌上，童德胜指出，你的手机总是打不通。周劭说，信号不好。童说，经常关机。周劭说，电池不好。这时他敏感地猜到童可能要他去外地了，便问，要放外差吗？童德胜说，C市出事了。

　　C市的管理员叫潘帅，已经做了将近三年，是储运部较资深的一个外仓管理员，学历也高，本科。假如周劭辞职，潘帅将是升任副课长的人选之一。那小子最大的缺点是太容易相信别人，喝点酒就天南地北瞎讲。现在，潘帅失踪了，随之一起消失的还有仓库里的所有大理石，价值近三百万元。

　　周劭不语，吃完了饭，问道：有多久没出过这种事了？

　　童德胜答道：二代身份证之后，这是第一起。

　　周劭说：这些年国家最大的进步就是用了二代身份证，还有联网通缉。报警了吗？

　　童德胜说：当地派出所在查。

　　周劭说：以前储运部有一个叫潘朋的，做过一两年，这人是潘帅的本家兄弟。潘朋后来去哪里了？

　　童德胜说：不记得了。

　　周劭说：谅你也不记得，你脑子不行了，就是揣大麻被抓的那个。

　　童德胜说：想起来了，这小子放外差回总公司，带了一包大麻，在收费站被查了，后来坐牢了。可是他妈的这个潘帅怎么会是潘朋的兄弟？如果是，我为什么要用他？

周劢说：我也不知道你是怎么想的，有可能你只是在装糊涂。潘帅做事还不错，没有前科，身份也是真的，我在北京仓和他交接过一次，没大问题。

童德胜说：认识就更好，准备去 C 市吧。说完，递给他一张五寸照片，是潘帅的翻拍证件照。

周劢说：派个资深的门客去应付一下呗，我已经不适合放外差了，老了。三百万的货反正你也追不回来了，如果上面怪罪下来，你就辞职回家养老吧，别以为我想顶你的职位，这鬼地方也没几年可以做了，各家公司都在撤，美仙要是撤了，去东南亚开厂，咱俩不可能跟着走。

童德胜说：你想太远了，我只问你，为什么你认为三百万追不回来了？

周劢说：这么多年卷货卷款的从来没追回来一个。

童德胜说：可是潘帅是真人，他跑不掉，现在各处都联网了，和以前不一样。

周劢起身付账，转脸问童：难道你看不出潘帅有一部分可能已经死了吗？

入夜，周劢在镇上散步。

二〇〇六年冬天，周劢回到开发区，常驻总部，当时正处于一个拐点，房地产升温，小镇南侧造起了规模式的住宅区，白家村已经不复存在，另有几栋酒店公寓在东侧建起，他在上海都曾经收到过广告传单，据说卖得不错。工业不再是小镇的支柱产业，房产和旅游正在兴起，小镇的边界向外拓展了一倍，过去打工仔和原住民之间的边界渐渐模糊了。童德胜在镇上买了房子，又买了一台车，拿到本地牌照，看样子他会在此终老。另一方面，开发区的工厂减少了三分之一，这可能和全球经济气候以及台商的投资策略有关，但不在打工仔和镇民们的考虑范围内，十年前面临的治安和人口问题，随着时间的推移全都不成问题，这令人惊讶，也在情理之中。经历过几场打黑行动，现在，这里到处都是小店，节假日人满为患，在奥运会之前配备的警力（民警、辅警和治安队）足够应付过去的任何一次骚乱。每次聊到这件事，童德胜总是痛心地说：东部地区发展太快，我家乡的农村已经不剩几个年轻人了。

有个录入员问周劭，这是为什么。他说，这是规律呗，经济规律，有涨有落，像人生经历成长和衰老，有些时代你用尽一生看不到它的涨落，有些时代只需要十年可能就过去了，比较痛苦的是，眼下这十年过得尤其地快。

多年来，作为放外差的门客，他总是短暂地在这里落脚，小镇比绝大多数的库区都热闹，回到小镇像是回到了人间。只有在除夕夜，外地人和游客统统消失，这里才会恢复它的本来面目。周劭想起，这十年来，每一个春节都是在镇上过的，每一个春节他走在空荡荡的镇上总会想，我的生活里还剩下什么。这念头太古怪，仿佛他活着是因为这座开发区的存在，如果它消失了，他也想不出自己该去哪里。

他找到那座凉亭坐下，点了根烟，他想我以前遇到的朋友们虽然不知所终，但肯定都找到了去处，就连我母亲都确定自己要去死，然而这个问题在我这里没有答案。

三天后，他独自登上了去 C 市的火车（在过去十年的仓管员生涯中，这座城市他从未去过）。发车前他打了个电话给童德胜：这单做完，我想去别的地方走一走。童德胜不语，可能是在发呆，或思考自己的人生。周劭开玩笑说：老童，在我死之前，无论如何，也会打一个电话通知你的。

照列车时刻表，到达 C 市应该是下午，然而火车在平原上停了将近八个小时，到站时是凌晨。尽管买了坐票，火车也很空，周劭仍然筋疲力尽。C市是终点站，全体旅客下车，动作也都不紧不慢。周劭提着滚轮箱子来到月台，点了根烟，有个中年人过来借火，周劭把打火机递给他。中年人猛吸了一口烟，抬头吐向月亮，说，火车不给抽烟真是太难受了，以前的火车都给抽烟的。周劭说，你说的是哪个朝代的事。中年人问，来这里干什么，出差还是旅游？周劭不喜欢在旅途中与人搭讪，便随口问，有什么地方可玩。中年人说，大海啊，这是海滨城市，浴场，桑拿，大宝剑。周劭笑笑，不想再聊下去。

中年人叼着烟往出站口走去，周劭站在原地不动，在昏暗的节能灯下抽完了烟，扔在站台上，这才走向检票口。他知道夜晚的火车站广场有多麻烦，有过一次被抢的经历，一次被偷，一次被两个形似吸毒的妇女勒索。某种程度上，可以认为火车站对自己下了诅咒，从概率角度来说，也未必，很多人的遭遇比他可怕多了。二〇〇五年之后，各地火车站治安变好了，包括小城市也有所改观，但深夜时另作别论。他抱着这个念头走出去，心里忐忑不安，不知道前方有什么东西在等着他（按照计划他应该钻进一辆出租车，然后落脚在分销处附近的某家旅馆），跨出检票口的一刹那他简直迷糊了一下，没有广场，一排预制构件搭起的围墙横在眼前，里面是工地，深夜仍在施工。道路不足两米宽，向左右两侧延展，然后拐向不知什么地方。地上铺着竹排，竹排下面是碎砖乱石以及污水，可能还挖了沟。他问检票员，哪里是出租车站头。检票员答：走到街上就有车。

周劭在黑夜中迷失了方向，广场变成了错综复杂的小巷，他想在这个地方任何一个拐弯的口子上都可能有人拿着一把榔头在等我，工地的巨响可以掩盖掉我的惨叫。滚轮箱子无法拖行，他只能提在手里往外走，有一段路很黑，完全没有灯光，他不得不掏出手机照亮一下。等他走到街上时，手机响了，他立刻意识到这不可能是分销处或者总部的来电，这个点上所有人都在睡觉，没有人会在乎一个副课长的处境。手机屏幕上显示是远在上海的表妹，他想，是的，干涸的河床或是广场的迷宫，这条路走到尽头了。他等了一会儿，看着手机屏幕，又看了看夜晚的街道，像是要把眼前的景色努力记录在脑海，然后按下接听键。表妹在电话里告知，他母亲数小时前跳楼身亡。无疑，她身上的坚毅和神经质，曾经如此矛盾，现在终于达成了共识。

遵从他母亲的话，周劭没有去奔丧，而是留在了 C 市。

当晚他在旅馆里睡得很沉，梦见了父亲。他在梦里说，爸爸，我们已经十几年不见了，我很是想念你。他父亲坐着不说话，他抱着父亲大哭，父亲摸了摸他的头，仍然不语。那表情很熟悉，肃穆或是伤感，每次他开火车进入隧道前总会露出相似的神色。

醒来后，周劭心情极差，莫名地想到这趟差事恐怕凶多吉少。分销处和旅馆在同一条街上，走过去需要十几分钟，迟至中午，他才踏出旅馆大门，在一家盒饭店里草草扒拉了几口饭，然后走向分销处。行人不多，海风从东边吹来，带来白色的水汽，从一片高大的松树上方弥漫到街上，他驻足观望，感觉凛冽的湿气将自己包围了。有一个开花店的姑娘正在门口剪康乃馨，周劭问她，这是什么气象。姑娘说，海雾。

这是他第一次看到海雾，在它笼罩街道的片刻确实显得神秘而庞大，此后，不免平淡无奇。他经过了一片围墙，里面似乎是疗养院，再往前走就是分销处，门面是一个二十平方的展示厅，陈列着美仙公司出品的各种瓷砖、大理石，办公室在展示厅里面。周劭踏进去，看见三个销售员在打牌，便问：分销处主管呢？一名销售员答：去总部了，明后天大概能回来。周劭问：现在谁管事？答：孟芳，去库区了。周劭说，我认识她。看了看墙上的销售业绩表，确认孟芳是分销处的资深销售员，另外还有三个，都在眼前。其中一个眉心长痣的小伙子起身，给周劭搬了张椅子，问说，你是储运部的吧。周劭说，没错。小伙子微笑着说，我们闲得无聊，打打牌。一个黑壮销售员说，别怕，储运部管不了咱们。周劲说，没错，你们好好玩，无所谓。三个人到底还是把牌局收了起来，并解释道：仓库出了事，连累分销处也整顿，这几天业务也没心思做了，天天到公司朝九晚五。

眉心长痣的小伙子叫朱进治，业绩表上却写着朱进冶。小伙子说，制表的人是主管，文化程度不高，另外，他本人也觉得"治"比"冶"更好一点，算命的说三点水代表的是发财，两点水却孤寒，所以他名片上的名字也变成了朱进治。周劲说，那潘帅岂不是命里自带发财？朱进治说，潘帅，也许发财，也许已经挂了吧。

周劲走进办公室，转了一圈又出来，问说：你们办公室面积挺大的，为什么不让潘帅在这里办公，还像以前一样住仓库？朱进治说：销售部有一些事情不能让潘帅知道。黑壮销售员踢了朱一脚。周劲乐了，说，朱进治你比较诚实。朱进治说，我不诚实，只是没必要在这种事情上瞒着你。这时，销售员们开始抱怨，说储运部不是东西，监守自盗，害得他们也没法出货。朱进治说：这几位怨气很重，本来有一笔大生意，三十吨大理石，现在因为货没了，甲方只能和竞争品牌合作。黑壮销售员大声说：我光是请客户吃饭就垫了一千元。

周劲凭直觉断定这帮销售员与案子无关，无论是协同作案，或是干掉潘帅，都不像，他们看上去都太嫩了，吵吵闹闹，无所作为。不过也未必，他想起二〇〇四年时，那个大大咧咧的销售员周育平同样参与了调包——有时候马仔比老板更具有欺骗性。他问朱进治，到库区怎么走。朱进治说很远，在开发区那边。周劲在出发前已经看过地图，分销处在市区东侧，开发区在北郊，突入海域的半岛上，似乎是深水港，两者之间的直线距离近二十公里，鬼知道为什么搞那么远。朱进治说，有班车到开发区，一个小时可达。

这样的天气赶去仓库不太现实，库房钥匙在孟芳那里，然而孟芳并没有回来，手机也打不通。下午，周劲离开分销处，街上的雾似乎更重了，往来车辆打起了双闪，也有不打灯仍在雾中疾行的。他又走到花店门口，姑娘仍在工作，很有耐心地剪着花茎。周劭问她，为什么要这么干。姑娘说，这些花插在水桶里，花茎末端会腐烂，失去生命，不再吸取水分，花就会枯萎，修掉就好了。他掏钱买了一束白菊花。姑娘问，不配点雏菊或是康乃馨吗，这颜色太素了啊。那意思是暗示，白菊花啊。周劭说，就这样。他抱着菊花继续往前走，雾气越走越深重，有一瞬间，他觉得这个姿态曾经属于某个（或某些）人，但是想不起来究竟是谁，总之，是很遥远的年代，是上辈子。

周劭认识孟芳是两年前，当时他刚回到总部就职。孟芳从外地过来接受培训，她年近三十，相貌平庸，戴眼镜，身材高挑，有一米七五。周劭作为储运部的干部去给他们做培训，她坐在第一排，是这拨新进销售员中最为年长的一个，做笔记相当认真，但不发言。她来自C市，当地分销处曾经因为业绩不佳而遭撤销，房地产起来之后又恢复了。有一次他在总仓撞见她，她独自坐在货堆上抽烟，像饭馆后厨窄巷里无聊的帮工，便提醒道，厂里禁烟。她疲倦地笑笑，说压力太大。他问，见习销售员也有业绩压力吗？她说，我年纪大了，看看身边都是小年轻，本科生，怕自己被淘汰掉。周劭问她以前做什么工作，回答是：啥都干过。

周劭想，这个人一定有很多经历，只是她不肯说出来吧。也就没多问，坐在那里陪她又抽了一根烟，然后告别。潘帅出事之后，他去人事部查资料，发现孟芳还在C市分销处，没有离职也没有淘汰，她干得不错，获得过一次公司嘉奖，从身份证和毕业证书的复印件来看，是真人。令他意外的是，孟芳只有高中文化程度，已婚，有一个儿子。

这天黄昏，孟芳打周劭的手机，随后来到旅馆，两人坐在大堂。孟芳说刚从库区回来，起了雾，汽车开不动，城市沿海一带是老城区，道路狭窄，且都是弯弯曲曲的山路。

周劢问，你去库区干什么。孟芳说，我得盯着啊，案子落在开发区的派出所了，对我们分销处来说三百多万是多大的损失哪，但在警方看来，这不算大事，上星期开发区有一家服装厂着火，烧死了好几个女工，警察来不及处理。周劢问，是谁想到把仓库放那么远的？孟芳说，主管呗，他有朋友在那边做事，或者照顾朋友的生意，或者拿点回扣，这里旧城区的道路也不适合卡车进出，我们去仓库虽然远点，但基本上跑一趟也就不用回分销处了，等于放半天假。周劢说，好吧，聊聊潘帅。孟芳说，工作无纰漏，人缘好，就是有点散漫，白天经常不在仓库里，以前的仓管员都住仓库，从潘帅开始，我们在库区边上的小旅馆包了个房间，让仓管员住着，条件还不错。周劢问，潘帅有什么异常吗？孟芳说，我也不知道什么算异常，我平时都在外面跑业务，提货才去那里，不常见到潘帅。周劢问，有没有甲方单位的人认识潘帅？孟芳答，不清楚。又问：有没有哪个销售员和潘帅关系特别好。孟芳仍是不知道。周劢问：那请问，这么一大批大理石是怎么运出库区的，难道进出车辆没有记录吗？孟芳说：有，但很不完整，那个库区管理很松散。

周劢摇摇头，跑出去抽烟，孟芳跟了出来。下雾的黄昏，天很快就黑了。周劢说，算了，你早点回家吧，我已经没什么可问的了。孟芳说，这案子太蹊跷了。周劢说，也不蹊跷，如此而已，相比于谋杀之类的悬案，它简直什么都不是。孟芳问：周课长，以前的仓管员也监守自盗？周劢说：你说错了，以前都是销售员在干这种事，仓管员没有胆量偷走公司几十上百万的货，也没有能力销赃。

第二天早晨，孟芳在旅馆楼下等着，周劢跟她搭公共汽车去了库区。雾还是没散，根据孟芳的说法，海雾有时持续数小时，有时长达数天。公共汽车走得挺慢，某一段路，沿着海岸线，听见浪涛从一侧传来声响，有着固定的节奏，比人的呼吸更为缓慢悠长，然而却看不见海。

出了市区以后，汽车开始颠簸，周劢靠在座位上又眯了一觉。到开发区时，孟芳推醒了他，两人下车，这里的能见度比较高。周劢问，雾散了？孟芳说，没有，只是我们离开了雾区。周劢想，雾区这个词有意思。孟芳说，咱们还得走一刻钟才能到仓库。没走几步，周劢绊了一下，发现路面崎岖不平，很多地方被卡车压塌，像弹坑。四周荒草丛生，一些近似过时的大集体企业的简陋厂房，寂静生锈的厂门，破碎的水泥窨井盖，几名衣衫不整的工人在街边小摊吃早餐（此时是上午九点）。周劢哑然失笑，对孟芳说：这不是开发区，只能算是等待着被开发的郊县农村。

周劢和库区的管理人员没有谈出结果，对方不记得任何事情。周劢认为他们根本没有物流管理的常识，都是些刚经历工业化转型的农民，也就不多问了。孟芳低声说，是不是很糟糕，我觉得你可以反映给总公司。周劢想了想说，比这更糟糕的也有，这里的库房至少是新建的。两人进了仓库，面积很大，超九百平方，一部分货位已经空了，连同栈板一起消失，有可能是动用了叉车。仓库报表都在，文件夹在最靠近大门的货堆上，孟芳说是她放在那里的。周劢翻开库存表粗算了一下，可以肯定，廉价的瓷砖没动过，大理石全没了。最后一次有记录的出库时间是十八天前，和总部的备案一致。

孟芳说，没有撬窃的痕迹。周劢不语，走到仓库角落看了看，一些破碎的瓷砖片堆在那里。孟芳问，这是什么。周劢说，显然你不太关心仓库的运转流程，所有日常工作中损坏的瓷砖都不能扔掉，不能自行处理，必须保存下来报备，哪怕它只值五毛钱。

周劢相信，一个预谋卷货逃跑的仓管员是不会在乎报废瓷砖的，也不会把报表做得那么整齐，可能是突发了什么事，但这些都没必要告诉分销处的人，他们不可靠（包括孟芳）。中午时分，两人来到旅馆，这一带略为热闹些，饭馆不少，皆为本地的面食、土菜、海鲜。孟芳介绍说，这里原是小镇，市面还可以，现在纳入开发区了。周劭说，那就够了。随后又解释道，对仓管员来说，够了。

潘帅的房间在209，警方已经调查过，没有发现犯罪痕迹，也就是说潘帅至少没有在这间屋子里被杀、被打、被其他。房间面积不算小，有二十个平方，朝南大窗，双人床，一张陈旧不堪的书桌，壁柜门上的贴面已经剥落。周劭站在窗口，那里没有装防盗网，他俯瞰街面上来来往往的人，灰尘与雾气弥漫，重型卡车开过时，窗户噼啪抖动。他问陪同的旅馆小妹，这旅馆哪年造的。小妹答不上来，说大概有十多年了。问包间多少钱，小妹说一天一百，包月一千五。又问，最后一次见到潘帅是什么时候。小妹说不记得了，没人记得这件事，包月不必查房，也不用每天清理房间。

小妹走后，周劭打开壁橱，里面空空如也。孟芳说，潘帅把所有行李都带走了。周劭又打开书桌抽屉，里面尚留有一些杂物，坏掉的圆珠笔，充电插头，塑料打火机。在最底下一层抽屉里，他翻出一本发霉的过期杂志，二〇〇四年出版的文学刊物，封底已经粘在三合板上。他愣了一下，问孟芳：这书桌是哪儿来的？孟芳说，〇六年，H市仓库撤了，那边一部分库存和办公用品运到我们这儿，书桌在其中，太旧了，分销处用不上，就放这儿给潘帅了，有啥问题吗。周劭说没啥问题，这本杂志是谁的不记得了，可以肯定，书桌是我用过的。

周劭问自己，什么是时间？或者说，什么是属于我的时间。

童德胜说：属于你的时间分为过去和未来两部分，过去是不存在的，未来也是不存在的，你存在。赵明明说：时间不公平，得靠抢。潘帅说：闲下来的时间就属于我自己了，你说的是这个意思吗？梅贞说：哪有属于你的时间，你是谁，你在哪里，你能分一半时间给我吗？端木云说：这个问题不好回答，门客的时间带有轮回的意味，但也不是轮回，是在两个世界的边界处震荡，仓库是一种象征。辛未来说：当咱们说再见的时候，时间才产生意义啊。

　　周劭没有随同孟芳回市区，他在旅馆另开了一个房间，当晚住下来。夜幕降临后，他走到账台，问旅馆小妹，这附近哪儿有洗头房、按摩院，小妹白了他一眼，指指外面说：全都是！周劭走出去，到街上一看，除了饭馆以外，其余门面差不多都亮着粉红色的灯，那种上下都是毛玻璃、中间一条可以看到屋内春光的门，每一扇门里都坐着几个穿短裙的浓妆姑娘，摩的和三轮车正源源不断地送来男人们。周劭暗骂，该死，我总不能拿着潘帅的照片跑遍每一家金鱼缸吧？

　　他找了一个海鲜烧烤摊位坐下，要了两瓶青岛啤酒，伙计说有新鲜扎啤，周劭说我喝惯瓶装的了，又点了烧烤乌贼、鸡杂、牛舌，问有没有生蚝，伙计说那玩意容易吃坏肚子，尽管它壮阳。周劭点头，派给他一根烟。街边烟雾弥漫，独自喝下一瓶啤酒，周劭打手机给童德胜，说这个地方简直他妈的神了，白天是一个破败的小镇，看上去毫无生机的失败的工业开发区，到了晚上居然变成了有模有样的红灯区。童德胜说，案子怎么样了。周劭说，别跟我说案子，我是你的副手，不是美仙公司雇的侦探，你们有那么多保安，从九五年至今，仍在揍那些可怜的打工妹，你们为什么不让这帮破保安来这里调查，这帮破保安中间有好几个都是练过散打的，他们应该去奥运会为国争光，拿几块奖牌。童德胜说，你喝多了。周劭说，一瓶而已，没多，我一想到这件事啊，我就生气，为什么仓管员住的地方，要么就是荒郊野外，要么就是红灯区，你想过这个问题吗——手淫半年，然后染上性病或艾滋。童德胜说：你抱怨一门职业是没有道理的，也有不错的外仓，比如北京，我记得你在北京还谈过恋爱。周劭说：放屁，那鬼地方在丰台，〇三年闹非典，我哪儿都没去成。童德胜不耐烦，问说，我让你去分销处试探，分销处有没有内鬼？周劭恶作剧地说：据我看，

· 340 ·

是分销处所有的人合伙干掉了潘帅，就像《东方快车谋杀案》，每个人都动手了，也许潘帅自己也动手了，大哥，别抱希望了，货没了，人也没了，这是最终的结果——也是每一起卷货案件的最终结果。童在电话那头破口大骂，然后狂笑。

挂掉电话后，周劭感到轻快了些，又喝了一瓶啤酒，发呆，看着街对面的小超市，从那里正走出来几个穿工作服的女工。过了一会儿，又一个女工独自走出来，在路灯下点起一根烟，吸了几口，用力摇摇头，那样子像是要努力忘记什么事。有一瞬间，她望向周劭，目光随即又飘向街道远处。尽管长发遮住了她的一部分脸颊，周劭还是发现，她像辛未来，或者她就是辛未来，但是他想：这绝不可能啊，首先，她看上去都没有变老，其次，她怎么会在这个地方做女工？抽完烟，她沿着人行道漫步而去，与前一拨女工的方向相反。周劭结了账，在街道这一边与她平行向前，穿过街面上的折叠饭桌和塑料椅子，她的身影有时隐没在暗处，过了一会儿又出现在路灯下，一边走路，一边抬头看看夜空，在电线杆下，她又点了一根烟，周劭也停下点烟。快到十字路口时，周劭横穿过街道，十字路口没有红绿灯，再往前走是一片荒凉的工地，女工回过身来看着他，周劭停在路肩上，两人仿佛对峙。他想：有那么几年，我反复揣想着和她重逢是什么样子，是何时何地，何种心情，然而后来这个念头就不再出现了，熄灭了，更文艺的说法是埋葬了。

辛未来年轻时说过：现在走夜路，抬头看星，衰老以后，低头看路，星辰和道路都在教育着我们。这种似是而非的说法令周劭着迷，而他也知道，没有什么意义。很多年后，他再看见辛未来，想起的就是这段话，并承认，正是道路使这段话失去了意义。

周劭陪着辛未来继续往前走，显然，她并不是要去什么地方，只是闲逛罢了。两人拐到一条暗路上，辛未来没说话，继续抽烟。周劭想，她烟瘾真大，是我遇到的女人中最厉害的。后来，她低声问：来这里看仓库？周劭问：你怎么知道？辛未来说：去年夏天，我在广州遇到端木云，他说你在干这个。周劭说：巧合的重逢，我在街上遇到他都未必能彼此相认。辛未来敷衍地嗯了一声。周劭问：他怎么样？辛未来不回答，看了看他，那眼神严厉，像是责怪他。周劭解释道，自己不是来看仓库，是调查案子。把潘帅的事情简单说了一遍。辛未来没有接茬，顺手把烟蒂弹到街上。周劭讪讪说：你倒没想过来找我。辛未来叹了口气，说：好啦，我要回宿舍去睡觉了，你别再来找我，你找不到我的。周劭问说，为什么。辛未来说：怪不怪，这开发区有上百家厂，几万工人，人来人往，你怎么找得到我。周劭说：可是你穿着厂里的工作服呢，我当然能找到你。他凑过去看，她胸口绣着 HL 两个字母。辛未来说：好吧，我操，欢乐食品，但是请不要来找我。周劭说：简直了，你绝不可能是女工，也不可能是管理层，没有任何理由让你出现在这里，请问这些年你在哪里，现在你在这里做什么？辛未来点起第三根烟，沉默了很久才说：周劭，我可没想过要在今晚跟你重叙旧事啊。

周劭和她交换了手机号，当即拨打她的手机，通了，但没有铃声响起。辛未来说手机不在身边，这会儿刚下班出来，工厂里不给带手机。接着，她再次警告周劭：不要试图来找我，我会联系你的。她撇下周劭往回走，消失在拐弯处，这期间她回头看了他两次，但并没有减慢步伐。

周劭住在开发区的小旅馆，夜深时，他睡不着，心想自己肯定是要失眠了，便到账台让小妹打开 209 的房门。小妹大为不解，既然是美仙公司的包间，为什么他非要另开一间房。周劭没法告诉她，自己不想住在一个（可能的）死人的房间里。这无关乎吉凶，而是那房间里的气息会让他失眠，但既然已经失眠了，就不妨进去看看吧。

账台小妹并未离去,这时是晚上十一点钟,她没露出一点倦意,饶有兴致看着周劭在房间里打量。周劭客气地请她回去休息。小妹说,我明白了,你是私家侦探,你在找潘帅。周劭乐了,问说,你还知道什么,一起告诉我。小妹说,啥都不知道,也不认识他,就经常看见他进进出出。周劭问,失踪前那阶段,他是啥样子?小妹说,很正常呗。周劭问,有人来找过他吗?小妹说,不清楚。周劭说,你什么都不清楚,但你看起来对这件事很感兴趣嘛。小妹说,我是对你感兴趣啊,你是建材公司雇的私家侦探吗,你显然是在调查案子。周劭说好吧,你可以这么认为。

他坐在空床板上,穿过木条缝隙,看到床底,整个房间已经被打扫干净,床底亦不例外。小妹说,别看了,警察早就掀起床板检查过了,在旅馆里,有时人们会把尸体塞在床板下面。周劭说这个我倒是听说过,没见识过。小妹说,极其偶尔,话说,你手里这案子应该很常见吧。周劭敷衍道,也不多,两三年发生一次。小妹追问,有破案的吗。周劭答:没有,所以可见,我不是私家侦探。

周劭相信一间被警方搜查过的屋子里是不会再存在什么有价值的信息了,不过也未必。他让小妹把灯关了,仍坐在床板上,外面街道的灯光映照在天花板上,他看着那道光,问道:这房间没窗帘吗?小妹说:有哇,可是现在没了。周劭问到底怎么回事。小妹说:我也不清楚,每个房间都有窗帘,这间也有,但似乎是被人摘走了,也许是潘帅干的,他把窗帘摘走了真是奇怪。周劭问:窗帘啥颜色的?小妹说:深绿色的,和你房间的一样。周劭问:床单是不是也不见了?小妹说:是的。周劭问:床单什么颜色的?小妹说:当然白色。接着,小妹拍手说:你这么一说,我又想起来了,204房间的床单也不见了,退房前还赔了钱。周劭说:带我去看看204的入住记录。小妹说:这么一大坨布料带出门,前台居然没发觉,应该是半夜干的。周劭说:从窗口扔下去更方便。

这时，走廊里传来一阵喧闹，有几个男人喝醉了回来，骂着不堪入耳的脏话。小妹不动身，周劭问：你不管管？小妹说：这几个醉鬼火气大得很，家里有亲戚在服装厂工作，烧死了，过来要索赔的，不好惹。周劭想起，孟芳提到过火灾的事情，然而具体是什么情况却记不清了。小妹说：开发区有一家私人企业，做服装加工的，前阵子着火，由于消防通道锁了，几名女工在大火中丧生，厂主已经被控制起来了，然而，对死者亲属而言——小妹摇头说——他们最需要的不是厂主判刑，而是获得一笔赔偿，这几个就是来干这件事的，其中一个是某个死者的哥哥，另外两个，显然是不搭界的朋友亲戚，过来帮衬的。周劭说：此类重大事故通常不会立刻理赔。小妹说：他们不懂，他们都是乡下来的，三个人住一间房，天天喝酒，等赔钱，商量着要价五十万，我的天，五十万，如果他们拿到这笔钱恐怕会立刻抢刀子互砍吧。

第二天清晨，周劭打电话给孟芳，告诉她，有一个叫王新华的人曾经在旅馆204房间住过三天，此人很可能和潘帅认识，前台记录了王新华的身份证号码，此人瘦高个子，一九七八年生，常戴墨镜，这一线索值得提供给警方。孟芳似乎是刚醒，声音懵懂说，这事儿可以办，但要警方追查王新华，时间上很难保证，除非总公司出面去谈。周劭说，我代表不了总公司，我只是储运部的调查员，还是请销售部的督导出面吧，台湾人找找海协会或者统战部也许更管用。孟芳说，这更说不过去了，事情出在你们储运部的仓库里，和销售部没任何关系啊。周劭说，你说得对，身份证的事情也不用去麻烦警方了，我猜那是一张假证。孟芳打了个哈欠说，周课长你真敬业啊，这才几点，你就起来办公了，开发区那边有点乱，你别瞎跑。

这天早晨，雾散了，周劭走出旅馆，空气里有一股混合着水泥、机油和金属的气味，那是工业开发区的气味，时代的气味。沿街的店铺一部分卖热气腾腾的早餐，一部分落下卷帘门，悄无声息。清洁工正在打扫街道，地上全是餐巾纸团和烧烤扦子。几名女工在早餐摊位上吃油饼，喝袋装豆浆。仅从此刻来看，没人会猜到这是花街柳巷，类似的街道在城市里太常见了，从道德角度，是地狱，从欲望角度，是天堂，嫖娼或谋杀都可能发生在这里，然而它也只是一个穷人讨生活的地方。

王新华为什么不跟潘帅住同一间屋子呢？周劭想，一种解释是潘帅被王新华干掉了；另一种解释是他们不止两个人合谋，有三个以上。周劭知道，潘帅的案子可能查到头了，再往下走，步步是坑。窗帘和床单最可能的用途，是蒙住卡车的车斗，以免被人看到货物。卡车吨位究竟是多少，不太好猜，可能是五吨卡车，那需要往返多次。装卸工将建材搬运上车也是费工夫的事，需要三到五个人。这些赃物分批运走，一种可能是在建筑工地上销赃，也可能集中存放在某一个窝点，再转运到别处——这不是一个人能完成的任务，也不是一个人能追查的案子。周劭想，孟芳在暗示我什么，有时候人们会无意识地露出某种语调或眼神，甚至是某种气味。这真是有意思。

周劭带着那本发霉的文学杂志，坐在早点摊前，要了两个肉包子，一杯塑封的红米粥，杂志放在他膝盖上。吃完早饭，他点了根烟，随意翻看。这本杂志有没有看过，他记不清了，都是几年前的作品，有中篇小说两则，短篇小说七则。周劭已经有好几年时间不再看小说了，至于文学期刊，更不看。中篇太长，读起来费时间，他翻到一篇关于无手人的短篇小说，故事荒诞怪异，讲述一个先天无手的男子，住在废弃的库房，孤独地生活着，这个人喜欢站在楼顶，陷入冥想，回到库房后，用双脚按手机，写情书，发短信。小说不长，也没有激烈的情节，全是日常生活以及对某个姑娘的幻想或追问，作者趣味古怪，直至无手人向姑娘展示了他的残手，那是两条婴儿的手臂，从来没有发育生长过，像赘疣或是花蕾（视觉上想必是恐怖的）悬挂在无手人的两肩。无手人说，这不是手，是恶魔的翅膀。故事就这么结束了。周劭看完，随即发笑，这些写寓言的作家啊。接着，又翻到一篇小说，两名文学青年打伤了一名治安巡逻员，故事采用第一人称，从次要人物视角讲述了整个过程：一个青年巡逻员站在傍晚的街道上，向每一个过路人索要身份证，那模样不像是执行任务，倒像是精神病发作。路人顺从地掏出身份证给他看，其中一名知识分子抗议，认为巡逻员没有资格查看身份证，但也只是口头抗议，并没有不配合（理由是他要去补习班给孩子们上课，不能耽误时间）。两名文学青年看着这场面，讨论着权力和笼子的问题。巡逻员走到他们面前，要求他们出示身份证，巧合的是，他们没有带，这个操着外地口音的巡逻员不放过他们。两个人开始戏弄他，一名文学青年掏出十块钱，试图贿赂，巡逻员仿佛受到了侮辱，冲突升级。渐渐地，这两个文学青年失去了耐心（他们主要是想赶到酒吧参加一场聚会），随着情绪失控，双方发生了一场一边倒的斗殴，夜幕降临，两名文学青年在花坛里打倒了巡逻员，并且扒了他的制服，遁入茫茫黑夜。最后时刻，青年甲对青年乙说，其实我带身份证了，青年乙耸耸肩说，我也带了。故事无聊而滑稽。周劭想，这小说有意思，但是又没意思。再往后翻，是一篇乏味的鬼故事，周劭认为这一路作家最是奇怪，他们似乎是真的相信自己的无稽之谈，把无稽之谈写出了现实主义的味道。然后，他读不动了，把杂志放在小桌板上，又吃了一个饼，坐车回到市区。杂志就被他扔在了街边。

　　分销处的主管仍没有回来，周劭回到那里，朱进治独自坐在办公室，对着电脑看片子。周劭问，平时也这样？朱进治说，中午可以看看片子，聊聊天，分销处纪律没那么严格。办公桌上放着 DVD 壳子，周劭拿起来看，是西恩·潘和珍妮弗·洛佩兹主演的《U 型转弯》，很多年以前，他在上海看过（那还是 VCD 时代），情节有点模糊了。朱进治介绍说，著名黑色电影。周劭故意问，什么是黑色电影？朱进治回答说，基本上，一本片子里没有好人，就是黑色电影，落水狗，天生杀人狂，低俗小说（它还有一个名字就叫黑色追缉令）。周劭知道这小子懂点电影，或者说，是个碟迷。

朱进治关了播放器，给周劭倒了杯水。周劭仍不走，拿着碟盒继续翻看，问说：既然这么喜欢黑色电影，不妨说说潘帅的事情，你有何看法。朱进治愣了一会儿，说：潘帅可能是一部侦探片，也可能是一部黑色公路电影。周劭乐了。朱进治说：总部的管理逻辑，定义销售员是邪恶的，他们贪婪狡诈，身份可疑，同时又定义仓管员是善良的，忠心耿耿，脑筋也不太好使，总部显然是奇幻电影看多了，造成的结果是仓管员监督销售员，而实际上，没有人监督仓管员。周劭解释道：仓管员是总部直招的，销售员是当地的，概率角度，仓管员更可信些，实际上我们在总部也遥控监督外仓管理员。朱进治不以为然说：所谓遥控，让仓管员每天从库区发一封传真到总部，实质上就是每天用固定的电话号码打一个长途，确定仓管员还在指定位置上，可是，仓管员可以把仓库搬空之后，一夜之间逃到天边去，或者有人用枪指着仓管员的脑袋，他不得不交出库房钥匙，总之，遥控监督是非常乐观的态度啦。周劭又乐，觉得这小伙子心思很多，问说：假如你有枪，为什么不去抢个银行或者储蓄所，要去抢几十吨建材？朱进治说：这个道理，你是主管，你应该想得比我更明白，抢银行是重案，警察会来；抢仓库的话，只要不是留下一具仓管员的尸体，就比较好办些；至于建材，满世界都是建筑工地，找一家承包商并不难，一次性全部销赃，建材是这年头的硬通货。周劭无语。朱进治说：人类监守自盗，人类拾金不昧，聪明人替老板赚钱，笨蛋守住钥匙，有时候却并不是这么简单，然而总部必须按这个逻辑行事，假如他们相信黑色电影的逻辑，那就永远也做不成一单生意了。

周劭看着朱进治的脸，心想，销售员的脸上总是有这种自鸣得意的神色，这真是有趣。多年来，无论是总部还是分销处的销售员，他们都或多或少透出一种近似邓文迪的气质。说得没错，建材是这年头的硬通货，建材是大宗交易，卖建材的人总是不好惹。

周劼借用电脑，给督导处发了封电子邮件，抄送童德胜。大意是：潘帅的案子确有管理责任，从储运部的反应来看，四月十日，潘帅发出了最后一封传真，那天是星期四；次日无传真，然而储运部没有觉察（传真本身并非用以监督仓管员行踪，它仅仅是报表收集工作），接下来是周末。等到 C 市分销处和总部储运部同时发现问题时，已经是四月十五日，五天过去了。这是最大的也是唯一的管理漏洞，它似乎很难用管理方式来弥补，除非依赖更好的技术手段，比如，在外仓库房里装上摄像头，作远程监控。至于案情，周劼写道，我无法确定是潘帅监守自盗呢，还是有人得到了库房钥匙，如是后者，潘帅凶多吉少，对于这样的案子，的的确确，储运部缺乏应对经验，我们只能依靠警方。

朱进治站在周劼身后，看着电脑屏幕，插嘴道：周副课长，思路缜密。周劼请他离开一下，继续写道：有可能，这批失窃的货还没有销赃，囤在某个地方，我打算再留几天看看情况；请速派仓管员来接替工作，毕竟 C 市的销售业务紧迫。

发完邮件，周劼离开分销处，看到朱进治在门外打手机。他往旅馆走去时，朱进治喊住了他，说孟芳安排今天晚上一起吃饭。周劼皱眉头问，吃饭，为什么她自己不给我打电话。朱进治说，因为也喊上了我了嘛。周劼说我从来不和销售员一起吃饭洗澡开房，这会儿累了，我要回去睡一觉。朱进治说，周课长，正点。周劼回到旅馆，立即退了房，拎着箱子在路边打了一辆车，又来到了开发区，住进那家小旅馆。半路上，他给辛未来发了一条短信，问她住在哪里，但她没有回复。旅馆账台上换了一个小妹，不似原先那个活泼，用阴郁的目光盯着大门外，仿佛那里有一条蛇游过。

很多年以前，辛未来住在大学宿舍里，一楼，极为潮湿，走廊里弥漫着地漏的臭味，女生们在随意晾晒的衣服之间穿行。辛未来总是坐床上发呆，注视着三米以外的地面。周劭去女生宿舍，看见她那副样子，有人介绍说，辛未来是文学社的副社长。周劭也挺喜欢文学，心想，这样的姑娘都发呆。打听她有没有男朋友，端木云评价：辛未来很孤僻。当然，爱文学的姑娘有权孤僻，但究竟有没有男朋友，大家都不大清楚。周劭抱着一本《尤利西斯》去文学社找她，端木云开玩笑说，没错，《尤利西斯》没错。见到辛未来时，她正在读《奥德赛》，往一个缺角的烟灰缸里按下烟蒂。文学社就是一间小办公室，她坐在一堆破旧书刊上，头顶上方有一个不再走时的挂钟。她说我的衣服上全都是地漏的臭味，我去教导处抗议，他们没人理我，我又多找了几个女生，学校说我闹事，要处分我。周劭夹着书，蹭在门口，两人从没搭过话，他不明白她为什么要说这些，只觉得她愤懑的语气很迷人，有一种文学的气息，既自持，又自弃。

没有人认为周劭会爱上辛未来，因为后者孤僻，而周劭本人热情洋溢，在学校的绰号叫大上海，因为他来自上海。另一个绰号叫小上海的同学则来自南通。学校当时扩招，建起新校舍，五湖四海的人都来了。人们觉得像周劭这么一个上海人，应该喜欢同样开朗、洋气的女生，事实上，出于寂寞或者性饥渴而找情侣也无可厚非，借着爱情的名义。谈恋爱时，两人已经快毕业了，也没什么钱，租不起房子，平时做爱就在文学社这间老旧屋子里，在书桌上，在沙发上，在旧刊物上，在铺着凉席的地上（似乎可以肯定就是性饥渴）。周劭抬头总能看到那个挂钟，它一格都没走过，直至他毕业。辛未来曾经患有忧郁症，有一次做爱时，她告诉周劭，高中时得病，后来靠吃中药治好了。如不是因为这场病，她应该能考上北大中文系，现在流落在无锡一所破烂的大学里，学着毫无意义的专业。周劭安慰她。她说，倒也无所谓，就这样了，我不需要你安慰。另一次，她说起高中时候的男朋友，福建某座县城里，她说那男生相当爱她，可是他更热衷于偷渡，终于有一天借了钱跟着蛇头跑了，留了张纸条，说自己走了，仅此而已。不知道这人漂到了哪里，可能是英国，他们那一带的人大多选择英国。周劢说，也许死了。辛未来说，没那么容易死，最可能是被遣返，然而他没有回来。周劢感叹，太穷的地方总是这样。辛未来解释道，我们那地方现在不穷了，挺有钱的，但偷渡是个传统，好好的就想往海外跑。周劢问，为什么。辛未来说，很复杂的原因，血统里的东西，不容易理解，说实话，我也不大理解，但我来到了这里，在一间破屋子里跟你讲这些，感觉也是在漂流的船舱底下，到岸之前，时间是不动的。

周劢想，这真是个傻姑娘，这么惨的日子被她一说，变得抒情了。确实，就连端木云都嘲笑过他：辛未来一抒情，周劢就变成一头羊。

某一天文学社大门紧闭，有人在里面呻吟，动静太大，人们聚拢过来，侧耳倾听，在快要到达高潮的时候一脚踹开了门，抓出学校著名男性诗人一个，而另一个，经查是站街女。这诗人平时讲话做事古怪，颇不受人待见，众目睽睽之下穿好裤子，趿着球鞋，笑了笑，护送站街女一起去教务处了。周劢和辛未来在人堆里看到，辛未来说，原来我和妓女共用一室。周劢幸灾乐祸说，没有和妓女共用一男就好。这句话似乎伤害了她，她转身就走。第二天学校让文学社所有人交出钥匙，又不放心，索性换了锁，贴了封条。周劢和辛未来也就无处可去了。

时过多年，他仍会想起一九九七年的冬天在大街上晃荡的日子。有时候端木云也加入进来，小说发表了，请大家上廉价的饭馆。辛未来对端木的小说没什么好感，她也不喜欢塞林格，觉得美国小说总是带着甜味，那一年他们在一本民刊上读到了几篇贝克特的小说（过去只知道他是《等待戈多》的作者），辛未来和端木云都很喜欢，但讨论下来又觉得他与书写之物的距离太近，关系过于紧张。后来她又承认，紧张比甜好。他们常常讨论的一个话题是怎么把小说写酷，写冷。周劲在一边听着，心想，这两个天真而糊涂的人，文学青年。

辛未来有时去外地，见一些作家。冬天时她把周劲一起带到南京，先去了一家挺有规模的外企面试，做芯片的。辛未来交出身份证，进去面试，周劲在门口等着，风很大，附近全无遮蔽之物，吹得他摇摇晃晃，在原地踏步。那门卫穿着一件深绿色的警服，外面套一件棉大衣，对着出入的轿车敬礼。周劲说，这鬼地方太野了，如果在这里上班该住哪儿？门卫说，住家里。周劲问，如果是外地员工呢？门卫说，自己找地方住。周劲嘀咕说竟然没有宿舍。门卫说，你傻啊？周劲问这话什么意思，门卫轻蔑地笑笑，不再理他。过了一会儿，辛未来出来了，周劲问她情况怎么样，辛未来说，应聘的是助理，实际是做女工，他们目前只需要流水线工人。两人沿着空旷的街道往回走，一时无语，那开发区平整的土地上没有一棵树，风里夹杂着土腥味。后来，辛未来说，下一场雪也许更好。周劲知道她心里不开心，却不知道该如何劝慰，同时又想到，我竟被一个门卫给无理由地嘲笑了。这时，辛未来说，和我共度长夜的亲爱的旅伴，一程，一程，又一程。那是来自茨维塔耶娃的诗。这种时候念起诗，像两个嘴里回荡着冷风的神经病啊。天黑得很早，两人到市里，辛未来按计划去了一家小书店，一个诗人开的，是她的朋友。周劲进去后，诗人很热情地招待了他们，接着，和辛未来聊天，谈到他们共同的朋友等等，谈到民间诗刊。诗人是一个相貌平庸的中年人，裹着一件和门卫近似的棉大衣，嗓音很有磁性，一直给周劲派烟，他的书店里可以自由抽烟。周劲饿得头晕，但又不能扔下辛未来独自去吃饭。三个人就这么坐着干聊，后来，诗人提到了那个在文学社嫖娼的家伙，并意味深长地扫了周劲一眼。辛未来说，那白痴在学校嫖娼被抓走了，现在可能开除了吧，我也不知道。诗人就没再提起。可是，周劲心想，他为什么要用那种眼神扫我呢，难道他认为我觉察不到吗？

这天深夜，两人来到火车站，车票已经卖空了，只剩次日早晨的。两人不得不挤在候车室的长椅上，辛未来靠着他的肩膀打盹。后半夜，她醒了，变得很精神。她的睡眠一直很怪异，每天四五个小时足够，而且没有神经衰弱的症状。周劭想了想，问她，嫖娼的那个家伙和她到底是什么关系。辛未来说，我会和这么一个混账产生瓜葛吗？这个混账我只是曾经喜欢过他，但什么都没有发生罢了。她的声音太大，附近几个横躺在长椅上的旅客都惊醒，抬起头看他们。

他们坐着火车回到了无锡，那一夜后来才想起来是冬至，北半球黑夜最长的一日。那个冬天也是他们在一起的唯一的冬天，此话虽然抒情，但并不能掩盖年轻、穷困、没出路的现实。周劭在火车上睡着了，枕着她的手臂，后来被她推醒，他立即意识到这是到站了。然而火车还在慢行，用极缓的速度穿过郊区的破败建筑物。辛未来说，茨冈人，什么都别问，此刻正在下雪。

多年之后，周劭想，谈论爱情不如谈论一些别的，但是也不要谈论时间，时间与爱情都滥俗。可是除此之外，没有话题了。他要找到辛未来并不是为了与她叙旧，并不是为了爱情或时间而来，即使没有话题，总有一些别的。其实他最想问的是：你曾经是文学青年，后来发生了什么？

周劭关了手机，在旅馆里睡了一会儿，天黑之前，到楼下简单地吃了一顿，继续坐在小超市对面的摊位上，有片刻时间，他想拨打辛未来的手机，但还是打消了这个念头。他想，显然，我更期待看到她从超市里走出来的样子，这一次我未必会走上前喊她名字。另一种可能是他害怕与她叙旧，他想，我手里握着空荡荡的十年，我不想在任何人面前摊开手掌，即使那人是辛未来。

这时两辆面包车开到街面上，牌照都遮了，十几个男人跳下车，有人手里拎着大棒，确定无疑是当地黑帮的气息，街道一下子凝固了。

这些人闯进旅馆，留两人把住门，不让人出入。很快，楼上发出巨大的声响，昨晚喝醉的几个男人惨叫，过了一会儿，一条人影被人从二楼窗口扔了下来，像动作片里的镜头，掉在一个雨篷上，然后滚落在人行道上，竟然没死，抱着胳膊沿街狂奔。把门的似乎没搞清状况，走到街上张望，紧跟着，周劭看到自己房间的窗口探出一个光头，指着楼下骂当地的土话，一个把门的少年提了大棒急追而去。周劭大惊，扔下手里的碗筷往旅馆里跑，另一个把门的没能拦住他。他冲到二楼，见地上血迹斑斑（所幸不是喷溅式的血迹，那意味着有人被割开了动脉），这些人是怎么打到自己房间的，搞不清楚，一个头破血流的男人被倒拖出来。周劭想冲进房间，光头揪住了他，举棍子要打，周劭忙说，我跟他们不认识，这是我房间。光头犹豫了一下，扔掉棍子，扇了周劭一个耳光，骂道，滚远点。

这些人像旋风一样出现，随即带着受伤的人钻进面包车，扬长而去。周劭看到被单上的血迹，一把砸成两片的椅子，滚轮箱子裂开，门锁也坏了。过了一会儿，光头竟然回来了，扔了两张钱在桌上，并警告，不许报警。又凑到面前端详，像是要确认刚才的一巴掌打在了周劭脸上。周劭十分厌恶此人（口臭，角膜炎，黄牙），说，没事，误会，你是来清盘的？光头说，很多麻烦都是自找的，少问。周劭说，钱我不能收你的。光头不语，再次上下打量周劭，伸手拿回了钱，塞进裤兜，转身离去。

周劭蹲在房间里，过了一会儿，昨晚的小妹站到门口。周劭说，来吧，换被单。小妹说，虎哥下楼的时候打听你是谁。周劭问，谁是虎哥。小妹说，就是光头啊，这片的大哥。周劭问，打听我干什么。小妹说，不清楚，反正虎哥忽然对你产生了兴趣，说你有可能是个逃犯。周劭说，放屁，他以为我和他一样吗？小妹说，看虎哥这意思是把你当同道中人了。周劭说，这帮人是来替服装厂清盘的吧？小妹说，当然，买卖谈不拢的话通常就会这样。周劭说，人已经走了，你是报警呢还是不报警？小妹说，现在报警我就死定了，等他们走远点吧，警察来了以后你最好说自己啥都不知道。然后，她又严肃地嘀咕道，那些人也随时可以弄死你。周劭说，我懂，但愿逃走的家伙运气好点，你不用换被单了，麻烦给我换房间。

天黑后，警察来调查，周劭照着小妹所交代的，什么都没看见，什么都不知道。一个中年片警问：少了什么东西吗。周劭说：没少什么，也没多什么。片警看了他一眼，问说：你是来做什么的。周劭把美仙公司失窃的案子讲了讲。片警说，有印象，报过警，也立案了，人找到了吗？周劭摇头。片警说，人不找到，总是难办。周劭附和道，是啊，找不到人，总是难办。

沿街的金鱼缸直到警车离去才开张，五光十色的女孩们像昨晚一样，继续坐在粉红色的灯光里，个别人站在门口，向街上张望。这些廉价按摩院，女孩乍看就像浓妆的木偶，然而，周劭想，每个人都带着她们的经历而来，最终又将带着经历而去。他回身看账台上的小妹，她正在发短信，面色凝重。他无端地猜想她此刻正在和虎哥联系，但也可能仅仅是她的父母兄弟，仅仅是不相干的人。这时，周劭的手机响了一下，童德胜发来短信，问说：你还留在那地方做什么，难道你真的想找到潘帅？周劭没回复，又翻看短信，辛未来没有回音。他走回账台，问小妹：有一家企业叫欢乐食品，在哪里。小妹说：近得很，出街，左转，往前五百米。周劭问：这企业怎么样？小妹说：私营的，规模大，工资低，做肉类加工的。

按照小妹所指的方向，周劭独自往北走了十分钟，感觉不止五百米。有一截路很黑，仅能看到远处厂房亮起的灯，走近后，看到厂房上 HL 的标志，确信这就是欢乐食品公司。几名工人刚下班，往东走去。周劭想，站在这里也无济于事，就跟着他们走了下去。这一带倒是有了几盏路灯，街道平整，没有车辆开过。夜晚寂静，仿佛能听到海浪起伏，但实际上那是另一种声音，来自马达或是蒸汽阀。工人们走到一排楼前，外面是三米多高的围墙，装着防盗网。工人掏出证件，毕恭毕敬，排队进入，两个身材高大的门卫负责检查，并用手电筒照了照每个人的脸。戒备森严，周劭想，从安保角度也说得通，这一片属于荒郊，没任何居民，但很难认同私营企业会这么重视员工的安全，总不能怀疑他们是在制毒吧。

周劭没有走近。这排楼房后面，路灯又没了，但仍能看到更远处某栋厂房的灯光，彼此之间像隔着不可知的梦魇。他想，这十年我见到的尽是这种景色，无意义的画面。他不得不原路返回，没遇到任何麻烦，到旅馆时已经后半夜，一部分金鱼缸打烊，有个美得惊人的女孩站在店门口抽烟，十七八岁，像一匹银色的马。她望着他走过，并没有打招呼。周劭听着她悠长的呼气声，那喷出嘴唇的白色烟气使夜晚仿佛寒冬。这是梦游的时刻，也是寻梦者返家的时刻。

那旅馆小妹告诉周劭，虎哥只有九根手指。失去的那根，通常来说，都是左手尾指，而虎哥是右手的拇指。小妹说：知道为什么吗，欠赌债砍尾指，做扒手砍食指，但要是你曾经用枪指着不该指的人，最终砍掉的是拇指。周劭回答：我觉得整只手都砍下比较好。

你这人有意思，见过世面，小妹说，但是你不要看不起虎哥，虎哥也见过世面。周劭正在翻看手机短信。小妹继续说：每个地方都有像虎哥这样的人，这地方没他不行，警察不管这里，如果管了，也就没这里了。周劭说：唉，我只是一个过路人。事实上他并不想与之讨论这些法外之徒。小妹说：如果你们公司事先跟虎哥打过招呼，我肯定，仓库里一样东西都不会少。周劭说：我以为你指的是红灯区。小妹说：不不，不止红灯区，还有其他，他都能管，而警察总是在出事以后才出现。周劭不禁又揶揄道：被黑社会罩着的感觉怎么样？这一次，小妹没再说话。

手机上多了几条短信，其中有孟芳的，问他去了哪里，是否还在开发区；童德胜仍在追问他的行程；另一条是辛未来发来的，她说：我在你的库区，过来找我。收到短信的时间是早晨五点，那会儿周劭还在睡觉，此时已经是中午。他想，天没亮她就跑去库区，一定是发生了什么。他拿着手机往外走，小妹趴在账台里，一直对着他看，没有开口说话。在路上，周劭打了辛未来的手机，提示并不在服务区。他仍然走到了库区，手机短信收到了一条海雾警报。

此时此刻，周劭想的是：还能有什么比找到辛未来更重要的呢，她是在这个世界上仅有的、和我还残存着一点关系的人。严格来说，她不是我的前女友，更像是我的妹妹，我的女儿，或是另一个维度的我。

在这个季节里，海雾常常升起，具体来说，属于平流冷却雾，雾中带有海水的盐分。当海雾被吹向陆地时，形成雾区或低云，特点是范围大，能见度低，有时持续几天不散。然而，周劭对海雾没有任何经验，只感到它神秘、潮湿，不仅象征着迷惘，还有别的意味。

库区被雾笼罩，他在里面转了一圈，有一条棕色的小型犬跟着他走了一段路，似乎是被遗弃的宠物。周劭停下脚步，看着它，狗并没有表示出任何乞讨的意思，夹着尾巴走开了。这时，周劭意识到，该库区连猛犬都没养一条。美仙公司库房的钥匙在孟芳那里，他进不去，便踱到管理处，一个中年男人坐在里面，穿黑色 PU 皮夹克，皮料剥落得厉害，像是捡来的衣服。周劭发给他一根烟，聊了几句。中年男人对美仙公司以及潘帅完全没有印象。周劭问，你们晚上值班吗。中年人说，值的。周劭问，查夜吗。中年人说，查的。周劭看出他在说谎。这时，门卫走进来，是个穿灰色工作服的年轻人，对中年人说：那库房的门锁了，咱没钥匙，用大力钳吧。两人从墙角拿出大力钳，中年人向周劭解释道，有个库房租约到期了。周劭问，哪家公司。中年人说，不是公司，私人短租，现在人不见了，把库房给锁了。周劭坐在管理处抽烟，过了一会儿，他追上这两个人，一起到库房门口。年轻人用大力钳剪开钢锁，里面空空荡荡，地面干净，墙角扔了一把扫帚，除此别无他物。周劭问那中年人：租户有名字吗？中年人不记得，年轻人答道：王新华。周劭问这人的身高相貌。年轻人形容道：三十多岁吧，瘦高个子，总是戴墨镜，讲话没口音，不是本地人。这和旅馆小妹描述的一样。再问其他细节，两人就都答不上来了。周劭说：好吧，我明白了，有没有出车记录？中年人仍是不知道，年轻人说：他们多次出入，我只记了一次，挺久了，那以后仓库就一直锁着。周劭说：操，提神，我以为你天天睡大觉呢。年轻人说：没你想得那么不负责，出去的是一辆十吨卡车，不是轿车，总要记一笔。

这解释了为什么库区没有美仙公司的出车记录。周劭到门房查看，四月十五日下午离场，具体时间没有记录，年轻人也记不得了。这是一辆浙江牌照的车，然而车子也可能是偷来的，或是换了假牌照（就像王新华的身份证）。周劭不确定警方是否排查了所有记录过的车辆，也不确定是否要打电话给孟芳，他站在门口犹豫了片刻，这时，辛未来从雾中走了出来，身后跟着那条棕色的小型犬。

辛未来说道：我是报社记者，也是电影里俗称的卧底记者，不要惊讶，这是我第一次做卧底，在此之前我跑过社会新闻，做过人物专访，有一阵子还做编辑。你问我为什么不派男记者过来，因为那个最重要的车间，只允许女工进去。太年轻的女记者，我担心她们安全，干脆自己上吧。那车间做什么呢，很简单，过期或变质的肉类，加工为半成品。说实话，在我们当记者的看来，不算大事，很普遍，全世界的肉类加工厂都不见得干净，大排档无一不是地沟油，任何餐厅的后厨都招老鼠。特殊之处在于，这家公司的甲方客户中，有几个是响当当的品牌，一旦见报，影响很大。公司关门大吉，或者，用公关费摆平。别误会，公关费不是给我，如果那样我他妈就得去坐牢。总之，要想办法把它曝光出来。卧底不难，我应聘到这里，在包装车间做了三个多月，半个月前调进加工车间，就是那个位置上他们动了手脚。鬼地方戒备森严，单反相机带不进去，我的搭档给我准备了一台袖珍卡片机，可是中间出了点差错，没等我拍到，同宿舍两个姑娘趁我不在，把卡片机翻出来玩——相机里有我以前的工作照。一个姑娘起了疑心，去保安部举报了我，另一个姑娘偷偷知会了我，要了我一千块钱。现在，这家公司的人在满世界逮我。我不想报警，算是职业操守吧，只有在极端情况下，卧底记者才能求助于警察。安全离开这里，不和任何人谈交易，写下我所知道的一切。

周劭说：你讲话比以前简洁。辛未来扔了手里的烟蒂说：我只是先讲个大概。周劭问：结婚了吗？辛未来看了他一眼，语气变得不那么焦虑：离了，没小孩，现在单身。

两人往旅馆方向走去，雾很重，看不清远处，水泥路面像下过一层细雨，一辆黑色帕萨特缓速开过。辛未来躲到周劭身后，他立刻明白了，她担心这是食品公司的人。奇怪的是，那条棕色小型犬仍然跟着他们，两人几乎同时问道，这是你的狗？又同时说，不是。辛未来从挎包里拿出一根火腿肠，掰了一半扔给狗，剩下那半，塞进自己嘴里。她对狗说：别跟着我了，再跟，可能变成狗肉啊。周劭说：我以为你是在说我呢。辛未来打了他一掌，说你这么多年过去了还是讲话不着边际。周劭感叹，确实，这么多年过去了。其余的没有再说下去。两人抛下了那条狗，走到旅馆附近，辛未来又停下脚步，街边停着一辆依维柯，辛未来说，他们到这儿来找我了，这车我认识，经常开到公司。周劭说，我也认识，黑社会的车。

周劭找一个不起眼的墙角，让辛未来躲过去，想了想，把自己的手机交给了辛未来，然后跑到街对面超市买了一包烟，走进旅馆，果然，光头带着两个人在账台上说话。周劭想溜上去，那小妹对光头说了一句话，虽然很轻，周劭还是能猜到：他向她打听过欢乐食品公司。光头叫住他，仍然像昨天那样，上下打量他。周劭问：什么事。光头拿出一张塑料胸卡，有辛未来的彩色肖像照（姓名印的是蒯凤玉），问道：这个人见过吗？周劭仔细看了看，答道：不认识。光头问：你扫听欢乐食品，为什么？周劭说：我这儿跑丢的一个仓管员，听说和欢乐食品的一个女工关系挺好的，叫什么周丽，你听说过这个人吗，我想找到这姑娘问问情况。光头说：带我们去你房间。

那小妹还在账台坐着，遗憾或是抱歉地看了周劭一眼，那眼神令他想起所有的黑色电影，善良的坏人或是邪恶的好人。周劭耸耸肩，像宽慰她，事实上他只是下意识地做了这个动作。三个男人夹着他上楼，进房间。刚关上门，光头说：抄身。两个小弟上下搜了，把周劭的证件和钱包都递给光头，光头问：你没手机？周劭说：刚去仓库，忘在门房了，我还想着赶紧回去呢，被人拿走了就麻烦了。光头一边翻看证件，一边问：你仓库在哪儿？周劭走到窗口，打开窗，他猜想辛未来能够看到他，然后他拉了一个小弟到身边，指着浓雾中的远方大声说：那儿，仓库就在那儿。

两个小弟开始搜查房间，手法粗暴，然而周劭仅仅带了一个滚轮箱，里面装着几件衣服，没有任何证据表明他和一个名叫蒯凤玉的女工有关联。他垂手站在床边，看着他们做这些事，后来，光头让他坐在床沿上，自己坐在椅子上抽烟，继续久久地审视他。周劭则注意到光头右手的拇指，确实没有，从根部被切除，另外，光头穿着一双崭新的黑色布鞋，有可能是手工缝制的。光头说：你上海人，南方来的。周劭愣了一会儿，忽然说：在南方，雨水多，穿布鞋的人少。光头问：什么意思？周劭说：对南方人来说，布鞋有点费解，不如跑鞋舒服，不如皮鞋正式，容易潮，有时还滑一跤；你说穷吧，这样一双布鞋也不便宜，在南方人看来，穿布鞋的人总是有几分矫情，过度自信，不友好。光头看看自己脚上的布鞋，周劭把双肘搁在膝盖上，身体前倾，正对着光头的脸。光头抬起头，起初犹豫了一下，后来他笑了起来，仿佛是在人群中发现了某个寻找已久的人。光头说：你肯定不是什么建材公司的课长，你干过别的。周劭说，我就是李勇军。光头迷惑了一下，思索起来，周劭仍旧看着他。这时，楼下传来一声巨响，一个小弟趴到窗口张望，回头喊道：虎哥，好像是咱们的车玻璃被人砸了。光头跳起来，仓皇下楼，带着小弟们追了出去。

　　周劭下楼来到大堂，听到街上汽车发动的声音，依维柯并没有开走，小弟在车里喊：车没事，能发动。周劭走到账台前，那小妹斜着眼睛看他，说道，你还带着人来啊？周劭不理她，看到地上有几个空啤酒瓶，便提了一个在手里，往外走。光头正一边打手机一边返回，那意思是要喊人来。周劭抢啤酒瓶向着他头上最亮的地方打过去，这一下很重，瓶子碎成几爿，锋利的玻璃顺便在他头皮上划出一道伤口。光头没吭一声，捂头倒地，一只布鞋甩到楼梯口。接着，周劭走出旅馆，看准了抢上几步，在一个小弟回头之前，掐住此人后脖，将其按在车门上，用手里的半截瓶子向其臀部扎了三下，发出一阵惨叫，车里的小弟骇然看着这一幕。周劭本想抢车，后来发现那依维柯的挡风玻璃全都花了，一块大石头嵌在上面，便打消了这个念头，回到旅馆，从已然昏厥的光头口袋里摸出自己的钱包，然后到街对面超市里拿了两瓶矿泉水，扔了十块钱，再出来的时候，发现那两个小弟全都逃进了旅馆，一个打手机，一个捂着流血的屁股打座机，小妹将满头是血的虎哥扶坐到墙边，并迷惑地看着周劭。他心想，别说是你，就连我也迷惑，天知道我为什么这么讨厌穿布鞋的人。

　　周劭走了一段路，再回头，旅馆已经隐没在雾中，也不见辛未来的踪影，他没有停下脚步。过了一会儿，他走到十字路口，喊了一声，并无人答应，随后，感到有人将烟气喷在自己后脖，转身看到辛未来。她又吸了一口烟，由衷说道：干得漂亮，我被你的勇猛吓住了。周劭讲了旅馆里发生的一切。辛未来说，看到你在窗口，那石头是我扔的。周劭说，聪明，以及同样勇猛。辛未来问，把人弄死了吗。周劭摇头，自己也不确定，后来说：应该不至于，只是这个天气，未必能立马送医院，后果堪忧。辛未来说：出人命你跑不掉，不如干脆报警吧。周劭摇摇头，意思是等出了人命再说吧。辛未来追问，周劭说：我这不叫报警，叫自首，请问我们哪次打架是自首的？辛未来说：我靠，你只为我打过一次架，打的还是一个，小逼崽子。

　　周劭回忆起大学时代为辛未来打架那一次，真年轻啊，下手没轻没重，以及青年时代的狂怒。辛未来回忆道：那天下大雨啊，好像是刮台风？周劭说：八级台风，树都倒了，学校淹了。辛未来继续回忆：两人离开学校，踏过一个个向外汩汩冒水的窨井盖，来到公交站头，一对情侣蜷缩在那里避雨，年纪比他们略小，一看就不是大学生，可能来自附近某所中专技校。辛未来请他们往里站一点，女孩率先嘲笑了她的口音，那种带有福建腔的不标准普通话，飞和辉不分的发音。男孩轻佻地笑起来，并且一直笑。（周劭说，在逼仄的空间里，这种笑声太沉重了，如果不打架，那就只能他妈的走到大雨里去淋着。）他扇了小崽子一个嘴巴，后者的脸迅速涨成紫红色，手伸进书包里，周劭将他叉到路中央，在雨中痛打他。辛未来则抱着胳膊站在原地，与那目瞪口呆的女孩共同欣赏这一幕。打完之后，公交车还是没来，暴雨如注，男孩侧卧在路中央不动，两人不得不返回学校，狂风把辛未来的折叠伞吹烂了。路上，她告诉周劭，那男孩包里带着弹簧刀呢。周劭说，我知道，他手伸进包里我就知道了，不是尖刀，就是菜刀。辛未来摊开手掌说：刀子在这儿，送给你。这是一把做工粗劣的弹簧刀，刀尖可能是在石头上磨的，其他地方都没开刃。周劭哑然失笑，让她扔了。两人讨论了一番，究竟打这么一个小崽子有什么意义，后来确定，没什么意义，就连那挨揍的小崽子也不会感受到意义。周劭说：好吧，不用再想这件事了，就像我作为小崽子曾经被人暴揍过一样，统统忘记干净比较好。

　　十年之后，两人走在雾中，头发被雾气沾湿。辛未来又说，周劭是第一个为她打架的男人，她指出了这件事的意义：十多年前，看到你在暴雨中打人，像一场仪式，现在，也同样，这回是真正的流氓啊。周劭说：这些年我没打过一次架，说起来不免令自己惊讶。辛未来嗤之以鼻：两次，都不像是在捍卫什么，而是要把对方活祭了。周劭问：捍卫和活祭有什么区别。辛未来说：祭师应该比较冷静，目的性很明确。周劭说：不不，其实我是狂怒来着，我脑子里跳出来的全是些残暴的念头，感到世界随着我心脏的跳动在震颤，眼前的事物是微微扭曲的，像热气炙烤过的样子。辛未来说：哈，还是那么夸夸其谈，讲话喜欢打比方，各种听不懂。周劭说：不啊，我现在的样子不管有多么像十年前，我也不再是十年前的我了；这他妈说起来有多绕，咱别绕了，好好走路，你看雾又飘过来了，我从来没见过下午的雾，你得拉着我的手，免得跑丢。辛未来犹豫了一下，伸过手来，实际上是握住了周劭的手掌，然后叹息说：简直荒唐透顶，我们竟然来到这里。

蒯凤玉这个名字是从哪里来的？辛未来说：这是技术问题，怎么搞一张身份证，过去，只需要找那些做假证的人，自制一张，全国通行，你想让自己叫什么名字都可以。现在，二代身份证很难伪造，仿真品不具备识别功能。我的搭档就去给我买二代身份证，全是真的，有人遗失或是干脆为了几百块钱卖掉的。为了保险起见，我们买了五张近似的，首先是容貌，和我长得近似，其次是年龄，也不能完全符合，你知道我这个长相的人对应三十多岁的打工妇女，还是显得年轻了。最后一个细节，得是东南地区的口音，无论浙江还是福建还是江西，得是那一片的。我的普通话现在讲得还不错，但还是有一点口音。最后，我们挑中了这个叫蒯凤玉的女人，三十一岁，浙江苍南人。我去过浙江，多少能讲出一点道道，以后有机会我跟你讲浙江农村的故事。

我照着蒯凤玉的照片把自己修饰了一下。你知道身份证上的照片通常把人拍得像逃犯，但这个蒯凤玉有意思，照片上很美，有一种小镇女孩的忧伤表情。她的发际线有点高，为此，我把自己的头发也做了一下，脑门全都露出来。然后我们做了个试验，我拿着这张身份证登记入住了一家五星级饭店，又去银行开了一个户头，很神奇，无障碍全部搞定。我和蒯凤玉太像了，我搭档说简直孪生姐妹。就这样，我凭着身份证，线人又给我找了一个中介机构，进了欢乐食品公司。

漏了一件事，在进公司以前，我的搭档喊我蒯凤玉，一点不难，我立刻进入了蒯凤玉的角色。起初，我为这个人物设计了一点故事，是我家乡一个表妹的故事，嫁接到这个伪装的蒯凤玉身上，农村人，半文盲，丈夫因病失去劳动能力，离家打工，诸如此类。可是后来，我觉得这样的故事太悲惨，我喜欢这个姑娘，最好她幸福一点，就改成高中文化程度，离异单身，到沿海城市打工，兴趣爱好是听流行歌曲，有点内向，很温和。对，这就是一个低版本的我。

可是，仍然有什么地方不对。我搭档说我只要一开口讲话，那种做了多年新闻工作的气势和语调，而且是中共党员，破绽很大。我搭档是一个很有经验的卧底记者，他能扮演嫖客和吸毒的。他说，通常卧底装傻最容易（中国到处都是分不清东西南北的傻子，人们对傻子毫无防范心），可是我的看法，蒯凤玉看上去并不傻，她是聪明的，她有自我。我要怎么扮演一个聪明、内向、有自我的打工女？她是南方人，不去广州深圳上海，跑到这个北方沿海的半吊子开发区来工作，有点说不通啊。搭档就说，这应该不是问题，没有人会关注这个，装傻吧，少说话，不要引人瞩目，尤其记住一点——尽可能不要看别人——说我看人的眼神总是犀利。

有一天，我梦见了蒯凤玉，她在广州火车站卖掉了自己的身份证，换了几百块钱，踯躅街头（只有活不下去的人才会卖掉身份证）。我走过去试图和她交谈，但她回避了我的目光，最后走进人堆里，消失了。这个梦让我伤心，然而也像是看到了真实的蒯凤玉，一个迷失的人，一个不再能和世界对视的人，有时候我不免会猜测，在过去那些年里究竟有多少可能，我也成为蒯凤玉（梦里的）这样的女人。

我住在工厂宿舍里，没什么业余生活，经常加班，和一群打工者同进同出。血汗工厂都这样，用保安看管工人，每一个岗位都有主管盯着，就算在私密的地方，某个工友也会出卖你。对，我忘了，你就是血汗工厂出来的，这种生活你比我更有体会。我也写过血汗工厂的报道，没什么影响力。说实话到处都是这种工厂，刚踏进去时还觉得挺新鲜，那些工人的状态，主管和保安的状态，感觉就像马克思所说的随时会诞生革命，可是用不了三天你就会明白，这是常态，这是打工仔糊口的地方（大部分都是年轻人，或者傻子），不会有革命。看看那些私营煤矿，在那里，事故代替了革命，死人的事情循环发生，比血汗工厂更具有启示性。做新闻要充满斗志，我要报道的是一起食品安全的事件，我得把这活儿做出来，外部来看是这样，可是回到内部，我梦见的是蒯凤玉，我成为蒯凤玉被拘在这个地方。进一步想，假如我死了，我会以蒯凤玉的身份进殡仪馆，而这个世界上还有一个真实的蒯凤玉，不知道是死是活。很有意思。

我的搭档才叫离谱，他是个老记者，我们俩分开之后，他去调查一起强拆事件，接着，他回到这里，恰好遇上一起服装厂火灾事件，有打工妹死在里面了。他觉得这事可以做，明着去调查，挖出好些料，当天晚上就被人在头上敲了一杠子，扔在医院门口。我现在走投无路，连个接我的车都没有，一半都拜他所赐。

周劭打电话到分销处，朱进治接的电话，问他有没有车，朱说分销处还没有配车，更无私家车，然后说，可是这种天气市里也没有出租车肯往郊区开啊。周劭又打电话给孟芳，那边长时间占线。他对辛未来说：没辙了，我看咱们只能走回城里了。辛未来问：有多远？周劭说：很他妈远，也不知道该走哪条路，关键是咱俩不能停在原地不动，即使徒劳，或者走反了，也得走。

辛未来说，那就走呗。

周劭仍然握着辛未来的手，他再次感到时光飞逝。另一方面，他奇怪地感觉到她的手变大了，这可能是错觉吧。他转身看她，一时间不确定她是不是长高了。后来他忍不住问了出来，辛未来得意地说：是的，我在二十五岁那年又长高了两公分。于是乎，手也变大了吗？周劭说，我感觉你的手变大了。辛未来说：这我倒没注意，鞋子加了半码，可能手也大了吧。周劭问：还写诗吗？辛未来遗憾地说，我已经很多年不谈论这件事了。周劭若有所思点头，辛未来追问道：我身上还有什么变化，变老了吗？周劭说：变成熟一些了，不再谈论诗歌使你显得尤其成熟。

还有呢？辛未来问。

可以说，根本就是另一个人，像个女革命家。周劭回答。

辛未来得意起来，说：这年头，中国最像女革命家的就是我们这些女记者。

两人沿着一条笔直的大路往前走，尽管看不见前方，但路况不错，似乎不会错到哪里去。辛未来说开发区管委会一带的设施还是不错的，到了那里，至少有一家号称五星级的酒店可以入住。道路一侧出现了新种下的香樟树，每隔十来米远便有一棵，周劭说，这样好，至少我们能算清走了多少路，这鬼地方野大野大的。数到第二十棵香樟树时，辛未来忽然问：那么在你身上有什么变化？

这个问题周劭回答不上来，他想了想，还是没答案，只能说：我就是一个在台资企业上班的小干部，过去那些年，管仓库，一份很乏味的工作，没有什么事情让我发生变化。辛未来说：胖了！周劭抚摸自己微微凸起的肚腩说，那也是吃地沟油吃胖的，要知道像仓管员这样的工作，吃垃圾食品，酗酒，狂抽烟，都在情理之中。辛未来问：这些年，我偶尔想起你，总以为你会在哪个甲A级写字楼里上班呢，过一种平庸的中年男人的生活，月入八千一万，坐地铁上下班，为销售业绩发愁，老婆是外地人，全家一起还房贷；这种平庸生活的想象，使我可以不再担心你，直到我遇到端木云，说起你们曾经的生活，以及现在亲眼所见，你过的是一种比平庸更低的生活，你是怎么想的？
周劭说：没怎么想，顺其自然，端木云没有告诉你全部的事情，他也不知道全部的事情。

周劭问起了端木云的近况。辛未来形容说：头发有这么长（指向自己肩膀），留着胡子（我从来不知道这家伙也能蓄须，一直以为他是那种毛发稀疏的男人），从前很好看的左边的虎牙掉了，变成一个空洞；他住在广州，一间出租屋里，见到我的第一句话就是，借点钱。

周劭说：文艺青年咯，不，文艺中年。

辛未来说：他写了一本小说。

周劭点头说：书名叫《逆戟鲸那时还年轻》，他们自己出的，那书里写到了我。

辛未来深深地叹息说：那是早年的。在广州，他在写一部长篇小说，据说是一个漫长的故事，同样写到你，以及一个长得和我很像的姑娘。

辛未来说：当年在文学社里，他们嘲笑他，因为他写的小说幼稚，很多年过去以后你当然会意识到，每个人都幼稚，但在当时是不会理解这一点的。我和所有文学社的人都失去联系。其中有一个叫李玫的你可能没印象（这女孩一直暗恋端木云），湖南娄底人，当年写诗，不是很出挑的那种，有一年我在娄底遇到她，毕业以后她回到家乡找到份工作，很普通的政府单位小职员，嫁人，生活条件一般。她仍然在写诗，贴到诗歌论坛上，偶尔还发表几首。我想，就文学来说，这算是不错的结局。

通过李玫我知道文学社的好多人，都平平淡淡，个别人发财，如此而已。李玫问我，端木云在哪里呢。我说我也不知道。李玫说，我真有点怀念他。这么一说，我也怀念起你们。

我是在广州的一家小书店看到他写的书，还有其他七八个作者，算是一个套系。书印得挺好的，我当时非常惊讶，仔细一看是自制印刷品，没有书号。后来，店主说，这本书就是他们印的，写书的端木云就在广州啊，前不久还来做过一次小型讲座。我问他们是什么机构，店主说，一个文学青年团体，出点小刊物，办办论坛。他把端木云的手机号码给了我，我打过去，没人接，到了晚上他打了回来，问我是谁，我说考考你的记忆力。他说，你是辛未来，你的普通话讲得比以前好多了。

他住在城中村，我对那里太熟，一九九八年我拿到毕业证书以后第一站去的就是广州，同样是夏天，同样是城中村的旧屋，周围住满打工仔的地方。他那副鬼样子我首先联想到吸毒，可是他说没有，还给我看手臂上，没针眼。然后感叹说，这一带颇有几个吸毒的，他落脚两个月，对此很感兴趣。我说你要是真沾上毒品，赶紧说，我出钱送你去戒毒所，能不能活着出来看你的命。他就说，真没有，他仅仅是好奇那种状态。

他到广州做什么呢？他自己也说不清。曾经路过，逗留几天，喜欢上那里，就决定常住，到夏天时热得受不了，想离开，没钱了。离开以后去哪里，也不知道。我就说，大叔，你三十多岁了，你这个状态吧，二十出头的文艺小青年还说得过去。他很开心，说，是啊是啊，我在弥补我二十多岁时缺失的生活。我心想，他妈的，这种生活难道不正是意味着缺失吗？我见过很多过着丧逼生活并甘之如饴的人，某些年里，我也是这样。

他就坐在床上和我说话，确切说是一张床板，铺着席子，挂着蚊帐，那蚊帐破洞的地方贴着伤湿止痛膏。他讲话的语速很慢，有时走神，经常不知道说到哪里去。他讲你们九八年卖假药，九九年看仓库，讲一个又一个城市。用掉一个下午，我也没怎么听明白。我就插嘴问，虎牙怎么没了。他说，暴力事件，很想去补颗牙，但是没钱。

两天后，我又去找他，看到他书桌上多一台笔记本，屏幕上密密麻麻的字。他说电脑前两天出故障，修掉好几百，幸好文件没丢。可是他讲话的语气听上去也不是很在乎所谓的文件。我带他去吃饭，广州美食很多，他说他没啥钱，吃很久的粉。我就笑啊，对，是米粉，不是白粉。我们坐在街边吃粉，他加重辣。大学时候，他一口辣的不能吃。他解释说，这些年大部分时间都在南方，那些四川的、湖南的、贵州的、重庆的、云南的姑娘教会他吃辣，犹如塞壬之歌。就是这种过时的比喻。问他的个人情况，回答我，当然没结婚，也无女友。那些姑娘是怎么回事呢？他说，通俗来说，都是露水情缘，可是也久久不能忘怀。

那时，我问到他关于你的情况。他说周劭嘛，还在那个建材公司，不知道有否升职，做一个常驻在小镇上的白领。他说起你，眼睛看着远方，看着东北方向，好像你就在那个方位似的。他说那个鬼地方，什么都没有，就只有凝固的人群，再也不想回到那里。然后又说一堆话，我已经记不清，大意是说他走过的所有地方都和那个小镇差不多，一无所有，鬼影幢幢，又说，小镇现在成为他象征意义上的故乡。

后来我们才聊明白，原来那个小镇和开发区我也去过，在二〇〇〇年，那里发生过一起案件，一个外地仔用自制手枪打死了当地的土老板，还有司机。想必你知道这案子。

那天吃过饭，我们往回走，正遇到一场民谣演唱会开场，年轻的小孩们往酒吧里走。端木云站定脚步，忽然问我还写作吗，还写那些似是而非的民谣歌词或诗歌吗。我说，不再写啦，专心做新闻，新闻是我的责任，诗歌在天上。他表示不理解。我说，做新闻的时候，我清楚地看到我的敌人就在对面，不可战胜不可计数的敌人，诗是冷冷的星空笼罩着我，我带着一切诗意冲向敌营葬身其中，就是这种幻觉。他说，明白了，可是很幼稚。我承认幼稚。后来他说，总有一天我们会忘记敌人，只依稀记得那些曾使我们摇摆顾盼的事物。

　　我们走进去听歌。大学时，我曾经带他到南京去看摇滚（当时咱俩还不认识），他从农村来，当年没接受过这类文化，看的都是些古老又缓慢的十九世纪小说，连流行歌曲都听不太懂，穿着白衬衫和脏球鞋，为了让自己不那么像姑娘，剃很短的寸头，警惕地看着舞台，像个逃犯，孤独，自负，掏不出任何东西。多年之后，我在同样的场合再次观察他，穿着破洞的汗衫，趿着夹趾凉拖，头发蓬乱，总算把胡子给剃了，那种警惕又无助的孤独感不复再有，真奇怪，既像是经历过很多时间，也像是昨日才刚告别。后来，有一个女歌手唱起我们熟悉的老歌，我再看看周围，全是小孩，跟我们当年差不多大。当年我们可以在场子里随意抽烟，现在不允许了。

　　我们提早退场，走在街上。他告诉我说，广州是一个梦境般的城市，尤其夏天，植物在建筑之间疯长，台风和暴雨经常光顾，时而溃烂，时而金光闪闪，不会期待夏天过去，不会为冬天做准备，抒情和虚构都落在眼前，因为南方城市庞大又密集的细节足够描摹，即使梦，也达不到这种饱和度；这里的男人女人，粗鄙或精致，都有很强的距离感，他们在自己的世界里活着就像夏天午睡的人，那种生硬的普通话或是粤语，像梦呓，像电影。他这种外来仔，究竟是搭上火车回到北方呢，还是搭上轮船远渡重洋呢？令人费解。

　　我离开广州前，最后一次去看他。天气很热，没有空调的屋子待不住，他在麦当劳里写小说，我终于有机会坐下来浏览那部长篇。他说那不是小说，因为写的是他自己，但也不是自传，因为有别人的故事。故事看上去断断续续，枝节并生，人物称谓也不统一，一会儿直接引语一会儿间接引语，其中有一个叫周的我可以肯定是你，另一个叫未来的姑娘肯定是我（尽管似乎没有登场）；我读到你们在小镇上遇到了一个和未来长相近似的女孩（我现在怀疑那个姑娘会不会是蒯凤玉）。后来，他合上电脑。我问他何时能写完，他又开始说鬼话，写作的进度取决于时间的快慢，有些年份，实在过得太快。我又问他，小说叫什么名字。他说，《人山人海》。我说，像电影名字。

我们谈起那本叫作《逆戟鲸》的小说集。他说，朋友帮忙，有一天收到一封电子邮件，说是有一本书在他们手里已经印了出来，要寄几本样书过来，挺高兴的，大概印了五百本。我问他，有没有引起文学界的注意。他说都是文青自己在玩，没什么影响力，稿子也是朋友转给他们的，没见过出版人，这些年就写了这么多，除此以外，只有这本未完成的《人山人海》——长篇小说或者自传。我鼓励他说，这本小说写出来，一定能受到文学界的关注，不再默默无闻（他那副落魄的样子看起来很需要一点小小的成功来补偿一下）。他听到这话，吸着可乐，看着我，那眼神怎么说呢，是回到了大学时代，一个人栽进沟里刚刚爬出来的样子。我立刻意识到自己说错了，我们还不算太老，三十多岁，只是大龄文艺青年罢了，没有人知道文学界到底是什么到底在哪里，仅仅是一无所知地相信着文学。我改口说，那就顺其自然吧。他说，谢谢。

我拿出那本书，请他签了名，他题款道：愿你谈笑破敌，战无不胜。我也说，谢谢。我们就在麦当劳握手告别，我飞回北京，他留在广州。对了，临走前，我告诉他，文学社的李玫挂着他。他说，当年写诗的，湖南人。我还以为他忘记李玫了呢。他说，那姑娘中意塞克斯顿和毕肖普，就像你中意阿赫玛托娃和茨维塔耶娃，如此一来，我总会想起你们。

周劭听完这些，只说了一句：没错，那座小镇确实是他象征意义上的故乡。辛未来说：这话我一直不理解。周劭说：就是我们死后都要回去的地方吧。辛未来认为这说法过度诗意。周劭指着前方说：我听见海的声音了。

两人走到三岔路口，香樟树终止在这里，前方横着一条马路，似乎是与海岸线平行，但是看不见海。周劭穿过马路，站到路基上向前观望，只觉得湿气迎面而来，海风像冷气机吹在身上。辛未来问：前面是海？周劭说：不，滩涂而已。

两人相信，海就在前方，也许几百米远吧，然而雾气浓重，什么都望不见。路基高出滩涂一米多，坡上尽是荒草，夹杂着绿色的玻璃，可能是碎啤酒瓶。周劭建议，别去滩涂，危险。辛未来不屑地说：难道你认为我会光着脚丫和你在海边奔跑？周劭不语，沉思了一会儿说：虽然你的口音仍像南方人，但你的讲话的基因已经是北方的了。辛未来说：不必总是观察我的变化，谈多了让我反感。她对着海的方向深深地吸了一口气（这个动作周劭至为熟悉），招呼他继续赶路，道路前方究竟是什么，彼此均无把握。

走了几十步，两人看到了一个转盘式花坛，里面没有植物，只有新翻的泥土，一座形状不规则的巨大的金属雕塑，看上去像飘扬的绶带，或烟雾的轮廓。周劭忽然闲得发慌，绕花坛跑了一圈，问说：这像不像咱们学校以前的雕塑？辛未来说：没这么大，形状相似，反正这种鬼地方总是需要一个飘带的形象，飘带代表着什么？周劭说：青春，热烈，动感。辛未来说：可是在雾中看着瘆人，像新闻图片上废弃的切尔诺贝利核电站。周劭说：核电站咋会有飘带雕塑？辛未来说：我指的是废弃的城镇，撤空以后，仍然有核辐射，二十年没有人踏入，城市雕塑还在，周围可能荒草疯长，巨型老鼠四处乱窜。

这时，周劭看到了远处，在雾气流动的地方，海岸线的反方向，有一栋建筑的影子，大概有三四层楼高，横向的体积很大。周劭怀疑可能是厂房，或是什么会堂。此时手机显示的时间是下午四点半，用不了多久，天就会黑。两人走近才看清，是一栋三层办公楼，装潢配件都是上个世纪的风格，仿佛世界末日幸存在这里的遗迹。几个当地农民正在院子里择菜，周劭问：这是什么地方，农家乐？回答：干休所。辛未来问：有住宿的房间可以提供给我们吗？回答：有，不对外营业。周劭掏出两百元说：两间房，不要发票，就住一晚上。有一个老人从板凳上站直起身，接过钱问：你们从哪里来的？周劭胡诌道：我们到海边来玩，迷路了。老人说：今天雾大。随后拿了一串钥匙，引他们往里走，那建筑的格式与中小学教学楼近似，每个楼层的东侧都是大开间，门都锁了，估计是会议厅。那老人介绍道：以前这是干休所，后来，设施陈旧，改成文联创作基地，平时没人来；若有人来培训时，你们是住不进去的。说完，打开一扇房门，里面两张标间小床，枕头被褥俱全。周劭说：对不起，我还要一间。老人看了他们一眼，那意思不言而喻，却迟迟不动，周劭会意，又给了他一百元，隔壁间是一模一样的格局，只是墙上多了一幅印刷品，两条鲤鱼，一丛水草，镶嵌在锈迹斑斑的镀铬镜框里。

周劭为自己能找到这么个住所额手称庆，这一带虽不是荒无人烟，实际也就只有零星几间农村砖房，在雾中隐现，看上去不像能投宿的。两人在楼下跟着农民们吃过晚饭，又聊了几句，得知这些人都是厨师、门卫、清洁工，名义上有负责管理的主任，也很少来。创作基地究竟是用来做什么的？答曰，文联搞创作用的，住在里面写东西，不过大半年没人来了，太远，设施也差。楼房后面一片空地上，种了菜蔬瓜果，就是当晚的食材。辛未来说：我好久没吃新鲜蔬菜了，那工厂食堂几乎吃死我，怀疑那肉也都是死猪肉。

晚饭后，人们下班回家，只留下门卫和一个清洁工阿姨。周劭点了根烟，到院子里吹风，看天色暗下来，过了一会儿，辛未来从房间里出来，问他做什么。周劭说：啥都不做，今天发生的事情有点多了，我脑子里捋一下。这时手机响了起来，是分销处的座机，朱进治在电话里说：周哥，车找到了，到哪儿来接你俩？周劭举手示意辛未来不要说话，回答：我已经走了，谢谢你，兄弟。朱进治说：不客气，我没事。说完，电话断了。

周劭告诉辛未来：那伙人已经找到分销处了，首先，这边的销售员从来喊我课长，不会喊我周哥，其次，我也没跟他们说过我这里是两个人。辛未来说：机灵的销售员。周劭说：这小伙子爱看黑色电影；另外，我估计光头没死，如果死了，现在就该是警察坐在分销处了。辛未来说：真奇怪，起这么大雾，这些人是怎么到市里去的。周劭说：可能是开了一下午的车？

没过多久，孟芳又来电话，说她刚刚溜出分销处，下班前来了几个混子，堵在办公室里查他。周劭问了问情况，确认光头没死，伤得有点重，正在医院里接受观察，便松了口气。孟芳问：你在哪里？周劭说：你不要问这个。孟芳说：好吧，千万别到分销处来，能跑多远跑多远，也别去仓库，这些人到过库区了，门房说你和一个女的一起走了，然后，他们似乎也在找那个女的，把咱们的仓库大门撬了。周劭说，你可以报警。孟芳说，我惹不起他们，最后提醒你，也别去车站码头，你打的是一个有头有脸的大哥，看这架势全城的黑社会都在找你；实在躲不过，就找警察先把你拘了，牢房里比较安全。周劭笑了，说我懂这种套路，不用担心。孟芳说，当然你也可以到我这里来躲几天。周劭说，不必，我惹了大麻烦，不想再干这行了，回去就辞职。孟芳问，查到王新华了吗。周劭说，没必要查了，这已经不关我的事了。说完掐了手机。

天已经全黑了，两人喘了口气，借着门房里的一点灯光，在院子里随意散步。辛未来说香烟抽完了，周劭发给她一根，两人在角落里抽着，仿佛长吁短叹。辛未来说：没把人打死算你运气，我已经把自己从新闻人变成新闻当事人，也许到明天就该有当地记者来采访我了。周劭说：你这么一说，我也觉得，违背了你的职业操守。辛未来说：还好，偶一为之。周劭说：这些年，我他妈的也把自己从一个看仓库的变成了经济侦探，有时候还要负责追捕逃犯。那语气非但不懊恼，还有几分得意。周劭又说：干你们这行的，也有坏人，发新闻敲诈勒索，没啥职业操守。辛未来说：看来你体会颇深。周劢说：也就是前年，我最后一次驻守外仓，我们的瓷砖出了点质量问题，有一个记者要曝光，公司正在竞标，不能有负面评价，分销处掏钱摆平了他。辛未来说：小儿科，更黑的事情你不知道。周劢说：是啊，你是我认识的第一个记者。

这时，辛未来从嘴里喷了一口烟气在周劢脸上，并凑近他，盯着他，发出一阵真正的叹息。她说：你怎么会沦落到去管仓库了，我无法理解。

周劢拍她肩膀说：不用猜，纯属我倒霉。

周劢躺在床上，他想，奇怪，一个人活到三十多岁，会产生一种追溯以往的冲动，尽管三十多岁还很年轻，但在大脑某一处可能已经意识到生命开始枯败，毕竟，远古时代的人类也就只能活到这个岁数，此时不追溯，明天也许就死了。这是人类从几万年前保留下来的本能吧。又想到，端木云也一样开始写他的长篇小说。在周劢看来，追溯一生并不难，追溯十年的光景却显得捉襟见肘。

辛未来住在有画的那个房间，快九点钟时，她过来敲门，让他去她房间。周劢见她头发湿漉漉的，刚洗过澡。辛未来说，房间里没有毛巾哎，也没有电吹风，我是用床单把自己擦干的。周劢说，我根本不敢洗澡，怕电热水器把我给电死了。两个各躺在一张床上，看着墙上的画。周劢问，那一年，为何不告而别。辛未来说，我知道你要问这个，咱俩告别之前，我会告诉你，现在聊点别的，说说你仓管员的生涯，你是怎么耽误自己的。

周劢说，我刚才在想，十年，很难谈论，十年的漫长和短暂都超出我的预期，只有经历过才会发现，十年，刚好可以用来否定自我。

辛未来说，若是讲不出来，那就我提问你回答吧。

周劢说，可以。

和我长得很像的女孩是谁？辛未来问。

周劭说，好吧，我决定结束这个游戏，回去睡觉。

好了好了，辛未来说，你让我一个记者情何以堪，换一个方式提问，为什么会想到去做仓管员，你，还有端木。

周劭答道：当年我们去那个小镇，小镇边上有个开发区，我们几乎身无分文，如果不找份工作就得饿死在那里，当然，这说法夸张了，但最起码得睡在大街上。仓管员这份工作很实在，既不像流水线那么辛苦，也不像销售员那么浮夸（我之前曾经做过销售员，吃了大亏）。端木当时像是中了邪，我怀疑就算我拉他去抢银行，他也会同意。更具体的原因是我喜欢上了美仙公司储运部的一个女孩（没错，和你长得很像），做仓管员比较容易接近她吧。

辛未来说，好，我们迅速绕回了第一个问题，谈谈她？

不谈。周劭说。

那么谈谈你四处看仓库的经历吧，辛未来说，否定自我是什么意思？

周劭答道：九十年代，我们在大学里，谈得最多的并不是文学和爱情，而是钱，职业。九十年代是什么样子你也知道，自由，草根，骗子横行，到处是车匪路霸，在街头卖假药的人也能发大财，开一间黑网吧可以活一辈子。就像你的初恋男友，觉得跳下大海漂到英国美国才是人生出路，我也差不多。我以为这样的时代很适合我，鱼龙混杂，每个人想的都是捞第一桶金（那时我们讨论过，赚到第一个一百万，就算第一桶金了），可是具体用什么办法捞金，鬼知道。一九九八年在人才市场，你我像两个输光了钱还倒欠两万块的赌徒晃荡在赌场里，我理解为啥有人会去抢银行，我们所有人能想到的发财方式，都是低配版的抢银行，差别不大。这些年我一直想着，是不是也干一票大的，把一卡车大理石运到建筑工地上，卖给承包商，收现金，然后消失掉。人要铤而走险的时候会丧失理智，有人为几万块现金持枪抢劫，有人绑票富翁，还有人四处打劫只抢到几十块钱。我怀疑自己也没有那份决心往海里跳。我见过很多一不做二不休的人，和我同龄，出身也相似，这些人无一例外，全都栽了。正确的做法是什么？我来举例——当年的大学同学，一部分去了大城市的写字楼，你知道谁混得最好吗，是一个叫赵广兴的哥们，绰号白条那个，因为他在校期间很爱借钱，总打白条。白条的姨夫在北京开了一家互联网公司，他进去先做实习生，然后迅速升任部门主管，此人品行很差，但在二〇〇二年，他姨夫把公司卖了，白条作为股东分到了五百万，在他二十八九岁的时候。大前年我见到白条，丫在北京买了三套房子，目前应该正在涨着呢。他对我说，周劭啊，你丫要是当年跟我一起干，现在至少也百万身家了。我呢，让他还当年欠我的二十块，不要利息，就二十。丫真掏钱还了。我确实羡慕他（经你陈述，我也有点羡慕端木），然而，我不能每分钟都羡慕，你要我怎么样呢？找你抱头痛哭？我既没有发财也没有去写小说，没有死于车祸没有被黑帮砍手，更没有让警察乱枪打死，在一家土鳖公司做个副课长，月薪五六千，活到三十多岁试图理解新闻理想和文学理想。

辛未来说，安静，安静，我们不讨论人生观，实际上，我在你和端木那里都觉察到，你们对于看仓库这件事，还有一点小小的得意。

周劭说：四处看仓库并不算糟糕，收入还不错（月薪加每天的出差补贴），除了个别极端情况，衣食住行也过得去，而且没人管（你经历过流水线，知道"没人管"意味着什么）。我曾经辞职，想到写字楼里找份工作，但发现自己已经受不了那份管束，最后还是回去看仓库了。当然，我损失了时间，时间不是一分一秒流逝，而是以半年为一个单位打包销毁。我不清楚你说的得意是什么，也许是命里自带，也许每个人都会为自己那点可怜的经历而得意。

辛未来说，讲讲你所谓的极个别情况。

周劭说：嗨，说起来，倒不免得意。二〇〇〇年被建筑老板的马仔用火药枪指着头，要我开仓库发货，绝对刺激；〇一年被偷；〇二年在火车站被人抢走了所有行李；〇三年非典，倒没什么大事，中间辞职了一回，本想到北京找份体面的工作，结果被堵在一栋楼里半个月，后来又回到美仙公司；〇四年在一座城市，下暴雪，手机被人偷了，我把前任仓管员的骨灰带回总部，这孩子车祸死了；〇五年发生了更多的事，来不及讲。

辛未来说，这么说来也不是极个别情况，很频繁。

周劭说：追溯起来很频繁，平摊到实际时间中，就显得稀薄了，大部分都是别人的事，我作为看客和配角存在。我曾经热烈地想参与到世界中去，怎么说呢，抢银行（逃逸成功）就是一种参与，劫机可能也是，你和全世界发生了关系。照这个逻辑，目前看来，我变成了一个旁观者。

我也是。辛未来笑了一声，摆手表示无法再聊下去，从床头柜上拿过周劭的烟盒，里面只剩最后两根。烟不欺人，辛未来说。两人盘腿坐在床上抽烟，对视，看着烟气在彼此之间起伏弥漫，又不约而同看墙上的画，灰色的鲤鱼和红色的鲤鱼。周劭说，这里的一切都让我回到了九十年代。辛未来问，怀旧吗？周劭说，不，既不伤感也不温馨，只是觉得，有时候，难免会精神涣散。

周劭那晚梦见的是梅贞，到凌晨时，觉得很痛苦，醒来喝了口水，脑子还停留在梦里。

经由辛未来一再追问，他回忆起来，梅贞是二〇〇〇年春天离开铁井镇的。他那时在 G 市，一座很少有人知道的三线城市，位于淮河南岸，离端木云的家乡不远，生活条件相当糟糕，库区所在的位置附近连一包货真价实的香烟都买不到，矿泉水是假的，饼干是假的，药也是假的。他想买一个手机，生恐上当受骗，有时候趁着发传真的机会，他给梅贞打一个电话，随便聊几句话。有一天接电话的是另一个女孩，周劭让找梅贞，那女孩说，梅贞辞职啦。问去向，女孩也不知道，说已经走了好几天，宿舍里也搬空了。

库区临河，周劭站在河边，想着梅贞到底会去哪里，一种可能是还在开发区，只是换了公司，也可能是彻底离开。他望着河水，想到曾经读过的一本小说，那故事里的姑娘因缘际会来到男主人公身边，作者将她比喻为顺着河水漂流而来的襁褓中的婴儿。他想，也可以认为，她们是顺着河水漂走了（那时他同步想到的人是辛未来）。他没有梅贞的联系方式，也没有共同的朋友，只知道她家住在重庆靠南的一个县城，父母是兵工厂的工人，除此一无所知。好多日子过去，梅贞没有打电话到库区，后来他被提前调离，到重庆交接，他知道这下她得绕一个弯才能找到他（打电话到总部，通过总部再找到当地分销处或库区办），也或许她会直接出现在重庆分销处呢？然而，仍然没有音讯，梅贞就这样消失了。

关于顺流而来的婴儿的比喻，这天凌晨，周劭又喝了很多水，心想，我是一个站在河边等待的人，这比喻让他觉得幼稚。等什么呢，难道等河水逆流吗？那该有多么愤懑，像个活不出样子的人。天亮时，他又困了，倒在床上蒙头大睡，再醒来时已经接近中午，手机没电了，充电器落在旅馆里。他去敲辛未来的房门，没有动静，外面的清洁工告诉他，那女的出去买烟，挺久了，烟店在西边，得走一段路。

周劭回到房间洗脸刷牙，这么一会儿工夫，辛未来仍未回来。他来到街上，见雾气已经下沉，变为低云铺在地面，隐约能看到远处的一栋高楼。他朝那方向走了一段路，忽然之间，海雾又翻涌过来，像一个巨型阀门在放蒸汽，然而那雾是冷的、寂静的，高楼瞬间又看不见了。周劭想，这情景真是惊悚，原来海雾会不断涌向陆地啊，像是拥有一种冷静且狂暴的人格，无休止的执着。他停下脚步，不知道该继续走下去呢，还是回到住处等辛未来。他下意识地从口袋里摸香烟，随即想起烟已经抽完。这时，从对面走过来一个人，他认出是辛未来，拎着塑料袋，正哼着歌。周劭说，出去多久了，我有点担心。辛未来说，你的初恋情人并没有你想得那么笨拙，更麻烦的事情我都能应付过来。说完，递给他两包烟，又从塑料袋里拿出一罐雀巢咖啡。周劭说，不喝，拆了一包烟，两人又抽了起来。咱俩这烟瘾，周劭摇头，简直像战友。辛未来自顾打开易拉罐喝了起来，说：为这趟差事，我几乎把咖啡戒了。周劭说：作为打工妇女，喝咖啡怕露馅吧？辛未来说：是的，即使罐装咖啡也只能偷偷喝，打工妇女不喝咖啡，抽烟我就抽五块钱一包的中南海，平时是二十块一包的，总之，必须显得自己很穷。周劭说：打工妹并不都节俭，也有花钱极大手大脚的。辛未来说：胡说，流水线女工哪舍得花钱，舍得花钱还做什么流水线，你说的怕都是夜总会小姐吧。

两人有一搭没一搭地打着嘴仗，又走回到文联基地，小食堂里开午饭了。周劭借了充电器，开机收到一堆乱七八糟的短信，童德胜，孟芳，朱进治，以及上海的舅舅，告知他今日母亲火化。周劭心情不佳，吃了几口饭，走到院子里看天气。过了一会儿，又收到一条短信，不在通讯录里的号码，用夸张的口气描述了光头是这一带很有势力的人，命令周劭立即复电，否则死无葬身之地。周劭知道分销处把自己的手机号透露出去了，骂道：土匪。回复了一条：老子已经辞职，现在在火车上，这号码不用了，江湖再见。然后又补了一条：老子就是李勇军。这个十年前的玩笑终于派上了用场，随即关了手机。

辛未来走到院子里，见周劭快快不乐，问道，出了什么状况。周劭说，还好，咱们尽早离开为妙，早上睡过头了你应该叫醒我。辛未来说，我猜想你很累，多睡会儿吧，再说雾又大了起来，咱们徒步往外走也不是办法，你现在仍然是一副很累的样子，发生了什么。周劭说，哎，你没心没肺的青年时代真的过去了。说完这话，辛未来嗔怪地拍了他一掌。无论如何，周劭说，这是我能遇到的最好的重逢了，不是抱着小孩在幼儿园门口，也不是满桌成功人士的同学会上，江湖儿女，莫问过去将来。

这天下午，来了一辆天蓝色的农用三轮，城乡接合部最常见的那种，开车的小伙子是清洁工的儿子，披着件透明雨披，大声嚷着他们听不懂的当地话。周劭心情又好转，问小伙子从哪里来，答曰镇上。具体在哪个位置，小伙子指向市区的反方向，离此十公里。周劭将他拉到一边，问能否带他们去火车站，小伙子心情比他更差，死活不同意，只愿意拉他们到镇上。辛未来就问他，这么大的雾，怎么才能离开这里。小伙子说，镇上没雾，你们搭辆车就能去随便什么地方，会搭车吗？两人一起点头，信心满满。小伙子伸手要五十块，周劭给了他二十，说到镇上再付三十。小伙子说，你俩肯定不是打工的，气质不对路。辛未来笑了，问说，你看咱俩像啥？小伙子说，地质队员，我见过地质队员，就是你俩这样，但你俩什么装备都没有，看上去像彪子。周劭说，我操，婊子？辛未来纠正道，彪子，本地土话，骂人傻逼。

两人搭上车。小伙子并不在乎大雾，马达轰鸣，冒着一溜黑烟。周劭坐在车斗里，提醒他开慢点。小伙子说，放心，起这么大雾根本没有汽车敢上路，我们只管开。周劭说我担心你开到沟里去。小伙子说，你如果是个霉星，坐飞机也会掉下来。周劭说，好吧，我赞成你的逻辑，但这车可是你自己的。小伙子仍嘴硬，说，你害怕雾天是因为四周缺乏参照物，实际我开得并不快，这条路，闭着眼睛开。农用三轮剧烈颠簸了一下，小伙子解释道：刚才碾过一块石头，体会一下。辛未来说：妈的，都闭嘴。半小时后，雾明显淡了，这是驶出了雾区，道路却更颠簸。小伙子介绍，这一带已经不是开发区，是农村。辛未来说：我们都看出来了。然而，没过多久，道路又平整了，两边出现了别墅。小伙子又介绍：这一带是别墅区，也就一公里的路段还不错，再往前又是老样子。周劭问价，小伙子说很贵，好几十万，没人买，幸福了当地农民，被征地之后，他们全都住到了公寓楼里，再也不用种地。那么他们靠什么活着，辛未来问。小伙子说，靠补偿款啊，给别墅做保安啊，剩下的就去开发区打工啊。辛未来嘀咕了一句，都不种地了。小伙子不乐意，大声说，谁他妈愿意种地，谁他妈愿意让自己的爹妈儿女种地，人们之所以肯种地是因为认命了、没出路。周劭说，建筑工人也一样。小伙子说，不一样，建筑工人做一天挣一天，妓女也是，农民自古低人一等，你光听说过农村姑娘去做鸡的，有听说过妓女改行去种地的吗。辛未来说，你的说法很正确，没毛病。周劭说，唯一的毛病是，城里人也可能去做鸡做鸭。

农用三轮开到一条街上，停下，却不见一辆中巴车之类的交通工具。小伙子收了车费，打算回家，周劭看了周遭一圈，骂道：这哪是镇，这他妈是个村。小伙子说，我老自称是镇上的，说惯了，实际是个村，但是别急，会有过路车的，公路就在前面。说完溜之大吉。周劭想追也来不及，只得说，上了这农民一当，咱们得小心点，这村里水很深。

两人往前走了几步，确实是看见了一条挺不错的公路，新修的，似乎是从正中劈开了小村，既无隔离带也无天桥，两侧的农村小楼开着餐馆和杂货店，远处一片丘陵，并没有车开过。一只母狗带着它的小奶狗趴在公路边，辛未来走过去逗狗，奶狗怕人，躲到母狗身后，那母狗站起来护住小狗，也是怯生生的，用温驯的眼神看着辛未来，并不叫唤。两人找了个石墩坐下，左右张望，公路沉默着。等了好一会儿，辛未来说：没车。周劭说：曾经，长达半年时间，我就是坐在公路边，身后是库区。辛未来说：端木也讲到过类似的感受。周劭说：我没有和他交流过，就我来说，表达这种感受挺难的，就像我在一幅画中（和通常的浪漫比喻完全反向），而我并不知道这幅画被挂在什么地方。辛未来说：端木讲的是，相信目力所及的世界里有一个独立的神。

天黑前，周劭认定不会有车来了，即使有，也不会在夜里让人搭载。两人在路边餐馆里点了饭菜，辛未来要了一瓶啤酒开了，正式祝贺彼此重逢。其间，她出去给报社打手机报个平安，恰好看见一辆轿车开过，便伸手示意，那车没停。回来后，她给周劭斟酒，说：我得给你赔个罪，把你拖下水了，惹出好大的麻烦。周劭说：在中国，你这样站在路边拦车，好人是不会停下的；坏人看见你是女的，把你拖到什么地方去办了。辛未来虚拍了他一嘴巴，说：那咱俩该怎么办。周劭说：等某辆卡车路过，恰好停下，和司机谈个价。辛未来说：那得等到什么时候？周劭说：不知道。

这村上没有旅馆，问了老板娘，倒是愿意给他们在餐厅里待一宿，然而并没有睡觉的地方，只能趴在桌上小憩。辛未来说，不要紧。问两人身份，周劭仍是撒谎说，到这边来旅游的，迷路了，本想回市区，又搭错了车，只能凭运气再找一辆了。老板娘指指后院，说：那东西不要怕。原来是口空棺材，还没上油漆。两人都了解农村的风俗，辛未来说：不怕，我胆子大得很，曾经睡过棺材板。又问：这边农村还能土葬吗？老板娘说：听说明年就不行了。周劭在一边说：我也不怕，我抱着骨灰盒睡过一宿，没错，是装了骨灰的。老板娘忙说：那是真的晦气。

夜里，辛未来问，抱着骨灰盒是怎么回事。两人喝了五瓶啤酒，意犹未尽，索性拎着瓶子坐在公路边喝。

非常离谱的事，好几年过去了，觉得匪夷所思，周劭回忆道。

一个不算朋友的朋友，其实是同事，不幸死在外面了，我被公司委派去处理后事。除了骨灰盒之外，还有一系列与此无关的麻烦事，我在那地方住了两个月，目睹了枪击凶案现场，以及一个库区办主任永久性的失踪，一场暴雪，覆盖整个华北地区。总之，在春节之前，下雪的深夜，我终于买到一张站票，扛着骨灰盒爬上了一辆去上海的绿皮火车，我得把它带回总部。骨灰盒此前放在箱子里，用麻布扎紧，我本来想用封箱带绑一层，后来想想，进站要安检，万一让我开盖，会十分麻烦。我一直担心那骨灰盒出问题，好像自己是个毒贩子。进站之前，我的箱子毫无理由地裂开了，骨灰盒露出一角，吓我一跳，可能它也觉得很闷吧。我只能买了个便宜的拎包，把它装进去——就他妈和我的内衣内裤放在一起。那车上全是人，民工，妇女，军人，小白领。我猜想，开往奥斯威辛集中营的闷罐车大概也就这个密度了。那时候，我已经体力耗尽，周围的人也是，我非常担心有人发狂，我坐火车时曾经见过有人因为过度拥挤而发狂，但那次没有，可能是因为那是一个寒冷的深夜吧。骨灰盒装在包里很硌人，一直提醒我，它存在，它存在。我要找地方安顿它，行李架全满，不得不把拎包放在身边的座位底下，另一个背包挂在胸口。我站着睡了一会儿，确切说，是竖着睡了一会儿。醒来还是深夜，有一段时间，火车压根就没动，停在大雪中，这太令人绝望了。我仍然惦记着拎包，用脚伸进座位底下蹭一蹭，感觉它不在那位置了。我可真急了，费了很大的劲弯下腰去看，发现有两个农民工在座位底下躺着。我问他们，拎包呢。这两个人睡着了。我想，拎包不能丢啊，那简直和我的命一样重要，是另一个人的命。我就钻进去把他们推醒，你知道春运时的火车座底下，那是比垃圾桶更脏的地方，这俩小子在下面躺了不知道多久，不吃不喝，可能也不上厕所。我一钻进去，他们醒来，就在座位底下和我打了起来，要赶我出去。座位底下很黑，我看不清，后来我一伸手摸到个硬邦邦的东西，确信那是骨灰盒，可是包没了。再伸手摸，发现拎包被他们垫在屁股底下了。那两人躺着继续踢我，像什么呢，像猫在打架。我已经出不去了，外面全是腿，我也不想出去，不得已只能还击，也像猫一样踢他们。不得不说，在那个环境里，农民工是世界上最难缠的人，也缺乏幽默感，我们打得筋疲力尽，有一个小子提议说：给一百块钱，我们让你躺进来。我真付了一百，有钱以后，他们的幽默感回来了。另一个小子说：手里抱的啥玩意，放不下了。我说抱着第四个人呢。

于是我躺在火车座位底下，渐渐睡过去，我对车厢里的各种气味失去了感觉，听觉却变得敏锐，在那种有节奏的咔嗒咔嗒声中，我听到了鼾声，小孩在梦里哭，车厢远处有人手机短信响了一声。我在车上通常睡得很浅，也不会做梦，像游击队员，但是那天晚上我太累了，只想昏睡一场。然后，我听到骨灰盒里发出沙沙的声音，醒了过来，那声音消失了，我睡下去，那声音又出现。骨灰像沙子一样在里面晃荡吗？绝不可能。后来我抱紧了骨灰盒，对它说：哥们，稳住，无论你想告诉我什么，咱们都得过了这一关再说。我就这样抱着它睡了过去，一直睡到上海，睡到天晴的地方。

事后没打开骨灰盒看看吗？辛未来问。

上车之前倒是看过，过安检的时候，他们真的确认了一下盒子里是骨灰而不是面粉或者白粉。周劭说，当时安检的脸色有多难看，你想想。

那就听我讲棺材板的故事吧，辛未来说。

二〇〇三年夏天，我来到浙江和福建交界的地方（说起来，那就是蒯凤玉的家乡），不是做新闻调查，是旅行。当时我快要结婚了，工作单位从广州挪到北京，旅行是独自一人。

那地方是山区，没有旅游景点，有一条不为人知的古栈道，一个人走太危险，我没去，就住在镇上。住那里想做什么呢？休息一下，考虑婚姻和前途吧。和我们通常所知的浙江、福建不一样，小镇生活比较艰苦，路也没修好。我想去山上转转，他们告诉我别跑远，山上没有手机信号，野猪和捕兽夹容易伤人，还有坟堆。

有一座祠堂离得不远，也废弃了，我去看时，祠堂前的台阶上坐着一个老太太，穿着旧衣服，看上去七十多岁了吧，很健康，也不说话，对我笑，树的影子在她脸上晃动。我能听懂一点当地方言，但不会说，她却连普通话都听不明白。我坐在她身边抽烟，她也掏出香烟。我想这是一个抽香烟的老太太啊，不一样。我的祖母也抽烟，过去是生意人家庶出的小姐。老太太拿出火柴，划呀划呀，手上没力气了，划不亮。我替她把烟点上，老太太就伸过手摸摸我的头发，笑一笑，意思当然是谢谢我，可是从那时起，她就不说话了。

　　后来，我走进祠堂。是一天中最热的时候，下午一两点钟，蝉声缭绕，我看见祠堂里摆着一排棺材，有些已经上漆，有些还没有。我并不害怕，只是奇怪为什么会有一排。随后，老太太走了进来，冲我摆摆手，那意思是不能摸啊。我当然不会摸。老太太指着其中一口棺材，又指指自己，我就明白了，那是她的棺材。说实话，木料很普通，我们福建人别的不一定懂，看木料都是内行。她态度就像是介绍自己简陋的卧室，仍然笑着，乡下老太太的那种单纯。

　　我当时的未婚夫打电话过来（他是一家外企的高管，年薪五十万以上的那种），我就离开了祠堂，一边讲话，一边向镇上走，我们讨论度蜜月的计划（后来去了新加坡）。打手机时，我回头张望，看到那老太太又坐回到了台阶前，她对我挥挥手，那意思是走吧。那时，我忽然想，哎呀，像是看见了我自己，老年以后回到福建的家里，一切是旧模样，没变，外面的世界和我都变了，总之有点凄凉。我的未婚夫觉得我在电话里长久无声，他很突兀地问：你到底想好了没有？我回过神来，说想好了，我决定结婚。他就笑了，说问的是想好到底去哪里度蜜月了吗。

　　那天，我回到旅馆，问老板，祠堂里的棺材是怎么回事。老板很神秘，支支吾吾的令人起疑。追问之下才知道，当地正在落实火葬，有一个时间节点，到某天某日之后就不能再土葬了。过去很多年，他们都是把死去的人装在棺材里，埋到山上，不需要花什么钱，不需要去县城殡仪馆跑一个来回，棺材很便宜，比火葬便宜。

我是个无神论者，不相信任何肉体的复活，复活比死亡更可怕。人生就是阅后即焚。后来，我结婚了，两年后发现他劈腿，于是离婚。但我没有离开北京，留在那里继续工作。这场婚姻让我觉得像海面升起一头怪兽，破坏了一切，最终怪兽被杀死。有时候，我觉得它遗留下了某种长远的东西，我指的不是孩子也不是心理阴影，明白？

回到那个山区继续讲。那天晚上，我住在旅馆里，想到很多从前的事，比如那个漂洋过海的初恋男友，还有你。第二天醒来，旅馆老板和我继续聊棺材的事，他说，镇上有两个老人自杀了。我很震惊，当时我根本不知道山区的老人会因为赶在火葬令实施之前而自杀，我打电话给一个做深度报道的同事，他说这种事情很常见。我问，可以报道吗？他问我具体死亡人数。我说，也许两个，也许三个。他没有再回答我。那时他正在去往煤矿的路上，有一起矿难死了很多人。

我这个同事是个牛人，做了八年深度报道，见过的世面远远超过我，食品厂这类内幕根本不在他眼里，各种煤矿事故，非法拘禁上访户，黄赌毒，强拆自焚，他都挖过料，有些报道能发出来，有些不能，有些真实性受到质疑。他有一个观点：做深度报道的记者会永久性地怀疑世界，因为世界也在怀疑他，他的每一句话都需要证词，实际上不存在交流的可能，实际上与好奇心背道而驰。通俗来说，就是"客观"，但似乎更复杂一些。

又过了一天，我顺着石阶独自往山上走，大约有一个小时，山上全是树，起着风，后来下大雨了。我看见一座草棚，过去躲雨，发现是一片坟地。坟都在山坡上，数量不少，墓碑很低矮，有一些可能是有年头了，碑上长满青苔，有一些则是新坟。另外还有几个长方形的水坑，是刚挖的墓穴，可以肯定是土葬，下棺材的。草棚里挂着严禁烟火的牌子，大概是怕烧纸钱引起山林大火。活着的人无法评判死者，我站在那里看了一会儿，我确定土葬没有更高的意义，除了便宜一点，但人们并不会因为想省几百块钱而自杀。世界另一边的荒唐在于，人们常常无法选择自己的死法，却在为别人的死亡制订方案。

雨停后下山，身上都浇湿了。经过祠堂时，我看到几个男人用扁担抬棺材，走过去一看，是老太太的棺材，他们要把它抬到镇上去。棺材黑得发亮，像一架不祥的钢琴。他们说，老太太昨晚上喝农药走啦，她要赶上土葬呢。那语气，就像老太太赶上了一班公共汽车。

第二天中午我离开了小镇，太阳晒得土地发烫，我猜想这个天气里老太太会很快落葬。她死前坐在棺材前面想到什么，我完全猜不出，乡下老太太在自己的死亡之上安置了一丝宁静和喜悦，很不真实。我的婚姻也不真实。当我回到城市，见到街上的每一个人，都失去了真实感。

周劭问，如果有人因为身患绝症而自杀，荒唐吗？辛未来说，值得原谅吧。周劭问，哪种自杀是不值得原谅的？辛未来说，都值得吧，包括畏罪自杀。周劭说：但愿如此。

夜深后，两人在黑暗的公路上散步，沿路人家的房子里透出的灯光映射到路面上，没有车开过，两人走到村口，从那里可以望见远处的丘陵，仍然没有车灯。然而此时此刻，他们似乎都不怎么期待有车过来。夜里很冷，辛未来穿得不多，周劭把外套脱下来为她披上，辛未来索性挽着他的胳膊，开玩笑说，靓仔，让我寻回一点年轻时的感觉。周劭说，再聊点什么吧，比如你这十年的生活，事业爱情，婚姻家庭。辛未来说，我根本不想讲，不如聊你自己。周劭说，我和你一样，不想讲，十年一晃而过。辛未来又伤感起来，说：这十年还行，等到下一个十年再见面，你会发现，一切都不可挽回了。

周劭趴在桌子上，天一亮就醒了，感觉睡得很难受，见辛未来在躺椅上歪着头，也没叫醒她，拿了一个玻璃杯到院子里洗漱。回来时看到棺材，在院子一边的竹棚底下放着，心想，这一觉倒也还好，没有梦见什么蹊跷的东西。将近七点钟时，他站到公路上，看见曙光照着远处的丘陵顶部，知道这是个好天气，东边的海雾可能已经散了。后来，辛未来也醒了，坐在门口抽烟，脸是肿的。到上午时，邮递员送来隔夜的晚报，周劭翻了一下，嘟哝说：起雾的消息在头版，但并没有咱俩的新闻。辛未来仍在抽烟，说：可笑，就算你杀了人，也不会立即上报纸。

周劭对记者这个行当又产生了兴趣，问说：你采访过杀人案吗？辛未来说：当然，我做实习记者的第一次报道就是杀人，一个精神病砍死邻居孩子，然后新闻讨论了精神病人和精神病医院床位之间的矛盾。周劭问：啥矛盾？辛未来说：精神病人的数量永远超过精神病医院的床位，三倍，五倍，甚至八倍，准确地说是在中国的单一城市内，农村不知道，没数据。周劭问：谋杀有报道过吗？辛未来说：有啊，马加爵案，当时我是发稿编辑。周劭说：这小子被人歧视，是不是真的？辛未来说：照他杀人的手段和心理来看，绝对是恶魔。周劭说：确实，如果歧视够杀四个人的话，中国就没人了，歧视也只能歧视。辛未来说：你这个逻辑我听着不舒服，不应该歧视人，也不应该杀人。周劭说：没办法，我来自血汗工厂，逻辑就是这样，人是为生存而忍受，不是为毁灭而赌博。辛未来说：事实是，马加爵杀死的四个人，全都是贫寒子弟，案件本身不构成阶层之间的冲突，倒是能反照出同一阶层之间的失序。周劭说：我见过很多案件，说实话，看不出它们和社会之间有任何关联，一个人想要犯案总会犯的，不管站在他面前的是敌人还是朋友，还是一只兔子。辛未来说：这是你的看法，比较浅薄。周劭问：连环杀人案有报道吗？辛未来说：没有，连环杀人案很难即时报道，如果是悬案，就更不可能了。周劭还想问，辛未来说：别问了，下回找个电视台跑刑事案件的记者，你不但能问到各种杀人案，还能看到匪夷所思的录像，切成肉丁的，摔得粉碎的。周劭说：好，我不问那些杀人放火的，问问你，枪案接触过吗？辛未来说：你们那个开发区，当年就是枪案。

中午时，辛未来想打电话给报社，让派车过来接，恰好有一辆五吨卡车开过，周劭伸手示意拦车，卡车主动停下，跳下一个矮壮汉子，走进店里吃饭。周劭上前，问说，能否将他们带出去。司机说车不进市区，目的地是一百五十公里外的邻市，周劭觉得这样更好，更安全，便和司机谈好了价钱，又替他付了午饭钱，估算了一下，黄昏前可以到达邻市。辛未来在餐厅里买几瓶纯净水，两人上车，驾驶室刚够坐三个人。周劭对她说，跟这地方告别吧，你应该再也不会回来了。辛未来说，中年男人的奇怪伤感，我去过的地方，多数都不会再回去，这有什么重要的。周劭说，和你想的正相反，过去那些年，我最怕的就是重返某个库区，那简直像永劫轮回。辛未来点头，显然是理解了他的说法。但是，当卡车启动时，周劭忽然想到了梅贞，想到大约十年前曾有过相似的一幕，他想，糟糕，回忆全都涌了上来，实际上即便是他自己也不能完全理解自己。

在车上，辛未来和周劭开始谈论多年前发生在铁井镇的枪杀案，巧得很，那卡车司机也曾去过铁井镇，但没有去过美仙公司。他为开发区一家制药厂拉货，说起该厂，周劭却毫无印象。司机话不多（大部分卡车司机都不爱说话，爱说话的干不了这行），只说，那开发区治安不好，有一天夜里他睡在车上，看见街上打群架。周劭说，当年打工仔太多，经常喝点酒就打架。司机说，两伙人抄家伙打架，那个词怎么说？辛未来说，械斗。

那起命案发生在春天。辛未来继续说：有一个当地老板，开服装厂或是玩具厂的，手上还有其他公司。这个人早年是黑社会，九十年代把自己洗白了。二〇〇〇年春天，一个杀手，在开发区一家大浴场门口用自制手枪近距离爆了他的头，司机逃跑，杀手追进浴场打死了司机，然后手枪掉进了浴池里，他跑出浴场没多久就被警察活捉了。

周劭问：你一个外地的记者，跑去那里采访杀人案。

辛未来说：倒也不是，我们是去报道当地的环境污染，造纸厂和印染厂非法排污把水产养殖户的鱼毒死了，这起杀人案恰好就发生在我到达的第二天，枪击地点离我住的酒店只隔了一条街。周劭说：那些宾馆和浴场，当时都在小镇东边，西边是开发区，只有一些廉价旅馆。辛未来说：是的，我住在镇上，那案子在当地很轰动，警察全来了，枪击案必是 A 级通缉令。周劭问：后来呢？辛未来说：不太清楚，我本想做一个深度报道，但采访不到杀手，我们调查的环保事件更棘手，涉及面更广，也更黑，杀人案就没追下去。周劭说：那不是杀手，是寻仇，那人叫俞凡，在开发区小有名气，做过不少坏事，当年秋天就处决了。辛未来说：嗨，原来你知道。周劭说：我也就只知道这么些，被杀的老板叫叶嘉龙，据说，丫更坏。

下午时，卡车开过收费站，也就意味着他们离开了这座城市。辛未来长舒一口气，心情大好，拍醒正在打瞌睡的周劭，说：我有点无聊了，来，讲讲你是怎么被人用枪指着头的。

周劭说：那一年在重庆，我去接端木的活，这是我俩唯一一次做交接，也是我最后一次见到他。他给自己剃了个光头，照公司管理条例可以立即开除。

仓库在杨家坪，靠近列车货运站的地方，你知道，我对货运站总怀有好感。端木住在附近一家小旅馆，那时候重庆还没有开始大整改，四周一片破败，像电影里的世界。端木也喜欢那地方，我去之后，我俩同住一间，旅馆虽然很旧，但不脏，也没有乱七八糟的人入住。管这旅馆的是一个很能干的重庆姑娘，还没结婚，我和端木都觉得谁娶了她就是福气。姑娘挺喜欢他，乍一听他要走，还难过了一阵子，然后又说你们这帮人都是浪迹天涯的。那样子特别可爱。

我们到仓库盘点，库区条件很差，管理不善，有些公司露天堆货，蒙一层油毡布，也不禁火，装卸工在棚子里生火做饭。我俩进库房，他们都围过来打招呼，非常客气。端木说，这里的苦力每月收入四五百元，很多人求他介绍去总部干同样的活，能多挣一倍。在那里，我第一次看到女装卸工，和男人一样肩扛手挑，小腿静脉曲张得厉害。晚上喝酒，聊了许多，聊到死亡、爱情、仓管员的人生（十分寂寞，但我们用的词是无聊），还有各自的所见所闻。重庆这座城市的底层社会，简直是一道景观。我俩当时还年轻，对这些东西，总还是有一种神秘感，以及，像端木云所说的，对痛苦和混乱的敬畏。他说，那些装卸工甚至连走出这个库区的能力都丧失了，没有库区的话，他们只能到街上去做棒棒。他说这地方人力太廉价了（实际上，那并不是最廉价的城市），令人一眼看到地狱，看到自己，有时候那些苦力做出愚蠢可笑的事情，除了嘲笑他们之外，也没有更好（或者更坏）的办法。

他没有立即出发，打算在重庆陪我玩几天再走，他的下一站是宁波。第二天，分销处的一个销售员过来见我，叫刘俊，年龄跟我们相仿，重庆邮电大学毕业的，请我们吃了顿饭，不是街头的火锅，是正经饭局，花了一百多块钱。他在地头上玩得很溜，各方面都认识，后来我知道那片的派出所所长是他干爹（如果不是因为这个，我可能已经被打成残废了）。刘俊说，有一个当地的建筑老板，急着想要一批瓷砖，但手头周转不灵，希望端木先放货，老板会在半个月以后付款，再报总部开票。端木不同意，并且那时盘库已经结束，这仓库交接到我手里了。刘俊就问我交接签字了没有，我说还没有，可以马上签，刘俊说这仍然在端木职权范围内，当然咯，我也有权管这件事。刘给我俩敬酒，听说我和端木是老同学，无论如何要我俩一起帮个忙。端木仍然不同意，主要原因是，他不想自己走了以后，由我来担这个责任。你知道，一定概率之下，老板会赖账。

刘俊十分为难，他说，这已经不是钱的事了，而是江湖道义，如果不放货，老板的工程进行不下去。刘打通了手机给老板，让老板自己求端木。然而那老板喝多了，太嚣张。端木听他在电话里骂人，就说去你妈的，然后挂了电话。那会儿刘俊的脸色已经很难看了，连连摇头。

当天晚上没事，第二天，我俩也没觉得会发生什么。中午端木带我翻过一座山，我们顺着石阶走，两边的房子看上去都像是随时能塌掉的，跟上海的棚户区差不多，区别是，上海人不会住山上。后来我们来到一条大路上，看到许多大学生，路边全是美术用品商店。端木说前面是四川美术学院。我挺奇怪，总觉得美院应该在很小资的地段，不应该紧贴着货场。走过一个上坡拐弯时，前面重型卡车开过来，扬起尘土，车速很快。端木说这个转弯口的一侧紧贴着围墙，每年都会撞死一些学生，重卡刹不住，司机视野也受限。

我俩坐在学校对面的米线店里吃午饭，整整一排街面，全是米线店、火锅店。给我的印象是，川美的姑娘都特别漂亮，任何一所大学都比不上。端木也这么认为。我问他有没有被哪个女画家爱上，他说，没有，但经常坐在这里看女画家，如果需要发货，就翻山回去。销售处借了一台中文拷机给他。我又问他，有没有去参加哪个文学笔会，他愣了一会儿，那表情总之是复杂，然后摇摇头，好像我在说一件他完全听不懂的事。

他在重庆待了已经不止半年，一开始住在分销处，他们没有给他安排床，而是在花岗石会议桌上铺了一层棉被。之前的仓管员，都是这么熬下来的。他去了以后，拒绝再睡花岗石，分销处头头不答应，正好大区督导过来视察，是个女的，很同情他，就勒令给他安排住处。他自己找了一家旅馆，每个月六百元房费，由分销处承担。说起来，女督导可能也是喜欢他才愿意为他买单，然而在端木看来，近似是殖民者给新来的奴隶配了一张小床，床是好的，床也是羞辱的。幸好女督导也不是每天都出现，她一季度才来一次，频率不会让人过于尴尬。

总之，那以后的每一任仓管员，都能睡在旅馆的床铺上了。

在川美对面吃完饭，他招手叫停一辆公交车，带我去了市里。我们看了看江景，沿着十八梯往下走，他告诉我，重庆分为上城区和下城区，上城区比较富裕，下城区贫民居多，也更混乱。我俩看着重庆，那座城市层层叠叠，长江和嘉陵江从中流过。我记得他当时说的是：感觉顺流而下的命运在这里形成了漩涡。

这时，拷机收到了刘俊发来的一条消息，意思是端木哥和周哥，求你们放货吧，别闹出大事了。端木不以为然。黄昏时，他带我逛了一圈红灯区，远远地看见姑娘们坐在街边的条凳上。我说这场面哪儿哪儿都有啊，不稀奇。我们站在街边抽烟，始终远远看着，像凝视江流。

那天很晚时，我们回到旅馆，账台那姑娘坐在门口等我们，见面就说，千万别进屋，有人在里面，看上去要搞你们。端木说，知道，来谈事的。姑娘想报警。端木说，不用。我心里有点慌，跟着他进去，里面好几个人，刘俊也在，还有那建筑老板，长得高大威猛，手上有刺青。刘俊刚介绍完两边，马仔就把火药枪举了起来，指着我和端木的头，命令我们放货。刘俊吓坏了，两边劝。建筑老板指着端木说，哈儿，就算留你们活命，也要挑一根脚筋。我说，行，放货，但不要伤人。端木说，库房钥匙在这儿。他走到床边摸，所有人都以为他摸钥匙，他摸出一把手枪，转身指着建筑老板的头。我俩像滥俗黑帮电影里的经典镜头，他的枪指着建筑老板的头，马仔的火药枪指着我和他的头。刘俊当场就给我们跪下了。

那建筑老板大概觉得不可思议，问端木，真枪吗，会玩枪吗。端木冷笑说，在这种地方，谁会怀疑一把枪是假的，我是打爆你的头呢，还是给你看一看买枪的发票？建筑老板也不孬，对马仔说，他今天如果敢开枪，你们就把这三个人全杀了。局面僵持了好几分钟，后来我说，都冷静，仓库现在我做主，明天放货，今天让我兄弟走，永远不再踏进重庆一步。

我俩退出房间，什么都没带，就他妈带了一把枪，连夜往火车站跑。那姑娘在门口看见他提着枪，很是惊讶。这小子挺浪漫，临走前拥抱了姑娘，又从钱包里掏了五百块放在账台上，说老想给她买份礼物，来不及了。我们摸黑走到街上，打不到车，徒步往前走。我问他枪是哪儿来的，他说买的，仿五四，贵州产。我问他用这把枪干过啥没有，他说，没有，这是第二次用，第一次是在库房里试了一发子弹，仿制枪质量不是很好，多打的话容易炸膛。他把枪别在后腰，看这样子是想带上火车。我说，携枪，一支判五年。他说，知道。我说枪给我看看，他犹豫了一下，把枪交给我，我抬手就抛进江里了。他叹了口气，没说什么，黑暗中我也看不清他的表情。我俩是徒步走到火车站的，买了一张到杭州的硬卧，我已经累成了狗，什么都没说，送他上车走了。

我回到旅馆时，人都走空了。端木还有很多没收拾的行李，一些书，我都给他寄到宁波去了。那建筑老板的货款是一星期后支付的。刘俊说，端木太狠了，这笔钱本来真会拖两三个月，但因为那把枪的缘故，老板还是一有周转就付了。我让刘俊跟谁都不要再提枪的事。刘俊说，我哪敢说出去，我的脑壳没那么硬。

那姑娘一直很怀念端木，有一次我说，我有宁波的电话号码。姑娘叹气说，不要了，他长得好看，但他是个亡命之徒，而且他有女人，带进旅馆来住过，后来女人走咯。

有一天盘库，我查看了一下，发现墙上的弹孔，一颗弹头嵌在里面。看位置，他当时是举枪平射，向着墙壁打了一发。为免惹麻烦，我把弹头抠出来，扔了。还发现他在报表上写的一些句子，他说：这里的冬天是一个不间断的漫长雾季。

讲完这个故事，周劭长出了一口气，像是载重卡车开过了一个急转弯。辛未来问：那枪到底是哪儿买的？周劭说：他没告诉我，可能是火车站。沉默了很久的司机开口说：如果没人介绍，想买到枪很难，他一定是认识什么人。过了一会儿，司机问：那个铁井镇，现在治安怎么样？周劭说：扫黑以后就没再听说有人持枪了，但小地方终究难办，我就这么说吧，你要是不欠高利贷，基本上不会有人拿着大砍刀找你麻烦了。司机说：时代总会变的，过去和车匪路霸斗，现在和收费站斗啊。周劭乐了，说：您这车没超载，不用担心。

卡车开进一处服务区，司机停车熄火，三人下车，去洗手间，等到周劭和辛未来在卡车边会合时，司机却没出现，于是又多等了一刻钟。服务区人不多，这时间里，两人抽了根烟，看看天色，一道航迹云无声地划过头顶，其余的云全都堆落在天边。一个保安走过来，指了指后轮，说这车有一个后轮瘪了。周劭回头看，果然如此。辛未来问，车还能跑吗。周劭摇头说不知道，也许只能跑五十码吧。司机仍未出现，两人不由得奇怪，到餐厅看了看，里面空荡荡没人，周劭又跑到洗手间门口喊了几声，没有回应。辛未来回身问保安，有没有看见一个矮壮司机，保安也回忆不起来，推测司机可能是去楼上客房睡觉了。周劭说，这么好的天气，卡车司机不睡在车里，难道你们这里有特殊服务？保安说，胡扯，这是服务区，不是红灯区。周劭说，算了，咱们还是继续抽烟看云吧，无论如何那司机不能把车扔在这里消失掉吧。

黄昏时，服务区变得更冷清，几辆轿车相继开走。周劭明白，天黑前是无法到达目的地了，天黑后能否出发也成问题。天空已经没什么可看，变成一片均匀的暗蓝色。两人也去餐厅吃了点东西，周劭让辛未来留在那里，自己绕服务区转了一圈，趁着还有光线，看到大片的野鸟飞过，落在远处树林里。有一条乡间小路似乎通往服务区后方，但两处落差很大，且隔着铁栅栏。多年来走过不少高速公路，每一个服务区到底有没有后门，这个问题从来没有呈现为问题，现在倒让他有点疑惑了。与此同时，他看到有一只黑色的小野兽，从服务区的水泥路面出溜到了五米以下的草丛里，从个头来看，可能是一只獾。周劲捡了块石子，向茂密的草丛里扔过去，却没有听到任何声响。他想那只动物一定是蜷缩在某处，而没有选择立即逃命。

他回到餐厅门口，辛未来正站在台阶上抽烟，周劲问她，等急了吗。辛未来摆手说，没有。这时，两人看到司机走进停车场，走向卡车，周劲飞奔过去拦住了他，辛未来随后也跑了上来。司机脸色欠佳，要了根烟，靠在卡车门上抽起来。周劲问：被人打劫了？司机摇头：钱确实没了。说完，打开车门跳上去。周劲提醒他，后轮瘪了一个，找人换胎吧。司机拍方向盘骂娘，又跳下车查看，把所有的轮胎踢了一遍，最后解释道，车还能跑，服务区的维修费太贵，还有十公里就可以下高速，要是害怕出事故，就留在这里搭别的车吧。周劲无奈，四下张望，停车场已经空空荡荡。

当这辆卡车开下高速，进入黑黢黢的省道时，周劲才搞清楚是怎么回事，心想，悔之晚矣，还不如在服务区睡一宿呢。

为了少缴一点过路费，司机在服务区和他的同行交换了一张收费卡，原本跑一百多公里路程，在卡上只显示了二十公里。这种套路，周劲偶有听说，但却是第一次遇到。换卡时，司机发现对方好几个人在客房里赌钱，禁不住诱惑，也上去赌了几把，先赢后输，又借了点钱，继续输。等到他输光下楼时，这趟活算是白跑了。由于换了一张卡，他必须提前一个匝道下高速，毕竟收费口的人不是白痴，不那么好糊弄。卡车在省道上用三十码的速度开着，前方暗无灯火。周劲心想，卡车司机终究是不靠谱啊，想想看，他们全是苦力出身。他不得不一再提醒司机开慢点，然而司机的脸色就像什么都没听见，既没有开得更快，也没有开得更慢。周劲想，所有的卡车司机都会给出这么一副表情，仿佛他们开的不是卡车，而是漫游在宇宙深处的货运飞船。

他掏出手机发现又没电了，问辛未来时间，回答是七点零五分，并不算晚。卡车开进一条岔路，两边都是农村的蔬菜大棚，不久进了一个大院，轮胎碾过细碎的石子，发出沙沙的声音。司机挂挡停车，这是一家修车厂，车间还亮着灯，几个蓬头垢面的年轻人正在干活，大呼小叫对付一辆十吨重卡，那模样像是原始人在宰杀一头垂死的长毛大象。辛未来说，我以为会进城修车。周劭说，他这车开不到市里了，农村的修车厂便宜。两人看司机跑进车间里，也没跟过去，踱出院子张望，几十米外有一排门面房，停车吃饭的小馆子，农村便利店，旅社和网吧，看上去像个小集市，更远处是黑幢幢的简易仓库，连排成片。辛未来问，这什么鬼地方。周劭说，这也是农村，比咱在丘陵里待过的那个地方，更现实一些，更无趣一点。辛未来离开前仍频频回头，说，我看他们修不好，特别外行的样子。周劭说，换个轮胎而已啦，咱们再去喝一杯。

周劭在饭馆里点了啤酒，几样小菜，口味很差，难以下咽。他说，别把这当城市里的土菜馆，停车吃饭，骗骗过路司机的地方。辛未来说，知道。两人在服务区已经吃过一顿，进饭馆纯粹是想找个座而已。周劭说，这个村比我们出发的那个大很多，但是很显然，也更脏，更混乱。此时是晚上七点多，小饭馆里进进出出的人，有些从楼上下来，有些进来转一圈就走了，并有人看了他们一眼。辛未来低声说，这鬼地方不大好，我想早点走。上菜的是个中年妇人，先开口问他们从哪里来，指出他们看上去并不像卡车司机。周劭说，搭卡车过来的，车坏了，在外面修，修好就走。看妇人的眼神，周劭就明白了，又说，没事，咱俩不是警察，你们这村里是有什么事吧？妇人说，哦，没事没事。周劭说，那行，我不问了，修好车就走。妇人指指村里的方向，做了个数钱的动作。她离开后，辛未来低声问，什么意思。周劭低声答道，村里有人在开赌场耍钱，怕警察冲场子，放心，小意思，农村常见现象。

辛未来讨厌这地方，也讨厌赌钱的人。过了一会儿，司机进来，先到厨房盛了一碗饭，坐到两人身边吃起来，同时问周劭能否借三百元，修车的钱没了。周劭想，我在他脸上看到了赌徒输钱之后的凶狠，可能还有神经质。辛未来露出防范的神色，看看周劭。司机说，到城里就能还给你们，我有银行卡。周劭掏出钱包说，三百，不用还了，但你不能把我们撂在公路边，得送到火车站。司机说，没问题。周劭问，今晚走得了吗。司机说，没问题。脸色缓和了些。周劭把三百元推到他面前，站起身说，饭钱我来，你别喝酒。

他带着辛未来走到饭馆外面，这晚天气不错，一弯月亮，星空澄澈，但空气中有一股浓重的柴油气味，不像农村，像工厂。周劭说：我在这种地方待过一阵。他回忆起当年被派到农村看仓库，外省分销处为了节省成本在离城二十公里外的村庄边找了一个很小的库区，仅两名装卸工。辛未来说：我也采访过这种村庄，很糟糕的地方。周劭说：当时我住在农民的房子里，搭伙吃农民饭，待了两三个月，太无聊，实在待不下去。公路是新建的，人们在村口开了小超市，停车吃饭，打气补胎。一部分年轻人迅速离开，去城里谋生，剩下的农民，维持着他们固有的生活方式：种地，赌钱，生孩子。其余没什么娱乐。

辛未来说：我的经验比你的更恐怖些，有一次做报道，起因是一个农村老太太由于儿子赌钱，活不下去，自杀了。线人说那村里赌博盛行。我带着记者去采访，村民不欢迎我们，把我们赶了出来。打算暗访，但线人也不知道赌场在哪里。我们决定撤，在村口遇到一个小媳妇，她跟着我们，问她什么事，说是能不能报道一下夫家虐待她，丈夫也是个赌棍。小媳妇长得不漂亮，矮瘦身材，看上去全然不懂事。我们的记者就劝她，去妇联吧。小媳妇不知道该怎么找妇联，给我们看她手臂上，全是伤，身上想必更多。十八九岁的姑娘，应该还在读高中的年纪，就这么打她。小媳妇说，她是买来的，但不是人贩子拐卖的那种，娘家很穷，她父母兄弟收了一笔钱把她嫁了。我问她，为什么打你。她拉我到一边说，因为染上了妇科病，不能怀孕，丈夫说她有性病。什么病呢？滴虫病，宫颈糜烂。我说这他妈就是你丈夫没洗干净造成的。就这么打她。可是这样的事情，太多太多，报纸不能刊登一则赌棍打老婆的消息啊。我对她说，这样吧，上我们的车，我带你去城里，找妇联。小媳妇不肯走。我说你不是要报道吗，你去了城里，有人给你做主。小媳妇退缩了，说她只是问问，只是问问。那是在冬天的公路边，风吹得很大，同行的人劝我说，别管了，咱们走。他们事后回忆说，我像杀红了眼睛的暴徒，非得把这小姑娘带走的样子。可是她望着公路远方说，娘家已经把彩礼钱花光了，不能逃走。我说，人啊，命运在自己手里。小媳妇哭了，说她命运卑微，生而为人，没意思。我愣了很久，被这句话击垮了。我们车开走时，小媳妇就站在公路上，望着我们。回到报社，事情忙，忘了这件事，过了几天线人告诉我们记者，那个小媳妇又被暴打，而且，不是家暴，村里怀疑她出卖了消息，几乎是给她动刑。她跑到田埂上喝了百草枯，没救回来。知道百草枯吧？

周劭说：知道。可怜的小媳妇。

辛未来说：那姑娘就这么完了。后来，警察抓了一些人，她丈夫和公公判刑，三五年吧，不是重刑。记者去了解情况，警察说，那村子，黑暗得令人发指，除了赌博，还造假酒，械斗，邪教迷信，多起农村妇女自杀。我们做了采访，可是因为牵涉到的面太广，背后的监管失职，稿子没能发出来。

周劭问：对小媳妇来说，能把她丈夫和公公判了，已经算彰显正义了。

辛未来说：你这个说法不对，死者体会不到正义。我每次想到她最后说的话，特别伤心，生而为人，死是解决问题的唯一办法。在她活着的时候，没资格被我写成新闻。我曾经把这事讲给端木听，我问他，这值得写成小说吗？他想了很久说，这事只能写成小说里的一句话，甚至，只能是一个标点符号。

周劭问：什么意思？

辛未来说：端木解释说，这个故事同样在否定小说，否定虚构，否定作者的虚构欲望，否定生存者的命运。真是奇怪的阐释。

周劭说：那就把我的故事讲完吧。我去过的那村，也有一户人家，就住在离我不远的地方，丈夫是赌棍，打老婆。这女人自杀过一次，被救回来了。中间的过程就不说了，说结果。有一天早上，一辆运水果的卡车倾翻在公路边，离村子不远，那儿有一座桥，下坡还带一个拐弯。村里人闻讯出动，去公路上哄抢水果，赌棍的老婆也在里面。另一辆卡车开过来，那司机大概也是开了一夜，疲劳驾驶，下坡看见前面乌泱乌泱的人群，竟然没反应过来，卡车直冲进人群，造成多人受伤，唯一死掉的是赌棍的老婆，她确实是去哄抢了，被卡车拦腰碾过。出事时，赌棍还在家里呼呼大睡，醒来知道自己能获赔，开心得很。赌棍说的是，喝农药可赔不了这么一大笔钱。

辛未来说：后来呢？

周劭说：没有后来，后来我被狗咬了，离开了那里，再也没回去。辛未来无语，摸口袋里的香烟。周劭说：我曾经发邮件把这故事讲给端木听，认为它可以被写成一个短篇小说，可是端木告诉我，死者在看着虚构者的笔尖。这个说法有点玄，不太好理解，为什么我们可以谈论，却不能随便写，那么多小说和电影充满了死者，难道所有的执笔者都经受了考验？我觉得他糊涂了。未等周劭说完，辛未来摸出手机说，我应该给端木打个电话，问问他。她翻看手机号码，周劭在一边不说话，转头望向饭馆里面，片刻后，辛未来告诉他：空号了。

也正是这时，周劭看到一辆二吨半卡车从村里开出来，在饭馆门口停下，坐副驾的人跳下车，跑进隔壁便利店，然后，卡车开走了，那人还留在便利店柜台上买烟。我有点色盲，周劭问辛未来，你看得清那卡车后面的蒙布是黑色还是墨绿吗？辛未来答道：墨绿，不过那不是蒙布，像丝绒。

周劭想：这十年见到的死人不少，无论如何，在我这个年纪上，不应该这么密集。更有趣的是今天还见到了死人复活，罗列起来简直像奇观。

他继续向饭馆里张望，同时拉着辛未来站进一个比较暗的角落里。这个动作让她一下子又警觉起来，问说究竟发生了什么事。周劭回答：简而言之，我看到了一个前同事，他不该出现在这鬼地方的。

那瘦高个子拿着两包烟从便利店出来，然后对着夜空打了个哈欠，样子像没睡醒。他拆了一包烟，立即点上抽了起来，接着走进小饭馆，向楼上去。周劭努力回忆这人的名字，想起来他叫郑炜，当年在总部开叉车的，后来不知道去哪里了，为这个人端木云挨过打。他长得太像喜剧演员，太好认，多年来周劭几乎忘记了所有离职同事的长相但还记得他。这时，辛未来指指二楼窗口，那上面贴着钟点房三个字，透光看得清晰。她问，有妓女？周劭说，早年，公路边停车吃饭的小馆子，会有姑娘做这种营生，荒村野店打一炮，现在倒是不多见了，就算有，也该是粉红色的灯吧。辛未来用北京腔说，你是门儿清。周劭做了个嘘声的手势，又想，不应该让她觉得事态严重。他走进便利店，问柜台上的农村小妹，刚才那人买的是什么烟。小妹回答，一包黄鹤楼，一包云烟。周劭点头，想起郑炜是湖北人，潘帅是云南人，这些人都抽本省的烟。小妹又加了一句，刚才那人好几天都来买烟，是外地客，我的烟都是真的。周劭说，行，那也给我一包黄鹤楼，再来一包云烟。抽着烟，他想，我今天到底是送辛未来走呢，还是留在这里？这个问题有点无解。两人蹚回饭馆，坐回到司机身边，司机在吃第二碗饭，把最后的一点番茄蛋汤拌在米饭里。周劭对司机说，慢点，不急。这时，饭馆的中年妇人打开了收音机，播放歌曲。这情景有点古怪，此类廉价的饭馆很少放歌，居然还是一首法国香颂。辛未来说，这是琵雅芙的歌。周劭说，知道，知道，我在电影里听过她的歌。他把中年妇人叫过来，问说，楼上的钟点房什么价钱。妇人说，二十块钱一小时，全天一百二，有卫生间，有热水，有大床，在农村算是不错的。周劭问，能带我上去看看吗？妇人半含笑意看着他，眼风扫了扫辛未来。周劭无心和她打趣，又问，住宿要证件吗。妇人摆摆手。

在上楼的短短时间里，他仍在努力回忆一九九九年发生的事，关于郑炜，记忆中只留下了隐约轮廓，此人常常搞笑，不务正业，吹牛逼大王加怂货一枚，与端木云关系不错，经常结伙去看廉价的色情舞，后来他似乎是得罪了杨雄，然而杨雄被猪仔杀死了，情节混乱，不知道郑炜去了哪里。与此同时，他想起住在宿舍楼里的那个夏天，到处弥漫着绿皮火车里的恶劣气味，夜晚太热，他们住在顶楼，打开窗睡觉仍然热醒。那些工作日的早晨，在散发着骚臭的喧哗中结束掉半昏迷式的睡眠，穿上长裤和衬衫，有些人搭厂车，有些人步行，去往恒星般辐射出热量的砖窑。这是灾难式的夏天，他想，当时遇到的人差不多全都消失了，冷不丁冒出来一个，确实令人好奇。

他跟随妇人走到二楼，走廊靠南，房间整排靠北，墙上地上都铺着白瓷砖，几件男人衣服晾在外面，房间里传出搓麻将的声音。妇人介绍说，二楼五间房，两间住了人（其中一间在打麻将）。周劭没追问，也没往里走，看了看走廊，返身下楼。妇人问他，要不要开房。他摆手说，有点吵，算了算了。一边掏出手机往外走，犹豫着究竟是给童德胜打电话呢，还是索性报警，但想起手机没电，也忘了充电，这两个念头随即打消。司机从修车厂那边跑过来，告诉他，再有一刻钟就能出发了。

周劭带着辛未来向村子深处的仓库走去，在路上，他说：尽管你也在工厂打过工，但我讲的那种灾难式的酷热，你还是无法领会。辛未来嗤之以鼻，她在工厂时，常常在冷库上班，他同样无法领会。周劭说：对对，是的，你和我一样牛逼。辛未来说：你吧，总是觉得自己见过大风大浪，觉得拽，可是那热得中暑死掉的并不是你。周劢不语，借着微光辨路，又走了一段，说：在遇到你之前，我就像是一颗小星球上的唯一幸存者，不明白这样的幸存有什么意义可言。辛未来说：周劢，你讲的这些话，这些孩子气的比喻，我都没法回答，真的。周劢长叹：我的意思是，这档差事干完，我也不想再看见那座烧砖的厂房了，找座木结构的房子住下来，最好是去云贵川，娶个山里的姑娘，信一门宗教，养点家畜，买杆猎枪。对了，我还再买张身份证，把自己洗白，正像你所说，活在失去真实感的时间里。

　　走了一段路，周劢说，算了，回去吧。不远处传来大狗的叫声，辛未来说，这一路上，每逢遇到狗，咱俩都能顺利脱身，怪不怪。周劢听了听，说这是猛犬，看大门的。两人循声而去，果然见到一扇铁栅栏门，里面是一排仓库，一个穿旧中山装的门房正仰望夜空，坐着抽烟，狗拴在里面空地上。隔着铁栅栏，周劢发了根烟给他，说自己是过路的，问问这仓库的情况。门房出乎意料的热情，像是很久没有人和他说话的样子。

　　周劢问：有人租仓库吗？

　　门房答：有，村办厂的木材仓库在这里，还有外单位的包装材料仓库。

　　周劢问：有大理石吗？

　　门房答：有，不久前有人租了一间库房，是大理石，还剩不多了。

　　周劢问：还剩不多是啥意思？出库了？

　　门房答：分好几次入库的，然后提货出库，也是好几次。特别怪，用白色床单蒙着，放在仓库里。

　　周劢说：记录出入库车牌号吗？

　　门房答：就是刚才开出去那辆车。

　　周劢问：提货是不是一个瘦子开的仓库？

　　门房说：好几个人，钥匙在瘦子手里。

周劢问：到底多少个人记得清吗？

门房说：最多时有六个人一起来过，有一个是女的。

周劢说：人数不对，不过，大差不差。

门房从口袋里掏出香烟，隔着铁栅栏门，发给周劢一根，说：我猜到了，这伙人有问题，不大像好人，他们有一次在库房里吵架，女的还哭了。应该查查。我看得出，你和这位女同志，是刑警。

两人往回走时，周劢沉默很久。辛未来说：东方快车谋杀案啊，所有人参与了这票。周劢说：我担心的是他们弄死了仓管员，为三百万足够杀人了，可是瘦子为什么出现呢，他凭什么能管钥匙，他不是这趟车上的人啊。他借了辛未来的手机，再一次打给童德胜。童说：我在开会，什么事？周劢问：C市的主管到底叫什么名字？童德胜说：我不记得了，销售课长就在我身边，你问问他吧。周劢重复了一遍问题，手机那头回答说：郑强。周劢说：我去，名字也不好好换一个。又问郑强的情况，销售课长没回答上来，说分销处太多了，要去查一下，只记得郑强干了两三年了，从普通销售员升上去的。周劢说：别查了，就这样吧，我一直没遇到郑强，所以问问。销售课长问：案子查得怎么样了。周劢说：货没了，仓管员下落不明，我正在被黑社会追杀，分销处的兄弟们很帮忙，让我逃过一劫。销售课长说：这次不是让你过过程序，如果查不出下落，你和老童饭碗保不住。周劢说：我这就回总部，我已经十年没见到自己的毕业证书了，希望人事部没把它弄丢，再见。

两人回到饭馆门口，司机的车子已经停在那里。周劢问：这村叫什么名字？司机说：齐家村。周劢让辛未来先上车，自己也跟着爬上去，卡车启动，快开到村口时，周劢又拨通了孟芳的手机，里面传来搓麻将的声音。周劢乐了，只问：潘帅没被你们弄死吧？孟芳无语，搓麻将的声音停止了。周劢说：别发愣，我刚从齐家村出来，你让潘帅跟我说句话，我只要知道他还活着，就不报警了，不然你们都得进去，弄死人毕竟是大事。过了一会儿，手机里传来潘帅的声音，说道：周哥，不好意思。周劲说：你没死就好，不然我算不清人数了，潘帅你牛逼，不惜用真名犯罪，还假装失踪了，你是不是觉得买一张假身份证就可以混一辈子？潘帅说：周哥，这都是别人出的主意。周劲问：犯了这档事你打算去哪里？潘帅说：缅甸。周劲问：分你多少钱？潘帅说：这不能告诉你，真的。周劲说：行，你牛逼，我欠孟芳和朱进治一点人情，但不欠你人情，咱俩没什么可聊的，让郑强听电话。又过了一会儿，传来孟芳的声音，说道：郑强不敢接电话，我现在出来了，你在哪儿。周劲说：四个销售员加一个主管，团伙犯罪，把货分批偷运到农村，囤在仓库，货太多，一次销不掉，而且在本市销赃的风险有点大，就销外地市场，反正都是你们的客户；唯一背锅的是仓管员，伙同你们一起干了，假装失踪，不惜把自己黑掉，还他妈说要去缅甸，这也算是 happy ending 了，没弄死人就是好事；对了，还多了一个人，那个王新华就是郑强吧，郑强和郑炜到底哪个是他真名？孟芳说：周哥你有什么要求，你提。周劲说：没什么要求，你帮过我一回，要不是你报信，我就被黑社会抓住了，当然你本意也不是救我，只是不想让我落在别人手里。有一天你们被警察逮住，可能是我告发的，也可能不是我告发的，总之，不是私仇，别算到我头上，如果栽了，怪自己运气不好。孟芳语无伦次说：周哥，我们确实运气不好，被你撞上了，我做这事也是没办法，大家商量了一起搞的，我家里要钱用。周劲说：我不挡你的路，只有几句话奉劝你们，钱要是还没花掉，就把货赎回来物归原主；退一万步说，别再干第二票，把自己搞成亡命之徒，以及，不要试图来找我。

　　卡车开在省道上，夜风吹进车窗。周劲关了手机，把它交还给辛未来，问说：这号码你还用吗？辛未来说：不用了，到市里换张新卡。周劲说：我也要换张卡。辛未来抽着烟说道：看你心情不错，感觉你是想放他们一马。周劭说：我也还没想明白，最好他们把货放回仓库，然后辞职，这事儿就撸掉了，如果一意孤行，我是不是应该让一伙人都去坐牢，他们出狱以后会不会来找我，操，没想明白。辛未来说：你这帮销售员应该在你出现的第一天就弄死你，现在难办了。周劭说：应该这么说——要不是为了救你，我前天就已经去销售部送死了，我说出王新华的名字的时候他们估计动了杀心。辛未来问：我要是他们，就把你骗回销售部，让黑帮打残你，然后在送医院的路上弄死你。周劭说：那毕竟会引来警察，也许他们手还没那么黑，鬼知道呢。辛未来说：我在呢，能让他们弄死你吗？周劭说：你在，我就不会去啊，总而言之就是我欠了你的人情，这样挺好，将来回忆起来，你不会为这次重逢感到太内疚。辛未来说：行了，别掰扯了，这趟跑完赶紧去山里找个姑娘结婚吧。

周劭和辛未来用了两个小时，到达火车站，这时是晚上十点多，靠近候车室的马路上仍然有许多人，站着坐着，或排队向候车室里缓缓移动。周劭想起，明天是五一劳动节，放假。无论如何，人多的地方显得安全。辛未来去自助提款机上拿了五千元，数也没数，分了一沓给他。售票厅仍然在营业，队伍一直排到人行道上，两人在长街上踟蹰，她回北京，他去上海，相反方向。周劭尽可能表现得若无其事，辛未来打趣说，不如直接给你买一张去云贵川的火车票吧。周劭说，那不行，毕业证书还在总部，辞职得把它拿回来。可是，毕业证书对你还有什么意义呢，辛未来说，你已经三十多岁，需要用文凭来证明自己？周劭说，没多大意义但也不能落在别人手里，跟贞操一样。胡扯，辛未来说，接着，她拽住周劭，往百米之外的一排服装店走去，那儿还没打烊。

她从更衣间出来，换上了全套衣服，浅蓝色的牛仔夹克，白衬衫，配碎花长裙，在鞋店买了一双棕色浅口皮鞋，又在箱包店买了一只中等大小的挎包。周劭提醒她，这些东西质量不怎么样，价钱有点贵。辛未来不理，继续选购，截住一个正打算拉下卷帘门的内衣店女营业员，进去买了一套女式内衣，想了想，又给周劭买了男式内衣。周劭嘴上打滚，说了一声谢谢，心里明白她是发泄式的购物。原先那一身朴素的女工装束，被她全部装进塑料袋，扔到了垃圾桶边上。周劭问，你打算去哪儿换内衣？辛未来横了他一眼，答道：宾馆。

火车站一带宾馆多如牛毛，她选的是最贵的一家，挂着四星级的，两人用周劭和蒯凤玉的身份证开房间，被告知大床房没了，只有标间。周劭说，标间甚好，要两间。坐电梯上去时，两人不语，辛未来忽然笑了起来。周劭问，你笑什么。辛未来说：照理说，标间的话，要一间就够了。周劭说：我太累了，睡觉可能还打呼，你早点睡。辛未来说：嗯。

这天周劭在房间里洗完澡，喝了一杯速溶咖啡，感到倦怠，却暂时还睡不着。他拉开窗帘望着夜景，夜空是一层无边的虚无，铺在黑暗城市的上方。他伸手开窗，只能向外推出一掌宽的距离，他再次想到自己的母亲，很难说她到底是在晦暗的夜空还是更为黑暗的大地，反正没有给出任何信息，低语或暗示一概不存在。玻璃窗上晃动的是他自己的身影，端着咖啡杯，裹在一件白色浴袍里，精神涣散，无路可走。他坐到沙发上，不知何故，他再次想起梅贞，想起他和她在一些旅馆度过的时间，梅贞也三十三岁了，在哪里？他听到洗澡间传来放水的声音，转过头去看，梅贞赤裸的身体正在玻璃后面晃动，随后，很孤独地蹲在地上。周劭立即醒了过来，知道刚才打了个盹。他想，我毕竟还是没有等回梅贞，空耗到现在，沙漏里的时间也就这么用尽了。又想，也不能这么计算，大部分时间是瞎耗，和梅贞没有关系。他再次望向洗澡间的方向，灯亮着，那里空空荡荡，用文艺的说法：只有一些已逝的时间。

周劭睡意全无，而且觉得空虚，看时间是零点。他换了衣服，决定下楼去逛逛，到大堂时，看到辛未来坐在那里打手机，问怎么回事。辛未来说，房间信号不好，索性下来了。说完继续拨号。周劭哦了一声，独自往外走，辛未来追来上来，问说，要去哪里。周劭说，散步而已。辛未来说，你好像心情很差的样子，怎么了。周劭说，我啥事儿也没有。他没停步，继续往外走，辛未来追了上来，两人顺着宾馆的台阶走下去几步，辛未来说：你还是和年轻时候一样。周劭问：啥意思。辛未来说，该生气的时候不生气，该高兴的时候不高兴，这就是你!

　　周劭叹了口气，走到了街上，在一个电话亭边上停下说：咱们用了三天时间回忆过去，接下来就该谈论中年感情生活了，算了吧。辛未来不语。周劭问：你一辈子都没打算再见到我，是不是。辛未来说：这倒也没有，见到端木云的时候还是很想见到你的，只是，我想应该再过十年遇到你，会更好些，更释然些，三十多岁还是稀里糊涂。

　　周劭想，真奇怪，在辛未来看来，时间似乎不是流逝的，而是循环的（她声称自己是无神论者，这更奇怪）。他站在电话亭边望着夜晚的大街，后来他想，这都是言辞，我们并不遵循自己的原则来思考问题，原则可能只是用来保护自己的吧，是一种不为自己所知的伪装。这时，辛未来说出了一句近似的话：你真奇怪，你一没结婚，二没生小孩，连个像样的女朋友也没得，为什么会对中年感情生活这么敏感，你哪儿来什么中年感情生活啊。周劭笑了起来，说，确实，在过去几天里，我讲的话太多了，我被自己魇住了，咱们别聊这些事了，蒯凤玉同志，陪我散散步。

　　两人走了一段路，听到动静，见一个二十出头的姑娘坐在花坛边抱着胳膊哭，形状凄凉，一个旅行箱撂在脚边，显然是要去火车站的。周劭不想管闲事，多年来在车船码头他见过太多这样的人，基本上，你没有能力帮助他们。但这是深夜，辛未来似乎决意要介入，她走过去问情况。姑娘吓了一跳，擦眼泪看看他们。辛未来说，我们不是坏人，也不是来赶你走的，有什么困难吗，大半夜在这里哭可就不太安全了。姑娘说，姐，没事，现在是奥运前，各处治安很好。辛未来说，那我放心了，你至少不是被人抢劫盗窃。姑娘说，我男朋友抛下我走了，变心了，我追他到火车站，想一起走，他还是一个人走了。辛未来问，一起出来打工的？姑娘说，是啊。

把这姑娘扔在深夜的大街上显得不够人道，毕竟他们已经上前过问，可是姑娘并不想离开，报警也没有意义。辛未来问，我能帮你什么。姑娘说：姐，谢谢你，啥都不用，我冷静一下就回去，明天还要加班。

散步继续，两人走过那姑娘，实际上再往前走就没有任何东西可看了，车站周边的酒店和旅馆被甩在身后，眼前是亮着路灯的街道，两侧皆为民房，规模不大的新村，小店大多已经打烊，便利店和殡葬店还亮着灯。辛未来决定回头，周劭说，你走回去还得遇见那姑娘，不如绕一圈吧。辛未来说，也行。

直到这时，周劭才问：当年你因何不告而别。

这个问题，已经问过一次，仍然耿耿于怀，它是人生的休止符。当它在十年之后一再被问出口时，意味着什么呢？周劭想，什么意义都没有。在一个陌生城市的散步的黑暗街道上提出问题（明天就要告别），无论有无意义，都不会妨碍什么。

辛未来问说：需要简单的答案还是复杂的？

周劭说：简而言之的，合情合理的。

辛未来的回答是：在唱片公司遇到了一个音乐人，很有魅力，当时就迷恋上了他。照理来说，应该回来和你打个招呼，可是回到那个地方（那个地方啥鬼样子你自己应该还记得），觉得很凄凉，也许你会更为自责，也许你会纠缠不放，不告而别总之是更好吧。后来，和这个人恋爱，很短时间就分手了，有时想想，还是你对我最好，但假如当时和你一起混在上海，最好的结果是做个小白领至今，也在哪家企业里管管仓库报表，十分乏味，所以也不是很后悔离开你。

周劭说：遗憾，没有一起度过青年时代。

辛未来说：好在青年时代也结束了。

这天夜里躺在酒店的床上，周劭彻底失眠，时间缓速行进，到次日天亮，辛未来就该回北京了，而他去上海。周劭想，这极具仪式感。他给手机充了一会儿电，犹豫着是否要开机，最后还是打消了这个念头，决定回到上海换一张手机卡。

他再次想到了自己父亲，是的，这一次不是梦见，是想到。他父亲临终前一直昏迷，中间醒过一次，意识不清楚，但还是认得周劭，那时他也只有十六岁。医院的条件，当然比现在简陋一些，三人病房里还有两张加床，住了五个病人，他父亲在最靠窗的那个位置上。长期照顾父亲导致周劭神经紧张，体力透支。他见识到了这个年龄的孩子不该见识的事物，老人的死去，中年人的死去，年轻人的死去。肿瘤医院里的死亡率确实太高了，有些人在临终前折腾一宿，有些人会对着至亲说我爱你，然后陷入谵妄。周劭十六岁，猜想父亲临终前会说什么，猜不出来。

他父亲醒来时是深夜，开始说话。在此之前周劭已经被医生提醒过，你父亲今晚或许就走了，因为血压降得很低（这意味着昏迷或是幻觉）。周劭拉住父亲的手，问说，爸爸，痛不痛。父亲没问答，问道，火车开到哪里了。周劭说，我们是在医院呢。父亲开始报站名，一个一个，按照顺序，上海，真如，南翔，安亭，昆山，苏州。再往后，混乱了，一会儿是济南一会儿是西安。后来，他父亲说了一个名字，一个他从来没听说过的地方，叫作麦哲伦。父亲说，到这里你该下车了。周劭说我陪着你。父亲说，你必须下车，这里往后，你就没有爸爸了，你要好好地活着。

天亮前，他父亲去世了。

麦哲伦是什么，是一个地方吗，麦哲伦海峡吗？那是南美洲大陆最南端的地方。十六岁那年他想，我父亲要去麦哲伦海峡做什么。后来，他考上大学，遇到辛未来和端木云。有一天夜里他们去听摇滚乐，散场后在街上走，周劭说到这件事。端木云说，那不是麦哲伦海峡，当然也可能是麦哲伦海峡吧，都有可能。周劭问，你想说什么。端木云说，让辛未来告诉你吧。辛未来说，我刚刚写过一首诗，写到麦哲伦星系啊，是外银河系的星系，有大麦哲伦和小麦哲伦两个，也叫大小麦哲伦星云，是十分美丽的星云。周劭说，原来如此。他抬头看着夜空。辛未来说，得是在南半球才能看得到。

那首诗是怎么写的，周劭已经不记得了。他从床上爬起来，窗帘一直没合上，他望着夜空，想拿起电话打到辛未来房间，电话却响了，他拎起听筒，是辛未来的声音。

她说：我二十九岁那年曾经往海里走，后来，海水没到我胸口时，我害怕了，又走了回来。这情景十分滥俗，此刻说出来，对任何中年女人都是一种考验。

周劭说：没事，没事，你年轻时曾经写过诗。

辛未来说：现在我很平静，辞职以后你要去哪里，想一想，告诉我一个地方，我有个心理准备。

周劭说：我刚想到，我要去南半球看麦哲伦星云，浪漫得像傻逼一样，你去吗。

辛未来说：当然奉陪。

第五章　人山人海

（1999—2007）

在去往重庆的火车上，那个三陪女孩睡在上铺，她为自己能买得起一张硬卧票而骄傲（同行的小姐妹只够有钱买硬座并因此耽误在车站），天气真好，十月上旬仍有点热，她穿着吊带衫，踩着我的床铺往上爬，大声问，中铺为啥子没有人嘛？我说中铺很逼仄，容易让人做噩梦。

　　车到杭州，对面床铺的人下车了，这个近似宿舍的空间只剩我和她两人。她显得亢奋，问道，为啥子那个人到杭州还要买一张卧铺，这不是浪费钱吗？我耐心地说：这很容易解释，硬座全都满了，他买了一张硬卧，如此而已。她根本没听我在讲什么，她开始语无伦次讲自己的身世，对着一个陌生人。令人费解，那些在路途中的女孩大部分都沉默，或疲倦或警惕，后来她说自己是做三陪的，我觉得，至少也算是一种解释吧。

　　她在盛泽做事，坐长途汽车到上海，再转火车，目的地是重庆的綦江。至于到达綦江以后还要坐多久的中巴车，她没说，她声称自己是重庆人，父母是农民，她还有两个表姐也在盛泽做事。她念过高中，这很重要，她听说我是仓库管理员之后问我有没有读到高中毕业，我说，有的。

她长得很清秀，我记得她的白色吊带衫，以及瘦削的肩膀，吊带总是挂到手臂上，一会儿是左边，一会儿是右边。她毫不介意，想得起来的时候拽一下。

盛泽离铁井不远，是座镇，我没去过。她立刻说盛泽很发达，有钱，中国最富的镇，当地的纺织厂老板身家千万。讲话的口气像是担心我看轻了盛泽，或她本人。接下来，她说自己在盛泽做三陪。我想怎么可能有人主动承认自己是三陪女呢，但当场没问，不礼貌。一个多小时，她就盘腿坐在我的床铺上与我说话，倒像是大学里某个写诗的女生，幼稚，热情，夸夸其谈。我辨别不出很多风尘女孩身上的风尘气，觉得那只是一种普通气质罢了。

将一个陌生人构思成为小说，犹如在脑海中杀死他，解剖他，最后送入虚构的焚尸炉。（这比喻并不恰当，小念头放大以后的夸张言辞。）我看着眼前的小三陪女，心想，照李东白那种故作恶意的写法，她怕是死定了，钉在某根耻辱柱上了，谁让她如此亢奋呢？她仍然喋喋不休，讲到工作，就是在镇上的夜总会陪客人喝酒唱歌。我随口问她是否出台，她停顿了两秒才回答：看心情咯。

她回到上铺，哼歌给自己听，不再理我。天黑后又爬下来问我有没有吃的，我给了她一碗泡面，她兑上热水，坐在我对面铺位上，趴在桌板看着它，嘴里数着数字，又自言自语道，我饿啦。总之，心情不错。吃完泡面，她说：谢谢你，老板。我说我是一个仓管员，不必揶揄我。她说：我不会看不起穷人。我笑了，说这是美德。她说：因为有很多有钱人非常低调！他们只是看起来像穷人。

她再次语无伦次，向我讲述夜总会里鸡零狗碎的故事，关于低调的富人——有一天，一个衣着普通的男人走进来，他穿着一双解放鞋，态度冷淡，坐在角落不说话。他看起来是一个又土又衰的穷鬼啊，这样的人来到夜总会通常只是想开开眼界，占点小便宜。所有的姑娘都离他远远的，不搭理他。于是这个穿解放鞋的男人不动声色地掏出一沓现金（显然是被激怒了），给了她们每人二百。

从那以后我再也不会看不起穿解放鞋的男人了。她认真地告诉我。

我听了这个故事只问她，做了多久三陪。她说没多久，表姐在这里落脚两年，四月份把她带过来的。我问她开心吗。她说当然开心，只要离开家乡，离开农村去城市里，哪儿都开心。我没提醒她盛泽只是一个镇。

天很快就黑了，这天夜里，她睡在我对面的下铺，我们各自侧卧，隔着一条过道，我没有把小瓶装的白酒拿出来喝掉，因此有点失眠。我睁开眼时，发现她在昏暗中看着我，火车经过某个小站，外面的灯光掠过她的脸。真奇怪她为什么要看着我，后来列车员进来，把她赶回了上铺。我本想在她的凝视中入睡，也是奇异的念头之一。

第二天她叫醒我，问道：知道我为什么失眠吗？没等我猜，她说：因为像我这种女孩总是后半夜睡觉，中午起床。我的生物钟调不过来。

火车正在山里开着，天空仍然晴朗，铁路两边的风景与九八年相比没有任何改变，有一朵孤云挂在半空，像是跟随着列车，渐渐落后，未及退场便消散不见了。我想起一些发生在九八年的事，并不遥远但也已经消散。那女孩又坐到我的床铺上，继续讲述她的夜总会生活。

她说她的表姐之一，爱买衣服，出手阔绰。我顺口问，是香奈儿吗？她说不，然后茫然地瞪视着我，我估计她并不知道这个牌子。接着，她说：我姐姐买衣服都是去服装批发市场，一样的白衬衫买十件！我用同样茫然的眼神瞪视着她，然后大笑起来，为她吹的天真的牛皮。

可惜，我表姐遇到扫黄，她被送去劳教啦。她说，可能要半年才能出来。

我再次被她没心没肺的样子打动，我问她是不是因为这个原因才决定回家，她说，当然不是，我回家另有事情，但不能告诉你。你肯定以为夜总会也被抄了，其实不是啦，我们的大老板路子很广，什么都能搞定。夜总会很安全。她满不在乎地爬下床铺，继续叨叨说，我表姐是在宾馆里被抓的，她运气不好。临走前，我告诉小姐妹，不要动我表姐的衣柜，那些衣服她出来以后还是要穿的。

我问道，他们是怎么抓你们的？我对这过程好奇，可是她却不想回答，站在我的床铺上，从上铺拿下一个粉红色钱包，独自走到车厢连接处。我也跟过去抽烟，她捏着钱包，靠在车壁上，摇摇晃晃。问她是否抽烟，她摇头说不会抽，不知道她为何要站在这里。我在她的注视下抽完一根烟。不久，火车停了，数小时纹丝不动，两侧车窗外都是陡峭的山壁，火车像是卡在狭窄的山坳里，数小时我和她看着窗外一块大石头，感到无聊。这趟车显然会晚点，五十多小时的绿皮火车不可能准点到达。等到火车重新启动时，她问我有没有手机，想给家里人打个电话。我说，我没手机。

很多人都有手机了，我也要去买一个。她说，仓库管理员可能真的不需要手机吧。

我说，没错，仓管员不需要手机。我建议她找别人去借一个，列车上总有人带手机，通常也不会拒绝一个年轻的姑娘，可她又不愿意了。

有时候，那些在你面前时而亢奋又时而低落的陌生人，会让你平静（有时反之，令人紧张），似乎他们是镜子，反照出一种由于情绪泛滥而导致的荒诞，而你取得了观剧的效应，你决意不肯踏入别人的剧场，不肯估算他们的心理活动，至多只能提醒一两句他们遗漏的台词。

第二个晚上，她精神欠佳，让我摸摸她的额头，是不是发烧了。我用手背试了一下，感觉有几分热度，并不严重。她指指太阳穴说：这里疼。她没有立即回到上铺，也许是去了洗手间。我很快就眯着了，睡得很浅，感觉她轻手轻脚爬上铺位。后半夜列车停了，我立刻醒来，月台上的灯光照着我的眼睛，我起身去拉上窗帘，发现这是一个很破的小站，可能建造于六七十年代，用红砖砌成的候车室，腰线以下抹了一层水泥，色泽陈旧，进站口的大门上方有褪色的五角星，还有一些字迹模糊的标语刷在墙上，全都被灯光照成一片昏黄。根据上一次的经验，我知道这是在湖南界内，不清楚是否过了湘江。她睡得很沉，偶尔发出一声奇怪的呓语。火车像是把我带进了另一个年代，我想起那个跳色情舞的姑娘，她告诉我说，她可以在任意一个不知名的车站跳下火车，就像命运把她安排在任意年代活着，这就是她的人生写照。

天亮后，感觉火车开进贵州省界，车速很慢，能清晰地看到低于路基的村庄和小镇，年轻人一大清早就在棚子底下打桌球。山坡上种着玉米，火车频频钻过隧道，时而天色阴沉，下起小雨。每一个停靠的小站上都有穷苦的孩子提着热水瓶，面向车窗，高高举起碗装泡面，或是向旅客兜售两元钱一袋的青枣。如果第一次看到，会感到一丝惊奇。

姑娘醒了，她快乐地告诉我，烧退了，不难受了。这一天，她不再向我讲述夜总会的故事，似乎那些男人和女人、老板和歌姬都被抛进了另一个时空，我们抬起车窗，让风吹进来，山里的空气不错，确实毫无必要再谈论那些麻烦的事，十个男人或是十件衬衫，又有什么意思？后来，我们问列车员，这趟车会晚点多久，列车员说正在努力往前赶，也许到重庆只晚三个小时罢了。

三个小时不太久，我爸爸妈妈说过，一定会在车站上接我的。她说，更久也会等我，知道为什么吗？

我傻傻地问为什么。

因为他们都是山里人，从山里出来，除了在火车站等我没有其他地方可去呀。她跳了起来，使劲摇我的肩膀，大声说，这是我第一次出远门，已经半年，我就要见到爸爸妈妈了，我真高兴。为什么你总是一副不高兴的样子？你应该替我高兴一下。

我说，是的，人生没有比见到爸爸妈妈更高兴的事了，即使到我们耄耋之年，即使他们在天上。我没用死掉这个词，尽可能使自己不像在说风凉话。

这句话很晦气，你真是一个怪人。她说，但是我不会觉得你奇怪，就像你看待我一样。

我说，谢谢，这样很好。

车快到綦江站时，天气又变好了，列车员把车票和身份证发还给她。她早已收拾好了行李，无心再和我说话。我想，旅途中的邂逅就此结束了，綦江到重庆大约还有一小时的车程，我也该下车了。她走到我面前，摊开手掌里的身份证给我看，她叫李丽莎。她低声说：其实我是回家乡补办身份证，我不小心把它搞丢了。为了不让纠察在路上抓走我，我就搞了一张假身份证糊弄一下。在这张身份证上，我叫李丽莎。上班的时候，我也叫这个名字。我说，李丽莎，这名字好听，不过更稳妥的办法是去派出所办一张临时证明。她说，不高兴，我决定把户口本上的名字也改成李丽莎。语气欢快。接着她拎起拖箱，对我做了个鬼脸，下车了。我半躺在床铺上，目视车窗，外面全是风尘仆仆的人。

重庆分销处租的是一套公寓房，底层，窗前三米高处是街道，因此这屋子里常年不见阳光。交接的仓管员叫修峰，已经做了两年，二十一岁，中专毕业，戴一副深度近视眼镜。很巧，他就是盛泽人。我说盛泽这鬼地方不是盛产大老板吗，你怎么来看仓库了。修说他家是农民，又指指自己的眼镜说，视力问题大，既不能种地也无法去流水线做工，只能看看仓库。他听说我是本科毕业，表示惊讶，说亚洲金融风暴之后工作都难找（那已经是一九九七年的事了）。

仓库离分销处很远，我们坐汽车到达杨家坪。印象中来过这一带，路边树木草丛皆沾满灰尘，江面水位很低，沿途几乎没见到什么人。下车后，修峰带我走了一段路，看到一排美术用品商店，介绍说前面就是川美。我们进去看了看鲁迅像，然后翻过山，到仓库盘货。熟了以后，修峰的话也多了起来，他很喜欢重庆，不想离开这里，他的下一站是 J 市，安徽一座不知名的小城，相当乏味的地方，经济也不发达，天知道总部为什么要在那里设仓库。

修峰提醒我不要和重庆人打架（这也是很多人一再说起的），某一任仓管员曾经喝醉酒在街上对着民宅的墙壁小便，被墙壁后面的住户发现，父子二人提刀冲出来砍断了仓管员手筋。

要不是他跑得快，老二可能也会被砍掉。修峰说，董事长体恤他，付了医药费。接任他的是袁大为，公司最倒霉的外仓管理员之一，一个重庆销售员在他眼皮底下把货给卷走了，袁大为之后是林杰，林杰之后就是修峰了。

我说：林杰这名字有所耳闻。

修峰说：他是外仓管理员中的扛把子，我相当钦佩他。

修峰说，林杰和杨雄是拜把子兄弟。又说，林杰并不看好杨雄，觉得他会被人做掉，他果然被人做掉了。他们似乎和汪忠铭也有过交情，绝交了，打工仔之间夹缠不清的江湖恩怨。修峰说，林杰最喜欢的女人是梅贞，办公室输入数据的那个重庆姐姐，很傲气的样子。

我说我认识梅贞。

修峰说：传闻林杰把她让渡给了杨雄。

修峰提醒我的另一件事是，不要露财。我俩收入相同，月薪一千二，出差补贴八百多，合计两千。内地省份没有什么外资企业，中等收入八百一千而已，棒棒和苦力四五百元。两千月薪可以天天吃火锅，关键是，没人相信门客有这么高的收入，不合逻辑。修峰说重庆是"大码头"，人来人往，有帮会有圈子，可你一个看仓库的，无亲无故，没有背景，待半年就走（这个时间限度不值得你加入任何帮会），如果不谨慎，很容易被人做掉。我问他，重庆的销售员情况如何。他说：目前这一批都挺好的，很讲义气，只是他们偶尔会要求你放水。

知道放水的意思吗？我说，知道，私自开仓出货。他说：遇到这种情况你自己看着办，既不能把自己搭进去，也不能让自己暴毙在街头，机灵点。说完他就提着行李走了。

《汉谟拉比法典》是根据一个人的社会阶层进行裁决的，与常规逻辑相反，触犯法律的如果是穷人，惩罚会较轻，如果是富人，惩罚较重。似乎从一开始就认定，富人更应遵守法律，必须为其过失付出更大代价。然而美索不达米亚法律惩治最严厉的，是职务过失。例如，外科医生没能治好病人的眼睛，会被砍手；房屋倒塌导致房主死亡，建房者抵命。如果仓管员出了错，我想，在那个社会里一定会判重刑。

在重庆我首先搞定了住宿问题，之前的仓管员都睡大理石桌子，有一天大区督导陆静瑜来视察，她来得太早了些，早晨七点钟敲开分销处的门，发现褥子被子铺在桌上，硬得像一块泡沫塑料，并且散发着惊人的臭味（过去三年的仓管员都睡这床棉絮，可能从来也没有晒过）。陆静瑜说：怎么办，九点钟我要在你的床上开会。我穿好衣服收拾东西，陆说，你们大陆男孩啊，真是不讲究。我开玩笑说，看过侯孝贤的《南国再见，南国》，台湾男孩的生活也很艰苦啊。接着，我说，睡在这样的床上，有时会梦见北极，有一座冰下的火山即将喷发，我躺在一块浮冰上。

她曾经是总部的人事督导，鲁晓麦的上司，因为倪德国的卷货案，被总部调任到西南督导销售，办公室在成都。一九九九年的初夏，总部临河的那片荒草丛边，偶尔可以看见她的身影，不知道在那里做什么，也许只是散步。她是公司唯一的女台干，有时候她也和工人说话，相对而言不那么苛刻（斑秃的台干林某某则像一个混合着梅毒与远古诅咒的妖怪）。这些傲慢的台湾人令人费解，他们不带家属，同样长年累月住在镇上，到了夜晚就消失了，休想看到一个台湾人在街上晃荡。在大陆打工仔看来，这实属正常，台湾人就该是这样，你也说不清楚究竟谁更像淘金者，可能都是。

　　我和陆静瑜在分销处的客厅里等了很久，可笑的是，没有人来上班，外面起着薄雾，太阳一直没升起来。她若无其事，克制着自己，不在一个仓管员面前流露出对销售部的不满。我和她之间隔着一张会议桌（那确实曾是我的床，想象一下我躺在上面的样子），起初我们聊聊仓库，库存问题，漏雨问题，我知道重庆的销售业绩很差，这座城市虽然热闹，但对建材销售商并不友好。话题很快聊完了，她让我说说梦里的浮冰，我改口说，刚才醒来还有些印象，现在已经不记得了。这种大理石桌面会把所有的棒小伙子都睡成痴呆，至少落下一身关节炎。我们都没想明白，分销处为什么不安排一张床，哪怕是折叠床，也强过大理石桌面。后来，我随口问她为什么来大陆工作。她似乎有点惊讶，仓管员怎么会问出这样的问题，回答说：和你一样，为了谋生。然后闭口不语，停止了交谈。

　　再后来，是陆静瑜做主，我搬到了靠近仓库区的旅馆，得到了一个小房间，以后的仓管员也享有同等待遇。有一天她来视察仓库，陪同她的销售员叫刘俊，重庆邮电大学毕业，很健谈。没多久，下起大雨，道路泥泞，我们全都出不去了。仓库漏雨的位置我都做了记号，把瓷砖搬离，以免包装盒受潮。总计三个漏雨点。我们坐在瓷砖上等雨停，同时看着雨水淅淅沥沥从屋顶落下，在地面形成水洼。刘俊说，做仓管员终究是无聊，看一整天的雨，一整天过去了。我说，销售员在雨里跑一整天，一整天也过去了。刘俊说，销售员的痛苦甚于仓管员的无聊。接着，我和他讨论经验中最痛苦的一天，完全是闲扯，陆静瑜在一边听着。刘说到军训，痛苦。我本来想说葬礼，后来改口说，求职。陆静瑜插嘴说，坐一整天飞机痛苦，经济舱。我和刘俊都没坐过飞机，想象不出那是什么滋味。后来我说，还是在总部流水线上班最痛苦，室内四十多度高温的夏天，女工们没有水喝。陆静瑜说，胡扯,有一台直饮机。我说可是你并不知道它让新来的工人患上腹泻,它看上去是直饮,实际喝到嘴里的有可能就是鱼塘里的水,只有办公室的水是干净的。你想不到,工人们并不喝水,他们忍着,他们也不会告诉你这台直饮机有问题,这并非由于他们麻木、顺从、仇视(也许有那么一点点,针对的是保安),而是因为,这种诉求不在结构之内——就像有人卷货逃走,也不会有另一个人来提醒你。

我想我是在挑衅陆静瑜,没有一个台干受得了这种话,但她也不能就地开除我,这里是仓库,外面下着雨,我们都没地方可去。陆静瑜沉默很久,问我是不是觉得台企很不人道。我说,也没有完全这么觉得,台企提供给打工仔工作机会(那些农村的、山里的、小镇的,没念过几天书的年轻人),这件事的社会意义不言自明,但给他们喝脏水终究是不对的,你们把他们当奴工使唤。陆静瑜说,胡说。我问,在台湾有这样的奴工吗?陆静瑜说,就我所见,大陆与东南亚赴台工作的渔工,工作条件普遍艰苦,但是在大陆的台企,横向比较,绝大部分并没有亏待工人,如有个案,恕难周全。我说,保安打工人你们管不管?陆静瑜说,在这个体系下面,警力不逮,人员混杂,保安执行他们的权力并没有大错,也许你没有挨过警察的打。我说,住宿条件恶劣呢?陆静瑜说,你去香港会发现,大量的守法香港市民,住的地方可能还不如你们宿舍——当然,让你们仓管员睡大理石桌板是不对的,我好奇的是,你为什么还要做这份职业,为什么不去别的地方?我说,这份职业不错,还有点尊严。陆静瑜说,你简直自相矛盾。这时,刘俊急忙打圆场说,这是社会格局的悖论,要是有工会,就不至于这样,但是有了工会就不会有台企了。陆静瑜赌气说,好,我来给你做一次工会。她掏出手机打到总部,让行政部立即换掉那台直饮机,必须每天消毒,主管人员每天早晨自己先喝一杯水。她挂了手机,仍然赌气,不再说话。

雨停后,我们离开仓库,陆静瑜走在最前面,全然不在乎地上的泥水。刘俊奉承道，陆督导仗义像侠女。她没有接茬，又走出去一段路，回身看我一眼，说，把你的胡子剃掉，这也是台企的规矩。

世纪末那年，上网是特殊的娱乐活动，青少年才玩这个。（正如玄雨所说，时代不会起什么大变化，包括世纪末在内，我们此生将会看到的尽是些电子产品的更替换代。）货场一带建筑破败不堪，火锅店和米线店到处开满，我翻山到川美附近找到一家网吧，有五台电脑，不久扩充到十台，房间很挤，五元钱一小时。店老板（此人不俗）极是珍惜设备，动辄赶人出去，有一阵子，网吧里反复放着朴树的歌，那张《我去 2000 年》的唱片，好像是迫不及待想要奔向一个美丽新世界，又舍不得放下眼前即将消失的九〇年代。

我经常在混乱的新浪聊天室里看各种人说话，所有的话语像电影片尾字幕一样从下往上刷过，有一天我给自己起名叫 AKIRA，有人告诉我，他（她）也喜欢大友克洋的这部动画片。事实上我没有看过（也不爱看动画片），仅仅是瞟到一眼网吧墙上贴着的《AKIRA》的海报，中文译作阿基拉。

此人说，这是一个科幻故事，也是末世故事。四十个拥有超能力的活人成为军方的研究对象，目的自然是利用他们去做坏事（设定为称霸世界），后来，出了事故，超能力的破坏性大于军方的控制力，东京被炸了。我打字速度很慢，问他超能力是指什么。他回答：时空转移，意念控制，读心术。类似地摊小报上胡编乱造的故事，相当老掉牙，但他让我注意到电影史上所谓的"开先河者"，那些屡屡遭到模仿的故事蓝本和元素，比如异形（周劭经常幻觉自己在作太空旅行）、弗兰肯斯坦（属于文学作品）、僵尸爆发（讲不清源头），各种被玩滥了的镜头语言。我承认弗兰肯斯坦是个好故事，玛丽·雪莱以一己之力创造了这个吊诡的拼凑物，怪胎们的图腾，阿基拉算不上，它只是一个拼拼凑凑的故事。

次日我给自己取名弗兰肯斯坦，不再有人主动和我说话。电脑屏幕上话语四溅，像一场盛大又无休止的涂鸦奇观，必须承认，一个属于旧时代的写小说的年轻人，初次看到这种场面时，会生出小小的震惊。我又想起玄雨说的，文字廉价的时代即将到来，但这是好事，是虚无在道出意义，是不可能之物从自信满满的那些人的掌中逸出。又及，我曾在一个文学 BBS 上看到有人取名玄雨，只发了几条语焉不详的跟帖，猜想那可能就是她，不知道该和她说什么好（矫情地讲，汉语没有赋予我可供使用的时态）。后来，她在 BBS 上连载了一个关于废土世界的小说。

在一个下雨的午后，我离开仓库区，搭上公交车到解放碑转了一圈，这一带很繁华，我买了一个肉松面包站在街边吃，四下里寻找，也未曾找到买过 T 恤衫的市场，后来想起那是个夜市，我没有耐心再等到天黑。天气凉了，到商场里买了一件米色的夹克衫，一条牛仔裤。尽管储运部发了一套秋装，但我并不想穿它，那种颜色的衣服太像是街上捡来的。

有一天，我和销售员押货去外地。卡车司机穿得很惨，头发污秽油腻，显然很多天没洗澡，比棒棒强不了多少。我想这哥们是怎么忍受自己的，问他是否有条件洗澡，他讲了几句我没大听懂的西南方言，大概是抱怨生活过于艰苦。

销售员是一个瘦小的重庆姑娘，刚入职不久，一路都在打瞌睡，醒来后问我到哪里了。我说我也不太清楚，汽车在山里开着。司机说，已经过县城，往三江方向还要开一两个小时，路不好走。又问，看到垮塌的彩虹桥了吗？我说我没注意，著名的彩虹桥。销售员说，原来你也知道彩虹桥。我说，这起事故全国闻名，到底死了多少人？她说四十个，其中十八个武警小伙子，二十二个老百姓。那座鬼桥，一队士兵跑过去，它就垮了，像纸糊的。司机说，对头，日你妈，像纸糊的。

卡车继续向南，我失去了方向感，由他们带我去任意地方。后来，我再次看见了江，在很低的位置上，与卡车之间落差至少三十米，销售员说这就是綦江。江水是蓝绿色的，正午阳光照着对岸的工厂，一列火车正从远处开来。景色很美，并且多多少少有些乏味，尤其是当我想到住在山坡上的人家，终其一生看到的就是这道景色。销售员让司机开稳点。司机说上坡不要紧。事实上，他也有点紧张，这条路在错车时十分局促。随后，卡车缓速开过一座镇，销售员说快到了。小镇的热闹程度不亚于重庆市区，街上跑的都是嘉陵摩托，也有奇形怪状颜色出挑的，和电影里的时髦货一个模样，销售员说这是走私品。年轻人开着摩托车在山路上跑，极个别情况下，他们会开到江里去，喝了酒或者嗑了药。这时，有人站在路边向我们招手，是这单生意的介绍人，销售员的堂哥。此人穿着西装，直接跳上汽车踏板，指引我们进了一座迷宫般的钢铁厂。这是我初次见到所谓的"老三线工厂"。

卸货时，销售员到厂部去拉关系，我和她的堂哥站在一边看工人干活。工厂装修的是办公大楼和厂区医院，她的堂哥自我介绍说，魏晓龙，阿龙，听说你是从上海总部过来的。我说，总部在江苏，离上海不远。阿龙发了一根大重九给我，问说，总部怎么样？我回答说，还行。他不介意我的沉闷，带我往厂区走了几步，有一条双车道柏油路，两边香樟树高大茂密，机器的轰鸣声远远传来。他说老三线已经不行了，又解释道，很多厂关了，老工人无处可去，年轻人无事可做。我问，钢铁厂呢？他说，等到钢铁厂也不行的时候，大概就是世界末日了，天塌了。

他二十五岁，钢厂小干部子弟，在厂属学校念的小学中学，没考大学，直接进厂做了工人。照他的说法，二十五年都是在这个地方打转，有一度，想去深圳混世界，但止步于重庆市区，很快又回到了厂里。虽如此，算是见了点世面，现在在后勤部门做保障员。他问我，总部那边有多少三资企业。我说，很多，算上周边开发区，也许几百上千。他说，这里没有，一家都没有，可这里的工人明明更便宜啊。我没能立即领会他的哀伤，我们在厂里走（生产区不给进入），他再次表达，这个小镇也应该有三资企业，让那些到处闲晃的年轻人有点事情做。那语气就像是当地缺了一家网吧、一座游乐场，总之十分天真。后来，我们走出了厂区，道路是典型的重庆格式，从一幢房子进去，爬到五楼，曲里拐弯穿过一条黑暗通道，外面是生活区的街道，仿佛我们刚才是从地下室上来的。我面前是一个干涸的标准泳池，露天，深水区三米，池底堆满腐烂发黑的树叶。对面是一大片住宅楼，八十年代建造，混凝土建筑同样呈现出时光的侵蚀。街道上人群扎堆，极为热闹。问到为何不清理垃圾，阿龙答道，泳池好几年废弃不用，并无特殊理由。我以为来到小镇，阿龙说，不，这是工厂生活区，和小镇隔着一段距离呢，这里的人口比镇上多。

根据他的说法，这些生活在工厂区的人们从来高人一等，镇上是农民。他向我讲述两者之间的差距，在过去几十年里，工厂什么都有，自属的小学、中学，电影院和商业街，医院和长途客运系统。总结他的话，是一个比小镇更完整的社会结构。

也更畸形，他说，大家都活在梦里，只有我这种人，看清了形势。

我理解他的意思。他认为铁井开发区更具有现实感，显然，他错了。然而该怎么向他解释在那个数万人以单一方式活着的封闭场所里（没有学校，没有电影院或游泳池），同样长时间蒸腾着梦的气息呢？假如再往下说，那又会变成另一种陈词滥调：人生本来就像一场梦。我只能安慰他说，一切都会好起来。

后来，我和他聊起了灾难，我说到彩虹桥，那座因为建筑质量原因导致多人丧命、多人入狱的桥。阿龙抽着烟，看着天空，远方是钢厂极为高大的车间。他说，重庆灾难很多，过去年代，洪水暴发，江面上漂下一具又一具的尸体。我问他，是九八年吗。他说不是，更早，已经被人遗忘了。然后他说：一九八八年，我十三岁，一月十八号那天晚上，我住在龙凤场新民村的亲戚家里。他看了我一眼，我问，那时那地发生了什么。他说，八八重庆空难，一架从北京起飞的伊尔18型客机落在了那里。我对这起空难有印象，是因为在九八年去往重庆的火车上听人谈起过（恰好是空难十周年吧）。我问阿龙，当时是怎么个情况。他语气沉重，说：飞机掉在了田里，爆炸了，发出巨响，空气里全都是煤油气味，夜里看不太清，我住的地方跑出去没多远，踩到一条人腿——那架飞机摔得太厉害，整个机头都飞了出去，遇难的人还有残肢四散飞溅，无法形容。他又看了我一眼，说：我十三岁那年就见到天空掉下钢铁、火球、衣服和钱、黄金首饰和外汇券，掉下人的手脚和器官，甚至还有完整的一个人倒插在水田里。天上会掉下一切，我对形势的判断，并不是基于现在，而是基于这个童年的记忆。

我再次来到钢厂已经是七年后，单小川在重庆与贵州边界小镇上拍一部纪录片，发短信给我，问愿不愿来看看。当时我正在贵阳，赶过去玩了几天，讨论了一下剧本。我们回重庆的路上，因为要载一个搭车的朋友，顺道又去了钢厂。无论如何想不到，还能再来一次。

那时候钢厂已经停产了，具体原因不明，总不外乎是亏损，国际市场价格下跌，国内产能过剩等等原因。相当一部分年轻人离开了这里，去别处谋生。生活区的街道上，老人儿童居多，倒也不愁生计，全都在打牌闲聊。树荫浓密，像一座很大的社区公园。我们走到高处，再次俯瞰那个泳池，不仅落满树叶，居然还有一条大狗躺在里面。我们仔细观察了一会儿，摄影师说：显然已经死啦。举起单反拍了几张。我想知道这狗是怎么死在泳池里的，没人知道，也没人管。我问他们有一个叫魏晓龙的人在不在，有人说这小子索贿受贿被抓进去了，也有人说已经出狱，卖了房子，到南方去做马仔了。

一九九九年冬天，我在旅馆里待得实在无聊，翻出通讯录，打电话到单小川的单位。小川很是高兴，说一定要到重庆来见我。一星期后，他来到货场，同行的还有一个姑娘，介绍说是他的网友，从南京到重庆来玩，讲话南腔北调，夹着脏话。我们在街边找了个最便宜的火锅摊，三拖一（荤菜三元，素菜一元）不换锅底的那种。姑娘抱怨道：只有你们重庆人吃这种火锅，不换锅底。我和小川窃笑，安慰她说，老锅底比较鲜，天天就这么煮着，高温杀菌，没问题。姑娘说：我少吃点，容易肚子疼，快来例假了。小川摇头，仍旧是笑，那表情像是从认识之初就宽容着她的粗俗或直率。我感觉他成熟了一些。

问到近况，小川说，贵州的支教工作已经收尾，暑假前回到万县，大山深处生活艰苦，缺水缺电。姑娘插嘴说：单小川差点娶了他的学生。我很惊讶，问他教的是中学还是小学。小川不好意思地说，是小学，山里的姑娘往往上学晚，那个学生已经十五岁了，当然，十五岁也不能结婚，人家喜欢我，或者只是想找个依靠，如此一说罢了，并没有真的谈婚论嫁。

我们结束了这个话题，接下来，谈论我们认识的人，用言辞和表情，近似江湖黑话（姑娘坐在边上顿时显得无聊起来）。小川说玄雨在广州，找到了一份广告公司的工作，至于沉铃，小川说，她太可惜了，不做文学编辑，似乎也不再写作了。我说这个事情不聊了。我们喝了不少，小川教我划拳，我学不会，于是又谈文学。小川说，文学是一个梦，像我们这种年轻人，耍得开心就好了，不要管梦成不成真。我说，最可怕的就是文学梦。小川又和我碰杯，摇头。我们聊到李东白，对他的情况我完全不清楚，小川说他自从出版了长篇小说之后，一夜成名，某次青年作家大会上他上台发言了，你知道上台发言意味着什么，前途无量。这时，姑娘插嘴说，只有你们这种混文学圈的人才会觉得兹事体大，我们就无所谓。小川温和地看着她，说，我们并没有混文学圈，归根结底文学只有一条路可走，没有两条路。姑娘说，我不这么觉得，你那条路上呆逼太多。小川被她的用词惊了一下，结结巴巴说，是的，因为太多，所以并不好走，你每次都描绘成我在走一条康庄大道，这太偏颇，归根结底，文学只有一种信仰，甚至你信仰它的时候它就自动破碎了、折叠了，而你想要打碎或折叠它的时候它却以另一种面貌出现。姑娘满不在乎说，感觉你像个M，就是受虐狂。小川嘴里嘀咕，不知说了什么。我喜欢这个词同时也喜欢他尴尬的样子，建议为受虐狂干一杯，它既可能是比喻也可能是事实。

这天晚上小川喝得大醉，坐在路边不起来，我和姑娘合力将他搬起，架到旅馆扔在床上。姑娘也有点喝多，想回自己的旅馆，但天色已晚，又自称是路盲。我去账台给她要了一间房，回来后，小川正抱着脸盆狂吐，我站在一边抽烟，隔着一段距离注视他，似乎那个蜷曲颤抖的身体是我自己的，而我是出窍的灵魂所在。小川的呕吐伴随着呜咽，后来，姑娘也站到我身边，陪我一起抽烟，望着他，并问道：那个十五岁的女孩，你觉得她只是想结婚？我说，还想什么呢，户口？农转非？姑娘说：你他妈的真是煞风景，不配当个小说家——当然是为了爱情。我说，是啊，小川也才二十五六岁，被任何人爱上，都不奇怪。小川抬起头，双眼发红，骂道：你们不懂。然后倒在了床上。

这姑娘当晚住在旅馆，我们又聊了很长时间。她报给我的名字是一个网名，叫作木马。现在回忆起来，就是世纪交替的那几年里，多少年轻人都给自己取了奇奇怪怪的名字，可是喊起来却并不会觉得生硬，似乎本来就应该叫这个名字，而身份证上的本名是别人强加于他们的。她介绍道，小川的网名更奇怪，叫踵，阿喀琉斯之踵（只是他较常使用的网名之一）。她问我的网名是什么，我想了想说，阿基拉。接着，花了点时间，我讲述了阿基拉的故事，尽管我并不是很喜欢它。

阿基拉听起来是一个勇猛无畏的少年而你并不像。她说。

我和这个口无遮拦的姑娘交换了电子邮箱，她显然读过大学，而且是文学专业，各路外国作家如数家珍。当我问她的来历时，她却闭口不谈，有一度她谈到南京作家和当地的摇滚乐队，熟得一遍，各种八卦都能讲得出来，我猜她是南京人，她否认。她说，你别猜了，我就是扛着文学的名头到处骗吃骗喝，你没见识过我这种人。

我说，八十年代像你这种文学青年也很多，不奇怪。她说，大叔，你没那么老，不要假装自己经历过八十年代，那是很牛逼的时代，你错过了。她打了个呵欠，问我：这么晚了你还不去睡觉，待在我房间里，是想和我睡吗？我说我没有这类猥琐的念头。她笑了起来，揉着眼睛说：你和小川都是乡下青年作家，毫无疑问，乡下青年作家，略带贬义和嘲讽，但也不是很过分，如果冒犯了你，请不要介意。我说，当然介意，乡下作家如果想和你睡觉，他自己会提出来，如果由你来质问，那就不大好了。我们一起笑了起来，后来，旅馆的姑娘过来提醒我们不要开着门大声讲话。

多年后我再遇到小川，他的模样已经完全变了。野外工作让他变得十分强壮，肤色黝黑，终于像个男人而不是男孩。特别是，口音变得很北方，时而冒出京腔。这种变化也是必然的。我开玩笑说，南方的小说家一辈子也学不会标准普通话，而且拒绝学这个，你是怎么做到的？小川说，格老子，你是在嘲笑我没有文学天分，还是没有文学操守？四川话属于北方语系！

小川最后还是娶了那个十五岁的女孩，在二〇〇七年，她二十三岁，他三十四岁（早已辞职，成为纪录片导演）。姑娘长得很美，讲一口贵州话，在摄制组里帮他打杂，做剧务，打板（也就是场记）。看得出他们非常相爱，与此同时，穷得叮当响。

小川一直奇怪我为什么要做仓管员，他觉得我完全可以找到更合适的职业。我说，两者对我区别不大。〇五年初，我从美仙公司辞职，发邮件给小川，说这件拖延了五六年的事终于解决了。那时，小川已经在拍纪录片，文坛根本没有他这号人了，倒是李东白还在，然而我们没有再提到他。

小川辞职以后到上海投靠同学，他见到了沉铃，后者帮了他一个忙，介绍他在一家摄影广告公司做助理，他干得不错（〇三年我在上海见过他，关于这件事，我后面再说），变成了另一个人。他还发表几篇不太长的小说，甚至被文学选刊录用，有一度他小有名气，但迅速消失了。我们聊过这件事，他说，觉得自己写出来的小说散发着异常的气味：写都市题材，臭，写故乡题材，臭，写底层题材，臭。总之，腐朽而自卑。他停止了写作，照他自己的说法，告别了文学。他以为自己会痛不欲生，至少也应该遗憾，然而什么都没发生，他买了一台DV。当年，胶片时代落幕，满大街都是背着数码相机和DV的年轻人，对着所有可及的事物开始了一种低成本、低门槛的创作。是的，我们不得不承认，之所以爱好文学，很大一部分原因是我们太穷，在过去年代，写小说只需要稿纸和圆珠笔，你保持安静，你蜷缩在角落，即使你写得不太入流，也会有人赞美或宽容你。如此而已。有一天你离开了文学，那种感觉可能连解脱都谈不上。

　　此后的几年里，他搞丢了上海的工作，去了北京，在电影学院进修过一阵，拍了几部不太长的独立纪录片，结交了一些朋友。二〇〇五年有一家公司接到欧洲的业务，委托拍摄中国题材的纪录片，制片人找到了他。报酬虽不高，作品可以在欧洲放映，参加某些小规模的纪录片展映（名不见经传然而神秘、抽象的存在）。这些选题需要他回到西南地区。

　　二〇〇七年的一个清晨，我和小川坐在一辆去往山区煤矿的破烂面包车上，摄制组的年轻人东倒西歪打瞌睡。小川仍然喊我阿基拉（他曾经喊我端木老师），因为我用这个名字注册了一个邮箱。我们在车里抽烟，叙旧的时候，他并不看我，却常回过头望向后座的妻子，像是征求她的意见，对于他这些年的生活是否感到不满。有时，她温柔地伸出手拍拍他，或者拽一下他的帽檐。那姑娘大家都叫她海燕。我忍不住猜想当年，她十五岁，他二十六岁（作为一个支教的乡村教师），究竟发生了什么。车子一直在颠簸，我们停车寻路，有一队形容憔悴的工人扛着工具走过，坐在车里问他们话，却无人应答。摄影师说：像苦刑犯。顺着他们来的方向，面包车继续开了一段，看见很窄的铁轨，我们确信前方就是煤矿。

后来我们看到了更多的工人，有一座极高的细长拱形桥划过头顶上方，它是砖砌的，被煤灰染成黑色，那感觉就像是中世纪的人们忽然造出了一座科幻基地。拱形桥可能是传送带，它通向一座三十米高的堡垒似的建筑，建造在一堵峭壁上，同样是黑色的，数十名工人就在巨大的堡垒下面缓缓蠕动。我用了蠕动这个词是因为我根本看不清他们在做什么，肯定是工作，但究竟是维修还是搬运，是制造还是挖掘，看不清。他们身上也沾满煤灰。

摄制组没有停留，直奔矿区。我问小川，刚才那个景象是否有价值，他说：假如冒冒失失架起摄像机，会让工人们恐慌，纪录片不是新闻，不应该出现人面对镜头的恐慌感。我们聊了一点关于纪录片的真实性的问题，小川说：可靠的说法是，纪录片其实比电影更像小说。

很快，车子到达矿区，这里的格局令人费解：进门处是一家破旧的影剧院，看样子早已废弃；一条奔流的山涧隔开了煤矿和生活区，煤矿拦起围墙，无法进入。我们停在街上，一侧是山涧，一侧是简陋的商业铺面，大概三百米长，饭馆、服装店、理发店，均有，但十分冷清。这条街没有尽头，与山涧的走向一致，过了生活区就变得泥泞弯曲，直通向层层密林之中。

小川要拍摄的是两个开理发店的女人（之前就已经约好），起初我以为是发廊，他们说是普通的理发店，这部纪录片讲述普通人的生活，那语气似乎发廊女不属于普通人。面包车停在影剧院门口，我觉得自己在片场有点碍事，便走到停车地方，海燕正捧着一本书在读。我看了一眼，是奥斯汀的《曼斯菲尔德庄园》。我走到影剧院的台阶上，门锁着，我向里张望。这时，海燕说，那电影院已经关了。我问她是不是本地人，回答说不是，曾经路过这里。她放下书望着我，脸上浮现一丝笑意。

我没有读过奥斯汀的小说，因此无从谈起。海燕问我喜欢谁的小说，我提到托马斯·沃尔夫、博尔赫斯、福克纳这些名字（实际上也仅仅是普通的喜欢而已，觉得他们写得不错），然而她对于二十世纪的作家似乎并不熟悉，又问道，有没有喜欢的女作家。我说佩内洛普·菲茨杰拉德算一个，对，不是美国的那个菲茨杰拉德，是英国的，拿过布克奖，她曾经是记者，晚年才开始写小说；以及还有，美国南方女作家安·波特，她出过一个中译本《灰色马，灰色骑手》。海燕说，她最喜欢的小说是《呼啸山庄》。

这是我第一次来到煤矿，与我想象中相反，它是寂静的，只能听到山涧的湍流声。上午的光还算不错，天空有大朵的云被风吹移，有时遮住太阳，密林拂过一层阴影，像海燕脸上的笑容。

吃午饭就在街边小饭馆，两个理发店的女人和我们一起，矮胖较老的那个是姑母，年轻的是侄女，两人都是县城人。我很想知道她们为什么来到这个地方，要知道无论发廊女还是理发师都青睐闹市，而这里并不繁华，人们的愁苦气质中缺乏必要的欢乐成分，和我所认识的重庆人大相径庭。然而，我没有问出口，一部分原因是她们在纪录片中涉及的就是这个问题，姑母想留在这里（稳定的生意），侄女想去市区（正待开发的大城市），我不能影响纪录片人物的情绪和思路；另一部分原因是，姑母在饭桌上谈到了命运。她说一切命运使然，人去哪里，留在哪里，任凭命运决定。这是赤贫者独有的论调，或者说，这种论调里带有赤贫者的基因。

两个女人在饭桌上继续有一句没一句地说着，也许是我过度注意了她们半真不假的争执，姑母忽然对我说：她（指的是侄女）没有学会理发，去了城里大概只能做洗头妹。侄女闻言反驳道：你也不会，你把人剃成了秃子。说完站起来就走。这时，小川向我解释，真正的理发师并不是她俩，而是死去的姑父，三个月前肺癌晚期。小川在拍摄的是一家没有理发师的理发店。我心想这故事真是他妈的无聊死了，为此跑那么远，疯了？

　　下午时，我仍然在街上闲逛。海燕问我是不是感到乏味，一整天看着溪流和紧闭大门的破旧影院。我说，不会，我对固定的风景有一种职业性的适应。海燕很聪明，说：对，小川提起过你做过仓库管理员。我说：也可能来自更久远的生活吧。我们两人站在岸边，望着低处不断翻涌的水花，忽然同时变得沉默，仿佛是等待着云层的阴影覆盖，仿佛彼此认识了好多年。这也是奇怪的念头。过了好久，海燕问：没有理发师的理发店，算是个好故事吗？我说，勉强算是个故事，也许值得拍出来。海燕问：如果我写自己呢？我想和你们一样写小说，可是我只读过小学。我半开玩笑说，你不要写得令自己心碎。

　　夜晚我们顺着原路返回，我没再注意到那座拱形的建筑以及城堡式的悬崖，道路漆黑，星光黯淡，它们在某一个瞬间从我身边流逝而我并没有注意，这也是常见的现象之一。拍摄纪录片极苦极累，车上的年轻人全都眯着了。我坐在副驾，时不时同司机讲几句话，怕他也睡过去。后来，小川拍拍我的肩膀。

　　他提问，如果选择喜马拉雅山，或是癌症村，应该拍哪一个？我建议，如果钱够的话，都拍。他说，钱没问题但时间有问题，明年只能选其中一个。拍癌症村有获国际奖的可能性，而喜马拉雅山，恰好有一个国家气象台的朋友被派到珠峰大本营做一整年的摄影师，器材和装备他那儿能帮忙，错过这次机会就很难再有下次。

　　我给不出更好的建议，我说在文学之中可能也存在近似的难题，比如，你不能让癌症村的病人在小说的结尾走向喜马拉雅山（哪怕是蒙太奇），处理不好就会成为一个轻率或者隐蔽的笑话，一种将现实的无果嫁接到壮丽奇观之上的手段，然而，也未可知，因为我没有去过喜马拉雅山。小川回头看看海燕，她已经睡着了，头歪在摄影师的肩膀上。他说：咱们一起去喜马拉雅山怎么样？我说这是个好主意。

小川在车里点起烟，抽了几口，他低声说话的样子像是担心吵醒睡着的人，或是被司机听去，又像是自言自语。他说到海燕的文学天分，没有受过什么教育但拥有极好的写作根基，热爱文学，具有想象力，但赋型能力不够，如此等等。文学是一座迷宫（多少人都在使用这个比喻），这个迷宫最终反照出的不是一个人的努力，而是他的天赋和缺陷。小川总结道：海燕想把自己的故事写出来。但这个小说，真是他妈的太难写啦。套用你的比喻，一个癌症村的病人在小说之初就想着喜马拉雅山。

我说，我确实好奇，因为她脸上那种像阴影一样的笑容，我从来没有见过，在她身上有着什么样的故事，好奇。

那不是故事，是一个本该在小说里出现的人物转而成为了作者。小川说，阿基拉，我们已经三十四岁了，同样写不出自己想要的小说，必须去一次喜马拉雅山啊。

一九九九年的冬天，我仍然待在重庆，总部没有任何要将我调任的意思，而我对这个地方已经有点厌倦。开旅馆的姑娘约我去解放碑看千禧之夜，据说会非常热闹。重庆一直下雨，我生病发烧，做了很多梦，像博尔赫斯的小说《南方》，有一天我忽然想起阿根廷在南半球，那里的南方相当于中国的北方。为什么想到这件事，也许就像这篇小说的结尾，有一场决斗将要出现。后来的事情证明我的预感至少中了这么一次。

有一天下午我从库区回旅馆，看到床头放着一本《致密伦娜》，我返身出去问旅馆的姑娘，她坐在账台，头也没抬地告诉我，有一个女人找我。我问这女人是怎么进了我的房间，姑娘说，是你女朋友嘛，敲门没人答应，我就开门陪她进去看了一下，你不在，后来她走了。

我没再追问下去，回到房间，打开房门，坐下翻看《致密伦娜》。作为上个时代最神秘的作家之一，卡夫卡已经失去了神秘性，他被剖解与模仿（再模仿），休想全身而退了。《致菲莉斯情书》事实上结束在作者咯血的那个晚上，此前的所有篇幅都指向这个结果，作者在写下书信（很难称之为情书）时并不知道这个结果，然而，一切都预示了这个结果。唯一还能保留一点神秘性的或许只剩《致密伦娜》，或许，恰恰是因为他感到时日无多，向密伦娜解释得太多——这些解释令卡夫卡失去了可供模仿的外在，阻挡了我这种人向他致敬。

后来，鲁晓麦出现在房门口，她依然矮小，像个小女孩，但发型变了，剪短了，像个小男孩。她裹着一件宽大的工装羽绒服，袖子盖过手指，感觉是从北方过来。我没有起身，抬起书封面向她致意，她看了我好一会儿，这才反手关上门，叹息道，我的天哪。

那时那刻，我在想什么？想到她的床，想到低矮的屋顶和窗外街道上簌簌的脚步声，一个卡夫卡式的夏天，远处的守卫和熔炉，近处的空调风嗡嗡翻动书页，整间屋子仅此一本书——《致菲利斯情书》。有时她拿起书随意浏览，那表情终究是年轻姑娘，流露着欣赏与费解，仿佛是卡夫卡亲笔写给她的情书。我从来没有爱过鲁晓麦，仅想培养一份可以做爱的友谊，无论如何，这是我自己的失败。然而此刻我手里拿着的是薄薄的一册《致密伦娜》，菲莉斯像我与鲁晓麦之间的秘密，密伦娜则是另一本书另一个女人。我想，往往如此，不管为了什么原因（调情或是寂寞），当你解开一个隐喻之物，会有更多的隐喻结集而来。隐喻就像谎言。

鲁晓麦说我又露出了那种昏头昏脑的表情。我回过神来，问她到重庆来出差吗。她说：难道你没听说我已经跑路了？

我没听说。我和总部唯一的联系是库区办公室的那台传真机，从传真机里只会吐出一些简单的指令，不会告知任何人事变动。我从床上爬起来，带她出去吃饭，与此同时我发现她虽然风尘仆仆，却没有带一件随身的行李，猜想她是把行李撂在某个地方了。

根据鲁晓麦的说法，早在一九九五年，有两个年轻人从江西来到 E 市，一个叫俞凡，一个叫俞恒，是本家兄弟。俞凡念过大专，曾在南昌的机场做技工，后来辞职，混过几天黑道，应该是参与过抢劫和勒索，手上虽没有人命，但在南昌是待不下去了。两人到达 E 市是为了索取一笔赔款，那赤身裸体摔死在大街上的姑娘与他们沾了一点亲，也姓俞，家在农村。姑娘家里赔到了一点钱，并不多。经理傅国华自认把姑娘灌醉，因此获罪入狱，不久死去。二俞来到演员培训班找叶嘉龙索赔，并未得手，但说法不一致，俞凡说叶反悔了，俞恒则说从来就没有这么一笔钱等着他们，得靠谈判。最终的结果，说法一致：他们去了办公室，压根就没见到叶嘉龙，也没见到任何一个可以做主的人，换句话说，他们只是敲诈犯。女秘书给了他们一个薄薄的信封，里面装了一千元，说，无论他们身份真假，这事就此结束，奉劝他们不要再出现。

两人无法再回江西，暂时落脚 E 市，商量去上海碰碰运气。那时的 E 市极为混乱，下岗潮和民工潮同时翻涌，无业人员四处游荡。街道的肮脏程度，仿佛城市已经无人管理。两人在火车站遥遥看到一起外地仔群殴事件，人数不少于三十，动用了斧子和铁铲，感到十分惊讶，像是回到了民风剽悍的内陆省份。群殴中有人重伤，警察来得既不太早也不太晚，在很远处拉响警笛，人群随即散去。这起事件当然不会出现在新闻上，与那赤身裸体死去的姑娘一样。

另外发生了一件事，俞凡的身份证弄丢了。补办手续极为麻烦，他必须回到原籍。留在 E 市的最大风险是被稽查队捉走，但并不会免费押送回江西，而是要花钱赎。他在火车站办了一张假身份证，没有更名，户籍换成 E 市本地人，地址是胡乱编的。后来他知道这样做也存在风险（稽查队会验证他的本地口音），但也懒得纠正了，他的祖母是上海人，从小他就会讲几句粗浅的上海话。

相比之下，俞恒更像个书生，他有一点弱视，戴一副圆框眼镜，性格谨慎，不抽烟不赌博，他跟着俞凡来到E市本意是想见见世面。当然，E市无甚可观，他更想去的是广州或者上海。俞恒还是个军事迷，崇拜隆美尔、巴顿将军，鲁晓麦说有一些很斯文的男孩确实就是这样，挺奇怪的。

E市是陌生的，两人所带的钱只够支撑一两个月，在西郊租了一间农民的房子，买了张本市地图爬梳。E市并不大，和南昌差不多，城市东西南三个方位都有开发区，北部是铁道线，一片荒凉。他们拿着地图到市里闲逛（顺便偷了两辆自行车），为的是尽快熟悉这个地方。天时，地利，人和，俞恒很爱重复这些陈词滥调，仿佛要干的是一件天大的事。演员培训班在市区偏南，斜对面就是人才市场，那一带房子很旧，不算热闹，除了每周二人才市场开业，那会是人山人海的局面。

这期间，他们商量了一下，到底是继续索取赔款，还是干脆找机会绑了叶嘉龙，或者去人才市场找份糊口的工作，忘记这件事。两人茫无头绪，根本找不到叶嘉龙在哪里，最后决定（也是唯一的办法），继续索赔，继续吓唬这家公司，必要时从江西再找几个人来。当时他们开价是十万（E市的平均收入是一万块一年），如果参与的人多了，恐怕要涨到三十万（这数字在当时未免又太离谱）。

两人再次来到演员培训班，发现整栋楼黑漆漆的，仅有的这家公司已经关张了。玻璃门缠了链子锁，并贴上封条，望见里面一片狼藉，桌椅放倒在地，墙上有一串飙洒的血迹，也可能是红漆。接着，俞凡指了指走廊墙上，用墨汁刷着字，两人点起打火机才看清，大意是流氓公司骗取培训费，殴打受害人。俞凡说，这叶嘉龙果然是道上的。俞恒说，咱们来得冒失了，没调查清楚，以为他就是个普通老板，失策。

两人就是在下楼时遇到了傅民生，当时傅穿着一件旧款西装，袖口挽起，墨镜架在头顶上，看上去像个刚出道的小打手。俞凡问他，这公司出什么事了。傅民生说，黑社会，打架，欠债，跑路。俞恒扫了他一眼，问道，那你在这里做什么。傅民生说，我是来高兴一下的。

熟悉E市的人都知道，在那些年里，本地的青年很少和外地仔结交，后者不可靠，充满变数，也或者身负前科。试想一个正常人为什么要背井离乡来到E市混饭吃，这里不是广东，人们对外地仔缺乏理解（到二〇〇七年，E市的外来人口与本地人口数量持平）。然而傅民生并不是E市人，他来自四十公里外的铁井镇，相隔不远，却足够定义他是乡下人，口音古怪，举止鄙陋，比近郊农民还低一个档次。

这个来自远郊的小镇青年，命运扔给他的笤帚仿佛变成了权杖，很多人看到他第一眼会感到他既古怪又轻狂，而他却是鲁晓麦的表哥。这天下午，鲁晓麦在楼下无聊地反向转动着自行车脚踏板，像个街头少女。她刚刚从E市职业大学毕业，在西郊一家国营企业做出纳，看到傅民生和两个青年一起走出黑黢黢的楼道口，俞凡帅气高大，手上戴一块仿冒的劳力士金表，像个浪子。鲁晓麦以为二俞是傅民生的朋友，便招呼他们说，什么时候去看电影。俞凡问今天放映什么。鲁晓麦回答，阳光灿烂的日子。

四个年轻人缩在市中心一家年久失修的电影院里，全场只有他们，因此格外的快乐。看到一半时，鲁晓麦和俞凡溜到角落里抽了根烟，互相介绍自己，引来放映员大骂。巧合的是，这部电影里有一种近似的愉悦，空荡荡的北京城是一群荒诞年代的少年们的包场影院。鲁晓麦说，好几年过去了，她仍会回忆起第一次见到俞凡和俞恒的情景，他们身上流露出的怪异气质，浪迹天涯同时要做一票大事的决心，令人着迷。

他们就这样交上了朋友。俞凡像是天然的领导型人物，俞恒能出主意，鲁晓麦在地头上很熟。不大靠谱的是傅民生，幼稚，志大才疏，后来二俞知道傅的父亲因为顶罪死在监狱里，稍稍原谅了他的白痴，照他们的看法，没有父亲的男人总是缺点什么东西，也许是脑筋，也许是勇气。但傅民生也有优点，豪爽，在朋友身上舍得花钱（尽管是小钱）。那阵子，二俞很穷困，鲁晓麦和傅民生接济了他们一点。

鲁晓麦的单位离二俞的住处很近，有一天俞凡去看她，发现那是一个堆满金属废料的工厂，由于停产，已经没几个工人在干活，会计室里弥漫着霉味。鲁晓麦让俞凡陪她去储蓄所提备用金，那个年代，抢现金的事情频频见报，有时几万，有时几百，有时歹徒朝会计的脑袋上打一枪。路上，鲁晓麦说，她不想在这家工厂做下去了，最近两个月只拿到对折的工资，无法开销生活。俞凡开玩笑，建议她把备用金私吞，然后消失。鲁晓麦说，那会坐牢，而且数目也太小，不值得。俞凡又开玩笑，如果能抢到一大笔钱，我带你去浪迹天涯。鲁晓麦愣了一会儿，说，好几年前，E市有一个女出纳，爱上了一个骗子，想办法贪污了单位几十万元供这骗子吃喝挥霍，后来，女出纳被判了无期徒刑。鲁晓麦嘲笑道：亲爱的，你懂穿墙术，但不能把你的朋友留在死胡同里。这时，俞凡承认，他只是开个玩笑，抢储蓄所是真正的亡命之徒做的事，而他并不是。

另一天，俞凡问傅民生，E市哪一片最乱。傅民生愣了一下，问他想做什么。俞凡说，随便问问。傅民生答道：大哥，你住的地方，再往西走一公里就是E市的红灯区，那鬼地方叫临平镇。

或是为了看热闹，或是为了散心，三个男人去了临平，没有带上鲁晓麦，嫌她碍事。临平是古镇（照傅的说法这一带没有哪个镇不是几百年历史），紧靠着一条新造的大街，夜幕之下，霓虹灯闪烁，整条街面上全是洗头房和桑拿房，间或有一些餐馆，也是为那些客人和姑娘们准备的。街上并没有太多人。俞凡说，这要是在南方，女孩们会坐满人行道，像一场嘉年华。傅民生说，临平不流行这种排场，不过你要是待到凌晨一两点钟，就会看到无数女孩出来吃宵夜，场面也很壮观。俞凡问，有没有本地女孩。傅民生说，不可能，本地女孩不做这种生意，全是南方来的，也有东北的，她们比较便宜，也豁得出去，你们搞不好会遇见老乡呢。这时，俞恒伸手拍了拍傅的后脑勺。傅改口说：本地女孩也有啦，不在这里，都在宾馆里招待外国人啦。

三个人停了自行车，沿街步行，除了霓虹灯和金鱼缸里一闪而过的女孩们，并无其他风景，女孩们也不出来招徕客人。走到一家桑拿房门口，见两条壮汉正在殴打一个穿制服的服务生，帽子都打飞了。三人不动声色，站着看，直到一个穿夹克衫的矮胖男人在几个人的簇拥下钻进一辆凌志轿车，傅民生才说：那就是叶嘉龙。二俞面面相觑，目视汽车开走。后来，俞恒拍拍俞凡的肩膀，那意思是对方人太多，算了。

人走空了，被打那服务生坐在地上不动，傅民生过去轻轻踢了他一下，问道：叶嘉龙为什么打你？服务生说：走路不小心撞了他肩膀。傅民生说：你这不是找死吗，叶嘉龙的肩膀。服务生站起来，冷笑着抹了一把鼻血，本想回去，俞凡递了一包餐巾纸给他，又发了根烟，说：听口音是南方人。服务生说：江西。俞凡说：我们同乡。

这服务生叫周伟彬，当晚一起喝了点酒，他来到 E 市才半年，并不知道叶嘉龙是谁，也不清楚其行踪。矮胖子经常带着人来桑拿房，见过几次，但无法推测下一次是什么时候，有时来一群人，有时似乎只有他和司机，如此而已。俞恒问，进桑拿房一次通常花销多少。周伟彬说，一人一两千吧，但这家是会员制，你得买卡，五千一万打底。傅民生问俞凡打算怎么弄，后者摇头说，没想好。周伟彬问，你们是怎么回事？傅民生想说，被俞凡制止了。他们打电话让鲁晓麦一起来吃饭，她到场一听就笑了起来，说能凑这么一桌真不容易，全是叶嘉龙的仇人。俞恒又制止她继续往下说，生恐周伟彬出卖自己。周淡淡地说，我在家乡捅伤了副县长的儿子，逃出来的。那时候，几个人全都喝多了。

周伟彬最初以为这是一伙绑架犯，他建议找几个阔绰的生意人下手，不推荐叶嘉龙，黑吃黑风险太大。俞恒拍拍周伟彬的肩膀，提醒他，没想好的事情不必乱说。不久，二俞也在临平找到了工作，俞恒在一家大浴场做服务生，后来又去了夜总会，俞凡认识了一个开餐馆的女人，在店里帮忙。鲁晓麦喜欢俞凡，为此难过了一阵。然而没过半年，俞凡和那年长而风骚的本地女人也闹翻了。

有一阵子，鲁晓麦和俞恒谈恋爱，两人上过几次床。正如鲁晓麦所说，并不是很愉快的经历，甚至有点滑稽，谈了一阵也就分手了，友谊还在，人没散，挺好。俞恒的腹部有一条刀疤，问是怎么来的，他说，喝酒打架，被人捅了。过后又补充说，我是劝架的，为俞凡挡了一刀，几乎挂了。鲁晓麦摸着这条刀疤，离肝脏很近，不知道他是怎么活下来的。分手以后，俞恒对鲁晓麦说：我知道你喜欢的是俞凡而不是我。鲁晓麦说：什么意思。俞恒说：不要紧，这丝毫不影响我们的情谊，情谊比爱情可贵，上床没多大意思。鲁晓麦说，随便你。事实上，她也不想和俞恒（或者假设是俞凡）继续这种关系，试问一个乏味城市的乏味的女孩（她这么评价自己），从两个穷光蛋外地仔身上能获得什么幸福感？后来，她谈了好几个男朋友，有工厂科室的，有税务局的，说实话，都很乏味，讲话没啥水平，不潇洒，胆小如鼠。她还是喜欢和外地仔玩在一起。

九五年的整个下半年，他们就在市区和临平瞎晃，漫无目的。市面越来越差，工厂开始下岗，大量工人失业的局面似乎无可挽回，人力变得廉价。鲁晓麦辞了工作，她父母和哥嫂在E市北郊做一点五金装潢生意，让她去帮工，她讨厌嫂子的嘴脸，不愿意去受气（店面是她哥哥的产业），便回到铁井镇的老房子住了几天。之后再见面，她告诉这些人，四十公里外的铁井镇，现在也有一个开发区，那里的第一家工厂就是叶嘉龙的，他生意做大了，这一次他不再贩卖女孩，而是用月薪七八百的价钱雇了上百个女工，每天十到十二小时，按在流水线上。

这几个男人谈起叶嘉龙，语气之中并不见得有恨，倒是难掩艳羡之情，成为另一个叶嘉龙大概就是他们的理想。喝酒之后，他们也会吹嘘自己干过的事，或是奇遇。在鲁晓麦听来，部分愚蠢，部分不堪入耳，然而也充满传奇色彩。三个江西人讲到他们的家乡，那些面目模糊的匪徒和无辜的年轻人（但也几乎同样冷酷），无数人参与的械斗和一个人的逃亡，好人坏人，好警察坏警察，好运气坏运气。周伟彬至少讲过三次，他捅伤副县长儿子的故事，虽然细节有出入，但大体不差：开一家空头公司的少爷，专嫖书包妹，在城里飞扬跋扈，某天与一群社会小崽子争执，口头纠纷而已，周伟彬忽然从人群里闪出来朝他大腿上扎了一刀，刺进去十公分，社会小崽子们傻了眼，立即逃散。周伟彬开着摩托车逃到南昌，什么都没带，扔了车子就跳上火车，留下父母在原籍顶缸。俞凡问：你和他有仇吗？周伟彬说：没仇，看不惯他。俞凡向他伸大拇指，意思是牛逼，还有另一层意思是老子看不懂你。周总结道：可惜了，听说有人出钱买他一只手，我应该砍下他的手去换钱，现在的结果也没太大区别。无论如何，捅了副县长的儿子，是一件大事。周似乎并不介意再捅一个人，前提是要有报酬，不想再白干一票。傅民生有时也会吹嘘，学着周伟彬那冷冰冰的语调，但都是令人发笑的小事，于是他吹嘘自己的父亲，周仍然发笑，因为真正的不法之徒是不会为了钱去给人顶罪坐牢的，自由很可贵。俞恒安慰傅民生，你父亲是条汉子，尽管不太值得。周伟彬喝多了，问俞恒，你又做过什么大事呢。一再追问之下，俞恒拉起毛衣，给他们看腹部的伤疤，轻描淡写地说：我被人做过大事，有人曾在街上给我动了个外科手术。

　　九六年春节，二俞回了江西，俞凡补办了身份证，伪造的那张他没扔掉，必要时也许还用得上。周伟彬留在临平，节后见面，他有了个女朋友，名叫徐丽萍，傻里傻气的，问她在哪里工作，她也傻笑，不回答。她来到E市已经三年，仍分不清东南西北，没去过商业街和百货大楼。鲁晓麦不禁疑惑，这个女人到底是干啥的？总之，就这么加入了进来，有时也坐在一边听他们聊大事。

鲁晓麦说，相比之下，俞凡最会交际，在E市交到了几个朋友，一度混进餐馆女老板的圈子（都是本地人），颇有发言权。而周伟彬和俞恒，尽管他们声称要做大事，但实际上朋友少得可怜，人际关系极为狭窄，他们在异乡混不开，典型的边缘人。鲁晓麦大专学的是企业管理，懂一点组织管理学的知识。她的结论是这伙人的所谓"大事"，最多也就在储蓄所抢个十万块钱，可能连脸都不用蒙上，因为根本没人认识他们。

在临平这半年，几个人意气消磨，本来，他们应该散伙，各走各的路，但是发生了一件事。一九九六年春天，有一家塑料薄膜厂的销售员将一批货低价卖给了俞凡，俞凡凑不够钱，找鲁晓麦借了两千元，事后这笔货转到她哥哥店里，赚了一笔，俞凡还了鲁晓麦四千元。照她哥哥的判断，这是赃物，偷来的，但明明是销售员手里出来的。她哥哥说：你就先问问那销售员还在不在公司吧，有些公司用的是假人，多半来自外地，证件和身份全都伪造，销赃之后，这人就跑了，数额如果只有三五万，报警也是麻烦事，老板自认倒霉；这些人是怎么骗取老板信任的，实在费解，按我的原则是任何外地人都不能相信。鲁晓麦去问俞凡，俞凡笑笑说：这个销售员是我在餐馆时认识的一个顾客，照理，这批货他直接卖给经销商，应该能多赚点；他找了一个下家，对方却不敢收赃，下一步可能就是把他送进监狱，他没胆子了，急于跑路（想想看那么一大车塑料薄膜），就把货给了我。鲁晓麦说：他倒信得过你。俞凡说：外地人在某些事情上比你们本地人可靠得多。后来他又说，用同样的办法，我们可以卷走上百万的货，只是要混进公司有点难度。

一九九六年，鲁晓麦进入美仙瓷砖，公司初创，她做储备干部，接受了几个月的培训，后来在人事部做助理。周伟彬有中专文凭，进了储运部，日日在总仓点货。俞凡冲着卷货去的，投档销售部，用的是伪造身份证，没接到面试通知。傅民生连高中都没读完，进厂恐怕只能做苦力，他没投档，用手面上的最后几万块钱盘下了安达旅馆，俞凡和鲁晓麦也占了点小股。这一次他们博对了，夏天，外来务工的年轻人源源不断涌进铁井镇，随后去往开发区，他们到站的头一件事就是找一家便宜旅馆落脚，投亲靠友或是自谋生路。傅民生的生意兴隆，他不甘寂寞，志向远大，找了几个女孩在旅馆里招徕生意，还没来得及做成一单就被派出所警告了，罚了一笔钱。鲁晓麦说，傅民生有点蠢，异想天开，他以为自己开的是大酒店呢。住旅馆的打工仔既不需要早餐也不需要特殊服务，他们像飞错了目的地的候鸟，只想审慎地度过最初的几天。

这一年，俞恒消失了。鲁晓麦问起，俞凡才解释道：俞恒在夜总会染上了毒瘾，春节回家乡被警察抓了。问要坐多久的牢，俞凡说也就是劳动教养，很快就能出来，不必担心，他扛得住，戒毒吧。说话的口气很轻飘。鲁晓麦问，戒得了吗，什么毒，鸦片还是海洛因。俞凡说，当然是白粉。

俞凡觉得开发区不错，比临平镇更好，是一块"处女地"。不久，他在劳务市场、安达旅馆之间往返，做人头贩卖的生意，收取两三百元的介绍费，由鲁晓麦接应，安排到美仙公司的流水线上，又结交了另外几家企业的人事科员，与人拆账。这门生意基本合法，有时会产生纠纷，也都摆平了（这绝不容易，小麻烦总是会酝酿大祸）。这伙人分工明确，做事还算谨慎，在最初的一年里赚了点钱，几乎忘记了初衷：卷一批货逃走。只有周伟彬时常提起，因为他在储运部待得实在太苦。为了塞他的嘴，俞凡分了一份钱给他。后来，俞凡问周伟彬，调到外地仓库以后，能不能直接开仓卷货，周伟彬吓了一跳，说：本仓我可以做你的内应，神不知鬼不觉，到外仓我就是唯一的责任人，你把我一个人杠上去的话，咱们就不是同伙了，而是上家和下家的关系，你先付五十万现金给我，一百万的货归你。俞凡说这事儿以后再说吧。周伟彬笑了起来，他说外地仓库根本没有五十万以上的库存大理石，只有不值钱的瓷砖，你真要想搬的话，有本事把本仓搬空了。

有一天，他们在镇上看到了那辆凌志轿车开过，同时默然无语，直至轿车消失。俞凡开口问道：有没有办法混进嘉龙玩具厂？鲁晓麦说：玩具厂全是女工，混进去也是徒劳，叶嘉龙并不常去厂里，甚至这辆凌志轿车里有没有叶嘉龙你也不能肯定。其实不用她提醒，俞凡也清楚这些事实，然而，这才是真正的初衷，他到E市的目的。鲁晓麦吃不准他想干什么（他讲话擅长半真不假），到底是要叶嘉龙的钱还是命，或者根本就是说着玩玩。这时，周伟彬慢悠悠地接茬说：弄死这样的人，你最好去搞一把枪，动手的时候，最好不要讲什么废话，对着他的脑壳扣扳机。俞凡仍然望着汽车消失的方向，仿佛那里会凭空走出一个仇人，他问周伟彬哪里能搞到真枪，周说，不知道。

周伟彬的女朋友徐丽萍，是一个奇怪的存在。最初，他们让她在安达旅馆坐账台，后来发现她不但没有工作经验，也没有生活经验，她把事情搞得一团糟，弄丢钥匙，找错钱，疏于打扫卫生。她唯一的优点是脾气好，听从，甚至是臣服，有时周伟彬没理由地打她一个耳光，她也认。鲁晓麦说这一对是绝配，周不会有任何女人喜欢，徐恐怕也找不到像样的男人，现在他们凑在了一起。他们不得不辞退了徐丽萍，她离开安达旅馆以后仍然混在镇上，但没人知道她做什么工作，总不可能是周伟彬养着她。

有一天，徐向鲁晓麦承认，她是一个按摩女。鲁晓麦想，这样的女孩怕是也只能做按摩女了，然而按摩女也不应该如此无知啊。徐丽萍说，是大浴场里的按摩女。在铺满大理石的古罗马风的浴场楼上，有一排黑暗的小屋子，每间里面都有一个女孩坐在榻榻米上，走进去看不见女孩的脸，也看不见客人的脸，双方可以交谈，但是看不见脸，除非客人要求上厕所，女孩会送他们过去，穿过走廊，那时或可以看一眼，但是绝大部分时候，都看不见，也没有人要求看一看（那是多余的、危险的）。

鲁晓麦并不清楚这些花样，问到底是做什么，按摩还是卖淫？徐说，不做那种事，给客人打飞机。鲁晓麦问，干了多久？徐说三年多，来到 E 市以后就做这个，在黑暗的屋子里长时间地靠双手吃饭，像盲人。有些客人把它称为"鸡窝"，那些跪坐在榻榻米上的女孩，有些很老了，有些相貌平平不太可能在明亮的地方找到客人，有些可能真的是残疾或者有病，有些仅仅是不想跨出最后一步（出卖自己的下体），她们在黑暗中发出叽里咕噜的声音，像孵蛋的母鸡。"鸡窝"指的是母鸡，不带贬义，一点点嘲讽是在所难免的（那些只够有钱打飞机的男人同样需要领受这"一点点嘲讽"）。她希望鲁晓麦不要因此看不起她。

鲁晓麦并不介意和一个按摩女做朋友，她问徐丽萍，周伟彬知不知道这件事。徐丽萍说，当然知道，他就是在按摩室里认识的我。鲁晓麦无语，最后只问了一句：为什么跟周伟彬这个渣子谈恋爱？徐丽萍说：想有个依靠，想和一个不是在黑暗中的男人生活在一起。鲁晓麦生气地说：那就让周伟彬不要在光天化日之下打你！徐丽萍摇头说：你误会了，周伟彬打我是因为他性格有点暴躁，但他并不在乎我是按摩女，他也从来不花我的钱，大部分时间他对我很好。一个男人真不真心，主要看他花不花你的钱，以及，怎么花你的钱，其余次要。鲁晓麦心想，真他妈的悲惨啊，靠想象力无法触及的悲惨，不能获得任何同情的悲惨。

徐丽萍告诉了鲁晓麦一件事：她在铁井镇的大浴场上班，已经好几个月，做同样的工作，有一个常来的客人，自称是大老板的司机。几次之后，她和司机有点熟了，聊些家常话。这人嘴不太紧，也或者是根本没有警惕心，有一次他向徐丽萍抱怨说，老板每次都去楼上包厢找比较贵的女孩，司机进廉价的"鸡窝"，老板爱泡澡，略抠门。徐丽萍问他开什么车，司机说，一辆黑色的凌志，有时也开桑塔纳。鲁晓麦听了，身上一激灵。徐丽萍问：这些事该不该告诉那几个男人？鲁晓麦说：一句都不准提，咱俩根本猜不出这些男人会干出什么事来。

鲁晓麦让徐丽萍起誓，这才稍稍放心，此后又总不免会想，一个按摩女起誓能管什么用，搞不好有一天她就在"鸡窝"里把同伙出卖给叶嘉龙的司机了呢？有好长一段时间，大伙相安无事，小镇变得热闹、富裕。九七香港回归之夜，很多打工仔在街上看电视，升国旗的时候大伙都说，以后，香港就变得很近了。确实，开发区现在看起来和广东没什么区别，广东也是这样乱糟糟的地方，让这些没读过书的年轻人混口饭吃。人力固然不值钱，但比内地省份好多了，比城市里的下岗工人甚至还多一份骄傲，吃饱肚子睡一觉，年轻人没有太多的奢望。鲁晓麦说我怎么能想到，在短暂的平衡之后，某一天，这群人全都失去了理智。

鲁晓麦在我房间里住了四天。白天，我冒雨带她出去玩，这是她第一次来重庆，对吊脚楼和错综复杂的山路感兴趣；夜里做爱，像久别的恋人（也像是和一个陌生的小男孩做爱），旅馆的隔音很差，我让她尽量不要发出声音。到第三天时，她来例假了，于是不再做爱，整夜抽烟，忍受剧烈的痛经。这个漫长的故事就是在烟气弥漫的夜晚讲给我听的，但是仍未讲完（此前在铁井镇的老房子里，她讲了一个遥远的开头）。途中她曾停顿下来问我，这能不能写成小说。我说，好故事，人物越讲越多，我期待着杨雄和林杰出场，讲讲林杰是怎么把梅贞让渡给杨雄的？

梅贞从来没有答应过和杨雄在一起。鲁晓麦说，让渡这种词，你是怎么想出来的？

我拍拍她的头。确实，在《天方夜谭》里，国王绝不会提示山鲁佐德自己已经猜到故事的下一步，山鲁佐德也不会问国王这是否能写成小说。讲故事和听故事的人都应该处于一种半催眠的状态。

第五天早晨，鲁晓麦没打招呼离开了旅馆，厚外套扔在床上。外面的雨下下停停，不知道这种天气她忍受着腹痛出去做什么。我打电话给周劭，他正在H市接管林杰留下的摊子，库区办公室讲话不方便，说等几天发邮件给我。林杰是个假人，这件事在储运部已经传开。周劭在电话里告诉我，林杰的活儿相当干净，库存与报表一致，有一批大理石失踪了，但根据搬运工回忆，是在林杰失踪以后出的货，可以肯定是邓文迪干的（这个锅是林杰背了）。假设林杰没有监守自盗，那么请问他作为一个假人，有什么意义？

我回到房间，叠好鲁晓麦的衣服，坐在床上抽烟，又翻了几页书。卡夫卡在这一段里向密伦娜提到了过去的恋人，无疑指的就是菲莉斯，他说那姑娘是承受不幸的人，而他更倒霉些，既施予了不幸，又承受了不幸。到中午时，鲁晓麦回来了，脸色苍白，头发上沾着雨水。旅馆的洗澡间在走廊尽头，我想去给她开热水器，她说不用。接下来，她坐在我身边，问道：为什么不问我来重庆的原因？

我们已经从菲莉斯读到密伦娜，密伦娜的结尾在这本书之外，卡夫卡死了。我开玩笑说，感觉你的故事还没有结尾。然而鲁晓麦并不欣赏这样的玩笑，也无心和我继续这无聊的比喻，她起身拉开门，看了看外面，又关上，回头告诉我：我是到重庆来见俞凡的。

一九九七年春天，俞恒来到铁井镇，他变得消瘦、憔悴，讲话逻辑也不大好，长达半年的劳教似乎侵蚀了他的身体，有没有戒掉毒品，天知道。他带来了三个精壮青年，他们的名字分别是林杰、杨雄、汪忠铭。

杨雄身高一米八五，极为强壮，学过拳，与普通成年男子可以一对三肉搏，但他们也说过，杨雄这样的人在街头死得更快些，被人刺一刀，或者轰一枪，都有可能。杨的左右肩膀各有一条飞龙刺青，画工粗糙，小作坊没花几个钱弄出来的货色。傅民生嘲笑说，像蛇。杨雄要打他，俞凡就说：像蛇才好，如果像龙，你就死定了，你扛不起两条龙。

汪忠铭是一个爱带刀子的人，他常年在口袋里藏一把细长的跳刀，金属刀柄上刻着华丽的十字架花纹，据他自己说是俄罗斯的货，从上海大自鸣钟电子市场淘来的。刀很锋利，藏在手心不易察觉，捅人的一瞬间才弹出刀刃，他练这个招数很久，不过从来也没有在真人身上试过手。那个年代，车站码头都还没有常规安检，他揣着刀子自由出入，和无数跑江湖的年轻人一样，但他究竟是不是使刀的行家，鬼知道。

林杰风度翩翩，他说我不会打架，也不会捅人，会弹弹吉他，唱台湾流行歌曲。不过，他没有吉他。鲁晓麦注意到他用一根电线扎着裤腰。林杰笑笑，解释说，前天在 E 市喝醉了，倒在街上，翌日醒来发现皮带和钱包都被人偷走了。鲁晓麦便问，身份证呢。林杰说，身份证还在。鲁晓麦就到街上买了一根皮带给林杰，他甚为感激，赚到钱以后回赠了一件裙子给她。林杰像个绅士，讲话做事特别要脸。

这三个人都想进美仙公司。鲁晓麦从不亲自接待打工仔，从分工流程而言这是傅民生的事，但这一次，她给了俞恒一点面子。俞恒说，在 E 市火车站，他被几个小崽子纠缠上了，是林杰出手救了他，随后发生的一场斗殴中，四个人联手打跑了对方一群（杨雄一打三，头上被人敲了一杠子）。现在他们是兄弟。

鲁晓麦要了他们的身份证，杨雄安徽人，汪忠铭和林杰来自贵州。她反复看林杰的身份证，又诈了一句：做得真像，花了多少钱？林杰说：伪造身份证是要坐牢的。鲁晓麦又要求看他们的毕业证书，这次她笑了，对林杰说：这张毕业证书你怕是只花了二十块吧？林杰说：惭愧，本人是贵州人，文化水平也还不错，可确实没有把大学念完。鲁晓麦开玩笑说：可以去做蓝领，上流水线，何必伪造文凭？林杰说：终究不甘埋没。她想，从来没见过一个打工仔这么自信。

若没有鲁晓麦，这三个人都不可能在美仙找到工作。经她斡旋，杨雄去保安部，林杰和汪忠铭去储运部，培训之后成为外仓管理员。俞凡希望他们能在销售部谋职，但未能如愿，销售部员工超编。

　　这年夏天，开发区的打工仔已经有点太多了，镇东的酒店和大浴场开了好几家，随之而来的是各种做餐饮和零售的商贩，多数也是外地人（鲁晓麦对本地人的评价是既不懂经商也懒于上班，他们最擅长的是收房租）。打工仔的数目从几千到上万，再之后就数不清了。人口流动自此成为中国的常态，户口、身份、医疗，都不再重要，重要的是你能赚到多少现钱。把钱寄回家，供养贫瘠省份的父母兄弟，把钱存起来，将来开一家小店，像浙江人那样立志做个小老板，或者把钱揣在身上，糊口，结交兄弟，赌博，找个看得顺眼的姑娘。林杰说，所有人都在用肉体换钱，既卑微又合情合理，如果肉体被榨干还没能换来足够的钱，就可以回乡务农或者找个地方吊死自己。他又说，不论你想到过去还是想到未来，都会失去活下去的意义，你只能想想现在。

　　俞凡仍然混得风生水起，他结交了镇上的几个江西老表，其中一个在宾馆做安保主管。鲁晓麦提议让林杰去宾馆工作，俞凡说：咦，心疼林杰吗，他有女人缘啊。鲁晓麦说：只是觉得林杰更适合在酒店工作，那鬼地方容易混出名堂。然而安保主管并不欣赏林杰，见面开口第一句话就是：宾馆规矩大，你受得了吗？林杰抽着烟说：不一定。此事立即告吹。俞凡考虑周伟彬去顶替，众人一致反对，说周很可能找个有钱的客人扎一刀，然后抢了钱跑路。

　　可是，扎人的是汪忠铭。他在白家村用刀子刺了一个十六岁的湖南少年，然后跑回宿舍，让林杰和杨雄想办法。湖南人不好惹，当晚找上门来，其中有美仙公司的同事。这时三个人已经躲到安达旅馆去了。俞凡问汪忠铭，为什么扎这么个小孩？汪说，去洗头，那小孩在里面和洗头的老阿姨胡搞，我看着生气，踢凳子提醒他们，小孩跳起来骂我，我就扎了他一刀，扎在大腿上。俞凡说，这他妈的是两个耳光就能解决的事情,你居然捅人。汪忠铭叹气说,这么小的鬼崽子,就出来把妹,把的还是个阿姨。

　　几个人在安达旅馆和湖南人谈判,对方要求赔一万元,必须汪忠铭离开铁井镇,再也不许回来。俞恒试图砍价,湖南人十分厌恶他的衰相,说我们和你这种人有什么可谈的,没得谈。这时俞凡到场,把对方当家人拉到外面,聊了几句,价钱直降到三千元,汪忠铭可以留在开发区,但不许再去白家村。事后摆酒,给人磕头敬茶,算是了结恩怨。在那个场合下,鲁晓麦一直记得湖南人对俞恒说的一句话:道友,你这样子都快挂了,还出来混?

　　这伙人把汪忠铭赶走,是一个月以后。有一次聚餐喝酒,俞凡说,汪忠铭我不想再留了,请他走。林杰和杨雄问为什么。俞凡说:汪忠铭在外面喝酒吹嘘,说你们三人在城里打工的事情,给一个做水产批发的浙江老板跑腿,嫌钱少,计划绑票老板的儿子,后来不知怎么的放弃了。绑票倒在其次,在外面喝酒瞎吹,被人听了去,传到我耳朵里。林杰忙说:没有这回事,我和杨雄四处讨生活,不曾想过犯大事。聚餐不欢而散。自此,林杰也逐渐疏远了汪忠铭,觉得他是祸种,放在身边,总有一天会出大事。

　　九七年冬天,林杰被派到外仓,因为讲话做事颇有法度,给了他最重要的上海仓,之后紧急调到重庆,当时重庆的销售员卷了一批货逃走(这是美仙公司第一起卷货事件),林杰处理得相当好,首先稳住了仓管员,让那个失魂落魄的笨仔回到总部述职而不是撒腿跑路;其次报警,尽管并没有抓住这销售员,但至少立了案;最重要的是,他竟然追回了一小部分赃物,在一处建筑工地上。林杰一度成为储运部的明星员工,若不是因为他栽在 H 市,再过一两年,他会成为童德胜的副手,取代那个被汪忠铭砍了手的祝森,月薪五千,有一间朝北的单人宿舍,从此不必再放外差。

那么十兄弟这个名头是谁想出来的？当然是傅民生。第十个人叫张泽华，是徐州人，俞凡的朋友。他来得最晚，也最有用，他有驾照，会开卡车。后来俞凡他们凑钱买了一辆报废面包车，也是由张泽华开着，有时跑跑运输，拉拉黑车。那个色情舞女郎，是他们从外地哪个不入流的草台班子里找来的，一度还和张泽华谈过恋爱。张打架极狠，照俞凡的说法，比杨雄下手黑得多。至于他有没有案底，鲁晓麦不知道（相比之下，林杰和杨雄底子干净得多）。

铁井镇上这数万打工仔在镇民看来全都长着同一张脸，但他们自己能分清自己，相异的眼神，不同的口音，各自命名的来处或去处。那些由打工仔组成的小团伙，不知道该定义成帮派还是组织，当时还没大规模扫黑，帮派听起来很威风，然而也很幼稚。当张泽华提出他们应该给团伙取个名字的时候，众人嗤之以鼻。只有傅民生附议：就叫十兄弟吧。数了一下，连女的在内共九人，凑上不在场的汪忠铭是十个。俞凡把汪忠铭的名字摘了，可是十兄弟这个名头，终究显得可笑，像一群没出路的小崽子。傅民生说：当年我爸爸和叶嘉龙他们就是十兄弟打天下，铁井镇无人不知，我们拉虎皮、竖大旗。俞恒拍拍傅的肩膀说：你们应该开公司，而不是做土匪。

十兄弟的名号第一次亮相是在白家村的渣土场上（十个人并未全部到场），起因是有人抢了杨雄的女朋友，一个三心二意的安徽女孩，与来自安徽北部的一群打工仔交往上了。杨雄约斗，对方没有怂，各自带了些人。深秋的傍晚，渣土场散发着一种温和的异味（有时它散发的是腐烂尸体的气味），与人身上的汗味近似。对峙时他们发现对方派出了一个比杨雄更强壮的青年，重型机械厂的钣金工，光头上有一道疤。杨雄慎重地给自己绑了绑鞋带，脱光衣服，露出身上的刺青。单挑之前，双方像古人一样互报了姓名，随后动手，打了一分钟没分出高下，后来，杨雄踢中了钣金工的下体，又往太阳穴上补了一拳，俞凡等人一拥而上劝住杨雄（生恐他闹出人命），战斗结束。尽管胜利毫无意义，也不能唤回变心的女孩，傅民生仍然威胁对方：不要惹我们十兄弟。对方露出惊讶的表情，说：你们是十兄弟？你们不可能是十兄弟。

为什么不可能？安徽人回答：因为十兄弟杀了人，就在半个月前；警察正在找他们，那伙人全都跑了。

我们没有杀过人，我们是另一伙。俞凡说完，带着他们走了。也就是那次，鲁晓麦听到有人在身后嘟哝了一句：那家伙是拉皮条的。

在鲁晓麦看来，拉皮条充满罪恶，她想知道俞凡是怎么做这门生意的，有多少人参与，赚了多少钱。俞凡对此讳莫如深，只是告诉她：干这种营生，如果被警察抓住，坐牢不会少于五年，可能十年，最严重的判死刑。鲁晓麦问什么情况下会判死刑，俞凡答道：黑社会强迫妇女做这个。鲁晓麦问自愿的多还是强迫的多。俞凡说：生活强迫我们，我们就会自愿。鲁晓麦说：你这是屁话。俞凡说：好吧，其实，不在乎的人最多。

一九九七年冬天，俞恒撑不住了，他是第一个离开的人。后来问起，俞凡说，俞恒身上经常揣着三克五克的白粉，他已经劳教过一次，有案底，一旦落在警方手里必判刑，为了避险，俞凡托人把他送到南方去了，那里管得松，白粉的价钱只有铁井镇的三分之一。俞凡叹息说：真可惜，俞恒本来可以去美仙瓷砖销售部工作，这样的话，我们一条线就齐了，可以把货卷跑，现在是不行了。鲁晓麦讽刺说，让林杰和周伟彬把仓库打开啊，直接把外地仓搬空了。俞凡摇头，说，他们都不愿意，我不强人所难。鲁晓麦问说，你到底想干什么，拉皮条还是卷货？俞凡说，我初衷未变，做一票大的，眼下的状况叫作蛰伏。

有一天鲁晓麦梦见这伙人被抓走了，全都赤裸上身跪在铁井镇派出所那条幽暗的走廊里，有人用手枪指着他们的头，不是警察，是和他们差不多的年轻人。远处有一个大喇叭在宣判他们的罪行，杀人，贩毒，卖淫，诈骗……鲁晓麦大声辩解，不是啊，他们全是小打小闹，拘留几天足够了。持枪的年轻人什么都没听见，一个一个开枪打死了他们，那场面和她看过的香港录像片完全一致，连色调都吻合。她确信这是梦，醒了过来，发现自己就躺在老屋的沙发上看电视，那九个人全都坐在身边，嘻嘻哈哈，谈论着发财梦。接着，警察破门而入，她开始了没完没了的逃亡。她真的醒来时发现自己躺在床上，外面下着冷雨，林杰和周伟彬都已去往外地，俞凡带着张泽华混宾馆的圈子，很少再来安达旅馆。她感觉这些人已经走到了散伙的边缘。

鲁晓麦说她曾经读过一个很短的故事，忘记了作者和题目：南美洲为非作歹的残忍凶手，贩卖黑奴，劫杀路人，后来他想搞出一摊大事，想成为创世英雄，然而未及动手就死在了医院的病床上，直接干脆地迎接了末日。故事莫名其妙，草草了事，带有一丝讽刺（可以肯定是出自博尔赫斯的《恶棍列传》）。她想到俞凡和俞恒，想到最初相遇时他们眼里的杀气，似乎真的要在这码头上干出惊天动地的大事，结果只是惦记着卷一批建材逃走，连这个都没做成时，不得不成为最低贱的皮条客和瘾君子。鲁晓麦想，这就是他们的命运。

次年，俞凡告诉她：俞恒失联了。广州的兄弟也不知道他去了哪里，找了一圈没下落，就算了。广州的兄弟说俞恒情况很差，先是升级到注射器，后来开天窗（动脉注射），他活不了太久，或者已经死了。鲁晓麦问，你居然不难过吗，是你把他带到这里来的，你没管好他。俞凡说：我昨天大哭了一场，今天已经好了。

在重庆灰蒙蒙的天气里，这个两千公里以外的故事再次告一段落。我想听完，鲁晓麦却说：没什么可讲的了，做保安的死了，开酒吧的死了，投在酒吧里的钱全都打水漂了。那个拉皮条的被警方盯上了，运气不错，逃出了铁井镇。开车的不知道去哪里了。至于那两个仓管员，我想你也知道是什么结果了。我说，林杰的事情我知道，周伟彬怎么了？

我们出事以后，他没跑，他以为自己在江西犯下的事情已经过去了，摆平了。鲁晓麦说，江西警方将他捕获了，在他的库区。

同样，她回不了铁井镇了，公司正在查她，是不是够得上刑事罪也很难说。惹上麻烦就立即逃走，而不是束手待毙，这是她从俞凡那里学来的。我说，也像是一种古老的信念，畏罪逃亡兼具怯懦与勇敢的双重性质，逃避一个神，面对另一个神。逃亡会让你感受到命运（相比之下，小说和电影里的命运更接近沙盘演示），在逃亡中，日常的事物也被放大为命运的暗示，并逐步失去光芒（两个神合而为一）。她显然没听懂我说的（其实我也不知道自己在说什么），问她换了身份没有，回答道：没换，我的麻烦不大，够不上全国通缉，但也回不了家了。我俩往外走时，她又说，不会在你这里待太久的。

我想起了郑炜的事情，问她究竟是怎么回事。鲁晓麦说：由于警方扫黄，俞凡那位在宾馆做事的老表被抓进去了，他有没有供出人来，不知道。俞凡躲了一阵，他似乎是失去了耐心，决意要在九九年结束之前做一票大的。他的计划是让林杰和周伟彬都回到总仓（无须太久，三五天即可），在夜班时负责发货，由张泽华开重卡进厂，杨雄是门卫，予以放行。他们会一次搬走价值五十万的大理石，找个隐秘的地方就近卸货，一夜往返三次就是一百五十万，然后，周伟彬和林杰消失。周不怕通缉，给钱即可；林杰是假人，换个身份去哪儿都无所谓。杨雄没有太大责任，还能在原岗位上待着。他们想法缜密，同一车辆在同一夜出入三次不合理，计划用三辆重卡，可惜司机只有一个，否则可以直接把车开到上海。他们还留了一个后手，就是在人事部销毁涉案者的资料，然后，顺利逃脱。

我说：这计划听起来不可思议，认真想来，还真是可以。

鲁晓麦说：唯一不肯配合的是林杰，他不想这么干，但是没有林杰，仅有周伟彬，也行。只是流程上，还缺了一个连接点。

我说：叉车司机，因为叉车司机也要看出库单据。你们瞟上了郑炜。

鲁晓麦说：是郑炜送上了门，而且他也答应合作。可惜俞凡运气不好。

我说：酒吧纵火，杨雄被杀，林杰和周伟彬失手。

鲁晓麦说：真正的原因是，谁也没想到半道杀出一个倪德国，一个我都没有看出来的假人，独脚大盗，他就这样打乱了俞凡的计划。等到俞凡想动手的时候，总部仓库提高了戒备，已经没有空子可钻了。俞凡和张泽华想把郑炜灭口，是我通知了郑炜，啥都没讲，就让他撂下所有的家当，立即逃走。

这天下午，鲁晓麦心神不宁，在屋子里踱步，鞋上沾满了黑泥，那是煤渣，我知道她去过库区了，附近只有库区的泥土是这种颜色。下午两点，她再次离开，我跟出去看了一眼，确实是往库区方向走。我猜她是去见俞凡，但为什么安排在库区，也许只是因为那里比较清静吧。等她走远，我回房间拿了钥匙，又拿了一把跳刀，也往那方向走去。库区很安静，几名装卸工在屋檐下打牌，绕过一片露天堆放的货物，到公司库房门前，我发现锁已经开了，门虚掩着。我第一反应是鲁晓麦动了我的库房钥匙，回忆了一下，此前钥匙一直在我抽屉里。我开门进去，看见俞凡站在那豁了口的天棚下面，穿一件米色束腰风衣，鞋帮上全是泥。他正在抽烟，见我发呆，就抛了一根烟给我，我没接住，问他是怎么进来的。他回答：林杰有钥匙。我把手伸进衣兜，握住跳刀，往前走了几步，他没动，我掏出刀子，林杰和鲁晓麦从货堆后面跑了过来，林杰持一把手枪指住我的头。库房很暗，有一段时间，我们四个人都不说话。俞凡站在光线明亮的地方，打量着库存，用一种开玩笑的语气问：这一仓库的货，能值多少钱。我说：上百万元，其中一批岗石比较贵。他问岗石和大理石的区别，我说岗石是人造的，大理石是天然的，问林杰就行了。这批货在建材市场上价格坚挺，即使打对折出售也能值二三十万。俞凡说：分到每个人手里，就只有五六万了。我说：但我的身份证是真的。他说：那就不为难你了。这时，鲁晓麦制止了他继续开玩笑，让我们把手里的凶器都放下。

这是我第一次见到林杰，储运部的明星员工，假人，一米七五的身高，穿着一件不起眼的黑色派克服，背着双肩包，头发剃得很短，模样像个悍匪。他略为佝偻着身体（后来我知道他肋骨断了不久），让我坐下，坐在瓷砖包装盒上。我问他，以前有没有用枪指着别人的头。他居然笑了，说：第一次，试试感觉，也可能就真的打爆你的头了。他手里仍然拿着枪，指着地面，随时都可以举起来打一发子弹。这太愚蠢了，后来我说了一句莫名其妙的话：我的爷爷就是被人用枪打死的。俞凡走过来拍了拍林杰的肩膀，让他把枪收起来。

我出去前，林杰忽然回过头问我：杨雄的死，和周劭有没有关系？我问他什么意思。林杰说：那个叫周劭的人，和你一起进公司的，他也喜欢梅贞。我说：去你的吧，你摸着良心问问有没有把梅贞让渡给杨雄，至于杨，仅仅在美仙公司就有一半人有理由杀死他，包括我，因为这个狗娘养的打我，不客气地说，他该死。鲁晓麦不再让我说话，推着我离开了库房。

鲁晓麦陪我在外面抽烟，听到仓库里传来争吵声，又迅速沉默。我缓和了一下情绪，感觉他们的谈话并不会那么快结束。有一阵大风吹来，库区的油毡布同时发出声响，装卸工们追逐着几张扑克牌，一直跑出大门。我对鲁晓麦说：假如我现在狂奔到派出所，会怎么样？鲁晓麦说：我会追上来一枪打死你。我笑了起来，鲁晓麦说：你这个白痴不会真的去报警吧。我说：不会，我怎么能让小说里的人物终结在警察手里呢？

这天晚上，三个人结伴走了。我回到旅馆以后，给周劭打电话，H

市库区办公室一个搬运工接的电话，说他不在，此后我也就懒得再找他了。我躺在床上，不断回忆手枪指着我的那片刻时间，那感觉奇异，像一个人站在悬崖上上的晕眩。后半夜，我迷迷糊糊想起应该给仓库换把锁，立即醒了过来，再也睡不着。

第二天早上，出乎意料，鲁晓麦回来了，捂着肚子躺在床上，她的样子看上去已经疯了，抽了很多烟才镇定下来。我坐在椅子上等她缓过神。后来，她告诉我，在火车站广场，林杰和俞凡去上厕所，两人把提包交给她，林杰犯了一个错误，他忘记了别在后腰的一支火药枪。后来，枪掉落在地，两名年轻的纠察恰好撞见，试图揪住林杰。俞凡没说一句话，趁乱离开了厕所，拉着鲁晓麦就走。鲁晓麦回头，看到林杰狂奔出来，往反方向逃去。附近的警察急追上去，两名纠察大喊，他还有同伙。俞凡低声说，别回头，继续走。就这么离开了火车站。

他可能落网了，一个肋骨断了尚未痊愈的人能跑多远。我提醒鲁晓麦，携带枪支判五年。鲁晓麦说，他身上那支是火药枪，两支手枪还有伪造证件都在我包里。火药枪判多少年我不清楚，遇着严打也许同样五年。我说，如果你带两支枪，被抓住可能是无期徒刑，你不但私藏，并且贩卖枪支弹药。那样的话，你就是替他们去死。

鲁晓麦的故事回到了一九九五年。林杰真名叫林正旺，嫌这名字俗气，想改一个，派出所不同意。他带着这个名字从贵州出发到广东谋生，找到一份工作，在私营服装厂熨衣服，月薪七八百，没有加班费。没多久，他就厌倦了永无休止的流水线程序，厌倦了车间里的酷热和噪音，浓重的甲醛气味令他患上了慢性支气管炎。后来，他认识了一个来自浙江的女老板，做布料生意的，就跟着她去了诸暨。两人年龄差得挺多，女老板比他大六岁，有可能只是把他当面首，也有可能是真的喜欢他，对他而言区别不大，总之，离开车间流水线给了他一条生路。女方的生意做得不算大，小康水平，供他吃住，在公司里给了他一份差事。他也没让女老板失望，忠心耿耿，信守承诺，做事相当谨慎（他比俞凡靠得住），除了爱喝酒之外也没啥缺点，喝多酒以后他会变得暴躁一些。他待在诸暨那个小城市，想到后半生就会在此落脚，娶了她，挣点钱，也是可以接受的结局。后来发现那女老板还没离婚，男方一直拖着，他也觉得无所谓。他有一个古怪的梦想是成为歌星，他会弹弹吉他，嗓音条件一般，外形尚可。总之，待在诸暨是不可能有所作为的，必须去北上广才行。

一九九六年他押一批货到 E 市，对方公司是生客，十分热情，请他吃午饭，一边让会计给女老板打汇票。他让货车停在公司门口，先不要卸货。午饭和对方几个经理喝得稀里糊涂，醒来发现自己躺在酒楼外面，身边一个人都没有，钱包也被掏了。他知道出事了，大半夜追到对方公司，只剩一辆空车和一个在驾驶室里同样喝糊涂的司机，货和人全都消失了。他推醒司机，司机说，你一走他们就卸货了。他说我没让你卸货呀。司机说，不不，你临走前让我卸货了。这件事永远说不清了。他没脸再回诸暨，钱，事业，女人，过往的经历全部归零了。

他在 E 市结识的第一个朋友就是杨雄，当时杨在那家酒楼做帮工。他回到酒楼询问情况时，没有人知道那几个陪他吃饭喝酒的人是谁，建议他报警，不过也没什么用，要是报个警就能抓住骗子的话，世界上就没有骗子了。杨雄看他一脸沮丧，身无分文，就请他吃了顿饭，当晚在酒楼里搭住。两人并不认识，纯粹是帮他。他就落脚在这家店里，并向杨雄借了五百元，到火车站做了一张假身份证，取名林杰。

他在后厨帮工，晚上和杨雄一起睡店里，省了吃住的钱。酒楼外面是夜市，通宵大排档，地摊服装，盗版 VCD，洗头房，天气好的时候很热闹，可以整夜不睡，若是天气差就显得十分冷清，站在街边有一种无尽的空虚感，你是怎么被扔到这里的，你能去哪里，还是打算回到家乡做一个合法的走投无路的闲汉？他想到钱。他问杨雄，世界上有什么东西是钱买不到的。杨雄说时间、生命、爱情、自由、尊严。林杰说，这些都能买到，唯独钱是不能花钱买的。钱得是你把一切自认为花钱买不到的东西作为赌注押上去以后才能换那么一点回来。骗子们根本不在乎你的时间、生命、爱情、自由、尊严，你曾经以为的超越了钱的事物。骗子们只在乎你的钱。现在，你是打算去挣钱呢，还是偷抢拐骗，还是指望着在地上捡到一包够花一辈子的钱？

攒到钱以后，他先还了杨雄的账，又给自己买了一身新衣服，出去找工作。经济气候不好，有些老板看中了他，给出的工资却还不如饭馆帮工，且不包吃住，他都放弃了。有一天在夜市看到一个年轻人，抱着吉他挨桌卖唱，点歌两元，打赏随意。他从重庆来。林杰告诉他，在 E 市，人们没有这种打赏的习惯，这里的收入水平比西南地区高，但他们没见过什么有意思的东西，即使喝醉了都很小气。年轻人听到他的贵州话感到亲切，又叫了杨雄一起喝酒，林杰借他的吉他弹了一会儿，感叹自己手生了，从前想做歌星的梦早就不知道消散到哪里去了。年轻人建议他，一起去做流浪歌手（那个年代最虚幻的梦想）。林杰笑笑。他没兴趣去夜市挨桌唱歌，也没兴趣把音乐当作理想来追求（实际上他只会弹点粗浅的和弦）。他叹息梦想破灭仅仅是因为，这种姿态可以让他多喝几杯啤酒。

夏天他偷偷回了一趟贵州，补办了身份证。他本来可以去广州，那边工作比较好找，可是思前想后仍回到了 E 市，口袋里揣着一真一假两张身份证，那都是他，林正旺代表了一个属于旧世界的、久久无法平静的自己，林杰代表重生。重生这种字眼，相当滑稽，只有年轻人才会这么夸夸其谈，但旧世界是真的，你甚至还没有感受到旧世界的可怕，就已经被旧世界干掉了。他回到酒楼，看到杨雄头缠纱布，脸肿得像猪头，问发生了什么，回答是被夜市上的南方仔打了闷棍，然后一群人揍他一个。问这仇是怎么结下的，回答说，曾经把一个讲话不知道出入的南方仔一拳打到了墙角。

杨雄只打那些瞧不起他的人。在 E 市，这样的人千千万万，但敢和他单挑对打的，一个都找不出来，在安徽老家也同样。酒楼老板雇佣他的理由，除了干体力活之外，还能把他当半个值夜班的保安使唤。林杰曾经嘲笑他：你这样能打架、爱打架的人，到了南方，会被一个身高一米六的小个子弄死。小个子笑眯眯地走到离你一米远的地方，对你说，雄哥我给你带了件礼物，然后亮出火药枪朝你龟儿子脸上轰一发，你就结束了。这话应验了一半。

林杰对杨雄的评价是：人很直，但是幼稚，总是强烈感受到不公平。当年在安徽农村，杨本来有机会去部队参军，被村干部的儿子顶替了。参军是这些农村少年的好出路，断了路之后只能去工地上扛包（比种地强）。杨雄离家时，打了村干部一拳，揍下一颗门牙，觉得报了大仇。林杰就说，你倒是溜了，你父母还在人家眼皮底下讨生活。杨雄说，他不敢欺负我父母，我放出话了，惹急了我就杀他全家。林杰摇头说，人家是干部加军属，你终究是个穷人，自以为年轻力壮，再横也横不过三五年，四海之内都是你的仇人，这样是不行的。杨雄坚持说，我真的敢杀他全家。

挨打以后，杨雄想找夜市上的南方仔报仇，酒楼老板怕牵连，劝后无果，就把他辞退了，怕他闹事，又多封了一个月的薪水给他，请他离开这一片，到别处混去。林杰也跟着辞了工。不久，林杰在城北批发市场找到了一份活，给一个做水产生意的浙江老板跑腿，后来自降了两百元工资，老板出双份，把杨雄也雇了。两人认识了汪忠铭，也是这家的雇工，在临近的县级市做事。年轻人很容易搭上话，混在一起吃吃喝喝，有时顺手拎点鱼虾做下酒菜。

关于绑架老板的小孩这件事，林杰澄清，纯粹子虚乌有。首先，只是汪忠铭喝多了瞎出主意；其次，老板全家都移居到了 E 市，三姑六婆皆在，请问怎么从一群女人手里把小孩抢过来？最重要的是，林杰和杨雄都看不起绑架犯，尤其是撕票的那种。他们是穷，但并不想为了钱去杀人。

在铁井镇，鲁晓麦和林杰关系不错，仅次于俞凡。林杰身上有一种古怪的优雅气质，见过世面的穷仔，不在乎钱，经常自嘲，经常文艺。鲁晓麦说，你龟儿子讨女人欢心简直不要本钱，女人都会愿意帮你。林杰说，可惜这世界不是女人做主，我落在男人手里就惨喽。

他伪造身份的事情瞒得很好，只有杨雄和鲁晓麦知道。九七年以后，他嫌那张假身份证做得不够好，在重庆和贵阳又分别做了一张，身上揣着三张假身份证，姓名和住址都不一样。很多骗子都这么做，逃避法律制裁，但林杰栽也栽在三张假身份证上。H市的消息传到储运部，认识他的人都感到惊讶，那时鲁晓麦已经离开铁井镇，在济南亲戚家避风头。实际上，她离林杰不远。她打电话给周伟彬，周说，这次是林杰出事了。她赶到H市时，事情已经落定，林杰跑了，她只得回到济南。又过了几天，躲在江西的俞凡给她打电话，说林杰已经回到贵州家乡。三人约在重庆见面。

出事以后，俞凡嘲笑林杰：早知如此，你就应该把仓库大门打开，我和张泽华开着货车拉走一百万货，五个人平分十几二十万，也可以过几年好日子了。林杰说，钱太少。俞凡说，想想那些为了万把块现金就在储蓄所门口杀人的悍匪吧。林杰不语。俞凡说，当初让你干一票，你是怎么回答我的？你说，林杰这个名字，不是用来鸡鸣狗盗的，现在，林杰这个名字，已经挂在了美仙瓷砖的悬赏令上。

我猜鲁晓麦并不是回来找我，而是等林杰的消息，但是俞凡去了哪里？她说，回铁井镇了。我说，鲁晓麦，你一定还有事瞒着我，你讲不清楚为什么他们会出现在重庆的仓库里。

这天中午，鲁晓麦吃一碗方便面，躺在床上，抱着她的黑包。我让她睡一会儿，她要我保证在她睡着以后不打开这个包，不去看里面的东西。我说，两把枪，对吧。鲁晓麦说，对，你不要看，也不要知道。她睡了十二个小时，有时我能感到她做梦了，可能是噩梦，可能梦见了逃亡。凌晨时她醒了，林杰没有出现，警察也没有出现。她问，有发生了什么事吗。我说，你的包里有三张属于林杰的假身份证，但手枪只有一把。鲁晓麦非常生气，也很无奈。我说另一把枪是俞凡带走了吧，他提着枪回铁井镇做什么？鲁晓麦说：他要去杀掉仇人。

这两把枪是一九九七年林杰从贵州搞来的，仿五四自制手枪，另外还有几十发子弹，价格便宜得难以置信，六百元一把。左轮枪贵一点，八百，好处是不容易卡壳，但他没搞到。这种自制手枪远不如制式手枪做工精良，打第二发子弹极易炸膛，要求持枪者近距离精准射击，一枪打爆头。因为这个原因，他搞了两把，当时并没有想好要做什么，带枪出行太危险，索性把枪藏在重庆仓库的墙洞里（挖这墙洞他还费了一番功夫）。我说，他这么干也很危险，为什么不把枪放在家里？鲁晓麦说，他龟儿子根本没有家了，房子都被他哥占了，但凡有什么把柄，他哥会欣然把他送进监狱。

H市出事以后，林杰联系到了俞凡，说自己有两支枪，干点什么吧。俞凡说，邓文迪和叶嘉龙都是有钱人，在他们身上下手更好，至少不会手软。林杰说，我也不愿意去抢银行、劫杀路人。俞凡说，如果我不想要钱，只想要叶嘉龙，你能接受吗。林杰说，那也在情理之中，如果能查到杀死杨雄的凶手，你也不要介意我多杀一个人。两人约定到重庆取枪，先回铁井镇做掉叶嘉龙，再到H市做掉邓文迪和王宏卫，又约了鲁晓麦在重庆见面，事先并没有告诉她任何计划。实际上，是交代后事，俞凡留了两万块钱给鲁晓麦，另有两万给了死去的远房妹妹的父母。

这个冬天，鲁晓麦从济南来到重庆，天空落雪，天空晴朗，天空阴霾，天空落雨。她说这一路过来，大地上的事物已经看不到。后来知道他们要去杀人，她试图劝阻，让他们理智下来，可是这两个男人并没有发疯，与她一样他们只是不再低头看着大地上的事物。

在火车站，俞凡单独买了一张火车票，要了一把枪，把鲁晓麦留在了重庆，另一把枪指望能交给林杰。俞凡说：两件事恐怕只能分头去干啦，叶嘉龙是我的。鲁晓麦说：要不就算了吧，你一个人干不成这件事。俞凡说：我是一个皮条客，你还记得吗我们曾经看过一本美国片子，叫《出租车司机》，出租车司机为了一个小妓女，把皮条客、房东、嫖客统统击毙了，看完以后你们都嘲笑我，说我已经死在这堆人中间了，此时此地，告别之前，我要告诉你一件事。这件事是：他的养父母不孕不育，从农村亲戚家将他抱养过继到城里，那个赤身裸体摔死在大街上的女孩实际上是他的亲妹妹。

鲁晓麦问我，这能写成小说吗？我说，这个问题令我显得愚蠢，咱们不要再谈了，忘记小说吧，它和世界一样不讲道理。我见过寻找好故事的人，见过抄袭大师的人，见过完美主义者和不完美主义者，大部分人在大部分时候谈论文学都像是在剔牙，漫不经心或郑重其事，总的来说没有秘密可言（也包括我）。此时此地，我只能说，忘记小说吧。

鲁晓麦在旅馆里等了两天，我陪着她，阻止她去公安局打探消息。有一段时间，她情绪失控，想拿着枪去自首，但很快又想明白了，自首的结果是让俞凡提前坐牢。到第三天上，林杰没有任何消息，基本肯定他落网了，然而警察也没来，说明他并没有把事情供出来。落网的那个人不是林杰，是林正旺，一个揣着火药枪打算混上火车的贵州人。

我给仓库换了把锁，它仍然经不起撬棍来一下子，换锁纯粹是心理安慰。鲁晓麦找到那个墙洞，它在一堆滞销库存后面，仓管员在这里待一辈子恐怕都不会发现，除非地震或是拆房。她将三张假身份证装进塑料袋，塞入墙洞，接着犹豫起来，该不该把枪也放进去。我说，算了，如果不好好封存，一两年就变成锈铁。我问她，林杰会回来找这些东西吗？鲁晓麦说，不会，我们没约好这件事。我问她为什么不干脆扔了，她看了我一眼，没有回答，那眼神令人费解。我说，把枪留给我吧。她问我什么意思，我说就是字面上的意思，把枪留给我。

千禧夜，鲁晓麦陪我一起去市区，街上很热闹。鲁晓麦说：整个地球都在迎接新千年。我说：但不是同时，时差关系。这时她提到俞凡，现在应该已经在铁井镇了。我们找了个夜市坐下来吃饭，点了几道川菜，看旁边一桌的人划拳。有两个小伙子抱着吉他过来唱歌讨赏。鲁晓麦说：真的有人卖唱哎。十分高兴。吃完饭，她挽着我的胳膊往解放碑方向走，道路拥堵，未及走到，零点来临，周围传来整齐的欢呼声，这是人类读取无意义的时间的声音，也是诸神给出的永久沉默。鲁晓麦问我，此时此地，是什么感受。我撒谎说，有一丝幸福感，能和你携手跨过一个虚构的千年。鲁晓麦说，可是你身边站着的人，余生都得等候着一个又一个的坏消息啊。

过了元旦，鲁晓麦决定离开重庆，问她去什么地方，说也许广州，也许深圳，将来看有没有机会去香港。说实话，我并不是很担心她，我始终觉得她具有这样一种能力，亦即"在黑暗中独自行走的智慧"。她不让我送她去火车站，直到此时，她把枪留给了我，并说，找个你认为合适的时间扔了它。我送她到街上，在一片长满枯草的地方，她命令我留步，与她拥抱告别。我们没有提到爱情，也没有提到友谊，似乎那些东西才是存在于小说里的、虚构的部分。她问道：现在，你有没有什么惊人的秘密会告诉我呢？我说，没有，愿你把这一个一个人统统忘记掉，在下个时代里，遇到另一些善良的人吧。

那把枪在四个月后被周劭扔进了嘉陵江里。

我在网吧里断断续续读到玄雨连载的废土世界的小说，前后总有一年，从重庆到宁波，后来又到 T 市。这个末日的故事发表在 BBS 上，与郑炜说过的色情片有所雷同，我怀疑她也看过，受到了启发：世界毁灭于千禧夜，病毒爆发，蔓延到全球，大部分人类成为介于吸血鬼和僵尸之间的生物。在小说里，它们被称为"原型"。原型在夜晚成群出没（偶见于白天），具有强大的攻击力，隐蔽性也很强，但智力低下，它们杀戮或噬咬人类。受伤者有一定概率会成为原型（僵尸电影里一贯的设定条件），其余陷入谵妄与昏迷，携带传染病但并不具备攻击性。由于缺乏治疗手段，健康的人类将这些受感染者杀死，并焚烧成灰（小说在这一段里提到了人类对于肉身的恐惧）。白天出现的原型总是落单，且攻击力减弱，至多相当于一个强壮的成年人，三五名人类战士持木棍就可以杀死它，也因此，人类世界并没有彻底崩溃，他们损失了一大半人口，损失了大部分能源和矿产，但保住了农田和武装堡垒。幸存的人类发现了原型的弱点，害怕深水，不会游泳，堡垒要么是小岛，要么是挖了宽阔的护城河。人类可以立足（成为部落），但无法向外拓展一个日夜的程距。故事的第一部分发生在中国南方，讲述疫病暴发五年后，一个叫汉的少年在 A 堡垒中避难，白天种植农田（块茎类植物，土豆，红薯），夜晚休息，听护城河外的原型发出奇异的嚎叫声，听堡垒中的女孩弹吉他唱歌。这是中世纪的场景，也是后现代的场景。汉回忆了他童年时目睹的恐怖场面，回忆他死去（或者已经变成原型）的父母。故事节奏缓慢，始终没有出现人类与原型正面作战的情节，也或许是一种策略吧，小说大量书写的是少年汉的日常生活，跨出护城河从事农业生产，种土豆，伐木，收集城市边缘的可用物品。他们也得防着被原型在白天偷袭，尽管不常发生，但总有这种可能。一部分强壮的男人充当战士，其中一个叫良的退伍军人，是汉的兄长和保护人。通过汉与良的对话得知，城市已经荒弃，无数原型生存在其中，相当危险。这部分段落像海明威的《尼克·亚当斯故事集》，作者并未展开壮阔的灾后世界图景，把小说搞得像患上了大头症，也没有时不时地卖弄明喻隐喻，把小说搞出一股汤药味，尽管是胡编乱造的世界观，但总体显得平静可信。汉和良划着船在河道中行进，船上绑着一头羊。两人遇到一条狗，狗在岸上用友好的眼神凝视他们，汉想要收养它，但良告诫道，狗同样可能染上原型病毒（似乎只有人和狗会传染），汉认为如果堡垒里养一条狗会更好些，至少可以负责警戒。这个提议最终被否决了。汉问，如果是人类，咱们救不救。良说，这问题不必假设，堡垒外面已经没有人类了。世界一片寂静，任何声响都意味着杀戮，汉的猎枪放在膝头，开山刀背在身后，时时保持着警惕。入夜前，他们到达了较大的 B 堡垒，说明来意，原来是 A 堡垒中有一个妇女临盆难产，需要 B 堡垒中的一位产科医生前往救助。可是那产科医生不敢冒险，拒绝了。B 堡垒是湖上的小岛，防御压力比较小，人民生活也更富足，相比之下 A 堡垒岌岌可危，粮食匮乏，干旱和严寒都可能让原型越过护城河这道屏障。然而 B 堡垒也存在问题（而不是弱点）：成年女人的数量偏少。首领提出用女人来交换这次救助，良不同意，只答应给出一头羊。B 堡垒并不缺乏食物。双方没有谈拢，天亮后，两人又划船回去。汉问道，难产的女人现在会不会已经死了。良说，不知道啊，应该把女人放在船上，载到 B 堡垒来。汉说，那样的话，咱俩人恐怕不够，至少需要四个人、两艘船，目标太大，会引来原型。良说，如果不是原型出没，A 堡垒的人恐怕早已袭击并攻破 B 堡垒。这时，小船又经过那片河岸，狗的尸骸漂在水中，两人加紧划船，尽可能安静地离开了。

　　故事的第二阶段，十年不遇的严寒来临，北方的一些堡垒已经陷落。A 堡垒也不乐观，人口降到不足三百，食物配给供应。任意一个夜晚，当寒风将护城河水凝结为冰，原型就将出现在人们眼前。此时，一位来自基地的人类学家到达 A 堡垒。基地在南方数百公里外的一座江心岛上，正是基地指导了各处堡垒的人们如何对抗原型，像宗主国一样任命首领，调停堡垒之间的矛盾，但是，联络完全靠人力，且时常中断，无法形成上下级关系。基地人员出行唯一的办法就是开着集装箱卡车，晚上把自己锁在车里，白天赶路。有时候也会出现伤亡，被人类抢劫。这一次就是，人类学家是唯一的生还者。大伙猜测是 B 堡垒的人行凶，然而也毫无办法，便纷纷探听基地的情况。根据人类学家的说法，目前的武器可以反攻，但无法定居，毕竟人类社会不是由单纯的军人构成。过去几年世界从崩溃状态中恢复到一个稳定水平，随着资源用尽（除了农业以外其他生产可以忽略不计），可选择度越来越小。原型的存在迫使人类用一种军事化的小农经济生存下来，每一座堡垒内实质上都形成了武士和平民两个阶层。最后这句话，是人类学家和良私下谈的，现在良是 A 堡垒的首领了，汉是战士。良问道，两个阶层会产生什么问题。人类学家说，根据首领的人格不同，资源分配的倾斜程度不同，较好的近似军事集体化，较差的则偏向农奴制度，但都没来得及形成世袭首领，再过些年可能会出现（如果人类还能延续到下一代），以上是个人观察，基地没有专门机构研究这些，基地寄希望于军事和医学技术，认为目前情况下任何组织结构的形成均合理，只要能保障人类生存下去。良摇头说，即使不合理，基地也无能为力，法律和制度已经不存在了。人类学家却说，尽管倒退回了历史的深处，但人类并非没有光明可言，至少，对于不同制度的利弊了然，对于法律也仍存在共识，要知道，真正绝望的人类是不可能再生出阶层的，事到如今，活下去的欲望比什么都重要。到了晚上，少年汉负责安排人类学家住下，现在他已经成为他们之中的一员。汉深深地担忧，他向人类学家解释道，并不是为全体人类的命运，而是天气，今年冬天特别冷，冰封护城河之后就意味着堡垒的灭亡，所有人都将死去。人类学家说气候和环境在他的研究领域内是决定因素，他举例史上诸多民族因为环境破坏而迁徙或灭亡，谈到制度、文化和信仰，以及重建的可能。A 堡垒中没有信仰，没有书籍，汉说，活下去是唯一信仰，但有些人发疯了（妇女和老人居多，也有壮年男子），他们情愿吊死自己。汉问人类学家，基地内有没有人吊死自己。

人类学家说，极少数，并不比上一个时代的比例更高，人们对未来抱有期望。汉说，那只是因为基地的日子比我们这儿好过吧。这时，外面传来歌声，篝火熊熊，平民们围在一起，少女弹起吉他。在这样的夜晚只有孩子能平静入睡，但醒着的人们脸上并不绝望，火光和音乐令人沉醉，没有发疯的迹象。人类学家跟随汉走到屋外，看着这场景，他说在远古时代的夜晚，除了火以外人类无所依偎，除了月亮以外无所倾诉。

　　这段内容发表后，BBS上有人希望她能写到人类与原型的大战，也有人认为人类学家这个人物写得太假，作者对人类学相当陌生，有人提出所谓原型既未正面出现也未予以侧写，处于假想状态，象征性过于明显。总的来说，读者不多，这个BBS对畅销小说不感冒，大部分人都在写诗，写短篇先锋小说。连载停了一阵子，半年后才恢复，故事的第三阶段变得异常混乱，用第一人称和第二人称交互的方式讲述了一次冒险，A堡垒已经覆灭，弹吉他的少女琴躲过了这场灾难，在去往基地的集装箱大卡车里，她回忆道：A堡垒躲过了上一次危机，但这一次，干旱使水位下降，阻挡原型的仅剩一道脆弱的木栅栏，人们渴疯了，也吓疯了，音乐和歌声无济于事。有人逃走，向着B堡垒的方向，也无从得知他们是否获救，或是死在途中。此时，琴的身边是受伤的人类学家，他即将死去，也可能在假死之后变成原型，按照规定（这个规定现在已经成为习俗），他的尸体将被焚烧成灰。在最后的时间里，人类学家由浅及深陷入谵妄。他说：悲惨的世界，文明已不复存在，不可能再重建。琴问道：南方呢，我们能去南方吗？人类学家回答说：不能，南方气候好可是那里的原型也更凶猛啊，不然我们为什么老往北边勘探呢，南方的原型是另一个种类，它们白天黑夜都杀人啊。就这样，他讲出了实情，最后的希望也变得渺茫。他死后，卡车短暂地停了一会儿，汉和良从驾驶室下来，打开集装箱的门，判断他是否假死，最终决定将他抛弃在路边。他们没有太多的时间处理尸体，无法遵循焚烧的习俗，也就随他去了。当然，世界已经不在乎多一个原型了。

　　BBS 上的连载没有稿费，那几年也不存在付费阅读，玄雨写了至少五万字，算是比较长的，但这故事没有结束。有一次小川和我在 QQ 上聊天（当时他已经在上海找了份工作），谈起这篇小说，小川评价说：这类小说的世界观不够缜密，人类社会一旦大面积崩溃，必然会引发连锁灾难，主要是核爆炸，计算一下全球的核武器与核电站吧，还有核潜艇，足以让地球进入漫长的核冬天。然而这一点在大部分灾难电影中都被忽略了，他们遵循的仍然是古代神话的想象逻辑，地质灾难，人类变异，设计故事的人总是忘记核武器——那是由人类制造出的唯一可以将文明抹去的东西。一时兴起，我们又讨论了世界毁灭的可能性，从小行星撞击到埃博拉蔓延，各种末世预言的破灭，据说在二〇〇八年和二〇一二年还会各有一次末世，然而都不可能再像千禧年那样激动人心。小川总结说：大哲学家是不谈世界末日的，就像子不语怪力乱神，这种胡思乱想属于小说和电影。接着他又问我，和玄雨是否还有联系。我说没有，我只是在网上看看她写的小说，普通读者而已。她的文学理解力比我好，但她藐视个人经验范围内的小说，藐视文学（或者说是文学阐释本身）对"人"的解释，正如这部末世小说中，人们对于肉身的恐惧。肉身变异，肉身成为另一维度的存在，肉身的原型否定了灵魂的存在，活人紧盯着活人并在死后立即将其焚烧成灰。小川再次建议我写长篇小说。我说，没有这个念头，请问为什么总是提醒我写长篇。小川说，写长篇是文学青年的永恒话题嘛，不过，文学青年是易逝的。我感觉他在电脑那头傻笑。他说到"载体"这个词（是他从广告公司学来的），互联网是一个伟大的载体，文学会发生革命，就像纸张的出现催生了长篇小说。我说，笨蛋，真正的长篇是靠记忆来讲述的，不需要纸。小川说，互联网就是记忆的新形式，也是讲述的新形式,总而言之,结构性的变化正在生成,我们可以期待一次文学浪潮。我故意问,文学浪潮和你有什么关系。小川说,文学浪潮是一代作家的光荣,尽管光荣这个词不应该出现在文学世界里,但实际上,就是光荣。(文学有无光荣可言?或是外在于意义?)

很多年以后我和小川回忆这段时间,有好几年,他在上海,我在各个偏僻的库区。确实,他离一个现代的世界更近些,那是互联网时代的开始,所有人都相信二十一世纪会与从前不同,就像一个库区管理员相信今天是崭新的,昨天已经逝去,属于今天的每一分钟都是筹码。年轻人写先锋小说(仿佛先锋派没有死去,他们可以继承)、写口语诗(诗人们现身论坛,仿佛新时代来临)、写他们幻想中的世界(仿佛绕开了当代文学),也写他们的文学理想(仿佛那个失落而狂乱的九〇年代已经抹去)。我甚至觉得,那不是文学,而是一种可以被升华的流行语言,与音乐、时装、发型都能勾连起来的事物,无法经历时间考验,易被模仿,经不起判断,以余生捡拾其破碎之物的失败形象。然而,这也没什么大错。文学浪潮确实没有到来,今日逝去后,他们想要忘记的那些东西,恰恰将他们忽略过去了。

我在 T 市库区的日子里,没发生过什么大事,人就住在仓库,一个小间,床铺、书桌、衣柜皆有。T 市气候温暖,冬天睡觉不需要开电暖器,一个热水袋足矣。库区有一大半是国家粮仓,隔着一道围墙,日夜闻到面粉的气味,除了鸟,平时很少看见活的东西。这里所有的建筑皆用水泥包裹,也不种树养花,远近所见无不是一种平静的灰色,除了天空是蓝的,也同样平静。

周伟彬就是在这里被抓的。库区一个职工告诉我,警察到办公室,让主任打电话让他出来一趟,奇怪的是周伟彬似乎预感到要出事,他正在库房收拾行李,到办公室就被铐住了,按进了警车,与此同时他喊了一声:快走。库区的人猜测,是喊给那个女人听的,不久前从外地过来，和他住在一起，当时似乎是出去买东西了。他被捕以后，女人没再出现，人们又猜测，女人在远处目睹了这一幕，随后就跑了。

库房已经被前任仓管员收拾得很干净，周伟彬和女人住过的痕迹已经完全抹除。我在里面转了一圈，希望能找到类似重庆仓库的墙洞，然而没有，这里硬件设施很好。我在书桌抽屉里找到两本日本的黄色刊物，页面沾染污渍，显然，前任仓管员是个健康的小伙子，然而也是个混蛋，这混蛋被送到 H 市去煎熬了；找到一个女人用的发卡，玳瑁花纹，搭扣已经坏了，不知道为什么还留着，又为什么不带走；找到一张军人证的封皮，没有内页。总之都是些无意义的东西。有一天我在一块栈板夹层里发现一把高碳钢直刀，插在帆布刀鞘里，可能是周伟彬留下的。这种刀除了杀人没别的用处，它一直留在我身边，有时夜里出去，我把刀挂在皮带上，它很锋利，并带着前一位主人的某种渴望和某种无意义。

库区外面谈不上荒凉，一些停产工厂，夹杂在其中的居民住房，生活设施落后，现在可以称它们为上个世纪的建筑了。有一座小码头正对库区大门，河道总有二十多米宽，对岸则是一片等待房地产商开发的荒地，树木伐尽，野草茂密。库区有一位门房是个二十多岁的年轻人，名叫王凯，他告诉我，距库区最近的网吧要走二十分钟，在一所本地大专院校边上。他本人就是这所学校的应届毕业生。我问他，毕业之后在学校边上找到工作是什么感觉。王凯有点不好意思，说是家里安排的，按理，应该去外面闯一闯。事实上我并没有嘲笑他的意思。他说以他的学历在上海只能找到扫楼的工作，就是挨家挨户推销产品，目前在库区下基层做门房，将来或可以调进机关单位。他的大部分同学都去了市区北边的开发区，那里有一些半真不假的外资企业，既苛刻又无前途。接着，王凯又指给我看，河对岸一座破破烂烂的工厂，工人早在一九九六年的下岗时代已经遭散殆尽。那里每周末会有不入流的乐队演出，收取廉价的门票和酒水钱，假如我觉得无趣，可以去听音乐或者上网。

　　我在那弥漫着铁的气味的厂房里，混在大学生之中看演出。目力所及，都是铁杆摇滚青年，天气好的时候，远在城市另一边的年轻人也骑着自行车来凑热闹，天气糟糕则观众寥寥，惨淡收场。所有人都穷，没几个零花钱，喝不起啤酒，反正这时已经是深秋，大伙并不是很渴，但所有人都抽烟，一根接一根地抽，表情往往像是在吸大麻。有时候，音乐不太吵闹时，能听到头顶废弃的金属行车架子跟着某个音符一起低徊。一支乐队是重金属，像狂暴的垃圾从空中倾倒下来。一支乐队没有旋律，通篇本地脏话，诅咒一切。一支乐队是生手，毫无登台的资格，他们的男主唱在酒吧间里拒绝了一个富婆点唱台湾流行歌曲因而被保镖在头上打了一酒瓶子。一支乐队拥有性感女主唱，她剃了光头，像奥康纳，但嗓音像K歌房的歌女。王凯问我喜欢哪支乐队。我开玩笑说，毋宁问，想杀死哪支乐队。另一天，一支唱励志流行歌曲的乐队登台，台下的摇滚青年起哄，叫他们滚蛋，去大排档卖唱，去K歌房坐在老板大腿上卖唱。女歌手是一个头发闪亮的姑娘，观众让她把假发摘了，她真摘了，继续唱她的励志歌，接着又唱了一首莫名其妙的粤语歌，荒腔走板，并挑衅似的掀开裙子露出大腿和网眼袜，将麦克风对准音箱，发出阵阵嚣叫。台下回应道，小婊子，好好唱，不要怯场。女歌手嚷道：你们是我见过的最棒的观众！

　　我走到外面抽烟，有个姑娘过来借火，嘀咕说这什么白痴表演。我说我见过比这个更离谱的。她并没有追问离谱到什么程度，抽了几口烟，看看天，夜空中正落下稀疏的雨点。她说自己是师范大学现代文学的硕士生，我们俩往外走时，讨论了一下关于励志歌曲的可能性。节奏的意义大于歌词和旋律，励志的对立面并不是颓废，而是色情，荷尔蒙向左拐与荷尔蒙向右拐的区别。励志和颓废的共同点是都需要一双眼睛审视自我，一个无形的批判者（针对过去或当下），因此，假想有颓废的励志歌曲、荒诞的励志歌曲、狂暴的励志歌曲、虚伪的励志歌曲……但想象不出色情的励志歌曲。女歌手在励志的同时撩开裙子实在是妙极了，白痴极了，精神分裂极了。那姑娘反驳我说，纳粹党就是唱着战曲看大腿舞的，K歌房的男人也搂着小姐唱他们的真心英雄呢，总之，纳粹党和乡下人无所不能。我们信口胡诌，往大学方向走，那时还不算太晚，但街上已经没什么人。她是学文学批评的，照她自己的说法是"搞"文学批评，讲了一些我当时并不知道的名字，波德里亚，伊格尔顿，卢卡奇。未及聊到当代文学，我们就走到了学校正门对面的公交车站，她要坐车回师范大学。她以为我是对面学校的学生，我说，我是库区仓管员，而且，我走反了方向。

那姑娘说，看得出你是个文学爱好者，既然走反了，就陪我等车吧，这条街上曾经发生过劫杀路人的案子，走夜路的穷人不但丢了钱还丢了命，凶手没抓住呢，你有时间吗。马路对面就是学校传达室，站着保安，可我被她讲话的语调迷住了。我说，我来自外乡，我在这里的时间像沙漏里的沙子，除了计时之外，时间并无别的用途。她笑了起来。后来，我问起劫杀的事情，她说等下一次如果还能见面就告诉我。在等车的那段时间里，我讲了讲仓管员的情况，至少听上去是一种奇特的生活，与文学爱好者形成怪异的反差。之所以讲这些，是因为我还想见到她。后来，公共汽车摇摇晃晃从远处开来，大灯雪亮，照向我们。从我这个角度看过去，她的侧脸像剪影，镀了一层白光。她让我想起沉铃。

王凯给我讲了劫杀案的事情（他叔叔是刑侦大队的）：九〇年代末，与所有的城乡接合部一样，库区一带治安很差，警力不足是一个原因，另外，盲流实在太多了。盲流这个词是什么时候禁止使用的？总之，带有歧视性质，盲目地涌入沿海富裕城市的乡下人，T市大概有几十万，他们之中的犯罪率即使是百分之一，也能集结成一个师的破坏力量。没有几个城市能扛得住。到处都是盗窃案，但唯独在这一带，杀了人。先是一起入室灭门抢劫，接着，一个下中班的女人重伤，没看见凶手的长相，接着是一个做三陪的女人，重伤，最后是一个女大学生。案发时间都是深夜，作案凶器是锤子（女大学生锤击后被勒死在铁道附近的小树林里）。公安局通过排查，找到一个犯罪团伙，四个打工仔，已经分散逃到外地，很辛苦地逮捕了其中三个。这伙人交代了入室灭门的罪行，下手之后因为害怕立即逃离了T市，其他案子不是他们干的，后来又交代说，漏网的那一个，也许是凶手，他很可能没有离开T市。警察问那人的身份，三个人交代说，建筑工地上认识的，姓名是假的，只知道是北方口音，中等身高，二十岁左右，另外还有一些特征，不得而知。值得注意的是，那小子并不是文盲，也不傻，他买日用品计价全部用心算，不曾出错。作为连环杀人案的嫌疑人而言，二十岁有点不可思议。三名罪犯说，那起入室灭门案，他们都是第一次杀人（其中有一个根本没动手），但漏网那小子肯定不是第一次，另外，那小子对锤子情有独钟。当然，仅凭作案工具并不能锁定三起劫杀案之间有关联，作案时间倒是一致：周末的深夜。总之，没抓到，是个反侦查能力很强的罪犯，然而相似的案子也没再发生，可能这家伙已经逃到别的城市去了。警方给出了嫌疑人的画像，一张大众脸，像是没睡醒。这种脸你要是去火车站，大概能找出几百个来。目前来说，或能寄希望于DNA技术侦破悬案。

被杀的女大学生并不是附近这所学院的，而是师范大学的本科生，王凯说，这姑娘最可怜，她遭受了锤击、强奸、勒毙、弃尸荒野这四重罪行。随机杀人真是可怕，随机杀人是人性中最黑暗的深渊。我问他，这些罪犯在第一次杀人时会犹豫吗。王凯说，逻辑上讲，如果犹豫就不会是随机杀人犯了，大部分入室或拦路抢劫杀人，凶手都不会有什么内疚，事后也不会（更可能的是滋生出杀人的快感）。随机杀人犯是不接受任何形式的审判的。我说，我只是从加缪的《局外人》之中读到了这一节。王凯没有读过加缪。我问他，罪犯会忏悔吗。根据他叔叔的看法，王凯说，不会，朝谁忏悔呢？朝法庭还是朝死者？他们只是在被捕后假装忏悔，为了减轻惩罚而已。

　　一个星期后，我在废弃工厂里又遇到了那姑娘，这一次，我们交换了姓名。她叫姚隽。励志乐队再也没出现过，我们听那支骂脏话的乐队有十分钟之久，实在听不下去了，又走到外面。我们没有谈杀人案的事，而是聊了一点现当代文学，历数各自喜欢的作家，有点幼稚。她的专业在青年时期很难有所建树，空余时间她也写小说。很快我就发现，她对摇滚乐知之甚少，也不喜欢那种吵闹、迷狂的气氛，可是她为什么要赶这么大老远来看不入流的演出？对此，她解释道：收集素材。在我遇到的文学青年中，她是第一个正儿八经说这句话的。

　　她约我去师范大学玩。我去了好几次，陪她在食堂吃了几顿饭，校园环境不错，至少我又看见树了。我们在学校里散步，说些不着边际的话，有时是关于文学，有时是关于仓库。姚隽抽烟，但走路时不抽，必须站定。她没有男朋友，也不够开朗，经常走着走着就无话可谈了，然后找个地方点起一根烟。第四次见面时，我说，关于劫杀路人的案子，我已经打听出了一个大概。姚隽长久不语，抽着烟。我问，那个死去的师范大学的姑娘你认识吗。姚隽说，认识，她是我本科时同寝室的好友，姓唐。我复述了王凯的话，姚隽仍然不语，直到抽完那根烟才说：用哲学的话来讲，随机杀人、绑架撕票，都呈现了主体对客体的绝对控制力，还有贩卖人口；这种控制力的强度超越了法律审判（甚至超过了酷刑逼供），法律的庄严在它们面前也会被抵消掉一部分吧。

　　似乎是在和王凯的故事做一次拼接，姚隽讲到了死去的姑娘：唐姓女大学生在一九九八年的初夏来到这一带，她是本市人（姚隽则来自县城），男朋友在那所大专念书，当时快毕业了。两人感情出了一点问题，男朋友移情别恋。白天离开学校时，唐姓女大学生折了一只纸鹤放在寝室窗台上。姚隽回忆说，是黑色的，她用黑纸折的。然而黑色仅仅意味着她对爱情的失望。姚隽想陪她一起去，被婉拒了。唐姓女大学生和男朋友谈到夜里，后来，那个男生说要去看摇滚乐队演出，女的没跟去，没人知道她去了哪里，反正也没回家，也没回学校。第二天，也就是星期六，姚隽以为她回家了，第四天，没等姚隽起疑，消息已经传到师范大学。距离铁路桥不远处的树林里，细雨下了一天一夜。姚隽再回头去找那只不祥的纸鹤，已经消失了，大概是被风吹到窗外去了。

那男生当然是重大嫌疑对象，但查下来确实没他的事，他只是撂下唐姓女大学生，陪着新女朋友去看摇滚了。姚隽向我描述唐姓女大学生：敏感，温和，写诗，会拉小提琴。向我形容她们之间的关系：深厚友谊。出事以后，姚隽去公安局打听情况，由于是连环杀人案，警方口风很严，案子虽然没破，并不意味着刑侦队就此停摆。再后来，时间久了，她通过内部的朋友打听到了一些消息，和王凯说的大致不差。

姚隽认为唐姓女大学生一定是在某个时间点上去了工厂，至于她有没有进现场，不得而知。她连个包也没带，身上别无他物，凶手很可能不是为了劫财，而是直奔她这个人去的。有一个线索被姚隽注意到了，三次劫案都是在星期五的深夜，摇滚乐散场之后的时间。我说，可是前两个受害人也去了摇滚乐现场吗？姚隽说，当然不是，当然是凶手去听了摇滚乐。

这个解释虽为猜想，但也合理，对于抓捕凶手几乎没什么用处，演出现场昏暗，人各玩各的，谁也不会去注意身边的人。姚隽想，只要这个凶手继续作案，他一定会被抓。有一段时间她根本不敢想这件事，想凶手的可能性，想好友的死状。这片郊区的人也吓破了胆，家家户户装防盗门窗，学生们绝不敢半夜独自出行。可是相似的案子没再发生过，凶手消失了，蛰伏或是离开了。

姚隽本科毕业后本想考中山大学的硕士生，但最终还是留在了师范大学。她所耿耿于怀的，正如常人所想：为什么唐姓女大学生会遭遇不测，假如那天两人相伴而行（毕竟失恋也是需要有人照顾的），会不会躲过厄运。姚隽说，在死者的父母之外，她是另一个为此无法释然的人。随后，她又说：有一种说法，凶手总会回到他作案的地方。我问她，到底是寻找凶手还是寻找素材？她说：曾经起过一个念头，想把这件事写成小说，但现在已经放弃了，因为无所安慰，因为那杀人的畜生和那背信弃义的混蛋还在世界上行走着呢。

姚隽陪我逛过一次街，就在师范大学附近，街边小吃店和服装店居多，悬铃木安静地落下叶子。入流的大学边上，道路也带有一种书卷气，合乎分寸的浪漫。后来我们走到商业街，有百货大楼和新华书店的地方，我们都没什么钱，装模作样走进书店。那几年最受追捧的商业奇才传记、美女作家的流行小说，都放在醒目的位置。我问姚隽，有没有想过，像美女作家一样写书。姚隽说，美女作家都是出版社塑造出来的，美女作家都写性。言下之意，她写不来这个，或是没有这方面的经验。姚隽翻看着美女作家们的小说，说实话，也不全是性。我说，尽管我没读过她们的书但在 BBS 上看得已经够多，很多女孩模仿她们的行文风格，连我也差不多可以做到。姚隽说，塑造一个美女作家如果能跳过性别界限，那就太有意思了，绝大部分人并不知道她们为什么是美女，为什么是作家，绝大部分人只是听说而已。

在书店里，姚隽再次提起唐姓女大学生。她说，有几个做自制出版物的朋友，想为死者出一本诗集，印量很低，不为赚钱，只为留个纪念，甚至还想找某家出版社要一个书号，正式出版。她正在整理遗稿。已经两年多了，这期间她回避着记忆，现在读到那些诗，全都翻涌上来。诗集的封面设计将会是一只黑色的纸鹤，诗集的名字古怪，叫《溏心蛋》。姚隽微笑着说：那是我给她起的绰号，她为此写过一首诗，她说过将来如果出诗集就用这个做书名。

我说，这样好，比起你把她写进小说里，这样更有意义。我想我可能说错了话，又或是语调显得轻佻，那一天剩下的时间里，姚隽默然不语，直至分手。我实在应该拍拍她的肩膀，或者陪她抽根烟，不做任何评价，这意味着我们把经验中极为痛苦的存在心甘情愿地纳入了怀抱。

我回到库区，冬天以后没再去看摇滚演出，不知道姚隽去了没有。有一天下午我坐在书桌前，打开抽屉，很意外地拿出塑料发卡，放在桌上看它，把刀子放在发卡边上，又把黄色画报和军人证封面找出来，全都码在桌上。它们是一篇小说的要素，构成了一个循环的隐喻，每个人都能从中编出一套故事来，只要他愿意打开脑洞，然而它们也是阻止我去虚构的强大的障碍，因为从一物到另一物的关系构建，实际上是在跨越刀锋。我猛然明白过来，姚隽去看摇滚乐，实在是想找到凶手，而不是寻找素材。她真的认为凶手还会回到作案的地方，凶手还会再回来看演出。

我和姚隽之间保持着长久的友谊，二〇〇一年我离开 T 市时，她放寒假回了县城家里，没有见着。不久后，我收到王凯发来的邮件。他说那个嫌疑犯被抓住了，看见警察立即软了，本地新闻滚动播放他被押解回 T 市的画面。北方人，身高一米七三，二十四岁，没睡醒的脸，曾经在 T 市打过工。抓捕地点是在广州，全是外来打工仔的地方。王凯告诉我：你想不到，他喝多了酒以后吹嘘，把这事说出来了，被工友举报了，我还以为他是高智商犯罪呢，看来还是街边的烂仔，只不过机灵一点罢了。在王凯看来，高智商犯罪人是不会酒后失言的。说到犯罪动机，王凯写道：也全交代了，就是为了钱，很盲目地抢劫杀人，这小子有高人教过他一招，就是用假名字，不吐露身份，当年就是凭这逃过侦查的；启用第二代身份证以后，他这样的人跑不掉。我很想知道，这烂仔爱听摇滚乐吗，但没问他。邮件结尾，王凯说他也打算考警校，以后分配去做片警或是巡警（交警很苦），库区这份工作太无聊了。

我没有把这封邮件转发给姚隽，猜想她应该已经知道案件告破的好消息。又过了些日子，我在一份文学刊物上读到她的短篇小说（她用了笔名），写的是两个姑娘一同去听摇滚乐的事情，一个喜欢，一个反感，但也不是特别排斥，只是为了让前者高兴就陪着去了。小说就在很不协调的励志女歌手的洋相中结束了，写得克制，没有杀人案，没有牵涉到唐姓女大学生，但也可以说全部都在其中了。小说末尾有一句比较惊人的话，其中一个姑娘向虚空表白道：我和她之间有着近乎爱情的友谊。可是她随即又说：友谊也只是一句真言咒语，在走回学校的夜路上我们谈论着友谊，像是可以喝退一切鬼。

我打姚隽的手机，她让我找个地方上网聊。后来，在电脑上，她说后悔写了这句关于友谊的话，歇斯底里。我感觉没那么严重，毕竟人物是对着虚空在说话。姚隽又说：抓住凶手了。我问：你是不是感觉释然了？她说丝毫没有。又说，她还是要继续搞文学批评，小说不能再写了。在我看来，两者之间不冲突。然而姚隽的看法是，非常冲突，因为我猜想的那种释然的感觉，照理应该有，但实际上并不存在。另外，她戒烟了。

这年夏天我回到铁井镇总部述职，童德胜新招了一批外仓管理员，我暂时不必去放外差，在总仓混时间（不用多久他们中间就会有一大半人辞职）。有一天去上网，姚隽说在某家独立书店看到我的小说集，聊到其中几篇。我已经两三年没写小说，那本书的内容记不完整了。姚隽对水库边的神庙有兴趣。我回忆起来，那座小庙里什么都没有，只剩两间房子，梁都塌了，根据表叔公的讲述，它曾经是一座凶庙，供奉某个凶神。中国的神话谱系里有凶神可以供奉吗？我只听说过，途经山间小庙不要进去，大概就是这个原因。姚隽说，这问题有意思，听说过五郎神吗。

五郎神就是五通，至于是哪五通，说不太清，或是通天眼地耳，或是通神通妖，可能来自非常古老的域外宗教神话。唐宋开始，南方民间即有五通崇拜，不绝如缕，直至明清。历史上祆教、景教都曾在中国传播，尽管已经消失，学术研究还是很多，而五通相对来说更像迷信传说，出现在《聊斋》和《夷坚志》这类小说笔记中。以当代的角度来看，五通是典型的邪教，奸淫和人祭，充满迷狂的暴力，但五通也是赐人偏财的神（注意是偏财，不是正财）。这不免又聊到"文关公"和"武关公"的崇拜，乔治·巴塔耶对财富和情色中的暴力所作的阐释。很难说人们是因为五通的财神地位而接受了它的暴力交换要求（性和生命），还是根本就欣赏它的暴力快感（有点像萨德侯爵的想法，而偏财只是一个衍生物、一种理由）。在这种文化里，抢劫、绑架、强奸、杀人被一体化了，邪神控制着祭品的灵魂，而偏财归于献祭者。更进一步说，献祭者不仅是其自身，也扮演着邪神在人间的代理人角色。这话题再讨论下去有点艰难，不是一两句能说清的。确实，姚隽没有释然。接着，她讲了一个《聊斋》里的故事：书生与河伯之女秘密相爱，将与其永生。某日，书生的侄女遭到五通的奸污，恳求河伯之女出手解救。河伯之女说，这类卑污的妖神我杀之不费吹灰之力，但与其相斗实在有辱身份，哪怕是被它碰到一根手指头，传到江海之中，也将丢尽家族脸面。书生一再恳求，河伯之女便派丫鬟去除掉五通。那丫鬟躲在受害者的被窝里，想伺机除妖，因法力尚浅，被五通闻到了兵器的气味。丫鬟情急之下挥剑，并未杀死这头邪神，只割下了生殖器。五通逃匿，不复出现。消息传到河伯那里，河伯震怒。在这里，正神河伯并不主持人间的正义，而是首先考虑到了家族荣誉，故事又多了一种现实的意味。河伯杖打丫鬟，监禁女儿三十年，不得与书生相见。蒲松龄则乐观地推断说：因为此前已有人杀了五通之中的四通，现在阉割了最后一通，怕是只剩下半通，法力尽失，江南一带自此可以海清河晏了。

我不禁问姚隽：难道你也相信小说中忽悠人的那套东西？姚隽说，

邪神崇拜可不是文学故事，是事实，人祭也不是编出来的。商朝固有人祭，孔子曰始作俑者其无后乎，但在其后漫长的历史中，黑魔法一直存在。我说，这个我倒是知道一点，而且有很不错的故事。问到黑魔法，姚隽说：固然，黑魔法是编造的，但他们用刀子杀人却是真真实实的啊。在中古时代的数百年间，中国最富庶的江南地区，也就是人们认为产生资本主义萌芽的地方，凶神庙一直受到民间的信仰祭祀，尽管这种秘密宗教被官方一再禁止（说明它曾经是大规模的公开活动），残害无辜者的暴行却并没有完全中止（很多也许是过路人、穷人、无家可归的人，同样可怕的是对着生辰八字"属阴"的男童下手，以及乞丐帮会的采生折割）。自有人类以来，崇拜鲜血，封印灵魂，一直是与救赎、秩序相对立的母题。

这天聊到最后，姚隽说她正在上海，暑假没事，找老同学玩。我说，我在铁井镇，离你不远。姚隽很惊讶。我建议周末在上海见面，姚隽说：不不，我要来铁井镇找你，你那里就有一座凶庙，在黑神山上，我都不知道黑神山应该怎么走，正好求教于你。那座山曾经大大的有名，史料记载，是全中国五通崇拜的——怎么说呢，总坛。如此一来，我又想起了鲁晓麦，想起了她给我讲的黑魔法的故事。

时至一九四九年，喊神山上的楞伽寺早已香火断绝，铁井镇的居民轻易不去那山中，觉得邪气太重，只有城里借阴债的人偷偷前往，通常是一些穷困潦倒的无赖、申冤无处的女人。可那山究竟为何能借到阴债，无人知晓。四月里，解放军攻破南京，部队长驱直入，从三个方向包围上海市。汤恩伯的军队在市里市外架起碉堡，声称坚守到底。铁井镇离上海二十公里，军队已经向青浦方向撤离，镇上的保长也跟着逃了。

那术士从镇江来，进城时带着一个十多岁的男孩。两人均瘦小孱弱，术士本人更是形貌猥琐，穿着与季节不符的破烂棉袍，浑身发臭，令人生厌。他在街上摆了一个地摊，从随身携带的藤箱里拿出五个小坛子和一枚古钱，玩起了戏法。然而此时城外传来隆隆炮声，人们急着赶回家去，没有人关心术士的把戏，那男孩垂着头坐在地上，像是快要睡着了。一名住在街上的女人出于同情，给了术士半块烧饼，一碗水。术士问，去铁井镇的船在哪里乘？女人说，铁井镇是上海方向，兵荒马乱，船早就停了。术士听了，吞下半块烧饼，扛起男孩往城东走。那女人越想越不对，猜他是个人牙子，就叫了几个街坊追过去，揪住术士，捶了他几拳，逼问来历。术士告饶说，孩子是他儿子，病了，要去上海就诊。人们打开他的藤箱，里面是五个坛子，一些作法用的符箓，还有一个油纸小包裹。未及打开，男孩半醒不醒，喊了一声爸爸。术士哭了起来。众人收手，责备那女人疑神疑鬼，扔了几个钱给术士。术士千恩万谢，全不在意挨过打，收拾起藤箱，扛着孩子走了。后来那女人喊道，他刚才问的是铁井镇，哪里说要去上海了？可是术士已经走远，炮声再起，街坊们再也不愿多追半步。

术士名叫麻三。第二天早晨，他拖着一辆偷来的板车，走到了铁井镇。躺在车上的孩子已经失去意识，迷药让他发出一些古怪的呓语。在后来的审问中，麻三承认孩子是他从镇江码头上拐来的乞儿，孩子为了讨口吃的，认他做了爸爸，两人相处七八天，已经有点感情。在进城之前，麻三的钱差不多花完了，夜晚露宿街头，孩子不想往东走，闹着要回镇江。麻三不得不在饭里加了一点迷药——他最为拿手的就是用迷药劫财。

麻三将板车停在镇口，提着藤箱，独自走进铁井镇，他走了一夜，只想讨口吃的。此时镇上家家闭户，守军撤走后，留下一辆抛锚的卡车，几件逃兵曾经穿过的军装。唯一开门做生意的是一家香烛小铺，店主姓傅，是个好心人。傅老板端出半碗隔夜汤泡饭，麻三坐在门槛上，一口气吃完。傅老板问他从哪里来，往哪里去。麻三说，逃难，去上海投靠亲友。说罢，他脱下棉袍。这一天十分闷热，傅老板看到麻三后颈处有红斑溢出于领圈，想必后背患有某种难以治愈的皮肤病。麻三走到街上，捡了一件丢弃的军服披上，棉袍则扔在一棵树下。傅老板本想提醒他，逃兵的军装不能穿（一则容易被拉夫，二则容易挨枪子），可是却看见他裤腰上别着一把尖刀，形状很像杀猪刀。实际上那就是杀猪刀。

麻三顺着原路往回走，傅老板好奇，伸出头出张望。麻三停下脚步，没回头，问道，黑神山往哪个方向走。傅老板说，此地有一座山叫喊神山，常被讹读成黑神山，是烧黄纸借阴债的地方。麻三说，正是这座山，山上有庙的。傅老板说没错，一座破庙，和尚都跑光了。他指向南方，说去此十里地，见到山脚下有一块两人多高的石碑，就是喊神山，如果迷路，问问沿途种地的农民即可。麻三转过身，用极其谦卑的态度谢过傅老板，又作揖又鞠躬。傅老板总觉得他怪里怪气，那口藤箱一定藏着什么东西，此人作揖时都不肯将它放下来。

麻三迅速地回到了镇口，板车和孩子都在，顺着傅老板指的方向，他又拖着车子向南走。有一个挑水的伙计迎头撞见，问说，孩子怎么了。麻三说，病了。伙计说，我还以为死了呢。假如是平时，这种乡间小镇偶尔冒出一个操外地口音的陌生人，一定令人起疑。但那段光景上，部队来来去去，逃难的有钱人载着家产妻儿坐船经过，一拨又一拨，也就见怪不怪了。

麻三就这样去了喊神山。

这天中午，傅老板的儿子带着新妇从娘家回来。新妇是城里人，其母是神婆，住在城东梅家巷。神婆开了天眼，以看香火断吉凶，十分灵验，但并不张扬，也不以此敛财，只谨守度日。新妇进家门，对傅老板说：战争已近，恐有兵祸，昨天日间参香，倒未见有大灾，只看到家有恶鬼临门，不知会发生什么，因此急急赶了回来。傅老板便将早晨发生的事说了。新妇说：此人不是去上海，是去喊神山了。铁井镇到上海，尽是小道，乡人乘舟而行，没有徒步行走的道理。至于那喊神山，从前确实叫黑神山。傅老板在铁井镇住了一辈子，却不明就里，听到恶鬼临门这四个字觉得害怕。午饭后，傅老板想起那件扔在树下的棉袍子，就找了根竹竿，挑着送去老虎灶烧了。那老虎灶的伙计问起，傅老板又说了一遍。伙计说，早上从河里挑水回来（铁井镇饮茶用河水而不是井水），也遇到了这样一个人，披军装，拉着车子，车上有一个十来岁的瘦弱男孩，不知是昏迷还是睡着，说着些呓语。傅老板想，必是人牙子无疑，早间将孩子藏在什么地方了，可这人牙子要去喊神山做什么？

这种事情照理应该报官，可保长已经逃了。傅老板做了一个决定：带人追下去。有人制止，说战争已经临近，昨夜听到河对岸有枪声，谁也不知道军队来了以后会发生什么，至少也会戒严吧。开老虎灶的老板倒是不怕，声称自己认识太湖游击队的共产党，遭那挑水的、烧火的伙计两人与傅老板同往。儿子怕人手不够，也提了一根扁担跟上。最后，新妇说，她也去。众人说，抓人牙子，你去了反而碍事。新妇十分果勇，执意要去，又有三五个年轻人愿意跟着帮忙，也许是觉得不好意思了。

一行人追到喊神山下，见板车停在石碑前。农民说确有一人提着藤箱、扛着小孩上了山，他走得很慢，看样子是累坏了。众人也累了，略作休整，在山下商量办法。此时黑云渐起，一场大雨就在头顶，却迟迟不落。新妇说：我们恐怕是来得迟了，等会儿进了寺庙，不管看见什么，都不能叫。一叫，这人就逃走了，只管抄棍子上去擒住他，也须防着他手里有尖刀。人们起身，沿山路拾阶而上，到寺庙山门前，暴雨落了下来，山门口有一堆衣服，捡起一看，是小孩的。傅老板不明白，这人将小孩剥光衣服带进庙里做什么，他看着新妇。儿子说：看样子是采生折割的阴损手段。新妇叹息说：采生折割哪里用得着跑到寺庙里来，这人是在里面杀人呢。

他们追了进去，殿里没有人，地上散落着一些符箓，绕至殿后，砖塔之下，藤箱已经打开，五个坛子放在地上。赤裸的男童被麻三绑在砖塔上，后脑头皮切开，并揭下一半，像一顶脱下的毡帽盖住了孩子的眼睛，露出白色的颅骨。胸腹剖开，五脏俱已挖出，只剩一截肠子还挂在身上。男孩的生殖器被割下，塞入口中。麻三正蹲在地上，将一堆内脏分门别类装进坛子里，然而坛子太小，装起来十分困难。大雨冲刷着地上的血水，流向低处。尽管事先已经得到新妇的警告，傅老板还是忍不住惊呼起来。麻三在雨中听到动静，回过头看众人。傅老板说，这哪里还是一双人的眼睛，分明是野兽，是恶鬼。麻三企图捡起地上的尖刀，挑水的伙计跳上前照着他后脑抡了一扁担，众人扑上去按住了麻三。与此同时，新妇喊道，不可打碎坛子。

他们抓住的不是人牙子，是江湖术士。有人将男童的尸体卸下，用那根绳子绑了麻三押下山。途中，绳子竟然松了，麻三企图逃跑，众人又在稻田里抓住了他，捆手捆脚，几乎要穿他的琵琶骨。麻三先是求饶，随后又胡言乱语，诅咒或是发怒，那样子像是灵魂附体。挑水的伙计让新妇避到一边，向着麻三撒了一泡热尿，众人横拖竖拽，拖着板车回到了镇上。

这天晚上，他们将术士绑在祠堂里，不知该如何处置。镇上的绅缙过来问究竟，傅老板将五个坛子和一个藤箱放在他们面前，绅缙问是何物，新妇说，这是男童的脏腑器官。一种失传已久的邪术，术士用人祭的方式杀死了男童，并封印了男童的灵魂，那不再是人的灵魂，而是鬼。这个被术士驱策的鬼魂可以为他带来财富，也可以为他散播厄运。绅缙们问，为什么这外乡人偏要到喊神山来做这事？新妇沉思很久说：嫁过来的时候，神婆告诉过她，喊神山过去叫黑神山，乡人只知是借阴债的地方，却不知还有别的东西。那山那寺，几百年前曾是淫祠邪庙，杀人的场所。为了镇压邪神，拯救冤死的灵魂，官府将其改建为楞伽寺。释教《楞伽经》，讲的是二死永尽、不生不灭的法门，古奥难懂。经书中的楞伽山，原是夜叉所住，无路可通，无神通者不可往。佛祖降伏夜叉，在楞伽山弘法，戒断杀生与肉食之恶业，故有此经书。取名楞伽寺，或许也是这个原因。傅老板问，是什么邪神要用寺庙来镇？新妇却也答不上来，只说年代悠远，很多事情已经被忘记掉（或是刻意不提），不可再考。这时，祠堂的房梁上传来窸窸窣窣的声音，众人毛骨悚然，新妇却不害怕，让伙计在祠堂外生起篝火，又点了九根香，随同坛子里的脏腑一起放入火中，焚烧成灰。异响渐渐退去，人们看到麻三在地上剧烈扭动，仿佛他也在经受烈焰炙烤，却没有发出任何叫喊声，过了一会儿，也平静下来。新妇说，这个江湖术士，放在古代，要受千刀万剐，挫骨扬灰。

在其后的审问中，麻三承认杀了人，并说这是他第一次杀人。他提到了一本古书，书中详细记载着一种杀人夺魂的法术，也记载着铁井镇和黑神山上的楞伽寺。麻三声称是这本书让他变成了凶手，而他本人被某种不可知的力量摄了魂。新妇问，你怎么会有这样的书。麻三说，从一个算命瞎子那里偷来的，那是神人，算什么都准。新妇喝问道，书在哪里。麻三说，原先用油布包着，当场拿出来翻看，怕雨淋湿，留在殿里了。新妇说，这是害人的书，不能流传。第二天派人去山上找书，然而踪影全无。

一九四九年五月里，解放军部队到达铁井镇，这个杀人犯交给了政府，经过简单审判，确认其罪行，予以枪决。临刑前的麻三身体瘫软，口不能言，还穿着那件逃兵的军装。此案也可以说是建国后铁井镇的第一桩刑事判决，尽管开国大典还没有举行。

傅老板死于一九五〇年，一场肺炎夺走了他的生命。临终前的一段日子，他总是看到有男童的影子停在店门口，倒也不可怕，只是有点顽皮，向他作揖乞讨，喊着爸爸。新妇担心麻三的鬼魂作祟，请来娘家神婆参香，神婆却说：那凶手毫无道行可言，他只是一个愚蠢的疯子，死去的孩子只是一个无辜的人。

那新妇就是傅民生的祖母、鲁晓麦的外祖母，一九六七年死于红卫兵批斗。当年挑水的伙计告发她藏匿一本杀人的书，她交不出来，死了。

喊神山曾经改过名字，叫团结山，革命年代的需求，其后改回原名，阴差阳错，又改成了黑神山。这是八十年代的事情了。至于黑神山"借阴债"的迷信活动，鲁晓麦曾经解释过，现在已经没人信了。八九十年代在山里曾经发生过两起血案：其一是两名越狱的重犯逃至庙里，不知何故，两人竟内讧起来，一人用石头砸死了同伴，后被搜捕枪决；其二是 E 市一名出租车司机载了酒醉的客人，司机贪图客人身上的财物，将车开到黑神山脚下，洗劫之后（剥光了所有衣服）把他扔到了山道上，客人竟醒了，反抗起来并大喊救命。司机掐死了他，后被刑侦队捕获，判枪决。

这个有点像三流网站社会新闻的故事，不知为什么，总是让鲁晓麦念兹在兹。她一再说，这是真实发生过的事，她相信楞伽的神秘意义，尽管说不清意义在哪里，除了降魔以外（我告诉她《金刚经》和《楞严经》的威力强大），一定还有别的。她曾经觉得自己可以和外婆、太外婆一样开了天眼，神婆与生俱来的传女不传男的天赋，有一天会突然出现在她体内，可是这样的神迹并没有出现。《楞伽经》提问，云何生与灭，云何见已还。我们都不具备质疑神迹的资格。当年她带着十兄弟去黑神山楞伽寺，她相信那里的狂暴神力，相信一种不可理喻的邪恶和笼罩着它的永恒正义，他们每个人都在砖塔上刻下了名字。

我请了一天假，趁着上午的太阳还没升起陪姚隽去黑神山，我也从来没去过，好在那地方并不难找。关于楞伽寺的故事并没有告诉她，我们谈了一点文学，谈到铁井镇的现状，可能也是中国的普遍状况。年轻人不遗余力地离开农村，投入全球化，投入报酬低微的流水线，相比于农村，这点报酬又显得丰厚，让他们暂时满足。姚隽一直好奇我为什么要做仓库管理员，我也讲不明白，以前我还会找点玄学方面的理由，到二〇〇一年时，我只能承认自己倒霉。姚隽说她也倒霉，所学专业到处不受待见，找不到工作。我们各自抱怨倒霉，像是玩笑话，夏天走远路总得讲点玩笑话，否则会昏过去。姚隽比我认识她时开朗，我们几乎是无话不谈的朋友，除了往事。

铁井镇在二〇〇一年时变了模样，从小镇出去，向南走是一片在建住宅区，看得出是别墅，中间夹杂着几栋公寓楼。新的道路正在铺设，六车道宽，路上既无车辆也无行人，两侧是翻开的泥土，不见一棵树。站在路中央会产生一丝迷惑，好像是沙漠中凭空建造的一座城，一座基地。我们走出去不多远，一个开农用三轮的小伙子问要不要搭车，姚隽付了他十块钱。小伙子说黑神山啊，那是风景区，佛教胜地。到山脚下时，我们又在农民的地摊上买了矿泉水和梨子。山下像个小集市，没有游客，全是卖零食的当地农民，笑嘻嘻地看着我们，随后两个卖梨的吵了起来，听不懂说些什么。一个农民赌气似的往姚隽手里塞了两个梨子，告诉她：这不要钱，但是比你买的甜！什么镇妖和除魔的气息，荡然无存。远处传来隆隆的炸山声，农民说附近一些丘陵都削平了，石头用来造房子。

我们吃着梨子爬山，把梨核随意扔进低处的树林。这段路比我设想的长，扛一个小孩上山并不容易，又想起山下所谓两人多高的石碑并不存在，可能早已毁坏。我们确实看到了一些古迹，用石栏杆围起来的水池，水是深绿色的。一些台阶上刻着字，显然是在某个年代将石碑砸了铺路。山里安静而凉快，有两个民工挑着水泥上山，走得比我们快。

我们到达楞伽寺门口才发现那里在装修，一个年轻的和尚站在山门前，拦住我们。姚隽自称是游客，问说，里面在装修，山门总得让我进去吧？和尚说，也不给进。姚隽上下打量和尚，那眼神就像是看一个惹是生非的烂仔。问什么宗派，和尚说禅宗。姚隽说就是见性成佛那一宗喀，语气不善。年轻的和尚看来是有根基的，只是笑笑，回到了寺里。姚隽有点沮丧，说，既然装修为什么不在山下贴个告示，真是矫情。我说他们可能也没想到大夏天的会有游客吧，毕竟这地方连车都没通呢。为免她在山门前大放厥词，我拉她离开，开玩笑问，文学批评家是不是都讨厌矫情的作者？姚隽说，也不能那么说，不能从道德角度来判断作者。我说，我只问你内心的感受，不问你学术上的准则。姚隽说，这么说吧，我有立场，但我不能预设偏见，抽象地谈这问题没有意义。

时间还早，我们在山里兜了一圈，实际上没太多东西可看，就是看看树，散心。有一条很小的山径通往后山，我们走了一段，在下坡时遇见一片旧坟墓，就止住脚步，从原路返回了。这时我才问她，诗集出得怎么样了。她说，快了。可是这年头没有出版社肯给一个无名的诗人出诗集（更可能是诗歌习作），连丛书都不愿意，只能做一本自制出版物了，孤零零的，也没啥名头。就这样了，她说，那语气仍然沮丧。绝大部分诗人和小说家都会被遗忘掉，我说，只是时间问题，你们批评家喜欢说用时间考验作品，真可笑，好像作品是一种具有无限保质期的食物，为什么作品不是药、不是毒药、不是迷药，偏偏具有无限保质期呢？姚隽说，嗨，你可别这么侮辱我，批评家从来不指望时间，我作为批评家在你有生之年必能判断出你的作品有没有价值，最多不会超过你死后十年，一辈子对作家来说也就是一顿饭的时间，有人吃得快些，有人吃得慢些，有人吃多有人吃少，但没有人具备资格宣布自己没赶上饭局，没有人可以从根本上谴责或炫耀时间的考验，说白了，五百年以后的你，关我屁事呢，哪怕你一文不名但有个后世的掌权人把你从坟墓里挖出来又挂在橱窗里宣布你价值连城，关我屁事呢，那都是别人的荣耀，既不是你的也不是我的。

她有点激动。我说你平时在学校里也这么讲话吗。姚隽说，当然会谦虚很多啊，我很怂的，是个笨人。然后结束了这个话题。

我们走到山下，有一辆破烂面包车停在路边，司机坐在驾驶位抽烟，见我们下来，他问，要不要搭车。我认得他，也认得这辆车。我没来得及说话，姚隽已经在和他讲价，他要二十元，比农用三轮贵一倍，姚隽同意了。我们上车后，司机把烟头扔了，破车震动了一下，往铁井镇开去。我看了看他的车里，和郑炜描述的一样，有细尼龙绳和封箱带，我心想见鬼，已经一两年过去，张泽华还在这里，车子也还在，他干的营生似乎也没变化。五分钟后，张把车停在路中间。姚隽问，怎么了。张给自己点了根烟说，五十。姚隽说你怎么坐地起价，不是汉子。张泽华回头看了她一眼，姚隽立即被吓住。

我也给自己点了根烟，我说，就五十吧，往前走，到铁井镇，别再停车了，也别拐到某条小路上去。张泽华转过头来，认真看我。我说，别看了，咱俩不认识。他说，既然不是汉子，就一百块吧。我说，我没带钱，这位女士是个穷学生，身上也只有两三百块，你往前开，到铁井镇，我给你一百。张泽华说，现在就付。我让姚隽给他一百，姚隽已经蒙了，没说话，按我说的做了。

张泽华在靠近小镇的地方停了下来，让我们下车，口气没商量，面包车随即掉头开走。姚隽问我，发生了什么事。我从兜里掏出一百块给了她，说，没什么，不用多想。姚隽说，这人像个劫匪。我说既然连你都看出来了，想必他也混不了多久了。快到镇上时，我们又遇到开农用三轮的小伙子，他说两块钱可以载我们去东边宾馆区。姚隽抱怨道，怎么不在山下等我们。小伙子说，有个拉黑车的，破面包车，他一到场就把我赶走了。姚隽问，他是谁？小伙子说，劫匪。姚隽脸色变了。小伙子乐了，说：我吓吓你的，我也不知道他是谁，反正我打不过这些外地仔。

我们坐着农用三轮来到小镇东边，看到一群打工仔聚集在阴凉处，光着膀子无所事事。开车的小伙子说，铁井镇的治安又变差了。治安最好的是去年春夏季，由于发生过枪案，警方打黑扫黄，一批人不得不离开了开发区，不过第二年他们又回来了。小伙子去过南方，那里相对宽松，类似的事件可能更多些，大伙也都习惯了。有枪很正常，不正常的是有人当街开枪，过分了。我知道那起枪案，俞凡在大浴场门口射杀了叶嘉龙。

姚隽回到宾馆睡午觉，这是她在 T 市养成的习惯，我开玩笑说北上广的人没有午觉可睡，来不及睡，晚上都不够用呢，何况下午。她说学院又不是流水线，下午都得睡，我们有的是时间。说完打着呵欠走了。我回到宿舍也休息了一会儿，床铺是临时的，睡几天还得去外地仓库。将近傍晚时，我换了件干净汗衫，穿过铁井镇，去东边的宾馆找她。她住的地方很便宜，是当时刚刚流行起来的连锁酒店，镇上仅此一家。我坐在沙发上等她下楼，宾馆不远处就是大浴场的正门，夏天淡季，门口停车不多。等了很久，姚隽姗姗来迟，见面说她下午做了个奇怪的梦，她把某个人的手砍了下来，用一把电影里特种兵使用的大砍刀。我说，就在我们进小镇的路口，我曾经见过一个被砍掉手的熟人向我走来，那记忆很难磨灭，但是我从来没有梦见过他。姚隽的表情像是还没睡醒，她要搭末班长途车回上海，我觉得时间太晚，她说到站就在徐家汇，离她落脚的交通大学不远。我们去吃了一顿告别的晚饭，我点烟时，姚隽伸手要烟。我说你已经戒烟了嘛，她说这不妨碍她再陪我抽一根。然后，她清醒了（甚或是加倍的清醒），靠在塑料椅子上，喷着烟，用一种需要拉远距离才能辨识清楚的眼神看着我。她说，你还可以再写一点小说，别就这么废了。这问题把我难倒了，我说，没错，最颓废的作家也在稿纸上改着他们的病句，我只能说是我倒霉，我在改病句，这病句是我自己。姚隽说，我很少劝人写作，写作是没结果的事，但你是个例外，真以为我这么热的天跑到铁井镇是来看庙的吗？我说，你来看的是一个在血汗工厂上班的文学青年，甚至连无所事事都谈不上（无所事事多高级），然后我一算，发现自己已经二十七岁了，再过几年就三十岁，小青年都过期了。姚隽说，好吧，我明白了。我说，明白啥了。姚隽说，为我们的厌倦喝一杯，也为我们在厌倦之前的某种努力。这就对了，我说，有点矫情，所以不要说出来。我们吃完饭，天快黑了，她回到宾馆退了房，我们往车站方向走去。她说，我梦见砍下的是你的手，为什么，我都被自己吓住了。我开玩笑说，你在梦里还对我做了什么。姚隽脸红了，说，不要胡扯。

我给姚隽讲了一个小说的梗概。从前，有一个年轻人，如此这般与一个做生意的黑社会大哥结仇，他搞了一把枪，就在那家大浴场门口射杀了大哥。当时，大哥带着司机走出来，正要钻进他的凌志轿车。没有任何征兆，那年轻人就闪了出来。他的手枪是南方地下加工厂的私货，一把自制五四，弹匣里应该是装满的。但是别人告诉过他，这种枪只能打一发子弹，连续打两发有很大概率卡壳或炸膛，炸膛的话手指就没了，至于第三发，想都别想。这年轻人走上前，举枪指着大哥的太阳穴打了一发，当场爆头，所有人都听到了枪响。那司机反应很快，扔下车子就跑。年轻人也试图逃跑，可是，片刻后他又回过身来，追着司机进了大浴场，冲进男浴池。司机也许是认为人多的地方好藏身，可是他忘了，浴池里的人都没穿衣服，他太好认了。年轻人跳进浴池照着司机的后背开了一枪，子弹击中司机的脊椎，他还在水里挣扎，年轻人开了第三枪，这一次，枪卡壳了，他扔了枪，把司机按在水里，从腰里拔出直刀割断了司机的咽喉。后来，当人们擒住他的时候，每个人都认为他是和司机有仇，事实上他在第一时间就干净漂亮地杀死了仇人。他和那司机客观上没仇，为什么要置其于死地？

姚隽说，让我怎么猜，你直接告诉我吧。我说，我没法告诉你，甚至连警察得到的答案都可能是假的。姚隽说，要么是凶手杀红了眼，要么是那司机有其他的罪。姚隽很聪明。我说，我也是这么想的。我把她送上长途汽车。我说，这可能是一个不太合理的隐喻——如果再写小说，我感觉自己就是那个本来可以逃跑却返回浴室追杀司机的年轻人，杀红了眼，或清算一切旧账（对于写小说的人来说，这两者实在都很危险）。姚隽坐在座位上，望着我。我想她可能不信任我这种夸张言辞，那不像是人世的话语，我又想，如果姚隽都听不懂，可能世界上就没人能听懂了。然而她什么都没说，发车之前，最后嘱咐我去买一台手机，让她可以随时找到我，人人拥有手机的时代已经到来了。

姚隽走后，我在镇上晃悠，鲁晓麦家里亮着灯光，我去敲门，她母亲开门。我问鲁晓麦在不在，她母亲立即审视我，问什么事。我撒谎说，她两年前借了我钱。她母亲问，借条呢。我说两百块钱而已，没借条。她母亲说，鲁晓麦不知道去哪里了，以后别来了。说完把门关上，屋里没有传来任何人讲话的声音。我摸黑下楼，到街上以后，我翻了翻口袋里的钱，还够，就去了大浴场。

那家大浴场夏季空空荡荡，我是来错了季节。大堂发给我一枚有编号的手牌，我将它套在手腕上走进去，找到同号的更衣箱，脱了衣服进浴池，在曾经杀人的地方泡了一会儿，又出来搓了背，抽了根烟。我问搓背工，鸡窝在哪里。搓背工说，四楼男宾休息区。我走到四楼，黑黢黢的休息室里，电视机播放着无声的MTV，一个女人哭泣的长镜头，头上落下倾盆大雨。有一个男人躺在暗处成排的沙发中间，扦脚女工在台灯光下低头工作，像个篆刻师傅，像个考古学家。

我也在沙发上躺着，MTV换了又换，等到台灯光熄灭。我把服务生叫了过来，问他鸡窝的事情。他笑了起来，说，那是按摩室。我说好吧，有人在吗。他说，有，不多，今天都闲着呢。我说，我找一个叫徐丽萍的姑娘。他说这里的姑娘都没有名字，只有编号。讲话的语气很机灵。他带着我往按摩室走去，那里更暗，每个小间的宽幅只略大于卫生间。我说，我不知道她的编号啊，上次被杀死的那个司机，好像经常光顾她。服务生说，那司机光顾所有人，您是刑警吧，我知道您说的那个姑娘是谁了，她的编号改过一次，去了外地又回来，编号16，那司机挺喜欢她的，出事后，她跑啦，找不到她。我说，你还知道什么。服务生笑笑，不说。我说，我没带钱包，等会儿你跟我下去，我给你一百块，我是私家侦探。

服务生说：我听说，杀手逃出浴场就把手机扔河里了，但警方还是找到了手机，通过移动公司查到，最后一个电话，是有人用浴场的座机打过去的，就在案发前两小时。杀手身上背了案子，镇上有人认识他，不敢露面，一直躲在过火以后封了门的安达旅馆，他接到电话就赶了过来，埋伏在停车位上。他下手早了，打死了老板，司机揣着车钥匙往浴场跑，车子发动不了。本来杀手可以开着车逃走的，那车里还有好几万现金，这么一追司机，变成了死局。到最后他也没找到车钥匙，掉在浴池里了。这是传闻。

我问他还知道什么传闻。他说，这事儿说起来很玄，是黑帮火拼。我说，这些我都知道，讲讲当场的事情。他说：我还听说，打电话的是16号，是杀手的线人，杀手之所以追击司机，是为了不让16号落在黑社会手里。这是另一个传闻。

他停在一扇门前，说，现在的16号很不错。我问，手法不错吗。他说，不仅是手法，打开灯以后，你也不会失望。

我说，你应该去夜总会干活，那里挣得比澡堂更多。

"9·11"恐怖袭击那天早晨，我搭乘公司的货车去上海仓，预计中午之前可以到达，开出去十公里我发现香烟抽完了。司机叫吴阿满，浙江人，储运部上上下下都认识他，经常带着老婆一起出车。他老婆是个喋喋不休的女人，这一天却没来。阿满说我们可以绕一段路，去农村的便利店买烟，七块钱一包的短支红双喜不常出现假烟，这样我就可以抽着烟、吹着公路上的野风去上海仓库享福了。我同意了，拐进一条小路，很快就看见农村小店，柜台里有两个乡下姑娘正抱着电视机发出惊叫。阿满问她们在看什么片子，姑娘们说：美国被袭击了。我说，这不奇怪，美国大使馆经常挨炸弹。姑娘们说：纽约！这次是纽约！

我们在小店门口站了一会儿，抽烟（我买了万宝路）。电视里反复播放着两架客机撞击世贸大楼的画面，很不真实，像什么？像两只鸟不慎撞在了笼子上，巨大的建筑物和巨大的飞机将彼此的体量感都缩小了，直到镜头里出现极为渺小的人类从高空跌落，我才重新确认，那是一栋大楼，有成千上万人正化为齑粉。阿满说：他们宁愿摔死也不愿烧死啊，天哪，卡车司机也是这样，宁愿撞死，也不愿烧死在车里。我说阿满，请你不要讲这种惊悚的话。那两个姑娘还在讨论，到底是袭击还是事故。阿满说：我作为司机可以负责地告诉你们，这是袭击，不是事故。然后，楼塌了。

半个小时后，我们发车。阿满还在嘀咕，美国惨了。我说，电视反复播放这样惨烈的画面，是一种宣言，宣告美国遭受袭击，也宣告战争来临。尽管这是中国的电视台在转播，但我相信，在美国，人们也同样在反复观看着这组画面，痛不欲生，思考未来。阿满问道：战争，和谁打？我说我也不知道。我们只是两个在公路上开着卡车吹风的中国人，抽着半真不假的万宝路，穷得叮当响。美国可以是我们的故乡也可以是想象中的目的地。上帝保佑他们活下来。阿满，开稳点，你丫超速了。

五个月后，我在上海仓等来阿满的货车，和我一同离开的还有木马。

木马当时游荡到上海，我们在一次大型网友见面会上再次相见，都是 BBS 上的文学青年，大部分住在上海，个别来自周边小城市，然而小川没到场。二十几个网友聚在一起，有导游、护士、平面设计师，一半以上的人无业，另外有几个辍学或接近辍学的中学生。在那里我又恢复了阿基拉的名字，没什么寓意，纯粹是一个发音（我是年纪最大的）。木马带着一个肥胖结实的小伙子，尽管声称是普通网友，我还是能看出，小伙子很喜欢她。他的网名很长，听过以后就忘记了。问他的职业，先是不肯说，我以为他是在校生，后来木马说，丫是个公车司机，今年二十岁。两个人在 BBS 上认识的。

公车司机这份职业和你仓库管理员有一拼，她说完又向我借两百元。出门之前，公车司机掏钱包把两百元还给了我。显然我们都清楚，木马借钱是不会还的。小伙子没有受过任何文学或摇滚乐方面的教育，显得粗鄙，作为上海本地人又特别自信。至于还钱嘛，等他活到二十七八岁大概就不会这么急着替姑娘出头了。我在他眼里应该就是一个又穷又落魄的大龄青年。

这样的聚会没太大意思，最多像是宣告一种新的社交模式诞生。木马说，与我这代人不同的是，网友首先了解灵魂，然后了解外表。我揶揄她，灵魂和外貌都具有欺骗性。木马说，那就首先了解具有欺骗性的灵魂，然后了解具有欺骗性的外貌，总之和过去是反着来的。那开公车的小伙子在互联网上被称为"见光死"，因为长得不够帅气，而且没什么格调。

我快调离上海仓的那几天，已经是春节之后，木马还没离开上海，来到嘉定区的货运站找我。她把头发剪短，染成银灰色，用发胶捏成一簇一簇。她问我去哪里。我说，这次是浙南的永康，且我得回总部押一批货，跟着大卡车一起去。木马对公路之旅感兴趣，她看过无数盗版公路片。我问那公车司机怎么办。木马说：我就是为了甩掉他才决定逃离上海的，丫烦死了。她的下一站是杭州，正好顺路。

等到我离开仓库那天，公车司机开着一辆班次不明的大巴率先赶到，我和接任的仓管员、货车司机阿满三人看得目瞪口呆，接着，木马坐出租车来到我们面前。她迟疑了一下，最后还是抱着旅行袋下了车。小伙子表现得相当沮丧，失恋是无疑的，将大巴开到这里意味着他可能会失业。他已经昏了头，跳下车追着姑娘唠叨不休，既示爱，也埋怨，并且要她还钱，多达两千元。接任的仓管员是潘朋，云南来的（后来因为携毒进了监狱），是个爱管闲事的人。潘朋扒开公车司机那双屡屡企图抓住木马的手，追问道，到底是为钱还是为爱情？小伙子似乎一下子明白了，回答道，为爱情。他愿意开着大巴带木马去做一趟公路旅行，哪怕开到印度，也不后悔。这时木马喊了起来：操，我们都会坐牢的，滚你丫。

她不要你的公共汽车。潘朋给小伙子发了一根烟，钩他到我身边，继续调侃道：我的看法是，车子已经偷出来了，不如找个地方卖了。

我让潘朋不要再胡说八道，这事与他无关。照潘朋的逻辑，如果小伙子把这辆车开出上海市，那和销赃也没什么区别了。这时，阿满表示他能找到地方销赃，或许能卖出一万元，这可是一辆锃亮的九成新的大巴啊。小伙子还没有完全失去理智，知道我们在害他，或是逗他。潘朋说：你要是下不了手，就回家吧，好好开车，按照公司给你规划的路线。小伙子让他滚远点。潘朋又忍不住调侃：上海人总是恋家，如果是我们云南人，这辆车可能已经换成鸦片了。阿满说如果是他们浙江人，这辆车可能已经输在赌台上了。就这么轮番吓唬他。小伙子不知为何，顿时眼泪汪汪。潘朋像是获得了空前的满足感，终于讲错了话，他指着木马说：别为女人付出太多，照我看，她才是一辆公共汽车。话说得太响，木马冲过来给了他一耳光，小伙子距离更近些，终于想起来可以打人泄愤，跟着一拳揍在潘朋的下巴上。我们拉开这三个人，尤其拉开那个要杀人的小伙子，木马又将矛头转向了他，让他滚。潘朋决定打手机报警，我和木马转身夺手机，在争抢中它几乎飞出去。潘朋说，挨个耳光也就算了，下巴上挨一拳气不过，再说，这辆大巴停在仓库门口纠缠不休，我们谁都走不掉。确实，大巴堵了卡车的出路，但阿满并不在乎，他驾驭得了一辆公共汽车，随时可以将其挪走。小伙子警告阿满，要是敢动他的大巴，就玩命。阿满表示理解，车是司机的命，但他的卡车是私人的，而小伙子的大巴是公家的啊。

　　我们五个人闹了两个小时，最后都累得不想说话了。小伙子坚持不走，但不再坚持要开大巴送木马去她想去的地方，也就是说，他只是不想让她走。最后我们没办法，打他家里电话，让他父母来接人。木马找了个机会溜了，她不想对方父母来了以后再起纠纷（更不想还两千块钱）。等到这垂头丧气的小伙子开着大巴、载着他妈妈离开，已经是黄昏时分，木马又回来了，说刚才找了家网吧玩了一会儿，她查到永康很不错，而且有一个网友愿意招待她。她不去杭州，陪我去永康。发车时，最后几分钟内，潘朋忽然明白过来，拉我到一边说：莫让这小妞要了，她看起来是那种可以让男人倾家荡产的迷人精哪。

　　在去往铁井镇的路上，木马叫我阿基拉。司机阿满问，这是什么名字。我们解释道，这是一种新型的名字，叫作"网名"，这种名字取代了你过去的身份，要是你觉得阿满这个名字有点土，你可以叫自己尤利西斯，叫自己 On the Road，叫自己货车司机凯鲁亚克，你可以每隔一段时间换个名字玩玩。无论如何，网名重塑了你，在互联网社会里，你使用网名并且喊别人也是网名，这是一种尊重，久而久之你的新名字产生了能指的意义，真名不再重要，让你感到别扭，喊你的真名就他妈像是喊你的绰号。阿满叼着烟说，我觉得吴阿满这个名字蛮好，满足，满意，满不在乎。木马说，大叔，你帅毙了，我要跟你学开卡车，一生都在路上。

　　阿满又问，"你丫"是什么意思。我说，北京传统骂人话，相当于浙江话里的小娘养的，也可以与好朋友互喊你丫。阿满问我，你到底是做什么职业的，你不仅是仓管员吧。木马说，这丫是小说家，写小说的，将来会成为伟大作家。阿满说，原来如此，我儿子爱写诗，总是在本子上写句子，将来会成为伟大诗人。我们问，你儿子多大。阿满说，八七年生的，十五岁，现在正在铁井镇等我把他载回浙江呢。

我们不信，十五岁的诗人。阿满将烟蒂扔出车窗，再次点烟（这时他的双手全都撤离了方向盘）说，我儿子提到过一个叫兰波的人，是少年天才诗人，不是《第一滴血》里的兰波，是法国人。我们立即同意他儿子是诗人，这孩子知道兰波。

接着谈起了木马的生活方式（或者说旅行方式），这次是我和阿满问她。她不愿回答自己原籍何方，我也不知道她是哪里人，口音听不出东南西北。阿满说，有一种人和你的口音近似，就是没口音，标准普通话，我见过，新疆建设兵团的孩子。木马说，你猜对了我也不会承认，别猜了，我无非是游荡世界，有朋友接待就去某个地方住一阵子，等到住厌了，就换个地方。阿满说，就那个公车司机吗，男人看见你这种女孩会有很多想法。木马说，大叔，大部分接待我的都是女孩子，我不靠男人吃饭，有投缘的男人我也不介意和他们好上几天，公车司机不在我的认知范围内。阿满问，你钱从哪里来呢。木马说，我银行里的钱足够在中国晃悠五年，又反问阿满，你是不是觉得我应该开个店、做个小老板之类的，你们浙江人都这样想。阿满说，哪里，浙江也有很多像你这样的女孩，只想到处逛，看世界交朋友。木马说，我也只跟文艺青年交往。阿满问，文学家好打交道吗。木马说，我指的是投缘的文艺青年，不是文学家，有些文学家很傲慢。阿满问，为什么傲慢。各种原因，我说，一部分是 power，那种文学的权力感。阿满说文学有什么权力感，太荒唐了。我说，大作家的权力感很难向你一个货车司机形容啊，类似社会名流吧，如果能经常上报纸，在公众面前发言，至少货车司机会感到敬畏。阿满说，荒唐，只是他们眼里看谁都像是货车司机吧，论天分可能还不如货车司机的儿子。我们笑了起来，文学成就不止看天分啦，还得努力，跟学校里念书一样。那我相信，货车司机的儿子也会努力，阿满说完又续了根烟。我们还在笑，大叔，你儿子还没成名呢，你不要劲儿劲儿的，每一个作家都是货车司机的孩子，他们的天分可能输给另一个货车司机的孩子。

天没全黑我们就赶到了开发区，阿满的儿子在镇口等他，小孩遗传了阿满的瘦小身材，看上去只有十三四岁，但筋骨不错，嘴唇上方已经有一层汗毛。他在铁井镇转悠了一整天，等太久，心情不大好的样子。我注意到他的双肩包是杰斯伯的，鞋子是耐克，已经很脏。趁阿满去装货的工夫，木马问他叫什么名字。答曰，吴铭瀚。听到我们的名字时（木马和阿基拉），吴铭瀚看了我们一眼。木马说，嗨，不许在心里骂我们是傻逼。吴铭瀚闷闷不乐，喝瓶装汽水，用他的耐克鞋在美仙公司门口踢着土。有一个大个子保安出来轰他，我拉他离开。他说这保安就是以前打过阿满的人，我说你父亲可能没告诉你，从前那个大个子早已被人杀死了。

入夜后，公司门口的道路上，路灯亮了起来。不远处的河道先是被一片昏黄色的光包围，随着夜幕快速降临，变成黑暗的低地。冬天还没过去，临河的地方总是更冷些。阿满走出来，让我领他儿子去吃晚饭，顺便给他带几个包子。他还在排队等候装车，装卸工不够。我说很正常，春节刚过完。吴铭瀚仍然没有开心起来，跟着我们走回到镇上。

一辆载满客人的旅游大巴从我们身边开过。我问吴铭瀚，铁井镇好玩吗。他又看看我，那眼神无论如何令人不适，仿佛我们所有的提问都弱智。木马自称小时候也是这副怪相，恨得她老妈牙根发痒。吴铭瀚翻白眼说：我不是你想象中的怪逼。木马似乎决定杀杀这孩子的威风，问道：在学校里被人欺负吗。吴铭瀚说：有的。木马说：那干脆别上学了，跟你爸爸跑运输吧，公路上好玩。孩子不予回答，进饭馆以后掏出一本书读了起来，是《美国自白派诗选》，我在大学时代读过，时间过去得久了，只记得塞克斯顿、休斯、普拉斯，记得休斯在普拉斯死后销毁了她的日记这些轶事，是辛未来和李玫告诉我的，她们讨厌休斯，也不喜欢普拉斯，欣赏塞克斯顿。这时，木马开始讲诗人们的八卦，像个导读，又说这本书是八十年代出版的，很难搞到手。吴铭瀚说是学校图书馆偷的，又说：你讲的我大部分都知道，没想到你也知道。饭菜端上来以后，木马说：我猜你学习成绩不咋样，你看上去偏科很严重。吴铭瀚说：事实上，语文也考不好，什么都考不好，你说跑运输，你忘记要考驾照了。

我们迟至七点钟才从开发区正式出发，货不多，车子开得轻快。车里定员坐三人，现在多了一个吴铭瀚，也幸亏他个子不大，挤一挤没问题。他要求坐靠窗的位置，被我们拒绝了，窗口抽烟方便。他坚持再三，木马向他解释：眼下这辆车不是你家的私产，而是受雇于公司，你得听雇主的。吴铭瀚嘀咕，这得开多久。阿满说，趁夜开过杭州，休息一晚上，明天接着走。从铁井镇到永康，货车的行车时间在十二小时左右。

这条路我没走过，货车在快要到达 E 市的地方向南拐，有一段正在整修，颠簸难行，没有任何路标。我顺口问阿满，你老婆这次怎么没来。阿满犹豫了一下，看看吴铭瀚。吴铭瀚说，他半年前把我舅舅轧死了。阿满解释道：我的小舅子想跟我一起跑运输，但是说实话，他不大适合做这一行，他以为跑货运是傻子都可以做的，说实话跑货运得很机灵才行，机灵的人能挣到钱，傻子不能。我问，然后呢，说然后。阿满说，有一天我倒车的时候他站在车后面不动，我就这样轧死了我老婆娘家唯一的男丁，他还没生小孩。吴铭瀚面无表情地说，他并没有不动，你倒车的时候根本没看见他动不动，是你把他轧得一动不动的。阿满说，不要争了，我已经为此争了很久，货车有绝对的盲区这大家都知道，你舅舅已经死了，我不想再说他坏话，很不幸是我轧死了他，不是别的司机。我问，就这样你老婆和你掰了？阿满说，判我赔钱，一大笔，如果不付清，我老婆就不会回来，现在她是一个心甘情愿的人质，你知道在农村，轧死了这户人家唯一的男丁，我没丢了性命算是不错了。这时，吴铭瀚叹了口气，拿起打火机给阿满点烟。我说，我们还是聊聊文学吧。

我们聊到了一个有意思的话题：文学中陈旧的意象，被用滥了的意象，人们不知其滥俗而仍然自以为是地使用着的意象。木马说，月亮，被无数次用过。我说，月亮太泛了，李白的月亮比较准确，对应着那个无限复制的故乡。我举了个例子，在路上是个滥俗意象，自从凯鲁亚克写下这本书后，就有无数文艺青年自称在路上。木马说，没错，我喜欢在路上这个说法，我不嫌它滥俗。她举的例子是博尔赫斯的镜子，问题是博尔赫斯到底在哪里使用过镜子这个意象我们都忘了，镜子和生育都使人口成倍增加这句著名的格言出自谁口中，也忘了。总之镜子是个三流意象。吴铭瀚说，尼采的深渊。我们一致赞扬，这个举例说明你懂行，深渊的意象貌似新颖深刻但在各种暗黑系的小说中已经被用得体无完肤，刻薄地说，深渊都被那些重复的比喻给填平了。吴铭瀚又说，奥德赛或者尤利西斯，我只读过《奥德赛》，没读过《尤利西斯》。我和木马想了想，认为奥德赛或者尤利西斯并不滥俗，尽管文学界人人都知道它是什么意思，但使用它的难度偏大，没法像撒味精一样修辞点缀，至于乔伊斯的《尤利西斯》则过于强硬，解读有难度（多数人根本没读完），无法借用。吴铭瀚说，美杜莎的头颅，潘多拉的匣子，所多玛的盐柱。阿满说，你们在吹些什么东西，我一句都听不懂。木马说，你儿子懂的不少，咱们还是一个一个讲，别抢我话头。她说了加缪的局外人，简直是存在主义爱好者的名胜古迹，且常常被批评家用以点石成金（我想姚隽要是在车上，可能会吵起来）。吴铭瀚说，奥威尔的老大哥。我们再次否决，认为老大哥这个意象始终具有现实意义，不滥。吴铭瀚不服气，又加了一个，《圣经》的原罪。木马仍不满意，说原罪是一个神学概念，好比弗洛伊德的潜意识，那不是意象，而是一套理论体系、认知方式。我同意她的看法，并且我认为大部分当代作家只需要两套体系就够了，《圣经》和弗洛伊德，最多再加一个卡夫卡。我说，卡夫卡的城堡。没有争议。木马说，城堡恐怕是滥俗程度最高的了。我说，比城堡更滥俗的意象还有一个，就是卡夫卡本人吧。吴铭瀚说，我想到一个，艾略特的四月，四月最残忍。木马反对说，艾略特似乎没讲清过四月意味着什么，倒是残忍这个词可供滥俗，星期一最残忍也行。吴铭瀚说，我说什么你都不同意。木马说，你说的深渊我同意啊，你倒是再举一个我信服的例子，别总是找偏门的东西。吴铭瀚说，陀思妥耶夫斯基的发疯。对啦，木马说，一枪命中十环。但是我不同意，如果发疯是滥俗的话，那么圣洁在文学中该怎么处理？木马强调说，陀思妥耶夫斯基那种独有的发疯，就像海明威那种独有的男人味，不知被多少人模仿过了。我说，好吧，既然谈到美国文学（我忘记凯鲁亚克是美国人了），我就不得不说，美国文学颇有一套值得玩味的意象，梅尔维尔的白鲸。木马说，终于说到你自己了，你的小说叫《逆戟鲸》。我说不是的，《白鲸》书写了神秘巨兽的意象，福克纳的熊就是这种意象的延伸，再往后，狼啊，豹子啊，老虎啊，都来了。吴铭瀚说，你这是胡说八道，鲸仍然是《圣经》里的象征物，梅尔维尔借用来的，美国文学原创的东西不多。我说，你是没看过《白鲸》吧，梅尔维尔写了整整一本白鲸，怎么能说他借用。吴铭瀚说，好吧，朱自清的背影。我们笑了起来。阿满说，这篇我读过，课本里有的。木马揶揄道，大叔，你要是沉默寡言一些，大概就会被吴铭瀚写成朱自清的背影。阿满对吴铭瀚说，你最好不要写我。木马说，真见鬼，儿子写诗被货车司机老爸天天惦记着，这滋味好受吗。吴铭瀚说，操蛋极了。

这时，阿满发现开错了路，道路截断，前方是荒地，无路可走，不得不倒回去。吴铭瀚让停车，下去小便，我也下了车，走到土堆后面。夜空明净，冬天的荒地里什么声音也没有。吴铭瀚问，你写小说吗。我说，很久以前的事了，那时我也是个农民的儿子。吴铭瀚说，现在呢，你的父亲不再是农民了吗。我说，不，他仍然是农民。我们回到车上，阿满继续倒车，寻找岔路。木马说，大叔你照着原路倒，别又开错了。吴铭瀚说，别担心，他方位感不错，心里有一根阿里阿德涅之线，请问阿里阿德涅之线是不是滥俗意象。木马打呵欠说，不滥，并且有点冷僻。

后来，货车上了国道，向正确方向开去，至少我们能看到公路上方的指示牌。逆向而来的汽车打起远光灯，眩着我们的眼睛。阿满回敬以远光灯，并讲了一个惊悚的故事，说是在九十年代，有人杀了人，深夜把尸体放在国道上，企图制造交通事故的假象，假如司机不打远光灯，就会碾过尸体。有时，罪犯会将尸体放在外侧车道，并故意将车停在内侧车道，后车变道至外侧通常会关掉远光灯，铁定中招。阿满说，现在你们知道开远光灯的作用了吧，如果有人在内侧车道停车，你务必要注意观察前方有没有尸体，或者，是他妈的大活人。

此后的时间，没人说话了，我有点瞌睡，感觉很冷又醒了过来，发现吴铭瀚的脑袋靠在木马肩膀上，两人都在睡，只有阿满眯起眼睛注视着前方。货车在公路上长距离地匀速行驶，其实是凭理智在判断空间移动，尤其夜晚，近处看不到参照物，两车交会时能骤然感觉到速度的存在，又立即回到悬浮状态。为什么人在这种状态下容易睡过去？夸张地说，那像母亲的怀抱，像子宫。事实上它是高速移动的交通工具，人是怎么背叛了自己的理智？

十点左右，货车停在公路边，一个自然村，十几栋房子，其中一栋亮着灯，就是我们要住的店。浙江的经济水平普遍较好，从农村住宅能看得出来，都是铝合金门窗，楼体前后贴了外墙砖（较穷的人家只在楼体正面贴砖，更穷的住毛坯房）。阿满将车停在门口，我们逐个爬下去活动腰腿，吴铭瀚主动跳上车斗，替我们搬下行李。这是公路边典型的停车吃饭的场所，一个三十多岁、化过妆的女掌柜出来迎接阿满，喊他名字，又拍拍吴铭瀚的肩膀。吴铭瀚失去了刚才的活跃劲头，再次蔫头巴脑。我和木马觉得这地方还过得去，问住处，说楼上几间客房都空着，有热水，床单是新换的，干净。我明白床单干净是什么意思，问需要身份证吗，实际上我是想看看木马的身份证，她到底从哪里来。女掌柜说不需要，问我们几间房，我说三间吧。木马接过钥匙，拎着行李跑上了楼。然后我看见女掌柜对阿满做了个手势，指指楼上，笑了笑。我猜出什么意思，但有点吃不准阿满会在儿子在场的情况下做这个，再回头看吴铭瀚时，发现他也在瞪视着我。

我们住在二楼。木马洗过澡以后来我房间，问说，阿满是不是带儿子去找小姐了。我让她不要乱猜，阿满在三楼，他儿子在我隔壁睡觉。另外又提醒她，这种事情，少问，何必对一个货车司机的性事如此好奇。木马说，你这逻辑倒也奇怪，那么货车司机身上发生了什么才值得好奇，把小舅子轧死吗？我说，好啦好啦，回去睡觉吧，我累了。这时，吴铭瀚在外面敲门，木马打开门，吴铭瀚说：房间隔音好差。

已经是夜里十一点，对明晨要赶路的人来说，时间有点晚了，更难堪的是司机不知疲倦。吴铭瀚说：我以为你们是男女朋友，你们开两个房间我才发现不是。我说：确实不是，也别瞎猜了，能回去睡觉吗。他说，饿了。木马也说饿，这么一来，我也饿了。我们下到一楼，灯关了一半，女掌柜还在，其余的杂工和服务员都去睡觉了。女掌柜说做她这行其实没有白天黑夜之分，货车司机随时会来，一些司机白天开车，一些晚上开车，以及轮流开。开车这个词像是暗示。她给我们弄了三碗泡面，吴铭瀚从架子上拿下一瓶啤酒，倒在三个玻璃杯里。我说，未成年饮酒非法。吴铭瀚已经把杯子里的啤酒喝空了。吃完面以后，我们走出饭馆，吴铭瀚查看货车的情况。女掌柜在身后说，放心，我这里不会有人偷货偷油。吴铭瀚找我要烟，我不给，他从女掌柜那里要到一根细支薄荷烟抽了起来，姿势生硬。这时我注意到女掌柜已经卸妆了，尽管外面很暗。我想也真是奇怪，在屋子里没注意，可能刚才真的饿了。公路上时不时有车开过。我问女掌柜，生意怎么样。纯粹是搭讪。她回答说，今天晚上就你们四个人。然后没理由地叹了口气。我们四个人全都抽起了烟，望着公路上过往的车辆。女掌柜说，我打赌今天不会有车停下。又说，生意渐渐不好做了。她叼着烟走到公路边，随意地挥了挥手。我想起在某些地方，做这种生意的人，让年轻女孩赤身裸体穿上棉大衣，站在深夜的公路边，对着一柱柱远光灯打开衣服，灯光像急速扑向她们的火球将她们燃烧得雪亮，即使在最华丽的话剧舞台上都无法呈现的效果，司机按响气喇叭发出巨大的赞美或嘲笑。在弯道处，个别情况下，有人会被货车后轮剜进去。这时，木马也走到公路边，搭着女掌柜的肩膀，向黑暗远方挥手。我感觉她喝多了。女掌柜疯笑起来，说你是我见过的最有意思的女客人。有卡车开过时，她们一起摇头晃脑，扭动下肢，或许还做出性感的表情但我只看到她们的背影，听到她们一再疯笑。

后来，女掌柜回去睡觉了，木马又喝了一点啤酒，从账台上拿过一台小收音机，转动旋钮，找深夜点歌节目。吴铭瀚有点发蒙，问刚才发生了什么。我说，小孩子不用知道这些。吴铭瀚问，这些是指什么。我说，什么都不是，不必为你看到的事物寻找注释，不必讲述从前过往，不必将其与现在未来联系起来，你看到女人疯笑，仅仅是女人疯笑。这时，收音机里传来女主持人的声音，接着，播放流行歌曲，也是女声。木马说，小时候很爱听上海电台一位女主持人的点歌节目，后来，因为感情不顺利，女主持人开煤气自杀了，过了些年，又爱听上海交通台一位女主持人，也是点歌，后来她出交通事故死了，她的小奥拓在公路上被货车撞得稀烂。我说，那你不是新疆建设兵团的。木马说，我不是，我是海军啦，海军，但我不会告诉你是哪支舰队的。"海军"这个词从她嘴里说出来，像某种暗语，我没追问下去。

我们坐着听歌，抽烟，把剩下的一点啤酒喝完。我指着钟说，十二点回去睡觉。还差十分钟就到点，但木马并不听我的，她开始讲述远洋货轮的故事。是海员，不是海军。她说有个表哥，长得帅气高大，中专毕业时女朋友跟大款跑了，表哥一赌气就去远洋货轮做了海员，想跑遍全世界的码头。海员和货车司机到底哪个是最寂寞的职业，很难说。货车司机独自开车（吴铭瀚反驳说，也不一定），但他们可以在沿途找女人（吴铭瀚说，操）；海员是一群男人，长达数月的乏味旅程。不要指望中国海员能在国际码头上找到女人，他们没那份预算，手上的美金少得可怜。

　　表哥的海轮穿过马六甲海峡，向赤道线进发。在一九九〇年代，海员的生活条件相当艰苦，表哥在闷热的船舱里梦见了前女友，梦见黑色大鲸驮着她从海面上漂过，那模样比他更寂寞，真是不合情理（失恋是一件神秘的、缺乏解释的事）。高大帅气的表哥被这个梦给魔住了，长时间醒不过来，好多天都在等待着黑色大鲸再次浮出于梦中。在远洋货轮上工作是无所期待的，也不压抑，仅有的感受是乏味。木马说，这种情况下有可能令人丧失自我，也可能令主体凸出，充满狂想和怀疑。表哥站在甲板上望着海面，云卷云飞其实是风的驱力，日出日落其实是星球在转动，伤感其实是愤怒，梦是你自己。总之，自认为什么都想明白了。有一天，表哥见到了国际远洋妓院，挂着玫瑰花的旗帜，出现在近处。这就是传说中的玫瑰轮船，各大洲五花八门的女孩在船舱里卖春，收五花八门的硬通货币。她们遇见中国船，就会让滚蛋，因为中国海员没有预算，美金不够，如果是日本、韩国轮船则大受欢迎。传说玫瑰轮船上装备自动步枪，防海盗，所以这还是一艘流动的武装妓院。想象一下，它在公海上漂流着，火力全开，寻找配偶，仿佛与雄性的货轮交媾，它是雌性的鲁滨孙，不想回家的鲁滨孙。两船交错时，表哥站在巨轮的甲板上，平视玫瑰旗帜，又低头望着对面甲板上穿比基尼的姑娘们，立即勃起啦。有些姑娘用英语对他们浪喊：中国人，中国人，没有钱，没有女孩。表哥注意到一个短发的黄种女孩独自站在船尾，同样穿比基尼，化着鬼佬的浓妆但能辨认出她是东亚的黄种人。她很安静，抽着烟，趴在栏杆上望着中国的远洋货轮，左脚踩着夹趾凉拖，右脚那只在她的趾尖晃荡。表哥猜想她可能是中国人，也可能是日本或者韩国的，他追着这个女孩，从船头往船尾跑，直跑到货轮的尽头。在那里，永别这个词像黑色大鲸一样浮现出来。表哥用中文喊道：你是中国人吗。女孩不予回答，仰头对着他笑，对着他吹出烟气，烟气在离开嘴唇的一瞬间就被风吹散了，看上去就像在对他抛出飞吻，也许两者都是吧，因为离得挺远，怎么认为都可以，甚至她的笑也可能是嘲笑、诡笑、职业性的笑，但你怎么认为都可以。你不用像那种现实主义小说学徒一样把它定义下来，但你也不能在记忆中铺陈所有的可能性，你能怎么办？说到这里，木马拍拍我的肩膀。刹那间，表哥疯啦，他短暂的念头是立即冲到船长室，命令丫的将货轮调头，追上玫瑰轮船。这时，黄种女孩向他挥挥手，表哥也向她挥手。黄种女孩向表哥的方向弹出手里的烟蒂，落进一片白色的海水泡沫中，表哥做了个睡觉的手势，不是下流手势，是纯粹的睡觉。黄种女孩也做了个纯粹的睡觉的手势。两船越来越远，表哥从俯瞰变成眺望，最后那女孩做了一个匪夷所思的动作，她在额头胸口画了一个十字。这个动作使表哥恢复了理智，至少使他想起自己并不相信耶稣基督，顺便想起他作为"人"的局限，要让货轮调头是不可能的。木马说完，掸走膝盖上的烟灰，站起来伸了个懒腰。吴铭瀚发呆，问后来呢。我说，破绽百出的故事。木马说，没有后来了，破绽百出——有可能是表哥在赤道上的狂想吧，大鲸和女孩都是他梦里的奇观。过了一会儿，看我们都不说话，她又迟疑着说：也不一定是破绽，只能说，你被奇观征服，那奇观本身却在用不可能的方式讲述着另一套话语。

这天晚上聊得太久，我们却不想睡，只想在倦乏中继续听音乐，讲点什么。有一段时间，公路上寂静无声，电台节目似乎也中断了，传来一片白噪音。木马问，大叔怎么还没办完。这个问题打破了之前的默契，我提醒过她不要多问，然而吴铭瀚变得无所谓了，也可能从一开始就无所谓。他说阿满在三楼会待上一整夜。木马做出惊讶的表情。吴铭瀚说，我知道很多货车司机打一炮只用半小时，但是，我爸爸似乎是爱上那个女人了，怎么说呢，也是充满狂想吧，他需要一整夜。作为十五岁的小孩，他的口气显得狂妄。木马问，那你妈怎么办。吴铭瀚说，不知道，随便，对他们来说，阿里阿德涅之线已经断了，这个典故用在货车司机身上真是奇怪，可这也是他们时时会遇到的，道路的迷宫，阿里阿德涅之线；悲剧性的误杀，俄狄浦斯或者赫拉克里斯；运载重物的命运，西西弗的神话；半路上的爱情，塞壬；操，没啥新鲜故事。话说到这里，我们听到楼梯上传来脚步声，以为是阿满，一起抬头看。一个穿巨大的毛绒拖鞋的姑娘，裹在棉大衣中，快速跑下楼，从后厨拿出几个冰冷发硬的馒头，又到账台前拽过一瓶纯净水。发现我们在注视她，讪讪地说了句，饿了，然后往楼上跑。直到脚步声消失，吴铭瀚说，她让我想起了卡夫卡写的，祭祀中突然跳出来的豹子。木马说，不，是美洲虎。吴铭瀚说，豹子。木马说，是印第安人的祭祀，所以肯定是美洲虎。吴铭瀚说，豹子。木马说，好啦小孩，不要掉书袋了，等你年满十八，你爸爸把你带到某个地方去行成年礼，像某一本欧洲电影里拍的，你就会知道，她既不是豹子也不是美洲虎，更不是塞壬，她会是别的象征物。我不确定这是不是一个恰当的玩笑，然而那时，吴铭瀚和木马一起笑了起来，电台里开始放一首类似探戈的吉他曲。木马问，谁会跳舞。我和吴铭瀚一起摇头。木马在一楼的空地上独自跳起舞来。吴铭瀚将收音机音量放大，女掌柜穿着睡衣冲出来问，还给不给人睡觉了，聊一夜吗。后来她也披上毛呢大衣，趿着塑料拖鞋与木马一起跳舞。我说，跳得真好。女掌柜说，从前在南方做过舞女。木马问，舞女怎么样。女掌柜说，一言难尽。她们继续跳舞。电台里连续播放着探戈或是弗拉门戈舞曲，由吉他、铃鼓和架子鼓演奏出的音乐，夜太深，导播可能是睡着了。再后来，楼上那姑娘也跑了下来，我们问她，会跳舞吗。她说，不会。吴铭瀚吸了口冷气，嘀咕说，你他妈也学点有用的啊。姑娘翻了个白眼，捡起桌面上散落的香烟给自己点上，坐我们中间看跳舞，左手搭在我肩膀上，右手摸摸吴铭瀚的后脑勺。

好几年以后，我在那个荒芜无人的 BBS 上收到一封私信，已经发出半年多，发信人用了一个 ID，他说他是吴铭瀚。我想他已经二十岁了，应该还在写诗（我从来没有读到过他的诗）。他问，阿基拉，木马现在在哪里。我不知道，我和她在永康分开以后就断了联系，她在 BBS 上的帖子截止于二〇〇二年六月，仍然谈论诗和小说，随后就没有了。存在多种可能，她隐身，她改换 ID，她不告而别。那时，文学 BBS 也快关掉了，我保留了一些朋友的联系方式，放弃了另一些，消失的，退出的，追问不到的。他复信给我，说那本名叫《逆戟鲸》的小说集他一直没能找到，是哪里出版的。我说，一个朋友做的，将近十年前的事了。吴铭瀚说，他也出了一部诗集，地下诗集，印得很少。我说，我知道那套书，其中有我另一个朋友的诗集名叫《溏心蛋》，但我一直没有在书店见到过。吴铭瀚说，我觉得我们之间最糟糕的交流方式莫过于互读作品，所以就不寄给你了。问他在做什么，他说，被一所野鸡民办大学骗了钱，不念了，现在写写小说，和一个姑娘混在丽江呢。问到阿满（纯粹是闲聊），他说阿满现在已经不跑货运了，也没娶那个塞壬式的姑娘，他在温州做五金批发生意，赚了点钱，喝酒抽烟逛窑子，过着一种乡下朋克式的生活。但愿他不要吸毒，这是吴铭瀚的原话。我们的谈话并不是连续的，时间跨度长达半年之久，再后来 BBS 真的关掉了，我与吴铭瀚并没有互留联系方式，就这样结束了谈话。

二〇〇二年的下半年，我的第一代身份证弄丢了，不得不回到家乡县城，重新拍照办证。黄昏经过渡口时，很多人在烧纸，并叫魂。同船的人告诉我，三十四天前，一艘搭载重卡的渡轮倾覆在江中，死了不少人，眼下是五七。我坐船到江对岸，同样有人烧纸。码头边的清庙还在，不知为何，我对它一直有莫名的兴趣，以及战栗感。自从与姚隽聊过之后，我猜想它可能也是古代祭祀邪神之所在，就像水库边的小庙、黑神山上的楞伽寺。那天时间有点晚，我在清庙门口站了片刻，门仍然上锁，进不去，我抽了一根烟，跳上中巴车去县城。

我住在旅馆里，当晚去已故姐姐的商铺看了看，饭馆早已关张，变成一家不太大的网吧，门口停了些自行车，在里面上网的尽是学业荒疏的中学生。县城依然破旧，在靠近农田的地方有一片商业住宅已经落成，大幅的路牌广告竖在街边，喷绘了几栋漂亮的公寓楼，声称迎接一种欧洲式的生活方式。固然可以嘲讽，但也无甚意义。第二天我回家拿了户口本，中午赶回县城，去公安局办证，登记，拍照。我在走廊遇到一位中学同学，已经是警员，略叙旧，他去窗口交代了几句，可以提前几天拿到新证。本地风俗是任何事务首先想到托人，事实证明托人果然有效。中学同学已经结婚，女儿刚出生，目前在公安局负责管理档案，其状略带疲倦，话不多，表情凝重，像个老警察或是刑警。

我问到他沉船的情况，他说，当场失踪十一人，全部死亡，打捞尸体花了一天时间，最后两具是沉船出水时在船舱里找到的。船是夜间航行，当时天气不错，能见度良好，事故原因是轮渡超载，超的那部分很可能是货运卡车上的载重（这些卡车本身也超载），开航时渡轮向左倾斜，适航性能不佳，但渡轮公司的当班职工没有注意。又说，当班职工处于极度疲惫状态，该公司实行的班制是做一休二，必须连续工作二十四小时，对任何人的体能和精力都是考验，事发时，他们已经做了十八个小时。最后，渡轮年检没有过关，违规运营。他讲得言简意赅，我们这些常坐渡轮的人一听就懂。好多年前，渡轮沉过一次，船员全都活了下来，乘客死掉好几个。事故原因近似，也是超载，车辆停放位置不佳。我问船员死了几个，乘客死了几个。他明白了我的意思，摇头说，十几秒钟船就沉了，船员逃生也是本能，别苛求了。我们在花坛边抽了根烟。我说，海难事故中，船长通常会殉职。他说，见过殉职的警察，没见过殉职的船长。

快抽完第二根烟时，我们交换了一下眼神，知道可以告别了。这时他才问，你在哪里工作。我敷衍说，上海的一家台资企业，做物流。没有讲外仓管理员之类的事。他问，有名片吗。我说，没有。这当口，一辆大巴停在公安局门口，大大小小的傻子从车上鱼贯而下，那是李河镇的傻子。我同学说，公安局组织了智障来办身份证。傻子们排队，在警员的带领下走进大楼，我注意到两个穿得一模一样的傻子，长相也是一模一样。我说这是双胞胎的傻子吧，我操，双胞胎的傻子。我问同学，你能分得清这俩傻子谁是谁吗，假如淹死一个的话。他看了我一眼，严肃地说，现在傻子镇的情况好多了，他们都去做产前筛查了。我感觉自己的语气可能像个纳粹党，但我并没有笑。

我告别了同学，往街上走去，忍不住回头看傻子们。我想起小学时曾经以他们为题材写过一篇作文，得了高分，在讲台上念过。由于涉及一个女同学的智障弟弟，放学后被她揍了一顿。想起我养过的黑狗，春耕时跑到田埂上，被人宰了。此事也写进了作文，我不记得内容了，但仍记得黑狗在冬天摸上去很温暖，经常眼泪汪汪地看着我。这都过去将近二十年了，我以为会忘记它。女同学的智障弟弟有一双特别圆的罗圈腿，从不讲话，总是惭愧地笑着，似乎知道自己是智障，或者罗圈腿。我就是这么写的，被她揍了。

拿到身份证以后，我再次回家，交还户口本。我父母还是老样子，家里不怎么缺钱，姐姐在县城留下的那套门面房每年能有几千元租金入账。我父亲说，明年要修省道，规划中的公路通过李河镇的坟地。新坟旧坟，有些是在饥荒年全家死绝了的，迁坟十分麻烦。姐姐的坟也在那里。我问怎么迁。我父亲说，统一改造。意思就是由政府挖坟，各家领取骨殖骨灰，再葬到统一安排的新墓区。我说，那岂不是要打起来，全家死绝的坟怎么办。我父亲说他不知道，他的想法是把自己的墓地也一起买了，毕竟按农村风俗葬在田边是会有问题的，万一铺路造房子，还得掘开。他说，我感觉你将来是不会回来了。我点头同意。对于置办墓地的事，他问我看法如何，我说，选个地势高点的地方，这一带经常发大水，我见过泄洪之后的农村，坟地泡在水里，一群湿淋淋的母鸡站在坟尖墓碑上。

　　我陪着父亲在村里转了一圈，一些人家大门上挂着十字架，基督堂在几公里以外的另一座镇上，以往，村民之中并没有基督徒。我说，对面镇上那些傻子该不该信教，也许主不会抛弃他们吧，但是教堂里坐了上百个傻子毕竟有点难堪，不是吗。我父亲说，牧师有时也会到家里来，问问情况，传教，态度很友善。我问他信教了吗，他说没有，我母亲似乎很受感动，抽屉里有一本《圣经》。我问他是什么版本的，他回答不上来，反问我版本很重要吗。我原想说很重要，后来摇头说，不太重要。他有点没把握，说隔壁邻居跟他讲过，不信教的人，死后下地狱云云。我说，假如姐姐此刻在地狱里，那我死后也要下地狱去陪她。我没有通读过《圣经》，只看过一本通俗的《圣经故事》，讲不出更具价值感的意义。我和他一样困惑，不知道地狱意味着什么。我想一个农民到老以后，毕竟会庆幸自己活得长久，以及对于不可避免的死亡忧心忡忡，担心肉身，又担心灵魂。然而这不是一道勾选题，也不能分岔出更多的选项。我保留了想法，没说出来。后来，他不知怎的感叹道，那些去世的教徒墓碑上都刻有十字架，有些墓碑的朝向并不是对着南方。我说那是耶路撒冷的方向，神圣的主的方向。实际上，耶路撒冷、梵蒂冈、麦加、佛陀伽耶，还有拉萨，还有我姐姐的坟地，从我俩所在的地方望过去，几乎是同一个方向。

　　一个人写不出小说是应该的，写得出才是不正常。这是木马的论调。我说，写出来就意味着你接受了某种惩罚。木马认为惩罚这种词太严肃了，和假大空文学一个调调。我说，那就把惩罚这个词降低一些强度，但我想不出其他词。小川说，警告。可是何谓警告？

〇三年春天我从 P 市回到总部，保安仍然凶悍，让我必须剃了胡子才允许进公司。我在传达室给童德胜打了个电话，让他出来给我办了年假，有十天休息。童说，周劢在北京，原定这几天也要回来，但北京 SARS，没有仓管员肯去交接。童问我是否愿意去，我拒绝了，说去他妈一趟北京还关在丰台，过于无趣，老子不干。他说那就只有重庆可去了，二选一是资深仓管员的特权。

我和周劢通了个电话，他很奇怪我在 P 市只待了一个月，问是不是又得罪了人。我说这次不是，P 市分销处采用了经销商制度，总公司不直营了，因此仓库管理员可以雇用当地亲友，不必担忧有人卷货逃跑，但这么干的负效应是什么，你知道吗？周劢发笑说，窜货，把大宗交易做到别人的地盘上。我说没错，事情总是两难。周劢问说，最近为什么不上 QQ 或是 MSN。我说，总之以后聊天软件很少会再用了，有事发发电子邮件吧。

我跳上一辆开往上海的中巴车，再次通过车窗里望向公路沿途的风景，熟悉而且似曾相识，被所有似曾相识之物包围的熟悉，由于经验匮乏而造成的印象重叠，还有一种可能是，时间过去得比实际上更为长久，超乎我的感受。中午，汽车停在徐家汇，我找到电话亭打小川的手机，当时他正在工作，显然是摄影棚里传来的嘈杂声，他让我在人民广场的喷泉处等，约了六点。我在街上兜兜转转，地铁里很空，一些乘客戴着口罩，我想起这是瘟疫蔓延的时期。不过，人们的心情似乎不错，并没有末世的恐慌感，有个姑娘用数码相机在车厢里拍来拍去，与身边的同伴讨论着色比度和白平衡的问题。

我在人民广场下了地铁，走到地面上，起风了，那一带的广场喷泉没有动静，人也很少。我在长椅上坐了一会儿，时间还早，买了一张博物馆的门票，进去看看青铜器，鼎和簋之类的古董。忘记是谁告诉过我，殷商的鼎是用以烹煮人肉的，或者连人肉都不是，是战俘和奴隶的头颅。假设头颅还在的话，应该被收藏进了自然博物馆。后来，我又回到喷泉旁边，坐了一会儿。快六点钟时，小川出现了，他还是老样子，唯一的变化是架了一副黑框近视眼镜，有时在鼻梁上，有时在额头上。他见面就问，沉铃呢？我说，没见到，没通知她。小川说是他打电话给沉铃，她答应来聚餐的。我说，那就再等一会儿吧。小川说：不不，半个小时前我打她电话，她说已经在广场上，看见你在远处坐着，说你留着大胡子，果然没错。我不说话，小川掏出手机，这时，一条短信发了过来。小川奇怪，说：她不来了，回家了。我拍拍他肩膀，似乎这个动作可以解除他的困惑。

吃饭时我问起他的工作，他说：最近在新天地做一个时装周项目，给模特们拍照，我是助理，很忙。我说：SARS 时期啊，很多地方都取消大型活动了。小川说，上海并没有 SARS，而且时装周在秋天，现在只是预拍一些照片。他估计秋天时 SARS 警报已经解除了（传闻这种病毒会被夏天炽热的紫外线烤死）。我说，那我想看女模特。小川答应第二天带我进棚。

这天晚上，我住在小川的租屋里，一栋筒子楼的二楼，煤卫独用，窗外就是马路，路灯与我的视线平齐。小川问我住多久，我说，还有八天假期。他让我多玩几天，把床腾给了我，自己睡沙发。我说，这样不太好。他说他早就睡怕了这张床，经常出现鬼压床的情况，让我试试看，如果出现遗精等情况也不必尴尬。我说，好。我确定他是一个人住，问他有没有女人，他说没有，从重庆到上海以后一直没有。我的意思是指爱情，爱情，朋友。小川继续说，楼上住着两个女孩，一个是七〇后，一个是八〇后，每天这个点上，她们就去附近仙霞路的红灯区上班了。我问，你是不是饥渴。他反问，做仓管员饥渴吗。然后我们都笑了，说他妈的每一代年轻人最大的问题就是性饥渴，尽管我们也不年轻了。这种情况会延续到中年、老年，然后弥漫一生，终于明白自己不是荷尔蒙的问题，是太穷，是写不出小说并且喝了过量的劣酒。我们继续笑。

半夜时，我们还在聊文学。那时小川仍然对文学抱有理想，聊到李东白，小川说李在上海做过一次签售，当时他也去了，作为读者捧着书请李签名。李东白没有认出他来。小川想和他打招呼，最后还是算了。他从架子上拿过一本书，是李东白的长篇小说，我翻了翻（一部关于当代生活的作品），没作评价。说实话，写得不错，字里行间有一种我和小川都不具备的反讽才能。小川说，成熟度不够，小说的后半段失控了。我说这很正常，卢卡奇在《小说理论》里谈到，短篇小说更讲究主体对客体的控制力，而长篇，不是这样。小说写得越长，主体的裂缝产生，有一些直接崩溃了，有一些则像危楼。这时，客体想要占据优势，客体申冤，客体死而复生。短篇小说中不会出现的鬼打墙、鬼压床现象，在长篇里都会冒出头来。实际上，很多事物，例如爱情和生命，时间越久，越会趋于主体失控的局面。小川说，你的说法我理解，但是和爱情、生命这些东西不一样，长篇的主体失控是美妙的，恰恰是智勇者在一开始就等待出现的局面。我说，被你这么一说，写作的虚无感倒是淡化了不少。这时，他的手机响了，接听之后，他把手机递给我，低声说，沉铃找你。

我再次听到她的声音，显得平静，我走到窗台边，望着外面的路灯与她说话。她问，还好吗。我说，都好。她问，在上海待多久。我说，有一周的假期，借住在小川家。她说，《逆载鲸》那本书已经出版了。我说，谢谢你。她说，出版这套书的人叫舒晓宇，眼下在广州，他想请你在上海做一次读者见面会，他会在网上发信息。我问，上海哪里。她说，一家小书店，地址我发给小川，星期六晚上七点，时间安排得过来吗。我说，我闲着。她沉默了片刻，解释说，因为要出差，不能到场了。我说不要紧，接着，她让我照顾好自己，如果想在上海落脚找工作她可以帮忙。我没来得及回答，电话挂了。

我把手机还给小川。他说：上个月她过了三十岁生日，她快结婚了。

这天晚上我确实鬼压床了，我梦见自己在追赶落日，起初是走着，后来搭乘了一列地面轻轨，落日一直就在前方，我的方向只可能是向西。然而我停在了海边，海在东边。我想自己可能并不在中国，又想起哪个仓管员对我说过，在辽东半岛的仓库区他曾经目睹落日西沉入海。车厢里的人都戴着口罩，沉默着，坐着。下车后，我沿着曲折的海岸线走，落日一直没有坠下，我似乎还感觉到海浪抚过脚踝。后来我醒了，觉得胃酸翻涌，天还没亮，窗外的路灯光照在我脸上。我去拉窗帘，小川继续睡着。我坐在床沿上想了一会儿，回忆梦里有否出现过某个熟人，最后认为，应该没有。我拿了钥匙下楼，去便利店买吃的，两个女孩正从楼梯口走上来，其中年长的七〇后长得很美，几乎可以让人在一瞬间就爱上的凌晨时分的美，并且她看见我失魂落魄的样子也很镇定，只是微微让了一下肩膀，像是电影里的牛仔将手搭在腰间枪柄上的威胁动作。

就在我站在 24 小时便利店柜台前拿过香烟和饼干的时候，我感到自己对仓管员的生活失去了理解（而不是失去耐心）。我站到店门口抽烟，望着城市里的旧楼，心想，怎么表达这种感受。我应该启用第三人称。因为第一人称过于紧张，容易将抒情变异为自怜，即使抒情也是不需要的，一个人站在凌晨的大街上抽烟仅仅是具有一种抒情的视觉感。天亮后，他站在早饭摊前抽烟，他站在城市乱七八糟的人群中抽烟，他长时间地想着一个女人闪开肩膀的动作和另一个女人的婚期，她们根本不是同一种人，但在此时此地，在他可以写出来的小说里，她们又是活在同一个梦中的同一个人。这不是抒情，也不像迷失，或许可以判断为迷失本身的消散，然而也没有获得一种可以替代的清醒。生活这个词在这里被迫使用，尽管他从来不爱用这个词。生活像教育盲人一样教育我记住了她的声音，记住她说再见，记住所有电话里传来的挂断音。一个人要继续怎样的生活才能配得上这些声音，要写出怎样的小说才能配得上这些闪回式的记忆，该怎样捕捉一个词、一次句子之间的递进、一种美学上可以入流的狂热？当便利店的挂钟指在凌晨四点四十四分的时候，他想，这是每一个小时里都会存在的伤感与必然，只是恰好你独自抬头一瞥，你被这刻度震惊，或接受安慰，接下来的几十秒钟里你被卷入一个虚构之物中，此后你将忘记它，你绝不会在下一个小时寻找同样的震惊或安慰，可是余生里你总还会瞥见同样的刻度，在那不为人知的时刻一切又将短暂地聚拢又消散。

书店开在作家协会附近，我到那里才发现，地方真是小，由一间半民宅装修而成，楼上且还有住户。书店外面有一个小院子，摆着桌椅，柜台上提供咖啡，像个沙龙。店中间一张长桌上垒着我的书，还有丛书中的另外几本，我是第一次见到，开本很小，像国外的口袋书。在开场前，我翻了一下，其中一本名叫《巨猿》，很薄，目测不过三五万字，作者是 if。这套书的编辑没有安排任何作者简介或照片，无从知道 if 是谁。我翻了几页，小说中写到一座坍塌的大桥，写到一个叫兰娅的姑娘，童年生活在大山里，山村，小镇，煤矿，与更远处的钢厂。我肯定作者是女的，猜想那可能是我去过的地方，重庆与贵州交界区域，我对那种地貌有着天然的亲缘，似乎我出生在那里，度过了贫瘠无知的青少年时期，离开之后仍然能感知到它的气息。这套书里其他的伪先锋小说、肮脏现实主义小说、仿制法国新小说，我都不想看，找店员买下了《巨猿》。后来，进来一个中年男人，体格魁梧，店面立即变得逼仄起来。他问我是不是端木云，我说，正是。他看了看店里，一个顾客都没有，自我介绍说，是店主。七点钟已经快到了，场面也许尴尬吧，我不知道，对我来说不算尴尬。他让店员给我做了一杯咖啡，那模样看起来比我更镇定。他说如果没有读者，咱们就聊一会儿吧。我说，无所谓，都行。他说到自制印刷品，说到这套书的出资人，讲话口音含混，我没怎么听清。我不想再让他重复，也就假装敷衍，似乎听明白了。我问他，if 是谁，他说是一个年轻女孩，if 是她的网名，其他不清楚。

到七点钟时，有一个戴眼镜的姑娘推门进来。我想，只来一个人比无人到场更尴尬。店主让我坐在咖啡桌后面，那姑娘并不客气，拉过椅子坐在我对面。店主讲了两句开场白，场面十分滑稽，完全是对着那姑娘讲的，又似乎她身边坐着一百个人。屋子太小，也不需要话筒。他讲完之后，让我讲，我看着姑娘，瞪着她的眼镜，觉得她面熟，想不起来在哪里曾经见过。她至多也就在读大学，我的人际关系里没有这一号的存在。后来她笑了起来，笑得前仰后合的。她还戴着牙套，我要是纳博科夫的话一定会想出最损的句子来形容她。她说：端木云你还记得我吗，我是房东的女儿，给你讲过逆戟鲸的那个人。我一下子回忆起来，问她在哪里读书，她说复旦新闻系，已经大二了。

她的名字很古典，叫顾青桐。她不但给我讲过逆戟鲸，还讲过梧桐（也就是青桐）与悬铃木的区别，太平洋西海岸的中华白海豚族群，好像还有巨型乌贼和章鱼之类。我以为她会念一个生物或者水产专业（后来我想起青铜鼎煮人头也是她告诉我的）。

她从包里拿出书，让我签名，是她一年前在这家书店买到的。买它的原因，起初是因为逆戟鲸的名字，后来是因为我的名字，记起了一个叫端木云的房客，这个人借过她一本《巴黎圣母院》，退租的时候没还，直接溜了。她关注了书店网站，知道我在这里"摆摊"，摆摊这个词是她说的，我觉得不错，很生动。接着，她问起周劭，我说姓周的这会儿正在北京丰台的某间仓库里，苦苦等待 SARS 饶恕人类。我的用词也生动起来，同时给她也叫了一杯咖啡，她坚持自己付账，看上去并不穷。后来我想起她是本地人，而且家里出租房子。

我们谈到这本书。其实我也不知道它是怎么印出来的，我甚至不知道有人愿意印它是因为我写得不错呢，还是沉铃本人的面子。我问顾青桐，你觉得写得怎么样。她说，写得平面化，有模仿痕迹，又说其中某一篇不错（而我却觉得写砸了）。总之是文学青年之间的谈话，低效重复，缺乏自信，唯一可取之处是热情，好像文学真的是这么回事。书店老板走掉了，没打招呼，读者见面会已经不存在了，我轻松了一些。顾青桐说，刚才店老板在这里我不好意思说，怕影响你的销路，实话说，写得很差，不但受了体制内文学的影响，而且是真的差劲，阅读感不行，读不下去。我笑了起来，说，体制内文学是怎么回事我不太懂。她说，如果你需要鼓励我也可以扔几句给你，然而好作家是不被鼓励的，写作不是体育比赛。我说，是这么回事。

我没到八点半就离开了书店，顾青桐要去参加一场诗歌派对，离此不远。她问我是否愿意同去，我答应了。路上，她说，这套书里写得最好的是《巨猿》。我还没完整地读过这本书，不太好评价，只能说，翻了几页，不错。顾青桐说她认识 if，一个长得很漂亮的重庆妹子，綦江出来的，在广州学建筑设计。这证实了我的猜想，小说中写到的确实是我去过的地方，那座坍塌的大桥就是彩虹桥。

我们去的场子并不是什么会堂或书店，而是民宅，位于高档小区二十层楼的四室两厅户，里面没什么家具（椅子不少），不知道是搬走了还是压根就没住人，客厅提供软饮料和饼干，大概有七八十个人聚在里面，十分拥挤，阳台上也站满。顾青桐向我介绍，这是一份民刊举办的活动。有趣的是，人们在不同的屋子里分成了不同的流派，中年以上的在客厅，小青年在朝南的卧室，一些姑娘在朝北的小屋。顾青桐带我进了小青年较多的屋子，地上全是烟头。她认识在场的主要人物，介绍了一圈（没有我认识的人），小青年们看看我，只是招呼了顾青桐坐下。其中有人已经喝醉了，屋子里没有酒瓶，我推测是喝过以后才来的。我找了个角落，靠墙站着抽烟，有个女的找我要烟，我发给她一根，她看了一眼，说你不抽中南海啊。我说我抽不惯那种混合型的外烟，习惯烤烟。她问我什么是烤烟，又说中南海是国产烟。我试图解释，不过她已经点燃了香烟，也就没必要多说了。她看上去不年轻，三十多岁，衣服款式有点旧（我也是在小川的屋子里读了好几天时尚杂志才得出这个结论）。她说：刚才说你写了一本书，叫啥名字。我说：逆戟鲸。她说逆戟鲸听清了，后面几个字没听清。我说：逆戟鲸，后面没有了。这时，客厅里的中年人们开始朗诵诗歌，似乎全是他们自己写的。卧室里的年轻人非常开心，要求也朗诵。客厅里有麦克风，卧室里没有，他们坚持要朗诵，推了一个苍白细瘦的小青年上去，他无所谓，背了一首诗，显然也是自己写的。我已经找不到顾青桐了，不知道她去了哪里，也许是钻到中年人中间去了。念诗的时候，屋子里安静下来，我去洗手间，那里装潢得很不错，科勒卫浴，大理石台面，双开门镜面柜。我拉开镜子，意外地发现里面放着很多罐装啤酒，是一种德国产的黑啤，最大的可能是主人藏在这里的（不提供酒精饮料显然是怕这些人喝醉了发狂）。我打开一听，喝了几口，回到卧室里，有个年轻姑娘正打算上台念诗，她对我吼道：大叔你怎么又回来了，你应该去客厅。我举了举手里的啤酒罐，又指指卫生间，她立刻明白了，冲了进去，抱出几听啤酒。此后，不断有人去洗手间，方便以后带出一罐啤酒，直至告罄。女孩是个口语诗人，写得俏皮，用四川话或是贵州话念着，停顿时呷一口啤酒。需要说明的是，在场有一些上海人，但没有人说上海话。有个小伙子极为羞涩，念到一半笑了起来，说不行不行，这是我第一次在公开场合念自己的诗，感觉太无耻了。后来，他们拉我上台念诗，仍然喊我大叔，我说我不会写诗。找我借烟的女人说，那就背一首你喜欢的吧。我问，顾城的诗可以吗，《墓床》可以吗。他们再次安静下来，有人说，为什么不可以，当然可以。

没过多久，警察来敲门了，因为太闹，楼下人家报警。每个人掏出身份证登记，然后获准离开。坐电梯下楼时，有个小伙子说，幸亏今天没带叶子，被抄出来就惨啦。事实上，警察并没有搜身，态度虽然强硬但并不算恶劣。我们从电梯里出来，我始终没有见到顾青桐，倒是那找我要香烟的女人一直站我身边。夜晚很凉，她的衣服立刻显得单薄，人群在小区门口散去，有人打车，有人徒步而行，结伴消失在黑夜里。她从口袋里掏出一把银色的咖啡勺，送给了我。我问她勺子是什么意思。她说没啥意思，从那户人家的厨房里偷来的。我想，一个三十多岁的女人为何要偷一把无用的勺子。她说，觉得很可爱就偷了，并不缺一把勺子。我收下了勺子，后来想想，首先是好笑，其次是有点失去真实感。人们偷东西的理由千奇百怪，这我倒是早就知道。我们站在小区门口抽烟，看着一拨又一拨的人离去。她没有与人结伴离开，似乎和谁都不太认识。站了一会儿了，她反倒先问我：你还在等那女孩吗？我说不是，我没有等谁，带我来的那个女孩似乎已经提前走了。她问：是你的小女朋友？我说半熟不熟的朋友而已。我们又站在风口抽烟，各自抱紧胳膊。我说：真他娘的冷。她说：冷，给我靠一下。

后来，她去便利店买烟，柜台里有三种中南海，她辨不清，问我哪种更好。我说，我不抽中南海，不知道哪种更好，也许贵的那种更好吧。她买了一包，拆开点烟，嘀咕说小青年都抽这个。我猜她平时并不抽烟，烟气只是在唇齿间略作停留就吐到空中。果然，她解释说，大学时抽烟，已经戒了很多年（可是这个解释毫无必要）。那个时代（究竟是哪个时代）她们抽绿色包装的摩尔，巧克力味的。她说自己家并不是很远。我说，送送你吧，尽管上海的治安不错。我们顶着风走路，具体往哪个方向，我也有点辨不清。走了十五分钟，有一度，她主动挽着我的胳膊，后来又点烟，把胳膊抽了回去。这条马路上店铺不少，到夜里还是挺热闹，一侧围墙上刷着"拆"字，跨世纪的中国城市最常见景象之一，可以登上不同类型的刊物封面，时髦而犀利。我们走过十几个"拆"字，进了一片住宅区，都是上海的老公寓，周末的夜晚还有一些窗口亮着灯光。她停在某一栋楼门口，横七竖八停着自行车和助动车的地方。我想，如果她请我上去喝一杯咖啡（我竟然想不出深夜应该喝什么酒），就像电影里那样，其后发生的事情也不足为怪吧，有些电影里也会嫌这种桥段太老套，设计得更狂野一些，更俏皮一些。后来，我借着楼道口的灯光看到她的脸，那是一种犹豫的表情，是面对陌生人的表情，像来自中年和少女时期的不同方向。我的经验判断不出这表情意味着什么、哪里出错了。她说，还不算晚，上去聊一会儿吧，大作家。

奇怪的是，从进屋起，她就没有开灯，有一些微光从窗外透进来。那屋子的格局和小川家近似，面积更大些。我注意到她将床放在屋子的中央，四边都不靠墙，很少有人这么摆放家具，像欧洲电影里的场景。我们面对面侧躺在床上，互相摸摸头发，摸摸脸，最初的手势像是在摸一棵植物。她问我写什么题材的小说。我说，一般不带这么问作家的，作家什么题材都写，也不带随便喊"大作家"。她说，请你不要介意。我说，没什么，提出抗议就意味着不介意。她在黑暗中笑了笑，又问我，以前有过一夜情吗。我撒谎说，没有。她问，喜欢什么样的女孩。我说，文静的，活泼的，都喜欢，实际上年轻时喜欢什么样的女孩现在已经不太记得了。她说，人不会忘记自己曾经的欲望。我说，那可能不是欲望，只是胡思乱想吧。她问我的年龄，我又撒谎说，三十五岁。她说她三十二岁，在一家公司做会计，大学时代也曾经是文学爱好者。然后她又说，最后这句话很多余。

一夜情有个很滑稽的简称叫作419，纯正的 for one night 应该发生在酒店里，不问姓名与出处，尽量不讲人生中的苦闷和半真不假的孤独感，记得戴套子，事后聊聊文学和闷片不算过分。这是木马告诉我的。如果发生在家里，留下了姓名住址电话，就从 for one night 变成 one night stand，变成略为放荡的举动。前者是纯粹的诗意，后者比较复杂，可能是诗意，可能是一场庸俗派对。这也是木马告诉我的。有没有可能把纯粹的一夜情变成爱情呢？木马回答：那就是爱情。

做爱之后，她开了灯。屋子里很干净，床头柜上有西藏旅游攻略、当期的二流时尚杂志（这也是小川告诉我的）。她穿上衬衫，盘腿坐在床上，用一个纸杯代替烟缸，我们面对面坐着聊天抽烟。她不是上海人，来自江苏一座小城市。我问她去过西藏吗，回答是没有，去西藏是大学时代的梦想，没能实现。我想起来，确实在过去的某个时期，西藏是特立独行的青年们向往的地方，再后来就变成互联网上无数人想去的旅游胜地，这无可厚非（互联网也曾经是特立独行的）。我说，你曾经梦想的事物（孤独的，个别的，不为人知的），若干年后被所有人爱上，这是一种幸福呢还是不幸，换句话说，是建设还是解构？她说，那要看他们是爱还是糟蹋。我说，这无从判断，所有人必然包括所有态度。她笑了笑说，挺虚无的，就像一夜情，看上去神秘，其实可以发生在每个人身上。后来，她问我是做什么职业的，是不是业余作家。我笑了起来，说，业余作家也是一种羞辱性的用词，但无所谓，咱不要那么讲究用词，没错，我业余写点小说，正职是仓库管理员。她有点惊讶。究竟仓库管理员的身份是低微还是特立独行，我望着她，想听她说一说，然而她遵守着礼节，不对别人的职业选择说三道四。我开玩笑说：自从出过一本书以后，关于仓管员为什么要写小说这个问题就被倒置了——小说作者为什么要去做仓管员。她说：我看你的样子，这两个问题都没有找到答案。我说：答案有，但是不要说出来。

她肯定认为仓管员就是守在一个地方不挪窝的职业，我没有再多解释，我讲这个已经讲烦了，无论是面对着姚隽还是小川还是木马我都详细讲解了工作流程，就像在讲解自己患上的某种古怪疾病，治不好的病。后来，更晚了，我拿过自己的衣服穿上。她说，能不能把胡子剃了，有电动剃须刀。我想这要求不过分，回公司前也得刮胡子。她从抽屉里翻出电动剃须刀，说是前任男友留下的东西，几乎是新的，不介意吧。我说，不介意。我剃胡子的时候，她问，好用吗。我说，很好用。她说你可以带走它，用坏了就扔掉它。后来，她看着我的脸说，你不是三十五岁。我说，二十九岁。她问我为什么撒这种无聊的谎话，我也回答不上来。总得有一些东西是不真实的，可是除了年龄之外还能撒什么谎，一切都显得太可靠了。这个理由本身也像谎话，因此没有说出来。

我揣着剃须刀和银勺子离开了她的家，口袋沉甸甸，还有一本《巨猿》。那时我想，可以在去重庆的路上读完它，然而我也恐惧于这座城市留给我的记忆，犹豫是不是应该回公司辞职。我不想再涉足重庆了。

凌晨时我回到小川家里，他正在收拾行李，问他去哪里，回答说，重庆。我说我的下一站也是重庆，但得回一趟公司，然后再回到上海坐火车，不如等我几天，一起出发。小川蹲在地上，抬头看我。我知道出事了。

那个十五岁的叫作章燕的姑娘（她已经十八或十九岁了），独自离开了农村的家，她单方面认为小川还在万州做老师，事先没联系就跑去找他，她在路上失踪了。从离家到报警之间过去了三个星期，警方打电话给小川，他不知道这件事，也没有在上海收留她，没有任何关于她的消息。我们都很清楚，她是刚从农村出来的姑娘，不可能像木马一样搭上一辆车随便去什么地方。小川说他不能等我了，必须马上回去找那姑娘。他不知道要在那边待多久，把数码相机、手提电脑全背上了身，从鞋盒里拿出登山鞋，又从一个信封里找出他们的合影照片，给我看了看。姑娘很漂亮。我问他缺钱吗，他说最好能借点。此刻银行打烊，我身上没什么现金，约好在重庆见面给。收拾完以后，我们靠在沙发上眯了很短的一点时间，吃了足够的方便面，天亮时在楼下告别，他去机场，我回铁井镇。

《巨猿》是一本灾异之书。一个叫兰娅的女孩回忆她的青少年时期，以及经历过的灾难事件，有一些是个人的，有一些是群体的。在这本书的短序里，作者用一种疑惑的语气问道：众所周知，小说中的议论是轻佻的，那么那些声称书写命运的作家是否更为轻佻，尤其当它被判断为庄严和伟大时，是否暴露了他们在文学上的无能。所谓的人类命运到底是什么，所有的灾难是否已经被书写过，诸如此类的问题。在我看来，要讲清命运母题对作家的心理影响，不是一句两句话的事（但我喜欢 if 这种不知退让的态度）。《巨猿》始于一段回忆式的叙述：很多年前，十二岁的女孩兰娅生活在山区农村，她的智障姐姐十六岁，父母在深圳做小生意，姊妹两个由祖父母带着，还有同村的亲戚们。童年时的生活在作者笔下呈现得像梦境，南方的潮湿天气，半封闭的世界，通向远方的盘桓公路，这其中并没有对于农村生活的怨怼，作者志不在此，回忆与童年反复切换的视角涂抹出一种不真实感。兰娅讲述道，姐姐是一个温和的智障，不打人，她的相貌也和正常人一样，并非唐氏儿的长相，只是个头略矮、头发枯黄，她很少说话，有时候会站在某一株植物前面，久久凝视，久久不动。祖母告诉兰娅，姐姐并非先天智障，小时候好好的，后来，像是灾变，既没生病也没摔跤忽然就傻了。在这里兰娅忽然退出了回忆，她说我的姐姐患上的很可能是现在所谓的自闭症，她并不是智障啊，可是她已经死在一九九七年，再也无从考证了。她说：自闭症并不比智障轻松，甚至更痛苦，因为姐姐知道痛苦而我以为她不知道。读到这里，我想，作者这么早就把心碎之物堆放在眼前，后面应该怎样推进？

小说写到了一座深山中的煤矿，尽管没有具体说明，仍能看出它是国营煤矿：周边生活区有一座破旧的电影院，那是过去时代的遗迹。兰娅和姐姐经常徒步走到煤矿，沿着公路，沿着铁轨，沿着溪流，春天时山花烂漫，景色迷人。生活区的设施几乎全是为矿工和家属们准备的，餐馆，理发店，澡堂，电影院是这一带唯一的大型建筑（除了矿场本身），有时它也用来开开会议。从兰娅的年龄倒推，那应该是一九九二年左右，还没有进入下岗时代，封闭山区的时间是一个同样封闭的循环，劳动，休息，白天，黑夜，这样的节拍。写到她们在古老的电影院里看一些黑白片，英雄儿女或夏伯阳，比较扫兴的是姐姐经常看到一半就闹，她似乎不喜欢黑暗的空间，或是电影里的某些场面，每逢这时，兰娅就带着姐姐到剧场外面的大厅里玩。作者确实是学建筑的，不经意间使用了一些专业术语，例如踢面、踏面、勒脚，读起来很有意思。小说的视距在童年与成年之间摇摆。写到看守电影院的老人，一个是聋哑人，一个间歇性发作癫痫，看上去都像钟楼怪人，实际上他们都很善良。某一天，癫痫老人在影院里发病，被自己的舌头噎死了，这是又一起灾异事件。老人经历过一次矿难，是少数幸存者之一，癫痫是由于当时被落石砸中造成的后遗症。

作者写道，在这个封闭循环中的灾难与其说是命运的安排，不如说是命运的构造中存在的缺陷，但是，假如命运是一种构造，那么它是否真的就是我们通常指认的"命运"？就像在博尔赫斯的小说里，命运根本不是命运，而是一种游戏模式。小说中的议论就这么呼应了自序短文，显得过于强硬，好在作者并没有继续阐发这个讲不清道不明的概念，她继续写道，那死去的癫痫老人在他的工作间里藏了大量的过期报纸杂志，搞不清他是收废品呢，还是喜欢看这些东西。有一天，兰娅在那里翻到一份无聊的文摘小报，专门刊登杀人强奸之类的惊悚报道，其中夹着一个关于巨猿的故事。小说从中国西南山区跳到了非洲刚果丛林里，神秘的巨猿生活在其中。

相貌丑陋、具有神力的巨猿们，可以徒手杀死狮子和花豹，它们不是大猩猩，从未被人类的摄像机所记录。一些零碎的文字报道，一些当地民间传说，试图证明它们的存在。在这段故事里，作者用了相当篇幅讲述巨猿，起初引述是小报上的内容，然后，视角似乎转入兰娅的想象中。神秘的灰色巨猿，以家庭为单位生活在热带密林中，杀死大型猫科动物可能是出于自我防卫，或保护幼崽。巨猿们睡在地上，它们的体格像大猩猩，智力像黑猩猩，满月当空时，它们不会像其他猿类那般哀嚎，而是坐在地上静静地仰望。

某年，一支科考队来到当地，显然不是专门寻找巨猿的，而是干别的。科学家们与村民聊到巨猿，问说，你们见过巨猿吗？村民们摇头。那么故事从哪里听来的？村民们说，祖辈传下来的，几代人之间才有一两次机会见到巨猿，非常神秘。有一个叫玛丽的女科学家，她说，这些巨猿像神祇。村民们说，不，我们信奉创世神，巨猿是创世神的杰作，但它们不是神，像所有的野兽一样也害怕火，可能见过人类用陷阱和来复枪猎杀大猩猩，根据祖辈的说法，它们非常警觉。

科考队进入了丛林，玛丽也在其中，向导将他们带至山上。有一天，玛丽独自一人，遇到了巨猿，确实是灰色的，站起来有两米多高，体重可能达到五六百磅。女科学家保持着镇定，通常情况下，灵长类动物遇到人类会快速逃走，也有狂暴攻击的，想象一下它杀死猛兽的场面吧。然而那头巨猿却静静地看着她，相隔十多米与她对视，灰色瞳孔闪着光。大概是出于好奇，它向她走了几步，可是又停下了。人和巨兽互相凝视着。过了一会儿，其他科考队员呼唤玛丽的名字，玛丽没有回答，她向巨猿做了一个手势，伸出左手，向它推动。这是一个人类的动作语言，她不确定巨猿是否理解。队员们向她的方向走来，她仍然做着这个动作，并回头看了一眼。这时候，巨猿离开了，树木窸窣，它发出沉重的喘息声，不紧不慢地消失在了丛林深处。

这个故事在兰娅心里久久盘桓，不能忘记。她对外星人也很感兴趣，幻想外星人来到山区，在煤矿之上落下他们的碟形飞船，载走她和姐姐。然而巨猿不同，它们不会降临，它们隐身在非洲丛林，不想主动见到任何人类。

另一起灾异事件发生在姐姐身上，某天中午，她独自出去，傍晚时浑身血污回到家门口，祖父吓到晕厥过去，家里那个意志坚韧的祖母为姐姐洗净了身体，问她发生了什么，没有得到任何答案。有一度，姐姐消失了，被亲戚们送到一百公里外的钢厂医院。兰娅说，过了好几年，她长大成人，才有勇气问父亲当时到底发生了什么，父亲也不清楚。兰娅说我记忆中亲戚们悄悄谈论，使用了堕胎这个词，她是不是遭到了强暴。父亲说，没有没有，没这回事，你是听错了，她只是从山上跌落下去而已。

小说写到了钢厂。兰娅到钢厂医院去探望姐姐，同时登记入学，父亲托了人将她送至钢厂子弟中学。这是属于上一个时代的老三线工厂，在小说中正经历转制。那里有巨大的干涸泳池，生长在山体立面上的榕树，气根像圆形浮雕，建造在山坡上的居民区，有些底楼的宅子终年不见阳光，一条江从工厂旁边经过，在对岸拐了一个接近一百八十度的大弯，火车从那里经过，涨水的季节里，江滩上的树木全部被冲垮，水落之后，树木是黑色的，齐刷刷指向下游方向。那确实就是我去过的钢厂。作者所写的那个年代，工人失业，年轻人纷纷出走，附近小镇上暴力事件不断。在兰娅的讲述中，那不是发生在眼前的事，倒像是来自远方的消息，一切都被淡化了。其后的时间里，她借住在钢厂家属区，有一个少年教她学会了自行车，那是鲜有自行车的地区。少年的父亲来自上海，据说将来有一天去了北京上海，不会骑自行车是不行的。然而这唯一的朋友，奇奇怪怪，因为参与了一起群殴事件，闹出人命，被送进了少管所。

钢厂的衰落在小说里被一再提到。钢厂是一个象征物，由于某种意志力（来自战争，来自过去时代的政策）它出现在这里，圈养起了数万人口，在偏僻小镇边上硬生生建造出了一座带有工业田园气息的小型城市，人们似乎可以永久地生存在这里，不受干扰，永久性地使用这里的泳池、邮局、医院和影剧场。然而一切都中止了，衰落这个词并不恰当，是中止了，停摆了。

兰娅离开了钢厂，去县城住读，智障姐姐被抛在农村，由祖父祖母抚养。父母决定过些年把兰娅接到南方去读高中。她去了一趟深圳，发现父母做的是伪劣食品加工生意，赚到一点小钱。在智障姐姐和她之间，毫无疑问，他们选择了后者。这女孩回到家乡，现在她已经不太适应农村的生活，对小镇和县城同样感到压抑。开学前，她收拾行李打算去学校，祖母叫住了她。祖母说，将来老人们死了，这个智障姐姐要交给兰娅抚养。兰娅感到十分惊讶，超出了她的经验，她理所当然地认为智障姐姐会由祖父祖母抚养一辈子，但确实，他们都会死，就连父母也会死。她暂时还没想到更具体的困难，比如说，带着一个智障姐姐怎么恋爱结婚，她只是被所有人都会死去而她是最后一个抚养姐姐的人的事实所震惊。祖母说，你的命运就是这样，因为生了一个智障，才会有你出生，你出生时我就知道你要照顾智障姐姐一生，不用太惊讶，很多不幸的家庭都是这样。小说在这里特地补了一段，祖母是一个很厉害的农村妇女，少女时代经历过诸多不幸，全都扛了下来，她似乎是要把这种承受灾异命运的能力传承给兰娅。

这女孩却缺乏这种能力，她活在不真实的世界里，觉得孤独，在县城的中学里没交到任何朋友。不过，到底是接触到了更广阔的世界，有了眼界。她想，要逃离这样的命运，去深圳还是不够的，恐怕要出国才行。为此拼力读书。有时她也觉得疑惑，这么做到底是为了逃离命运还是更好地接受命运呢？寒假回到农村，智障姐姐想去看电影，兰娅说，那个影院已经关掉了，再也没有电影可看了，你就看看电视吧。姐姐似乎理解不了，于是，她带着姐姐去了煤矿，影院大门已经锁了，聋哑老人不知道去了哪里。仅仅一两年的工夫，它就变得破败不堪。她们在台阶上坐了片刻，回家路上，姐姐拉着她的手，似乎担心她跑丢。她想，这事情古怪，应该是我担心她跑丢才是。

小说中最大的灾难发生在县城，某天下午，兰娅目睹了一座大桥坍塌，跑步拉练的几十名武警和桥上的老百姓一起掉入江中。这是一座大桥，它不可能被人力搞垮，但它确实垮了。接着，两百公里以外的家乡，智障姐姐死了。

时间刻度出现了一点小小的偏差，现实中的彩虹桥垮塌于一九九九年，而不是姐姐死去的一九九七年。不过也无妨。小说中再一次出现了巨猿，在兰娅的梦里。像女科学家玛丽一样，女孩穿过丛林来到山地，灰色巨猿凝视着她，然后消失。女孩对巨猿说，忘记这些吧，走吧。她又说：你是最强壮的，无畏的，温和的。但她所说的忘记，究竟指什么，并没有予以说明，小说对于智障姐姐的死，同样没有给出解释。女孩只是问自己：命运解锁了吗？

　　不知道时隔多久，兰娅回到家乡，这一次，是给祖父奔丧。照我的看法，从小说的合理角度，应该给祖母奔丧才对，我猜测作者的祖母仍然在世，她不想制造一个不祥的谶语。农村已经变成小镇，祖父的葬礼办得热闹，却始终没有提到智障姐姐的坟墓，似乎她从来没有存在过，似乎命运极为大方地免除了债务。成年的兰娅从小镇走向煤矿，故事在这里触到了黑暗的深处，叙述人和人物的视角忽然并轨，变得高度重合，也许 if 本人也投身其中。她讲到了祖母的过去，讲到祖母在战争和土改年代的际遇，还有她本人对于平静生活的恐怖感，那不是幻觉，而是现实，是命运构造的缺陷在静力中走向下一次坍塌的过程。她咒骂这个操蛋的世界，它们先是指责你的软弱，继而嘲笑你的沉默，它们对你的年轻不加宽容却又批判你暮气沉沉，荒谬至极。然而此刻，道路寂静，仿佛多年来没有变化，溪流，小火车，隧道，传送带，工人，消逝的一切像是以倒带的方式重建。她来到电影院，那里已经废弃，门窗朽坏，她曾经认识的人全都消失了。在电影院门口，她遇到了一个怪里怪气的女人，声称自己在这里开按摩院，她和这女人一起坐在台阶上。卖淫女感叹说，天气真不错，上个月的那场矿难像是没有发生过。小说就此结束。

　　多年以后，我和小川在返回重庆市区的破烂面包车里看着前方道路，阳光照在连绵无尽的树木与草丛之上，我对小川说，这地方要是杀了人，往山里一逃，怎么可能找得到。小川说，山林就像沙漠，他们同样会因为饥渴死于其中。又说，不，真正死于其中的是那些想从山里逃出来的人。我问他啥意思，他说，不谈了。

实际上，当时我已经快忘记《巨猿》这本书，直到煤矿、钢厂、彩虹桥逐次出现在眼前，我才回忆起来。这感觉很奇妙。我把这件事说给小川听，提到《巨猿》，提到 if。小川说：我是不是没告诉过你，这个煤矿的地址就是 if 告诉我的，我在北京认识了她，我们是关系很好的朋友。这让我惊讶，我问他，if 是个怎样的人。小川说，她真名叫王静，如今在北京一家建筑事务所做设计师，那本书之后，她再也没写过任何小说。我说，那本书当年被我弄丢在了火车上，有些内容已经不太记得。小川说：那套丛书我家里有，包括你的《逆戟鲸》，有机会你可以重温一下，不过，《巨猿》这本书，最近一年王静正在努力收回，见一本收一本，收一本销毁一本，好在印量不多，如今已经没有人知道她写过这本书了，我手头那本实在是没舍得交给她。我问，为什么要收回？小川沉默了片刻，说：这是一件令她崩溃的事，智障姐姐确有其人，并且正如小说中所猜测的那样，确实遭到了强暴，并且怀孕、堕胎。然而她的家族把此事压了下来，当时并没有报案，对外声称智障姐姐是掉到山崖下了。这当然是有原因的，直到去年，王静的祖母去世前才把实情告诉了她——嫌犯是一个本家堂哥，独子，不能去坐牢；两家人谈判后赔了钱，祖母要求把嫌犯送到外地，再也不许回村，对方答应了，在王静看来这是一种象征性的惩罚；然而智障姐姐去世后（她死于肺炎），这个本家堂哥又回到了家乡，这几年还找王静借过钱；那起强暴案过去多年，当事人去世，你知道的，法律上已经无法追诉了。说到这里，小川看了我一眼，补充道：对王静来说，这部小说崩盘了。我说：让我想一想。然后说：文本上而言，这部小说仍然是成立的。小川说：本应是安魂之作，却变成了诅咒，难道不是吗，在文本上站得住脚那又有什么用，作者的自我崩溃了。我说：大部分作家并不这么否定自我。小川说：那就是所谓的成熟作家吧，也包括成熟导演，成熟画家，成熟音乐家，他们想得最多的是交出一个说得过去的文本，题材讨巧，没有瑕疵，点缀几分自我，证明另一些自我。我俩同时沉默下来，汽车又开出去很远，我回头看看，海燕和摄影师还在打瞌睡。我忍不住继续想这件事，小说中有一段我印象深刻，女孩问自己，命运解锁了吗，现在看来，像谶语，命运并未解锁。小川叹息说：实际上王静早已经猜到了，猜中了，就在小说中父亲否认姐姐遭到过强暴这一段上，但这也许是一种不幸的天赋，她并不能猜出犯案的是一个本家堂哥，一个她认识的人，一个找她借钱的人——抽象或是虚构的命运，就这么具体地浮出了海面，所有的隐喻都灰飞烟灭了。

这件事讲完后，我们的车子便堵在了公路上，前方连绵不绝的汽车长龙，司机说可能是有车祸。中午气温升高，车里很热，我们下车活动胳膊腿，山上还是有风，略为舒服了些，草丛里没什么蚊子。我们在拍片子的时候，被蚊子咬得惨不忍睹。海燕借摄影师的相机拍了一些照片，让我和小川合影，后来是我和她合影，我们四个合影，所有人合影。海燕穿着长裤和帆布鞋，像个纯正的文艺女青年；小川是短裤和登山鞋，摄影师穿夹趾凉拖。有一瞬间，我为小川感到高兴，他不再是那个期期艾艾的文学青年，不再对文学抱有软弱的空想（我不想使用浅薄的幻想这个词），然而海燕是怎么回事，多年前她的名字叫章燕。小川从来没告诉过我，她是怎么失而复现的，我也从来没问过。我和她站在溪边看浪花的时候，有一度差点就告诉她，我也曾经寻找过她，真奇怪，她是我这些年里唯一寻找过的人。当然，我没说出来，打消了这个念头，贸然提及往昔实在是危险。

二〇〇三年春天，我来到重庆后发现原先那批销售员已经全部换过了，仓库还在原址，那家我曾经住过的旅馆拆迁了，新住址也是旅馆，离库区更远些，靠近川美。站在楼底下能看到年轻的男孩女孩走过，那个致命的弯道也还在，货运场的卡车依旧开进开出，扬起警示般的尘土。

与我交接的仓管员，是本仓唯一的女孩，湖北人，入职不久。我从没见过她，只是听说有这么一位。她见面就告诉我说，自己是周劭的徒弟，周劭曾经谈及我。我开玩笑说如今没人用枪指着你的脑袋发货吧，她说怎么可能，老娘不是吃素的。我说，外仓管理员这行当，是吃江湖饭，小姑娘毕竟不太方便。她说，你小看我了，也小看了周哥，他在重庆那半年把附近派出所的关系都搞掂了，认识了好几个警官，有事我报警他们立马就来了。

小川已经到达万州，我和他通过电话后，随同女仓管员去了派出所，见到一位年长的警官，请教他失踪人口的事情，我说，跑丢了一个十八九岁的农村姑娘。警官说，如果失踪二十天以上，相当棘手，能确定失踪的位置吗。我说，最后一次往家里打电话是在重庆，其后，那姑娘应该是去了万州，但也只是猜测，并无确实证据，目前是重庆方面接警了。警官说，既然已经报警立案，就只能等消息了，你们自己也想一想，她有没有可能投靠熟人。我说，如果投靠熟人，应该不至于没联系啊。警官说，各种情况都可能发生，熟人成为罪犯的案例不少。又问到姑娘有没有手机，手机信号可以定位，我说农村姑娘，应该是没有。警官很同情这姑娘，说会让所长到局里问问，重视一下。这时，有报案电话过来，警官皱着眉头说，就在你们所在的旅馆里刚才发生了一起盗窃案，跟我一起去看一下吧，你们的房间可能也被撬了。

报警的姑娘和我们同住在三楼，窃贼从落水管位置撬开的窗户（二楼以下有防盗窗），损失了一台 IBM 手提电脑，警官问价值多少，她很诚实，说在旧电器市场卖不到一千块，已经用了三年，但她所写的文章全部存在硬盘里，并且，没有备份。我们都没想到下午时分会有贼爬窗进来，失主住在女仓管员的对门，窗前是一道陡峭的山坡，这也是山城特有的格局，平原城市不存在这种情况。警方勘查现场时，她独自站在走廊里抽烟。我和女仓管员忙于检查各自的房间，没发现少什么东西，亦无撬窃痕迹。女仓管员跑过来问我，电脑有没有丢。我说，我没有电脑。她拍额头说，对，你连手机都没有。我俩心情不错，晃到走廊里，见那姑娘蹲在地上大哭。警官安慰道，旅馆会承担你的损失，我见过有人半辈子的积蓄被偷走的，也见过有人丢了孩子。她说，我写了两三年的文章，旅馆赔不出来，我应该去死。警官问，什么文章。她说，小说。警官问，你是作家？她说，不是。警官说我明白了，等小说发表，你就是作家了，可是现在，小姑娘，你多半是要重写了，这台电脑要找回来的概率很低，即使回到你手里，硬盘里的资料多半也被窃贼删除了。

　　警官临走前让女仓管员多多开导那姑娘，实际上是担心闹出人命，她的样子看上去太崩溃了。最后，他嘀咕说，作家还是应该在书房里搞创作。女仓管员说，可是书房一样会被撬窃，哪儿哪儿都不太保险。警官说，毕竟概率没那么高。女仓管员继续抬杠，两人喋喋不休下楼去了，我回到那姑娘的房门口，见到她坐在床沿上发呆，猛抽烟。我想她最可能的是从窗口直接跳出去，然而三楼并不容易致死。她掐灭了香烟，没朝我看，问道：你看什么看？

　　我问她，丢了多少字。她这才看了我一眼，回答道：写到十万字的长篇小说，以及一些短篇小说，一些素材。我说：主要是长篇小说咯？她说：是的，写了近一年。我说：以前有个人告诉我，没写完的小说最好不要讲给别人听，但是，有一次我不小心寄丢了稿子，她让我把故事复述给她听，说是这样能让我产生再写一遍的勇气，当然，那是中篇小说，两三万字。她问：你又写了一遍？我说：没有。她说：去你的，你怎么知道我丧失了再写一遍的勇气？我顿时后悔和她讲了这些，听上去像是文学青年的修炼法，各种神叨叨的偏方猛药。这时，她站起身关门，礼貌地说：你也写小说，等下来请教你，现在让我自己哭一下子。

我仍然站在走廊里抽烟，虽然没有听到嚎啕大哭声，至少也是哭了。根据通俗心理学，能哭出来就是好事。这时女仓管员上楼了，说警官真仗义，三句两句话，楼下旅馆老板答应赔她一台新电脑，三楼全部装防盗窗。我说确实是应该装了，不防贼，也得防这女作家跳楼。

到了晚上，女作家情绪平复，出了房间里，敲女仓管员的门，说是一起去喝一杯，捎带上我。女作家是梅州人，快要大学毕业，到重庆来找工作，借住在川美老同学的宿舍里，不料被舍监赶了出来，就住进了旅馆，和女仓管员门对门已经一个星期。我们落座后，她在川美的女同学也来了，带着两个男生，对着火锅狂喝啤酒。画家们大骂中国艺术界，然后大骂中国文学界，但意见不合，一个认为中国文学缺乏艺术感，另一个认为缺乏现实感，总之，都缺乏。女作家和他们争辩了几句，又一起骂了几句，喝了几杯，又不开心了。他们劝慰她，我也劝慰，女作家问我，写什么样的题材。我说，这个问题不容易回答清楚，什么都写，包括你。女作家说，我可不想当你的素材。我们干了一杯。这过程中女仓管员一直没说话，我们几乎把她忽略了，又谈文学。我的那位女仓管员可能也喝多了，她脸色不变，淡淡地告诉女作家：你要知道，今天你假如睡在房间里——恰好睡着，没有防备——你不但电脑会丢，命也会丢，那些撬窃酒店旅馆的贼从来都以杀人灭口为乐趣，有时候，杀一个两个人都嫌不过瘾。这时，饭桌上安静了下来，女作家脸色难看。女画家问：你为啥子说这么可怕的话？女仓管员说：因为你们讲的我全都听不懂，她本该为自己逃过一劫而庆幸的，难道不是吗。女画家扔了塑料酒杯说：哈儿。若不是我们劝开，这暴躁的四川姑娘与湖北姑娘很可能当场打起来。

青年女作家退房离开后，女仓管员也收拾行李回总部，我要送她去车站，她告知我，自己买了一张船票，打算沿长江顺流而下，到武汉再转火车，如此一来，可以看一看已经消失的三峡。到达总部是七八天后，行程太久，等于休了个长假（她声称自己搞得定主管）。湖北姑娘浑身江湖气，一副走夜路不怕鬼的样子。我将她送至朝天门码头，对那天晚上的事情，仍百思不得其解，也问她为什么要说那么可怕的话。她反问道：难道不是吗，五星级酒店里照样有劫杀案。我不耐烦说：我们任意一人都能讲出一堆惊悚故事，我问的是你为啥子要这么吓唬她。她回答道：因为我看见你在和女作家调情！周哥说过，你是写小说的，你看见女作家会特别上心，但是我不喜欢你和她调情的样子。这个理由过于无聊，我气乐了，在她眼里我是一个只会写小说的白痴。我说：周哥倒是什么都告诉了你，你俩上过床吗。她说：放屁，你俩才上过床。上船之前，她回过身对我说：好好找一下你弄丢的小妹吧，你懂我的意思，就不吓唬你了。

我见到小川是大约十天后，他从万州来到重庆，一无所获，不得已与我搭住在一起，省点住宿费。失踪女孩的父母还在农村，小川说她家没什么钱，来一趟城市很不容易。我问，穷到什么地步。小川说，比赤贫略好些。我又问，几个小孩。小川说，就她一个，其他几个男孩都生病死了，一种遗传病。我也就不再多问。这期间沉铃帮了点忙，她在公安系统有朋友，打电话托过去，人家很给她面子，答应重视，但要成立专案组之类则不太可能。小川抽烟抽得太凶，经常翻看手机短信，长时间往公司打电话，离开上海后他似乎陷入了一种焦虑状态，我形容不太好。他努力想做一个活在上海的人——并不是上海本地人、新上海人、外地来沪打工者，全都不是，他对融入城市毫无兴趣，只想在可能的范围内脱离那种乡村的气味，不是重庆或是四川的气味，而是真正来自万县乡下的气味（现在它叫万州）。我曾经问他作为一个乡下人感到可耻吗（我也来自乡下），他的回答是：双重的可耻，物质和精神上的可耻，乡下青年和乡下作家的可耻。这回答十分决绝，像是斩下了自己的手指。然而当时，我判断不出他是因为女孩走丢了感到焦虑，还是为有可能搞丢一份大城市的工作而焦虑，或是两者兼有。我劝他出去拍拍照、散散心，重庆他比我熟。

有一天夜里，我们聊天。即使在最烦闷和乏味的时刻，我和他聊的仍然是文学，我单方面向他讲述了《巨猿》这本书，很可惜书被我弄丢在了火车上，又聊到契诃夫。契诃夫的小说在所谓命运面前有一种优美的步伐（就像将一封信撕成两片并抛弃掉，但他不会将这个动作扩大为撕成粉碎，这个比喻是否明白），在模仿者笔下，优美往往变成刻意，变成迟缓。优美这个词也不够准确，很容易被某一种类型的作家嘲笑，但我们都知道说的是什么。聊到叙事的神秘性（什克洛夫斯基谈到的那种），也聊到巴塔耶最不爱使用神秘这个词，他们身后各自跟随着一长串的作家，契诃夫走在这两支队伍以外。然后我问他，已经快三十岁了，有没有爱上过谁。小川说：当然有，比如一个叫方雯华的女模特，十八岁。他笑了起来，然后解释说最没出息的女模特才会嫁给摄影师，这是行业段子。我也笑，好吧，姑且算是爱情，有没有爱上过同样爱文学的人，爱上过木马吗。他说，没有，虽然她很漂亮，但她实在是来历不明，尽管这也不是什么障碍，狗日的，说不清。然后他说，有一度爱上过沉铃。我抽烟不语。小川说：然而我知道你也爱她，李东白也爱她，玄雨也爱她。我说：你确定？他说：确定，包括玄雨。我说：好吧，人人都爱沉铃。小川说：可是她嫁给了一个金融男，住高级公寓开豪车，天之骄子，在夜总会里暴露自己色情狂的那种。我说：色情狂指的不是个人吧，指的是某种群体印象吧，我不认识金融男，不知道他们是什么样子。小川说：所有金融男都是色情狂，这个说法虽然不够准确但也不会有大错，即使你认识金融男，正常情况下你也见不到他们色情狂的样子，要是你有钱请他们去夜总会，到那时，每一个，都会变身，超出你对人世的理解，到那时你就会想起巴塔耶。他狡黠地看着我，我说你到底想说什么呢。小川回神说：不存在啦，我不该这么编派，应该祝她幸福。他没有提到章燕，我提醒他，那个走丢的女孩是怎么回事。他说什么怎么回事。我说你要是不爱她，你何苦这样耗在重庆，毕竟这是她父母和警方的事。他说：这都无所谓啦。过了一会儿，他说：其实我都不知道她长什么样了，一个女孩从十五岁到十九岁，变化应该很大吧，我回城的时候，她曾经想跟我走，被我拒绝了，山村很穷，没有一个像样的女孩会愿意待在那里，当然，那还不算是最穷的（至少还有学校），你见过西南地区最穷的那种山村吗。我说，没有，我见过的村庄大部分都在公路边，仅此一点就不能算太差。他说：会让你不寒而栗的那种，与淳朴这两个字全无关系，你会想把那里善良的人统统带走，然后把唯一的道路封死，让剩下的人全部死在里面的那种山村，可是我没有能力带走女孩，也没有能力爱她，我一个人走了。他手指缝里夹着香烟，用指尖敲了三下桌子，重复道：我一个人走了。

有一件事被查实，女孩是和家里吵架以后出走的。由于家中没有装电话，她到重庆后是往小学里打的电话，由校长接听并转告给她家里，但线路不畅，断断续续。女孩说她一切都好，又说自己往万州学校打过电话，单小川老师已经辞职了，联系不上，她打算在重庆找份工作。（小川说，她要是认真查问的话，万州学校里有一些旧同事都知道他在上海的手机号码，但农村女孩很可能一到重庆就懵圈了。）

警方查到来电位置，沙坪坝区一处投币电话亭，那是一个月前的事。我们把旅游地图摊开，看了看大体方位（重庆市的地图十分难懂），我说那个地方我在笔会那年去过，叫石小路，是一条起伏蜿蜒的小街，夜晚全是小摊。小川说我记性不错，我说，因为把它写进了小说里。

我们去了那里。我曾经住过的旅馆还在，楼下有一个叫小苹果的小姐，当然，已经消失了。九八年这一带很多建筑工地，五年过去，仍然在施工。我俩茫无头绪走了一圈，小川翻出照片问沿街店铺的人，没人记得一个月前的事，后来连他自己也沮丧了，拿着一张四年前的照片满街瞎问有什么用。我让小川冷静下来，我们都是写小说的人，至少发挥一点想象力：姑娘到重庆以后可以在任意地方打电话，为什么偏偏是沙坪坝石小路，她到重庆后第一件事是什么，当然是投宿，她有亲戚朋友住在这一带吗？小川摇头说，不清楚。我说：假设她住在旅馆了，农村姑娘住不起大酒店，一定是便宜旅馆，如今的旅馆都要登记身份证，她不可能也像那群江湖仔一样给自己搞张假证吧，我们可以一家一家去排查。小川说：在上海也许是个好主意，重庆全是山，会累死你，不信你可以试试看。确实，我们走了几条街就发现这个方案拙劣，沿途的小旅馆也没问出什么名堂，街道像莫比乌斯环，分岔、折叠、回旋，有些屋顶在我脚底下，分明看见一个旅馆招牌在不远处却死活绕不过去。小川说，在重庆如果你漫无目的地瞎逛，你一定会越走越低，因为你会无意识地选择下坡道路，放弃上坡道路。重庆是一座构造怪异的城市，平原上的人不太能理解在这里找一个人、一个门牌号的难度。

我俩坐在台阶上抽烟，打量着街上扛着扁担的棒棒，背竹篓的农村女人，棒棒的拖鞋，女人的发髻，背篓里的小孩。我饿了，走到街对面的串串摊前，要了五个串，没带零钱，我付了一百整。摊主给了我二十串，找我八十元。我用普通话说吃不了这么多，让找我九十五元。摊主看了我一眼，没说话，把二十个串都拿了回去，又把一百元还给了我，然后吐掉了嘴里抽到一半的香烟。小川连滚带爬从台阶那边追过来拉我，已经晚了，摊主抢板凳照我脸上打了过来，我在剧痛之中喷出一颗带血的尖牙，并神志失常地弯腰去捡它。小川拼力架住摊主，这个沉默的重庆男人盯着我的眼神似乎是决意要将我杀死在街头。

这天晚上，小川仍向我讲述他在二〇〇二年发表的短篇小说，这是他最近（也是最后）发表的作品，题目叫《父亲是一棵树》，我没有读到过，尽管他电脑里有稿子我也看不动了。他说，以章燕为原型，写一个山村少女将一棵大树视为父亲，当然，她有父亲，是个暴虐的酒鬼和蠢货，她不愿意承认有这么一个父亲，可是，人总需要父亲，于是大树……我嘴唇肿胀，不能说话，左耳轻微失聪，所听到的声音在脑壳里发出回响，我在纸上写道：直接告诉我结尾。小川说：过程曲折。我写道：猜都猜得到是啥过程，我要结尾！小川说：她父亲把树砍了。这就对了，我感到心满意足，想到所有的小说都应该删减、分割成这样，又想到我父亲在同样的位置掉了一颗牙，讲话一直有点漏风，此后我也将变成那样，我原以为会先遗传到他的秃顶和白内障。

第二天早晨，小川接到公安局的电话，让去一趟。我们都紧张起来，问什么事，公安局的朋友说，人先过来再说。小川穿了衣服往外走，回头问我：如果是认尸该怎么办？我说：别那么夸张。我还是不太能讲话，在纸上写道：尸体有很多种……小川说：闭嘴。从桌上拿过香烟打火机走了。

我在旅馆里又睡了一觉，后来，冻醒了，起身关窗发现外面起着薄雾，时间是上午八点半。我看见一个棒棒背着生锈的电冰箱从窗外经过，上坡，拐弯，腿像打桩，落在台阶上。这巨大的物件令他步履艰难，不知道他的体能还能坚持多久，但从姿态来看，除非是累垮，否则他不会把冰箱放下再扛起，那会消耗更多的体能。这情景像梦，像基督背着十字架走向刑场，我拿过小川的相机，拍了一张照。在这台富士数码相机里，我看到了他与沉铃的合影，那是冬天时的照片，她穿着羽绒服，时髦了些，没太大变化。远景处似乎是教堂，巧合的是，也起着一层薄雾。

到下午，我从库区返回旅馆，感觉自己的嘴唇不那么肿了，买了一副口罩给自己戴上。小川恰好在路口，我问他情况怎么样，他摇摇头，不予回答。我担心他真的看见了尸体或是尸体的照片，小川说，没有，没有尸体。我俩回到旅馆，他收拾行李，说公司已经将他除名。

我说这样也好，不如在重庆找份工作，我可以介绍美仙公司的销售员职位给他，这样就可以长久地待下去，找那姑娘。小川说：你是什么时候学会开这种不合时宜的玩笑的？那语气太严肃了，过后他又向我说抱歉。我问究竟发生了什么，他让我不要再问。问他去哪里，他说，贵州。临走前，我借了两千元给他。这笔钱是我攒下来打算买手机的。

小川去后就失去了联系（直到〇五年我发邮件给他，但也没聊太多）。在我俩相处的这段时间里，沉铃每天晚上都会发短信问他情况，如此一来，沉铃也失去了联系。我又被抛在重庆这个地方，没有朋友，像怪物一样度过了南方极为烦闷肮脏的夏天。到冬天时，我还在重庆，没有调去别的城市，我就在旅馆里确认自己的二十岁年纪草草收场了。

有一天下午，我发现仓库的锁被撬开了。不知道哪一任仓管员将挂锁换成了软锁，从撬窃痕迹来看，用的是大力钳，案发时间估计是前一天晚上。窃贼离开时将大门关上，软锁挂在原位。我进仓库盘点，并没有少了一箱瓷砖，地上有一个踩扁的烟蒂，金色过滤嘴，我不抽这种烟。事情有点怪异，我立刻想起四年前的墙洞，过去看时，发现那里的碎砖已经被扒开，塑料袋没了。我想，回来的人是林杰还是鲁晓麦？大有可能是前者，但我想见到的是后者。几名装卸工在寒雨中无聊地走来走去，显然没有人发现仓库被撬，我在附近的摩配店买了一根软锁换上，又站在库区门口抽烟，等了一会儿，有片刻时间我被这个猜想搞得十分焦虑，靠着细雨和尼古丁才平静下来。我想确实应该保持一点耐心，在死去之前没有所谓的永别，一切皆可能重现。

我走回旅馆，就在楼下账台前的旧沙发上，看到一个男人坐着，一个妇人蹲着在给他擦皮鞋，他的黑色双肩包并没有卸下身。我认出那是林杰，走过去和他对视了一眼，毫无疑问他坐过牢，衣服单薄，剃着光头，瘦削，潦倒，一只旧皮鞋已经擦亮，另一只则沾满了泥。我发了一根香烟给他，点上火，他拍拍我的手表示谢意，接下来，我们同时注视着妇人将他脚上的脏鞋擦干净，用了一根烟的时间。

他因为持火药枪被判了四年，在监狱里表现好，减刑出来有一段时间了。我说火药枪判得这么重吗，遇到严打了？他说，因为拒不交代同伙嘛，判得重一点也是应该的。他问我鲁晓麦去了哪里，我也正想问他这个问题，而我们都不知道鲁晓麦去了哪里。我能告诉他的是俞凡做掉了叶嘉龙（还有司机），随即落网，他到底是怎么个下场我不太清楚。除了死刑他还能有什么下场，林杰说，他持枪杀了两个人，不过也就这样了，JUST KILLED A MAN。我看了他一眼，我知道这是皇后乐队的某句歌词，NOW HE'S DEAD。

他说没钱了，本来想到美仙公司的仓库偷点大理石卖钱，他太清楚这个库区的管理水平，也知道建材该往哪里销赃，然而进去之后才想起，那些东西毕竟是太重。他想雇辆车，一早就把建材运走，然后，他在仓库报表上看到了我的签名，觉得很滑稽，在他入狱出狱的两个时间点上，仓管员都是我。他当然知道，库房失窃仓管员负有连带责任，就没再把这件事继续下去，他想起那个墙洞，走过去看了一眼，发现又用碎砖堵上了，扒开碎砖后，找到了三张伪造的身份证。他知道这是鲁晓麦做的，但并不明白她为什么要这么做。我说我也不知道，这可能是她埋藏记忆的仪式。林杰翻看着身份证，笑了起来。我提醒道，第一代身份证已经不太能用了，明年会陆续换第二代身份证。他说，中国人口很多，不会那么快地失效，能用到明年差不多也够了。然后，说起枪，我告诉他有一把枪被鲁晓麦带回来了，后来出了点事，扔到江里了。林杰说那种仿制枪质量不行，如果需要，他可以帮我搞到更好的，打光三个弹匣都没问题。我说，我不太需要。

后来，我们进入了闲聊模式。林杰说，曾经听鲁晓麦说过，你写小说。我敷衍说，随便写写。林杰面带微笑说：我读过两年大学，是师范学院，假如毕业出来的话会是一个初中老师，教教语文历史，我也曾经很爱看小说。我问他，爱看谁的小说。他说，托尔斯泰，复活，草婴翻译，令人感动的故事。他只说了这么一本书。我问他监狱里有书读吗。他说，没有，看看报纸。

接着，我们聊到了 H 市，那个位于城市西郊、离火葬场只有一山之隔的仓库区，聊到当地分销处主管邓文迪和库区办主任张范生。就在这当口，有人敲门，是重庆分销处的销售员。林杰有点紧张，我说不要紧，销售员早已换了两拨，没人认识你。我开门让销售员进来，他是来提货的，给我看过总部的发货传真。林杰说，他们还在用传真。我说，明年就用 E-mail 了。这时，销售员注意到林杰。我介绍说，离职的老同事，过来叙旧。销售员说，师兄，你一看就是道上的。林杰说，说笑了，我到处找饭吃。销售员说，明年仓库搬到沙坪坝，跟销售处在一起，就不用这么跑来跑去了，北上广的房地产生意好做得很，很快就会影响到重庆成都，建材是重头，我看师兄是本地人，其实可以再回来做做销售之类，拿提成，比仓管员好。我说，仓管员有哪里不好嘛？销售员说，毕竟是死工资嘛，师兄不要恼火。我们笑了笑。林杰说，要得，我考虑一下。

我们往外走时，销售员提醒我，库房钥匙没拿，我说钥匙就在我口袋里。林杰背上双肩包，跟着一起去了。这单业务不小，卡车在库区等着，装走了近五百平米的米黄色大理石，按三百元一平米的均价计算是十五万元销售额。我问销售员这单能得多少提成，他说五六千，甲方是一家大酒店，后续还会出货。然后，递了两包香烟给我。他走后，我关门落锁，对林杰说：幸好你没把仓库搬空，不然这小子得跳楼，钱到账了，货交不出来，说不定还会被列为嫌疑犯。林杰说：确实，但凡你干上一票，无论手黑不黑都可能要人半条命。我俩翻山回去，继续说 H 市的事。他用一种既带有揶揄又很无所谓的口吻问，有没有找过那个叫丽莎的女人，每一任仓管员都会找她。我说，没有，但是我亲眼目睹了她被警察带走。

我于二〇〇二年秋天到 H 市交接，那时，邓文迪不常来库区，张范生十分苛刻。当地条件极差，仓管员住在仓库里，没几个人受得了那种环境。我要求张范生给仓库换一路电线，它经常跳闸，张不予理会，这种情况拖到冬天会活活冻死人。我找电工来换，张不配合，不让电工拉总闸，总之处处为难。我打电话问周劭，为什么会这样，周劭说他们就是想给仓管员立一个下马威吧，或者把人赶走——仓管员不肯来，库房就由得了他们做主了。总公司对邓文迪不满，然而没什么办法。我们私下里猜测，邓不仅是分销处主管，他还有自己的公司，法人用了别人的身份证来顶替了。但无论如何，根据搬运工的说法，邓文迪比之过去收敛了很多，那条瘸腿教育了他。有人认为下手的人是林杰，后来又觉得不应该，邓文迪是在外地谈业务时着了道，更像是同行干的。

　　我到 H 市库区时，饭馆楼上除了丽莎之外还有另一个姑娘，比较年轻，喜欢站在公路边吹风。前一任仓管员和年轻姑娘交往更多，他临走前告诫我，丽莎有性病，她已经不能再做了。这人走后，年轻姑娘则告诉我，丽莎没有性病，她只是不再接美仙公司仓管员的生意，为此找了些借口。张范生也喜欢年轻姑娘，不用说，在她出现之前，张是丽莎的客人。

　　我像所有曾经在那里待过的仓管员一样，无所事事，坐在饭馆前看着公路上往来车辆，不远处有两栋小高层正在施工，打桩机发出巨响。年轻姑娘有时坐在我身边，一起看着这个全景画面中可以活动的事物。她总是眯着眼睛。问她哪里人，她说东北，问她东北哪里，她说东北就是东北啦。她讲了一些故事给我听，杀人越货，爱恨情仇，她讲得最多的是关于九十年代中期下岗时代的生活，一个城市里数十万人同时失去了工作，她说我们东北人真鸡巴悲惨，特有自尊心，全都没饭吃了还觉得出门做小生意是一件丢人的事，然后，他们像垮塌大桥上犹豫不决的看客一样稀里哗啦全都掉水里了。她调门始终不太高，提不起兴致的样子，打桩机的隆隆巨响与车辆的呼啸声经常淹没她的声音，那些故事听上去像发生在十分遥远的过去。

在这期间我也见到了丽莎，她小有名气。公司在 H 市一年换四个仓管员，有时五个。她是这严酷而操蛋的环境中必须被提到的存在，那些从开发区来的仓管员、实质上的乡下男孩们，都爱她，也都在言语中猥亵她。我特为注意了她的长相，身材细瘦，比很多搬运工都高，眼睛很美，富有魅力。她是一道难题，所有人必选的项目，直到她不再接仓管员的生意，另一个姑娘出现。她并不和我搭讪，经常躲在楼上，有时出现，必然握着一台手机发短信。有一天，实在太闲了，我问年轻姑娘能否到楼上看看她的住处。她说，哥，你看不起我。我说没这回事，江湖儿女，不要太介意我的无礼，我可以请你吃饭。这时，丽莎站在我们身后，她问说，你认识林杰吧，林杰也喜欢说江湖儿女这个词。我说，不认识，在总部我们都这么揶揄自己。

过后有一天，还是在那个地方，载重货车从眼前开过，只有丽莎一个人坐在我身边。她说，可能要离开。这话像是说给我听的，也像自言自语。我没接茬，尽管我从周劭那里知道她和林杰的交情但并不打算把他坐牢的事情说出来。这件事我没有告诉任何人，包括周劭在内，我当时的念头是：秘密被鲁晓麦封存在重庆仓库了，任何人都不应该获得她的信任。

我曾经去看过年轻姑娘的房间，很简陋，五尺宽的床，墙上贴着一些印有女明星的杂志内页，其中有一些情色的，看得出是日本杂志，赤裸上身的长发姑娘跪在海边，晒得黝黑的皮肤上沾着沙粒和水珠，其笑容与中国姑娘有着微妙差别。天花板很低，床很干净，我注意到桌上有一副近视眼镜，度数不高，她说她确实是近视眼，不常戴眼镜。说完，她戴上了眼镜，给我看了看。我说，很好看。她挺高兴。然后我告辞离开，她追问我哪里不满意，我解释说，只是好奇，想看一看。她摘下眼镜看着我，那眼神似乎是猜出了我哪儿有毛病，要不就是处男，要不就是有生理问题，或是个洁癖，或是对她长年接待低级的客人感到厌恶（实际上货车司机并不低级，总体来说他们比工地上的民工富裕得多）。总之，我不是正常人，但也在她的经验范围内。她说，哥，你有什么说不出口的癖好都可以说，我接待过你们公司三个仓管员，丽莎接待过更多。我摇摇头往外退，在门槛上绊了一下，几乎是摔到了楼梯口，表面上看，十分狼狈。年轻姑娘吓了一跳，我站起来，回到公路边看汽车，丽莎也坐在那里抽烟，她淡淡地说，楼上动静大了。我说，没错，这鬼地方看上去要集体发疯的样子，你们为什么还待在这里，为了向仓管员施舍慈悲吗？

接下来几天发生了一连串怪事，邓文迪要求我私自发货，被我拒了，和销售员打了一架；一名接任我的仓管员没等盘库就逃回了总部；两名货车司机在饭馆里与建筑工地上的民工械斗；饭馆的冯姓老板和张范生打了一架，双方都声称背后有道上的人撑腰。最后，警察上门，把冯姓老板和两个女人全带走了，以及一名正在买欢的货车司机，并且给饭馆贴了封条。老板因为组织卖淫嫖娼那是肯定要判的，两个女人可能拘留，可能劳教，总之再也不会回到那个地方去了。那年轻姑娘裹着被单，在上警车前说了一句：张范生还欠我钱。围观的搬运工们哄笑，有人说：你赶紧说张范生强奸过你，警察就把张范生也抓走了。年轻姑娘说：不是的，他就是欠我钱。警察按住她的头，不等说完就把她塞进了车里，像是提前执行了枪决或宰杀。

在翻山走回旅馆的路上，我讲着H市库区的事情，实际上，那鬼地方是啥样子，林杰比我更清楚，但他没有接茬。等我讲完后，林杰说：我很想听听丽莎的事，你给我讲其他姑娘。我说：我确实和丽莎不太熟，也没搭上几句话，这两个姑娘有共通之处。经过一段弯曲的下坡路，林杰说：张范生也欠丽莎的钱，准确地说，是嫖资。过了一会儿他又说：那个库区的人都很该死，从搬运工到主任，饭馆老板，邓文迪，仓管员。我说，据说总部会撤除 H 市分销处，把仓库迁走。林杰问，生意不好？我说，不，生意在好起来，邓文迪赚得不少，但公司没赚到。他点点头，沉默下来，我俩一前一后又走了段狭窄的上坡路，终于，他开口向我借钱。我问，要多少。他说，一两千不拘，最好多点。我说，那就两千吧，趁储蓄所没下班，我这就提给你。他说，谢谢。我们下了山，在储蓄所柜台前排队，这时，我向他提了一个困惑已久的问题：一个人身上纹两条龙会怎么样？林杰想了想说：我猜得到，鲁晓麦告诉了你很多事情。

林杰的解释是：一个人身上只能扛一条龙，杨雄给自己纹了双龙过肩，可是混江湖的人都知道，得是多命硬的人才能扛得起两条龙，就算是大哥，一条过肩龙也够了，杨雄相当幼稚，没有这个命，很可惜。又说：曾经认识一个人，叫龚成龙，因为名字里有两个龙字，后来死得不明不白。我们笑了起来，不是嘲笑，是叹惜。他说：这当然也是迷信，我和杨雄还曾经去拜过关公，结果一事无成。我说，关公不是迷信。他问为什么。我说，可能因为他是战神吧，战士的迷信胜于哲人的思辨。林杰说：原来如此，我什么都不信，只信关公。

我猜得到他想干什么，但没点破，我把两千元交到他手里，他开玩笑问要不要欠条。我说你落哪一个名字呢。彼此笑了笑，在路边抽了根烟，时间还不太晚，我对林杰说：你也可以像销售员所建议的，去做一份正常工作，赚点钱，运气好的话也许能赚很多，那销售员虽然夸夸其谈但他有一个看法是对的，赚钱的时代到来了——你可别忘了，关公也是财神。他说，真奇怪，战神也是财神，大概只有中国人才会这么认为。我心想，他确实什么都不信，包括关公。我说这也不是孤例，在古代亚述，爱神和战神也是同一个女神，叫作伊什塔尔。为什么爱情和战争会归属于同一个神（因为都很盲目吗？），只能说，人类就是这么思考问题的。

我请他吃了一顿早晚饭，喝了点酒。他并不打算在旅馆过夜，在天黑前，他将筷子放在空碗上，两根筷子之间呈六十度角，码齐，尖角指向他的正前方。不知道这是什么符号，什么意义，然而我也没问。这时他才说：我和俞凡之间，两清了。我问他什么意思，他说：我们彼此在监狱里都没有供出对方。我点头，确实。他再次道谢，我说，钱是小事，不要介意。他站起身，背上黑包，礼貌地与我握了握手，走出饭馆，很快就消失在那个急转弯处。这是我最后一次见到他。

我辞掉工作是一年后，这段时间里我又换了两座城市，分别是福州和南京。后来，为什么不干了，我也说不清，总之不是那么决绝地毅然离开，没掺杂什么情绪。辞职后我几乎与所有人断了联系，但我的电子邮箱还能收信，夸张地说，时代变了，想要飘然离去并不容易。〇七年我在綦江遇到小川，他开玩笑说我像个到处游荡收集故事的人，这当然不是事实，我对收集故事也并非那么热衷。小川说，这正是他青年时代的理想，现在他是一个到处收集影像素材的人。

小川说我们都是理想主义者，我说，我们只能算是理想者，在一个看得到结局的年龄上仍然言犹未尽，也仅此而已了。那时，3G 时代和北京奥运会近在眼前，无人预料到次年发生的汶川地震和其他事件，假如重返〇七年会觉得一切悬置，茫无头绪，然而就在那时，我们普遍盲目乐观，也普遍丧头丧脑，同时带有一点狂想气息。和摄制组告别后，我又去了广州，姚隽在当地一所大学教书，她结婚了，不打算生小孩，经常来找我玩。我们在一起聊文学，聊别的，但不聊家里事。有一天她问我手面上有多少钱，我说没有存款，家里刚刚征地，父亲分给了我五万块。姚隽问我有没有兴趣炒股票，股市正在爬高，她先生是金融男，可以帮我做，确保不亏本，赚多少不一定。我给了姚隽四万。到九月份，小川打电话给我，说是得到消息，〇八年传递奥运圣火，喜马拉雅山会封路，商业登山队一律上不去，他与制片公司签了约，九月份去拉萨，然后上珠峰大本营。问我是否愿意同行，我答应了，问路费多少，他让我带两三万元，西藏物价比北京高很多，另外，提前锻炼身体，多吃肉，买一份人寿保险。这时我再问姚隽，股市里的钱能否拿出来。姚隽说，正打算抛，高位到了。过了几天，我银行卡里收到了十二万。

姚隽毕竟还是得意，给我发了一条短信（我终于买了手机），问说：怎么样，服不服。我回复道：这可能是我遇到的最好的年份，有人带我去西藏，有人带我炒股票，一切似乎不算太迟。

还记得那篇小说吗，《父亲是一棵树》。小川说：我在重庆的旅馆里向你讲述过的，不知道你后来读到没有，它被两份文学选刊转载过。我说：没有，当时你带电脑的，电脑里没存档吗。小川说：那天你被打成了猪头，我怎么好意思给你看小说。他打开笔记本电脑，并说明，这是他发表的最后一篇小说，此后虽然还写点，但都没再投稿。我说：这篇小说发表以后你攒了点名气，选刊意味着你被"文学"认可了一次，又重复确认了一次，姚隽都提到过你，后来为何不写了，说你放弃文学显得夸张，不写了这总是事实吧。小川说：我已经厌倦了那种坚持文学的说辞，当然，也厌倦了放弃文学的说辞，这些词都被我们用坏了。我说：也包括厌倦这个词。他说：是的，也包括厌倦这个词。

我坐在八廓街的咖啡馆里读完了他的小说，不是很长，写得细致入微，然而也软弱，带有几分甜腻，暴虐的父亲出于嫉妒砍伐了那棵大树，或者说是出于控制权。小说里也写到他自己，一个无能为力的山村青年教师，很显然，树是象征，父亲是隐喻。我很直白地告诉他，不太喜欢这小说的写法，既不够现实，也不够虚无，尤其不喜欢小说中隐约想要寻找田园生活的诉求。微微讽刺的是，我俩坐在拉萨的咖啡馆里讨论这个，天气晴朗，对面一桌两个北方口音的女孩在谈论戛纳电影节。小川说：树和父亲的隐喻确实有点幼稚，小说中大部分都是真实发生的事，隐喻似乎是巧合，尽管有人一再强调事实并不是小说最重要的存在。小说中到底什么最重要，这是文学青年搞也搞不明白的车轱辘话，根本无法达成共识，至于田园生活，小川微笑着说，去他妈的田园生活吧。我笑了起来，谁让你没有选择癌症村，选的是海拔三千米的文艺圣地呢？

我俩走出咖啡馆。到拉萨以后，我没什么高原反应，走路有点喘，估计是烟抽多了的缘故。小川提醒我，这只是开始，拉萨海拔三千六，大本营海拔五千二，再往上则是六千五，完全不是一个等量级。我问他是否曾去过大本营，他摇头说没有，来过两次，最远跑到定日县，四千多海拔，组里唯有摄影师曾经到过五千米以上。

摄影师与我们同年生，小川喊他二猛，海燕喊他猛哥，一米七二的个头，说实话，扛摄像机有点偏矮，并戴着眼镜。小川说二猛最近几年一直在青藏高原拍片，是电影摄影师，并且，他有可能是中国最后一代胶片摄影师，丫在北电辛辛苦苦念的硕士就是胶片摄像，不过，胶片时代眼看着就要结束了，数码摄像不日即将覆盖全世界。我同情地看着二猛。二猛说：挺好的，电影学院的导师不会再骂我笨了。

小川拉着我们去宾馆餐厅喝酒，当天，另一剧组的人也在饭桌上，导演是个小姑娘，北电刚毕业，来拍短片，要参加北京或者上海的青年电影奖。所有人看上去都很生猛，没有高反，但是海燕不在，会合以后她大部分时间都躲房间里休息。在高原喝酒并不需要太多就会东拉西扯，这伙人主要聊电影，都是业内话题，谁和谁在一起了，谁拿奖了，谁又出糗了，彼此之间熟人太多。女导演连连给小川敬酒，后来她说，想改编《父亲是一棵树》，拍成电影。我这才明白小川让我读小说的意思。二猛问她，资金呢。女导演说，我去找钱。我问，最少多少钱能拍一本电影。女导演说，七八十万吧，山区拍电影所费不大。二猛追问道，多少钱版权费。女导演有点尴尬，看看小川。小川说，还没聊到钱的事儿。他岔开了话题，继续聊电影。这时，有个帅气的年轻人扛着摄影包入席，小川介绍说这是司小齐，在国家气象台工作，目前在大本营的摄制组里，要待到明年春天。司小齐很热情，落座后一个一个打招呼，自称小司，满口北京腔。问到原籍，实际是山东淄博人。他刚从大本营下到拉萨，过不了几天还得回去，这趟纯粹是为了探望病人，有个关系不错的同事因为在大本营的室外洗头，发作脑水肿，住进了拉萨的医院，搞不好要转北京。小司说，海拔五千二不是盖的，瞬间就把这哥们给废了，吓得我们没有一个人再敢洗澡。二猛问，你们在上面有浴室？小司说，赞助商给搭了几间，我们条件好，国家队的待遇。饭桌上的话题都显得破碎，众人继续聊电影，小司对电影很熟悉，众人奇怪，问他哪个学校毕业的，回答是广院，和北电中戏也算是一个圈子了，又问专业，他不好意思起来，说以广院高考前三名的成绩被调剂去了电视工程专业，在广院被人看不起的工科生，但本质是文艺青年啊，是有鉴赏能力的。我们一起笑了起来，问他拍过什么，他说拍过全中国最猛的台风，十四级，这是气象台的任务，就等着哪天拍彗星撞地球了。

　　散席后，我独自来到宾馆外面，脑子里想的还是那篇小说。我想我可能理解错了，实际上，它并不是对田园生活的向往，或者说，根本不存在批判与向往，当一篇已经发表很久的小说再次经由作者之手放在我眼前时，它仅有一些渴望或安慰。后来，小川来到我身边，我俩对着明净的夜空抽烟。我说我想起那些残酷电影，一部残酷的、绝望的、令人作呕的电影结尾往往会在黑色（或其他）背景中升起演职员表，大部分配以音乐（极少数则沉默），这是必要程序，可以将其视为一种极度有限的安慰，在短暂的时间里给人退出，用音乐过渡至虚无的现实，某个房间某个影院，你意识到电影结束就像你意识到自己渐渐老去，只有噩梦才会突然醒来。令人烦恼的是小说无法使用这一程序，更没有音乐，小说家不得不在结尾处制造一种真空，时而踩踏着渐轻渐远的步伐。我说，很多年前我听过一个青年评论家讲小说，他说如果你（指的是另一位作家）的小说写到那些人，用了他们的隐私，碰触了他们的内心，却不能给他们以安慰，你最好赶紧去死。尽管在当时，我不以为然（认为小说应该是绝对的、超乎道德的），但现在我可以部分地同意这个观点，比如说，除了安慰以外是否还有惩罚，惩罚是否也可视为对另一部分人的安慰，还是它仅仅局限于惩罚。最重要的是，究竟何为安慰，很显然，道德（或超乎道德）并不能给人以安慰，它不在这个范畴之内。落幕之处，你的姿态也并不重要，无论你是装成伟大作家还是邪典大师，都不重要，重要的是你被我所听到的步伐声。

　　小川说，我想告诉你的是，海燕的父亲真的砍掉了那棵树。我说，有必要澄清这个吗。他拍拍我的肩膀说，这个问题和巴赫金或者普鲁斯特都不再相关，只关乎我们自己，请问何谓拥抱所有的失败？我被他问得无话可说，笑了起来。后来我说，那是一句极为费解的话，傻瓜喜欢定义失败却不知道"所有的"指向什么，在巴塔耶看来，"一切"指向的是一种奴役。我们要肯定的是一种遭到全面否定的否定。

　　我俩在拉萨的街头走着，漫无目的，信口胡言。这是滥俗文艺青年的城市，也是神秘而庄严的城市。我建议找个地方再去喝几杯啤酒，无论如何，高原适合醉生梦死。

　　知道我为什么没有带海燕离开农村吗。小川说，那个时候她还叫章燕。我说，我记得你当年说的是，没有能力去爱她。小川谈到，波德里亚在某本书里讲过一个故事，说在古代日本，有一个妇人看见小女孩掉进河里而不愿施以援手，妇人的理由是，一旦救起，这个女孩将重负永远无法承担的人情。小川说：实际上，我当时的念头近似，假如有一天她不再爱我，我俩彼此将如何解脱。我说：别问有一天会怎么样，现在呢？小川说：还爱着。我说：这就够了，也许你下个星期就死了。小川说：我操，在高原上麻烦你说点吉利话。我说：我在书上读到过，藏民祛凶的办法就是诅咒自己。小川说可是你诅咒的是他妈的我啊。

是的，我看了看小川，我认识他已经十年，他从一个瘦高个子的文学男孩（说他是文学青年都很勉强）变成肤色黝黑的大汉，长发扎成髻，如果再扎一圈红丝线可能会像个康巴汉子，但是，仍然不免流露出天性中的软弱。某些时候，确实，我觉得他就是我，尤其是我们彼此总能猜到对方的想法，这有点奇怪。我俩找到一个酒吧间，坐在露天喝酒，继续望着头上的星空。我问海燕身体情况怎么样，小川想了想，告诉我说，海燕怀孕了。我说，恭喜你，你不能死。小川摇摇头。

是意外怀孕。小川说：我们出发前才发现的，她坚持要来，实际上把她一个人留在北京也不是办法，她喜欢到处跑。麻烦在于，她的母系家族里有一种遗传病，凡是生下男孩，多半都是残疾早夭，她有两个哥哥都死在十五岁左右，十分悲惨，像渐冻人一样死去，我们当然不想再重复这种悲剧，生而为人，真是太艰辛了。B超检查胎儿性别得在妊娠四个月以后，届时查出是男孩，就得去堕胎，这几个月的时间会相当煎熬，我们也不想堕下一个成型的、有性别的孩子，这太具体，无法接受。我问，那你打算怎么办。小川说，不知道，还没想好，我的工期很长，有可能她先回北京去做药流，所以她心情很差，更不敢把她留在家里。我只能说，往好处想想吧，如果是个女孩，你就可以做爸爸了。小川说，如果是个女孩叫什么名字。我说，你姓单，就叫她善良吧。小川笑了起来，说，我想给她取名叫单骑走千里。这时，我才开口问：〇三年那会儿，你是怎么找到海燕的？小川向夜空吐出一串烟气，看了我一眼，那眼神显然是说，无法讲述。我说，你不想说就不必告诉我。过了很久，小川掐灭香烟说：如果下星期会死我就告诉你。

我俩在酒吧间门口喝到深夜，夜晚很凉，正想起身回去，有两个人从大门里翻滚出来，一看是二猛和小司，紧跟着女导演也跑了出来。小司已经喝大了，躺在地上大哭，抓着女导演的脚踝喊小凡。我问女导演，你叫小凡？女导演笑着说放屁，那是他前女友。边说边踢开小司的手。小川问，怎么聊起前女友了，刚才还聊电影呢。二猛发笑说，到了拉萨，有伤的男人都会聊起前女友，这小子是因为失恋才来西藏工作的。小川说，这不像话了，在北京我能扛得动他，在拉萨可有点费劲，找条毯子给他盖上吧。然而小司并没有醉成烂泥，他继续哭。女导演说，别想前女友了，想想下一个姑娘吧。小司说你不懂，我们山东人重感情，你们上海人不懂。女导演说，我苏南人。小司说，苏南人不懂，安徽人不懂，河北人不懂，重庆人不懂。女导演说，操，打他。小川劝住她，说何必跟醉鬼一般见识，再说他是个宝，还得带我们去大本营呢。

这时，海燕披着衣服晃了过来，说是睡多了，晚上精神好，出来逛逛，看见我们在。小川起身让她坐，海燕说，我要坐猛哥身边，猛哥和我谈得来。

接下来的时间，我们搬了椅子，围坐在小司身边，并且真的给他盖了件外套。然而小司并不想睡觉，披着衣服坐起来找椅子，没找到，就盘腿坐在地上发呆。二猛问道，小凡去哪里了。小司说，去美国了，我刚才说过。二猛说，可是你没说她去干嘛了。小司说，去念书了，现在在法国拍纪录片。小川说，哦，一个圈儿的咯。二猛问，后来呢，你没再找姑娘？小司说，谈过一个女诗人，短时间内又被踹了。女导演说，这山东人真是遍体鳞伤啊，没法看了。小司说，你们别说出去。我说，好，我们不说出去。

为了安慰小司，二猛讲了另一个故事，声称比小司的更为悲伤，也是促使他来西藏的原因。我们又点了啤酒，坐着喝，正襟危坐听二猛讲故事，小司也坐到了凳子上，比刚才清醒了些，其实是情绪缓和了过来。二猛说他和老婆住在北京，几年前在通州买房还贷，手头拮据，作为一个胶片电影摄影师，他不得不靠写烂逼剧本挣钱。我们听了就笑，二猛说，别笑，我也是有文学修养的，本科读的电气工程专业，天天在宿舍里读福克纳，奈保尔，陀思妥耶夫，斯基。我们又笑。二猛讲故事的节奏很怪，语调缓慢，没有起伏，逗号之间停两拍，句号之间停五拍，有点像卡佛的小说被读出来以后应有的调性。他说生活艰辛，后来女儿出生，他没法出门工作了，更艰辛，有一天，远在陕西的岳父来探望他们，二猛很高兴，跑去菜市场买了两斤肉排一片冬瓜，让老婆炖汤。他陪着岳父逛了逛北京城，到晚上，回家吃饭，汤炖好了上桌，揭开锅盖。二猛说，我以为锅里会是满满的肉排，但是，用勺子捞了很久，和岳父一起数了数，除了冬瓜以外就只有三块小排骨。二猛说：我望着我老婆，心想，这是你爸爸啊。那天晚上，二猛抱着一岁大的女儿来到了北京火车站，坐在售票口想了很久。我们问，你想什么。二猛说：我只想买张火车票去西藏或者云南，但是孩子太小了，我抱着她又回到了家里。

　　我们笑得停不下来，然后，忽然安静了，各各摇头。二猛问，悲伤吗。我说，悲凉。大伙举杯，为近在眼前的生活和近在眼前的西藏都干一杯，小司再次喝起来。接着，他们问女导演，为什么来西藏拍片。女导演对二猛说，前男友和你一样是个电影摄影师，分了，具体是谁不能告诉你。可是这和西藏有什么关系？没有关系，女导演说，唯一的关系是我和他都想拍西藏，所有的电影人都想，有些人，热情，有些人，悲凉，有些人无法理解。接着他们问小川，小川的回答是，商业项目，接了这单活，主题是 318 公路（也就是沪聂线），他拍起点段，顺便想跑一趟大本营。小司指出，聂拉木是 318 公路的终点，零公里处在上海。小川说，是的，我把公路视为河流了，318 公路和长江一样，起源于青藏高原，经过我的家乡，最终到达上海。他们问我，我说，不知道，没什么地方可去了，就来到这里。二猛说，阅尽人世。我说，这么想自己就太傻了，就说我是来寻找爱情的吧。小司说，男不入川，女不入藏，你可能跑错了地方。我说，法国才是爱情汹涌的地方。大伙又笑。灯光之下，几名藏族汉子并肩而行，沉默地走过我们身边。

我们继续喝酒，海燕问，你们怎么不问我为什么来西藏。二猛说，哎呀，失礼了。海燕说，我不是艺术家，我是打板的。小司说，嫂子，场记在剧组里就是大家的开心果，最让人心疼的，你说说呗。海燕说，我和小川遇到了一个难题，照理说我应该留在北京，可还是来了，我也和你们一样想看看西藏，看到喜马拉雅山。接着，她把怀孕和遗传病的事情说了出来，那语气坦率，说到自己出生在贵州的穷乡僻壤，说到自己只有小学文化程度。女导演说，那篇小说写的就是你。小川说，是的。我们一个接一个地点烟。小川显得沮丧，海燕拍他肩膀，安慰道：为什么来西藏，只是觉得，活着多好，就想这样跑来跑去。小司说，对，我也是这么想的，我失去的姑娘也是这么想的。

沪聂线也就是 318 国道，以上海市人民广场为零公里处（在上海，它就是著名的沪青平公路），经过江苏、浙江、安徽、湖北、重庆、四川，由甘孜自治州巴塘县进入西藏自治区昌都市芒康县，在这里它被称为川藏公路，穿过昌都、林芝、拉萨，最终抵达日喀则市聂拉木县中尼友谊桥。它的走向几乎与北纬三十度线平齐，全长 5476 公里，是中国境内最长的公路，无所谓，即使它不是最长，也仍然横穿了我的记忆。

这样一条公路，历史并不长久，它仍然是被塑造的产物，由多条公路拼接连贯而成，并赋予其固定的编号：318。它的空间存在就像时间的拼接术、人生的拼接术，最初，它像是一种天真的修辞手法，为什么是这样而不是那样，为什么是这里而不是那里。久而久之，它会用其独有的声调告诉你：这是我。我想象有这么一种长篇小说，经历不同的风土，紧贴着某一纬度，不绝如缕、义无反顾地向前，由西向东沉入海洋，由东向西穿越国境。我指的不是公路小说，更不是那种字面意义上的伟大文学，事实上，一级公路的宽度仅是双向四车道，与山脉河川不可同日而语。对某些人来说，这一诉说着"我"的象征之物意味着可能去往极远之处，获得一种并不算太廉价的解脱，但也仅仅是意味而已。

　　我坐在宾馆房间里，翻着一本塑料封面的中国地图手册，分段查看这条公路的标识。在错综的红色网状线条中，要将它辨识出来并不容易，我用圆珠笔在不同的页码上顺着公路线描画，并仔细回忆我曾经经过的路段，哪一辆货车，哪一个司机。这是无意义的回忆，也是带有伤感气息的回忆。后来，同屋的制片实在受不了了，他从床上爬起来，请求我停止抽烟，屋子里像在烧柴。

　　第二天我问小川，这些年写了多少字。他问包括剧本吗。我说，仅限于小说。他说，你可能会吓一跳，一百万字。他问我写了多少，我说你可能也会不相信，两百万字。

　　海燕坚持要跟车去日喀则，小川没阻拦，神色犹豫。他私下对我说，如果打算生小孩，她现在应该下高原，如果打算立即堕胎，她仍然应该下高原，而目前的决定看上去就像是，怎么说呢，她本来就很倔，又被某个执念所迷惑。你分不清她究竟是乐观还是悲观，这是小川最担心的。我只能说，她知道自己在做什么，每个人都要过这一关。

　　所幸天气不错，一路上都很顺利。小司找了一辆丰田考斯特，当地牌照，藏族司机。又说，藏族喜欢丰田，因为那标志像牦牛头。公路限速，有一些车辆急速超车越过我们。那都是去大本营的车，挂国防牌照，通行无阻，小司解释道，其实都是他们气象台的车。问气象台和国防有什么关系，小司说，气候灾害当然是国家大事，这次出动大队人马主要是为了奥运火炬登顶珠穆朗玛峰，海拔八千多很难保证火炬燃烧，得用特殊技术，反复调试，除科研组以外，还有登山、气象、后勤、安保等等。小川问，这些能拍吗。小司说，除了安保，大多没问题，我拍了不少，在冰湖还拍到过雪豹。海燕问，雪豹啥样，有藏羚羊吗。小司说，雪豹就那样，很警惕，藏羚羊不怕人，到处跑。接着，他们聊了一些我听不懂的器材问题，六千五以上海拔对任何设备都是考验。小司说不要紧，经测试，松下 P2HD 稳定性更好，可以找队里借出来用用，借的意思就是不打招呼先用了再说。又说，其实上面没什么东西，除了河滩就是雪山，还有极蓝的冰湖和一群无聊的男人，没女人，天天打麻将，真要拍纪录片的话，一个星期就把能有的素材都拍掉了。二猛问，没有女人，你在上面待一年，你不慌吗。小司说我去，车里有女的呢，别聊这个。海燕说，我没问题，我下过组，都见识过，你们只管聊。小司发笑说，那我也不聊这个，我很纯洁。二猛说，高原做爱很爽的，你应该试试。小司说，你他妈都是在青海拍片，属于低海拔，上到五千米你的供血会出问题，懂不懂。这时我们感到车速提了起来，藏族司机叼着烟猛踩油门，紧跟前车，十分彪悍。小川坐在副驾位置，抬胳膊握住把手，看了司机一眼，任由汽车在公路上加速行驶。

我们在车上继续闲聊。海燕要二猛讲故事，二猛说，好多有趣故事，不知道从何讲起。海燕要听爱情故事，二猛说有个简单故事，也没啥悬念，就是有点凄厉。我们说，赶紧讲。二猛说：在青海某处，幽深的山谷之上有一根电线杆，那些相约殉情的人会将绳子挂在（并搭过）横杆，做成两个绳圈，套在各自脖子上，相拥往山谷里跳。那山谷有个很好听的名字叫情人谷。怕我们听不明白，二猛又拿出纸笔画了一张分镜头稿子，给出一个远景，只见山峦与沟壑的线条之中，孤零零一根电线杆，两条人影挂在山崖半空。海燕哆嗦了一下，问说：青海有电线杆，那是啥年代的事情。二猛说，现在。海燕问，你去过？二猛说，我常年在青海拍片，远远看过几眼，没敢近前，当然，看到的只是那根电线杆，尸体是我想出来的。我们沉默了一会儿，小司说，这是个好办法，假如有一方不肯跳，另一个跳下去，他的体重也会把反悔的人勒死吧。我说，反悔的人如果解套，跳下去的人就会摔死。小司说，那么反悔的人就犯了谋杀罪。

殉情这个话题太古老了，此后又开了一段路，车里无人说话。二猛突然问：为什么二十一世纪还会有殉情，为什么他们不私奔，小川你能解释吗？小川回头看看我，说：阿基拉，你给解释一下，你写过殉情的小说。我想了想，说：九八年我住在上海，有一对想不开的情侣在下雨的晚上跳河自杀，女的救了回来，男的死了，后来民警把女人带走了，就这么一件事，不确定她是否后悔，或是否坚持要再次殉情。我又补充道：是两个外地的年轻人。海燕仍然问着二猛提出的那个问题：为什么会这样，他们是不是中邪了？我说：没有所谓中邪，总不外乎是穷困、家庭阻力，年轻人没见过世面，容易走极端，让一场普通的爱情变得特别崇高，那两个人又偏偏愿意为了崇高而付出生命。道理很简单，电线杆显得神秘也只是一种表达手法而已，总之，只有你所未知的，没有不能解释的。

这时车速减慢，再往前就到日喀则了。按照小司安排的行程，在当地过夜，次日到定日县。此后道路分岔，沿着沪聂线继续往前到达聂拉木，走搓板路到达珠峰大本营。我们会在定日县休整两天，为的是适应海拔，拍一些素材。纪录片组虽然很穷苦，工作节奏比电视剧组要宽松些，高海拔地区人无法承受很大的压力。我们不以为然的高反症状很可能会在五千米海拔时出现。

我在日喀则的旅馆里读到了一册米拉日巴大师文集，几年前，在谈到黑魔法时，姚隽就曾经提到及米拉日巴，噶举派第二代祖师，密教修行者。传记记载他在青年时代为报家仇，习得苯教咒语，曾使用黑魔法令房屋坍塌，杀死仇人，又降下冰雹，毁坏庄稼。其后修习正道，成为西藏最著名的游方苦行僧、白教尊者，引用书本上的介绍：坚定的出世主义者。定日县正是他圆寂的地方。我坐在旅馆账台边，翻开书，将近一千年过去了，汉译诗文大多能懂，其余佛法修行之术却不是很明白。为减轻重量，我的行李中没有任何书籍，读书使我心静。后来，我把书放回原位，走到外面呼吸着稀薄的空气，才抽了几口烟就头疼，高反来得像幻灭感。

海燕从楼上下来，此刻小川他们正在开会，我俩没什么事。她要去买纯净水，陪着走了一段路，看看街景，一些藏式别墅和风马旗，小孩在下午的日光中玩耍，在街口，望见远处宗山上的桑珠孜宗堡，不久前修缮竣工，白得耀眼。我们驻足凝望，海燕问我，有没有打算写关于高原的小说。我说，没有，高原对小说家的现实感和想象力都是考验，文笔并没有什么大用。说到文笔，海燕挺不好意思地说，夏天时她也在试着写小说，但小川一直说文笔不大好，不会表达。我说那不行，小川有时、偶尔，在文学方面有点严格，然而女作家是需要鼓励的，你只管写，不用听他的。这当然是玩笑话，可是她很直接地说：我就喜欢听你说我是女作家，我就想这样。我说，这样不错。海燕问：你的长篇小说写得怎么样了？我说：艰难啊，知道为什么吗？因为我去过很多地方，但从没和任何一个地方发生过有效的关系，就像此时此刻，在现实感和想象力方面，都缺乏。海燕说：你可以写你自己。我俩仍然望着远方的桑珠孜宗堡，它在山上，与城市建筑完全不是一个体量。从我们这个角度，穿过高原稀薄的空气望过去，觉得它很近，很清晰，但是同时你又会知道，它不近，你的体能只剩下三分之一，真要走到那个深红色的堡顶位置你一定会累垮。我说：是啊，也许我可以写写那个贫乏的自己，无论是批判还是安慰。

我被拐卖过，其实就是绑架，海燕说。我转过头看看她。她说：〇三年在重庆，因为找工作被人拐卖到了山里，居然回到了贵州，关在村子里，有一些人来挑我。要知道有人来挑选已经是运气很好了，通常情况下，你醒来，你发现自己已经被绑在床上。我就告诉他们，我有遗传病，生下的男孩活不过十五岁。

有人信吗，我问。

她笑了笑说：他们只是把我的价钱砍下来了。后来，我逃走了，我是山里人，走得比他们更快。我到了县城，民警问我家在哪里，我能报出的只有小川在万州的学校电话号码，民警找到了他。

她语调平静，像在讲述过去，那确实也是过去。可是她终于难过起来，说，亲眼见到一个企图逃跑的女孩，被男人用刀锯断了脚筋，遭到非人的折磨，很悲惨。警方打拐行动展开，那女孩被救了出来，有个中年民警哭得无法自持。你知道在那些大山里，千百年来，自有人类以来，他们就是用这种方式找女人，可是没有记载，没有讲述，只有一些零星的传闻。

我沉默着，不知道该说什么。海燕说为什么我要在这里讲这些呢，想把这些写出来，写得成吗，写成了会是什么样，令人震惊吗，鬼哭狼嚎吗，像个受虐狂吗？我说：我确实无法回答你，但我相信你有着最高文学天分，还有一个永远不落的强大自我。

我们走进小店，买了矿泉水，拎着塑料袋往回走。我说，〇三年，我和小川一起找你，你叫章燕，谁给你改的名字。她说，当然是我自己。我说，这不错。我感觉头还在疼，回到房间里睡觉（这次是一个人住），没和他们一起吃饭，直到半夜，梦见了姐姐，醒来喝水。狂风扑打着窗户，我再也睡不着，这一晚真是前所未有地煎熬。

在定日县，落脚在珠穆朗玛大酒店，我们几个都去医院吸氧，高反情况好转了不少。这不免使我们担心，到达大本营以后会怎样。小司说，没告诉过你们吗，我们在大本营设了高压氧舱，准备过冬的，放心吧，比较恐怖的是接下来的路，你们可以尝尝那滋味。按计划，我们在定日县休整两天，小司说他要在浴缸里泡着，下次啥时候洗澡天知道。

这天中午，二猛和小司出去了一趟，见几个藏族朋友，回来以后，出乎意料，没有喝成烂醉。小司把我们聚拢在一起，说是藏族哥们介绍了一位上师，去求签的话可以告诉他们胎儿是男是女。小川疑惑，问说：你们信藏传佛教吗？二猛说：我常年在青藏高原，当然相信，尽管并不是藏传佛教徒，这不重要，和医学也不相悖。小川问：这是什么逻辑？小司反问：生男生女是什么逻辑？小川说：也对。他本人并不信佛，问海燕的意思，海燕说：你去吧，我不去。问她原因，她说：不想直接听到坏消息，即使是上师也不能改变结果。小司打手机，随后回复她：那边说了，丈夫去就行，妻子可以不去。小川问要准备什么，小司说什么都不用，虔诚。然而海燕还是坚持让小川换了一件干净衣服，我们都说，上师不会介意，穷人见过很多。海燕对小川说：你不是穷人，是一位导演。

他们出发前，我说，我也不去了，在这里陪陪海燕吧。小司又开玩笑，说你就没什么想问的吗。我也开玩笑说，比之想问的，我心里更多的是想回答的。

我和海燕坐在珠穆朗玛大酒店的大堂里，等着他们回来。后来我们决定不再干等，去餐厅吃东西，那里很空，一对雅安夫妇经营餐馆。海燕说，馋了，想吃辣的。老板娘过来聊了几句，彼此用四川和贵州话，我讲了几句重庆话，点了两道菜（实在太贵），又要了一听啤酒喝着，看海燕一颗一颗地吃辣子鸡。过了一会儿，我不免担心地问道，你还好吧？她做了一个 OK 的手势说，我没任何问题，一切都好，回家去写小说。我说你八成写不了，生小孩傻三年，哪儿有女作家一边怀孕一边写书的，别逗了。她说，去你的。

后来我们又聊起了《逆戟鲸那时还年轻》，海燕说，最喜欢其中写姐姐的那篇。我立即想起了很多往事，也想起我和她抱有相似的困惑。她说，写出了对姐姐的爱。我说，并没有。她不太理解我的说辞，这让我感到烦躁，我点了根烟（无视她作为孕妇坐在我面前）回忆道：这篇小说是九八年写的，当时我二十四岁，我姐姐二十七岁，已经结婚了。她嫁给了一个莫名其妙的男人，换得一笔彩礼，为的是给我支付读大学的各种费用。对，她牺牲了自己，成全了我。事实上她是个很聪明的女人，意志坚定，判断问题准确，比我更适合读大学。后来我开始写小说，我对她的困境一无所知，像白痴一样写我的小说，我把这篇小说给她看，是的，我毫无良心地把她写进了小说里，甚至还有一点悲悯，一点幽默。她读完小说，很疑惑，她说她能看出这是她，但也不是她，是一个扭曲的她。我的姐姐，她不明白这样写的意义在哪里，也许有一些文学前途上的意义——你这么写了，你发表了，你被人所知。那时候，我感到一丝惶恐，以及抱歉，生怕冒犯了她。可是她想了很久，似乎是先于我理解了这个问题，她说你就这么写吧，不要紧，我相信你。第二年，她在生小孩的时候去世了，生下的是一个死胎。时隔多年，我想，我再也没有机会向她解释，什么是文学，什么是安慰，如果有安慰那么必然也有惩罚，是什么在惩罚我们，什么样的安慰可以算是安慰。我也没有机会问她，为什么相信我？我在一九九八年没有问这个问题，是因为我根本不理解何为相信，相信什么。你知道，那些温情的小说、甜的小说，在文学上是乏力的、令人憎恶的，与生活一样——文学也具有欺骗性。可是，你的决绝或许也存在同样的问题：究竟是你沿着一条道路向前，最终发现沉入了大海，还是你早已知道沉入大海的结局，因此决意走上这条路？又或者，我们本来就应该背负着某种信任，却偏偏在道路上蹉跎年月？

海燕说：她信任你是她的弟弟，你最终会诚实地写作。

我说：你说的这种诚实，也并非是写小说的先决条件，实际上，没有人能替她作出解释了。海燕望着我。我说，咱俩终于把天给聊死了，在海拔四千三的地方，据说再往上走，过五千，人的脑子就会稀里糊涂，只记得爱过的人长啥样儿，却忘记了她曾经说过些什么。

晚饭时，他们三个人回来。问情况，小川一脸蒙，说上师说的是偈语，藏族哥们给翻译了，大家都猜不懂意思，大意是九州之外能获得拯救。我说，这也太悬了，你是不是不够虔诚。小川说，我他妈很虔诚啊，就是一个生男生女的选择题啊，上师还说我有佛缘，我他妈要是不虔诚、没佛缘，他根本不会搭理我啊。小司说，上师还说，好事将在你建成浮屠后发生。小川更是摇头。我说，米拉日巴尊者为修正道，曾建一座九层宝塔，你也想一想。小川郁闷道：想什么呀，我要是有时间建成哪怕一层塔，三个月过去，也可以到医院去做 B 超了。我们大声说着，毫无疑问，那语调是试图将焦虑感抹去。

海燕笑了笑，站起身说，吃完饭都好好休息，明天一早出发，今晚上谁都别喝酒了。

第二天上午我们坐着考斯特上了搓板路，目的地是绒布寺，再往前就是珠峰大本营了。小司说，到那儿要下午了，没啥可看的，那里上午晴朗，下午通常落雪。我们的藏族司机仍然一言不发，掏出一听百威，边喝边开车。小川仍坐在副驾，其余人全都往前挤着，海燕躺在一排双人座上，后面实在太颠。开出去半小时，制片吐了。我和二猛也开始喝啤酒。小司说，可以啊。我说，曾经坐过几千上万公里的货运大卡，习惯了。小司说，这条路翻车特别多。我说，知道。啤酒不停地溅在我脸上，远方山峦起伏，极为雄壮，我确信自己已经到达喜马拉雅。

他们又开始聊电影，从《生死时速》开始。小司说，这电影英文名字叫 Speed，速度，没有生死之说。二猛说，英文不错啊。小司说废话，我是山东的考生，英文不会差，而且我本人就是一部活的电影史，〇五年电影学硕士毕业的，将来也要做导演的。二猛说，黑客帝国的英文名是啥。小司说，这也太小儿科了，Matrix。头一把就错了，二猛说，The Matrix，你漏了个单词。小司说不可能，DVD 封面上就一个 Matrix。二猛说你已经糊涂了，只记得图像，第二集叫 The Matrix Reloaded。小司说，好吧，换一个，别太冷僻就行。小川说，闻香识女人。小司答道，Scent of a Woman，直译是一个女人的香味。对此，我也好奇起来，问道，美国往事。答曰，Once Upon a Time in America，译得很准。海燕问，乱世佳人。小司说，飘嘛，Gone with the Wind，随风而去，小说有翻译成乱世佳人的吗。小川说，小说应该都叫飘，要翻译成乱世佳人就出洋相了，洋相当然也有。二猛问，七武士。小司说，The Seven Samurai。二猛说不对啊，应该是复数，加 s 的。小司说，那就是 Samurais。二猛说，又错了，真没有 s。小司说我靠，玩儿我。二猛说，问你一个，无间道的英文名是怎么翻译的。小司不知道。二猛说，Infernal Affairs，直译过去是地狱事件，马丁·斯科塞斯拍的那本无间道风云，英文名字却叫 The Departed，逝者，已死者，实际上梵文应该是 Avīci Naraka，也就是最下面的那层地狱，阿鼻地狱。我们说，服了。

这时，小川喊了一声注意，藏族司机打了一把方向盘，车子拐过一个物件。我们往后看，是一个车轱辘，可能是哪辆车的备胎掉了。又往前开了一段，小川说，我操，前车的后轱辘掉了一个，还在开！小司趴上前观察，骂道，这是我们队里吉普车，前驱，不然早就完蛋操了。司机狂按喇叭，前车停下，下来几个男的。我们也停车，跳下去看，前车三个小伙子和司机全都蒙了，说他妈太险了，觉得车子往一边斜，没想到轱辘掉了。司机凑进去看了一眼，说，没法开了，轴断了，打电话叫部队来帮忙拖车吧。我们在原地站了一会儿，聊了几句，除司机以外，两个小伙子是气象台的，和小司都认识，另一个是西藏登山学校的藏族小伙。几个人商量了一下，司机在原地等救援，三个人坐考斯特回大本营，时间还很早，部队战士可以在几小时内赶到。三个人上车后谢了我们，要是小川没有及时发现，再往前开，他们铁定会翻车。

半小时后，小司的手机响了，是女导演打来的，她正在林芝拍片。她说小川的手机打不通，就找到小司，问我们是否在一起。小司说，大伙都在，这里空气稀薄，我们特别想你。小川接过手机，讲了一会儿，谢过挂掉。他发现我们都在望着他，似乎我们已经知道奇迹会发生。他说，女导演通过北京的老师问到日本的医院，有一家可以做早孕性别检查，并且，最重要的是，对此类遗传病，日本有全球最新的筛查技术，在较低概率的情况下，男孩也可以躲过一劫。我们同时松了一口气，说，上师没有说错，拯救确实在九州之外，那个浮屠就是你救的人命。这个解释就算浅薄也让它浅薄吧。小川说，唯一的问题是钱，还有，尽快回北京办签证。二猛说，你现在就回去也行，反正你这纪录片也不是什么难活，我和小司帮你拍掉这一段。海燕说，那不行，怎么着也得拍完再回去。小川还想再说什么，海燕说：导演，我不在乎这点时间。车上的人都挺感动的，有一种喝高了气氛。剩下的问题，我们在车上凑钱，大约需要十几万。小川说，我只能找大伙先借点了。小司说，不用，二猛根本没钱，你找我一个人借就行了，我有钱。我们好奇，问他账面上有多少。同事说，他是广院器材专业毕业，有一家器材公司，上千万家产得有吧？小司说，得有。我们说，靠，上千万家产你还跑高原来吃苦，疯了？小司说我是疯了，上高原就是为了忘记心爱的姑娘，现我更想她了，我也想回家。

接下来的时间，我们心情大好，司机加速，在搓板路上狂开。小司说，照这车速，我们可以在下雪前到达绒布寺，直接上珠峰大本营。车窗外的雪山变得清晰，我感觉自己很累，也很兴奋。车上仍然在做智力竞赛，这一次，不再是电影，而是山峰。海燕说我备过课，喜马拉雅山脉所有过八千米的山峰，名字我都知道。那登山学校的小伙子会讲汉语，笑眯眯地坐在她身边，说：其实过七千米的山峰，也很难攀登哪。海燕说，七千米的我也知道一些哪。

喜马拉雅山脉，西起克什米尔高原，东至雅鲁藏布江，经过巴基斯坦、尼泊尔、不丹、印度和中国，长度2400公里，海拔八千米以上的山峰有珠穆朗玛峰、干城章嘉峰、洛子峰、马卡鲁峰、卓奥友峰、道拉吉里峰、马纳斯鲁峰、南迦帕尔巴特峰、安纳普尔纳峰、希夏邦马峰。一共十座。至于七千米以上的山峰，有四五十座以上，著名的有南迦巴瓦峰、格重康峰、卓木拉日峰、库拉冈日峰。海燕说，让我喘口气。藏族小伙说，已经讲得很好了，这些山峰的名字在藏语里是什么意思，知道吗？海燕说，珠穆朗玛，圣母，第三女神，喜马拉雅，雪域，冈底斯，众山之王，唐古拉，高原上的山，冈仁波齐，神灵之山，就是须弥山。至于其他的，她说不上来。这么一说，我们也都好奇起来，虽然这些山峰大部分以藏语发音，听上去十分悦耳，但确实没有考虑过它们的意义。发音是无意义的，我们就是在一堆无意义而又好听的发音中走到了现在。小司说，我还知道马卡鲁，黑色巨人，其实就是湿婆神。

藏族小伙子喝了一口啤酒，慢慢说道：珠穆朗玛，圣母，第三女神；干城章嘉，不在中国境内，有五座山峰，意思是五座巨大的白雪宝藏；洛子峰，藏语丁结协桑玛，青色美丽的女神；马卡鲁，黑色巨人，湿婆神；卓奥友，大尊师；道拉吉里，在尼泊尔，梵文意思是白色的山；马纳斯鲁，也在尼泊尔，藏语库汤格，意思是平坦的地方，梵文意思是大地之神；南迦帕尔巴特，在巴基斯坦，意思是众山之王，和冈底斯一样；安纳普尔纳，意思是收获女神；希夏邦马，意思是寒冷多变，一位冷酷的女神；南迦巴瓦，直刺天空的长矛；格重康，一百条山谷的雪山；卓木拉日，干城章嘉的新娘……

我闭上眼睛听着小伙子讲话，那些被音译命名所限定在汉字里的山峰，那些奇怪的或神圣的意义，几千座山峰就像城市的名字、道路的名字、人的名字、小说的名字，无尽并且自负地存在于我的认知之外。这时，小司对司机说，停车，我要撒尿。我们都惊了一下，二猛说你别胡说八道，这在东北是要劫车的意思。小司乐了，说，好地方到了，每到这里，我都要借撒尿下来看一下风景。我们问，什么地方。小司说，加乌拉山口，海拔五千二，你们一定要下车看看，在这里能同时看到中国境内四座八千米以上的山峰，绝无，仅有。

我们歪歪扭扭地下车，一群人站在道路边，很快，被眼前的景色所震惊。空气寒冷，雪还没有落下。小司说，从左向右数过去，依次是马卡鲁峰、洛子峰、珠穆朗玛峰、卓奥友峰。海燕说，此时此地，湿婆神、青色美丽的女神、圣母、大尊师，正同时站在我们眼前哪。

2019 年 5 月 13 日初稿

2019 年 6 月 5 日二稿

2019 年 6 月 22 日三稿

图书在版编目（CIP）数据

雾行者 / 路内著. -- 上海：上海三联书店，
2020.1

ISBN 978-7-5426-6854-7

Ⅰ.①雾… Ⅱ.①路… Ⅲ.①长篇小说 – 中国 – 当代
Ⅳ.①I247.5

中国版本图书馆CIP数据核字(2019)第254056号

雾行者

路内 著

责任编辑 / 徐建新
特约编辑 / 李恒嘉　张诗扬
封面设计 / 陆智昌
监　　制 / 姚　军
责任校对 / 张大伟

出版发行 / 上海三联书店
　　　　　（200030）上海市漕溪北路331号A座6楼
邮购电话 / 021-22895540
印　　刷 / 肥城新华印刷有限公司
版　　次 / 2020 年 1 月第 1 版
印　　次 / 2020 年 1 月第 1 次印刷
开　　本 / 880mm×1230mm　1/32
字　　数 / 470 千字
印　　张 / 18.125
书　　号 / ISBN 978-7-5426-6854-7/I · 1564
定　　价 / 88.00元

如发现印装质量问题，影响阅读，请与印刷厂联系调换。